D1718995

Fantasy

Herausgegeben von Wolfgang Jeschke

Von Jane Gaskell erschienen in der Reihe
HEYNE SCIENCE FICTION & FANTASY:

Der Atlantis-Zyklus

JANE GASKELL

Die Länder des Sommers

FÜNFTER ROMAN DES ATLANTIS-ZYKLUS

Fantasy

Deutsche Erstausgabe

WILHELM HEYNE VERLAG
MÜNCHEN

HEYNE SCIENCE FICTION & FANTASY
Band 06/4455

Titel der englischen Originalausgabe
SOME SUMMER LANDS
Deutsche Übersetzung von Horst Pukallus
Das Umschlagbild schuf Mike van Houton

Redaktion: Wolfgang Jeschke
Copyright © 1977 by Jane Gaskell
Copyright © 1988 der deutschen Übersetzung
by Wilhelm Heyne Verlag GmbH & Co. KG, München
Printed in Germany 1988
Umschlaggestaltung: Atelier Ingrid Schütz, München
Satz: Schaber, Wels
Druck und Bindung: Elsnerdruck, Berlin

ISBN 3-453-00999-1

INHALT

INHALT

Für Dwee Concannon
und Barbara

ERSTER
TEIL

ERSTES KAPITEL

Großmutters
sauberer Palast

Diese blasse junge Frau, die so romantisch aus Fenstern zu blicken pflegt, ist meine früheste Erinnerung.

Meine Mutter hat in ihrem Leben viel Zeit an Fenstern verbracht. Weil sie vorsichtig und vernünftig war, eine geborene Beobachterin des Lebens, solange es sie nicht zum Handeln zwang, und zudem feige, befand sie sich an Fenstern sozusagen in ihrem Element. Ich entsinne mich an sie, wie sie an den Fenstern des Kastells stand, in dem ich geboren bin. Es handelte sich um Fenster mit hohen Mittelbalken und trostloser Aussicht, es gab nichts zu sehen als Himmel und Stürme, die droben wehten. »Schau hier, Seka«, sagte sie zu mir. »Schau hinaus und sieh, ob dein Vater über die Hügel kommt.« Sie sagte es, als wäre das etwas Aufregendes, wodurch ich mir den Tag vorm Essen unterhaltsam gestalten könnte. Das war ganz früh, bevor ich meine Stimme verlor, ohne hoffen zu dürfen, sie jemals wiederzuerlangen. Doch selbst damals, als ich noch sprechen konnte, habe ich ihr nie geantwortet: ›Er wird nicht kommen. Er kommt nicht. Er wird niemals kommen.‹ Sie wußte es. Sie sprach es nicht aus. Ich wußte es auch. Weshalb hätte ich es aussprechen sollen?

Als wir uns im kleinen, aber sicheren Palast meiner Großmutter niederließen, schwammen wir auf einmal in Bequemlichkeit wie in warmem Badewasser, wie in Fluten warmen Weins. Plötzlich erlebten wir nach all den langen Reisen durch Kälte und Dreck einen ausgedehnten, goldenen Sommer. Wir aßen wohlschmeckendes Essen. Wir trugen reinliche Kleidung aus weichen Stoffen. Statt der Edelleute voller Gier und Betriebsamkeit, die in ihren Mienen, ihrer Haltung zum Ausdruck kamen, der Männer, von denen wir stets herumgeschoben und -geschubst worden waren, umgaben uns nun liebevolle, gefühlsbetonte Frauen, die freundlich den Kopf seitwärts neigten, wenn sie mir zulächelten, mir mit den Zungen zuschnalzten, während sie uns mit Wohltaten und Köstlichkeiten überhäuften. Und vor ihrem Fenster konnte meine Mutter jetzt sehr üppige, prachtvolle, unbeschwertere Schauspiele sich entfalten sehen.

Und genau da hörte sie mit dem Hinausschauen auf. An einem Tag hockte sie wie üblich stundenlang am Fenster und blickte hinaus. Am folgenden Tag mied sie das Fenster. Sie machte Umwege um unsere Möbel, damit sie von den vom Sonnenschein vergoldeten Fenstern auf Abstand zu bleiben vermochte. (Die Fenster sind durch mit Gucklöchern versehenen Fensterläden geschützt, die den Zweck haben, die Pfeile von Meuchlern aufzufangen sowie – mit etwas Glück – die Flugechsen fernzuhalten, die bisweilen noch in der Nähe der hohen Türme im Königreich meiner Großmutter räubern, sie umschwirren und dabei krächzen und krakeelen wie alte Sausäcke unter den Fenstern vielbegehrter Freudenmädchen. Hauptsächlich jedoch sollen die Läden vor fremden Blicken schützen.)

Nehmen wir einmal an, sie stand bei einem Fenster. Dann sah man auf der anderen Seite des Platzes, in den dunklen Schatten der Eingänge unter den Waben gleichen Mauern der Unterkünfte, mit einem Mal einen roten Umhang wehen oder eine Waffe aufblitzen, oder wenn drüben ein Anführer sich mit Unterführern unterhielt und sich auf einmal dem Fenster zudrehte, für einen Moment im Lichtkegel der übermächtig heißen Sonne stand – da, ja, da sprang meine Mutter von ihrem Fenster zurück. Sie legte eine Hand auf jede ihrer Brüste – eine ganz und gar für sie eigentümliche Geste –, als könnten schon Blicke ihren weichsten, zartesten Kör-

perteilen schaden. Die Brüste mit den Händen bedeckt –
sie hatte einen spitzen Busen, hoch und recht hübsch –,
lief sie fort, als wäre es für sie das Schrecklichste überhaupt, nur gesehen zu werden.

Ich ahnte, was sich ereignet hatte. Er war eingetroffen. Endlich war er über die Hügel geritten gekommen.
Er wohnte drüben in den Gastunterkünften meiner
Großmutter. Und meine Mutter war außer sich vor Entsetzen.

Selbst in meinem damaligen Kindesalter war mir
ziemlich klar, daß meine anscheinend so vorsichtige,
vernünftige Mutter eine außerordentlich törichte Person
sein mußte. Immer war sie entweder sehr glücklich oder
zutiefst unglücklich. Wenn sie unglücklich war, brachte
sie viel Tapferkeit auf, verbarg die Tatsache ihres Unglücks mit dem Mut der Verzweiflung, sogar vor sich
selbst, ein Aufwand, der sie erhebliche Mühe kostete
und ihr so etwas wie eine herbe, eingefleischte, fortwährend Schicksalsergebenheit auferlegte. Sie war
immer genau über die Dinge unglücklich, die nicht gegeben waren. Beispielsweise hatte sie den Mann, den
sie nicht liebte, nie vom Fenster aus kommen sehen.
Oder andererseits war zum Beispiel dieser Mann, den
sie nicht liebte, zu ihrem Schrecken schließlich in unserem Königreich aufgekreuzt.

Sie glaubte, daß sie sich fast völlig in der Gewalt hätte, aber sie offenbarte ihre innere Verfassung – auch für
jemanden in meinem zarten Alter –, als sie hartnäckig
erklärte, sie habe vor, von nun an ihre Gemächer nicht
mehr zu verlassen.

»Du gedenkst nicht zum Mahl herunterzukommen?«
vergewisserte sich meine Großmutter.

»Du kannst sagen«, entgegnete meine Mutter in einem Tonfall, den sie wohl für gelassen hielt, »ich hätte
eine Schweigegelübde geleistet, so etwas ist eine Sache
des Glaubens, gegen die niemand sich zu äußern wagen
wird.«

»Du kannst essen, ohne ein Wort zu reden. Es würde genügen, wenn er dich *sehen* könnte.«

Meine arme, kleine Mutter betrachtete ihren schutzlosen Schoß. »Was sollte es mir nutzen, wenn er mich *sieht*, Mutter? Seine Gemahlin begleitet ihn.«

»Wie kann sie seine Gemahlin sein, wenn du seine gekrönte Kaiserin bist?« schnob meine Großmutter, deren Begriffe von Recht und Gesetz stets auf dem beruhen, was sie just als förderlich erachtet. Das mag sich unter ihrer Herrschaft, in ihrem Reich, wo das Recht und die Gesetze des Landes kaum mehr als eine windige Angelegenheit und nie etwas anderes als das sind, was ihr gerade gefällt, ganz gut bewähren. Doch in anderen Reichen hat man andere Maßstäbe.

»Die Prinzessin hat ihm ein Heer zur Verfügung gestellt«, gab meine Mutter zur Antwort, indem sie mich aufhob und auf ihren Schoß setzte, wie sie es in letzter Zeit oft machte, als wäre es irgendwie heilsam, mich an ihren Bauch zu lehnen. Ich hatte bemerkt, daß ihr Bauch seit kurzem in der Tat ein wenig interessanter geworden war als sonst. Rundlich wie ein Pfirsich war er, und immer warm; auch ihre Brüste umfaßten inzwischen mehr als jeweils eine Handvoll, sie ähnelten nicht länger schmalen, kleinen Birnen, sondern entwickelten ebenfalls eine gewisse Ähnlichkeit mit Pfirsichen. »Daraus folgert«, ergänzte meine Mutter mit sachlicher Verständigkeit, »daß sie *schon deshalb* seine Gemahlin ist. Jede Frau, die Zerd irgend etwas geben kann, wird von ihm mit Ehrungen überschüttet. Das ist eine der Regeln, nach denen *er* seine Macht ausübt.« Ich rutschte von ihrem Schoß und schlenderte wieder zum Springbrunnen, wo ich eine riesige Schabe gesehen hatte. Ich überlegte, ob ich mit der Tür spielen sollte. Aber ich hatte es an diesem Morgen schon zweimal getan und war beim zweitenmal von einer Frau bemerkt und gestört worden. »Du böses Mädchen, du weißt doch, daß du das *nicht* darfst. Verschwinde sofort von der Tür!« Und dabei war ich noch gar nicht fertig; es beließ mich in einem seltsamen Zustand, beim Spielen mit der Tür unterbrochen worden zu sein, daran gehindert, mich mit beiden Händen an den Türgriffen festzuhalten und mit der Türkante zwischen den Beinen zu rubbeln, es so lange zu machen, bis es mich so erregte, daß ich ›Stöße‹ zwischen den Hinterbacken spürte. Ich mochte gar nicht erst damit anfangen, falls man mich *wieder* dabei belleigen konnte, bevor ich die ›Stöße‹ fühlte; es lohnte sich nicht. Vielleicht würde ich mich später, wenn meine Großmutter fort war – meine Mutter ihres Beistands nicht mehr bedurfte –, aufs Dach schleichen und mir den Aufmarsch ansehen. »Und außerdem«, sagte meine Mutter, »das Entscheidende ist, sie war seine erste Liebe.«

»Unfug!« fuhr meine Großmutter mit allem Unmut einer Herrscherin auf. »Habe ich nicht darauf hingewirkt, daß er dich, nur dich und keine anderen Frauen lieben soll?«

»Dein Wirken ging dahin, Mutter, wenn ich mich recht entsinne, daß ich versuche, ihn umzubringen.«

»*Ach!*« stieß meine Großmutter wie im Triumph hervor. »Und deine putzigen Bemühungen, ihn zu töten, haben ihn dermaßen gerührt, daß er dich zur Gattin genommen hat.«

»Ich lehne es ab, mich ausgerechnet in einer Zeit mit ihm zu treffen«, erwiderte meine Mutter, »da er mich in seiner Heimat zur Hexe und Hure erklärt hat.« Sie erhob sich, um meiner Großmutter anzuzeigen, daß sie gehen solle. Ich sah ihr an, daß ihr davon schwindelte. Eine Sklavin, die nahbei stand, und ich, wir merkten beide auf. Die Sklavin trat näher.

Großmutter drängte die Sklavin grob beiseite und streichelte Cijas Stirn, murmelte mütterlich auf sie ein. »Nun ist er hier«, raunte sie, »in meinem Herrschaftsbereich, auf deinem und meinem Boden, und du wirst gefälligst einen Finger rühren, um seine Macht und meine

Freundschaft zu behalten. Unser kleines Land hat bereits solches Blutvergießen, einen solchen Niedergang erduldet ...! Unser kleines Volk! Ach, daß meine eigene Tochter ... Außerdem, wenn du ihm überhaupt wiederbegegnest – und du weißt, du mußt's früher oder später –, ist's vorteilhafter, es geschieht, ehe dein Leib deinen Zustand verrät.«

Mutter schauderte zusammen. Wie eine Besessene gab sie Großmutter Zeichen, die diese jedoch nicht verstand. »Die Sklavinnen«, zischelte Cija. »Ich traue deinen Sklavinnen nicht.«

Die Sklavinnen, die Großmutters etliche Fuß lange, wie eine Schlange vielfach gewundene Schleppe überm Fußboden hielten, standen mit ausdruckslosen Gesichtern da, aber ich weiß, daß sie Ohren wie Luchse haben. Großmutter bedient sich keiner Stummen, weil sie sie nicht als Spioninnen einsetzen kann (ebensowenig ist sie jemals darauf gekommen, daß ich, die ich zwei Ohren habe, aber keine Stimme, ihr für irgendwelche geheimen Zwecke nützlich sein könnte), doch an diesem Tag verlor sie die Geduld. »Um der Götter willen, Cija, ich kann ihnen ohne weiteres die Zunge herausreißen lassen.«

»Sei nicht so verschwenderisch.«

Großmutter schickte die Sklavinnen hinaus. Sie entfernten sich mit dem Ende der Schleppe, indem sie an Cija vorüberschritten, als wären sie durch ihr Verhalten unbeeindruckt, in den Nebenraum, der zu den Schwarzen Gemächern zählt, und begannen die langen Fransen zu kämmen, mit denen die Schleppe gesäumt ist. »Wieso glaubst du, ich sei schwanger?« fragte Mutter.

»Ein Mutterherz erkennt derlei an den geringsten Anzeichen«, sagte die Herrscherin in süßlichem Ton, »etwa solchen Kleinigkeiten, daß du dich beim Morgenmahl übergibst.«

»Nun, dann dürfte dir ja völlig einsichtig sein, daß es

mir übel bekäme, ihm gegenüberzutreten. Wenn er sieht, daß ich schwanger bin ...«

»Seit wann bist du's? Einen Monat, zwei? Warum sollte man ihm nicht weismachen können, es sei sein Kind? Geh noch heute abend hin und überzeuge ihn davon!«

»Mutter, hör mir ein einziges Mal zu. Diesmal wird es kein menschliches Kind sein.«

Die Herrscherin musterte Cija ebenso überrascht wie mißmutig. »Dann werde ich dir eine meiner Heilkundigen schicken. Du bist erstaunlich träge, Cija, das muß ich wirklich sagen. Es hätte schon längst etwas unternommen werden können.«

»Ich will dies Kind.« Die leichte Betonung, mit der Mutter ›dies‹ Kind‹ aussprach, prägte sich mir ein. Hatte sie sich über mich nicht gefreut? »Es ist alles, was mir von Ung-g bleibt«, fügte sie kummervoll hinzu. »Eine Frucht der reinen Liebe, die ich im Urwald kennengelernt habe, der einzigen reinen Liebe, die mir je vergönnt war.«

Wie sie es häufig tat, betastete sie während dieser Worte das Halsband, das wie eine Natter auf ihren Schlüsselbeinen liegt. Die Herrscherin – also Großmutter – besitzt ein sicheres Gespür für Geschmeide, sie kann für Schmuck viel Gefühl aufbringen. Sie verkniff die Lider. »Was ist das?« wollte sie wissen.

»Ung-g hat's mir geschenkt?«

»Ein Affe soll dir etwas *geschenkt* haben? Das räuberische Geschöpf wird's aus einem Hügelgrab gebuddelt haben ... es könnte ebensogut eine Hyäne wie ein Affe gewesen sein. Und deine Leibesfrucht ist der greifbare Beweis deines sodomitischen Treibens? Sodomie kann ganz lustig sein, aber man soll sie nicht überhöhen, meine Liebe!«

Mutter nahm mich wieder auf den Schoß, und dort schnitt ich Großmutter, die beifällig lächelte, eine Reihe greulicher Fratzen. »Ich bin mit allem fertig«, sagte Mutter ruhig. Doch ich konnte ihr Herz heftig schlagen fühlen. »Ich bin fertig mit den Lügen, dem Drittbesten, der Falschspielerei, der Zauberei und der Staatskunst ...«

»So, mit der Staatskunst willst du fertig sein?« wiederholte Großmutter wütend, denn für sie bedeutet Staatskunst das Leben, ist beides voneinander untrennbar. Großmutter trat an die Fensterbrüstung und wies mit dem Zeigefinger auf die Welt außerhalb der Läden, die unsere Gemächer vor Eindringlingen, Pfeilen und Blicken schützen sollten. »Das ist unser Land«, sagte sie mit ausdrucks- und tonloser Stimme. »Nicht *mein* Land, Cija, sondern das Land unseres tapferen kleinen Volks und *dein* Land.«

Ich betrachtete die wackere Schabe, die noch immer zwischen Wasserschwällen auf dem Rand des runden Marmorbeckens entlangkroch, in dessen Mitte der Springbrunnen plätscherte. Großmutter hielt wieder einmal ihre ›Unser-kleines-Land‹-Ansprache. Mittlerweile kannte ich sie in- und auswendig, sie war für mich etwas ähnliches wie die Kinderliedchen mit ihren Reimen, die mir die Edelfrauen vorsangen, und die Götter allein mögen wissen, wie oft Mutter sie sich schon hat anhören müssen.

»Unser Volk gleicht einer offenen Wunde«, merkte Mutter an. »Es wird immer größer und elender.«

»Ich habe es gerettet, ich hab's zusammengehalten«, antwortete die Herrscherin, »geradeso wie man eine Wunde näht. Soll ich's etwa vorm Schlimmsten bewahrt haben, damit das Land erneut verheert wird, damit man von neuem Kinder abschlachtet, das Vieh auf verwüsteter Erde grast, wieder Seuchen wüten, nur weil ein Mädchen nicht mit seinem Herrn ins Bett steigen will?«

»*Er wird nicht mit mir ins Bett steigen*, Mutter. Er wird mich nicht einmal vor Sedili schützen können. Sie ist gegenwärtig seine Lieblingsfrau. Ich bitte dich, gib's zu. Und sobald ich ihr greifbar bin, wird es ihr gelingen, ihre Bestrebungen, meine Ehre zu zerstören und mich zu vernichten, fortzusetzen und zu vollenden.«

»Ich hoffe, daß sie's versucht«, sagte die Herrscherin. »Volk und Heer werden sich erheben, und die feine Sedili wird in Schwierigkeiten stecken.«

»Dennoch wird Zerd sie unterstützen. Er benötigt ihre Scharen dringlicher, als er unsere Hauptstadt braucht.«

»Nicht wenn er sich in unserer Hauptstadt *aufhält*, Cija.« Der Sonnenschein glühte durch die Gucklöcher der Fensterläden und spielte am Fußboden Jaguar. Die Hände meiner Mutter verharrten über Obst, das ihr eine Sklavin im Laufe des Morgens hingehäuft hatte. »Wiege eine Frucht in jeder Hand, stelle dir ihren Geschmack auf der Zunge vor«, riet die Herrscherin, die Cija beobachtete. »Wie fällt man ein Urteil? Eine Frucht muß schwer und saftig sein, eigentlich ist's so, als ob man ein gutes männliches Glied aussucht.« Mutter hob nicht einmal die Schultern. Doch ihr Blick huschte wahrhaftig für einen Moment hinüber zum Fenster, wo das vielleicht beste männliche Glied der Welt hing. »Ich verstehe einfach nicht, was du gegen ihn hast«, schalt die Herrscherin in einer Anwandlung von Hoffnungslosigkeit. »War er kein anständiger Gemahl? Hat er's je versäumt, dir nach einer nennenswerten Untreue ein kleineres Geschenk zu machen? Hast du wenig von ihm gehabt, weil er soviel im Felde gestanden hat? Aber hat er dir nicht in Atlantis' Hauptstadt ein Denkmal errichten lassen, ein Standbild aus Bergkristall, wie ich gehört habe? Man hat gescherzt, keine Braut sei je mit einem größeren Ständer beehrt worden. Komm mit! Verlaß deine Hängematte. Binnen einer Stunde wird mein tüchtigstes Weib dich aufsuchen. Sie ist dermaßen tüchtig, sie ist sogar dazu imstande, meinen Busen anziehend zu bemalen, wenn ich für Liebeszwecke bestimmte Lockmittel anwenden muß – aber du hast an dergleichen keinen sonderlichen Bedarf. Der Anfang einer Schwangerschaft verleiht dir ein blühendes Aussehen, als wärst du eine von Blütenstaub pralle Magnolie.« Ich sah, wie Mutter zusammenzuckte. »Ich schicke sie zu dir. Sie ist sanft wie ein Traum.« Großmutter, die von unseren Träumen keine Ahnung hat, klatschte zum Zeichen für ihre Sklavinnen in die Hände, und sie reihten sich mit der ungewöhnlichen Schleppe hinter ihr auf. Als Großmutter unsere Gemächer verließ, vermochte Mutter endlich zu lächeln.

Doch als sie zwischen den Käfigen mit schönen, von Körnern satten Vögeln, die darin flatterten, an ihren Platz zurückgekehrt war, fiel es ihr offensichtlich schwer, sich wieder zu setzen. Zitterten ihre Beine zu stark, als daß sie die Knie hätte beugen können?

Ich sorgte dafür, daß Mutter fröhlich war, so gut ich dazu die Fähigkeit hatte. Ich sprang auf ihren Schoß, steckte ihr aus den Vogelkäfigen gefallene Federn unters Kleid, um sie zu kitzeln. Doch ihr Blick schweifte dauernd zu den finsteren Zugängen unter der honigfarbenen, von der Sonne heißen, steinernen Mauer hinüber (viele tiefe Fenster und faule Eidechsen gab es dort), die wir gegenüber unserer großen Terrasse aufragen sahen. Sie wartete darauf, daß an einem der Fenster ein roter Umhang aufleuchte, mag sein, bloß auf den entfernten Widerhall eines dunklen Gelächters, das ihr nicht an die Ohren gedrungen, sondern zwischen die Beine gefahren wäre.

Ich vermute aufgrund der Male, als sich in ihrem Zelt ein Liebhaber zu lebhaft mit ihr befaßte, um mich zu bemerken, aufgrund der Art, wie sie sich bewegte und wie nicht, anhand der Weise, wie sie manchmal begehrlich wirkte, sich bisweilen jedoch anscheinend lediglich freundlich benahm, deswegen eben vermute ich, sie war ein vorwiegend auf den Kitzler eingestelltes junges Weib, meine Mutter. Doch ich weiß, daß sie den Verkehr mit dem anderen Geschlecht schätzte. Ich weiß, daß sie sich sogar, wenn sie allein war und Sehnsucht hatte, leicht erregen, schnell feucht werden konnte. Ich besaß auch darüber Klarheit, daß es jedesmal Zerd war, an den sie so eifrig gedacht hatte, wenn sie mit einem vergnügten, von Lust gekennzeichneten Schmunzeln aufstand, rasch mit ihrem Umhang über den ledernen Stuhl wischte, von dem sie sich erhob, um den verräterischen Beweis für ihre rege Vorstellungskraft zu vertuschen – ich kannte ihre Miene, sobald sie Zerds gedachte, ihr Gesicht nahm dann ganz einen Ausdruck des Nachinnengekehrtseins an, widerspiegelte Lüsternheit, gleichermaßen Abwehr wie Drängen. In diesen Augenblicken war sie heiter und sinnlich. Aber es war eine scheue, einsame Geschlechtlichkeit, der sie sich hingab. Sie war, so glaube ich heute, nie lange genug mit einem Geliebten zusammen, um ihn bewundern und ihm vertrauen, um zu lernen und verstanden werden zu können. Natürlich kannte ich damals keine Wendungen wie ›weibliche Persönlichkeit‹ oder ›romantische Liebe‹, Worte zur Umschreibung der Not, die Frauen wie meine Mutter zwischen ihren Beinen leiden. Allerdings wußte ich schon, wie Geräusche verschiedene Körperteile beeinflussen. Und ich denke mir, ich habe für Mutter Verständnis gehegt. Während unserer Reisen habe ich sie allzu häufig starken Belastungen unterworfen gesehen.

Mutter legte sich in ihre Hängematte und erregte einen wieder kränklichen Eindruck, als die Matte unter ihrem geringen Gewicht zu schaukeln anfing. Großmutter erblickte in ihr das Reifen einer neuen Schwangerschaft. Doch unter ihren Augen lagen die Schatten vieler schlafloser Nachtstunden. Ihre Haut sah gesund aus, jedoch die Knochen darunter zeichneten sich so kantig ab wie bei einer gehetzten Katze.

Heute abend also sollte sie wieder Zerd gegenübertreten. Sie wandte ihren Blick einem Spiegel aus poliertem Metall zu (Großmutter unterhält nur wenige Glasbläser), und jedesmal, wenn die Hängematte in die Rich-

tung des Spiegels schwang, Mutter sich ihrem Spiegelbild näherte, schaute sie es an.

Der Mittagssonnenschein kroch stetig in die großen,
schwarzen Räumlichkeiten, und auch der Feldherr
Zerd, mein Vater, war in Großmutters Palast eingetroffen. Das Sonnenlicht stahl sich hinein. Der Feldherr war
völlig offen eingetreten, wie er es meistens tat (so sollte
ich noch herausfinden), begleitet von einem Heer, das
seinen Bedürfnissen und seinem Willen Nachdruck verlieh, ganz gleich, wie er so ein Heer um sich geschart
hatte. Es war heiß in diesen Schwarzen Gemächern.

Weil sie es vorzog, niemals irgend etwas halb zu machen, hatte Großmutter beschlossen, all diese Räume,
diese vornehmen, für Edelfrauen hergerichteten Gemächer in Schwarz zu gestalten. Trotzdem krauchte der
Sonnenschein herein wie Schlangenbrut. Das Sonnenlicht drang durch die kunstvoll geschnitzten Gucklöcher
in den Fensterläden ein, zerfiel in Kreise, schien Funken
zu sprühen. Es fiel in Winkel und flimmerte, schoß an
die schwarzen Zimmerdecken empor. Es hing versteckt
in den dunklen Wandvorhängen, und wenn man sie
bewegte oder schüttelte, fuhr es in schillernden kleinen
Leuchterscheinungen und Glanzlichtern wieder hervor.
Die Sonne stach uns oft so grell in die Augen, daß sie
Benommenheit verursachte, obwohl sie draußen war
und wir uns drinnen befanden. Es bereitete eine Wohl-
tat, den Blick ins Dunkel der Schwarzen Gemächer zu
wenden, die Augen darin auszuruhen, sich erholen zu
lassen, als versänke man in all dem Schwarz. Selbst die
Posaunen, in die man im Hof stieß, klangen nach *Hitze*.
Die Frauen in gestreiften Blusen und Halstüchern, die
Beinkleider locker bis fast zu den braunen Knien hoch-
gerollt, gestreiften Edelsteinen vergleichbare Frauen,
die in den Teichen des Palasts zwischen den kostbaren,
seltenen Enten Wäsche wuschen, zogen sich unauffällig
für einige Zeit zurück, um den zwei Scharen Platz zu
machen, die unter den Reihe an Reihe aufgehängten,

schneeweißen Wäschestücken Aufstellung beziehen sollten.

Ich schlußfolgerte, daß es nun für mich soweit sei, auf dem nur mir geläufigen Wege das Dach zu erklettern und mir den Aufmarsch anzusehen. Ich durfte unsere Gemächer *überhaupt nicht* verlassen. Doch der Sonnenschein erklomm das Dach wie eine Katze; und ebenso tat ich es.

Ich stieg an der Rückwand des Kämmerchens hinauf, in dem man das Linnen aufbewahrte, löste vorsichtig das Gitter der Belüftung, das ich bereits vor langem gelockert hatte. An der heißen, vergoldeten Dachrinne gelangte ich ins Freie.

Dort entdeckte ich einen toten Wächter, einen der Männer, die auf dem Dach Wache hielten; seine Kleidung war durchwühlt, durcheinandergebracht worden, sein Waffenrock verschwunden. Ich zuckte die Achseln; er war kein netter Wächter gewesen, anders als der Mann, der immer lächelte und mir ab und zu sogar Süßigkeiten gab, wenn ich durch die Belüftung aufs Dach klomm. Dieser weniger liebenswürdige, nun mausetote Wächter hatte immer neben dem Gitter in die Dachrinne gepinkelt und sein Gehänge so fein säuberlich ausgeschüttelt, daß er rundum Tropfen versprengte, doch hätte ich mich darüber beschwert, hätte ich ja meinen geheimen Ausguck offenbart, und seine Benutzung wäre mir verwehrt worden. Ich streckte mich auf dem Bäuchlein aus und kroch den heißen Stein entlang.

Da hörte ich, wie sich mir längs der Dachrinne Schritte näherten. Äußerst geschmeidige Schritte. In meinem Blickfeld zeigten sich Lederstiefel.

Ich schaute auf. Ich sah jemanden, der sich (genau wie ich) verbotenerweise hier oben herumtreiben mußte, denn er trug keinen Waffenrock: einen Mann, dessen Haut ausschließlich aus Narben zu bestehen schien, als hätte er die Blattern gehabt, danach bei Kämpfen Narben davongetragen, jedoch auch schon vor den Blattern

Narben durch ein bis zwei Waffen erlitten. Er hatte schlichte, langweilige Kleidung an, Leder mit aufgenähtem Metall, wie Mütter sie herstellen. Er senkte den Blick dunkelblauer Augen auf mich.

»Welchen Weg hat der Mörder genommen?« fragte er mich in unbekümmertem, geschäftsmäßigem Ton. »Der Kerl, der den Wächter getötet hat, der da neben dir liegt?« Als er keine Antwort von mir bekam, ich ihn nur lange ansah und dann den Kopf schüttelte, war gereizt. »Freche, stumpfsinnige Göre«, sagte er bloß noch. Er versetzte dem toten, ausgeraubten Wächter einen Tritt, schob mich mit dem Stiefel beiseite und strebte weiter an der Dachrinne entlang.

Ich erhielt keine blauen Flecken. Ich beherrsche meine Gliedmaßen jederzeit vollständig und kann ganz schlaff werden, wenn es sein muß. Nur am Handgelenk trug ich eine Schramme davon. Auf einmal hörte ich, wie irgend jemand unter dem Belüftungsgitter scharrte. Ich entwich in den Schatten, sah, wie das Gitter angehoben wurde und jemanden heraussteigen, bei dem es sich allem Anschein nach um ein altes Weib handelte, das etwas nachzerrte, es unter seinem weiten, mit einer Kapuze versehenen Umhang zu verbergen trachtete.

Eine Duftwolke, die nach Leinsamen und Mohn roch, drang ebenfalls ins Freie, und ich dachte mir, daß das jenes Weib sein mußte, dem die Aufgabe zugewiesen worden war, Mutter einzuölen, durchzukneten und zu bepinseln. Großmutter hat eine Schwäche dafür, krumme alte Vetteln zu beschäftigen, die vor ihr buckeln und sich gegenüber allen anderen Leuten mies aufführen.

Während die Gestalt mit geradezu abartiger Beweglichkeit aufs Dach kletterte, konnte ich (mein Gesicht auf den heißen, körnigen Stein gepreßt) an der Gestalt vorbei geradewegs in den Durchstieg spähen, über das gestapelte Linnen hinweg in das Gemach mit Mutters Springbrunnen. Im dünnen Lichtkegel aus Sonnenschein, der durch ein Oberlicht hoch in der Decke in die grünmarmorne Räumlichkeit fiel, schimmerte der mittlere Springquell des Brunnens grünlich. Meiner Mutter Sandalen lagen auf dem Fußboden, um sie teilten sich die Rinnsale, die über den Brunnenrand sickerten.

Ich blickte wieder das an, was die in einen Umhang gehüllte Gestalt mit aufs Dach beförderte. Natürlich war es Mutter, die die Alte mitschleifte. Mutter trug nur das Leibchen, in dem sie sich Behandlungen wie Einreibungen und dergleichen zu verabreichen lassen pflegte. Das Kleidungsstück klebte an ihren knubbligen kleinen Hüftknochen, getränkt mit den Tinkturen, von denen auch die Hände der Alten noch schlüpfrig waren. Die Aufdringlichkeit des Dufts drohte mich zu überwältigen; in meinen Ohren fing es an zu sausen, ihr Klingen schien den Posaunenschall zu verstärken. Und da war mir alles klar. Dem zum Einreiben gedachten Öl mußte ein Gift beigemischt worden sein, ein Betäubungsmittel. Nun sah ich, noch im Schutze des Schattens versteckt, auch meiner Mutter Gesicht. Ihre Augen waren halb offen, doch sie wirkten, als hätte ihr Geist den Körper geflohen.

»Seid Ihr schläfrig, Göttin?« nuschelte die Alte in dem Umhang, schleppte Mutter unterm Arm, als wäre sie so etwas gewohnt. »Das rührt von meinen äußerst wirksamen Salben her, Göttin. Der edle Feldherr wird gar aufmerksam schnuppern.«

Ich folgte der Alten über die Schräge des Dachs zur rückwärtigen Dachrinne, die trocken war und in der zuhauf Eidechsen glänzten. Die Dachschindeln begannen unter meinen nackten Zehen zu glühen. Immer schmerzen die Zehen früher als die Fußsohlen. Der zernarbte Mann, der den toten Wächter gefunden hatte, und wir bewegten uns in entgegengesetzten Richtungen übers Dach; am liebsten wäre ich umgekehrt und hätte den sichtlich sehr tüchtigen Narbigen veranlaßt, dem Geschehen ein Ende zu bereiten, und ich war davon überzeugt, er hätte es getan. Aber ich befürchtete, unterdessen Mutter aus den Augen zu verlieren.

Die Alte übergab sie, als wäre sie ein Armvoll Wäsche, einem Mann, der in einen Waffenrock gekleidet war und auf einer kleineren Terrasse wartete. Offenbar klärten die trockene Hitze und offene Weite im Freien Mutter ein wenig den Kopf. »Töte ihn!« hörte ich sie dem ›Wächter‹ befehlen, sobald sie ihn sah. Doch der ›Wächter‹ nahm vor ihrer Entführerin Haltung an.

Ich warf mich gegen die Kniekehlen des Abtrünnigen. Er packte mich und schubste mich der anderen Person zu, die jetzt ihre Verkleidung abstreifte – den Umhang – und darunter die Tracht eines Hauptmanns enthüllte. Der Hauptmann lachte. »Euer blödsinniges königliches Kind, Hoheit. Wir werden's wohl mitnehmen müssen, sonst wird's noch alles *erzählen*. Bringt's dazu, Eure Seele zu sein, Hoheit, dann könnt Ihr mit Eurem Rest, Eurem gesamten Rest, gänzlich für mich da sein.« Meiner Mutter Miene wandelte sich, und sie streckte die Arme nach mir aus. Der Hauptmann, kaum größer als das alte Weib, das er gemimt hatte, sprang auf eine noch tiefergelegene Terrasse hinab; dort standen dösig zwei gesattelte Reitvögel bereit. Er saß auf, und sein Mittäter reichte ihm Mutter hinauf. Der Soldat betrachtete mich mit unverkennbaren Bedenken. »*Es* wird nicht um Hilfe rufen, *es* kann nicht sprechen«, gab ihm der Hauptmann über mich Aufschluß. Ja, ich entsann mich an ihn, und zwar infolge der Besuche, die er Mutter abgestattet hatte, während wir in unsicheren Umständen in Vierteln der Vororte lebten – der Hauptmann war niemand anderes als mein Onkel Smahil. »Wie jedwedes Gewissen ist *es* stumm.« Samahil steckte mir einen Finger in den Mund und nickte, als ich, obschon sich meine Zunge regte, keinen Laut äußerte. Er zog die Hand zurück. Der Soldat hob mich vor sich auf den Sattel und breitete mir eine Schabracke über den Kopf. Mutter, stark geschwächt, bot ihre verbliebene Kraft für das auf, wozu sie noch imstande war, sie behielt mich im Blick, achtete darauf, daß ich nicht aus ihrer Sicht entschwand. Ich schielte meinerseits unter der Satteldecke ständig zu ihr hinüber. Smahil wickelte sie in den Umhang, verschloß ihr mit einem Zipfel den Mund, obwohl sie eindeutig noch zu stark unter dem Einfluß des Betäubungsgifts stand, um irgend etwas von sich geben zu können. »Ich habe nicht vor, dir zu sagen, du brauchst dich nicht zu fürchten, Cija«, meinte er, und sein beherrschter Tonfall bezeugte ein verhohlenes Grinsen. »Vielmehr befriedigt's mich, ja macht mich sogar *glücklich*, dich in gelinde Furcht versetzt zu sehen. Allerdings besteht beileibe kein Grund zur Panik. Du wirst dich vollauf in Sicherheit befinden. Du wirst's durchaus bequem haben. Ich habe das Trachten des vergangenen Herbstes in meinem Herzen ausgemerzt. Nun ist's Frühling, und ich lechze nicht länger danach, mich an dir zu rächen. Statt dessen bin ich gekommen, um dich zu retten.« Ich vermute, daß sie sich bei seinen Worten ein wenig rührte. Anscheinend verstand sie aufgrund ihrer alten, gegenseitigen Vertrautheit genau, was seine Worte bedeuteten. »Außer mir gibt's nichts, wovor du gerettet werden müßtest, würdest du sagen, was? Spar dir den Hohn, meine Liebe, schone deine Kräfte. Selbstverständlich ist's die Versöhnung mit deinem Gemahl, vor der ich dich errette. Es steht außer Zweifel, daß seit seiner Ankunft eure ›Aussöhnung‹ nachdrücklich vorangetrieben wird.«

Hatte Smahil bis dahin vielleicht geringe Schwierigkeiten gehabt, von nun an begegnete er jedenfalls keinen Hemmnissen. Dank seiner goldenen Abzeichen eines Hauptmanns – er gehörte zu Sedilis Heer – nahmen sämtliche Wachen Großmutters vor ihm Habachthaltung an und ließen ihn überall durch. Konnten sie ihm nicht unter die Haube gucken? Doch falls sie es taten, sahen sie darunter vermutlich nichts als eben das Gesicht irgendeines der vielen Anführer. Bereits vor Monaten hatte Großmutter seine Verhaftung angeordnet, aber im Gewirr der Gassen und Straßen in der Hauptstadt blieb man leicht unerkannt. Im Frühjahr waren zu viele neue, fremde Anführer in den Waffenröcken des nordländischen Heeres auf einmal eingetroffen. Wir ließen den Palast mit seinem Marmor und seiner Kühle hinter uns, gelangten ins schroffe Lärmen, den rauhen Wirrwarr der Stadt. Die Farben und der Krach mußten meiner armen Mutter im Kopf weh tun. Ich wünschte mir, ich könnte sie berühren. Aus dem Sattel des schwarzgescheckten Reitvogels, den der Soldat ritt – ein sieben Fuß hohes, bösartiges, streng abgerichtetes Federvieh –, hatte man einen hervorragenden Überblick aufs Leben und Treiben; der Soldat und ich folgten Smahil und meiner Mutter durch allerlei Gerüche, Geruch nach Bettlern, Duft aus Küchen und Mief aus Herbergen. Durch das locker gewirkte Gewebe der fest um mich geschlungenen Satteldecke vermochte ich genug zu sehen. Ich kannte alles, die Horden von Bewohnern der Elendsviertel, zusammengesetzt aus zahllosen Verkrüppelten, dem Erbe der mehrmaligen Verwüstung unseres Landes durch nordländische Heere, die in unserer Geschichte geschehen ist; das Flügelschlagen der Geier über den Müllgruben, die Storchennester in den Dachsparren über den Bogengängen rings um den Marktplatz, die Störche, die den großen Reitvögeln, während diese die dicken Schädel emporreckten und zu den Storcheltern hinaufkrächzten, freundlich zunickten, als ob sie sich verneigten; vor allem die Störche, wie sie mit den Schnäbeln klapperten. Sie bauten unordentliche Siedlungen auf Dachfirsten und in geborstenen Dachrinnen. Männchen standen geduldig und irgendwie kläglich auf einem Bein (in einem muldenähnlichen Nest, dessen Bestandteile sie in ihrer Faulheit aus Nestern kleinerer Vögel zusammengestohlen haben), warteten auf ein Weibchen, das vielleicht niemals kam, weil es, wie es sich leicht ereignen konnte, auf dem Flug aus dem geliebten Süden getötet oder in eine Falle geraten war, in diesem Fall ein trauriges Warten für das Männchen, denn törichterweise paaren sich Störche nur einmal in ihrem Leben. Ich wußte aus meiner Zeit in den Straßen der Stadt alles über Störche, hatte unter ihren großen Nestern gespielt, die Flößen ähnelten, manchmal acht Fuß durchmaßen und die die Tiere Jahr um Jahr mit allem ausbesserten, an das sie gerade gelangten (einmal hatte ich einen Riemen einer meiner alten Sandalen in ein aus allem möglichen Zeug wüst zusammengeflickten Nest eingeflochten gesehen). Aber etwas, über das ich nicht Bescheid wußte, waren menschliche Väter.

Welche Art von Nestern bauten sie? Weshalb befand sich mein Vater stets in einer anderen Richtung als meine Mutter auf Wanderung? Wenn es Cija so sehr widerstrebte, mit meinem Vater zusammen zu sein, waren wir möglicherweise mit Onkel Smahil günstiger dran.

Wir ritten durch eine Gasse, deren Häuserreihen, wie es schien, nur kreuz und quer gespannte Leinen voller Wäsche aufrechthielten. (Würden die Häuser nach den Seiten niederbrechen, wenn man einmal die gesamte Wäsche gleichzeitig herunternahm?) Danach überquerten wir eine andere Gasse, unter deren Kopfsteinpflaster – in Erdbuckeln ähnlichen Behausungen – Menschen wohnen; das Pflaster der Gasse gibt ihnen die Wände ab, und ein Loch ist ihnen Einstieg und Fenster.

In den verschlungenen Gassen dröhnten das Getrabe von Reiterei und das Gestampfe von Fußscharen. Die Soldaten, die hindurchzogen, klirrten wie Geldbeutel, und für Großmutter waren sie auch nichts anderes. Sie hatte eilends alle Freudenhäuser ins Eigentum des Herrscherhauses überführt; nun arbeiteten sie für den Staat. Man sah Soldaten, gelangweilt und aus Langeweile gewalttätig, in jeder Schenke, allen Herbergen, an jeder Tür und den Fenstern aller Huren. Wie konnten sie noch die Glöckchen hören, die die Freudenmädchen unmittelbar am Eingang ihrer Geschlechtsteile klimpern haben? Dieser Brauch machte es den Weibern angenehm, auch wenn sie allein umherschlenderten, stimmten die stark beanspruchten Muskeln darauf ein, den nächsten, von den süßen, gedämpften Klängen angelockten Freier wieder zu genießen. Während ich mit Mutter in der Stadt wohnte, hatte ich an dem leisen Geläute, sobald schöne Frauen vorüberschritten, meine stille Freude gehabt, doch ich bezweifle, daß heutzutage noch irgend jemand es hören kann. In vier Sprachen tönt das Gebrüll von Feldwebeln durchs Stimmengewirr der Einwohner unserer Hauptstadt; hier tummeln sich der Herrscherin einheimische Heereslümmel, Zerds erfahrene, da inzwischen an Feldzüge gewohnte Haudegen, die fesch ausgestatteten Scharen des Nordlandkönigs – unter dem Befehl seines Günstlings, Prinz Progdins – sowie Prinzessin Sedilis ›Rebellen‹-Heer, das sich vom Hauptheer jenes Königs abgespalten hatte und bei dem nun die härteste Strenge erforderlich war, um zu verhindern, daß ›Rebellen‹ den ›königstreuen‹ Soldaten, die sie verhöhnten, ihnen bei jedweder Gelegenheit *Verräter!* nachriefen, an die Gurgel fuhren. Den Angehörigen beider nordländischer Heere (also sowohl Sedilis ›Rebellen‹ wie auch den ›Königstreuen‹) hatte man das Betreten sämtlicher Hurenhäuser, Schenken und sogar der Küchen in den Wohngebäuden verbieten müssen. Der König des Nordlandes hatte Sedili die Scharen anvertraut, damit sie sie in seinem Namen und zum Nutzen des Nordreichs befehlige, sie jedoch hatte sie – gewissermaßen als verspätete Mitgift – meinem Vater, dem Drachenfeldherrn Zerd, zur Verfügung gestellt. Zum Dank für diese reizende kleine Treulosigkeit durfte sie sich wieder zu ihm ins Bett legen und war ihr von ihm der Thron, den zu besteigen er einst Mutter gebeten hatte, versprochen worden.

(Die frühere Geschichte der Begegnung meines Vaters und meiner Mutter – mit ›früher‹ meine ich die Zeit vor meiner Geburt – verstand ich erst, als mir Jahre später Mutters weitschweifig abgefaßten Tagebücher in die Hände gerieten.) Wie mein Vater all diese verschiedenen Heerscharen zusammenhielt, sie seiner Sache unterordnete, habe ich bis heute nicht begriffen. Ganz gleich, wie Mutter seine Kriege beklagte, was sollte ein solcher Feldherr sein, wenn nicht Feldherr? Tänzer? Oder Ballspieler? Wie überflüssig wären unsere hochgestellten, großen Führer, gäbe es kein menschliches Elend, mit dessen Erzeugung sie sich befassen können.

Verräter! schrien Progdins unbedarfte, mit keinerlei Ruhm bekleckerte Soldaten Sedilis Kriegern zu, wann immer sie einander irgendwo sahen. Man erzählte, es seien auf vornehmen Festessen Adliger hohe Anführer nur aus Anlaß irgendeiner Äußerung im Rahmen vordergründig zwanglosen Geplauders derartig aufeinander losgegangen, daß sie tot oder so gut wie tot auf der Stätte blieben, die eingeschlagenen Schädel unter den Röcken von Edelfrauen, sich ihr Blut mit Wein vermischte. Wenngleich es für die Öffentlichkeit hieß, es wären Verbündete, die sich hier in diesem heißen Loch von Stadt zusammengefunden hatten, brodelte es in Großmutters winzigem Königreich, als wäre es ein in der Sonne stehengebliebener Sack Reis kurz vorm Platzen. Jede Stunde erfolgten rücksichtslos Festnahmen, jede Woche fanden Hinrichtungen statt, und ständig gewährte Großmutter den Soldaten, wie sie es nannte, »den Kitzel, gegen die Ausgangssperre verstoßen zu können«.

Der Umstand, daß wir uns dem ersten Kanal näherten, der zum ausgedehnten Kanalnetz der Hauptstadt gehörte, gab Mutter nun die volle Besinnung zurück.

Wir gelangten dort, wie ich später erfuhr, in die Nähe des Freudenhauses, in dem Mutter einst als unansehnliche, untaugliche Hure sozusagen in den Streik trat. Der Gestank des Wassers war es wohl, der den Schleier durchdrang, mit dem das Betäubungsmittel ihren Geist trübte. Außerdem flößte diese Nachbarschaft, vermute ich, ihr das Gefühl ein, einen Alptraum zu haben. Ich nehme an, weil sie so romantisch ist, hat sie nie verstanden, weshalb ihre Kameradinnen sich geweigert hatten, in ihrem Gewerbe etwas Verwerfliches zu sehen.

»Smahil ...«, hörte ich sie sagen.

»Schweig still, kleine Schwester!«

»Smahil, sag mir, wohin du mich bringst. Doch nicht in deine Unterkunft?«

»Du hast Pech, mein liebes Kind; ein solches Ausmaß hat meine Verrücktheit noch nicht erreicht.«

Plötzlich gab es einen Ruck, und im ersten Augenblick befürchtete ich, vom Reitvogel zu stürzen. Der Soldat, mit dem ich ritt, hatte das Tier gezügelt und seine lange Peitsche um eine jener Schönheiten geworfen, und jetzt zog er sie am Peitschenstrang zu sich heran. Er zerrte sie, die so am weiteren Lustwandeln gehindert war, langsam aber sicher über die Straße bis zu seinem Steigbügel. In ihrer Verblüffung lächelte die Frau starr, während der lederne Strang unter ihren etlichen, an den Säumen mit Glöckchen verzierten Röcken – eine wahrhaft wohlklingende Gewandung – tiefer ins Fleisch schnitt, einen Schenkel mit einer blauen, in verwaschenem Grün umrandeten Tätowierung an der Innenseite roh einschnürte. Smahil schlug kraftvoll den Griff seiner Peitsche auf die behandschuhte Faust des Soldaten, der bereits Anstalten machte, sich die Hose zu öffnen. Dabei blieb Smahils Gesicht ausdruckslos. Der Mann stieß einen Schmerzlaut aus. Er ließ die Peitsche durchhängen. Die Schöne fiel hin. Wir ritten weiter.

Die großen, mit Eisen beschienten Klauen des Reitvogels klirrten auf einer unebenen Ausfallstraße. In den Außenbezirken dieser schäbigen Stadt roch man die unerträglichen Gerüche der Landwirtschaft; es gab keine grünen Hecken, man breitete lediglich eine Schicht Mist über älteren, verrotteten Mist, vermengt

31

mit Knochen, Kot und ein paar Kadavern von Katzen. Der tierische Mist stank in der hiesigen Gegend ge- nauso übel wie menschlicher Kot, denn im allgemeinen waren die Tiere keineswegs gesund. Wir sahen einige Viecher mit schrecklich verunstalteten Leibern herum- laufen, denen die Bauern ab und zu ein Stück Fleisch zum Essen herausschnitten, jedoch nie soviel, daß die Tiere daran sterben. Man hatte es sich angewöhnt, Lei- chen von Menschen als Vogelscheuchen zu benutzen. Die menschliche Vogelscheuche: der Stolz unserer Landbevölkerung. Das Erdreich ist fast nur noch mit Stroh bedeckt.

Unversehens schienen der Himmel und das strohbe- deckte Land zu kippen. Der Vogel trug uns – Smahils Untergebenen und mich – einen schrägen, abgestuften Laufsteg hoch, seine Krallen scharrten darauf, zerkratz- ten warmes, verwittertes, mit Getreidekörnern übersä- tes, von Flechten bewuchertes, splittriges Holz. Wir rit- ten an der Seite eines abwitzig gebauten, uralten Ge- bäudes mit zahlreichen Giebeln und verfallenen Türm- chen hinauf, in denen ich durch dunkle Löcher Hennen gackern und picken sah, als befänden sie sich sechzig Fuß tiefer auf festem Untergrund. Ein alter Weinstock, eine fürwahr riesenhafte Pflanze, umschlang üppigen Wuchses den gesamten Bau. Unser Vogel streifte mit seinem Geschirr die Ranken und brachte es ins Schwanken.

»Ist Seka wohlauf?« rief Mutter. »Nehmt ihr den Fet- zen vom Kopf!« Unverzüglich mußte sie sich überge- ben. Sobald beide Vögel schließlich ein höhergelegenes Stockwerk betraten, hob Onkel Smahil sie aus dem Sat- tel, saß mit einem geschwinden Satz selbst ab und gelei- tete sie zu einem Haufen Stroh, hielt ihre Hände, wäh- rend sie würgte und spie. Dem Soldaten nickte er knapp zu, und daraufhin zog der Mann mir die Sattel- decke herunter. Schwächlich streckte Mutter die Arme aus, und Smahil beobachtete uns, als ich zu ihr lief und während ich ihr übers Haar und ihre arme Stirn streichelte. Die Reitvögel stelzten davon in die feuchte Düsternis. Der eine Vogel stellte flink einen Fuß auf eine Ratte, die aus dem Stroh hervorflitzte. Während er sie mit der Klaue festhielt, hackte er sie mit dem krummen Schnabel tot, dann schlang er sie hinab in seinen zum Wiederkäuen bestimmten Kropf. Smahil besprach sich mit dem Soldaten, während Cija ununterbrochen auf mich einmurmelte. »Meine Perle, meine Wonne, mein Dunkelchen ...« ›Dunkelchen‹ nennt sie mich oft, weil ich bläuliche Haut habe, so wie mein Vater, der Drache. Der Soldat grüßte zackig, schickte sich an, seinen Reithandschuh auszuziehen. Doch der Daumen blieb im Handschuh stecken, in dem Smahil ihn mit dem Griff seiner Peitsche zerschmettert hatte. Der hochgewachsene Mann erblaßte, ließ den Handschuh an, damit seine Hand in einem Stück blieb, und entfernte sich, als achte er der Verletzung nicht. »Ist das ein Getreidespeicher?« erkundigte sich Cija.

»Hier bist du in Sicherheit«, antwortete Smahil.

»Dich selbst magst du betrügen, Smahil, aber mich kannst du nicht täuschen, ich brauche keine Sicherheit«, entgegnete Mutter kühn. »Du hingegen wirst nie wieder Sicherheit kennen, wenn man diese Entführung bemerkt. Bring mich zurück, solang's noch möglich ist, dann werde ich niemals irgendeinen Vorwurf gegen dich erheben.«

»Du wirst keine Aussage wider mich machen«, behauptete Smahil in träger Gelassenheit, »solange wir zusammen sind, nicht gegen mich aussagen, sollte man uns gemeinsam entdecken.«

Mutter lehnte sich, mich in den Armen, ins stark riechende Heu, das kratzte, ihre Lider sanken langsam herab, während sie Smahil musterte.

Bestand die Grausamkeit seiner Rache, ihre Bestrafung, etwa darin, daß sie ihn, falls sie wider ihn Zeugnis ablegen mußte, mit Gewißheit in Schutz nähme?

ZWEITES KAPITEL

Im Haus
der Abtreiberin

Inzwischen war von irgend jemand bereits der Steg eingezogen worden, über den wir das Gebäude betreten hatten. Hinten sah ich unten einen Hof; an der Sonne erhärteter Ton, bestreut mit Stroh, bedeckte die Erde; einen Hahn sah ich, der mit aufgerichtetem Kamm umherstakste, und die weniger farbenfrohen Hennen, die vor sich hinpickten, aber keinen Menschen. Der Hof war recht groß, erst in ziemlicher Entfernung von einem sehr hohen, efeubewachsenen Zaun eingefaßt – in dem Gewächs leuchteten wie dicke Schwellungen prächtige, blaurote Blüten –, dahinter glänzten hohe Riesenfarne im Sonnenschein, und erst hinter ihnen, noch weiter weg, erspähte ich Windungen schmutziggrünen Wassers, die das Vorhandensein von Kanälen und dichter Bevölkerung bedeuteten. Nicht etwa, daß Mutter sonderlich darauf Wert gelegt hätte, im Kreise des Volkes angetroffen zu werden; sie bevorzugte die Gesellschaft Smahils, der wenigstens etwas um sie gab, mochte es nun seine Absicht sein, sie zu behüten oder ihr Unheil zuzufügen.

Ich wäre den Zaun zu überklettern imstande gewesen. Sie dagegen nicht.

Sie redete leicht trotzig mit Smahil, so wie ich kleine Mädchen, mit denen ich spielte, mit ihren Brüdern sprechen gehört habe. »Du wirst meine Entschiedenheit nicht beeinträchtigen können.«

»Du wähnst doch wohl nicht«, antwortete er rasch, »ich hätte vor, dich darum anzuflehen, mit mir zu schlafen, während eines anderen Mannes Brut in deinem

Leib gedeiht?« Das verschlug Mutter die Sprache. Es verstand sich nahezu von selbst, daß er mittlerweile von ihrer Schwangerschaft Kenntnis hatte, nicht allein durch die Spitzel, deren er sich gewiß bediente, sondern auch infolge des überscharfen Gespürs, mit dem er alles durchschaute, was Cija betraf. In einem jedoch bin ich sicher: Ihr wäre niemals eingefallen, daß Smahil sie abstoßend finden könnte. »Als du halbnackt dort in deinem nassen Gemach gelegen hast«, ergänzte er, »vermochte ich's kaum zu ertragen, dich anzurühren.« Er äußerte diese Worte achtlos, kümmerte sich nicht einmal darum, wie sie sie aufnahm. Ihm lag nicht daran, sie zu kränken.

Dieser Moment ist es, bis zu dem ich die wahre Verhärtung des Herzens meiner Mutter gegenüber Smahil zurückverfolgen kann. Bis dahin hatten ihre Blutsverwandtschaft und alte Freundschaft sie ihm stets zugetan gehalten, und selbst in Zeiten, in denen sie ihn überwiegend haßte oder verabscheute, hatte heiße Inbrunst ihrer Abneigung alle Eigenschaften einer Haßliebe verliehen. Aber in diesem Augenblick obsiegte endgültig ihre Eitelkeit.

»Warum bin ich denn hier?« fragte sie verwirrt. »Du gedenkst mich nicht mit Liebesbezeugungen zu bedrängen. Ebensowenig hast du vor – zumindest hast du dich so ausgedrückt –, mich zu ermorden ...«

»Es ist überflüssig, mich daran zu erinnern.« Smahil vollführte eine Geste, die sie wohl beruhigen sollte. »Dir wird kein Leid widerfahren, dessen sei gewiß.«

»Smahil«, sagte Mutter in merklicher Verzweiflung, »hör auf, mit mir zu sprechen, als wäre ich eine Fremde!«

Smahils Blick nahm einen versonneneren Ausdruck an. Offenbar behagte es ihm, sie so reden zu hören. Er schlurfte gebückt durchs Stroh auf Mutter zu, holte eine ihrer Brüste aus dem Umhang, rieb kurz die Brustwarze, ähnlich wie ein Hund von einem gutmütigen Herrn am

Ohr gekrault wird. Doch sofort ließ er wieder von ihr ab, und ich konnte ihm ansehen, daß er Mutter tatsächlich lieber nicht anfassen mochte.

»Du bist es, durch die ein derartiger Abstand zwischen uns entstanden ist«, schalt er sie wortreich aus. »Ich habe mir nie etwas anderes gewünscht, als mit dir in völligem Einklang zusammenleben zu dürfen. Freilich, ich hege einen gewissen Ehrgeiz, was das Heer angeht, doch hatte ich mit den Ehren und Belohnungen, die ein solches Wirken einbringt, niemals etwas anderes vor, als sie dir vor deine seltsamen kleinen Füße zu legen, immer war es mein sehnlichster Wunsch, dir stets nah zu sein, dich liebzuhaben, dich fast wie mich selbst zu lieben, mit dir als Freundin, Schwester und Liebster in einem gemeinsamen Heim zu wohnen. Dank des üblen Blutes, mit dem du und ich zur Welt gekommen sind, müssen wir als Waisen gelten, die man getrennt, jede für sich, in eine ungeheuerlich verderbte Welt hinausgeschickt hat, in der wir durch ein Wunder zueinandergefunden haben. Warum bist du immerzu bloß fortgelaufen und hast auf meine Liebe und Zuneigung gespuckt, obschon ich nie etwas anderes im Sinn hatte, als dich zu ehren und zu lieben?«

»Und zu besitzen ...«

»Wenn du daran Mißfallen empfindest, so nur, weil du dich gegen mich aufbäumst«, sagte Smahil verdrossen. Im schwachen Glanz all des Heus verkniff er die Augen, zerriß den Strohhalm, mit dem er gespielt hatte.

»Laß mich gehen, Smahil!«

»Damit du in die Arme des Drachen zurückkehrst?«

»Ich fürchte ihn, aber er ist mein Gemahl. Bei ihm ist der Platz, an den meine Pflicht – meine Verpflichtung gegenüber meiner Mutter, meinem Land – mich weist ...«

»Ach ... hier, meine Teure ...« Smahil wandte sich an eine verkrümmte alte Vettel, anscheinend die Eigentümerin des Umhangs, den gegenwärtig Mutter trug; die

Greisin hatte sich soeben eine Hintertreppe heraufgeschleppt. Sie kam herüber und blinzelte mich stier an. Ich traute mir zu, sie gehörig gegen die morschen Schienbeine treten zu können, wenn es sein mußte. Ihre Augen waren verschleiert: Grauer Star. »*Das* ist sie.« Smahil zeigte ihr Mutter.

Die Alte streckte eine dreckige Hand aus und zupfte den Umhang beiseite. »Nur ruhig«, röchelte sie und betastete Mutters Bauch.

»Smahil«, erklärte Mutter in ungemein ruhigem Tonfall, »ich werde keine Abtreibung hinnehmen, und schon gar nicht von den Pfoten dieser Schlampe. Das Kind, das ich im Leib habe, ist mir kostbar. Es ist der Sprößling Ung-gs, meines einzigen wahren Geliebten, der mir das Leben gerettet und später sein wertvolles Leben für mich hingegeben hat, und mit ihm – versuch's getrost zu verstehen, Smahil – habe ich das einzige Mal in meinem Leben wirkliches Glück genossen, abseits von allem, was man ansonsten im allgemeinen für Glück hält, in einer Umgebung ohne Fehl und Tadel, fern aller Straßen, Hintertreppen und sogar jedem Wortschatz, fernab von ...«

»Sie wird von allen, die in Frage kommen, am verschwiegensten sein«, sagte Smahil, als ginge es nur darum, Mutters anfänglichen Widerspruch zu beantworten. »Keine Sorge, sie ist überaus geübt und erfahren, und ich werde veranlassen, daß sie sich zuvor die Hände wäscht.«

Ich hatte den Eindruck, daß es meine Gegenwart war, was Mutter den meisten Kummer bereitete. Also versuchte ich, aus ihrem Blickfeld zu bleiben. Trotzdem bin ich darüber froh, dabei gewesen zu sein.

Damals war ich wirklich noch sehr jung. Ich glaube, der Vorgang hat mir nichts ausgemacht, und ich kann mich nicht daran entsinnen, Zorn verspürt zu haben. (Schon als ich fast noch ein Kleinkind war, fand ich heraus, daß es vereinsamt und anödet, wenn man sich ärgert, ohne seine Wut hinausschreien zu können.) Aber nach meiner Erinnerung verlief trotz Mutters offenkundigem Grausen nichts so richtig schief; die Alte tat einfach Dinge, die zu unterlassen man mir beigebracht hatte. Sie kochte Wasser in einem Topf, in dem noch irgendwelche Reste klebten; ich hatte im Haus bei den Sümpfen auf der Feuerstelle Wasser kochen dürfen, jedoch nur in vorher gesäubertem Topf. Das Wasser, das hier zur Behandlung von Mutters allem Anschein nach krankem Unterleib dienen sollte, war ungefähr so sauber wie die Abwaschbrühe, mit der wir in der Spülküche die Ameisen übergossen.

Diese Alte war wieder einmal einer dieser doofen Erwachsenen, von denen wir nie unsere Ruhe hatten. Sobald solche Leute sich mit uns abgaben, konnte jederzeit alles schiefgehen.

»Haltet ... Seka fern«, sagte Mutter durch den Schweiß, der ihr von der Unterlippe sickerte, aber sie hatte die Augen dauernd zu, also blieb ich. Der Lappen, den die Alte benutzte ...! Keine Frau, die ich kannte, hätte so einen Lumpen bloß im näheren Umkreis einer Wunde geduldet. Mutter blutete. Ich zog mein Unterhemdchen aus und gab es der Alten statt des schmutzigen Lappens. Ich bezweifle, daß ihr der Austausch auffiel. Smahil taugte zu rein gar nichts. An diesem Zeitpunkt war Smahil Mutter zu sehr zuwider, als daß es sie geschert hätte, wie stark er sie demütigte, und infolgedessen erniedrigte zumindest seine Anwesenheit sie nicht, so daß ihr wenigstens diese Unannehmlichkeit erspart blieb. Obwohl er ihre Hände hielt, ihr die Stirn streichelte, starrte er, indem sein Mund verkrampft ein Lächeln andeutete – wahrscheinlich ein Lächeln eines eingebildeten Triumphs höherer Gerechtigkeit –, gleichsam glasigen Blicks nur geradeaus. Als die Alte endlich fertig war, besudelt aber stolz, tratz sie zurück. Mutter lag mit gespreizten Beinen da und stöhnte.

Smahil zuckte zusammen, bedeckte ihren Unterleib, tätschelte sie beruhigend.

Ich riß einen Streifen aus meinem Kleid – an der saubersten Stelle riß das Tuch seltsamerweise am leichtesten –, nahm Smahils Feldflasche, befeuchtete den abgetrennten Stoff mit Fusel und begann Mutter abzutupfen; sie hat mich auch immer abgetupft, wenn es mich dort juckte. Smahil zeigte sich bestürzt. »Was soll ...?« Mit einem greulichen Fluch verhüllte er Mutters Leib wieder und schubste mich so grob weg, daß ich der Länge nach hinstürzte. Die Alte ging mit Händen voller blutigen Strohs hinaus. Mutter griff nach mir, nahm mein Gesicht zwischen ihre Hände – was nichts daran änderte, daß diese Hände bebten – und blickte mir wortlos fragend tief in die Augen. Sollte das hiesige Erlebnis meine Seele verwundet haben, so wünschte sie es unbedingt zu wissen. Manchmal konnte sie sich mit mir so lautlos verständigen, wie ich es mit ihr konnte. Ich lächelte ihr auf eine Weise zu, die ich als ›mütterlich‹ erachtete, und strich ihr die Strähnen aus der Stirn. Smahil schob mich beiseite, umfing Mutter mit den Armen, nun eher dazu geneigt, sie zu befummeln, nachdem das, was ihn an beziehungsweise in ihr zeitweilig geekelt hatte, nicht länger vorhanden war. »Es ist vorbei, alles ist vorbei«, sagte Smahil schmalzig zu Mutter. »Du hast's durchgestanden, und du kannst wahrlich froh sein, jetzt fängt eine schöne Zeit an.« Als wäre sie ermattet aus übergroßem Glück, fläzte er sich neben sie, während sie wächsern bleich und halb besinnungslos im Stroh lag, sein Blick erkundete dummgeil ihre Gesichtszüge, seine Hände glitten über Kragen und Saum ihres Leibchens, als wäre sie ein Paket, das er in Kürze auspacken dürfte. Doch als sie bei einer dieser zudringlicheren Berührungen zurückschrak, zu zittern anfing und sich abwandte, nahm sein Gesicht einen finsteren Ausdruck der Mißbilligung und des Vorwurfs an. »Hat dein Kind schon etwas gegessen?« fragte er, sobald

Mutter sich wieder ein wenig bei klarem Verstand befand.

Sie sah ihn nun anders an. »*Du* müßtest wissen«, vermochte sie zu flüstern, »ob Seka gegessen hat oder nicht, seit du uns verschleppt hast.«

»Du hast überhaupt nicht an sie gedacht, nicht wahr?« meinte Smahil. »Jetzt mach Schluß mit deinem Selbstmitleid«, schlug er vor. »Glaubst du nicht auch, daß das besser wäre? Dann könntest du dem Kind, das du bereits hast, eine Mutter sein.«

»Kannst du ihr zu essen verschaffen?« fragte Mutter Smahil. Merkwürdig, aber nichts von allem, was er tat, konnte sie überraschen. Er brachte mir ein Schüsselchen voll abgekühltem Eintopf, der mir recht kam. Mutter durfte noch nichts zu sich nehmen, doch sie achtete darauf, daß ich aß. Nach wie vor tat mir der Mund infolge des verächtlichen Eindringens von Smahils Finger weh. Smahil saß da und musterte Cija düsteren Blicks, seine gleichermaßen vornehmen wie kräftigen Hände auf die angezogenen Knie gelegt.

»Cija«, sagte er, »wenn du ohne mein Einverständnis schwanger wirst oder Kinder kriegst, ist das so, als zwängst du mir gegen meinen Willen Kinder ab. Schließlich bin ich ein Teil von dir, so wie du ein Teil von mir bist.«

Ich sah Mutter an, daß diese Bemerkungen sie keineswegs so erschreckten, wie man es eigentlich hätte erwarten sollen.

Auf irgendeine gräßliche Art erfüllte es sie stets mit Staunen und Dankbarkeit, daß er ihr noch immer so ›starke‹ Gefühle entgegenbrachte. »Wenn du's anders haben willst«, antwortete sie, solltest du mir meine Freiheit lassen, denn wenn ich ein Teil von dir bin, ist meine Freiheit auch deine Freiheit.« Sie vermeinte, nichts mehr für ihn zu empfinden, und doch war ihr Umgang mit ihm versöhnlicher Natur.

Er beugte sich vor. »Freiheit ist bloß ein anderes Wort

für Feigheit«, sagte er zu ihr. »Ich bin unzertrennlich mit dir verbunden, Cija. Weißt du nicht, daß Verbundenheit etwas durch und durch Wirkliches ist, das dein beschränktes, weltflüchtiges Dasein mit Glanz ausstatten kann? Ich werde mit dir verbunden sein, bis wir beide sterben. Mein Schicksal ist mit deinem Geschick verknüpft, so wie der erste Mann eine unwiderruflich schicksalhafte Tat vollzog, als er die erste Blutschande beging, nämlich mit seiner Tochter, dieweil ja das erste Weib aus des ersten Mannes Körper erschaffen worden ist.« Er fauchte sie regelrecht an, schimpfte ihr seine angebliche Liebe ins Gesicht. »Und was hast *du* mit deinem vom Mann geschenkten Leib angestellt? Sieh her, wie erregt ich bin!« Er öffnete die Hose und stellte seinen aufragenden Piephahn zur Schau. »Wo soll ich dich nun ficken? In deine Wunde?« Das Licht der im Sinken begriffenen Sonne fiel herein, färbte das Heu von neuem blutrot, alles Heu blutrot, die großen, gräulichen Wolken verhingen den Himmel mit einem Wolkenvorhang, und keine einzige Grille zirpte.

Ich schmiegte mich an Mutters geplagten Körper, um zu schlafen, nachdem ich mich bemüht hatte, es ihr so behaglich wie unter diesen Umständen möglich zu machen. »Ja, Stumme, tröste deine Mutter«, sagte Smahil, »sorge dafür, daß sie schläft, Schweigsame.« Dann ließ er uns endlich allein, wie Eisen der Selbstgerechtigkeit dröhnten seine Schritte auf dem Laufsteg; mit ungetrübtem Gewissen begab er sich hinaus in die rot angelaufene Welt, nachdem er der Alten Münzen in die blutige Pfote gedrückt und sie damit beauftragt hatte, ein Auge auf uns zu haben; vermutlich freute er sich auf morgen, wenn er zurückkehren würde, um seine geläuterte Schwester, die geleert und gereinigt worden war wie ein heiliges Kultgefäß, zu begrüßen, und zweifellos erwartete er, daß sie sich nach einer Nacht anständigen Schlafs angemessen dankbar erwies und wie früher mit ihm verkehrte.

Ich träumte einen scheußlichen Traum. Ich wanderte durch die Straßen einer Stadt, die jenen Straßen ähnelten, die wir auf dem Weg zu diesem unheimlichen Bauwerk durchquert hatten, und mit einer gewissen Erregung stellte ich fest, daß all das Häßliche irgendwie *belanglos* blieb, kein Bestandteil des Lebens selbst war, sondern sich lediglich an der Oberfläche zeigte, so wie schmutziger Schaum auf dem Wasser schwimmt; oder es kann sein, es war umgekehrt, nämlich so, daß ich, die ich nur mit einem ausgeliehenen Körper, in einer nur für diesen Traum ausgeborgten, nichtstofflichen Gestalt anwesend war, keine Bedeutung für die Straßen besaß. Die Dächer begannen sich über mir aneinanderzuschieben, zu schließen, die dreckigen, beängstigend engen Straßen rückten von allen Seiten auf mich zu. Ich entdeckte einen Buchladen und ging hinein. Im Innern des Ladens war es sehr dunkel, anders als im einzigen Laden unserer Hauptstadt, in dem es neben Papier und Tinte auch einige Bücher zu kaufen gab und in den Mutter mich oft mitnahm, ehe sie in die Abgeschiedenheit in Großmutters Palast umzog, die fast an Schutzhaft grenzte. Lange Gänge verliefen durch die Dunkelheit, gesäumt mit muffigen Büchern, deren Reihen bis unter die braunfleckige, durchgesackte Decke reichten. Die Bücher rochen allesamt so feucht, daß ich beinahe glaubte, sie hätten samt und sonders einmal länger im Wasser gelegen. Jedenfalls waren es tote Bücher, ermordete oder womöglich ertrunkene Bücher, sonst wäre mir nicht erlaubt worden, unbeaufsichtigt zwischen ihnen herumzulaufen; denn lebendige Bücher sind etwas vollständig anderes, zu gefährlich für die Art von Welt, in der ich gefangen war. Ein komischer, zwergenhafter Buchhändler taperte durch die Gänge, hustete zwischen benachbarten Buchreihen, behielt mich für den Fall, daß ich Bücher las, ohne sie zu kaufen, unter Beobachtung. Ich nahm einen Band von staubig-klammem Aussehen zur Hand und schlug ihn auf, blätterte darin, bis eine Abbildung meine Aufmerksamkeit erregte – das Bild zeigte gerade so einen Gang wie den, in dem ich stand, als könnten hier selbst die Künstler an nichts anderes als die allgemein ersichtliche Umgebung denken oder wagten es nicht. Doch im Hintergrund, am Ende des abgebildeten modrigen Gangs sah ich die winzige, fast schimmernde – das meine ich so, wie wenn eine farbige Darstellung auf goldenen Untergrund gemalt ist und das Gold durchschimmert – Gestalt eines Mannes stehen. Auch aus der ›Entfernung‹ bemerkte ich deutlich seinen scharfen Blick (ich hatte schon umblättern wollen, war jedoch durch eben diese Schärfe seines Blicks davon abgehalten worden). Als ich ihn genauer betrachtete, begann er mit einem Mal zu leben und kam auf mich zu. Sein Blick war in meine Augen gerichtet. Obschon er unverändert nicht mehr als eine Abbildung war, schien er wirklicher als die vordergründige ›Wirklichkeit‹ der weiträumigen, schmuddligen Örtlichkeit ringsum zu sein. Mein Herz fing zu hämmern an. Ich hegte die Überzeugung, er werde aus der Seite des Buchs *hervortreten*. Das wäre zu schön, um wahr zu sein. Und er *tat es*. Unverwandt schaute er mir in die Augen, trat aus dem Buch und zu mir. Ach, dieser Großmut seines Herauskommens! Er verhieß kein Wunder, er wirkte einfach ein Wunder. Da erwachte ich. O du Mann, du hast mich doch hereingelegt. Erst hast du ein Wunder getan, und dann war es doch nicht wahr: denn ich wachte auf.

Besorgt sah ich inmitten der graugetönten Dunkelheit, nur geringfügig gemildert durch das bißchen Helligkeit, das aus dem Freien ins Speichergebäude drang, Mutter an. Sie war hellwach, war es anscheinend schon seit langem, starrte empor ans Gebälk.

Ich überlegte, daß jetzt eine günstige Gelegenheit zum Abhauen sei. In einer Ecke bemerkte ich die Alte, doch sie schlief, röchelte und schnarchte. Die beiden Reitvögel, die am anderen Ende des Stockwerks angebunden waren, verhielten sich still, als ob sie auf einer Hühnerstange pennten. Doch ich begriff, daß Mutter viel zu schwach war für eine Flucht. Sie sah so aus, wie ich mich gefühlt hatte, als ich einmal Fieber litt und nicht aus eigener Kraft von meiner Matte aufzustehen vermochte.

Unsere Zeit würde kommen. Am nächsten Tag gedachte ich unser Entweichen zu bewerkstelligen; oder keinesfalls erheblich später.

So dämmerte denn ein neuer Morgen; allerdings nur sehr langsam.

Knirsch-knirsch überquerten irgendwelche Stiefel den schrägen, mit Stroh besäten Laufsteg, der ins Gebäude führte. Smahils Stiefel und Sporen hätten anders geklungen. Folglich war es nicht Smahil, der uns aufsuchte, um uns einzureden, wie nun alles zum Besten stünde, alles in unserem Interesse geregelt sei.

Statt dessen war es ein Mann, der mit Seifen und Salben handelte, ein Krämer, und beim Anblick des nützlichen, vorzüglich genähten Sacks, den er dabei hatte, fühlte ich mich sofort wohler. Die Alte begrüßte ihn und reichte ihm als Morgentrunk eine Schale mit einem Gesöff, das wohl (wie ich gleich darauf schlußfolgerte) aus mit den Häutchen von Weintrauben gefärbtem Essig bestand. Sie brachte eine solche Schale auch Mutter, die mich davon trinken ließ – »Ein Schlückchen Wein wird dich aufmuntern, mein Goldstück.« –, bis ihr auffiel, was für Gesichter ich schnitt.

»Tja, da seht Ihr's, ehrenwerte Edle«, sagte die alte Eule hocherfreut zu Mutter, »weshalb Ihr gerade hier seid. Ihr braucht Euch nicht zu entschuldigen, wiewohl ich Euch angemerkt habe, daß Ihr Euch in den Händen einer Pfuscherin wähntet. Doch finden sämtliche Anführer der Heere sich mit ihren Liebsten bei mir ein, und der Grund ist, welches große Maß an Reinlichkeit bei mir herrscht.«

Der Krämer wiederum prahlte mit seinen Verkäufen

an Kaiserin Sedili. »Mit welcher Begeisterung diese Frau badet!« Er lachte auf. »Sie ist eine Frau, für die die Beschaffenheit ihrer Haut *gewaltige Bedeutung* hat«, erklärte er unverhohlen beifällig. »Und sie achtet darauf, ihrem Gemahl auch den Genuß jener Mittelchen zu schenken, die diesen oder jenen *Geschmack* haben, sobald der Mund ins Spiel kommt. Sie ist eine wahre Drachenbraut. Kein gewöhnlicher Mann käme mit ihr zurecht. Die meisten Kerle würde sie schlichtweg verschlingen, sie würde sie aufsaugen, und sie wären für immer verschwunden. Sie baut auf mich. Wegen meiner Verschwiegenheit. Oh, was könnte ich nicht alles darüber erzählen, wie die edle Kaiserin ihren Leib pflegt!«

Die Alte sah, daß Mutter zu schwach wirkte, als daß sie selber zum Essen imstande gewesen wäre, also nahm sie einen Löffel und machte sich daran, Mutter mit Brei zu füttern. Mich mißachtete sie dagegen, und der Krämer betrug sich gleichartig; beide schauten mich voller Unbehagen an, wenn es sich nicht *vermeiden* ließ, mich anzusehen, als wäre ich etwas Abgetriebenes, das Ergebnis einer verpfuschten Abtreibung, deren Mißlingen mit einem *Kind* geendet hatte.

Doofe Erwachsene waren eine Sache; doofe Erwachsene waren der Erzfeind, die Art von Mensch, in deren Macht man so leicht fallen konnte, gerade weil man nicht damit rechnete, daß sie sich als gar so doof herausstellten. Zu diesen Leuten zählte die Alte, und dazu gehörte auch Onkel Smahil. Er war entweder verdreht im Kopf oder voller Bosheit. Vielleicht war das eine nicht ohne das andere möglich.

Dümmliche Erwachsene hingegen sind eine gänzlich andere Angelegenheit. Bisweilen können sie tatsächlich überaus nützlich sein. Der Händler war eindeutig ein dümmlicher Mensch.

Als ich in seinen vielen Fläschchen zu kramen anfing, kümmerte er sich nicht darum; er vermutete, daß ich sie bewunderte. Ich fand das Behältnis mit dem Schlafbalsam; der Mann hatte angeberisch mit dem Finger darauf getippt, als er ihn erwähnte. Ohne daß jemand es sah, öffnete ich den Knoten des um den Flaschenhals gewundenen Zwirns.

Ich hob das Fläschlein mit dem Schlafbalsam, entstöpselte es (kaum war es offen, konnte ich das Zeug riechen) und schüttete den beiden blöden Erwachsenen die Tinktur in die Gesichter. Die Alte prustete, ihre Augen begannen sich zu röten. »He, was soll das, was hast du vor?« faselte der Händler, aber ich spritzte ihm bereits den Rest ins Gesicht, als würfe ich einen Pfannkuchen in die Höhe. Naturgemäß war das kein sonderlich wirksamer Angriff. Aber während das Paar noch verdutzt war und halb geblendet, raffte sich Cija auf, grapschte sich den Sack des Krämers, stülpte ihn der Alten über den häßlichen Kopf und verschloß die Zugschnur, sobald sie sie angezogen hatte, mit einem festen Knoten. Der Mann zeigte Neigung, dagegen einzuschreiten, doch waren seine Augen vom hineingespritzten Balsam geblendet, seine Sicht getrübt, und ich rannte mit großer Wucht gegen ihn, rammte ihm meinen Kopf in den abscheulichen Wanst, so daß Cija unterdessen dazu Gelegenheit erhielt, sich eines Messers zu bemächtigen.

»Wenn du bleibst, wo du bist ... werde ich dich verschonen ...«, versprach sie ihm mit unsicherer Stimme. Er bewahrte Abstand, tänzelte vom einen auf den anderen Fuß, bis ich vermeinte, ihm müßten die Knie auseinanderfallen. Mit der freien Hand zauste Mutter meinen Schopf. »Gut gemacht, mein kluger, schlauer, kleiner Liebling«, lobte sie mich. Sie schickte sich an, einen der zwei im Hintergrund angebundenen Reitvögel zu satteln. Der Vogel war kein friedfertiges Tier (diese Biester sind selten friedlich), jedoch gut abgerichtet – er gehörte der Reiterei Prinz Progdins –, und sobald er an Mutters Händen spürte, daß sie den Umgang mit Reitvögeln gewohnt war, ließ er sie gewähren, verhielt sich sogar entgegenkommend, indem er seinen Hals, dem eines Lamas nicht unähnlich, zur Seite bewegte, wenn es sein mußte. Mutter band ihn los und hob mich in den Sattel.

Dann schaffte sie es, wenngleich aus Mattigkeit ziemlich unbeholfen, hinter mir aufzusitzen. Sie hielt mich fest, und gleich darauf polterten wir den Laufsteg hinunter. Draußen hieß uns der Morgen willkommen. Der Mann wagte einen halbherzigen Versuch, uns zu verfolgen, gab ihn jedoch bald auf. »Den Preis für ein ganzes Ösel Tinktur schuldest du mir«, rief er Mutter jedoch in weinerlichem Ton nach und fügte hinzu: »Verdammte *Hexe!*« Man hätte meinen können, er sei der Auffassung, seiner Ehre Abbruch zu tun, wenn er jemandem, der von seinen Waren gestohlen hatte, ein so schauderhaftes Schimpfwort nachschrie.

Hennen rannten umher, ähnlich wie der Krämer, versuchten aus unserem Weg zu flüchten, sausten in Wahrheit aber im Kreis und unserem Reitvogel wiederholt vor die Klauen, denen sie doch zu entfliehen trachteten. Eine um die andere hüpften sie daher vom Laufsteg, gackerten und flatterten, schlugen auf irgendwie trübselige Weise mit ihren Flügeln. An die Morgenluft gelangt, fühlte ich mich auch dementsprechend, nämlich froh und heiter. Allerdings war ich mir darüber im klaren, daß es Mutter nach wie vor schlecht gehen, sie noch Schmerzen haben mußte. Was sollte werden, falls sie aus dem Sattel fiel?

»Frisches Blut besitzt eine wundsäubernde Wirkung«, sagte Mutter leise zu mir. »Blutvergiftung, das war's, wovor ich mich fürchtete, obwohl Smahil, um dagegen vorzubeugen, eine Salbe aus Bärenkot verwendet hat.« Sie machte, nachdem wir nun gemeinsam entronnen waren, auf mich einen recht wohlgelaunten Eindruck. »Ich weiß, daß dies die richtige Richtung ist«, meinte sie, und ihre Stimme drückte eine gewisse Freude aus. »Im Bereich der Handwerkerviertel, in denen deine Großmutter und ihre Ahnen zu wohnen pflegten, als sie dem

Volk noch näherstanden, sind die Kanäle stärker verschmutzt.« Wenn sie mit mir allein ist, bemüht sie sich stets darum, nahezu unablässiges ›Geplauder‹ mit mir zu betreiben, als sorge sie sich, es möchte mich grämen, dazu außerstande zu sein, sie zu unterhalten. Sie versucht, einen Blick dafür zu haben, was mich besonders interessieren könnte, so daß sie im günstigsten Fall diesbezügliche Bemerkungen äußern kann. Nach einer Weile hörten wir beträchtlichen Lärm, das Getöse heftigen Aufruhrs. »Während Progdins Heer, wie's für heute vorgesehen ist, durch die Hauptstraßen zur Stadt hinauszieht«, erläuterte Mutter, »dürfte es in den Nebenstraßen vergleichsweise ruhig sein. Doch längst nicht alle Straßen in deiner Großmutter Hauptstadt sind Nebenstraßen.« An einer Ecke gerieten wir in den Krawall, und Mutter sprach einen Mann an, einen Fußgänger, während wir uns mit der übrigen Menschenmenge an eine Mauer drückten, um Progdins Soldaten vorüberzulassen, die in dichten Kolonnen dahinstampften. »Lautete das allgemeine Einvernehmen nicht, Progdins Männer sollten außerhalb der ihnen verbotenen Örtlichkeiten nicht angegriffen werden?«

»Steinewerfen«, rief er ihr mit Städtern eigentümlicher Spitzfindigkeit zu, »bedeutet keinen *Angriff*.« Und er schleuderte seinen Stein, als alle Ansässigen in der Straße ihre Steine warfen.

In einem Steinhagel durch eine Straße zu marschieren, ist die ärgste Widerwärtigkeit im Zusammenhang mit irgendeiner Art der Fortbewegung, die ich mir auszumalen vermag. Seitdem habe ich oft unter solchen Umständen Städte verlassen (und betreten). Es ist grauenvoll. Doch Progdins Soldaten kamen kaum einmal aus dem Tritt. Meistenteils blickten sie stur geradeaus, ab und zu jedoch stießen sie wahllos diesem oder jenem der Leute, die die Straße säumten, eine dazu geeignete Schwertscheide in die Magengrube.

Bitte, flehte ich unseren Vetter an, unseren kleinen

Familiengott, laß nicht zu, daß ein Soldat ins Gesicht getroffen wird. Aber da geschah eben dies genau vor meinen Augen, und ich befürchtete schon, der Soldat werde, wenn ich das nächste Mal hinschaute, kein Gesicht mehr haben. Trotzdem schaute ich hin. Eins seiner Augen füllte sich mit Blut, das jedoch nur aus einer Platzwunde an der Braue stammte, und es hatte den Anschein, als empfände er es als Erleichterung, nun endlich eine grimmige Miene aufsetzen zu können, statt ein gleichmütiges Gesicht machen zu müssen. Sein Nebenmann packte ihn am Arm, um ihn in der Reihe zu halten. Ich versuchte zu verstehen, was es zu bedeuten haben mochte, daß mir meines Gebets Erfüllung im Handumdrehen versagt worden war, befand aber, daß ich zuviel verlangte, wenn ich darin eine Botschaft entdecken zu können erwartete; der Vorfall war des Soldaten, nicht meine Sache.

Unser Reitvogel ertrug das Wüten erstaunlich gut; wahrscheinlich war er selbst schon das eine oder andere Mal im Steinhagel aus einer Stadt hinausgezogen.

Ich spürte, wie sich hinter mir im Sattel Mutters Haltung versteifte. Ich schaute umher, um festzustellen, was so ihre Aufmerksamkeit erregte. Ein Mann, der keinen Waffenrock trug, ritt vorbei. Er war in ein schlichtes, dunkles Gewand gekleidet, auf dessen Schultern ich Schuppen aus seinem Haar erspähte, doch daß es sich bei ihm um eine wichtige Persönlichkeit handelte, erkannte ich daran, wie er die Zügel um den Sattelknauf baumeln ließ, statt sie, wie die anderen Heerführer, straff zu halten. Er blickte herüber, sah offenbar Mutter, neigte knapp das Haupt. Nach kurzem Zaudern verneigte sich auch Mutter in seine Richtung. Dann trat sie den Reitvogel in die Flanken, und nach und nach bahnten wir uns einen Weg in eine weniger bevölkerte Straße.

Mutters Atemzüge gingen schwer. »Das war Prinz Progdin«, teilte sie mir mit leiser Stimme mit, sprach

ungewöhnlich schnell, während unser Vogel dahinstapfte. »Ich denke mir, vielleicht wird er Smahil *nicht*
erzählen, daß er mich gesehen hat. Soviel ich weiß,
bleibt er vorwiegend für sich und hält sich zurück. Aber
ich habe mich schon oft gefragt, wie er inzwischen dazu
stehen mag, daß seine Unterstützung der Priester gegen
die Herrscherin im vergangenen Jahr ein Fehlschlag
geworden ist. Sie hat Glück gehabt, die Priester Unglück. Progdin selbst ist allerdings viel zu mächtig, als
daß deine Großmutter ihm irgendwie zu schaden vermöchte. Darum hat sie ja andere, zum Beispiel Smahil,
zu Sündenböcken gemacht, und hat vorgetäuscht, von
Progdins Beteiligung keinerlei Kenntnis zu besitzen.
Das hat Progdin gefallen, weil er ebenso verschwiegen
ist. Er hat sich den Befehl über die Scharen verschafft,
die ursprünglich von Smahil aus dem Norden herangeführt worden sind. Progdin ist seit langem ein Günst-
ling des nordländischen Königs. Tja ...« Hier begann
ihre Stimme sehr versonnen zu klingen. »Die Verhältnisse sind in Bewegung geraten. Der Drachenfeldherr
würde nicht dulden, daß Progdin und seine vier kriegs-
starken Scharen abmarschieren, hätte er nicht insgeheim vor, ebenfalls recht bald loszumarschieren, um sie
einzuholen und nach Möglichkeit seinem Heer einzu-
verleiben. In Kürze wird er fort sein, meine liebe, kleine
Seka, der Drache wird weg sein, und wir werden den
Palast wieder ganz für uns haben.«

Während wir das Gelände des alten Handelshafens
überquerten, wo es zur Zeit auch völlig still war,
schwieg Mutter; anscheinend hatte mittlerweile so gut
wie jeder eine Seeblockade gegen jeden verhängt, und
die Rücken vieler Müßiggänger scheuerten die Mauern.

Auf dem großen, gepflasterten, halbrunden Platz
vorm Haupteingang des Palastes wimmelte es gleichfalls von Menschen, vornehmlich aus dem Grund, weil
in der Nachbarschaft irgend jemand ein Haus angezün-

det hatte. Die Leute drängten sich überall und gafften, und Rußflocken schwebten durch die Luft.

»Wir werden uns auch unter die Menge mischen«, kündete Mutter an. »Wir warten bis zur Mittagsstunde, wenn weniger Betrieb herrscht. Dann können wir uns in den Palast schleichen und brauchen vielleicht bloß einen Wächter aufschrecken.« Sie fügte hinzu, es sei denkbar, daß man sie, falls Sedilis Häscher uns ergriffen, foltern werde, derweil Sedili, die ungern nur einen einzigen Moment ihres arbeitsreichen Tages vergeudete, einen Brief diktierte und sich die Nägel anmalen ließ. Mutters Stimme bezeugte sowohl Furcht wie auch Spott, und sie drohte ihr zu versagen.

Daraufhin empfand ich nun doch Zorn, obschon ich im ersten Augenblick darüber im unklaren blieb, was für ein Gefühl des Atemstockens das war, als bohre mir jemand einen Dolch in die Brust. Es ist mir unvertraut, das Gefühl des Zorns, aber ich glaube, wäre ich wesentlich größer als Smahil, ich brächte ihm das garstige Gebiß zum Klappern. Am liebsten hätte ich jemandem eine Nachricht übermittelt und gebeten, Smahil etwas zu tun. Mir kam der Gedanke, daß der Drachenfeldherr der richtige Mann sein könnte, um mich an ihn zu wenden. Daß er gefährlich war, glaubte ich Mutter. Dann aber war er womöglich auch für Smahil eine Gefahr.

Selbst in meinem Alter empfand ich es als unerträglich, daß Mutter nicht schlicht und einfach ihren Wohnsitz betreten konnte. Abgesehen davon, daß sie fortwährend Unruhe stiften, könnte man meinen, all diese mörderischen Gäste wohnten mit größerem Recht als sie im Palast; sie täuschten vor, hochanständig zu sein, bis sie eine Gelegenheit zum Zuschlagen fanden, und jetzt, da Mutter sich schutzlos und verkleidet in den Palast stehlen mußte, war so eine Gelegenheit da, konnten sie sie sich greifen: Niemand fragte nach einer Kranken in einem alten Umhang, die an einem Tag allgemeinen Krawalls in der Stadt kurz vor Mittag verschwand.

Mit einem Aufseufzen, das wie ein Schluchzen klang, beugte sich Mutter über den breiten Nacken des Reitvogels. Ich ließ mich aus dem Sattel rutschen, kletterte am großen, kübelartigen Steigbügel hinab; seither habe ich herausgefunden, daß solche Steigbügel in der Schlacht für den Reiter ungemein schlimme Folgen haben können, doch ist es möglich, mit ihrer Hilfe die Nachteile schlechter Gurtgeschirre auszugleichen.

Ich ging zu einem Obst- und Gemüsehändler. Er bot auf einem Karren stachlige Früchte feil, die er nur mit Handschuhen anfaßte; in der Mitte des Karrens stand inmitten der Früchte ein dicker Eisklotz, der von hoch droben in den Bergen stammen mußte. Der Händler hatte mit seinem Karren einen Platz unter einem Magnolienbaum besetzt und den Aussätzigen verdrängt, der ansonsten im Schatten zu hocken und zu betteln pflegte. Der Aussätzige lag in der Sonne und japste, und die Mittagsstunde war nah.

Wortlos hielt ich eine Hand hin. Der Obsthändler lachte mich aus.

»Eine überreife Jamsknolle kriegte sie für 'ne Kupfermünze«, sagte aus dem Sonnenschein der Aussätzige. »Dir 'ne faule Knolle abzunehmen, wäre 'ne allzugroße Gefälligkeit.«

Seine Einmischung verblüffte uns zunächst, dann lachte der Händler nochmals, warf eine Jamsknolle in den Staub und schaute zu, wie ich sie auflas. Ich lief zurück zu Mutter, obwohl mir die Hüfte schmerzte, weil ein Hund, als er nach der Knolle schnappte, mit seinem beinahe schweinsähnlichen Kopf gegen mich gestoßen war; doch ich hatte die Knolle. Ich reichte sie Mutter, die sie nahm und sofort wieder fortschmiß, erneut in den gelblichen Dreck. »Das Zeug darfst du nicht anrühren, Seka«, sagte sie in scharfem Ton. Ich war hungrig und schaute der Knolle bekümmert nach. Sie rollte übers Pflaster, und die Hunde sprangen hinterdrein.

Ich kauerte mich im Schmutz des Marktplatzes hin,

da es sonst keine Möglichkeit zum Sitzen gab, schlang meine Arme um die Knie. Braungelber, klebriger Staub wehte mir in die Augen, als ein Wagen vorüberfuhr, seine schweren Räder rumpelten. Ich versuchte, einen Blick durchs Fenster ins Innere des Gefährts zu erhaschen, für den Fall, daß sich darin Großmutter oder irgendeine Edelfrau befände, die wir kannten. Auf der Seite des Wagens glitzerte ein Wappen, gleißte dermaßen in der Sonne, daß mir der Widerschein in die Augen stach.

Der Wagen dröhnte vorbei, aber sein Glanz blieb, flimmerte mir vor Augen. Dann sah ich vor mir Stiefel, nagelneue Stiefel mit goldenen Schnörkeln als Verzierung. Höflichkeitshalber erhob ich mich, wie kleine Mädchen es tun sollen, wenn Erwachsene vor ihnen stehenbleiben. Dem Wagen war eine Edle mit hellem Haar entstiegen. »Was für ein nettes, kleines, bläuliches Mädchen«, rief sie. »Wahrlich, bin ich dir nicht schon einmal begegnet, liebes Kind?« Ich hörte häufig von Leuten, daß sie mich schon irgendwo gesehen hätten. Die Edle war eine schöne Frau, also nickte ich, obgleich ich mich nicht an ihr Gesicht erinnern konnte. »Ist deine Mutter bei dir, mein Liebchen?« erkundigte sich die Edle.

Cija trat an meine Seite und ergriff meine Hand. Obwohl es kurz vor der Mittagsstunde war, fühlte Mutters Hand sich eiskalt an. Sie bewegte sich sehr langsam, um nicht zu lahmen.

»Wie ich sehe, Sedili, entsinnt Ihr Euch meiner Tochter Seka«, sagte Mutter.

»Ei gewiß!« Sedili faßte ihre Begleiterin am Arm. »Meine Beste, wir wollen ein Bad nehmen.« Ihre Zofe vollführte vor der bleichen, jungen Frau im blutbefleckten Umhang widerwillig einen gezierten Hofknicks. Sie und Sedili staksten auf eine Weise durch den Schmutz, die ich ziemlich lustig fand. Sedili hob die Röcke an, damit sie nicht durch den Staub schleiften, und über ihren hohen, golden verzierten Stiefeln sah ich ihre enge, mit Spitzen und Stickereien versehene Hose. Sie roch nach irgendeinem atemberaubenden Duftstoff, hauptsächlich aber nach Gesundheit und Kraft. Goldstaub war auf den Muskeln und Grübchen ihrer Knie und Oberschenkel verstrichen, die sich in meiner Augenhöhe befanden. »Komm, kleine blaue Prinzessin!« Sedili streckte mir ihre Hand hin, und ich legte mein schmutziges Fäustchen hinein. Sogar ihre hübschen, dicken, goldenen Knie hatten Muskeln, stellte ich mit Bewunderung fest.

Wir stiegen die hohen, geäderten Marmorstufen empor. Der Obst- und Gemüsehändler glotzte uns nach, als stünde die Welt plötzlich Kopf.

Sedilis Gemächer glichen einer Orgie prunkvoller Vornehmheit.

Sie entledigte sich ihrer Hose, nahm auf einem Hokker Platz und spreizte die Beine, raffte ihre bauschigen Röcke hoch. Ein Page, ein schmales, geschmeidiges, also dafür bestens geeignetes Bürschlein, kniete sich zwischen ihre Schenkel und begann deren Innenseiten einzusalben, das Gesicht gerötet und nur eine Handbreit von ihrer duftenden, einladend geöffneten Lustgrotte entfernt.

Mutter stand dabei, litt Schmerzen, wie ich wußte, und versuchte so zu tun, als schlottere sie nicht. Sklaven schleppten Körbe voller Früchte und säuberlich geputztem Gemüse an. Sedili glaubt an einen gesunden Geist im Körper einer gesunden Amazone. Mit feinfühligen Bewegungen drückte sie unaufhörlich die vergoldete Springfeder eines Handspanners zusammen, eine Übung, die den Zweck hatte, das Handgelenk ihres Schwertarms beweglich zu halten.

Mein Interesse am Geschehen schwand erheblich, als ich erkannte, daß man keineswegs im Sinn hatte, mir Gift zu verabreichen, sondern ein *Bad*. Eine feine Behandlung für Cijas Tochter.

Zwei stämmige Sklavinnen legten Hand an mich. Sie senkten mich ins Wasser eines Beckens, das für mich zu tief war, und auf einmal war mir zum Weinen zumute. Mutter sah mir ins Gesicht und mußte plötzlich lachen. Sie kam herüber und kniete an der Einfassung des Beckens nieder, noch immer in den entwendeten, greulichen Umhang gehüllt. »Das ist schon recht, meine Perle«, sagte sie leise. »Davon wirst du schön sauber.«

Von ihrem Hocker aus schaute Sedili mich an. »Nehmt reichlich Seife!« befahl sie. »Nur Mut, kleiner Bläuling!« rief sie mir zu. »Meine Dienerinnen werden jetzt ganz lieb zu dir sein und dich richtig reizend zurechtmachen, so wie's sich für dich ziemt.« Man tauchte meinen Kopf unter. Verschwommen sah ich die Sklavinnen, die mich festhielten, junge Frauen, durchs Wasser blau anzuschauen, blauer als ich, froh und munter und quicklebendig wie Pantherweibchen, sie rollten vor Heiterkeit mit den Augen, der Dampf schlug sich auf ihren dicken Brüsten als Tropfen nieder, die zu den krausen, rötlichen Brustwarzen hinabbrannten und fast sofort abfielen, sobald sie dort hingen; Sedili saß auf ihrem Hocker, ebenfalls gutgelaunt, und beobachtete aufmerksam, wie man mit mir verfuhr. Sie machte ein Gesicht wie jemand, der mitansehen darf, wie Falsches berichtigt wird. Ihre Miene spiegelte die Befriedigung eines Hausweibs wider. »Ach, Kaiserin, was muß ich da erblicken«, sagte sie als nächstes, an Mutter gewandt. »Mag sein, Ihr stimmt mit mir darin überein, daß das, was Ihr gegenwärtig tragt, schwerlich fürs Festessen des heutigen Abends taugt. Ihr werdet doch heute abend dem Festmahl beiwohnen? Laßt uns ein Gewand für Euch aussuchen, Kaiserin, das Euch kleidet und das Euch zu überlassen mir eine Ehre ...«

»Die Kaiserin hat ein Schweigegelübde abgelegt«, erklärte eine barsche Stimme.

Ich drehte mich im Wasser um. Ein hochgewachsener Mann war eingetreten, vor dem sich Sedilis Sklavinnen verneigten. Er trug die Tracht eines nordländischen Heerführers.

»Clor! Ach, unsere Beratung ...!« Hastig stand Sedili auf, warf dabei den Pagen um, der sich daraufhin mit seinem Salbentöpfchen unter ihren Röcken wälzte; flüchtig sah man Flecken entzündeter Haut an ihren Schenkeln, stellenweise mit rosafarbener Salbe überschmiert, bevor Sedili dem Mann mit aufrichtig schlechtem Gewissen entgegeneilte. Knapp verbeugte er sich vor Sedili. Dann ging er auf Mutter zu.

»Hohe Frau.« Wie es sich gehörte, fiel er vor Mutter aufs Knie.

»Clor«, sagte Mutter; und noch einmal: »Clor ...«

»Clor«, meinte Sedili – sie säuselte nun ein wenig –, »Ihr als Heerführer seid gewiß der rechte Mann, um die Kaiserin zu befragen, oder nicht? Ich glaube, der Kaiserin Schweigegelöbnis dürfte kraft schwerwiegender Irrtümer zustandegekommen sein.«

»Das ist's, was hier stattgefunden hat, eine Befragung?« sagte Clor, als wäre er begriffsstutzig. Er wandte sich an Mutter. »Kaiserin, Ihr seid verletzt!« Offenbar hegte er die Auffassung, sie hätte ihn sofort darauf aufmerksam machen sollen. War er ein Gefolgsmann des Drachen und war das der Grund, aus dem *er* Mutter Kaiserin nannte? Er winkte seinem Untergebenen. »Erlaubt uns, Kaiserin, Euch zu Eurer ehrenwerten, erhabenen Mutter zu begleiten.« Er nahm Haltung an.

»Kaiserin«, fragte der andere Anführer nach, »vermögt Ihr ... zu laufen?«

»Kaiserin, ich werde Euch tragen«, machte Clor einen kühnen Vorschlag. Er hob Mutter auf seine Arme – so schwungvoll und mit solcher Leichtigkeit, als berühre er sie gar nicht –, bemerkte zu Sedili, möglicherweise müsse die Beratung verschoben werden; zuerst wedelte Sedili völlig gleichgültig mit ihrem Fächer aus gefärbten Federn, danach aber (wie ich sah, als sie sich wieder dem Wasserbecken zukehrte und von neuem hinsetzte, um sich weiter die Schenkel salben zu lassen) schlug sie auf einmal so heftig damit, daß der Griff teilweise verrutschte. Ich sprang aus dem Wasser und patschte auf nassen Füßen die Wendeltreppe zu den Gemächern der Herrscherin hinauf. Clors Untergebener – der andere Anführer – zog seinen von lauter Gold schweren Überrock aus, so etwas wie ein kurzer, steifer Mantel, ein wirklich sehr schönes Kleidungsstück, tat geradeso, als wäre es eine feierliche Handlung, als er es mir umlegte. Weil diese Treppe mir seit dem Einmarsch der nordländischen Heere verwehrt gewesen war, empfand ich es nun als regelrechte Befreiung, sie wieder benutzen zu dürfen, diese dumpfige Treppe hinaufzulaufen, als wäre ich eine Fliege am Faden einer Spinne und würde daran durch der Treppe Windungen immer höher befördert, empor zur Herrscherin, neben mir das unausgesetzte Beugen der großen, flachen Knie Heerführer Clors, das Knarren seiner Stiefel aus unerhört verwetztem Leder, gealtert und abgeschabt auf den Schlachtfeldern eines ganzen Erdteils, und ich bemerkte, daß Mutters spitzes Gesicht, an Clors Schulter gelehnt, bereits entspannter, fast zufrieden wirkte. Dann und wann schaute sie mit andeutungsweisem, liebem Lächeln zu mir herab.

Dicke, warme, honigbraune Mauern. Großmutter wohnt so, wie auch ihre schrecklichen Ahnen allzeit gewohnt haben, mitten in dem alten, alten Palast, jedoch ganz oben. In diesem uralten Bau gibt es keinen rechten Winkel. Ein Zimmermann könnte hier seinen Winkel fortwerfen, er wäre ein überflüssiges Werkzeug. Auf dem Weg nach droben konnten wir gelegentlich unten ein anderes Labyrinth sehen, Großmutters Hauptstadt. Der lohfarbene Sonnenschein lag wie dichter Dunst über der Stadt.

Wir erhielten Ausblick auf ein Dach. Bewohnerinnen des Palasts sonnten sich in Sichtweite von Wächtern, die mit Spießen in der Hitze Wache standen, in kleinen

Gruppen hinter den Brustwehren von Erkern beim Würfelspiel saßen oder markig, mit Habachtstellung und Füßestampfen, Ablösungen vollzogen.

Beim Heer der Herrscherin tönen die Posaunen getragener, vielleicht träger infolge der Hitze, als ich es von anderen Heeren kenne. Ihr Schmettern gleicht einem ›fernen‹ Brunströhren, schraubt sich gequält von einem dem Drill vorbehaltenen Hof in die Höhe, der weit drunten unter etlichen Schichten jener heißen Luft liegt, die das wirklich besondere an diesem Land ist.

Weiber, Soldaten; kleine Vögel hüpften oder schwirrten aus Schatten ins Sonnenlicht; Eidechsen; Lichtkegel, die sich ähnlich wie die Posaunenstöße durch die heiße Düsternis bohrten. Wieder bemerkte ich den Blick meiner Mutter, als wir um einen nur grob behauenen, bauchigen Felsbrocken bogen, den man unmöglich als ›Ecke‹ bezeichnen konnte, und ich langte zu, faßte einen ihrer Füße, die über Clors Arm baumelten. Der Fuß war verkrustet vom Staub der Stadt. *Wird sich immer jemand um sie kümmern müssen?* dachte ich mit aller Klarheit und Deutlichkeit. *Oder wird sie irgendwann richtig erwachsen sein?*

Während wir die honigbraunen Stufen erklommen, eilte Sedilis Page an uns vorüber, unterwegs zu den Abtritten der Sklaven, hatte einen Nachttopf dabei, über den er mit halb herabgesunkenen Lidern und geweiteten Nasenlöchern den Kopf beugte; der unmißverständliche Geruch aus dem Topf zeugte vom Ausscheiden irgendeiner Droge, die der Körper nicht verarbeitet hatte; das war die einzige Möglichkeit des Bürschchens, an seiner Herrin Mittelchen teilzuhaben.

Sengende Hitze, bruteiße Schatten, angespannte Stimmung im ganzen Palast, und man konnte meinen, sogar die Eidechsen, die auf den Stufen lungerten, die wir erstiegen – oft dicht an dicht, zuhauf (so daß sie mich an die Kruste erinnerten, die der Schmutz der Stadt auf Mutters Füßen hinterlassen hatte) –, spürten die Spannung. Niemals hat man ein so gespanntes Schmachten in Hitze erlebt. Irgend etwas wird sich ereignen. Mutter glaubt, die Lage hängt mit dem bevorstehenden Aufbruch von Zerds Heer zusammen.

Die Herrscherin befand sich in jenem Raum, in dem die Auspeitschungen verrichtet werden. Wir brauchten nicht die gesamte Wendeltreppe zu erklimmen. Sie stand am Eingang zu dem kleinen Raum seitlich der Treppe. Wir hatten das gedämpfte Klatschen der Peitsche schon vor einem Weilchen gehört. Der Anführer schob vor uns mit der Stiefelspitze eine Eidechse von der Stufe. Die Eidechse fiel herunter und auseinander – es waren zwei Tiere gewesen, die träge kopuliert hatten. »Eure Tochter, hochedle Frau«, sagte Clor im Tonfall eines Glückwunschs zur Herrscherin, »ist gefunden worden.«

Die Herrscherin hatte sich alle Mühe gegeben, der Auspeitschung zuzuschauen und währenddessen interessiert zu wirken, obgleich ihre Gedanken anderen Angelegenheiten gelten mußten, und sie kam zu uns heraus, verließ den rostroten Fußboden, der sich wegen der Rinnen zum Abfließen des Bluts schwer beschreiten läßt. Ihre Sklaven, nun ihrer hochherrschaftlichen Zuschauerin beraubt, peitschten hinter ihr unverdrossen weiter, jedoch mit vermindertem Pflichteifer.

»Meine Tochter!« stieß die Herrscherin hervor.

Ein Moment des Schweigens ergab sich; Clor bewahrte eine ausdruckslose Miene, während Cija die Herrscherin in unverkennbarer Belustigung musterte. Dann aber beschloß Mutter, das angebrachte Spiel zu spielen. Sie streckte, noch über Clors Arme gebreitet, ihre Hände aus, Clor stellte sie behutsam auf eine Stufe, und die Herrscherin umarmte sie. »Und Seka ist auch wieder da, Mutter«, sagte Cija. »Du siehst ja, wie sich Seka in ihrer schönen neuen Tracht freut, wieder bei dir zu sein.«

»Woher soll ich wissen«, erwiderte Großmutter, »was

Seka fühlt?« Für sie war das eine durchaus vernünftige Bemerkung. Ich konnte nicht sprechen, und daraus leitete Großmutter ab, daß »das Kind außerhalb jeder Verständigung steht«. »Wo ist sie gefunden worden?« fragte die Herrscherin, hielt ihre Tochter unverändert in öffentlicher liebevoller Umarmung. »Ihr habt sie aufgespürt, Heerführer?«

Jetzt war der Augenblick da, in dem Mutter einiges über Smahil hätte erzählen können. Doch sie schwieg, hob leicht trotzig ein wenig das Kinn, und ihre Augen spiegelten Befangenheit wider, sie wußte, daß sie ihren Bruder deckte.

Clor verbeugte sich; das Bücken ist nicht so recht seine Sache. »Es hat den Anschein, Herrscherin, daß sie irgendeiner ärztlichen Maßnahme unterzogen worden ist.« Ich gab seinem Begleiter den Überrock zurück, und er knallte, als er ihn nahm, die Hacken zusammen. Das Kleidungsstück kehrte die erhitzten, goldbraunen Stufen, als er und Clor sich umdrehten und entfernten.

Wir waren gerettet, doch keineswegs in Sicherheit. Denn meine Mutter pflegte immerzu vom Regen in die Traufe zu geraten.

DRITTES KAPITEL

Der Luchs
im Weidenkäfig

Im Rückblick schätze ich die damalige Zeit als eine Zeitspanne meiner äußersten Entschlossenheit ein. Ich hatte meinen Willen nicht einmal im Kopf in Worte gefaßt; doch ich hegte den festen Vorsatz, die Verantwortung für Mutter loszuwerden und sie unter jemandes Obhut zu stellen, der sich mit der erforderlichen Tüchtigkeit um sie kümmern konnte.

Großmutter stand für mich nicht zur Wahl. Ich zog sie nicht einmal in Erwägung. Clor hatte bei mir einen überaus vorteilhaften Eindruck hinterlassen. Ich vertrat die Ansicht, ein Mann wie Clor sei genau derjenige, den ich zur Verwirklichung meiner Absicht brauchte.

»Wähne nicht, Cija, ich gedächte nicht deines Wohlergehens. Aber du fühlst dich hinlänglich wohlauf, um hier in meinem Gemach zu essen. Folglich ist dir auch wohl genug, um drunten wie ein großes Mädchen an einer großen Tafel zu speisen.«

Die Herrscherin stürzte sich wie ein Geier auf Mutter, rüttelte sie an den Hüften, so daß sämtliche Zofen Cijas aus Mitgefühl zusammenzuckten, ließ von ihr ab und trat schwungvoll ans Erkerfenster.

Wie manche Menschen im Laufe des Tages irgendein warmes Getränk schlürfen, so erquickt sich die Herrscherin, indem sie ab und zu zum Fenster hinausschaut und gewissermaßen einen herzhaften Schluck vom Leben nimmt.

Einen großartigen Ausblick hatte sie nicht, doch vermochte sie auf diese oder jene Weise die Stimmungslage des Landes wahrzunehmen. Noch gleißte die Hitze, aber inzwischen wehte auch *Wind:* Er blies Abfälle vor sich her. Umfangreiche Klumpen angesammelten Abfalls fegten dahin, geradeso wie in der Wüste im Sturm Ballungen verdorrten Gesträuchs dahinsausen, und zusammengerollte, kleine Stachelschweine kullerten auch mit, denn man trifft in der Stadt ständig Stachelschweine an, die in den Abfallhaufen stöbern. Allerdings baute die Herrscherin wie besessen an einem Netz von Abwasserkanälen, Sickerrohren und Kloaken. Es fiel schwer, ihr dafür Anerkennung auszusprechen, denn das Werk gedieh nie bis zur Vollendung, dauernd brachen die Stollen ein (stets erst kurz vor ihrer Fertigstellung, und das hieß, die Arbeiter mußten sich für längere Zeit nochmals derselben Aufgabe widmen), und der Gestank in der Stadt war übler, als er ohne dieses Gebuddel gewesen wäre.

Am frühen Abend kam Sedili persönlich zu Mutter, mit zwei Frauen und einer beachtlichen Auswahl an Kleidern. »Wählt eins aus, Kaiserin, ich säh's lieber, Ihr wolltet weniger Bescheidenheit walten lassen. Das sind die Gewänder, die ich im Norden bei Veranstaltungen des Hofes trage.« (*Dann ist es sicher nur gut, daß ich keine so prächtigen Kleider besitze, was?* lautete die Entgegnung in Mutters naserümpfender Miene.) »Gegenwärtig trage ich sie nicht. Es wäre mir wahrlich eine Freude, würdet Ihr Euch eins aussuchen und als Freundschaftsgabe von mir annehmen. Das hier ist aus der Seide freilebender Raupen gesponnen und von Handelsreisenden in den Ländern jenseits Rutas-Mus erworben worden. Wie tief muß ein Ausschnitt sein, wenn er Euch behagen soll?« Eigentlich war Sedili keine sonderlich große Frau, dem Eindruck zum Trotz, den sie anscheinend auf jene Leute machte, die sie stets als sechs Fuß hohes weibliches Geschlechtsteil auf Beinen schilderten, doch in Cijas Nähe richtete sie sich regelmäßig höher auf. In ihrer Anwesenheit verhielt Sedili sich noch herrischer, entfaltete zusätzlichen Glanz. Und Cija verweigerte ihr den Wettstreit. Sie machte sich allgemein kleiner, so daß sie gering, unauffällig und farblos wirkte. Später begriff ich jedoch, daß dies Betragen durchaus eine eigene Art von Feindseligkeit gegenüber Sedili war; sie trat nicht als sie selbst auf, wenn sie sich in Sedilis Umgebung befand, sie war dazu entschlossen, Sedili als niedrig, gewöhnlich und aufdringlich zu entlarven; darum stellte sie sich als Gegenbeispiel heraus, gab sich *unschuldig* und *aufrichtig*. Ich selbst habe nie irgendeine Abneigung gegen Sedili entwickelt. Schon derzeitig wußte ich, daß sie einmal versucht hatte, Mutter zu ermorden, sie zudem in Atlantis, dem Land überm Meer, wo mein Vater herrschte, um ihre Ehre gebracht hatte. Ich wußte, daß Cija ihr den Verlust meines Bruders Nal anlastete, der allerdings allem zufolge, was mir über ihn zu Ohren gekommen ist, ein absonderlicher kleiner Kerl gewesen sein muß und den sie deshalb wahrscheinlich früher oder später ohnehin verloren hätte. Mir war auch bekannt, daß Sedili meines Vaters erste Gemahlin war und Cija ihr diese Tatsache niemals verzeihen würde. Aber in meinem damaligen Alter bereitete es mir einfach Spaß, Sedili anzuschauen. Cija hatte mir einmal erläutert, wenn man daran interessiert sei, jemanden zu mögen, solle man ihn sich als Kind vorstellen. Darum versuchte ich, mir Sedili auszumalen, wie sie gewesen sein mochte, als sie ein wenig älter war als ich. Vielleicht war sie empfindsam, aber selbst nicht allzu artig gewesen. Ich malte mir nicht aus, wie Klein Sedili sich mit Spielzeug abgab, obwohl ich etwas für Spielsachen übrig hatte. Ihre Spielzeuge mußten immerzu anderer Menschen käufliche Hirne und törichte Herzen gewesen sein. Sedili maß eine ihrer Zofen mit finsterem Blick, und ich merkte, daß die Frau erschrak. Mutter hat es nie geschafft, an solche Zofen zu gelangen. Entweder mochten sie sie, und dann lief alles gut; oder sie trieben, was ihnen beliebte. »Weshalb hast du der Kaiserin dies Gewand mitgebracht?« murrte Sedili die Frau an. »So einen schlichten Fetzen ... Fürwahr, das ist die Art von Kleid, die man anzieht, wenn man seinen Gemahl mit seiner Liebsten überraschen und einen rechtschaffenen Eindruck machen will.« Sie musterte Cija von der Seite. »Schließlich möchte jede Frau lieber das Kleid tragen, in dem sie mit ihrem Geliebten von dessen Gemahlin überrascht wird.« Sedili versäumte es nicht, Cija nun einer kleineren Belehrung zu unterziehen. (Die Einblicke, die Sedili in den immerwährenden, allesverschlingenden Kampf zwischen den Geschlechtern gewonnen, die Erkenntnisse, die sie daraus errungen hat, sind ihr großes Geschenk an die Menschheit, und sie teilt davon mit vollen Händen aus. Ständig.) Sie klärte Cija darüber auf, wie bedeutsam es sei, stets eines Gemahls *Geliebte* zu sein. »Und weiblich«, wiederholte sie mehrmals, als wäre das ein Zauberwort. »Und nicht zuletzt sind auch all diese kleinen Nettigkeiten wichtig«, versicherte sie, und wie sich im Nachhinein erwies, meinte sie damit etwas anderes, als wie Cija es verstanden hatte, nämlich Kleinigkeiten wie beispielsweise frische Blumen im Zelt, selbst wenn man auf einem Feldzug ist, und Vergleichbares. »Männern fällt so etwas sehr wohl auf. Es kann schwierig sein, dafür zu sorgen, vor allem natürlich auf Eilmärschen. Was für eine Schande, daß Ihr nicht mit uns ins Feld ziehen werdet ... immerhin darf man ja wohl davon ausgehen, daß Ihr noch einen gewissen Rest von Zuneigung dem Drachen gegenüber empfindet – trotz Eurer neueren Liebesabenteuer.« *Und mit wem soll ich meine neueren Liebesabenteuer gehabt haben? Ich vermochte Cija ihre Überlegungen anzusehen. Es hängt davon ab, an wen Sedili denkt, ob ich die Miene einer reinen, unbedarften Seele aufsetzen soll, die sich an ihren Affenmenschen und Stille und Schönheit der Natur erinnert, oder den leicht höhnischen Gesichtsausdruck jemandes, der ums Haar mit einem atlantidischen Räuber durchgegangen wäre und genau weiß, daß Sedili für selbigen Räuber ihre eigene Verwendung hat.* »Ich selbst halte es freilich für sehr wichtig, ein Leben lang *treu* zu sein.« Sedili zündete sich eine kleine Zigarre an. »Wenn eine Liebe es wert ist, sie zu hegen und zu pflegen, ist sie es eben wert.« Sedili läßt beim Rauchen nie Asche hinfallen, macht dabei keinen Schmutz.

Als endlich feststand, daß Sedili überhaupt nicht willens war, sich tatsächlich von irgendeinem ihrer Kleider zu trennen, fand jemand anderes sich ein, ein nordländischer Edler, der sich mitsamt seinem kleinen Gefolge in Sedilis Dienste begeben hatte. Sie stellte ihn Mutter vor, aber wir konnten uns seinen Namen nicht merken; es handelte sich um einen reichlich fremdartigen Namen, zusammengefügt aus Lauten, wie man sie mit verstopfter Nase ausstößt. Er beachtete Mutter nicht, wandte ihr während des kurzen Gesprächs mit Sedili sogar den Rücken zu; offenbar gedachte er *ihr* niemals zu verzeihen, daß sie des Drachenfeldherrn zweite Gemahlin geworden war. Mir warf er nur einen einzigen Blick der Verachtung zu, aus Augen, die ziemlich weit auseinandersaßen, von rauchigem Violett-Grau waren und lange, verklumptem Ruß ähnliche Wimpern hatten. Anschließend schritten alle die Marmorstufen hinab, um sich zum Festmahl zu begeben.

Die Hofdamen hatten vergessen, mich ins Bett zu bringen, sich ausschließlich mit dem Umkleiden beschäftigt. Also lehnte ich mich im Zwielicht eines unteren Treppenabsatzes übers Geländer und schaute dem Treiben zu, bis meine Augen wund waren vom Qualm der Fackeln und infolge allgemeiner Ermüdung.

Aus der Nähe der Festtafel für die Hochgestellten hörte ich ein furchterregendes Knurren. Leute in Prunkgewändern, mehrheitlich Frauen, umschwärmten lautstark einen teils vergoldeten Weidenkäfig, den man in den Saal gefahren hatte. Jäger umstanden den Käfig. Sie zeigten den herausragenden Erfolg ihrer heutigen Jagd vor, einen großen, wilden Luchs, der weit eindrucksvoller wirkte, als es allein aufgrund seiner Größe der Fall gewesen wäre, weil er dauernd mal gegen die eine, mal gegen die andere Seite des Käfigs sprang. Er schien ihn völlig auszufüllen, weil er innerhalb weniger Augenblicke mindestens zweimal durch jede Ecke huschte. Der Luchs war gänzlich hellbraun, mußte eine Menge Geld eintragen, wenn irgendein Adliger ihn als Haustier erwarb, oder um ihn auszustopfen.

Ich konnte von oben Mutter sehen, als sie die Halle betrat. Sie blieb stehen und betrachtete den Luchs. Mehrere edle Frauen hatten sich inzwischen bis ans Gitter getraut und neckten den Gefangenen, bewiesen ihren Mut, indem sie Halsketten und Broschen durch die Stäbe steckten, sie dann im letzten Augenblick mit grellem Auflachen zurückzogen, das ihrer eigenen Keßheit galt, mit der sie soviel ohnmächtigen Grimm hervorriefen.

Klänge von Flöten und Tamburins begleiteten Mutter und Sedili zu ihren Plätzen. Die Jäger karrten den Käfig fort, damit der Trubel um ihre Beute nicht die Unterhaltung störte. Sedili ließ sich neben einem leeren Lehnstuhl nieder, den man vermutlich Zerd vorbehalten hatte. Ich bedauerte es, daß er nicht kam. Ich hegte starkes Interesse daran, meinen Vater einmal zu sehen. Wahrscheinlich befaßte er sich mit Heeresangelegenheiten und besuchte selten Festveranstaltungen. Sedili saß auf einem niedrigeren Sitzplatz, denn wiewohl sie seine rechtmäßige Gemahlin bleibt (er hält sich an den Grundsatz, sich nie von einer Gattin zu trennen), ist sie nicht seine Kaiserin (obschon viele Gemeine, etwa wie der Seifen- und Salbenhändler, offenbar glaubten, sie sei es), und ihr tieferer Platz verlieh ihr ein betont weibliches Aussehen, den Anschein einer fügsamen Gemahlin. Cija bediente sich mit einer ersten Auster, und daraufhin durften auch alle anderen zu schmausen anfangen. In Cijas Auster fand sich ein winziges, rundes Dingelchen.

»Eine im Wachsen begriffene Perle«, hörte ich den

Haushofmeister sagen, »aber noch fern der Vollendung.«

Aus irgendeinem Grund sah das Klümpchen, obwohl es vielleicht ein gutes Omen bedeutete, für mein Empfinden schaurig aus.

Allem zufolge, was ich belauschen konnte, während ich dort am Treppengeländer hing, mir in der Marmordüsternis in meinem dünnen Nachtgewand immer kälter ward, redete der junge Edelmann mit den rauchgrauen Augen ununterbrochen aus vollem Halse über sogenannte Flußdichtung. Ich hörte heraus, daß es sich dabei um einen Bestandteil nordländischer Volkskunst handelte; in jenem Landstrich des Nordreichs, den er seine Heimat nannte, haben wohl die Ländler seit undenklichen Zeiten den Flußgöttern Beschwörungen vorgesungen, die einen ›flußhaften‹ Aufbau besitzen, das soll heißen, ihr Wortlaut ›windet‹ und ›schlängelt‹ sich in mehreren gleichzeitigen ›Strömungen‹ dahin. Ich vermute, er war selbst ein Flußmensch, ich meine, ein Flußanwohner. Sein Umhang bestand aus lauter Zipfeln und Gefältel, lag in breiten Streifen über seinen muskulösen Schultern und Armen, als wäre er aus nichts als Stoffresten gefertigt, das jedoch sehr kunstvoll (um die Kräuselungen eines Wasserspiegels anzudeuten?), und in den Schmuck seiner Gliedschirm war ein verschlungenes Glasröhrchen eingearbeitet, in dem unablässig Flüssigkeit sprudelte.

»In Atlantis haben wir einige recht ansprechende Werke der Dichtkunst kennengelernt«, sagte Sedili.

»Alle befassen sich mit Einhörnern«, bemerkte jemand anderes. »Die atlantidische Dichtung ist eine Dichtung über Einhörner.«

Sie waren das erste, was ich über die Künste Atlantis' vernahm, diese Äußerungen in bezug auf Einhörner. O ihr teuren Götter. Seit dem Anbeginn der Zeiten hatte Atlantis die Keime des Wissens im Mund, und als es sie endlich auszuspeien anfing – inzwischen war es eine schrecklich bittere Saat –, da blieb es bei Keimen der Dichtkunst. Das schöne Atlantis hatte, überm Meer abgeschieden von aller Welt, viele lange Zeitalter hindurch nur das Einhorn besungen – ein Geschöpf, das Atlantis' Wappentier ist, das friedlich im Dickicht der Wälder lebt, unterdessen fast ausgestorben, denn wir, die wir vom benachbarten Erdteil in Atlantis eingedrungen sind, hatten das Einhorn vielfach zum Reiten abgerichtet, doch in Gefangenschaft vermehren diese Tiere sich nicht. Das Einhorn, Wahrzeichen der reinen Seele, verkörpert Anstand, der Vertrauen schenkt, aber dessen Vertrauen verraten wird.

Mutter stocherte mit ihrem Messerchen im schmackhaften Fleisch auf ihrem Teller, und ich mußte am Treppengeländer zuschauen. Niemand hatte daran gedacht, mir irgend etwas zum Abendessen zu reichen.

»Ersinnen Bauern Reime über Einhörner?« fragte jemand. »Ich wähnte, allein Dichter hätten eine Vorliebe für dies absonderliche Vieh ... sein feines Schneeweiß, seine stolze Schönheit.«

»Die wahrhaft künstlerisch wertvollen, Einhörnern gewidmeten Gedichte«, rief der Schönling – und seine rauchgrauen Augen funkelten – »stammen natürlich von Landbewohnern. Wer außer dem Bauern, im Leben und in der Erde verwurzelt, vermöchte wirkliche Dichtung – bitterliche Dichtung, denn wahre Dichtkunst erschafft bittere Werke – über vertrauensvolle, verratene Unschuld zu erschaffen?«

»Die folgenschwerste dichterische Erfindung, auf die je irgendein Mann verfallen sein dürfte, ist die Unschuld selbst«, leistete eine Stimme im Tonfall der Herablassung einen zersetzenden Beitrag zu der Schönschwätzerei.

Die Anwesenden blickten auf. Ein später Gast ritt herein – er ritt buchstäblich, denn er saß auf einem häßlichen, scheckigen Kleinpferd. Es hatte viele Kleckse, etwa so groß, wie sie entstehen, wenn die Pranke eines rechten Bauarbeiters Lehm an die Wand klatscht, und zwar am ganzen Körper; vielleicht war es ein Arbeitspferd.

Ohne Begeisterung hatte ich erwogen, allmählich ins Bett zu gehen, denn falls es so war, wie große Festmähler abliefen, waren sie keineswegs die wundervollen, aufregenden Ereignisse, für die sie zu halten man mich glauben gemacht hatte, und im großen und ganzen erachtete ich es mittlerweile als für Kinder sinnvoller, zu schlafen, während die Erwachsenen auf Feierlichkeiten herumhocken. Aber nun spähte ich mit wiederbelebter Neugier hinunter zu dem verspäteten Ankömmling.

Ich kannte ihn – jawohl, er war der Kerl, der mir gestern auf dem Dach, als ich seine Frage nicht beantworten konnte, einen Tritt gegeben hatte. Er sah aus, als bestünde er ganz und gar aus einem Flickwerk von Narben und Leder, und in seinem Gürtel staken soviel Messer, als wäre er ein Metzger.

Der Schönling stand auf. »So nahst du dich dieser herrschaftlichen Tafel?« meinte er voller Abscheu. »Bist du ein Hauptmann oder ein unbelehrter Wilder? Ist das deine südländische Art des Umgangs mit Hochgestellten? Hast du keinerlei Achtung vor diesen vornehmen Frauen, nicht einmal vor der edlen Prinzessin Sedili?«

»Dies ist ein durch und durch gelehriges und daher mit bedeutendem Erfolg besonders für städtische Verhältnisse erzogenes Tier«, erwiderte der Narbige ungerührt, »das sich an jeder Tafel sehen lassen kann.« Sofort bot ein Dutzend Hände ihm Wein an. Er jedoch ergriff einen zum Überfließen gefüllten Bierkrug. »Nun sollt ihr erleben«, sagte er, »daß mein braves Pferdchen nicht einen Tropfen vergießt.« Er hielt den randvollen Krug in die Höhe, trieb das Tier mit einem Mal in wildem Galopp durch die marmorne Halle auf die Herrschaftstafel zu. Weiber kreischten. Nur Sedili lehnte weiterhin gelassen auf ihrem Stuhl, schmauchte ein Zigärrchen, lächelte fast. So unvermittelt, wie das Pferd in den Galopp verfallen war, so plötzlich verharrte es nur eine Handbreit vor der Tafel. Und tatsächlich, vom Bier war kein Tröpfchen verschüttet worden. Zunächst hätte man den Eindruck haben können, daß die Vorführung trotzdem ihren Zweck verfehlt hatte, denn im Saal war erhebliche Unruhe ausgebrochen, Frauen waren in sämtliche Richtungen geflüchtet. Doch Schönling ebenso wie Ael (der Zernarbte nämlich war Ael, Häuptling der südländischen Räuber, der sich nun in Zerds Diensten – als sein Bundesgenosse – Narben holen durfte) waren anscheinend vollkommen zufrieden mit dem Gehorsam und dem vortrefflichen Betragen des Pferdchens. Mit großkotzigem Gebaren stieg Ael auf die Tafel und schwang den Bierkrug, aus dem kein Tropfen übergeschwappt war, solange er im Sattel saß, an die Lippen – und da, als er trank, beschüttete er sich mit Bier. Dann streckte Ael hochmütig schmierige Finger hoch. Zwei Räuber beugten sich eilfertig vor, boten ihm ihre Bärte dar, damit er sich einen aussuchen und daran die Hände abwischen konnte. Leutselig entschied er sich für einen. »Ich habe auf die Kaiserin getrunken«, beteuerte er nachträglich.

»Soll ich auch auf dich trinken, Ael?« fragte Cija und tat es. Die Räuber brüllten vor Wohlgefallen.

Ael setzte sich im Schneidersitz auf die Festtafel, mitten zwischen die Bierhumpen, Kristallflaschen voller Wein sowie Schalen und Schüsseln mit Speisen, und bemächtigte sich einer Bratenkeule.

»Ich würde dir meinen Stuhl anbieten«, sagte Schönling mit lauter Stimme zu ihm, »doch gereichte es mir zur Schmach, dir einen Platz unterhalb der Tischplatte anzutragen, wie ich einen einnehme, obgleich ich seit tausend Geschlechterfolgen zu den Flußanwohnern zähle – im Vergleich zu Euren hundert.« Letztere Bemerkung machte er, indem er sich überheblich vorbeugte, zu dem jungen Unterführer, der vorhin vom Einhorn als einem absonderlichen Vieh gesprochen hatte. Der

Unterführer verzog die Lippen und schwieg, während Schönling, der nun anscheinend aufs schwerste verdrossen war, mit seinem Schwert in Braten und Salat wütete. Ael hob den Blick. Ich glaubte, daß er mich sah, und wich ins Dunkel zurück. »Nicht meine Ehre«, sagte Schönling und ließ seine Muskeln spielen, als wolle er einen Tanz vorführen, »sondern die Ehre meiner Ahnen, als deren Stellvertreter ich im Namen unserer Prinzessin Sedili in diesem barbarischen Land weile, steht auf dem Spiel.« Mit der Schwertspitze wies er auf die Brustplatte des Waffenrocks, den der Unterführer trug.

Unterdessen unterhielt sich Mutter mit Ael, aber ich konnte von ihrem Gespräch nur wenig verstehen, weil nun gleich daneben ein Zweikampf ausbrach. »Ein bis ins letzte tadelloser Kampf.« Ael zuckte die Achseln. »... ein *geübter* Fechter ... als Jüngling vom Vater ein Heer zum Geburtstag geschenkt bekommen ...« Er verschlang die gut gewürzte Bratenkeule. »So ... Nach einem scharfen Gericht pflege ich meistens noch ein kleines Kind zu fressen ...« Ich dachte mir, daß Milch besser wäre. Wieder hatte ich den Eindruck, daß er zu mir heraufschaute. Mir schauderte.

Da merkte ich, daß jemand neben mir stand. Ich drehte mich, konnte mit Mühe in der Höhe, wo Erwachsene im Durchschnitt ihre Köpfe haben, ein wenig Geglitzer erkennen. Als die Person mich ansprach, erhellte das Aufflackern einer Fackel ganz schwach die Umrisse ihrer Gestalt. »Was machst du hier? Schnüffelst du deiner Mutter nach? Weshalb liegst du nicht im Bett? Wähnst du, du brauchtest in deinem Alter keinen Schlaf? Natürlich benötigst du welchen. Meinst du, du wärst anders als andere kleine Mädchen?« Sie schwieg – denn es war eine Frau – einen Augenblick lang, strich mit einem Finger sehr schnell über den kleinen Schnurrbart aus Diamanten, mit dem sie sich fürs Fest des heutigen Abends geschmückt hatte. »Na«, sagte sie dann, »laß mich – als deine Freundin, und ich hoffe, du wirst mir glauben, daß ich deine Freundin bin, obwohl du's mit einer Erwachsenen zu tun hast – einmal klarstellen, daß die Tatsache deiner Stummheit keinen Unterschied bedeutet. Dagegen macht das Leben, das deine Mutter dir ermöglicht, sehr wohl einen Unterschied aus. Es ist nicht recht, daß du zu so später Stunde barfuß herumläufst, ohne daß irgend jemand sich darum schert, ob du hübsch warm im Bettchen schlummerst, und wahrscheinlich hast du auch nicht zu Abend gegessen. War man zu stark damit beansprucht, sich fürs Fest aufzuputzen, als daß man daran gedacht hätte, dir etwas zu essen zu reichen?« Erst schüttelte ich den Kopf; dann nickte ich. Nun begann ich mich zu bedauern. Ja, meine Füße auf dem widerlich eisigen Marmor waren kalt. Das gleiche galt für meine Schultern, Hände und Arme. Die Leere in meinem Magen hatte genau den Umfang eines Puddings mit Sahne und Nüssen sowie eines bekömmlichen kleinen Glases verdünnten, warmen Weins. Aber niemand hatte sich darum gekümmert, ob ich diese Dinge zu mir nahm, wenngleich sie mir – zusammen mit etwas Hühnerfleisch und Pilzen – neben das Bett gestellt worden waren. Doch wenn ich jetzt hinging und aß, würde ich es alles so kalt und scheußlich wie den Marmor vorfinden. Die Frau senkte eine Hand auf meine Schulter; ihre Geste war von höflicher Zurückhaltung bestimmt, vermute ich, denn ihre Hand war ganz leicht und trocken, die Berührung war mehr, als streife mich ein Blatt. Ich spürte jedoch, daß sie mich eigentlich gar nicht anfassen mochte. Ich mußte an Onkel Smahil denken, der Mutters begehrtes Fleisch nicht zu berühren gewünscht hatte, bis sie frei oder sein war, oder er sich wenigstens irgend so etwas einbilden konnte. »Komm!« sagte die Frau, »ich begleite dich zu deinem Gemach.«

Mutter kam, als die Frau gerade die Schwelle meines Zimmers verließ, schritt an ihr vorüber. Der Posten knallte mit den Hacken, grüßte Mutter und teilte ihr mit, daß eine Frau mich soeben von der Treppe geholt hatte. Mutter dankte ihm freundlich, sah jedoch davon ab, hinauszugehen und der Frau zu danken. Sie steckte mich ins Bett, band die Seiten der Matte mit sämtlichen Fellen und Ziegenhäuten mittels der angenähten Zipfel aus Spitze um mich zusammen; das war, was sie stets mein kleines Boot hieß, mit dem ich zu aufregenden Abenteuern aufs Meer fahre. Ich nahm ihr Wort zunächst einmal unwidersprochen hin, weil ich manchmal zumindest im Traum viel Spaß hatte, und *teilweise* empfand ich auch an Abenteuern Vergnügen. Was jedoch meine Teilhabe an Abenteuern betraf, so war ich derzeit nicht der Auffassung, daß es damit etwas sonderlich Erregendes auf sich hatte.

»Du hast überhaupt keinen Bissen von deinem leckeren Abendessen verzehrt«, sagte Mutter. »Bist du nicht ein närrisches, unartiges, kleines Mädchen? Naja, du warst sehr mutig und tapfer, während wir diesen gräßlichen Tag durchleben mußten, darum will ich dich nicht schelten. Hast du dir die Zähne gereinigt?« Offensichtlich konnte sie es kaum erwarten, sich abermals in ihrer verträumten Alles-wieder-gut-Stimmung zu befinden. Aber wie oft sie erwartete, daß alles wieder sei! Man hätte sie um die Ohren hauen können, sie merkte es einfach nicht, wenn etwas sich zusammenbraute. Sie streifte ihr Gewand ab, ich reckte mich in meinem ›Boot‹, um ihr beim Abnehmen der Spangen und Broschen zu helfen. Nachdem sie sich die Bluse über den Kopf ausgezogen hatte, glitten ihre Finger über ihre Brüste und Brustwarzen, als wäre sie sich nicht sicher, was sie da eigentlich fühlte. Sie setzte sich, verzichtete darauf, sich weiter auszukleiden, blickte versonnen in die Glut der Fackel, die man mir in der Nähe der Bettstatt als Nachtbeleuchtung belassen hatte. »Die Frau, die dich in dein Gemach gebracht hat ...«, sagte sie nach einem Weilchen. »Ich bin mir fast sicher, daß ich diese Frau kenne ... Das Weib, das Smahil, diese bleichsüchtige, boshafte kleine Waise, an Sohnes Statt aufgepäppelt hat.« Wider Willen lachte Cija auf, sobald sie sich Smahil als Kind vorstellte. »In ihrem Garten hat sie ihn im Schatten des Rhabarbers gefunden, in einem Körbchen, mitsamt Windeln, Milch, gestickten Tüchern und eines Priesters Bußgeld in der Münze des Tempels. Als regelmäßige Besucherin des Tempels dachte sie sich – so hat's jedenfalls Smahil mir gegenüber angedeutet –, daß er kein Kind sei, das man mit dem Bade ausgeschüttet hat. Und gewiß wie auf Regen Sonne folgt, so erfolgten fernere Zuwendungen, von Unbekannten hinterlegt, in des Tempels Münze, und zudem Gaben zu besonderen Anlässen, Festtagen und was weiß ich, als er Knabe, Jüngling und später Mann ward. Seka, säubere den Zahnlappen *richtig!*« (Ich hatte mich langsam und kindlich umständlich benommen, weil ich hoffte, daß sie dann länger bliebe. Teils sprach sie mit sich selbst, um Klarheit über den Lauf des Schicksals zu erlangen, indem sie prüfte, wie es sich anhörte, wenn man es in Worte faßte; zum anderen Teil, das wußte ich, redete sie ständig so daher, um mir langfristig *alles* zu offenbaren. Sie erzählte mir immer alles, was ihr gerade einfiel oder sie gerade wußte, für den Fall, daß es mir, wenn nur ein paar Kenntnisse, ein wenig Wissen sich mir einprägten, womöglich eines Tages, sollte ich in Not und Cija nicht da sein, um mir beizustehen, von Nutzen und Vorteil sein könnte.) »Für mich hat's den Anschein, Seka – deck dich anständig zu, mein Schätzchen –, daß die Hexe und Amme Ooldra und der Hohepriester keine Ahnung davon hatten, was sie taten, als sie ihre Früchte, ihre Früchtchen des Bösen in die Welt entließen. Wir anfangs gänzlich schutzlosen Opfer und Vermehrer des Unglücks, Sprößlinge voll des verderbten Bluts verbotener Vereinigungen, sind dabei, der Welt unsere Male aufzudrücken. Was haben wir nämlich getan, Smahil und ich? Gleichsam auf verschiedenen Flüssen hinaufgeworfen ins Leben, sind wir doch beide in den Strom geschwommen, dessen wilde Fluten uns letztendlich nach Atlantis getrieben haben. Es war ganz so, als hätte uns ein angeborener Sinn, uns schon bei der Zeugung mitgegeben, dorthin den Weg gewiesen, wo die Welt am vortrefflichsten war, am reinsten, am vollkommensten. Smahil in seiner im innersten Wesen unumwundenen Art – er erachtet nämlich nicht sich selbst, sondern die Welt als ein Ungetüm – und ich, die ich stets nur den Mund vollnehme, wenn's um Anstand geht, wir haben uns in den letzten Garten Eden der Welt gemogelt. An allen Hemmnissen haben wir uns vorbeigeschlichen. Und wir verstricken uns in irgend etwas, sobald wir uns wiederbegegnen und von irgendeiner anderen Verderbtheit und Sünde erfahren, irgendeiner Lästerlichkeit, in die sich schon andere verstrickt haben.« Sie beugte sich über mich. Ich war beinahe eingeschlafen. Müde bettete sie den Kopf auf meine Überdecke. Fast träumte ich schon, während ich noch ihre traurige Stimme weiterreden hörte, als trüge sie ein Schlaflied der Schicksalsergebenheit und des Wehmuts vor. »Ich bin meiner Stimme im eigenen Haupt überdrüssig. Der menschliche Geist besteht in der Hauptsache aus einer langweiligen, kindischen inneren Stimme, und ich höre nur aus Gewohnheit darauf, ähnlich wie ich bisweilen in meinem Tagebuch blättere. Gleichwohl, erneut habe ich durch Ooldra, Hohepriester und Smahil einen kleinen Freund verloren, den kleinen Freund in meinem Leib, den wir zur rechten Zeit unter uns erblickt, gesehen, und richtig kennengelernt hätten, mein kleines Äffchen, das Augen gehabt hätte wie Rosinen und die frische, natürliche Kühnheit Ung-gs, ist abgeschlachtet worden und tot. Meine erste Frucht des Unsegens verlor ich in Atlantis, doch glaube ich, Nal wäre dir ohnehin kein guter großer Bruder geworden, Seka. Mit anderen Worten, Seka, meine süße Perle, dein Bruder Nal hätte nie geboren werden dürfen, und es ist besser so, daß er nicht länger unter den Lebenden weilt.

Aber Ung-gs Kind ... wie ich diesen Freund vermisse, den wir nun niemals kennen werden.«

Ich erwachte, weil aus dem Springbrunnen in der Ecke gurgelnde Geräusche drangen. Es stimmte wieder mit ihm irgend etwas nicht. In den oberen Räumen gab es immer Verdruß mit den Springbrunnen, weil es schwierig war, Leitungsrohre so hoch zu verlegen.

Ein Geräusch entstand, als ob im Zimmer ein gereiztes Schwein grunze. Ich lag still da und lauschte. Ich dachte an den Luchs im Käfig im Festsaal. Vorsichtig setzte ich mich auf.

Mutter war eingeschlafen, hatte noch ihre durchsichtige Hose an und die Hände auf dem Busen, ihren vielleicht lüsternen kleinen Brüsten, und den Kopf auf meinem Bett. Sie wirkte nicht, als ginge es ihr schlecht, doch hielt ich es für vorteilhafter, wenn sie ihren Schlaf bekam.

Behutsam verließ ich das Bett. Jetzt war mein Körper – und damit ich – behaglich warm, geradeso wie frischgebackenes Brot. Ich schlich mich hinaus, am Wächter vorüber, der ebenfalls schlief, den Kopf an den Türrahmen gelehnt, den Hals reichlich verdreht, so daß er sich am Morgen elender fühlen würde als Mutter.

Auf nackten Füßen stieg ich die Treppe hinunter, vorbei an den Fackeln, die inzwischen nur noch aus qualmender Glutasche und verkohltem, rußigem Holz bestanden. In der Dunkelheit des Saals hörte ich ein Knurren, dem ich entnahm, daß auch der Luchs noch wach war. Ich hörte das Knirschen und Knarren des Käfigs, der nachgiebigen Weidengitter, wenn das Tier sich, unvermindert voller Grimm, ab und zu von neuem gegen die Stäbe warf.

Niemand bewachte den Luchs. Die Wächter mußten in irgendeinem anderen, entfernten Winkel sitzen, bei einem der herabgebrannten Feuer, um zu würfeln. Der Luchs kauerte geduckt in einer Ecke, als ich den Käfig erreichte. Er achtete nicht auf mich, schaute durch mich hindurch, der Scherze der Menschen müde. Seine abgründigen Augen funkelten. Ich trat dicht an den Käfig und stellte mich auf die Zehenspitzen, um mir die spitzen Ohren, die großen, wohlbeherrschten Pranken, die noch vor kurzem das Weibchen zur Begattung niedergedrückt haben mochten, die zuckten wie in Erkenntnis der Vereinsamung; er war so schön, wie ein Luchs zu so später Stunde nur sein konnte. Ich betrachtete den Riegel an der Käfigtür. Er war auch bloß aus Weide gefertigt. Es handelte sich um einen gewöhnlichen Käfig, wie man ihn für alle möglichen Tiere benutzte; man mußte ihn nach der erfolgreichen Jagd in der Umgebung Bauern abgekauft haben. Ich bezweifle nicht, den nachlässig vergoldeten Riegel öffnen zu können.

Mutter hatte völlig recht. Ich war ein närrisches kleines Mädchen.

Zunächst merkte der Luchs nicht, daß sich am Käfig etwas verändert hatte. Der Käfig war geschlossen gewesen. Nun war er offen. Doch schließlich – so kam es mir jedenfalls vor – übertrugen sich meine Gedanken dem Luchs, während ich ihn aus einigem Abstand atemlos anstarrte. (Ich war ein Stückchen weit weggelaufen, wie Kinder es tun, wenn sie den Folgen eines Streichs zu entgehen trachten, trotzdem galten mein Blick und all meine Aufmerksamkeit dem Tier, und ich dachte: Komm, Luchs, komm heraus, Luchs!)

Mit einer achtsamen, ganz und gar katzenhaften Bewegung schubste der Luchs mit der Schnauze die Käfigtür auf.

An den Schultern ballten sich seine herrlichen Muskeln, als er sich anschickte, sich durch die schmale Lücke zu schieben, die er nun endlich vorhanden sah. Er brauchte sich nicht hinauszuzwängen. Ein Spalt genügte ihm, und mein Herz wummerte gleichermaßen vor Schrecken und Stolz, als das schöne Tier – ziemlich unbeholfen, wie sich Katzen bewegen, wenn sie sich unsicher fühlen – aus dem Käfig sprang. Er zog einen Kreis, der Blick seiner Lichter streifte mich flüchtig, die ich reglos, den Atem angehalten, in meinem Nachthemd im Schatten stand. Lärm tönte von den Männern am Feuer herüber, als sie über ihren Würfeln in Streit gerieten. Der Luchs verspürte keine Neigung, sich nochmals in die Nähe von Menschen zu begeben. Er begann zu schleichen, seine Bewegungen bezeugten nun Sicherheit, er huschte durch die Schatten und die Glanzlichter der Fenster, die auf seinem reinlichen, dichten, im Zwielicht farblosen Fell leuchteten, tappte lautlos auf dem geäderten Marmor davon, dem Marmor, den Adern und Krampfadern maserten, Marmor gleich altem bläulichen Käse, einer Stätte der Menschen, die schnellstens zu fliehen sich für ihn empfahl.

Da kamen von draußen, aus der Richtung der Unterkünfte der Heerführer und Anführer, Männer herein. Sie rotzten und spien kräftig in die Gegend, um sich im Warmen die Nasen zu säubern.

Der Luchs machte Anstalten, ihnen auszuweichen, senkte den Bauch auf den Fußboden. Doch die Männer bemerkten, daß sich da etwas regte. »He, was ist das? Hierher! Der Luchs ist los!«

Ein Mann lief vorwärts, in der Hand einen Stab, den er kurz hielt, als gälte es, mit jemandem darum zu ringen. Er gelangte vor den Luchs, versperrte ihm den Weg zum Portal. Der Luchs fühlte sich in seiner Geduld überfordert. Er tat einen Satz.

Der Soldat strauchelte, glitt auf dem kalten Marmor aus. Sofort fiel der Luchs über ihn her. Er reckte Hals und Haupt, sein Rachen klaffte im Düstern nicht rot, sondern schwarz, und er knurrte bedrohlich.

Die übrigen Männer zögerten, sahen sich zur Vorsicht genötigt. Unter ihnen war Schönling, der junge, edle Flußanwohner aus dem Nordreich. Er erblickte mich, wie ich hinter dem Luchs ein oder zwei Klafter neben dem offenen Käfig stand. »Warst du das?« fragte er mich. »Hast du ihn freigelassen?« Ich überlegte, was ich tun sollte. Schönling war auf einmal rund um den Mund ganz weiß. »Siehst du das?« rief er mir über den Luchs hinweg zu. »Da siehst du, was du angestellt hast. Einer meiner Männer ... er hat einen meiner Männer umgebracht.«

Aber du kriegst doch Soldaten zum Geburtstag, dachte ich, entsann mich an das, was ich gehört hatte. Es ist nicht meine Schuld, wenn deine Geburtstagsgeschenke ums Leben kommen.

»Was sollen wir machen?« fragte ein anderer Mann. »Das Vieh ist in bösartiger Laune.«

Der Luchs, der schon von neuem den Geschmack der Freiheit gekostet hatte und nun äußersten Grimm empfand, weil man sie ihm erneut verwehrte, hatte tief in der Kehle ein gräßliches Knurren begonnen. Er wandte den Schädel hin und her, während sich die Männer verteilten, hielt sie, die sie ihn zu umstellen gedachten, mühelos unter Beobachtung. Seine großen Augen wirkten fast länglich, gefleckt mit winzigen Sternchen in den Augäpfeln, die seinem Blick einen bösen Ausdruck verliehen.

Plötzlich vollführte er einen zweiten Satz. Er stürzte sich auf den Mann, der nun neben Schönling stand. Im ersten Augenblick vermochte der Soldat Gegenwehr zu leisten, er und der Luchs stemmten sich Brustpanzer an Brust gegeneinander, als ob sie tanzten. Inzwischen war eine weitere Person eingetreten, war herübergeschritten und packte jetzt den Luchs um den Hals, just als er den Rachen aufriß, um auch diesem Soldaten die Gurgel zu zerfleischen. Niemand hatte Zeit, um zum Dolch zu greifen. Der Luchs verfiel in Raserei. Ich schätze, er wog mehr als hundert Pfund (falls ich eine richtige Vorstellung von meinem eigenen Körpergewicht habe), und er tobte im wüstesten Grimm. Er wand sich, und ich glaube, für gewöhnlich hätte jede der wilden Bewegungen seines Leibes ausgereicht, um einen Mann der Länge nach hinzustrecken. Doch der Ankömmling hatte ihm beide Hände um die Kehle gedrückt, hielt das wütige Maul auf einer Armlänge Abstand, und unabwendbar tönte das Knurren immer heiserer, verwandelte sich in ein Röcheln ohnmächtigen Hasses, und unvermindert ballten sich und schwollen die kraftvollen Muskeln, doch der Mann behielt das Tier im Griff, schwankte mit ihm auf der Stelle, ohne nur im geringsten im Würgen nachzulassen, preßte und drückte ihm statt dessen die Luft noch stärker ab. Und mit einem letzten Blick des Grolls ermattete der Luchs, sein Leben entwich, sein schöner goldbrauner Katzenleib erschlaffte. Endlich lockerten sich die blaugeschuppten Fäuste um die pelzige Kehle. Ich starrte meinen Vater an. Sein Gesicht war ruhig. Es war ruhig, geradezu sachlich geblieben, während er den Luchs erwürgte.

Mein Vater sah mich an. Schönling wies mit dem Finger auf mich. »Sie ist schuld«, sagte er. »Sie ist dafür verantwortlich, daß einer meiner Soldaten den Tod gefunden hat.« Die Zähne auf die Lippe gebissen, kam Schönling zu mir, hob mich grob unter den Armen hoch und trug mich hinüber zu meinem Vater. Aber ich trat ihm meine Ferse ans Schienbein, trat ihn mit der Hacke, und obwohl er keinen Schmerz verspürt haben konnte, war er deswegen so gekränkt, daß er mich losließ, und ich sammelte Speichel im Mund, um so nachdrücklich auszuspucken, wie ich es Soldaten tun gesehen hatte. Eines Tages werde ich darin sehr tüchtig sein.

»Was geht hier vor? Darf ich fragen, Feldherr, was hier geschieht?« Großmutters Stimme. »Hat's irgendwelche Unannehmlichkeiten gegeben?« Mitsamt ihrem Anhang, den Sklavinnen und den wichtigsten Mitgliedern ihres Gefolges kehrte Großmutter, eher lebhaft als ermüdet, von der Erledigung dieser oder jener Angelegenheiten zurück, wie sie am Vorabend vor dem Abmarsch des zweiten Heers erforderlich gewesen sein mochte. Sie zog ihre ledernen Handschuhe aus und tippte mich mit einem davon an. »Seka, warum bist du hier unten?«

»Seka?« wiederholte mein Vater. »Das ist Seka?« Er stutzte und stockte, wie man es von einem Mann, der soeben einen Luchs erwürgt hatte, eigentlich nicht erwarten sollte. In Schönlings Gliedschirm sprudelten nach wie vor winzige Bläschen. Jetzt konnte man sie sogar hören, so still war es geworden. »Meine Tochter Seka?« meinte der finstere, blauhäutige Feldherr schließlich.

Ich spuckte vor ihm auf den Fußboden. Er musterte mich versonnen.

»Ja, Feldherr, Eure liebe, kleine Tochter Seka.« Einen Moment lang lächelte Großmutter ungewohnt vergnügt. »Zu meinem Bedauern kann ich sie Euch nicht in der gebührenden Art und Weise vorstellen, sie ist stumm. Freilich ist sie ein überaus gescheites Kind, diesbezüglich kann's kein Mißverständnis geben. Ein gutmütiges Kind.« Sie wandte sich an einen Wächter. »Schafft die Leichen hinaus.« Danach widmete sie zwischendurch Schönling ein kurzes Wort. »O weh, dieser Tote ist einer Eurer Krieger, stimmt's? Ich erkenne den so schmucken Waffenrock Eurer Scharen. Wollt Ihr selber für seine Beisetzung Sorge tragen?« Schönling verbeugte sich. Er bestätigte, es sei so üblich. »Kommt, Feldherr!« sagte Großmutter, »wir wollen uns setzen, dort ist eine Bank. Nun, wie gefällt Euch Eure Tochter? Seka, komm her, zeig dich einmal deinem Vater! Das ist nämlich dein Vater, mein Herzchen. Er ist ein mächtiger Feldherr.« *Ein Tierwürger*, dachte dagegen ich.

Ich nahm die Gelegenheit wahr und betrachtete sehr aufmerksam das Gesicht des Feldherrn. Es erstaunte und erfreute mich, daß er mich ebenso ernsthaft und besinnlich ansah, mit einem Blick wortloser Fragestellung. Nur sehr wenige Erwachsene haben mir jemals wirklich mit Aufmerksamkeit ins Gesicht geschaut.

Seine Haut war blau, von dunklerem Blau als meine Haut, die Färbung, wie sie die Unterseite einer Gewitterwolke aufweist. Und sie war gänzlich mit winzigkleinen Schuppen bedeckt, wie bei einer Schlange. So ist meine Haut nicht. Er ist kein Mensch. Er stammt von den großen, nichtmenschlichen Stämmen im fernsten Norden ab. Was für ein Geschenk der Götter, welche Möglichkeit zur Kriegshetzerei für die Oberhäupter der verfeindeten Mächte.

»Eine freudige Überraschung, dich so unversehens kennenzulernen, Seka«, sagte der Feldherr. »Damit habe ich wahrlich nicht gerechnet.« Er hatte eine Stimme, in der ganz bestimmte Schwingungen mitklangen, dank welcher sie eine besondere Tonlage hatte, eine eindeutig dunkle, tiefe Stimme, die bisweilen seidenweich, bei anderen Anlässen hingegen merklich scharf klang. »Du hast also in gewissem Umfang Interesse am Tierleben?« Das Schmunzeln seiner Mundwinkeln wurde deutlicher. Am liebsten hätte ich ihm widersprochen und behauptet, ich sei gegen Tiere eingestellt. (Wenn ich das Bedürfnis verspüre, etwas zu sagen, käme zumeist etwas aus meinem Mund, das einige Leute als Frechheit einstufen.) »Wie geht's deiner Mutter?« fragte mich der Feldherr.

Immer drücken seine Augen *Überlegung* aus. Immer ein gelassenes, ungerührtes, abwartendes, nachdenkliches Zusammenfassen.

Unaufgefordert nahm ich Platz, so wie ich es bei anderen kleinen Mädchen gesehen hatte. Kaum hatte ich mich zwischen Großmutter und den Feldherrn gesetzt, hoben mich des letzteren Hände hoch, sehr starke, gegenwärtig jedoch rücksichtsvolle Fäuste, hinter denen unerhört viel Kraft war, doch ich spürte, daß ihnen der Umgang mit Kindern ungeläufig war, er hatte nicht gedacht, daß ich so ruhig, so klein oder derartig leicht wäre; für einen Moment hielt er mich an seiner Schulter, während er die überschüssigen Falten seines außeror-

dentlich weiten, scharlachroten Umhangs über die Sitzbank breitete, um mir meinen Platz bequemer zu machen. Ich setzte mich auf den Umhang und lehnte mich
gleich zurück, als wäre ich schläfrig. Ich hatte erwartet,
Großmutter werde nun unverzüglich über des Feldherrn bevorstehenden Aufbruch zu reden anfangen,
doch es kam anders. »Mit den Wasserleitungen steht's
zur Zeit überaus schlecht im Palast«, sagte sie vielmehr.
»Irgend etwas stimmt mit ihnen überhaupt nicht.«

Als ich erwachte, war es bereits spät am Morgen. Ich
war während des Geschwafels über Leitungsrohre und
Wasserpumpen eingeschlafen, das Großmutter anscheinend als bedeutsamer denn die Geheimnisse der
Staatskunst und der Kriegführung erachtet hatte. Deshalb hatte ich, entgegen meiner Hoffnung, nichts diesbezüglich erlauschen können. Ich lag noch auf der Sitzbank. Bedienstete, Wachen und Sklaven eilten umher,
erhitzten Wasser und bereiteten Morgenmahlzeiten zu,
um sie in die Gemächer der Vornehmen hinaufzubrin-
gen. Ich mußte nach oben zu meiner Mutter. Niemand
hatte mich gestört, nachdem ich eingeschlafen war; ich
entdeckte, daß ich noch in ein Stück roten Tuchs gehüllt
war, das man mit einer scharfen Klinge abgetrennt hatte: Statt mich womöglich aus dem Schlummer zu
schrecken, hatte der Feldherr es vorgezogen, seinen
Umhang zu zerschneiden. Da und dort fiel Sonnenschein herein, an den Stellen, wo er stets Lichtkegel bildete. Ein Koch kam auf dem Weg aus der Küche an mir
vorbei, er lächelte, weil ich aufgewacht war, gab mir von
dem Tablett, das er trug, eine große Handvoll Erdnüsse.

Recht bald fing es im Palast schlecht zu riechen an. Cija
waren verstopfte Springbrunnen zuwider, sie lief umher und versuchte, nicht zu atmen. »Komm, Cija!« sagte
die Herrscherin. »Ich glaube, wir sollten ausfahren und
ein wenig Frischluft genießen. Ich werde befehlen, ei-

nen ganz schlichten Wagen vor einem Seitentor bereit-
zustellen, und wir können Seka auf unsere gemütliche
Fahrt mitnehmen.«

»Das ist der mütterlichste Einfall, den du je gehabt
hast«, antwortete Cija.

»Dann betrachtest du's also nicht als mütterlich,
wenn ich dich mit dem dir anvertrauten Herrn und Gemahl wiedervereint sehen will?«

»Es wäre ein Ausdruck größerer Mutterliebe, wär's
dein Wunsch, daß ich von ihm geschieden werde.«

»Wir brauchen nur eine halbe Meile weit fahren, oder
so ungefähr, gerade so weit, daß der Ausflug den
Nachmittag währt.«

Doch es erforderte verschlungene Umwege von zwei
Meilen Länge, um lediglich zur Stadt hinauszugelangen, durch ihr Gewirr von Straßen und Kanälen. »Alles
ist so verkommen«, sagte Cija überflüssigerweise. »Das
ist wahrhaftig keine so große Handelsstadt, wie du
glaubst. Sie ist schäbig, der Handel und Wandel ist nahezu am Ende.«

»Du verstehst nichts von Handel und Wandel, Cija.«

Es war warm, aber eine dichte, graue Wolkendecke
trübte den gesamten Himmel. Die Hausweiber der
Stadt strebten in ihrem Gelumpe und Tand vorüber, bil-
ligen und längst fadenscheinigen Schals, benäht mit
Scherben zerbrochener Flaschen, Köpfe und Hälse behängt mit Flitter, mit Halsschmuck aus durchbohrten
Münzen des geringsten Werts, durch die sie Riemchen
gezogen hatten; alles trugen sie mit Stolz: Geld war
›knapp‹. Ohne diesen sämtlichen Plunder, Kitsch und
all das Glitzerzeug hätte die Bekleidung unserer Bevölkerung bei schönem Wetter, im Sonnenschein, reichlich
freudlos ausgesehen. Doch am heutigen Nachmittag, in
dem grauen Licht, wirkte aller Tand jämmerlich und
wertlos. Letzten Endes läßt sich die Wahrheit nicht ver-
heimlichen. Armut, Elend und besonders Schäbigkeit
sehen bei jedem Wetter traurig aus.

Unser Wagenlenker knallte mit der Peitsche, um die Maultiere anzutreiben, die unser Gefährt zogen, und ihre beschlagenen Hufe klapperten. Unter seinem unauffälligen Umhang war er schwer bewaffnet, und das gleiche war mit den Fußsoldaten der Fall, die uns begleiteten – einer an der Seite des Wagenlenkers, der andere auf unserem Trittbrett –, um Bettler fernzuhalten.

Die Herrscherin, die selten vergaß, dem gemeinen Volk ihre Liebe zu zeigen, warf Bettlern Kupfermünzen und auch ein paar Silbermünzen zu. Sofort sprangen Soldaten heran, stießen ein verkrüppeltes Kind, das einen rachitischen Säugling mitschleppte, zur Seite. »Almosen? Milde Gaben? Almosen!« Sie lachten. »Almosen für uns arme Krieger!«

Der Soldat auf dem Trittbrett gab sich redlich Mühe, um dafür zu sorgen, daß sie auf Abstand blieben. Einer rammte ihm das untere Ende eines Speers boshaft unterhalb des Gürtels in den Leib. Unser Begleitsoldat, der unterm Umhang einen langen Dolch mit einem guten Griff aus Horn stecken hatte, widmete uns einen Blick stummer Frage. Großmutter warf noch mehr Münzen hinaus. »Diese Flegel sollen sich vor den Blasenfüßen unserer Bettler im Staub wälzen«, äußerte sie mißmutig.

»Blasen sind Beschwerden Wohlhabender«, sagte Cija leise. »Diese Bettler besitzen keine Schuhe, die ihnen Blasen verursachen könnten. Die Mehrzahl hat kaum noch heile Füße.«

»Die ganze Stadt ist zu einem ruchlosen Heerlager geworden.« Die Herrscherin war mißgelaunt.

»Was für ein Betrieb auf diesem Kanal herrscht. Ist sein Wasserstand von den Gezeiten abhängig?«

»Die Gezeiten werden immer stärker. Die Sterngukker haben mir auf ihre bildhafte Weise erklärt, die Gezeiten zerrten an des Meeres Fluten wie angeschirrte Maulesel. So etwas ist für die von der Sonne beeinflußten Gezeiten nicht natürlich.« Mit gerunzelter Stirn schaute Großmutter aufs angeblich unnatürliche Wasser aus.

»Selbst auf hoher See sind gewaltige Flutwellen gesichtet worden, die sich im Kreis bewegen.«

»Ich habe sie vom Turm aus gesehen.«

»Diese Vorgänge ähneln eher den Gezeiten im Zeitalter des Mondes.«

»Ist etwas Wahres an den alten Geschichten, daß es einst eine Scheibe namens Mond am Himmel gegeben hat?«

Die Herrscherin schnob. »Ist etwas Wahres an den ›unklaren Gerüchten‹, daß du und ich, Cija, und unsere Großmütter, Verwandte der Götter sind? Der Mond war ein großer, runder Himmelskörper, der droben seine Bahn zu ziehen pflegte, sich von unserem Licht, der Schnelligkeit unserer Bewegung und unseren allgemeinen gefühlsmäßigen Regungen nährte.«

»War er ständig da?«

»Er kehrte jeden Abend wieder, ungefähr um die Stunde des Abendmahls, wenn tiefe Nacht die öde Weite des Himmels umfing. Jedesmal blieb er bis zur Morgendämmerung. Doch er war allzu begierig. Er kam immer näher. Unser Licht war für ihn zu hell, wie ein Falter stürzte er sich in unsere Flamme und in den Tod, der Tor von Mond, der uns umkreiste. Natürlich war er kein Falter. Er bestand aus zahllosen Brocken Metall, die nach dem langen Sturz durch den Himmel vor Hitze zischten. Dem Verderben seines Sturzes, der den Untergang des Erdteils Mu am Nabel der Welt auslöste, könnte nur das Unheil gleichen, das geschähe, müßten wir die Ankunft eines anderen Monds erleben.«

»Schleicht sich unbemerkt ein gefährlicher neuer Mond in unseren Umkreis?«

»Das ist nicht meine, sondern eine Mutmaßung der Sterngucker, Cija. Unsere göttlichen Verwandten haben mir nichts dergleichen mitgeteilt.« Cija sagte, sie hätte gehört, der Mond sei der Schild des Himmels, aber der Drache des Untergangs habe mit dem Himmel gekämpft, dem dabei der Schild verlorengegangen wäre.

Die Herrscherin gab ein Brummen von sich; derlei Vorstellungen führten für ihre Begriffe ins Reich der Märchen, und so etwas mißbilligte sie. Ich stieg aus dem Wagen, der gehalten hatte, weil Mutter und Großmutter über einen Kanal hinweg einige nicht allzu ferne Berge zu betrachten wünschten. »Gib acht, wohin du deine Füße setzt, Kind!« rief die Herrscherin mir zu. »Tritt nicht an die Stelle, wo eben jener Edelmann hingespien hat!« Also blieb ich nahbei, sah mir die von Zeltbahnen überschatteten Buden auf dem kleinen Marktplatz in der Umgebung an, kehrte jedoch bald zurück. Ich hockte mich aufs warme Trittbrett des Wagens, das voller körnigem Dreck war, und ich ahnte, daß ich mir die Rückseite des Kleids verschmutzte. Der Soldat, der dort wachte, lächelte mir zu. »Gewiß sind *alle* Annahmen richtig, von denen jemand ausgehen kann«, sagte die Herrscherin großmütig, gerade als ich wiederkehrte.

»Selbst Zerds Unglaube und Zweiflertum?«

»Freilich.«

Der Fußsoldat hob eine Hand und strich mir durch den Schopf. Seine Finger waren derb und dick, völlig anders als die Finger der Edelfrauen, wenn sie das gleiche tun. Als die Herrscherin herüberblickte, zog er die Hand zurück.

»Weißt du, Mutter«, sagte Cija, »ich habe oft über die Geburts-Prophezeiung nachgedacht.«

»Geburts-Prophezeiung?« Die Herrscherin tat, als hätte sie noch nie von solchem Unfug gehört.

»Du weißt, was ich meine, diese Prophezeiung, aufgrund welcher ihr euch alle so gesorgt habt, ich würde durch Liebe Verderben über mein Land bringen«, sagte Mutter. »Die Prophezeiung, die anläßlich meiner Geburt gemacht worden ist. Wegen der du mich in den alten Turm eingesperrt hast, damit ich niemals einem Mann begegne. Und dann bin ich dennoch Zerd begegnet. Er war der erste Mann, den ich je gesehen habe. Folglich bin ich wider die Gefahren der Liebe nicht gefeit gewesen. Und da hat Zerd mich plötzlich mit Liebe angesteckt. Und ich habe mich mit ihm vermählt. Und mein Land unter die Herrschaft von Fremden gebracht.«

»Es hätte ärger kommen können«, tröstete die Herrscherin sie. »Aber naturgemäß darf es kein Weib verwundern, wenn vermählte Männer nicht die besten Gatten abgeben.«

Ich bemerkte, daß die Stimme des Fußsoldaten mir ins Ohr raunte. »Aberglaube und Götzendienst«, murmelte er, »was für Narreteien das sind ... Es hat den Anschein, als wären du und deine Mutter zwei vollständig verschiedenartige Menschen. Sie ist so gefühlsbetont und voreilig, du bist eine achtsame, der Vernunft ergeben, allerdings an Einfluß arme Zuschauerin. Sie ist ganz Gefühl. Du bist gänzlich Geist. Ich habe deine Augen gesehen, dein Gesicht.« Doch als ich zu ihm aufschaute, spähte er in den Sonnenuntergang. Seine Stimme aber, dunkel und ausdrucksarm, drang mir weiter ans Gehör. »Und wer ist der dritte Teil?« fragte er in die Sonnenstrahlen, die schräg vor uns übers Land fielen. »Der *Körper?* Wer ist das?«

»Aber meine wahre Heimat ist Atlantis«, sagte Cija zu Großmutter. »Atlantis ist *mein* Land, Mutter, ob du's glaubst oder nicht, es ist das Land, dem meine Sorge gilt. Und es mag sein, wie's sich nach deiner Auffassung mittlerweile erwiesen hat, daß der Drache unserem Land kein Unheil gebracht hat. Doch er bringt Unsegen über Atlantis.«

»Nur weil er es in gewissem Umfang ändert? Eroberer verändern immer irgend etwas.« Heute war die Herrscherin, was Zerd als Eroberer betraf, sehr großherzig. »Laß uns hier am Großen Kanal lustwandeln!« fügte die Herrscherin hinzu.

»Hältst du das für gefahrlos?« wollte Cija wissen.

Zur Antwort streifte die Herrscherin, indem sie eine Gebärde der Ermutigung vollführte, den Überwurf ab, in den sie sich im Wagen gehüllt hatte, offenbarte ihre Erscheinung; allerdings trug sie nicht ihre übliche Kleidung in Goldgelb, Scharlachrot und Purpur, nicht die Wahrzeichen des Heeres und nicht die von Sklavinnen gehaltene Schleppe, sondern ein Gewand mit grünen, orangeroten und rosafarbenen Streifen, in dem sie niemand kannte. »Wir können uns unter die Menge mischen«, meinte sie gedämpft. Wir folgten ihr von einer zur anderen Marktbude, an denen man nichts feilbot, was sich zu kaufen gelohnt hätte, beim besten Willen nicht. Mutter erwarb ein wenig Baumwolle, die schon einmal für irgendein Kleidungsstück benutzt, abgewickelt und wieder auf einen Knochen gewickelt worden sein mußte. Dieser Kauf war noch etwas sinn- und nutzloser, als hätte sie eins der Gewänder oder ein Paar Schuhe erstanden, die ganz scheußlich waren, an denen noch Fäden hingen, die von schlampigen Stickereien strotzten, aber sie war der Ansicht, diese Sachen seien es noch weniger wert, gekauft zu werden. Zufrieden beobachtete die Herrscherin einen lautstarken Verkäufer, der Flugschriften vertrieb, deren fette Schlagzeilen Großmutters Herrschaft schmähten; er verkaufte sie zu hohem Preis an Abnehmer, die dabei sehr geheimniskrämerisch taten. In Wahrheit war die Herrscherin selbst es, die mit ihrem Geld die Herstellung und den Vertrieb dieser Flugschriften ermöglichte, und die Verfasser des Geschreibsels waren ihr treue Untertanen. »Gleichwohl welche Meinungen ich zu verbreiten gedenke«, lautete ihr Standpunkt, »es ist günstiger, sie als rebellische Auflehnung auszugeben, um jene aufsässigen Gemüter zu übertölpeln, denen bereits nach Rebellion der Sinn steht.« Nach einer Weile auf dem Markt äußerte sie einen Vorschlag: »Wir werden den Kanal überqueren und uns die schöne Seite ansehen.«

Die »schöne Seite« war das andere Ufer, das Ufer, an dem strauchartige, niedrigere Bäume wuchsen. Also warteten wir auf das langsame Fährboot. Die Herrscherin gestattete nicht, daß schnellere Boote auf ihren Kanälen verkehrten; allzu starke Wellen hätten mit der Zeit die Ufer zerbröckeln können.

Doch als wir uns geduldig in der Warteschlange angestellt hatten und der Fährmann uns den Preis fürs Übersetzen nannte, bekam die Herrscherin, wenngleich sie sich in Verkleidung unterm Volk befand, einen zornigen Blick. »Komm, Mutter!« sagte Cija und griff in ihren Geldbeutel.

Aber die Herrscherin beharrte darauf, daß Mutter ihre Börse fortstreckte. »Ich werde nicht zahlen«, sagte sie halblaut. »Welch ein schamloser Betrag! Selbstverständlich werde ich nicht dafür bezahlen, daß ich über den Kanal befördert werde. Mir *gehört* der Kanal.«

Während unser Wagen in der Abenddämmerung heimwärts holperte, fuhren wir durch eine Biegung und sahen mit einem Mal zahlreiche Boote, die soeben von Zerds nordländischen Soldaten bestiegen wurden. »Sie brechen heute abend auf«, rief Mutter in heftigem Tonfall. Und ihr Gesichtsausdruck änderte sich, als sie zwei hohe Heerführer auf uns zuschreiten sah.

»Da ist ja dein lieber Gemahl.« Dem Vergnügen in Großmutters Stimme entnahm ich, sie hatte genau gewußt, daß er sich um diese Stunde an diesem Ort aufhielt.

Zerd und sein Oberbefehlshaber Clor schauten durch und durch freundlich und höflich auf, als unser Wagen bei der steinernen Ufermauer, wo das Einschiffen und Verladen vor sich ging, zum Stehen kam. Ein Soldat eilte herbei, stützte sie am Ellbogen und war ihr so beim Aussteigen behilflich. Mutter empfand sichtlich Verlegenheit. Sie hatte offenbar zu versuchen beabsichtigt, den Wagen auf der anderen, Zerd abgewandten Seite zu verlassen. Der Drache trat vor, verbeugte sich ungemein tief vor Mutter, die unterdessen nach mir gegriffen hatte und mich nun aus dem Gefährt hob. Bereitwillig ließ ich sie stehen und lief in des Feldherrn Arme. Ich bemerkte, wie sein weiter Umhang durch den Staub schleifte, und daß daran, säuberlich abgetrennt, ein Zipfel fehlte.

Ich glaube, Cija hatte einen winzigen Augenblick, bevor sie ihn tatsächlich sah, schon verstanden, daß er hier weilte. Ihre Augen schauten irgendwie blicklos drein. Sie guckte wie neugeborene Kätzchen, die ich gesehen habe, ganz als ob der Anblick der Welt noch eine zu große Belastung wäre. Sie ballte in den Falten ihres Kleids die Hände zu Fäusten.

»Hohe Frau.« Mein Vater verneigte sich nochmals. »Möchtet Ihr Euch zu uns gesellen?« Er hielt mich in Schulterhöhe auf dem Arm. Die Herrscherin schob Cija vorwärts, und wohl oder übel schloß sie sich an. Sie wirkte benommen, fast kränklich. Gleichzeitig jedoch sah sie lebendiger als seit Wochen aus. Die betriebsamen Soldaten verhielten sich ruhiger und ordentlicher als die zu langen, geraden Ketten aufgereihten Hafenarbeiter Großmutters, die dauernd grölten. Längs der Brüstung gab es überall niedrige Pforten, durch die man Fracht hinab in die Boote beförderte, und Gerüste, auf denen grobknochige Kerle in ledernen Schürzen standen, über und über verdreckt, und ununterbrochen herumbrüllten, während sie Bündel an die großen Haken von Tauen oder Ketten hängten, mit denen man Ladung ein- oder auslud. Heute beherrschte der Aufbruch der von Zerd geführten nordländischen Heerscharen das Geschehen in diesem Bereich des Großen Kanals. »Ich ziehe heute abend ins Feld, Cija«, sagte Zerd.

»Wenn du mir Lebewohl sagen möchtest, bin ich gerührt«, entgegnete sie, und vielleicht glaubte sie es tatsächlich zu sein.

»Du wirst mich begleiten.«

Dieser Mann hatte Mutter nicht gesehen, seit sie in Atlantis an Bord eines Schiffs gegangen war, um zum Festland und in Großmutters Hauptstadt zurückzukehren, nachdem er öffentlich Anschuldigungen wider sie erhoben und befohlen hatte, sie zu ergreifen – irgendwelche Beschuldigungen, vermute ich, nur um zu bewirken, daß man sie ihm wiederbrachte. Schließlich war bekannt geworden, daß man sie der Hexerei anschuldigte, und zwar aufgrund eines Einfalls Sedilis.

Seine Miene war, wie er sie so ansah – ein wenig von der Seite und infolge seiner hünenhaften Gestalt etwas von oben herab, ohne ihre geradewegs ins Gesicht zu blicken –, recht verschlossen. Trotzdem benahm er sich aufmerksam, war voller Anteilnahme, aber obschon er anscheinend immer so war – wachsam und lebhaft –, ist mir, als könnte ich mich daran erinnern, daß in diesem Moment flüchtigen Schweigens zwischen ihm und Cija sogar die Luft rings um Zerd zu knistern schien – von Drohung? Jedenfalls von unnachgiebiger innerer Härte, von beherrschter, durch schiere Willenskraft bezähmter Gewaltsamkeit, im Zaum gehalten in dem Bewußtsein, daß er kein Angehöriger dieses kraftlosen, verbrauchten, ungesund gewordenen Menschengeschlechts war, das er aus jedem Anlaß aufs neue genau beobachten und durchschauen mußte, um sich die Beherrschung seiner unzulänglichen Mittel bewahren zu können. Allein Cija, so fiel mir später auf, erweckte bei ihm eine dermaßen starke Zuwendung, erregte ein solches Interesse. Er sollte sie niemals vollauf verstehen. Sie verhielt sich nicht gemäß der Regeln jener Menschen, hinter deren Vordergründigkeit er längst blickte. Er wußte nicht, welchen Weg Cija wählen, ob sie überhaupt irgendeinen Weg nehmen würde.

Sie starrte ihm ins Gesicht, und Zerd schaute an ihr vorbei. Der letzte Sonnenschein glomm an den Rändern jeder einzelner seiner Schuppen.

»Das ist Wahnsinn«, sagte Mutter. »Zu welchem Zweck? Was für einen Zweck hast du für mich ersonnen? Ich habe keine Kleider dabei, nicht das geringste Gepäck. Selbst du, mein Herr und Gebieter, dürftest dir darüber im klaren sein, daß ein Weib mit Kind, um in die Ferne zu ziehen, ein gewisses Gefolge braucht.«

Erstes Sternenlicht glomm auf dem matten Glanz von Zerds Armreif, als er kurz auf eine Reihe von Wagen deutete, die soeben in der Nähe der Hafenmauer vorfuhren. Der Armreif war matter als die Schuppen auf seinen Muskeln. Die Sterne erschienen an jener Hälfte des Himmels, die der Sonne restliche Helligkeit nicht mehr erreichte. Auf den Dächern der Wagen lag hochauf Gepäck getürmt, und an den Fenstern erkannte ich die neugierigen Gesichter einiger der vertrauenswürdigsten Edelfrauen Mutters; sie wirkten auch ziemlich bestürzt, und offensichtlich erleichterte es sie, uns zu sehen.

»Wir folgen Progdin nach Norden«, stellte Zerd fest. »Progdin hat einen beschwerlichen Weg vor sich, durchs Land deiner Mutter und die Ländereien ihrer Verbündeten an den Grenzen, und er zieht gen Norden, wo der König des Nordreichs herrscht und seine Streitkräfte wider mich um sich schart.«

»Den Göttern sei Dank. So ist dir wenigstens ein mächtiger Feind geblieben.«

Großmutter machte unwillkürlich eine Geste, an der man merkte, wie peinlich Cijas Äußerung sie berührte. Zerd hob die Brauen. Doch ich sah ihm an, daß es ihn belustigte, wenn Cija etwas sagte. Er kam mir tatsächlich in ihrer Gegenwart belebter vor als in der Nacht, als ich ihn zum erstenmal sah, und da Männer, die große Raubtiere erwürgen, dabei sehr angelegentlich wirken, will das etwas heißen. »Könntest du noch leben und gedeihen, mein Herr und Gebieter«, ergänzte Cija gedämpft, »hättest du keine Feinde mehr auszutilgen?«

»Er muß niedergeworfen werden, ehe ich in Frieden herrschen kann.«

Mutter schwieg für einen Moment. Aber während sie sich im Umgang mit Smahil versöhnlich gezeigt hätte, blieb sie vor Zerd ganz sie selbst. Sie mutete ihm zu, über das zu lachen, was er ihr etwas umständlich als den Grund dafür genannt hatte, in den Krieg zu ziehen. *»In Frieden herrschen?«* wiederholte Cija. »Friede ist dir verhaßt. Du ziehst aus, um ein Land zu verwüsten, indem du behauptest, du müßtest's tun, um Progdin daran zu hindern, und so wirst du die Häuser und Hütten niederbrennen, die Progdin nicht brandschatzt, du wirst die Volksstämme abschlachten, die Kinder morden, welche Progdin entgehen. Ich wünsche dir günstiges Wetter und einen erfolgreichen Feldzug. Man soll meine Wagen ausspannen.«

»Unsere Tochter vermag nicht zu sprechen«, meinte Zerd. »Warum ist das so?«

Ich spürte, während er mich auf dem Arm hielt, das Geknister seiner inneren Kräfte. »Komm zu mir, Seka!« sagte jedoch Mutter, und ich verließ Zerd und begab mich in ihre Arme.

Sie trug mich noch immer, als wir uns im Palast der Treppe zu unseren Gemächern näherten, drückte mich an sich. In diesem Moment kam Zerd aus dem Festsaal; er mußte auf einem geschwinden Reitvogel vor uns eingetroffen sein. Er begann die Treppe gemeinsam mit uns zu ersteigen, ganz als hätte er uns stets nach oben begleitet. Mutter, die nicht wußte, was für eine Miene sie aufsetzen sollte, bewahrte ein ausdrucksloses Gesicht.

Dagegen schaute Mutter die Herrscherin sehr nachdenklich an, als wir ihr begegneten. Keineswegs so, als wollte sie sich über Verrat beklagen; sie erwartete von ihrer Mutter kein anderes Verhalten, als daß sie Zerd unterstützte. Die Herrscherin erwiderte ihren Blick gleichermaßen gedankenvoll; sie war zu klug, um beim jetzigen Stand der Dinge noch gefühlvoll oder mütterlich auf Cija einzureden zu versuchen.

Während des Ersteigens der Treppe merkten wir schließlich, wie Wasser von jeder Stufe rann; es war nicht gerade wenig Wasser, das die Treppe hinabfloß, uns entgegen.

Auf dem ersten Treppenabsatz, wo man soeben dabei war, aus Sedilis dort befindlichen Gemächern auch den letzten Kram zu schaffen, arbeiteten Leute mit hochgekrempelten Hosenbeinen. Wasser schwappte in Cijas Schuhe. Sie bückte sich, um sie auszuziehen, mußte mich deshalb absetzen. Hilfsbereit nahm Zerd mich solange auf den Arm.

Weiter klommen wir die Wendeltreppe empor, und Wasser gluckerte uns in Rinnsalen entgegen, endlich gar in kleinen Sturzbächen. Unsere Schritte klatschten. Ein Schwall Wasser, der durchs Geländer eines höheren Treppenabsatzes schoß, machte Cijas Haare naß. Strähnen fielen ihr in die gefurchte Stirn. Sie sagte nichts. Zerd, der sich vollauf zuvorkommend und überaus hilfreich gab, achtete ihre Schweigsamkeit. Auch er sprach kein Wort.

Ich bemerkte, wie er sich überall umsah, sein Blick manchmal mit Staunen auf all dem in den Räumlichkeiten angehäuften Plunder verweilte. Ich glaube, er hat sich nie an die Unmenge von *Sachen* gewöhnen können, die Herrschern und Königen von diesen und jenen Leuten und anderen Völkern geschenkt werden, den ganzen verspielten Schund, den reiche Freunde Oberhäuptern, die ohnehin schon alles besitzen, zum Geschenk machen. Weil man nichts wegschmeißen kann, ohne vielleicht jemanden zu beleidigen, muß alles sichtbar aufgehoben werden, und aus diesem Grund ist es unmöglich, Herrschergemächer schön einzurichten und geschmackvoll auszustatten.

Wir gelangten an überschwemmten Abflußlöchern vorbei. Der nasse Saum von Mutters Kleid ward in so ein Loch gesaugt. »Erlaube mir, dir zu helfen«, sagte Zerd, nachdem er mitangesehen hatte, wie sie vergeblich am Kleid zerrte. Er riß ihren Saum aus dem Loch und knüpfte einen Knoten in den Zipfel.

»Zu gütig«, sagte Mutter.

Wir begegneten auch dem Haushofmeister, der auf dem abendlichen Fest dafür gesorgt hatte, daß man auf Mutter trank. Er saß auf den Schultern eines muskelbepackten Sklaven. »Wie geht es Euch, Hochverehrteste, wie geht's Euch?« grüßte er Mutter voller Überschwenglichkeit. Wie ein flinker Hausgott, ein Schutzherr des Festsaals, entschwand er in einen langen Gang.

Wir erreichten unsere Gemächer. Der Posten, bis zu den Fußknöcheln im Wasser, entbot trotzdem einen strammen Gruß. Die Räume waren fast leer, denn man hatte einen Großteil der Einrichtung auf Troßwagen verladen, während wir außerhalb des Palasts weilten, in der Stadt.

Die Herrscherin, die große Stiefel angezogen hatte, stapfte durch einen anderen Eingang herein. Ihr folgten Sklaven mit unserem inzwischen gehörig feuchten Bettzeug. »Ich vermute, du möchtest alles, was wieder ausgepackt worden ist, erneut genau dort hingestellt haben, wo's zuvor war?« erkundigte Großmutter sich heiter bei Mutter.

»Für so etwas steht das Wasser hier wohl zu hoch«, meinte Mutter. Wir konnten ihr alle ansehen, wie tief diese Überschwemmung sie traf. Diese Gemächer hatten ihren Zufluchtsort abgegeben, für sie mußten sie ihr *Zuhause* gewesen sein. Die Herrscherin sah, ich sah, und auch Zerd sah – dessen Blick Cija nun mit wachsender Aufmerksamkeit maß –, daß diese Beeinträchtigung ihrer Wohnstatt Mutter aufs schwerste ärgerte und verdroß. Sie befand sich bereits in einer Stimmung, in der sie an blinde Flucht dachte, gleich wohin, solange es woanders nur trocken war, selbst wenn die Flucht sie auf die Schlachtfelder des Krieges verschlug.

»Du hast recht, ja«, pflichtete die Herrscherin bei. »In diesem Stockwerk, so hat's den Anschein, ist in den Leitungen ein Stau entstanden. In ein paar Wochen wird alles wieder in bester Verfassung sein. Ich habe nach einem tüchtigen Handwerksmeister schicken lassen, damit er die Mängel behebt ... er müßte übermorgen hier sein. Aber du weißt ja, wie Handwerker sind.«

Mutter strebte sehr schnell, mit kurzen, raschen Schritten, zu unserem Wagen. »*Ich* werde ihr Seka geben, Feldherr«, sagte Großmutter zu Zerd, als er Anstalten machte, ihr zu folgen. »Wenn Ihr, Feldherr, jetzt irgendein Wort an sie richtet, irgend etwas zu ihr sprecht, dann wird sie, trotz unserer auf so vorteilhafte Weise verstopften Leitungsrohre zurück in ihre Gemächer fliehen, sich an die Stufen krallen.« Er reichte mich ihr. »Dennoch weiß sie«, fügte die Herrscherin hinzu, »daß sie, sollte sie bleiben, vom selbigen Tag an *hier* ohne Heim und Obhut wäre. Sie ist immer eine gehorsame Tochter gewesen.«

Clor war zur Stelle, um Mutter ins Gefährt zu helfen. »Ihr dürftet sicherlich eine angenehme Reise haben, Kaiserin«, sagte er in seiner barschen Art. »Ihr werdet den Frühling in den Marschen erleben.«

Zerd und Großmutter lachten hinter Mutters Rücken aus Stolz auf das Vorgehen, mit dem sie Cija fügsam gemacht hatten. »Fürwahr, sie hat sich als folgsame Tochter erwiesen«, sagte Zerd, »als Ihr sie ausgeschickt habt, um mich zu meucheln.«

ZWEITER
TEIL

ERSTES KAPITEL

Die nördlichen Hügel

Mir war aufgefallen, daß es in Großmutters Palast keinen einzigen rechten Winkel gibt. Und natürlich findet man in Großmutters ganzem Land keinen einzigen rechten Winkel.

Anscheinend besteht der alleinige nordwärtige Ausgang unserer Hauptstadt aus einem Stollen durch die Klippe unterhalb des äußeren Ringwalls; dieser Tunnel ist in einem wahrlich schlechten Zustand. Ich bedauerte Progdins Scharen, die ihn bereits durchquert hatten. Nun mußten wir mit unserem gesamten Heer hindurch.

Die Herrscherin hat nie Interesse an der Instandhaltung des Tunnels gehabt. »Nun gut«, bemerkte Mutter, die aus Fassungslosigkeit die Augen aufriß, »in so schlechtem Zustand erschwert er etwaigen Belagerern das Eindringen, und man braucht keine Wächter aufzustellen. Aber ich erachte diese Sparsamkeit als verfehlt.« Im Laufe der vergangenen zehn Jahre hatte Schmelzwasser einen neuen, großen Wasserfall erzeugt. Der Wasserfall hatte, indem er sich den Steilhang der Klippe hinab ergoß, durch die der Stollen getrieben worden war, den Tunnel aufgeborsten und eine Strecke weit der Länge nach geteilt. Infolgedessen mußte das Heer einen fürchterlich schrägen Abhang überqueren, eine Trümmerhalde, halb im von weiterem Einsturz bedrohten Basalt des Tunnels, halb außerhalb, mußte auf gefährlich schrägem, schlüpfrigem Untergrund den Weg durch die wuchtig herunterprasselnden Fluten des Wasserfalls nehmen. »Noch mehr Wasser.« Mutter seufzte. »Ist das Schicksal?« Wagen, Packtiere und fluchende, mit Waffen beladene Fußsoldaten schaukelten und wankten gegen den Fels, ins Wasser und gegeneinander. Berittene

hatten es leichter. Man hätte meinen können, die Reitvögel seien Verwandte der Bergziegen. Kann man sich
so etwas vorstellen? Sie setzten ihre Klauenfüße genau
und sicher einen vor den anderen, die verkümmerten
Flügel gespreizt, die Köpfe nach vorn gereckt, krächzten
die Wasserschwälle, die von oben herunterrauschten, so
wütend an, als wären sie Feinde, die es ein für allemal
zu bezwingen galt. Und das im Dunkeln des Abends!
Die Fackeln flackerten, das schnelle Herabprasseln, Rie-
seln und Fließen des Wassers machte jegliche Sicht trü-
gerisch, und seitlich unter uns ging es wirklich greulich
tief hinabwärts. »Hätten wir nicht in eine andere Richtung zu ziehen vermocht?« fragte Mutter.

»Ein Umweg hätte uns ungefähr einen Monat Zeit
gekostet«, wußte eine der Edelfrauen ihres Gefolges zu
antworten, die sich schon bei einem Anführer der VI.
Blauen Schar über gewisse Gegebenheiten in Kenntnis
gesetzt hatte.

Ich weiß nicht, wieviel Männer und Tiere wir bei der
Durchquerung des Tunnels verloren. Eine ganze Anzahl. Auf jeden Fall wußte die Herrscherin vom Vorhandensein des Wasserfalls.

Im letzten Augenblick hatte sie ihn beiläufig erwähnt,
als wir mit einem Boot zu unseren Wagen am Großen
Kanal zurückgekehrt waren; inzwischen hätte man den
Kanal zu Fuß überqueren können, indem man von einem ins nächste Boot stieg, alle voller Fracht und Soldaten aus den Unterkünften an der dem Meer zugewand-
ten Seite der Stadt. Ich war, wie sich erwies, zu klein,
um allein ans Ufer zu klettern, also stellte man mich auf
einen Schild und hob mich, die ich darauf stand, so auf
die Ufermauer. »Übrigens«, hörte ich da Großmutter zu
Zerd sagen, »wahrscheinlich habe ich Euch mitzuteilen
vergessen, daß der Stollen durch einen in den letzten
Jahren entstandenen Wasserfall ein wenig unwegsam
geworden ist ... Doch ich bin der Überzeugung, daß
er Euch und Eure tapferen Scharen kaum aufhalten

wird.« Schwiegermütterlich tätschelte sie ihm die Schulter.

Er dankte ihr für den rechtzeitigen Hinweis, obschon er bereits in den vorangegangenen Wochen durch seine Kundschafter – meistenteils Aels Räuber, die aus einer Berggegend stammten – vom Wasserfall erfahren hatte; sie hatten den Tunnel stellenweise ausgebessert, so gut sie es in der restlichen Frist bis zum Abmarsch schaffen konnten.

Mutter hatte irgendwann einmal geschworen, nie wieder auf einem nordländischen Reitvogel zu reiten. Offenbar jedoch beängstigte der Gedanke sie zu stark, im stockdunklen Tunnel mit unseren armen Edelfrauen im Wagen hocken zu sollen. Sie beauftragte den Hauptmann damit – einen Hauptmann von Großmutters Handschar, der uns mit zwanzig Bewaffneten als Leibwache begleitete –, ihr einen Reitvogel zu besorgen. Er brachte ihr ein Tier, von dem er erzählte, er hätte es einem Anführer der Blauen Schar abgekauft, der Reitvögel züchtete. Der Vogel war richtig nett, hatte eine rosa-rötliche Farbe, war eifrig und ruhelos, aber gehorsam und wohlerzogen, ein junges Tier, das ständig ruckartige Kopfbewegungen nach allen Seiten machte, um die Umgebung zu beobachten.

Clors Dienstbursche suchte uns mit einem Schlauch voller Wein sowie einem zweiten Mann auf, der kostbare Gläser trug. »Auf einen schönen Frühling in den Marschen«, sagten alle, und ich durfte auch ein Schlückchen Wein trinken.

»Und mögen unsere Gegner mit Zwietracht geschlagen werden«, ergänzte die Herrscherin den Trinkspruch, blinzelte die Gläser an, mit denen Clor ins Feld zog und die prunkvoller waren als die Gläser, die sie im Palast benutzte. Schwacher Regen begann zu fallen und den Wein zu verdünnen. Hinter uns erscholl herzhafter Jubel. Ein Boot hatte angelegt, dem Sedili entstieg – gekleidet in die fesche Tracht, in die sie sich hüllte, wenn sie ihre Scharen befehligte –, um sich dem allgemeinen Aufbruch anzuschließen. Auf ihrer mit einem Federbusch geschmückten Haube krabbelte ein angeketteter, langgeschwänzter Ziervogel herum, pickte ab und zu kopfüber ein Körnchen, das Sedili ihm liebevoll zwischen den Lippen reichte. Sie grüßte ihre begeisterten Soldaten, winkte ihnen zu. Großmutter umarmte Mutter. Sie drückte sie nicht an sich; es war die auf Wirkung abgestimmte Umarmung einer Herrscherin. »So oder so«, sagte sie unterdessen Mutter ins Ohr, »sind Ehemänner etwas Nützliches. Keine Gattin sollte ohne ihren Gemahl sein.«

»Und keine Herrscherin, so habe ich den Eindruck, ohne Tochter.«

»Von den Siegen, die du im Bett erringst, Cija, kann unseres Landes Sicherheit und Gedeihen abhängen.« Großmutter gab mir Abschiedsgeschenke, einen Armreif mit Glöckchen daran sowie eine Puppe, ebenfalls mit Glöckchen besetzt. »Deine Mutter sollte dich nie aus den Augen verlieren«, sagte sie zu mir. »Wenn sie dich ruft, läute mit den Glöckchen.«

»Auf dem Platz vorm Palast pflegt ein Bettler zu sein, Mutter«, sagte Cija. »Er hat keine Hände mehr und sitzt gern im Schatten des Magnolienbaums an der Westseite. Ich habe ihm zu essen gegeben. Könntest du wohl veranlassen, daß man ihn auch künftig nährt?«

»Ist's vielleicht auch dein Wunsch, daß ich ihm neue *Hände* verschaffe?«

»Und dieser gelbrote Luchs, Mutter, den die Jäger gefangen haben ... Wie wär's, du läßt ihn frei? Du könntest ihn mir in Rechnung stellen.«

»Um den Luchs hat sich schon deine Tochter gekümmert«, antwortete die Herrscherin. Mutter zog eine Miene der Verwunderung. »Ich glaube, du stehst in jemandes Schuld ... du müßtest dem jungen nordländischen Edelmann, diesem Flußanwohner, Entschädigung für einen Soldaten zahlen.« Doch Großmutter besann sich sofort wieder auf ihren gewohnten Ernst. »Alles was du besitzt, hast du ohnehin von mir. Cija, du bist so wirrköpfig.«

Kühl küßten sie sich. Mutter trieb ihren Reitvogel an. Er strebte in die Richtung zum Tunnel und des Flakkerns der Fackeln.

»Ich wollte, ich könnte an Eurem Gewissen lutschen wie an einer Süßigkeit«, sagte nahbei jemand in dunklem Murmeln, das an eine träge Zärtlichkeit erinnerte. »Wie unschuldig, wie süß muß es sein.«

Inmitten des Durcheinanders begnügte sich Mutter damit, für die Schmeichelei mit einem Seitenblick zu danken. Sie ritt ihren Wagen nach, die zum Tunnel fuhren, und einem roten Umhang hinterdrein, der an der Spitze einer Reiterschar leuchtete. Als sie sich nach mir streckte, man mich durchs Fenster des Wagens ihr in den Sattel reichte – dabei schrammte ich mir den Bauch –, sah ich, daß ihre Hände wund waren und geschwollen. Ich faßte eine ihrer Fäuste an. »Ach ja«, sagte Mutter zerstreut. »Schon gut, Seka, ich habe bloß den ganzen Abend lang die Fingernägel hineingepreßt.«

»Wäre die kleine Hoheit im Wagen nicht sicherer, würde sie sich nicht wohler fühlen, weil sie nun darin schlafen könnte, Göttin?« meinte der Befehlshaber unserer Eskorte. Er war jung und wirkte, als wäre er unvermählt. Von jetzt an war es jedoch seine Aufgabe, auch in solchen Fragen mitzudenken, wie es Soldaten eben ergeht, die ins Gefolge Hochgestellter befördert werden.

»Ich zieh's vor, sie im Tunnel bei mir zu haben«, erwiderte Mutter. »Auf so lockerem steinigen Untergrund mag ich nicht auf einen Wagen vertrauen. Warum müssen wir derartige Schwierigkeiten eigentlich auch noch in der Dunkelheit auf uns nehmen?«

»Weil Progdin nicht ahnen dürfte, daß wir ein so verwegenes Unterfangen wagen. Er muß inzwischen in einem Gebiet sein, von dem aus er sowohl den Landstrich nördlich der Hauptstadt wie auch den Weg zu den nördlichen Marschen unter Beobachtung halten kann. Wir haben Befehl, beim Verlassen des Tunnels sämtliche Fackeln zu löschen und einen Eilmarsch zu beginnen, damit wir ihm am Morgen, wenn wir gesichtet werden können, viel näher sind, als er es erwartet.«

So zogen wir denn durch den Stollen und durchwateten auf der Geröllhalde über einem nachtdunklen Abgrund den gewaltigen Wasserfall auf halber Höhe der Klippe, halb in, halb außerhalb einer schwarzen Todesfalle aus Basalt, für deren mangelhaften Bau die einst verantwortlich gewesenen Baumeister und Fachleute, so hoffe ich, von der damaligen Herrscherin, wer jene zweifellos willensstarke Frau auch war, streng bestraft worden sind.

Entlang der Innenwände und oberhalb der restlichen Felsdecke des geborstenen Abschnitts wuchsen dicht belaubte Pflanzen. Aus ihrem Laub stürzten sich, infolge unseres Durchmarschs aufgeschreckt, kleine Vögel auf die Scharen. Übermütige, wackere Zwitscherlinge mit spitzen Schnäbeln, Nähnadeln vergleichbar, waren es, die sich aufschwangen, um ihre Wohnstatt, ihre Nester, gegen diesen absonderlichen, fremdartigen Heerwurm der Menschen, der sich durch den Stollen wand, dahintrampelte und -stampfte, zu verteidigen. Die kleinen Tiere schwirrten überal in den Kolonnen umher, und wenn sie gegen einen Schild oder Brustpanzer prallten, fielen sie zu Boden und wurden zermalmt. Ich glaube, sie *konnten* unseren Soldaten gar nicht ausweichen. Sie hätten ins Wohngebiet benachbarter Vögel eindringen müssen, und dazu waren sie außerstande; ihre unsichtbaren Grenzen erwiesen sich als unüberwindlich für die kleinen Vögel und machten sie zu Opfern ihrer eigenen Natur.

Mutter muß mich irgendwann in den Wagen zurückgebracht haben, denn als ich erwachte, geschah es im Wagen. Sonnenschein sickerte durch die Vorhänge herein. Mutter und unsere Lieblingszofe, die für des Feldzugs Dauer den Wagen mit uns teilen durfte, ruhten in den umfangreichen Haufen von Kissen und schliefen. Ihre Hände hatten sie, vermutlich zum Schutz wider nächtliche Kühle, in die Unterröcke geschoben, und zwischen weißer Spitze glänzte im noch reinweißeren Sonnenlicht ein nacktes Knie wie eine Perle.

Das Heer marschierte in der Tat mit größtmöglicher Schnelligkeit. Männer und Tiere mußten sich am Vortag noch einmal gründlich ausgeruht und erholt haben. Unser Wagen war von leichter Bauart, so vorteilhaft, wie man es sich nur wünschen konnte, mit hohen Rädern und vortrefflicher Federung, keines der Ungetüme, wie die Herrscherin sie verwendete und die schweren, ungefügen Himmelbetten ähnelten. Dies war ein Wagen jener Art, wie man sie in Zerds Heer für weite Entfernungen benutzte.

Jetzt war es mir zu warm. Ich schob das mit Bändern benähte Fell, das als Reisedecke diente und in das ich eingewickelt worden war, von mir und kroch über Mutters gespreizte Beine ans Fenster.

Ich hob einen Zipfel des Vorhangs an und sah, daß trotz der Sonne, die in dieser Höhe herabbrannte, noch Tau lag. Drunten erstreckte sich in einem Tal Urwald, richtiger Dschungel, zwar noch im Schatten, aber er brodelte und schimmerte bereits in der eigenen Feuchtigkeit, ergänzt um die Pisse vieler großer Tiere, geradeso wie ein Kessel, in dem etwas kocht und ständig um neue Zutaten bereichert wird. Ich überblickte bläuliche, grüne und fast blaurote Kronen riesiger Bäume, in denen Faultiere baumeln mußten. Hier oben dagegen gab es Stiefel, Vogelklauen und Achsen zu sehen, aber auch Felsbrocken, Farne, Grashalme und die grob gewobenen Netze gefräßiger Bergspinnen.

Mir fiel ein, daß es, wenn wir fortan in Zelten und Wagen leben mußten, keine Türen mehr gab, an die ich mich hängen konnte. Die Wagenschläge waren zu dünn, befand ich nach genauerer Beobachtung, und würden mich zwischen den Beinen nicht befriedigen. Ich mußte mir künftig anderweitig abhelfen.

Mutter wachte auf, vollführte eine Bewegung, als wische sie sich etwas aus dem Gesicht; vielleicht störten sie die Gerüche all des Feuchten.

Sie lächelte mir und der Zofe zu, dann reckten sie sich beide und gähnten, bedeckten ihre entblößten Schenkel, fragten einander (und mich), wie der Schlaf gewesen sei. Ich legte mich an Mutters Schulter und lehnte den Kopf an ihren hübschen Hals. Sie öffnete den Vorhang, fragte die Edelfrau, ob sie etwas gegen ein offenes Fenster einzuwenden hätte, und lächelte erneut. Sobald die volle Helligkeit des Sonnenscheins in unseren Wagen strömte, summten auch Insekten herein. Mutter lächelte auch über die kurzen Regenfälle überm Dschungel. Trotz der Sonne regnete es mehr oder weniger ständig, allerdings jedesmal nur für eine Weile, und dann breiteten die vom Regen belebten Orchideen von neuem ihre Kelche aus, purpurn wie Qual. Ich hatte das Gefühl, daß Mutter mit aller Sorgfalt die Rolle jemandes spielte, der es aus ganzer Tiefe seiner feingeistigen Seele verabscheute, an einem Feldzug teilzunehmen.

Der Hauptmann unserer Leibwache kam ans Fenster geritten und erkundigte sich, wie wir geschlafen und ob die kleine Prinzessin Honig haben wollte, den seine Männer unterwegs gefunden hätten.

»Müssen wir während der Fahrt speisen?« fragte unsere Edelfrau. »Soll ich aussteigen und nachfragen, ob wir ...?«

»Soviel mir von der Art und Weise bekannt ist, wie des Feldherrn Märsche verlaufen, werden wir wohl während der Fahrt essen, schlafen und baden müssen«, sagte Mutter.

»Es wird doch nicht sofort zum Kampf mit Progdins Heer kommen, sobald wir es einholen, oder?« wollte die Edle zaghaft wissen.

Cija gähnte nochmals. »Wir werden es nicht einholen.«

Im Gegensatz zu Mutters Voraussage ward jedoch sehr wohl eine Rast eingelegt, allerdings erst, nachdem wir noch beträchtlich länger marschiert waren; die Rast fand in einer Senke zwischen zwei Höhen eines Berges statt. Dort war die Luft atembarer, weil wir uns zeitweilig wieder oberhalb des Dschungels aufhielten, und wir befanden uns größtenteils in Deckung, außer Sichtweite von Spähern, die sich, wie ich mir dachte, zwischen dieser Gegend und den nördlichen Marschen umtun mußten. Andererseits hatten unsere Kundschafter von hier aus gar vortrefflichen Aus- und Überblick. Für gewöhnlich konnte Großmutter einen guten nicht von einem schlechten Koch unterscheiden, aber diesmal hatte sie uns zufällig einen guten Koch mitgegeben. Den Eiern, die wir zum Morgenmahl verzehrten, waren sogar kleine Blümchen aufgemalt. Ist das kein eindeutiges Anzeichen dafür, daß man von einem guten Koch versorgt wird?

Während man nach der Rast alles wieder ein- und zusammenpackte, geschah es, daß über uns ein Troßkarren den Hang hinabrutschte. Er rollte auf eine schmale Biegung der steilen Bergstraße zu, wo die Angehörigen der Fußschar, um ihm auszuweichen, keine andere Möglichkeit hatten, als in die Tiefe zu springen. Ohne es zu wollen, warteten wir auf das Unheil.

»Ach, bleib stehen, Scheißkarren!« murmelte Cija, im Gespräch unterbrochen.

Aber man hörte sie, und genau in diesem Augenblick prallte der Unglückskarren am Abhang gegen das Wurzelwerk eines krummen, kümmerlichen Bäumchens und blieb tatsächlich stehen. Männer liefen hinauf, um ihn zu bergen; zuvor wäre es ihnen unmöglich gewesen, weil er sie schlichtweg überrollt hätte.

Im Verlauf des Tages gelangten wir immer höher. Die Sonne schien fahl, aber spürbar. Am Abend kamen einige Männer und halfen unseren Leibwächtern beim Aufschlagen unserer Zelte (Lagerfeuer waren verboten). Mutter ging hin, um den Männern zu danken. Ich glaube, sie nahm an, es seien Soldaten, die sie von einem früheren Feldzug kannten, und es entgeisterte sie, als sie feststellte, daß sie zu Sedilis Scharen gehörten. Mutter schaute ein wenig argwöhnisch drein. Doch einer unserer Leibwächter zeigte ihr einen dicken Zeltpfosten, den Sedilis Leute uns zum Geschenk gemacht hatten; er taugte mehr als unsere zwar verzierten, aber zu dünnen Stangen.

»Ein Zeichen unserer Dankbarkeit, Hohe Frau«, erklärte ein Soldat, zog mit der Speerspitze am Erdboden einen Strich und trat darüber hinweg, während seine Gefährten uns von der anderen Seite aus anschauen durften. »Sie ist völlig auf unserer Seite. Inzwischen hat's sich im ganzen Heer herumgesprochen, wie ihr dem Troßkarren Einhalt geboten habt. Eure Männer haben uns gesagt, Ihr seid zu dergleichen fähig, weil Ihr in Eurer Heimat eine Göttin seid. Ohne Euren göttlichen Beistand lägen wir nun zerschmettert in jener Schlucht.«

Da änderte sich Cijas Miene, und sie wechselte Blicke mit dem Befehlshaber unserer Leibwache.

»Es ist durchaus denkbar, daß mein Vetter den Karren angehalten hat«, erläuterte sie ihm später. »Das ist so etwas, wie es ihm gefallen könnte. Ich war es jedenfalls nicht. Ich habe nicht einmal irgendwelche besonderen Geistesgaben. Und das bißchen, was ich an Zauberei gelernt habe ... Ach, ehrlich, ich kann mich nicht mehr an das Zeug entsinnen, das meine Amme Ooldra mir eingetrichtert hat ... kindliches Abrakadabra, einfache Mantras und ähnliches.«

»Dennoch ist dieser Vorfall für uns günstig«, sagte der Hauptmann und lächelte; er meinte seine Männer. Es bedeutete ihnen viel, Cija im Ruf einer unangefochtenen heimatlichen Göttin zu wissen, denn inmitten all der Nordländer waren sie nur ein winziges Häuflein Getreue Großmutters.

Nach dem Frühstück des nächsten Tages fand sich bei uns eine kleine Abordnung ein und bat Cija, eines Unterführers gebrochenen Daumen zu heilen. Ebenso freundlich wie überzeugend stellte Mutter klar, weshalb sie das nicht tun könne. »Was glaubt ihr wohl«, sagte sie, »wie die Wundärzte, Heiler und Feldschers darüber dächten? Wenn ich meine geistigen Kräfte für derlei Verrichtungen erschöpfte – und's erfordert viel Geisteskräfte, um so winzige Knöchelchen wieder zusammenzufügen –, hätte ich keinerlei Kraft mehr übrig, um mich der Genannten zu erwehren. Ich muß den Eindruck meiden, mit irgendwem wetteifern, etwas streitig machen zu wollen. Schließlich bin ich, wie ihr sehr wohl wißt, nur eine Geisel.«

Unsicher lachten sie über ihre Darlegung, was den Verbrauch ihrer ›Geisteskräfte‹ betraf. »Keine Geisel, Hohe Frau«, entgegnete ein Soldat Sedilis, schaute sich nach seinen Gefährten um, als er sich die Freiheit nahm, ihr zu widersprechen, »vielmehr ein lebendiges Wahrzeichen.«

»Wie meinst du das?« fragte Cija. »Höre, ich bitte dich, mir wahrheitsgetreu zu antworten, denn ich selbst weiß am wenigsten von all diesen Angelegenheiten.«

Seine Erklärung lautete so: Mutter sei ein sichtbarer, leibhaftiger Beweis des Vertrauens der Nordländer zu den Landen der Herrscherin und ihrer Verbündeten, durch die marschiert werden mußte. Cija war die Tochter der Herrscherin, ein Sproß der heimischen Göttersippe, und wenn sie Zerds Heer begleitete, es ihr alle Ehren entgegenbrachte, war das für die Allgemeinheit das gleiche, als hätte sie Zerds Feldzug ihren Segen erteilt, und damit trug sie zum Gelingen bei.

Während all des Geredes kletterte ich hangaufwärts, weil ich dort einen kleinwüchsigen Mann in einem Waffenrock erspäht hatte, der auf einem Stein kauerte und zeichnete. Ich näherte mich ihm langsam, damit er mich, falls er seine Zeichnungen niemanden sehen lassen wollte, früh genug bemerken konnte, oder ich ihn zumindest nicht allzu plötzlich ablenkte. Er lächelte mir sehr liebenswürdig zu und hielt sein Zeichenbrett so, daß ich sehen konnte, woran er arbeitete. Seine Zeichnung bestand aus jeder Menge kurzer Striche, großer Schleifen und da und dort dunklen Rauten.

»Der hochverehrte Feldherr hat vor dem Abmarsch aus der Stadt gemerkt«, sagte er, »daß die Karten dieser Gegend anscheinend noch nie ganz richtig gewesen sind. Nun berichtige ich diesen Übelstand. Aber vom Pünktchenmachen schmerzt einem das Handgelenk, bis man wähnt, all die vielen Punkte, die man aufs Papier tippt, könnten von den wilden Bergstämmen im Umkreis etlicher Meilen gehört werden. Möchtest du kalte Hühnerleber? Sie ist gekocht, doch hat's mir an Zeit gefehlt, um zu essen.« Ich nahm an und bedankte mich höflich, setzte mich zu ihm, um die Hühnerleber zu verzehren, und er lächelte erneut. »Zum Glück gilt meine Tätigkeit allein landschaftlichen Karten. Durch die Gnade der Götter brauche ich nicht auch noch all das einzuzeichnen, was sich aus den Wirren, dem Hin und Her, der Staatskunst ergibt, wo die Herrscher ihre Grenzen ziehen und dergleichen. Das werde ich auf einer anderen Karte tun müssen, aber jetzt noch nicht. Ich muß einzeichnen, wo nach unserer Ansicht unsere Feinde sind, und obwohl es lediglich darauf ankommt, unsere diesbezügliche Auffassung zu vermerken, darf ich mir keine Fehler gestatten. Weißt du, wir werden in Kürze in gänzlich fremdenfeindliches, landwirtschaftliches Gebiet gelangen. Die Bauern in selbiger Gegend, die ihre Erzeugnisse in ausgehöhlten Baumstämmen auf Strömen und Flüssen bis in die Kanäle der Hauptstadt befördern, bewohnen Dörfer, die wie Adlernester auf Klippen thronen. Der Herrscherin in der Hauptstadt sind sie treu, *aber* ...« – er betonte das Wörtchen mit starkem Nachdruck und großer Befriedigung – »den hochverehrten Feldherrn mögen sie gar nicht leiden. Wie unerfreulich, daß unsere Anwesenheit so weithin bekannt geworden ist.« Behutsam ergriff er meine Hand, und die Glöckchen an meinem Armreif klingelten. »Du bist der Herrscherin kleine Enkelin, nicht wahr, mein Täubchen? Ich habe vernommen, daß du wenig sprichst.« Er zwinkerte mir zu. »Ich bin sicher, du gleichst deine Schweigsamkeit aus, indem du viel zuhörst, vielleicht gar zuviel lauschst. Daher will ich nicht zu lange auf dich einreden, um dich nicht zu langweilen.« Ich schüttelte den Kopf, um ihm anzuzeigen, daß ich ihm gern zuhörte. »Gib acht!« sagte er. »Ich werde dich nun zu deiner Mami zurückbringen, weil sie sich möglicherweise wegen deines Fortseins Sorgen macht. Zeig mir, wo ihr Zelt steht!«

Ich habe mich nie daran gewöhnen können, daß andere Leute Mutter ›Mami‹ hießen. Ich selbst konnte sie nicht so nennen.

Ich führte ihn zu der Stelle, wo man gerade unsere Zelte abbrach und verlud, und tatsächlich hielt Cija schon Ausschau nach mir, weil sie aufzusitzen wünschte. Heute hatte sie vor, ihren Reitvogel zu benutzen. »Seka, in den Wagen mit dir!« rief sie. »Bei allen Göttern, wo hast du gesteckt?« Sie erblickte den Kartenzeichner. »Meinen Dank dafür, daß du sie wiedergebracht hast.« An seiner Tracht erkannte sie, daß er zu Zerds Gefolge zählte.

»Ich habe Eurer liebreizenden Tochter etwas Unterricht in Landschaftskunde erteilt.« Er verbeugte sich. »Ich hoffe, ihr Ausbleiben hat Euch nicht zu arg beunruhigt.«

»Unterricht in Landschaftskunde«, wiederholte Cija mit merklichem Interesse. »Dann kennst du gewißlich die Beschaffenheit der hiesigen Umgebung. Du vermagst nicht zufällig die Zeit abzuzweigen, um sie mir zu erläutern, oder?«

Am Abend besuchte der Kartenzeichner uns am Lagerfeuer. Die zerfranste Mappe mit Karten und Zeichnungen, die er mitbrachte, war fast so groß wie er selbst und rutschte ihm dauernd aus den Armen. Ich durfte ihm ein paar seiner Farben mischen, was sehr gründlich und sorgsam geschehen mußte, während er Cija einiges über die bäuerlichen Stämme erzählte. »Habt Ihr die Pflanzen gesehen«, fragte er sie, »an denen wir heute nachmittag vorübergezogen sind? Die wie riesigem Unkraut glichen und an den Unterseiten der Blätter dicken Flaum hatten? Die Bauern hier oben fertigen aus selbigem Flaum Futter für ihre Umhänge und Mäntel. So hoch kann's sehr kalt werden. Diese Bergbewohner müssen so wild sein ...« – das behauptete er jedenfalls –, »schon um sich warmzuhalten.« Cija lauschte ihm in regelrechter Andacht. Man konnte ihr buchstäblich irgend etwas Beliebiges erzählen, sie saß wie gebannt da und hörte zu. Vielleicht hat sie ihren Erzieherinnen nie genug Geschichten entlocken können. Sie erlaubte mir, lange aufzubleiben und Scridol auch zu lauschen.

Solche Abende wurden uns von da an zur Gewohnheit. Wir hockten zusammengekauert am heruntergebrannten Lagerfeuer, entweder auf Fellen oder – wenn das Wetter kälter war – auf niedrigen Feldstühlen, und ich sah zu, wie überm Feuer in einem kleinen Gefäß Birkenrinde kochte; daraus stellte Scridol gelbe Farbe her. Durchs Kochen von Zwiebelschalen erhielt er ein mehr oder weniger zufriedenstellendes ›Gold‹. Während ich das Köcheln der Farbe beobachtete, achtete unser Laufbursche auf den zweiten Topf, der mit heißer Milch oder Rum überm Feuer hing. »Wir dürfen die Töpfe nicht verwechseln«, sagte er häufig, und Scridol rief jedesmal erschrocken: »Nein, keinesfalls, mit Rum könnte ich nicht malen.«

Er nannte mir all das Zeug, was er zum Herstellen von Farbe gebrauchen konnte, und während wir den Tag hindurch marschierten, hatte ich ein Auge auf jenes Moos, aus dem er Karminrot, und die Beeren und Wur-

zeln, aus welchen er Blau machte. Ich saß im Fenster
unseres Gefährts, ließ ein Bein über den Wagenschlag
baumeln, lehnte mich auf dem Trittbrett weit hinaus,
um im Vorüberfahren von Dickichten Laub abzureißen,
oder ich sprang ab, sammelte Brauchbares für Scridol
und rannte dem Wagen nach, bis sich eine Gelegenheit
zum Aufspringen ergab. Unser Wagenlenker gewöhnte
sich rasch daran, plötzlich mein Gesicht neben seinem
Kutschbock und bisweilen sogar zwischen seinen Stiefeln erscheinen zu sehen.

»Es ist nicht zu leugnen, daß der Feldherr sehr großzügig ist«, sagte Scridol. »Wenn ich etwas Teures haben
muß, nur um Farbe zu machen, verschafft er's mir, noch
bevor ich den Mut aufbringe, ihn darum zu bitten. Er
hat mir zur Farbenherstellung Blattgold gegeben, bloß
weil ich mich einmal über meine Vorliebe für Sonnenuntergänge geäußert und ferner angemerkt habe, ich
würde sie lieber malen als mit Rechenbrett und Winkel
arbeiten. Darauf hat er gesagt, er hätte lieber einen Sonnenuntergang von mir gemalt als die Zeichnung angefertigt, mit deren Erstellen ich eigentlich beauftragt war,
und richtige Goldfarbe war mir beim Malen von erheb-
lichem Nutzen.«

Wenn ich zu müde war, um Scridol länger zu ›helfen‹,
mich aber damit abzufinden weigerte, daß meine Lider
jetzt zu gerne herabsinken wollten, setzte ich mich zu
Mutter und hakte meine Finger in ihren Reisemantel,
um mich aufrechtzuhalten, während wir Scridol lauschten. Mutter hatte einen ganz besonderen Reisemantel,
der keine einzige Naht, keinen Stich aufwies. Er bestand vollständig aus in drei Lagen ineinander verfloch-
tenen Seidenbändern mit hineingeknüpften Streifen
von Pelz. Er hatte zwei Schichten dieser Lagen (so daß
er sehr warm war), und die eine gab farblich das unge-
fähre Spiegelbild der anderen ab; die eine Seite war rosa
mit blauen Streifen, die andere Seite blau mit rotblauen
Streifen.

Am späten Abend gestaltete das Gespräch sich meistens weitschweifig. Immer waren es die Sterne, die den unterhaltsameren Teil beendeten. Der eine oder andere unserer Begleiter blickte an den Nachthimmel und geriet unversehens in so etwas wie andächtige Betrachtung, redete immer langsamer, stockte dabei stets öfter; dann schauten auch alle anderen zum nächtlichen Himmel auf, und das eine oder andere Wort konnte sie gewaltig beeindrucken. »Heute sieht man wahre Schwärme von Sternen«, sagte manchmal Scridol, als wären die Sterne Wespen.

Danach brachte Cija oder unsere Lieblingszofe mich ins Zelt, und bald hatte ich mein kühles, frisches, linnenes Nachtgewand an, das am Morgen in einem Gebirgsbach gewaschen worden war und das man während des Tages, ausgebreitet auf einem Sattel, in der Sonne Hitze getrocknet hatte. Ich konnte den Tau aufs Zeltdach tröpfeln hören. Von draußen zogen mit der Luft die Gerüche all des Rundums herein, der Berge und Lagerfeuer. Ich deckte mich mit den Fellen bis unter die Nase zu. Dann träumte ich davon, nützliche Fähigkeiten zu haben, zum Beispiel, Bilder malen zu können, die der Menschen Herzen rührten, oder die Gabe, einen Karren, der abwärtsrollte und ein Unglück anzurichten drohte, einfach durch einen Befehl anzuhalten. In der Morgendämmerung weckten uns die Geräusche des Lagers ringsum, und der Himmel, blau wie das erste Ei eines Vögelchens, lugte schon ins Zelt. Unweigerlich krauchte Mutter in jeder Morgenfrühe zum Zelteingang und spähte aus seltsamer, teils vorfreudiger, teils schlafwandlerischer Miene hinüber zu den Hügeln, die an diesem neuen Tag durchquert werden mußten. Gelegentlich sah man in den pastellfarbenen Bergen am Horizont einen Vulkan, der uns mit dem Ausstoßen verqualmter, rosiger, prächtiger Glut einen munteren Morgengruß entbot. Oder Scridol kam zum Frühmahl und brachte mir ein Geschenk mit, ein Stück spitzer

Holzkohle zum Zeichnen, oder eine Anzahl Klammern, mit denen man Sachen, die zusammengehörten, zusammenhalten konnte, oder farbig gestrichene Nägel. Nicht lange, und ich hatte ein eigenes kleines Lager mit Heeresgut angelegt.

Eines Tages zeigte Mutter Scridol die Karten, die sie noch aus Atlantis hatte. »Ich habe sie immer aufbewahrt, weil sie so alt sind«, sagte sie. »Aber ich kann sie nicht lesen.«

Scridol betrachtete die Karten in stummer Aufmerksamkeit. »Sie sind kalt«, sagte er nach einer Weile. »Mir werden von ihnen die Hände und das Gesicht ziemlich kühl.«

»Ja, ich weiß«, meinte Mutter. »Ich glaube, sie enthalten irgendeine Strahlung. Ist sie im Pergament oder in der Tinte? Es gefällt mir nicht, sie in meiner Truhe zusammen mit den Kleider aufzubewahren, sie könnten ja irgendwie gefährlich sein. Aber natürlich bring ich's auch nicht fertig, so achtlos zu sein und sie fortzuschmeißen.«

»Es handelt sich um eine ausgedehnte, außergewöhnlich schwierige und verwickelte Anlage von Deichen auf mehreren Ebenen«, meinte Scridol, drehte die Karten mal so, mal so herum. »Die verwendete Art der Darstellung solcher Anlagen ist bemerkenswert ausgefeilt ... Ja, diesen Karten haftet in der Tat so etwas wie kalte Strahlung an. Werft sie um der Götter willen nicht weg, Hohe Frau. Vertraut meinem Wort, sie werden Euch oder jemand anderem eines künftigen Tages von höchstem Nutzen sein. Hütet sie gut, und Ihr werdet sie einstmals gegen alles eintauschen können, was Ihr begehrt!« Er schlug nicht vor, sie in seinen Gewahrsam zu nehmen oder sie im Interesse Atlantis' dessen gegenwärtigen Herrschern zukommen zu lassen.

»Nun ja«, sagte Mutter, »sie müssen wohl irgendwie *nützlich* sein. Es sind keine sonderlich schönen Stücke.«

Selbstverständlich hatte Scridol mittlerweile gemerkt,

daß der Feldherr und Mutter keinen Umgang miteinander pflegten. Und er benahm sich nie so, als ob er in dieser Hinsicht Heimlichkeiten unterstellte. Wenn er über den Feldherrn sprach, sagte er nie so etwas wie: ›...aber natürlich wißt Ihr darüber besser als ich Bescheid‹ oder ähnliches. Und er verquickte seine Äußerungen niemals mit irgendwelchen versteckten Fragen.

Ich habe die Verhältnisse damals offenbar als vollauf üblich hingenommen. Auf einem Feldzug blieben Mütter, dachte ich, eben in der Nähe ihrer Zelte, Wagen und Töchter, erwarteten nach meinem Verständnis keine andere Gesellschaft als ihre Kinder. Die Väter führten und befehligten das Heer von anderswo aus.

Cija empfand im allgemeinen alles, was sich ereignete, als im Rahmen des üblichen, ähnlich wie ich. Wenn es geschah, dann war es üblich, daß es so geschah; so lautete ihr schlichtmütiger Standpunkt. Aber sie gewöhnte es sich wieder an, während der Fahrt Aufzeichnungen in ihr dickes Tagebuch zu schreiben; ihre winzigkleine, schnörklige, kritzlige Schrift wimmelte von Großbuchstaben – den Anfangsbuchstaben aller möglichen Namen, die sie so abkürzte – und sonstigen Abkürzungen.

Hatte sie erwartet, daß Zerd sie an die lange Tafel in seinem Feldherrnzelt einlud? (Dort hätte sie gemeinsam mit Sedili sitzen müssen.) War sie davon ausgegangen, daß er sie hätte in die Pläne für den Feldzug einweihen sollen, weil derselbe ihren ›Segen‹ hatte? Ich hege die Überzeugung, daß sie darüber froh war, nicht an der Tafel des Feldherrn sitzen zu müssen. Sie fühlte sich inmitten all der Ränke, dem anstrengenden Gemisch von Förmlichkeiten und Grobheiten, wie sie bei einer Heerführung herrschten, nicht allzu wohl, oder zumindest empfand sie das Mitmischen als zu große Belastung, solange sie die Lage nicht selbst in der Hand hatte. In Sedilis Gegenwart durfte sie nicht damit rechnen, die Oberhand zu haben; Sedili betrachtete jeden als Feigling, der in diesen Kreisen nicht leidenschaftlich wetteiferte, nutzte ihre Vorteile, als wäre es gerechtfertigt, ja geradezu eine Pflicht, ›Schwäche‹ zu bestrafen. Sedili war selbst eine der Heerführerinnen, und es hatte zeitweise den Anschein, daß alle Männer, die unter ihrem Befehl standen, sie regelrecht verehrten. Cija war lediglich eine örtliche Göttin mit einer zwanzig Mann starken Leibwache. Ihr war es offensichtlich angenehmer, sich darauf beschränken zu dürfen, die frische Luft zu genießen, einfach im Sattel das Heer zu begleiten, als ob sie nur Zuschauerin des Feldzugs wäre. Doch hatte Zerd seinerseits derartige Überlegungen angestellt, und wenn ja, in welchem Umfang? Er beschäftigte sich mit den tausend zeitraubenden Aufgaben eines Feldherrn auf dem Marsch, aber das war unwesentlich; er verstand es, sich immer Zeit zu nehmen, vermochte auch der engsten Planung noch ein paar Augenblicke für etwas anderes abzuringen. Sedili, ihre Anführer und sogar ihre Soldaten, die sie so bewunderten, mußten allesamt bei Laune und zufrieden gehalten werden, damit er ihrer Unterstützung sicher blieb. Was mein Vater auch anfing, er pflegte es mit aller Gründlichkeit und Sorgfalt zu durchdenken. Einmal habe ich – Jahre später – in seiner Hand gelesen, und Tage und Nächte verstrichen, ehe ich aufhören konnte, über jene Linie nachzugrübeln, die für seinen Kopf stand: Wie eine Verkörperung von Überlegenheit und Sachlichkeit herrschte sie über Herz, Bauch und Leben ...

Einmal bemerkten wir auf dem Marsch im Zwielicht zottige Geschöpfe. »Schaut dort drüben«, sagte Scridol und spähte aus verkniffenen Augen in ihre Richtung. »Was sind das für Wesen?«

»Rinder«, antwortete Mutter. »Offenbar wildlebende Rinder ... sie sehen aus wie Sträucher, die übers Land wandern ... und man beachte die Hörner.«

Wenig später hörten wir Geschrei – »Hai! Hai!« –, und mehrere von Aels Räubern, die eigentlich in einem ganz anderen Teil des Heerwurms mitmarschierten, kamen wüst angesprengt, preschten durch unsere Kolonne, hatten sich in den Steigbügeln fast zu voller Körpergröße aufgerichtet, trieben ihre stämmigen kleinen Pferde durch unsere Reihen, jagten unsere ruhigeren Tiere auseinander. »Ich habe eine fette Mutterkuh mit einem kleinen Kalb durchs Gras laufen sehen!« brüllte ein Räuber, der anscheinend nicht nur wortgewaltig war, sondern auch eine Vorliebe für die Landwirtschaft hatte.

Und während wir am Abend unser Essen zubereiteten, konnte man, wenn man zu der Anhöhe hinüberschaute, auf der die Räuber lagerten, in der Tat sehen, wie sie ungewöhnlich zahlreiche Lagerfeuer entzündeten, geradeso als wären sie Feueranbeter; und es war Kalbsbraten, was man roch.

Von da an fand die Rinderjagd mit all ihrem Lärm jeden Tag statt; die Rinder blökten und röhrten, während sie mit ihren fürchterlichen Hörnern stießen, und nicht alle Räuber blieben ungeschoren. Einige wurden sogar recht übel zugerichtet. Nicht einmal diese Räuber achteten ihr Leben so gering, daß sie sich zu Fuß in die Reichweite solcher Hörner und ebenso gefährliche Hufe getraut hätten, doch die Bergpferdchen – gezäumt mit seit jeher bewährtem südländischen Zaumzeug, darunter einer dreiteiligen Gebißstange, die es ermöglichte, die Tiere besser zu lenken – vermochten in Windeseile zu den Rindern zu laufen, ihnen auszuweichen, sie zu fliehen, dann zu ihnen zurückzugaloppieren, flink wie Skorpione, und dadurch brachten die Räuber viele Rinder zur Strecke, machten beständig große Beute.

»Als ich diese zottigen Gestalten im Halbdunkel das erste Mal erblickt habe«, sagte Scridol, »wähnte ich zunächst, es seien Affen.«

»Affen?« wiederholte Mutter in sichtlicher Verärgerung, denn sie hielt Affen für ihre und niemand anderes Angelegenheit.

»Wieso nicht?« meinte Scridol. »Es muß hier welche geben. Ich habe welche in der Umgebung des Tunnels bemerkt. Sind sie Euch nicht aufgefallen?«

»Nein, überhaupt nicht.«

»Man konnte im Tunnel Anzeichen für ihre Anwesenheit finden«, sagte Scridol. »Aber sie hatten ihn verlassen, um uns den Weg freizumachen, und man konnte sie im Finstern in Höhlen kauern und zu uns herausschauen sehen.«

»Diese armen, verdrängten Geschöpfe«, sagte Cija traurig. »Es gibt keinen Platz mehr für die übriggebliebenen Affen.«

Noch ehe die Woche vergangen war, bestand in der Hinsicht, ob noch Wildrinder übrig waren oder nicht, keine Ungewißheit mehr.

Eines Morgens sammelte ich kurz nach Anbruch der Dämmerung am Fluß Röhricht und Flechten für Scridol. An diesen Morgenden wehte fühlbarer, kräftiger Wind, bevor die Sonne aufstieg, er fegte in Böen übers Land, die Höhenzüge, drückte das Gras auf den ausgedehnten Hängen nieder, bis es wie silbrige See oder Rauch aussah, ehe die Sonne ihn mit ihrer Hitze unbarmherzig zum Erliegen brachte. Das Röhricht bog sich mal in diese, mal in jene Richtung und rauschte, schien mir wie ein ganzes Sumpfloch voller Schlangen zu zischen. Da sah ich eine Abordnung der Bergbauern mit dem Wind von einem Hügel kommen. Im ersten Sonnenschein glänzten ihre besten Waffen, die sie für den Besuch eigens frisch geputzt hatten. Sie wirkten sehr, sehr würdevoll, wie sie so angemessenen Schritts angestapft kamen, und soviel Würde hat stets etwas Bedrohliches an sich. »Du da, kleine Möse«, sagte einer von ihnen durch seinen Schnauzbart zu mir, »führ uns zum Zelt des Drachen!« Ich nickte folgsam.

Das längliche, dunkelblaue, vom Wetter stark mitgenommene Zelt des Feldherrn stand auf einer flachen Erhebung, umringt von Räubern Aels, die dort Wache und Ausschau hielten. »Hai! Hai!« schrien sie auch diesmal, sobald sie die Bergbauern erblickten, und sie sammelten sich am Zelt; ein paar liefen hinein.

Man geleitete auch die Abordnung der Bauern ins Innere des Zelts, nicht bloß unters weitgespannte Vordach, sondern ins Innere, weil man davon ausgehen durfte, daß sie daran einen Ausdruck der Gastfreundlichkeit des Drachenfeldherrn sahen. Als ich mich zusammen mit den Bauern hineinschlich – die Flechten sowie mein Frühstück, Brot und Ei, nahm ich mit –, vorbei an Wachen, Sklaven, Ghirza-Spielern, stolzen Hauptmännern und etlichen sonstigen Leuten, wie sie zum Umkreis der Heerführung zählten, waren sie schon vom Empfang angetan, bereits gerührt und beeindruckt. Mit verdutzten Mienen schauten sich die Bauern drinnen nach dem Feldherrn und seinen Heerführern um, bis sie endlich den Blick senkten und sahen, daß knistrige, maßstabsgetreue Landkarten mit allen erdenklichen Darstellungen und Abbildungen ausgebreitet den Boden bedeckten und ihre Gastgeber auf selbigen Karten knieten. Clor, der gerade einen Senkungsgraben so aufmerksam wie die Meldung eines Boten angeschaut hatte, kroch auf den Knien über eine Bergkette und erhob sich, bat die Besucher, doch näherzutreten. Höflich standen nacheinander auch Zerd und seine restlichen Anführer auf.

Feierlich begrüßte man sich, machte sich miteinander bekannt und versicherte sich der äußersten gegenseitigen Hochachtung.

Des Feldherrn Beratungstafel war fast so lang, wie das Innenzelt breit war, aber man hatte sämtliche Feldstühle und Lehnstühle weggestellt. Auf der Tafel sah man nichts als Weinkrüge, Bierhumpen und Scridols Tintenfässer. Scridol kauerte auf den Fersen neben Zerds beiden Schreibern. Er hatte einen Feldstuhl zur Verfügung, benutzte die Sitzfläche jedoch, um darauf unregelmäßige Bogen Papier zu ordnen, die wirkten, als wäre auf ihnen eine durchgedrehte Taube mit Tintenfüßen umhergetrippelt.

Scridol stutzte, als er mich erblickte, ließ etliche Male die Brauen auf- und niederrutschen, als wolle er mir unbedingt irgendein Zeichen geben. Ich ging zu ihm und setzte mich an seiner Seite auf ein Kissen. »Anscheinend wird das Morgenmahl heute früh etwas länger dauern«, flüsterte er mir zu.

Pagen kamen hereingeeilt, um den Bauern Becher zu füllen.

»Sind das Eure Räuber?« erkundigte sich ein Bauernführer und zeigte auf Clor, Isad und End, Zerds Vertraute und engste Berater.

»Würdest du wohl Ael hereinbitten?« wandte Zerd sich an einen Hauptmann.

Ael kam fast augenblicklich herein, beinahe noch ehe Zerd zu Ende gesprochen hatte. Auffällig still, vorsichtig und doch in anmaßender Haltung trat er auf, dicht umringt von einigen seiner Kerle, die an den Zipfeln ihrer Umhänge zupften, ihre Zehen betrachteten oder vor sich hinstierten.

»Eure Räuber haben unser Vieh geraubt«, sagte der Bauernführer zu Zerd.

Daraufhin richtete Ael seinen Blick auf ihn. »Ich habe Wichtigeres zu tun, mein Freund, als mit dir um Belanglosigkeiten zu streiten«, entgegnete er. »Seid ihr unsere Bundesgenossen, oder seid ihr's nicht? Sollen wir hungern, während wir durch euer Land ziehen, einen Gegner verfolgen, der auch euer Feind ist? Holen wir euch von den Äckern, um euch wider selbigen Feind ins Feld zu führen, oder wenden wir uns allein gegen ihn, sowohl in eurem wie in unserem Namen? Vergeuden wir unsere Zeit damit, hier wie Marktweiber um ein paar Scheiben Braten zu feilschen, oder nutzen wir unsere Zeit, um Progdin einzuholen? Hat er sich auf dem Durchmarsch aus dem Lande ernährt, oder nicht?«

»Er hat uns viel Vieh gestohlen und es geschlachtet«, antwortete der Bauernführer. »Aber er ist unser Feind.«

»Gesteht ihr euren Freunden weniger zu«, hielt Ael ihm entgegen, »als euren Feinden?«

Der Bauernführer sah Zerd an. »Wir fordern Entschädigung«, sagte er, nicht überzeugt von Aels Redekünsten.

In diesem Moment stürmte Schönling ins Zelt. »Dieses Gesindel hat drunten am Fluß sechs meiner Männer erschlagen«, rief er.

Sofort legte die Abordnung der Bauern die Hände an die Waffen. »Eure Männer haben als erste angegriffen«, sagten sie. Diese Antwort war reine Gewohnheitssache, sie machten den Vorwurf, bevor sie auch nur das geringste über den Vorfall wußten. Da bei dem Vorkommnis, wie sie behaupteten, ebenfalls sechs ihrer Leute getötet worden waren – niemand hatte genau gezählt, doch war die Sechs eine zweckmäßige Zahl, die an sich soviel wie ›mehrere‹ bedeutete –, forderten sie Wiedergutmachung.

Schönling blickte in die Runde, nachdem er sich damit abgefunden hatte, nun in ein längeres Palaver verwickelt zu sein, hob überheblich das Kinn. »Ihr Herren, mein Stuhl ist nirgends zu sehen.« Clor und Isad schauten Zerd an, und Zerd zog eine gelangweilte Miene, erinnerte den Edelmann daran, wie eine zuvorige Beratung sich überwiegend mit den Einzelheiten des Vorrechts, bei Beratungen sitzen zu dürfen, befaßt hatte.

»Wir verlangen von Euren Räubern Entschädigung für unser Vieh«, sagte der Bauernführer zu Zerd, Clor, Isad und Eng, »und von diesem Edlen Wiedergutmachung für den Tod unserer Leute.«

Schönling schwang sich, das gutaussehende Antlitz verzerrt, mit einem Satz über die Tafel, sein Dolch schrammte übers Holz, verunstaltete die ohnehin zerfurchte Tischplatte mit einem weiteren Kratzer. »For-

dert man von den Flüssen des Nordreichs«, fragte er er-
bittert, »daß sie bergauf fließen sollen?«

»Die nordländischen Flüsse haben keinen Anteil an
der gegenwärtigen Lage«, knurrte Zerd. »Wollten selbige Flüsse uns denn die große Gunst erweisen, auf unserer Seite in den Krieg einzugreifen?« Sehr steif verneigte sich Schönling.

Vorm Zelteingang traf nun ein hünenhafter,
schwarzbärtiger Fürst ein, begann lauter als nötig zu erklären, was er mit dem Feldherrn zu regeln hätte. Wie
es offenbar von ihm beabsichtigt war, bemerkte Zerd die
Ankunft dieses von allen Verbündeten, die mit ihm
marschierten, (nach meiner Meinung) einem Schwein
am ähnlichsten Mannes. Das Schwarze Schwein verstärkte des Drachen Heer um eine Streitmacht von über
viertausend Bewaffneten. Während er – seinen Äußerungen zufolge – den Krieg wider den König des Nordreichs vollauf befürwortete (zumal er, falls er Zerd im
Stich ließ, ohnehin nicht länger sicher wäre, es sei denn,
er flöhe aus seinem Land), stellte er dennoch klar, daß er
sofort wieder gehen und abziehen würde, wenn die
Umstände keine andere Wahl ermöglichten. Zerd befahl, ihn einzulassen, denn das Schwarze Schwein hatte
stets das Gefühl, das Gesicht zu verlieren, wenn er vor
einer Zusammenkunft warten mußte.

Der Befehl ward an die Schildwachen vorm Feldherrnzelt weitergegeben, vor dem das Schwarze
Schwein ungeduldig und gereizt herumstand. Nachdem man ihn hereingebeten hatte, zögerte er unsicher
am Zugang zum Innenzelt, sich darüber im unklaren, ob
er sich sofort Zerd nahen oder abwarten sollte, bis man
die gegenwärtig in der Beratung befindlichen Angelegenheiten abgeschlossen hatte. Seine Schultern hatte er
hochgezogen, den Hals gerade emporgereckt, so daß er
eine Senkrechte mit dem Nacken bildete. Um alles mit-
zubekommen, was im Zelt geschah, wandte er Schultern und Kopf unablässig von einer zur anderen Seite,

immerzu hin und her, und dadurch wirkte er peinlich unbeholfen, aber auch beunruhigend. Zerd hieß ihn willkommen, also stapfte das Schwarze Schwein zu ihm, trat vor ihm von einem Fuß auf den anderen. Mit schmeichelhaften Worten stellte Zerd ihn den Abgesandten der Bergbauern vor, die sich daraufhin tatsächlich ein wenig beeindruckt fühlten.

»Ich möchte ein geringfügiges Anliegen vortragen«, sagte das Schwarze Schwein, da es nun schließlich zum Feldherrn vorgedrungen war, »doch täte ich's gutheißen, könnte man sich ihrer annehmen, bevor wir weiterziehen. Meine Schatztruhen befinden sich noch in der Hauptstadt. Man wird sie mir binnen kurzem nachsenden, sobald die Herrscherin ihren Inhalt in das Getreide und die Waren umgesetzt hat, die ich persönlich zum Vorteil des Heers erworben habe.« Zerd beauftragte einen Schreiber, dem Schwarzen Schwein einen Schuldschein auszustellen, und er mochte gar nicht wissen, wie hoch der verlangte Betrag war, wofür er ausgegeben worden war und weshalb der Fürst den Schuldschein ausgerechnet in dieser Stunde zu erhalten wünschte.

Die versammelten Edlen verbeugten sich ununterbrochen voreinander, allesamt mit steifen Hälsen. Eine merkwürdige Untätigkeit ergab sich, weil niemand seine Sache beim Feldherrn in Gegenwart der anderen Anwesenden weiterverfolgen, ebensowenig aber als erster hinausgehen mochte; folglich hielten alle sich im Hintergrund, um vor dem Feldherrn die geziemende Bescheidenheit zu zeigen.

Neben mir senkte Scridol den Kopf und besah sich das Getüpfel auf einer Karte, bei dessen Fertigstellung ich ihm unterdessen geholfen hatte. »Oh, das hast du vortrefflich gemacht«, meinte er leise. »Nur weiter so!«

Zerd blickte zu mir herüber. Ich fragte mich, ob ich unter seinem Blick erbeben sollte. Er sagte etwas zu jemandem, der sich daraufhin an einen Pagen wandte, und der Page brachte mir einen schwach alkoholischen

Honigtrank. Ich schnitt eine freudige Miene in die Richtung meines Vaters, doch er redete nunmehr geduldig, aber anscheinend auch bedrohlich auf die Abordnung der Bergbauern ein.

Ich sah mir die zusammengekommenen Edelmänner und Fürsten an, die lediglich ein Querschnitt jener Leute waren, mit denen Zerd, weil er auf sie angewiesen war, den Feldzug bewältigen mußte. Jeder von ihnen war unentbehrlich, was die ihm verfügbaren Krieger und Waffen betraf, und dabei ergaben sie gemeinsam eine überaus heikle Häufung hochmütiger Blicke, finsterer Stirnen, sturer Stiernacken und ungeschlachtener Roheit (nebst Klumpfüßen).

Später gewann ich darüber Klarheit, daß Zerd der einzige Teilnehmer dieser frühmorgendlichen Beratungen war, der daraus irgendeinen Nutzen zog. Man beschloß nur wenig, außer über Fragen von überragender Wichtigkeit, und nicht den geringsten Einfluß auf die Entscheidungen besaßen die lautesten oder poltrigsten Stimmen, die Prahlhänse, aber zu guter Letzt hatten auch die Sachkundigen und Tüchtigen daran Teil. Unter dem Vorwand der Staatskunst oder völkischer Überlegungen hämmerte man gewissermaßen mit eiserner Faust die eigenen Vorteile und Vorlieben auf den Tisch der Beratung. Zerd pflegte die würdelosen Zänkereien zwischen den Edelleuten aufmerksam mitanzusehen und gelegentlich zu seinen Heerführern Bemerkungen zu machen: »Er hält sich den Rücken frei.« Oder: »*Er* läßt seine Männer die Arbeit tun.«

»Bist du nicht der Großbauer von Vierthbruch?« fragte Schönling einen der Bauern, der bejahte. »Nun, da fällt mir ein, daß es die Bewohner Vierthbruchs waren, die uns aufgelauert haben, während wir uns auf dem Wege zu Prinzessin Sedili befanden, um ihr unsere Dienste anzutragen, sollte sie denn die Gnade aufbringen, mit unserem Anerbieten einverstanden zu sein, und uns beraubten, so daß wir einen Schaden von ...«

Und er nannte die Summe bis zum letzten Heller. »In Anbetracht der Tatsache, daß wir uns nun um bedeutsamere Vorgänge kümmern müssen, wäre ich der Blutrache für meine hingemordeten Getreuen zu entsagen bereit, falls euererseits zudem ein Blutgeld im durchschnittlichen Verhältnis von einem Soldaten zu eindreivierteln Bauern entrichtet wird.«

Das Schwarze Schwein stieß ein Räuspern aus. »Da wir gerade über Fragen der Entschädigung reden«, sagte er umständlich, um maßvoll zu wirken, zu Schönling, »muß ich – und ich hatte ohnehin bei erstbester günstiger Gelegenheit davon zu sprechen gedacht – darauf bestehen, daß Ihr mir ein Geschenk im Wert von dreihundert Soldaten macht, weil ich in der Hauptstadt bei von Euren Männern verursachten Krawallen höchstpersönlich Verwundungen erlitten habe.«

Die Bauern ließen sich nicht durch hochtrabende Redensarten blenden. Sie waren gekommen, um eine Entschädigung für ihr Vieh zu erhalten, und die konnten sie an den Fingern und im Zweifelsfall mit Hilfe ihrer Spieße ausrechnen.

Vorm Zelteingang entstand erneut Aufsehen, und gleich darauf hastete eine blasse, junge Frau herein. Sie erblickte Scridol, ehe sie Zerd sah, eilte zu mir. »Ach, Scridol«, sagte sie – mit gedämpfter Stimme, weil offenkundig eine Beratung im Gang war –, »gedankt sei den guten Göttern. Man hat mir vermeldet, wo du und diese mißratene Göre euch aufhaltet.« Sie nahm meine Hand. Vielleicht spürte sie im Nacken, wie man sie anstarrte. Sie drehte sich um und sah den Feldherrn, der seinerseits sie anblickte. Sie vollführte vor ihm und dem Rest der Versammlung eine tiefe Verbeugung. »Ihr Herren«, sagte sie mit einer Freundlichkeit, die jeden für sie einnehmen konnte, »ich ersuche vielmals und von Herzen um Vergebung. Ich habe meine kleine Tochter gesucht, die sich während dieser gewißlich ungemein wichtigen Beratung hier eingeschlichen hat.«

Inzwischen hatten die Bauern den Waffenrock des Hauptmanns unserer Leibwache erkannt, der unmittelbar hinter Mutter das Zelt betreten hatte. Sie schauten den Hauptmann an, danach Mutter und mich, und zum Schluß Zerd, und dann sanken sie alle gleichzeitig auf die Knie. »Göttin«, sagten sie im Chor, ein vielstimmiges, dumpfes Murmeln, »Göttin ...« Mit den Stirnen berührten sie die Karten am Fußboden. Damit ergab sich nun weitgehend Ruhe im Zelt. Ein kleiner Vogel verirrte sich ins Innere. Sein leises, zwitschriges Geschnatter und das feierlich-dunkle, andächtige Geraune der Bauern – »Göttin ...!« – waren eine Zeitlang die einzigen Laute. Ich sah, wie Zerd Mutter musterte, die richtig wunderschön aussieht, wenn man sie anbetet; sie ist immerhin so erzogen worden, daß sie mit Handlungen des Anbetens und Verehrens umzugehen versteht, und wenn jemand sie vor ihr begeht, dann strafft sie sich zu ganzer Körpergröße, sie lebt regelrecht auf, verwandelt sich – so kann man meinen, wenn man will – in eine Mittlerin, die all die Anbetung auf den geeigneten Wegen den Göttern im Himmel weiterleitet, so wie man es von irdischen Gottheiten und Heiligen erwarten darf. Dies war ein ebenso erhabener wie lächerlicher Moment. Die Abordnung der Bauern, deren vorherige, so streitbare, entschiedene Redeweise uns noch im Ohr klangen, verbeugte sich nun einer nach dem anderen vor ihr; zwar waren sie auf die Begegnung nicht gefaßt gewesen, und man merkte ihnen die wilde Stimmung noch an, aber sie bekundeten ihre Unterwerfung mit aller Deutlichkeit. Interessant waren auch die Bestürzung und der Verdruß in den Mienen der Anhänger Sedilis, die das Geschehen offenbar recht nachdenklich machte; sie waren sich darüber im klaren, daß eine solche Ehre Sedili niemals zuteil werden würde, überhaupt nur sehr wenige junge Frauen auf einen derartigen Beweis rechtmäßig altüberlieferter, ehrfürchtiger und obendrein ungemein nützlicher Verehrung hoffen durften.

Der Vierthbrucher Großbauer rutschte vor Mutter auf den Knien, griff sich den Saum ihres Kleids und küßte ihn untertänigst; er wagte es nicht, das Wort an sie selbst zu richten, sondern redete zu ihr, indem er den Hauptmann ansprach. »Hätte die Göttin wohl die Güte«, fragte er, »eine kleine, unwerte Gabe anzunehmen, eine kleinere Rinderherde, eine Viehherde, die meines geliebten Weibs und mein eigen ist, anzunehmen zum Zeichen unserer Freude über die kürzliche Geburt unseres Sohnes? Und hätte die Göttin wohl die Gnade, auf einer bescheidenen Festlichkeit auf unserem Grund und Boden zu erscheinen?« Anschließend wandte er sich an sämtliche Versammelten. »Laßt uns alle Schulden und Ansprüche vergessen«, rief er sie auf. »Sie sind dieser Stunde unwürdig, da die Göttin uns die überaus huldvolle Gunst erweist, in unserer Mitte zu weilen.«

Während unverzüglich alle Anwesenden aufs Vergeben und Vergessen tranken, fiel Zerds Blick auf mich und Scridol. »Anscheinend verstehst du's, dich beim Anfertigen von Karten ziemlich nützlich zu machen«, sagte Vater zu mir. »Aber kannst du auch schon schreiben? Es ist denkbar, daß es für dich nutzreich werden mag, des Schreibens kundig zu sein. Scridol, willst du sie als deine Schülerin annehmen? Sie brauchte mehrere Stunden Unterricht am Tag, vermute ich, doch während selbiger Zeit könnte dein Gehilfe dich von einigen deiner dringlichsten Aufgaben entlasten.«

»Majestätische Hoheit«, antwortete Scridol, redete ihn mit seinem atlantidischen Titel an, »es wäre mir eine große Freude und hohe Ehre, sie unterrichten zu dürfen und dennoch meine gesamten Aufgaben zu erfüllen. Ich habe keinen Gehilfen.«

»Na, dann wirst du künftig einen haben«, sagte Zerd und wies einen Schreiber an, sich darum zu kümmern.

Was sollte Mutter mit dem vielen Rindfleisch anfangen? Vierthbruchs kleine Viehherde bestand nämlich aus nichts anderem als einer dauernd durcheinanderwimmelnden, blökenden, gehörnten Masse Fleisch. Natürlich überantwortete Cija sie dem Verpflegungsmeister, beharrte allerdings darauf, daß er sie angemessen dafür bezahlte, und so gelangte sie an Geld, von dem sie meinte, es werde noch von Nutzen sein, um unsere Leibwache zu bezahlen, sobald die Soldzahlungen in Rückstand gerieten. Da jede Leibwache davon ausgeht, daß ihr Sold in Rückstand gerät, machte Mutters Vorsorge sie im näheren Umkreis des Heerlagers sehr beliebt.

An die Herrscherin hingegen dachte man im Heer weniger freundlich. Vor dem Beginn des Feldzugs waren neue Waffen ausgegeben worden, und viele Soldaten, die sich nicht recht an sie gewöhnen konnten, murrten gehörig; sie vertraten die Ansicht, dadurch sei »nur Geld in die Taschen von der Herrscherin Waffenschmiede gefüllt« worden. Diese neue Waffen entsprachen alle der Vorstellung, sie sollten leicht und handlich sein, um während ausgedehnter Märsche mühelos und ohne Schwierigkeiten mitgetragen werden zu können; diese Überlegung lehnte an die nordländische Denkweise in bezug auf Waffen an. Die Soldaten hatten beispielsweise oft über die schweren südländischen Brustpanzer gelacht. Doch jetzt waren dieselben Soldaten unzufrieden mit den neuen Speeren, die so leicht waren, daß sich ihre Spitzen, wenn man sie zur Erprobung ein-, zweimal warf, beträchtlich verbogen; zumindest würden sie in diesem Zustand unbrauchbar für den Feind sein, wenn er sie auflas. Unsere Nordländer hatten das Gefühl, ihre Speere hüten und schonen zu müssen, als wären es Säuglinge, um sie nicht vor der Zeit zu verderben, und das machte sie gereizt. Ihr Mißmut erstreckte sich zunächst auch auf die neue Art von Wams, die leicht gesteppt war; sie schworen, daß der Herrscherin Näherinnen giftige Flöhe eingenäht hätten. Nach einiger Zeit jedoch, in dem Maß, wie sie die Kälte in den Hügeln herber spürten, lernten sie die Wämser schätzen, empfanden sie als Verbesserung und verziehen der Herrscherin.

Ich erlebte von da an häufiger Beratungen der Heerführung, denn mitten während des Unterrichts, den mir Scridol erteilte, mochte es geschehen, daß ihm plötzlich einfiel, in des Feldherrn Zelt fand irgend etwas statt, das er eigentlich nicht versäumen durfte. Er lief so schnell hin, zog mich mit, daß mir danach die Beine weh taten, und im Feldherrnzelt saß ich dann neben ihm und schrieb das Alphabet zu Ende – oder, nach einer Weile, mein Aufsätzchen –, derweil er dem Meinungsstreit über eine etwaige Änderung der Marschrichtung lauschte und dies und das aufschrieb. Oft konnte ich mich nicht des Eindrucks erwehren, daß der arme Scridol im wahrsten Sinne des Wortes gegen den Rest der Welt kämpfte – die Berge, deren Vorgebirge, die Flüsse, ihre Quellen und Nebenflüsse, die Ebenen und Halbinseln. Und nicht nur das. Es kam vor, daß Eng ihn ansah und dabei sagte: »Nach Scridols Auskunft ist das befreundetes Gebiet.« Und dann hoffte ich, daß inzwischen keine feindlichen Stämme in selbiger Gegend Einzug gehalten hatten; ich war sicher, man würde Scridol die Schuld an ihrer Schnelligkeit und Beweglichkeit geben. Manchmal überlegte ich mir, es wäre klüger von ihm, einfach zu behaupten, es sei alles feindliches Gebiet, so daß man gegen ihn, falls wir später wirklich durch einen solchen Landstrich marschierten, keine Vorwürfe erheben konnte. Aber mir war klar, daß ich, obwohl ich sie gegenwärtig Scridol nicht vorzuschlagen vermochte, wenn ich wichtige, gute Einfälle dieser Art hatte, doch eines Tages dazu imstande sein würde, den Menschen, denen ich etwas Bestimmtes mitteilen wollte, selbige Mitteilungen aufzuschreiben, und darum lernte ich sehr gewissenhaft und fleißig.

Weder Scridol noch Mutter hatten irgendwie einen Zeitbegriff, deshalb hockte ich des öfteren noch bei Kerzenlicht überm Abschreiben von Schriftstücken, oder ich eilte Scridol, wenn er zu später Stunde nochmals ins Feldherrnzelt gerufen worden war, durchs Lager hinterdrein, während er seine gesammelten Niederschriften durchblätterte, gleichzeitig mir zumurmelte: »Und vergiß nicht, ich möchte an den Umlauten keine so fetten, schmierigen Schleifen sehen, bei mehr als einer im selben Wort ähneln sie sonst Eidechsen, die auf einem Stein eine über die andere krabbeln.«

Nahezu unweigerlich dauerten die Beratungen viel länger als wir erwarteten, und irgendwann während ihres Verlaufs schickte Scridol mich mit einem Hauptmann oder Pagen heim, je nachdem, wer gerade verfügbar war, oder er brachte mich, falls er dazu die Zeit fand, selber hin; er hatte immer einen Schraubenzieher dabei, den er benutzte, um Schrauben in den Scharnieren von Truhendeckeln oder an Stühlen anzuziehen, und den nahm er, wenn wir des Nachts das Lager durchquerten, zur Hand und hielt ihn vielsagend bereit. Er traute Soldaten nicht im geringsten.

Im großen und ganzen sah ich die Gesichter der Edelleute und Heerführer lieber als die Gesichter von Sedilis Edelfrauen, wenn sie aufkreuzten.

Die Edelmänner und Heerführer trugen prächtig verzierte Waffenröcke mit kostbaren Knöpfen, dazu kurze, über eine Schulter geworfene Umhänge. Zerds großen, roten Umhang mochte ich auch sehr. Er entwickelte sich für mich zu so etwas wie einem besonderen Merkmal, einem Erkennungszeichen, dank dessen ich Zerd auch inmitten einer Menschenmenge oder von weitem erspähen konnte, und immer wieder sah ich mit heimlicher Freude den gestutzten Zipfel, auf dessen abgeschnittenem Teil er mich hatte, weil er mich nicht stören wollte, schlafen lassen.

Ratlos betrachtete ich bisweilen eine der Frauen Sedilis, versuchte mir zurechtzureimen, wodurch ihre Augenhöhle blau und gelb verfärbt worden sein mochte. Heute ist mir natürlich klar, daß sie ihre freie Zeit mit Ael verbrachte.

Sedilis Frauen kicherten viel und waren sehr beredsam, mehrheitlich wegen ihrer betonten Weiblichkeit ausgesucht worden. Sie hatten – nicht anders als Sedilis Topfpflanzen und rosa Dolch – den Zweck, die Aussage, die mit dem ganzen Erscheinungsbild und Auftreten der Prinzessin und ihres Gefolges einherging, zu unterstreichen: Ja, ich bin eine Frau, die nach den Sternen greift, und ich werde ungehalten sein, behandelt man mich anders als die übrigen Befehlshaber – nur bitte ich mir aus, daß man mich nicht *tatsächlich* so wie die anderen Befehlshaber behandelt. Sie hatte ihre Edelfrauen nach der Fähigkeit trauter Schlauheit ausgewählt, dem Vermögen, dem Feind – also den Soldaten und Anführern des gesamten Heers – geschlossen gegenüberzutreten, ganz gleich, wie sehr man gerade untereinander verzankt sein mochte.

Trotz ihrer Vornehmheit – sie fühlten sich allzeit, als stünden sie auf einer Bühne – hatten Sedilis Frauen erhebliche Mühe damit, auf dem Marsch ihr Äußeres im Einklang mit ihren Ansprüchen zu halten. Die meisten Hausweiber in den Orten und Häusern unseres Landes machten mittlerweile mehr her, ohne daß es sie irgendwelche Anstrengungen gekostet hätte. Sedilis Frauen war ein irgendwie fieberhaftes, lustvoll-lockeres Gehabe gemeinsam, doch bröckelte ihr Schein allmählich ab. Gewissermaßen waren sie Sklavinnen, nicht unbedingt Sklavinnen ihrer Liebhaber, aber zweifelsfrei des einheitlichen Mindestmaßes an Gediegenheit und Feinheit, das sie sich gemeinschaftlich gesetzt hatten. Eine Frau, daran entsinne ich mich noch, verlor eine Brustwarze – der Räuber, mit dem sie sich in jener Woche abgab, biß sie ihr von der Brust. Das Beheben derartiger Folgen der Leidenschaft, obwohl sie im allgemeinen weniger kraß ausfielen, bedeutete für diese Frauen ein erbitterteres, hartnäckigeres Ringen, als es für die Soldaten ein ganzer Feldzug sein mochte.

Für Scridol hatte der Krieg seine eigene Art von Härten. Er hatte drei Karten durcheinandergebracht und mußte darum mit Sedili persönlich den Standort einer Stadt ermitteln, die wir früher oder später erreichen, die uns willkommen heißen und Vorräte liefern würde, denn die Einwohner waren Sedilis Untertanen, ja die Stadt war sogar ihr Eigentum. Es handelte sich um Ilxtrith, eine Stadt, die sie zur Vermählung als Mitgift geschenkt erhalten hatte, gemäß eines alten Letzten Willens, der sie ihr für selbigen Anlaß vermachte, und sie war ihr eigen geblieben, weil ihr Vater Zerd, gleich nachdem der Drache die Prinzessin ehelichte, gesagt hatte, daß sie ihm – dem Feldherrn – keineswegs durch die Vermählung zufiele.

Aber Sedili hatte Ilxtrith jahrelang nicht besucht, und es war ihr so gut wie unmöglich, zu bestimmen, wo die Stadt sich eigentlich befand. Als Scridol immer wieder sagte: »Nein, das kann nicht sein!«, ward Sedili ungnädig. Sie schob sich erneut eine kandierte Orchidee ins Futterloch ihrer gelangweilten Miene (im Gegensatz zu ihren regelmäßig von diesbezüglichen Sorgen geplagten Frauen wird sie niemals fett) und blies gleichzeitig, wie wenn sie gähnte, Scridol den Qualm ihres Zigärrchens in die Augen, mit denen er überaus angestrengt die Karten zu lesen versuchte. »Dieweil ich offenbar keine hinlängliche Kenntnis vom Standort meiner eigenen Stadt besitze, dürfte es wohl am günstigsten sein, du klärst diese Sache, da sie deine ist, für dich allein. Wirst du fürs Anfertigen von Karten entgolten, oder nicht?«

Das war eine ungerechte Bemerkung, denn ich wußte, daß Scridol nur für kurze Zeit Bezahlung erhalten hatte.

Scridol befaßte sich weiter mit den Nachforschungen in bezug auf Ilxtrith, fragte einen Scharführer Sedilis,

134

der sich bemühte, ihm zu helfen, in der Tat aber noch weniger als Sedili wußte, und mich ödete indessen das Ab- und Schönschreiben an, ich starrte in die Flamme der Kerze, die neben mir in einem Schälchen auf dem Feldstuhl brannte. Wachs hatte an der Kerze hinabzurinnen begonnen, sie flackerte, erlosch am Ende. Hatte ich sie gelöscht? Fürwahr hatte ich einen Augenblick zuvor gedacht: ›Diese Kerze müßte jetzt zu *flackern* anfangen.‹ Ich hatte den Gedanken sehr nachdrücklich und voller Groll gedacht, ihn in meinem Kopf in deutliche Worte gekleidet. Jetzt versuchte ich das Gegenteil. Ich versuchte der Kerze zu befehlen, sie solle wieder brennen. Aber sie tat es nicht. Ich entzündete sie mit der Flamme einer anderen Kerze erneut und befahl ihr anschließend, zu erlöschen. Sie erlosch sofort. An diesem neuen Spiel hatte ich Spaß, obwohl ich entdeckte, daß Vernichten einfacher ist als Schaffen. Ich überlegte mir etwas, das ich damals für eine überzeugende Erklärung hielt. ›Meine Seele‹, dachte ich mir, ›hat meine Sprache, die so klar ist und doch ohne Gestalt und ohnmächtig, so lange festgehalten, daß meine Gedanken und Bedürfnisse nunmehr *irgendwie* nach draußen drängen.‹ Heute bin ich in dieser Beziehung weniger sicher. Eine solche Erklärung wäre schlichter Glaube an Poltergeister, den nach außen gerichteten Einfluß unterdrückter, überstarker Gefühle. Die Art von Kraft, die in mir wohnt, war zu ungezügelt, um von mir gemeistert werden zu können, mußte sich Ausdruck in zwar wilden, aber kleinen, begrenzten Streichen verleihen.

Oder vielleicht habe ich so angefangen, aber in späteren Jahren gelernt, diese Kraft zu ballen, sie auf etwas zu richten, sie zu bändigen und in die Ferne wirken zu lassen, sie in jeweils angebrachter Stärke einzusetzen; auf jeden Fall ist sie keine bloß blindlings auftretende Erscheinung mehr, sondern zu einer wohlbeherrschten Geistesfähigkeit geworden.

»Nach zwei weiteren Tagen gleichmäßigen Marschierens«, sagte Scridol, »müßten wir am Rande dieser ... dieser Wüste eintreffen.« Er senkte die Finger so behutsam, als befürchte er, sie sich in sengendem Wind und glühendheißem Sand zu verbrennen, auf eine große leere Stelle seiner Landkarte.

»Wie wär's mit zwei Tagen umständlichen, unsteten Marschierens?« meinte Zerd.

Etwas Hartes legte sich auf meine Schulter, eine Hand mit beachtlichem Gewicht und recht festem Griff. Ich drehte mich um und schaute auf in eine bläßliche, spöttische Miene, ein Gesicht, das mehr Narben als sonstige Eigenschaften aufzuweisen schien, ließ man einmal die zwei tiefblauen Augen, so abgründig, flink und kühl wie die Fluten des Nordens, außer acht. »Komm, Seka«, sagte Ael, der Räuberhauptmann. »Flicht mir doch das Haar!«

Im ersten Moment starrte ich ihn an, wie ich gewohnheitsmäßig immer erst einmal jemanden anstarrte, der mich etwas zu tun hieß, das mich überraschte; ich konnte mich ja nicht durch eine Rückfrage vergewissern, war nicht zu überprüfen imstande, ob ich mich vielleicht verhört hatte. Also wartete ich zunächst einen Augenblick lang ab, in dem er und ich das Gesagte auf uns einwirken lassen konnten. Doch er fügte nicht hinzu: ›Ach, laß nur, ich sehe ein, das ist ein seltsamer Wunsch.‹ Folglich stieg ich hinter ihm auf einen Feldstuhl, lehnte mich an seine Schultern und raffte seine Mähne weichen, hellen Haars zwischen meine Hände, das sich nachgerade aufrichtete und an meinen Fingern haftete, dabei knisterte. Ohne das Gespräch mit Zerd und Scridol zu unterbrechen, reichte er mir einen breiten, aus Bein gefertigten Kamm mit weiten Zwischenräumen und gehakten Zähnen über die Schulter.

Ich teilte Aels Haar in drei Stränge, kämmte es sorgfältig aus und machte mich daran, es zu ordentlichen Zöpfen zu flechten. Die geglätteten Strähnen rochen

nach Rauch, Leder und noch etwas, kann sein, Hunde-
fell. Ich selbst bevorzuge Katzen.

Zerd schaute herüber, bemerkte den Anblick, den wir
boten, Ael und ich, sein Kind, das dem Räuber überraschend das Haupthaar flocht. Als er sah, daß ich seinen
kurzen Blick erwiderte, lächelte der Feldherr. »Und nun
ist's an der Zeit«, sagte Zerd, »daß meine Tochter zu ihrer Mutter zurückgebracht wird.« Er erhob sich und
streckte mir die Hand entgegen. Ich staunte, als ich begriff, daß er in Person mich in unser Zelt zu bringen beabsichtigte.

Sedili ließ die Stickerei sinken, an der sie werkelte,
und drückte ihr Zigärrchen aus.

Ael fragte Zerd, ob er an einem so lauschigen, lauen
Abend keine Gesellschaft wünsche. Zerds Mund zuckte. Ael rief einen seiner Räuber, redete schmeichlerisch
auf den Krieger ein, als Zerd und ich das Feldherrnzelt
verließen. »Und nun, mein Lieber, mein von der Lust-
seuche verpesteter Schatz, wirst du mir einen ...«

Vor dem großen Zelt schwang Zerd mich empor in
den Sattel und saß hinter mir auf. Wir ritten zwischen
den Zelten, Schlafmatten, Lagerfeuern und Posten der
Scharen dahin. Überall brieten und schmorten noch
Soldaten Fleisch, das während des Marsches in Bier mit
Zwiebeln eingelegt worden war; die Mehrheit aß bei
Sonnenuntergang, doch war die Sonne inzwischen gesunken. Am Himmel glitzerten Sternennebel. Ich stellte
mir stets vor, das Sternbild des Drachen und Vater seien
eins. Ich wußte, daß Drachen und große Kriegsherren
im Zeichen des Steinbocks geboren werden, die auf ihren Hufen klettern und klettern, unbeirrt ihren Weg in
die Höhe erklimmen, mit allen vier Füßen sicher auf der
festen Erde, aber in stetem Streben nach höheren Gefilden. Die Sterne glommen vom Abendhimmel herab,
und mir war in des Feldherrn Sattel unwohl zumute.
Ich hatte ringsum die Gesichter gesehen, als wir den
Reitvogel bestiegen: Scridols Blick der Verblüffung; Aels

aufmerksamen Gleichmut, der bezeugte, daß etwas in der Luft lag; und Sedilis gräßlich böse Miene.

Wir kamen an der Feldwache der IX. Schar vorüber und näherten uns dem Troß, ritten in eine Mulde mit seidigem, im Dunkeln rauchgrauem Gras. Mutter stand am Zelteingang. Ruckartig hob sie eine Hand an den Busen, als sie uns sah, wie um ihn zu schützen. Zerd ritt zu ihr und musterte sie aus dem Sattel.

Dieser hochgewachsene Nichtmensch hatte Mutter mit anhaltendem, geduldigem, entschlossenem, überlegtem Verlangen (das sie als Aufdringlichkeit empfand) begehrt, seit er sie das erste Mal erblickte. Er begehrte sie noch immer, wie ich nun sehen konnte, was ihr jedoch, obwohl sie sich von ihm immer wie gebannt fühlte, eindeutig entging. Er lechzte nach ihr, bis ins regelmäßige Zucken seiner Hoden, das ich hinter mir spürte. Aber er versteht zu warten. Er hat die Gabe, den Angelegenheiten den ihnen gebührenden Vorrang zu geben. Noch immer vermochte er nicht zu glauben, daß eine kleine Verrückte für ihn von größerer Bedeutsamkeit sein sollte.

Mutter zauderte, ihre Augen waren nahezu völlig ausdruckslos, so sehr mühte sie sich ab, um ihre Erregung zu verbergen. Dann reckte sie die Arme, um mich vom Rücken des Riesenvogels zu nehmen. Zerd packte ihre Hand, ehe sie mich berühren konnte. Wie andächtig hielt er sie fest, beugte sich hinab, so daß er sie an den Mund heben und mit der Zunge über die Handfläche lecken konnte, während er Mutter unter waagerechten Brauen hervor betrachtete.

Von der sinnlichen Berührung für einen längeren Moment wie gelähmt, stand Mutter reglos da, dann entzog sie Zerd heftig ihre Hand, bedeckte sie mit der anderen Hand, als hätte sie vor, die Schande zu verstecken oder wegzuwischen. Auf diese Weise machte sie es sich vollends unmöglich, mich vom Reitvogel zu nehmen.

Zerd saß ab, indem er mich unter seinen Arm klemmte, und mir war, als sause mein Kopf zwischen den Sternen dahin und dann dem Gras entgegen, bis er mich in die Senkrechte brachte und auf die Füße stellte. Danach patschte er an mir herum, als hätte er eine kostbare Ware abgeliefert. »Sie ist wahrlich darin begabt, sich in meinem Zelt nützlich zu machen, sie kämmt Ael die Haare, aber nun muß sie schlafen, oder sie wird ihm morgen früh nicht den Bart stutzen können«, sagte er über mich. Ich nickte ihm zu, er nickte mir zu; ich küßte Mutter, die mich plötzlich an sich drückte, mich dann ebenso plötzlich, als fürchte sie, mich zu verunreinigen, von sich schob, und ganz sachte küßte.

»Schlaf, meine kleine Perle«, sagte sie. Im dunklen Innenzelt kroch ich zwischen die Felle und Pelze, die zum Einhüllen und Zudecken dienten. Durch den Schlitz im Segeltuch der Trennwand konnte ich sehen, wie die beiden vorübergehend die Sterne verdunkelten, als sie den vorderen Zeltraum betraten, dann erhellte Kerzenschein Mutters Gesicht. Mutter und Zerd standen da und schauten einander an. Ich hörte, wie sich draußen der Reitvogel regte. Ich sah, wie die graue Seide auf Mutters Busen im Takt des lautlosen vulkanischen Bebens ihres Herzens wogte. Cijas feines Nachtgewand war vorn zu fest verknotet, als daß Zerd es mit seinen derben Fingern aufzuknüpfen vermocht hätte. Bekümmert blickte Cija ihn an, für den Augenblick durch ihre vornehme Kleidung von ihm getrennt. Zerd lachte nicht. Er widmete ihr einen düsteren Blick, dann senkte er seinen schwarzen Schopf über den Knoten und zerriß ihn mit den Zähnen. Die Reste hingen zerfetzt und zerfranst herab.

Später am Abend erklangen draußen Geräusche und Laute, denen ich, weil niemand darauf achtete, auch keine Beachtung schenkte, zumal ich mich sicher fühlte. Vom Hang der Geländemulde ertönten Geknurre und das zielstrebige Stampfen und Trampeln von Füßen,

wie man es hören kann, wenn Männer aufeinander los-
gehen. Danach lautes Keuchen und ein langgezogenes
Röcheln. Zuletzt der bitterliche Abschiedsfluch des Siegers, wenn er, noch voller Haß, dem Besiegten den Rük-
ken zukehrt, eine Art von Fluchen, das ich bereits kannte, denn ich hatte schon vielmals mitangehört, wie man
Männer tötete.

Noch später legte sich auch Cija schlafen. Ich erwachte und sah sie, als sie über mich hinwegstieg, um
sich auf ihren Fellen auszustrecken. Das Weiße ihrer
Augen hätte in Silber getaucht worden sein können. Sie
bewegte sich, als schwebe sie. Sie suchte ihre heilige
Schlafstatt auf, als wären auch die Laken in Silber getränkt worden. Es war überflüssig, mich so zu stellen,
als schliefe ich; ich brauchte mich nicht zu sorgen, sie
könnte argwöhnen, daß ich noch wach war, und nach
mir schauen.

Am folgenden Morgen lagen bei unserem Zelt am
grasigen Hang zwei erstochene Männer. Sie trugen den
Waffenrock der Scharen Sedilis. Ringsherum fand man
viel geronnenes Blut im Gras. Im Laufe des Vormittags
kamen Angehörige ihrer Schar mit einem Karren und
schafften sie fort.

Cija verzehrte ihre Morgenmahlzeit in überaus zer-
streuter Gemütsverfassung. Danach stieg sie auf ihren
Reitvogel und suchte Zerd auf. Zu der Stunde befand
ich mich bereits mit Scridol im Feldherrnzelt, so daß ich
sie mitten im geschäftigen Durcheinander, während die
Heerführung sich auf den Weitermarsch vorbereitete,
mit Zerd reden hörte. »Zerd«, sagte sie sehr eindringlich, und: »... es ist unklug ...«

»Es wäre weit unklüger«, erwiderte Zerd gelassen,
»wenn ...« Und: »... noch in den Landen deiner Mutter
und ihrer Verbündeten.«

»Man wird Rache üben«, entgegnete Mutter. »Man
wird Aels Räuber ›bestrafen‹. Jeder konnte sehen, daß
es Sedilis Männer waren, die dort lagen, und ebenso

war für jedermann erkennbar, daß Räuber ihnen diese Stiche und Schnitte beigebracht haben. Die Männer sind grausam ermordet worden.«

»Wären sie nicht gestorben, wär's grausamer gewesen.« Zerd lachte.

Für ein Weilchen schwieg Mutter. »Ael hat dir gestern abend Männer nachgeschickt«, sagte sie dann auf grüblerische, bange Weise, »weil er wußte, Sedili würde Schnüffler senden, um zu erfahren, ob du in meinem Zelt bleibst.«

Zerd hob die Schultern und gab ihr Entenkeule zu essen. »Ael hat sich lediglich eines Vorwands bedient, um seinen Halunken auf Sedilis Kosten 'ne Freude zu gönnen. Er weiß, daß es nicht nötig ist, Sedilis Spione umzubringen. Es *gefällt* ihm ganz einfach, ihre Spione zu töten.«

»Nicht nötig?« rief Cija mit allerdings noch weitgehend gedämpfter, unterdrückter Stimme. »Sie hätten mich, nachdem du fort warst, auf Sedilis Befehl ermorden können. Es mag sein, daß sie's in der kommenden Nacht tun, vielleicht sogar am hellichten Tag, während des Marsches.«

»Ebensogut hätten sie's gestern oder in der vergangenen Woche tun können«, antwortete Zerd, küßte sie und stopfte ihr dabei Entenfleisch in den Mund, »hätte dich nicht seit dem Aufbruch ins Feld ein Ring meiner verläßlichsten Krieger umgeben.«

Mutter setzte sich und kaute, verkniff die Augen. »So«, sagte sie und schluckte. »Du hast also nur auf den richtigen Zeitpunkt gewartet? Bis es für Sedili und ihr Heer offensichtlich geworden war, daß ich nicht entbehrt werden kann, wenn wir die hiesigen Ländereien unbehelligt durchqueren möchten?«

»Du bist mehr oder weniger von Nutzen«, gestand Zerd ihr zu, nagte an einem Knochen.

»Was ist's denn, das du Sedili klarzumachen gedenkst, indem du dich öffentlich zu mir bekennst? Daß

sie auf der Hut sein muß? Daß sie sich nicht als allzu unentbehrlich betrachten soll?«

»Komm, komm, Cija!« sagte Zerd leicht belustigt.
»Vermagst du dir nicht vorzustellen, daß eine Liebesnacht, die mir sehr wichtig war und von der ich hoffe,
daß du sie nicht bereust, um ihrer selbst willen stattgefunden hat?«

An diesem Tag saß Mutter sichtlich steif im Sattel.
Anscheinend war sie fest davon überzeugt, daß selbige
Liebesnacht vielmehr um Aels, um Sedilis willen stattgefunden hatte. Selbst bei Gesprächen folgte ihr Blick
unwillkürlich jedem Flecken Rot, dessen sie irgendwo
ansichtig werden mochte, starrte inmitten der Unterhaltung in Richtungen, in denen man, wie mir auffiel, in
einiger Entfernung einen mit einem roten Umhang be-
hängten Rücken sah, bis der Mann sich umdrehte und
jedesmal ein anderer war als Zerd. Am Abend kam er
wieder zu uns und blieb diesmal bis zum nächsten Morgen. Als Scridol sich an unserem morgendlichen Koch-
feuer einfand und den Feldherrn aus dem Zelt treten
sah, machte er große Augen. Zerds schwarze Bluse war
offen, die Schuppen auf seiner wuchtig-breiten, muskelbepackten Brust glänzten matt. Ael und ein Halbdut-
zend Räuber sprengten auf ihren Kleinpferdchen herbei. »Wollen wir an der frischen Luft frühstücken?« rief
Ael zum Gruß Zerd zu. Ael verneigte sich vor Cija und
lächelte ungemein heiter. Mir hielt er eine Hand hin.
»Guten Morgen, Kleines. Gibt's gekochte Eier und
warme Küchlein?«

Unser Koch ging eilfertig ans Werk, kam sich sehr
wichtig vor. Er sei froh, aus der Hauptstadt fort zu sein,
versicherte er Scridol, der ihn ruhig gefragt hatte, ob er
mit so vielen Gästen am heutigen Morgen nicht zuviel
Arbeit hätte. »Die einzige Verwendung, die unsere große, geliebte Herrscherin für einen Koch hatte«, erzählte
er Scridol, »bestand darin, in die Küche herunterzukommen, wenn ein geschätzter Ratgeber gestorben war,

142

und zu befehlen, daß er in eine kräftige Salzbrühe eingelegt und darin aufbewahrt werde, damit er an entscheidenden Beratungstagen für Abstimmungen verfügbar sei.« Er blickte Mutter an, sich ziemlich sicher, daß sie lachen würde; sie hatte sich während des bisherigen Feldzugs in allen Fragen und Angelegenheiten unseres kleinen Haushalts sehr verständnisvoll gezeigt. Nun hielt sie beim Reden die Hand wie eine Denkerin ans Kinn. Ich erkannte, als ich bemerkte, wie sich ihre Nasenflügel weiteten, daß sie ihre Hand so hielt, um sich während dieses überaus geselligen, für sie also anstrengenden Morgenmahls ein wenig zu trösten, an ihren Fingern zu riechen (sie rochen noch nach ihm, nach Zerd).

Aus einer Richtung, die man nie vermutet hätte, traf Clor ein. Er erweckte den Eindruck, die ganze Nacht hindurch keine Bettstatt gesehen zu haben. Aus irgendeinem Grund hatte er trotzdem gewußt, wo er Zerd finden konnte. Sein Waffenrock war gehörig mit Wein befleckt, aber es handelte sich um einen guten Jahrgang.

Auch Isad fand sich ein. Er verbeugte sich sehr tief vor Cija. »Ich habe meinen Koch mitgebracht«, sagte er in einem Nebensatz. »Ich dachte, es könnte womöglich recht viel Teilnehmer dieses Frühstücks geben. Sein Gehilfe wird sogleich mit Tellern und Messern kommen.«

Das Schwarze Schwein kam mit mehreren Unterführern den Hang herab. »Wie ich vernommen habe«, meinte er unsicher, »ist heute früh hier der Ort der Beratung.«

Und auch Schönling stieß wenig später zu der Versammlung, weil er bei einer derartigen Zusammenkunft von Mannskerlen, die das Gebrüll der eigenen Stimme am liebsten hörten, keinesfalls fehlen durfte. Schönling starrte in die Runde, und man sah das Weiß seiner Augen, als befände er sich an einer Stätte schrecklicher, wüster Ausschweifungen. Er suchte sich einen Platz ganz am Rande der Versammelten, so sichtlich abseits, als hätte er vor, nicht mit ihnen, sondern mit sich selbst zu Rate zu gehen. Sedili ließ sich nicht blicken.

Doch zwischen den Soldaten, die auf der Anhöhe oberhalb der Senke, in der wir unser Zelt aufgeschlagen hatten, auf Wache standen, ergab sich Unruhe. Eine der Frauen Sedilis, eine großgewachsene, blasse Edelfrau mit stolzer, überheblicher Miene, bahnte sich, begleitet von einem Feldwebel im Waffenrock von Sedilis Scharen, den Weg durch die Kette der Posten. Doch sie hatte sich zuviel vorgenommen. Man keilte sie ein, betatschte und kniff sie und griff ihr zwischen die Beine, und durch zusammengebissene Zähne stieß sie, weil sie nicht anders konnte, aus lauter Lust das eine oder andere »Ooh!« aus.

Schönling sprang auf, die Faust um den nach Art der nordländischen Flußanwohner gefertigten Griff seines Dolchs. Und was geschah dann? Nun, natürlich gab es einen sehr häßlichen Zweikampf zwischen Schönling und einem Krieger des Schwarzen Schweins. Isad seufzte, beugte sich über sie und zerrte sie auseinander, besudelte sich dabei mit ihrem Blut.

»Ist's nicht vielleicht denkbar, daß wir unsere Männer für den Krieg brauchen?« fragte Isad in schleppendem Tonfall Schönling, der ihn wutentbrannt anstierte. Der Himmel begann zu wummern wie ein stürmisches Herz. »Es gibt Regen«, bemerkte Isad. »Ein Gewitter, genau das richtige, erfrischende Wetter für einen Marsch.«

»Ihr haltet Euer Heer, Eure zweitrangigen Keulenschwinger, zu Lasten der Ehre unserer Flußanwohner beisammen«, keuchte Schönling Isad zu.

Mit ausdrucksloser Miene kniete Isad sich nieder, und furchte mit seinem Dolch ein Zeichen für einen Fluß in die Erde, mehrere Wellenlinien, eine wirklich schlichte Darstellung. Auf die legte er sodann die Klinge und schwor, einen seiner nächsten Gefangenen, sobald er wieder welche machen sollte, Schönlings Flußgott zu opfern, wenn Schönling unsere Soldaten in Ruhe ließe. Inzwischen regnete es stark. Offenbar sah Schönling darin ein vorteilhaftes Omen. Das kleine Zeichen, das Isad ins Erdreich geritzt hatte, ward vom Regen fortgespült, und indem er nickte zeigte sich Schönling mit dem Schwur einverstanden.

Wir fingen zu packen an. Zerd half Cija beim Aufsitzen; sie wollte trotz des Wetters ihren Reitvogel benutzen, sie sagte, der warme Regen sei angenehm und vergleichbar mit einem längeren Bad in einem Talsee. Der Regen blieb in dicken Tropfen auf den Federn ihres Reittiers hängen. Das Gefieder ist wasserfest, sehr fettig, und so gab jeder der Riesenvögel einen wandelnden Regenschirm für das kleinere Getier ab, das im Troß mitzog, das sich bei stärkerem Regen sammelte und unter die Fittiche, die nach vorn gereckten Hälse sowie die zum Gleichgewicht gestreckten, umgurteten Schwänze drängte: Gänse, Zicklein und die eigenen Jungen der riesigen Hennen. Aber da sie so groß und andauernd auf den Beinen sind, erkranken sie leicht an Gicht, und um so nachteiliger ist für sie feuchte Witterung.

»Gelangen wir in einen regnerischen Landstrich?« erkundigte Cija sich bei Scridol, als wir in der Kolonne unseren gewohnten Platz einnahmen. Sie hatte mich auf ihren Schoß gesetzt und mir einen Zipfel ihres Umhangs um Kopf und Schultern geschlungen.

»Nein, ganz im Gegenteil«, sagte Isad, der soeben an uns vorbeiritt. »Morgen erreichen wir die Wüste. In der Wüste werden wir eine heiße, trockene Zeit durchmachen müssen. Von morgen an.«

Um die Mittagsstunde des folgenden Tages erblickten wir jenseits der Klippen, die noch vor uns aufragten, ein gewaltig ausgedehntes Geflimmer. »So pflegt die Wüste in der Hitze zu schimmern«, sagte jeder schwatzhaft zu jedem. »So etwas nennt man Luftspiegelung. Das ist etwas ganz Merkwürdiges.«

Zu guter Letzt kamen wir an der ›Luftspiegelung‹ an und steckten ungläubig die Füße hinein. »Na so was«, sagte der Feldherr. »Na so was.«

Die Heerführung rief Scridol, und er platschte betroffen in der ›Wüste‹ umher. »Ich glaube, sie ist überflutet«, meinte er kummervoll. »Es müßte eigentliche eine Wüste sein. Ich glaube, alle zehn Jahre tritt eine Überschwemmung auf. Jetzt ist die Zeit der Überschwemmung.«

Alle schauten ihn immer wieder vorwurfsvoll an, und Sedili tippte die Asche von ihrem Zigärrchen, während sie Scridol einen wilden Blick dünkelhafter Genugtuung widmete.

Säuberlich schrieb Scridol auf der Karte den Vermerk ÜBERSCHWEMMUNG und die Jahreszahl in die eingezeichnete Wüste. Wir blieben einige Zeit lang an den Gestaden des Binnenmeers, als belagerten wir die Wüste, um sie hervorzulocken, und ich gewöhnte mich richtig an die Ratten, die bald mit putzig-munterem Gequieke durch die Stellungen schwärmten. Ich habe keine Ahnung, woher sie auf einmal kamen. Ich vermute, sie haben lange warten müssen, bis hier einmal ein Heer vorbeimarschierte.

Der Unterricht im Schreiben und Lesen, den ich genoß, wirkte sich rasch aus. Scridol nahm die Unterweisung außerordentlich ernst, ich nehme an, hauptsächlich weil der Feldherr wünschte, daß ich Bildung erhielt. Den menschlichen Körperbau erklärte er mir anläßlich von Zweikämpfen; das waren Gelegenheiten, die es zu nutzen galt. Scridol lief mit mir zum Schauplatz der Auseinandersetzung, zeigte mir Rückenwirbel und den Zweck des Sonnengeflechts, während die Streithähne sich bis auf ihre lumpigen Beinkleider oder ledernen Röcke (oder welche Tracht man gerade bei der jeweiligen Schar bevorzugte) entblößten. »Siehst du, wie dieser Mann ...« – er deutete auf einen Räuber Aels – »sich vor dem Zweikampf des Oberarms Muskeln mit Ledergurten abgebunden hat? Das macht er, damit sie während des gesamten Kampfs möglichst dick bleiben.« Scridol rümpfte die Nase. »Ebensogut könnte er sich irgend etwas Erschreckendes auf die Stirn pinseln.«

Durch eigene Beobachtung war mir bereits aufgefallen, wie die Brustwarzen der Männer vor einem schweren Kampf sich versteifen. Beide Widersacher händigten einem Kameraden feierlich eine Handvoll Münzen aus. Das Geld sollte, falls er den Tod fand, seiner Witwe – die Weiber zogen im Troß mit – überreicht werden. Dann ging wieder einmal das greuliche Geknurre und Getrampel los, und Scridol seufzte; ihn langweilte der viele Unterricht ungemein stark.

Ich hatte noch ein wenig von meinem Mittagsmahl bei mir und zerkleinerte es für die Ratten, warf einem besonders vorwitzigen Tier Brocken zu. Da nahm mir jemand das Essen aus der Hand.

»Du darfst sie doch nicht *füttern*«, sagte Ael, und zwar ziemlich aufgebracht, in einem Ton, dem ich entnahm, daß er das Füttern der Ratten für den gröbsten Unfug hielt. Er war zur Stelle, um mitzuverfolgen, wie der Zweikampf verlief. Er ist sehr eigen, was seine Männer betrifft, und er schmollt, wenn welche ums Leben kommen. Am Rand eines Grabens hockte er sich neben mich. Ich sah ihn an, er bemerkte meinen Blick und zeigte auf einmal die Zähne. Ich vermochte nicht zu entscheiden, ob er sie grimmig bleckte oder mir zulächelte. Oder vielleicht war für ihn ohnehin beides das gleiche ... Er hat für Gefühle wenig übrig. Für so etwas hat Ael keinen Sinn. Und ähnliches galt für mich. Wenn ich, ein stummes kleines Mädchen, mir hätte Gefühle anmerken lassen, wäre dadurch womöglich bei irgend jemand in meiner Umgebung Vergleichbares ausgelöst worden, und damit hätte ich nicht fertigwerden können. Durch den Lärm der Zuschauer drang mir Aels

Stimme erneut ans Ohr, eine hohe, recht ausdrucksarme Stimme; wieder wandte er sich an mich. »Mein Haar ist verfilzt«, sagte er. »Mach's mir zurecht ... auf die Weise, wie du kürzlich abends die Kerze gelöscht hast.«

Ein Augenblick verstrich, ehe ich begriff, was er meinte. Dann packte mich kaltes Schaudern. Er hatte mich dabei beobachtet, wie ich die Kerzenflamme ausschließlich kraft meines Willens löschte.

In diesem Moment hatte ich alle möglichen Empfindungen, ich fühlte mich entlarvt und erpreßbar, schäbig und beschämt, als hätte ich etwas Bemerkenswertes, das man sonst nur im Verborgenen vollbringt, in aller Öffentlichkeit getan, und der *schlimmste* denkbare Augenzeuge teile nun hämisch mit mir, ob es mir behagte oder nicht, ›unser Geheimnis‹. Mittlerweile war ich älter und klüger als zu der Zeit, da ich der Meinung war, es ginge niemanden etwas an, wenn ich mich an die Tür hängte und mir ein schönes Gefühl zwischen den Beinen verschaffte; was jetzt Ael machte, war jedoch, als hätte mich eine von Mutters Zofen, statt mich daran zu hindern – wie ich es von ihnen gewohnt war –, dazu ermutigt und mit mir gemeinsam das gleiche getrieben. Doch ich wußte mich störrisch und stur wie ein Maultier zu stellen. Ich schaute Ael bloß an, zog eine nicht nur ausdruckslose, sondern *sehr ahnungslose*, kindliche und unverständige Miene. Das war genau jenes Gesicht, das ich an dem Tag aufgesetzt hatte, als wir uns auf dem heißen Dach des Palasts begegneten und er mich etwas fragte.

Sobald er zu der Überzeugung gelangt war, daß sein Mann den Zweikampf als Sieger bestand (er lag nämlich auf seinem Widersacher und biß ihm anscheinend soeben die Nase ab), nickte Ael mir zu, gab mir zu verstehen, ich solle ihm folgen. Er schwang sich vom Rand des Grabens hoch und stand auf, stapfte davon. Ich blickte Scridol an, der mir zunickte; allerdings blieb er auf dem Weg durchs Lager in unauffälligem Abstand hinter Ael und mir, hielt uns im Augenmerk.

Ael führte mich zu den Vorposten der Räuberschar, wo sich die schier zahllosen Kleinpferdchen der Räuber tummelten, nebeneinander tänzelten, wo ihre aufmerksamen Pferdeknechte sie pflegten, sich ihnen mit maßlosem Stolz widmeten, sie sogar, wenn sie allzu viel Unruhe an den Tag legten, mit der Hand geschlechtlich befriedigten, denn dadurch ließ sich verhüten, daß Stuten während des Feldzugs trächtig wurden. Ael stieß einen schrägen Pfiff aus.

Da kam aus dem Gedränge all der Pferdchen ein noch sehr junger, kräftiger Reitvogel angelaufen; er reichte Ael nur bis zur Brust, deshalb erkannte man, er konnte erst vor kurzem flügge geworden sein, noch bevor man sein flauschiges Jungtier-Gefieder erblickte, das er gerade zu verlieren begann. Er sah reichlich zerzaust aus, als bestünde er aus nichts anderem als Federn, die ihm wirr, in den unmöglichsten Winkeln, aus dem Leib ragten, aus dem unterdessen Stoppeln des neuen Federkleids wuchsen. Der kleine Jungvogel schüttelte sich, und erneut segelten rings um ihn Federn zu Boden. Voller Interesse schaute er mich an, weil ich mich – im Gegensatz zu seiner übrigen Umwelt – in Augenhöhe befand, dann pickte er entschlossen nach meinem mit Glöckchen verzierten Armreif und verschlang ihn.

»Sieh nur, wie sanftmütig er ist«, sagte Ael. »Er hat dir den Armreif vom Handgelenk gezupft, ohne dir die Haut zu ritzen. Möchtest du ihn haben?« Ich war ziemlich wütend und wollte mein Armband wiederhaben. Da begriff ich, daß er den Vogel meinte, er mich gefragt hatte, ob ich den Vogel haben wollte. »Versuch's mit ihm!« empfahl er mir. Er hob mich auf den Rücken des Jungvogels, und ich klammerte die Knie um dessen Nacken, weil sich auf Reitvögeln ohne Zaumzeug schlecht sitzen läßt; Ael war es allzu gewohnt, Räuberbälger auf ungesattelten Pferdchen reiten zu sehen.

»Schau da!« sagte Ael, als das Tier den Kopf drehte und leicht erschrocken aufkrächzte, weil er mich auf seinem Rücken sah. »Er mag dich. Gefällt er dir? Du kannst ihn haben. Wir können ihn nicht gebrauchen. Er hat zum Federvieh meines Stellvertreters Dlann gehört, den letzte Woche bei einem Zweikampf der Tod ereilt hat.« Ael schnitt eine finstere Miene. »Reitvögel und Pferde lassen sich nicht zusammen halten«, fügte er hinzu, »sie rasten nicht an derselben Stelle, sie mögen einer des anderen Geruch nicht.« So wie ich keine Hunde leiden kann, dachte ich. »Erst werden sie beide unruhig«, sagte Ael, »und dann bösartig zueinander.« Ich merkte, daß er Wert darauf legte, mich umfassend aufzuklären. »Er ist dein, Feldherrntochter.«

Ael ritt täglich ans Ufer, um sich davon zu überzeugen, daß die Arbeiten an den Flößen und flachen Booten – letztere waren auch kaum mehr als Flöße – Fortschritte machten; die Gefährte waren fast fertig. Bald würden wir die ›Wüste‹ hinter uns lassen können. Scridol und Kundschafter hatten einen Bereich des Ufers gefunden, der sich zum Übersetzen eignete, etwa drei Meilen vom Heerlager entfernt. Von dort aus konnte man in größerem Abstand mitten im Wasser eine Ortschaft sehen. »Der Ort beansprucht die ganze Insel, auf der er steht.« Aus verkniffenen Augen spähte er hinüber. »Anscheinend gibt's dort keine Haine, keine Landwirtschaft, kaum einen Obstgarten. Trotzdem haben die Einwohner, seit wir hier sind, die Insel nicht verlassen, um für ihre Bedürfnisse zu sorgen.«

»Es sind auch keine Anlegestellen vorhanden«, ergänzte Aels neuer Stellvertreter, der sich in seinen großen Schaufeln nicht unähnlichen Steigbügeln aufgerichtet hatte und sich die Augen mit der Hand beschattete. »Es muß wohl so sein, daß sie vom Ufer aus fischen.«

Unsere Kundschafter waren in mit Häuten überzogenen Weidenbötchen hinausgerudert und hatten beobachtet, daß die Inselbewohner nahrhaftes Grün aus den gewaltigen Massen von Tang ernteten, die im Wasser des Binnenmeers schwammen. Die Inselbewohner benutzten kleine, schmale Boote und Staken; sie ließen unsere Männer nie nur so nahe heran, daß man ihnen über die graugrünen Fluten hinweg etwas hätte zurufen können. Entweder stakten sie eilends zurück zur Insel, oder sie schwangen bedrohlich ihre Bootshaken. »Was für scheue Leutchen«, meinte Ael. Aber die Ortschaft zeigte die Farben der Herrscherin, in Rosa und Grün an die Mauern und Türme gemalte, im Ausbleichen begriffene Achtecke. Wir befanden uns noch in befreundetem Land.

»Vermutlich stehen ihre Äcker zur Zeit alle unter Wasser«, überlegte Aels Stellvertreter. »Es wäre vorteilhaft, wüßten wir, wie lange die Überschwemmung dauert.«

»Wenn die Regenzeit erst einmal richtig angefangen hat«, sagte Ael, »kann sie ein Jahr währen. Also ist fast ein Jahr lang Überschwemmung.« Es begann wieder zu regnen. Ael bleckte die Zähne.

Der Regen klatschte aufs Wasser, das irgendwie besonders scheußlich wirkte. Grau war es, und sandig, weil es zuvor eine Wüste gewesen war. Der Regen prasselte uns auch auf die Kapuzen und Hüte, während wir uns vom Ufer an ein kleines Lagerfeuer der Räuberschar zurückzogen, das unter einem Felsüberhang brannte. Heute saß ich vor Ael im Sattel, weil mir vom eifrigen Reitenlernen das Hinterteil arg weh tat – das war Ael nicht entgangen, und deshalb durfte ich auf seinem Pferd mitreiten –, und er schwang mich hinab, während er selbst absaß. Wir führten die Pferdchen unter den Felsüberhang, in die Nähe des Feuerchens. Wir mußten uns an die Regenseite setzen, weil der Platz nicht ausreiche, um es zu ermöglichen, daß auch wir uns trockneten. Doch als man mir einen flachen Helm reichte, statt einer Schale mit Wein gefüllt, der die Runde machte, damit alle daraus trinken konnten, warf Ael eine Münze hinein, die er im Feuer bis zur Rotglut erhitzt hatte. Es zischte behaglich.

Ael ermunterte mich zum Trinken (ohne ein Wort zu äußern, eine Art der Verständigung, in der er sehr begabt ist, er hebt – zum Beispiel – die Brauen, anstatt eine Frage auszusprechen, oder schiebt das Kinn nach vorn, wenn er etwas verlangt, und so versteht er es, sich mit mir in meiner ›Sprache‹ zu unterhalten). Zu heiß? fragten seine Augen. Als ich lächelte, ließ er seine Gefährten warten, die rund ums Feuer kauerten, bis ich getrunken hatte. Der Wein tat mir in der Kehle gut, und gleich darauf fühlten mein Kopf, die Ohren und die Brust sich ebenfalls wärmer an.

Sobald ich getrunken hatte, nahm Ael die Goldmünze heraus, öffnete mir mit Fingern, die kaum sanfter zufaßten als Smahils Finger es getan hatten, den Mund und legte mir das schwere, noch warme Geldstück auf die Zunge. Während er sich mit seinen Getreuen besprach, holte ich mir die Münze aus dem Mund und betrachtete sie. Ich hatte noch nie eigenes Geld gehabt. Eigenes Geld, so stellte ich fest, hat einen beruhigenden Glanz. Zuvor hatte ich die Reichen immer bemitleidet, weil sie soviel rechnen mußten.

Bei der Rückkehr ins Lager sprengten wir im Galopp auf einen Graben zu. Mit einer Plötzlichkeit, daß einem das Herz stockte, brachte Ael uns zum Stehen, die Pferdchen bäumten sich auf. Ael war zutiefst empört, seine dunkelblauen Augen waren ganz rund geworden, genau wie bei einem vor Staunen fassungslosen Kind: Schönling hockte neben dem Graben, wie am Vortag ich, und fütterte Ratten.

»Ratten erwecken immer nur den *Eindruck*, ein *paar* Ratten zu sein«, sagte Ael. Aufgrund seiner aufrichtigen Entrüstung klang seine helle Stimme nun geradezu schrill. »In Wirklichkeit jedoch treten Ratten immer in Schwärmen auf. Ratten senden Späher aus. Sieht man eine einzelne Ratte, ist sie stets ein vom Schwarm ausgeschickter Späher. Diese Späher berichten dem Schwarm, wo's reichlich zu fressen gibt. Ihr beschwört eine Rattenplage herauf. Ihr solltet die Späher der Ratten erschlagen, nicht füttern.«

Schönling gab einen Pfiff von sich, ein gurgelndes Pfeifen durch einen Mund voller Speichel. Auf den Pfiff antwortete ihm von allen Seiten Gezirpe, und mehr als ein Dutzend großer Ratten hüpfte vor ihm in den Graben. »Das sind *Wasser*ratten«, antwortete er auf Aels naturgeschlichtliche Erklärungen. »Man beachte die Schwimmhäute zwischen ihren Zehen«, fügte Ael hinzu, als ob sich dadurch alles ändere. Mit einem Lächeln der Begeisterung blickte er den Ratten nach, als sie, ein gestreckter Rücken und gekrümmter Schwanz hinter dem anderen, zum Ufer sausten. Im Schilf standen und fischten Wasservögel. Auf einmal hörte man das scharfe Zuschnappen widerlich kräftiger, gesunder, weißer Rattenzähne. Ein Vogel, in dessen Bein, schmächtig wie ein Schilfhalm, sich eine Ratte verbissen hatte, sackte zusammen. Wasser tränkte sein Gefieder, so daß er nicht fortflattern konnte. In diesem Fall erübrigte es sich für die Ratte, ihn rasch zu töten. »Schaut nur, wie flink und geschickt sie die Beinchen regt!« Schönling zollte der grausamen Ratte fortgesetzte Bewunderung.

Wie aus Gewohnheit verhielt Ael, um mitanzusehen, wie die Ratten den Vogel zuletzt doch töteten. Die Augen quollen ihm ein wenig hervor, wie immer, wenn etwas seine volle Aufmerksamkeit auf sich zog. Dann kehrte der Ausdruck von Geringschätzung in seine Miene zurück, er trieb das Pferdchen mit den Knien an und ritt weiter, ohne Schönling weiter zu beachten. »Man bedenke«, sagte er zu seinem Stellvertreter, »wieviel Fisch, Wasservögel und Ratten es hier gibt. Irgendwo muß in dieser Gegend ein Fluß sein, der diesen See speist ... diese ›Wüste‹. Auf unserer Seite haben wir keinen Fluß entdeckt. Sobald wir am anderen Ufer sind, sollten wir den Fluß eilends ausfindig machen. Höchstwahrscheinlich ist's der Höllenlochfluß.«

»Der Fluß, der uns an Ilxtrith vorüber entgegenfließt?«

»Die Pisse der Hölle.« Ael nickte.

Das war das erste Mal, daß ich hörte, nicht alle Angehörigen des Heers freuten sich auf die Ankunft in die Stadt, die Sedili als Mitgift geschenkt bekommen hatte.

Ael ließ seinen Stellvertreter an seine Aufgaben gehen und übernahm es selbst, noch ein weiteres Späherlager aufzusuchen. Ich saß hinter ihm auf dem Ding, das er für einen Sattel hielt, wo er auch seinen Bogen, das Kurzschwert und sein Feldgeschirr mitführte. Der ›Sattel‹ bestand aus einem Lammfell, das sein Hintern immer stärker abscheuerte und das jeden Tag stundenlang in des Kleinpferdchens Körperwärme schmorte; Aels Waffen und Feldgeschirr hingen, befestigt mit sicheren Haken, an einem so alten, weichen, bewährten Lederriemen, daß er inzwischen einer schlauen Schlange glich, alles Zerren und Dehnen an stets denselben Stellen jederzeit ertrug. Ich zählte nun gewissermaßen ebenfalls zu Aels Rüstzeug. Wir ritten durch eine weite, mit Riedgras, bräunlicher Segge, bewachsene Landschaft; überall summten dicke, braune Fliegen, doch empfand ich sie als weniger eklig denn die Fliegen in Städten. Ab und zu, wenn des Pferdchens Hufe durch Pfützen oder Schlamm preschten, spritzte es mich naß. Hinter Aels Rücken blickte ich mich in alle Richtungen um, betrachtete den ausgedehnten, gewellten Horizont. Mir fiel auf, daß Ael mit der Hand an etwas herumspielte, das sich aus seiner mit Leder besetzten Hose geschoben hatte, die von ihm vorn gelockert worden war, sobald er sich mit mir allein wußte. Kaum daß ich sein Tun bemerkte, zog ich es vor, ihm dabei zuzusehen, statt den Horizont anzuschauen, oder die Vögel und Wasserinsekten zu beachten, die unter den Hufen mit Quäken und Surren davonschwirrten. Derweil das Pferdchen lief und lief, blieb Aels prächtige, stämmige, starke, warm aussehende Rute steif, obwohl sie schwankte, ja bisweilen ward sie gar noch größer, zuckte sichtlich höher ans Licht des Sumpflands, als nähre es sich gierig von Luft. Schließlich erschienen auf der Spitze kleine Perlen weißlicher Flüssigkeit. Aels Hand berührte sie kaum, als er sie mit fahriger, ruckartiger Geste abstreifte, von den Fingern schüttelte; er wirkte, als beschäftige anderes ihn mehr, als ich zu den Wölbungen seines Kinns und der Brauen aufschaute, seine Augen suchten den Horizont ab. Ich hätte gerne zugepackt, diesen so herausfordernden, fleischigen Pflock umfaßt und dabei mitgeholfen, seiner Kuppe Perlen zu entlocken, doch ich riß mich zusammen und hielt meine Hand fern, weil ich nicht wollte, daß Ael glaubte, ich sei die Art von Kind, das zum Spiel mit dem Geschlechtsteil von erwachsenen Männern abgerichtet werden kann. Ich wünschte, daß er von mir eine gute Meinung hegte.

Die Einwohner der Ortschaft auf der Insel inmitten des Binnenmeers warteten, bis unser Heer mitten auf dem Wasser war, dann griffen sie uns an. Plötzlich waren die Inselbewohner mit ihren schmalen Booten da und setzten uns zu wie ein Wespenschwarm. Auf unseren lediglich fürs Übersetzen gebauten, nicht allzu beweglichen Gefährten standen wir ihnen recht wehrlos gegenüber. Selbstverständlich waren längs der Brücke aus Flößen größere Flöße aufgereiht worden, um den Heerwurm beim Überschreiten wider Strömungen und etwaige Feinde zu schützen. Doch wir hatten weder das eine noch das andere erwartet, und unsere Gegenwehr kam nur zögerlich zustande. Der Befehl zum Rückzug ward erteilt, und wir wichen ans Ufer zurück, vermieden ein Ausweiten des für uns nachteiligen Gefechts.

In dem Ort sah man in uns offenbar eine Gefahr. Das war im Grunde genommen verständlich. Wir hatten

Zeichen gegeben, in denen wir zum Ausdruck brachten, daß wir uns lediglich auf dem Durchmarsch befanden. Aber vielleicht waren unsere Zeichen mißverstanden worden, und man hatte uns nicht nahe genug gelangen lassen, um uns die Möglichkeit zu Erklärungen einzuräumen. Wir hätten, so lautete die Schlußfolgerung der Heerführung, in größerer Entfernung von der Insel übersetzen sollen. Andererseits konnten wir uns nicht zu weit entfernen, denn an anderen Stellen war das Wasser allem Anschein nach voller Strudel und darum tückisch.

Der Nachmittag verstrich beim Begraben unserer Toten. Danach zogen wir ab, für die Inselbewohner deutlich sichtbar. Am Abend schlugen wir das Lager außer Sicht- und Hörweite der Insel auf. In der Morgenfrühe begannen wir erneut mit dem Übersetzen. Doch da war die Inselstadt wieder da, ragte genau vor uns übers Wasser empor. Im ersten Licht des Morgengrauens sahen wir sie, wie sie uns den Weg versperrte. Während der Nacht war sie, um nicht die Fühlung zu uns zu verlieren, während wir abmarschierten, in dieselbe Richtung geschwommen. Kaum war eine Anzahl Flöße miteinander verbunden worden, entsandten die Inselherrscher erneut eine Flotte schmaler Boote, die uns geschwind und wendig entgegenschwärmten, durch Wirbel und Strömungen ungehindert. Ein übler Pfeilhagel überschüttete uns. Zerd wahrte die Höflichkeit und ordnete von neuem den Rückzug an.

Man mutmaßte, daß die Inselstadt, die sich nun selbst als riesenhaftes Floß herausgestellt hatte, in der Tat der Herrscherin die Untertanentreue hielt, anscheinend jedoch ihr neues Bündnis mit Zerd nicht anerkannte, sondern sich in ihrem Handeln von der älteren Feindschaft zum Nordreich leiten ließ.

Der Tag war soeben erst angebrochen, und wir wußten weder ein noch aus. Mutter und ich saßen in bedrückter Stimmung auf unseren Reitvögeln und warteten ab. Neben uns preßte ein Sterbender die Hand auf seine Wunde, als wäre sie eine Rose. Noch standen am Himmel Sterne, blinkten ihm zum Abschied zu.

Schönling war es, der einen Weg fand, um uns die schwimmende Ortschaft vom Halse zu halten. Zerd rief ihn und seine Anführer ins Feldherrnzelt, und als sie herauskamen, begaben sie sich unverzüglich ans Ufer, und ihr scharfes, feuchtes Pfeifen scholl über das Wasser. Die Floßstadt, die sich genähert hatte, um eine bessere Beachtungsmöglichkeit zu haben, erbebte daraufhin merklich, schaukelte auf ihrer Bugwelle. Das Pfeifen der Nordländischen besaß keine Ähnlichkeit mit dem Willkommenspfiff, mit dem Schönling die Ratten zur Fütterung gerufen hatte. Vielmehr handelte es sich um ein auf- und abschwellendes, spuckereiches, abscheuliches Pfeifen. Die Wirkung, die es in dem Ort ausübte, bestand anscheinend darin, daß es die dortigen Ratten in helle Aufregung stürzte. Es war ein Aufruf zum Zusammenrotten, eine Aufwiegelung, eine Aufforderung zu allgemeinem Aufbruch, zur Wanderung. Es hätte die Ratten zu uns locken müssen, weil es von uns kam. Wir jedoch waren schwerer erreichbar als die Bewohner der Floßstadt. Während sie sich der Schwärme von Ratten, der Rattenplage – um Aels Ausdrucksweise zu verwenden –, erwehren mußten, der Vielzahl mal gestreckter, mal krummer, doch immerzu irrwischhaft in Bewegung befindlicher Rücken, der zahllosen Schwänze und Zähne, überquerten wir endlich die überschwemmte ›Wüste‹.

Auf der anderen Seite marschierten wir wieder in höhergelegenes Gelände, ins nördliche Hügelland; die Luft war klar und trockener. Es regnete weniger, vor allem Pfeile, obschon wir uns noch in einem Landstrich aufhielten, in dem man die Anwesenheit so vieler nordländischer Soldaten höchst ungern sah.

Meine Erinnerungen an die Kindheit umfassen vornehmlich Eindrücke von Bewegung und Fortbewegung.

Laufen, Reiten, Ausschwärmen, Schwenken; Kundschafter galoppieren gewundene Hügelpfade hinauf oder gelangen in einer Talsenke wieder in Sicht, so daß es, wie sie sich verteilten, nahezu einem gezierten Tanzen glich, oder als hätte man vor, zwischen Tälern, Anhöhen und dem Feind ein verzwicktes Abnehmespiel zu entfalten. Und jeden Abend das Entfachen von Feuern. Jedes Lagerfeuer verkörpert eine Oase des Lebens in der Dunkelheit; an lauen, ruhigen Abenden erzählten Schönlings Krieger sich die Geschichten ihrer Ahnen, die allesamt auch schon an den Strömen des Nordreichs gewohnt hatten; man rieb die Achsen der Karren mit Speck ein, um zu verhindern, daß sie am nächsten Tag wieder knarrten. Die Räuber veranstalteten oft Ringkämpfe, ihre harten Fußsohlen stampften die Erde in stetem Takt, bis sie ebenso hart war. Wenn ich zum Zelteingang hinausschaute, hörte ich die Grillen zirpen wie gemütliche, alte Kinderzimmereinrichtung (unser Zelt stand immer ein Stück weit von den Schlaflagern der Soldaten abgesondert); manchmal wachte ich am späten Abend noch einmal auf und sah die Männer die Glut der Lagerfeuer austrampeln, die Dunkelheit senkte sich auch über all die kleinen Oasen, die Nacht, so schien es, griff weiter um sich, ward tiefer und finsterer.

Und ich entsinne mich an den Unterschied im Geruch in unserem Zelt, den es ausmachte, ob Mutter, sei es tags oder nachts gewesen, anwesend war oder fort. Bisweilen war sie da, und dann war sie sich meiner Gegenwart ständig bewußt. Häufig war sie abwesend.

Anfangs eilte Mutter in der Morgenfrühe atemlos zurück ins Zelt, um da zu sein, bevor ich erwachte, ließ draußen eine Handvoll Räuber zurück, die ihr Zerd zum Geleit mitgegeben hatte. Aber ich war *immer* wach, ehe sie eintraf.

Nach einiger Zeit jedoch unterband Zerd es, daß sie morgens in unser Zelt zurückkehrte. Statt dessen brachte man mich allmorgendlich ins Feldherrnzelt.

Dort begrüßte sie mich, während sie noch unter einer rot gefärbten, mit Rubinen gesäumten Felldecke in Zerds Feldbett ruhte. Meistens war er schon aufgestanden und erteilte Befehle. Einmal jedoch sah ich ihn, als ich ins Zelt trat, noch heftig stoßend auf ihr liegen, und bemerkte ganz deutlich die echsenhaften Sporne außen an seinem Leib, mit denen er ihr über sein Geschlechtsteil hinaus zusätzlich Befriedigung verschaffen konnte und die vielleicht zu vergleichen waren mit den verkümmerten Beinen, mit denen Schlangen sich beim Geschlechtsverkehr festhalten, und für eine Weile wähnte ich, alle Männer hätten derartige Sporne, ich hätte sie bei anderen Männern lediglich durch Unaufmerksamkeit übersehen. Besagte Sporne müssen Cija, die beim Verkehr mehr brauchte als nur das Eindringen eines männlichen Glieds – außer wenn sie sich besonders vertrauensvoll und wenig tatenlustig fühlte –, die Sache erheblich erleichtert haben. Aber Cija verstand es, ihrerseits auch Zerd für sich einzunehmen.

Sedili hatte sich förmlich über den neuen Ablauf der morgendlichen Beratungen beschwert, zu denen die Heerführer rechtzeitig genug eintrafen, um rings um Zerds Bett mit Mutter erwärmten Wein zu schlürfen. Zerds Antwort fiel außerordentlich schlicht und klar aus: Es entspräche den Erfordernissen kluger Staatskunst, mit seiner Kaiserin (Cija) ein geregeltes Eheleben zu führen, solange sie noch durch der Herrscherin ergebene Lande marschieren mußten.

»Ich habe Sedili geschworen«, erzählte Zerd, während er einen Stiefel auszog, »daß sie dich töten darf, wenn wir endlich daheim im Nordreich sind.«

»Und wirst du's dulden«, fragte Cija redegewandt, »daß sie mich tötet?«

Er drehte sich um und musterte sie erstaunt. Ein verstellbarer Seitenflügel des abgeschabten Wandschirms aus verziertem Leder schwang zurück, während ich daran vorbeilugte. Hände und Zunge waren ihr, glaube

ich, seine liebsten Körperteile. Seine zusammengeknif-
fenen Augen spiegelten noch Betroffenheit wider; er
bedauerte es, ihr möglicherweise einen Schreck einge-
jagt zu haben. »Nein«, antwortete er. »O nein, meine
kleine Cija. Sie hat meine Einwilligung nicht, bis ich sie
ihr ausdrücklich gebe. Andernfalls wird sie abgeurteilt
und hingerichtet, und das ist ihr – und natürlich auch
ihren Männern – mit aller Deutlichkeit klargemacht
worden. Ich habe ihr nur *versprochen*, daß sie meine Erlaubnis erhält, wenn wir wieder im Nordreich sind. Erst
allmählich, Cija, auf lange Sicht, wird sie merken, wie
endlos aufschiebbar, wie ewig ungewiß der Tag ist, an
dem sie mit meinem Einverständnis rechnen darf.« Mit
dieser Auskunft war meine gerissene Mutter zufrieden;
oder wenigstens so zufrieden, wie sie sich jemals zufrieden zu sein gestattete. Doch sie kannte Zerd, kannte
auch das Leben zu gut, um nur der folgenden Stunde
des Daseins zu trauen. Zerd warf mir eine Puppe zu, die
in hohem Bogen durch die Luft trudelte, sich wie ein
Spaßmacher auf einem Jahrmarkt überschlug und bei
mir hinfiel. Sie hatte Arme, Beine, Kopf und ein männliches Geschlechtsteil, alles dick und rundlich. Sie war
aus Holz geschnitzt und in Kleidung aus Stroh gehüllt.
Ich wußte, daß er sie aus der Asche und den verkohlten
Balken eines kürzlich gebrandschatzten Dorfs geklaubt
hatte. Versonnen sah er zu, wie ich mit ihr spielte,
lauschte aufmerksam dem Geklimper der Halskette aus
Glöckchen, die er ihr, ehe er sie mir gab, vom Har-
nischmacher hatte umhängen lassen, dann entledigte er
sich des anderen Stiefels und wandte sich mit dermaßen
leiser Stimme, als müßte Mutters Gehör geschont werden, erneut an Cija. »Deine Brüste sind so augenfällig
geworden. Und lege einmal die Hand darunter auf deinen Leib. Du bist recht dicklich. Mir ist der Gedanke
gekommen, du könntest schwanger sein.«
Cija lachte nur. Tatsächlich jedoch, so glaube ich, gingen gewisse Fragen von Lagergenossinnen ihr arg ans

Herz, Fragen wie: »Gesegnet sei's Kindchen, wünscht Ihr Euch 'n Mädchen oder 'n Knäblein?« – »Wann wird das Kindlein, gesegnet soll's sein, zur Welt kommen?« Dem zufolge, was sie während dieser Zeit in ihr Tagebuch schrieb, wußte sie mittlerweile, daß die Abtreibung in jenem Getreidespeicher wahrhaftig ein schmählicher Fehlschlag gewesen war, doch ebenso sah sie voraus, daß das Kind die Geburt nicht lange überleben und der Zweck selbigen Abtreibungsversuchs somit nachträglich eintreten würde. Ich erinnere mich daran, wie sie einmal eine Frau, die auch derartig über »das Kleine« daherredete, »es sei gesegnet«, darauf hinwies, daß deren Kind das Gesicht gesäubert werden müsse, und Cija nahm es selbst auf den Arm und wischte es mit dem Saum ihres Unterrocks ab; sie benutzte derlei Vorwände, um anderer Leute Kinder auf dem Arm haben zu können.

In der bewußten Zeitspanne sah Cija wirklich reichlich aufgedunsen aus. Ich weiß noch, daß ich mir damals vorstellte, wenn ich Hunger hatte, ich bekäme, sobald ich irgendwo in Mutters Körper bisse, den Mund voll Sahne.

Es gab auch Spannungen. In diesem Fall bestanden Spannungen, gegen die sie unter den gegebenen Umständen nichts einzuwenden hatte. Nie war es ihr möglich gewesen, mit Zerd zusammen zu sein, ohne daß Reibereien vorkamen, weil sie keinen Zweifel daran ließ, daß sie sein dauerndes Kriegführen mißbilligte. Insofern ward ihr Selbstverständnis, ihre ›Anständigkeit‹ – und das genoß sie sehr wohl –, durch Zerds Gegenwart erheblich aufgewertet.

Sie ritt mit einer Miene umher, von der mir heute klar ist, daß sie der Gesichtsausdruck einer aller Drangsal ausgelieferten Zwölfjährigen war, das Gesicht jemandes, der *wider Willen* da ist, immer wieder dazu genötigt worden war, gegen den eigenen Willen dabei zu sein, nicht aus freien Stücken, geschweige denn auf eigenen

Wunsch, ein auf Jugendlichkeit und äußere Eigenschaften beschränktes Gesicht, ein bloßes Gesicht mit geschwollenen Lidern. Zwölfjährige lassen sich ohnehin ungern zu irgend etwas drängen, mir jedenfalls gefiel es nicht, als eines Tages ein Bursche mich bedrängte, und ich hatte noch Glück, er war ein kleines Kerlchen und kein ausgesprochener Rohling; aber ich meine den Gesichtsausdruck jemandes, der wiederholt zu etwas *gezwungen* wird und infolgedessen das Gesicht eines bedrängten Zwölfjährigen bekommt.

Abgesehen davon, daß sie kleine Opale trug und sich fast jeden Abend das Haar wusch, hielt sie es mehr mit der Untertreibung. Sie kleidete sich vorwiegend in Schwarz und Grau, in Baumwolle statt in Seide, weite Gewänder, wie sie eine ältere Tante anlegen mochte, ohne Schmuck, eine Kleidung, die sagte: *Schaut* mich doch nur an! Bin ich nicht *ganz* bescheiden?

Es freute sie, bei sich selbst festzustellen, daß sie nicht länger irgend jemand zu beeindrucken versuchte. Sie hatte sich eindeutig abseits begeben. Sie mochte sich mit niemandem mehr messen, ganz gleichgültig, was geschah oder nicht geschah. (Gegenwärtig geschah allerdings einiges.) Von Sedili konnte man jedoch nicht erwarten, daß sie so etwas begriff, und im Gegensatz zu Mutter wirkte sie von Tag zu Tag verworfener, ahnte wohl undeutlich dies und das, und um zu sichern, daß sie keinesfalls ins Hintertreffen geriet, ließ sie sich noch ausgiebiger kämmen, noch mehr Zöpfchen flechten, bis sie, falls so etwas denkbar ist, jedwedes Bild der Vollkommenheit überbot.

Wahrscheinlich erachtete Sedili Mutter als alltägliche, schäbige Erscheinung. Sedili war eine durchaus großherzige Frau, die wenig Neigung, wie ich glaube, zur Eifersucht kannte. Doch es verwirrte Sedili, daß Zerds Schwäche für Cija *bestehen* blieb.

Sedili wußte, daß Zerds gesamtes Trachten dem Erobern galt. Sie selbst, im Nordreich des Königs bewundernswürdige Tochter, war Zerds erste, bewundernswerte Eroberung gewesen. Er hatte ihre Eroberung geradeso wie einen Feldzug geplant. Nach wie vor war er stolz auf sie. In begrenztem Rahmen hatte Sedili für ihn noch beträchtlichen Nutzen.

Cija war für ihn, vermute ich, auch etwas ähnliches wie eine Eroberung. Jahrelang hatte Zerd gewartet, und mitangesehen, wie sie trotzig und beinahe wundersam Hemmnisse überwand, in deren Nähe sich für gewöhnlich nur Narren oder Engel gewagt hätten. Nun hatte er sie wieder, und noch immer schaffte sie es, ihn durch unvorhersehbares Verhalten zu verblüffen – allein aus dem Grund, weil Zerd und alle Menschen, die er für wichtig hielt, in bezug auf das Leben von anderen Annahmen ausgingen als Mutter. Zerd hatte Cija nie verstanden. Das Verhältnis zu ihr mußte für ihn einem überaus reizvollen Schachspiel gleichen. Cija oder ich, wir hätten ihm verraten können, daß es keine größeren Geheimnisse gab – Mutter fehlte schlichtweg jeder Ehrgeiz. Für Zerd blieb sie nahezu ein Rätsel.

Dennoch haderte Mutter wegen einer Kleinigkeit mit der Welt. Sie verzieh es ihr nie vollends, daß sie weniger gut und heilsam war als lebendig. Aber anscheinend war sie niemals durch das Leblose in der sichtbaren Welt gelangweilt worden, so wie das Tote mich zu langweilen pflegte, bis ich merkte, daß ich Kerzenflammen dazu bringen kann, mir zu *gehorchen*. Beim Reiten, während ich meine Umgebung und die Landschaft auf mich einwirken ließ, ärgerte ich mich stets, wie freudenvoll und freudenbringend alles auch sein mochte, über irgend etwas totes, das der Umwelt anhaftete.

Davon hat man nichts, sagte einmal Zerd, als Cija ihn auf etwas aufmerksam machte, das sie des Bestaunens wert hielt. *Was!* ereiferte sich Cija. *Es riecht, es bewegt sich, es lebt! Wenn du den Frohsinn und die Lebendigkeit des Daseins nicht erkennen kannst, bist du ein armer, dinglicher Kerl.* Daraufhin hat er nur die Achseln gezuckt, und ich glaube, sie hat wirklich Glück, daß er die Bereitschaft besitzt, ernsthaft mit ihr über ihre Auffassungen zu reden.

»All das könnte genausogut nicht vorhanden sein«, sagt Zerd – zum Beispiel – über einen reizvollen, stillen Anblick. »Oder es könnte eine Wüste sein. Es hat nichts zu bedeuten. Die Tiere ähneln dem Einsatz unserer Bausoldaten, sie sind schnell, einfallsreich, schlau und tüchtig – aber sie bleiben ohne Belang. Sie sind vollauf entbehrlich.« Allem Anschein nach jedoch rührten ihn ihre Vorbehalte gegen seine Einstellung. Also reckt er sich, pflückt eine Orchidee von einem Baum (wir marschierten durch üppig grünes Land), zieht Cijas Fuß aus dem Steigbügel – sie ritt neben ihm – und steckt ihr die Orchidee zwischen die Zehen. »Eine Wiese voller Blumen«, fügt er fast mitleidig hinzu, um ihr zu beweisen, daß er versteht, was sie ihm zu ›zeigen‹ versucht, »mag sich im Wind kräuseln wie eine Wiese voller Freude. Doch auch das ist lediglich ein Trugbild der Natur, um so ärgerlicher, weil es uns Zeit stiehlt, und dazu verleitet, sich Vorstellungen oder Gefühlen hinzugeben, die nichts fruchten, und in der Tat, Cija, benötigen wir das beständige Eingreifen unserer Willenskraft, um uns im voraus daran zu erinnern, daß es sich empfiehlt, uns nicht ablenken zu lassen. Die Natur ist etwas, das auf uns wirken kann wie ein Bildnis oder ein Wandgehänge auf ein Kind wirkt – das Kind fällt aufs Zauberhafte von Abbildungen herein, wird davon gebannt, doch sobald es sie anfaßt, merkt es, daß sie aus nichts als Stickwerk und Farbe bestehen. Das alles hier . . .« – Zerd betrachtet die Landschaft – »es teilt dir nichts mit, Cija, du entnimmst ihm ausschließlich das, was schon in dir ist, was du selber hineinlegst. Es ist nichts als Holz und Säfte in wechselhaftem Licht.«

Andererseits sprach Mutter auch mit Clor über derlei Dinge, und ihn vergnügte es, als sie darauf beharrte, ihm von dem Ameisenbär zu erzählen, den sie gesehen hatte, der Ameisen aus einer Speisekammer schleckte, die fürwahr nichts anderes war als sein eigener Schwanz, der nämlich von Ameisen wimmelte; Clor verglich Mutter mit einer Edelfrau, die sich mit Wasserfarben und Malzeug hinaus aufs Land begibt. Später hörte ich Clor zu ihr sagen: Mir ist aufgefallen, nachdem Ihr Euch dazu entschlossen hattet, Verwundeten beizustehen, wenn es sich machen läßt, Euch jedoch nicht unnötig mehr zu plagen, als wirklicher Beistand Euch abfordert – denn der Verletzten Qual ist bloß in der Vorstellungskraft, im Gefühl, sie mit ihnen zu teilen, ist sinnlos und nur Anmaßung –, wie Ihr Einsichten bezüglich der Mittel und Wege, ihnen zu helfen, unmittelbarer und sicherer gewonnen habt. Ihr seht mehr. Ihr seht sogar Bäume und Ameisen mit größerer Genauigkeit. Und möglicherweise seid Ihr darum besser dazu imstande, etwas Hilfreiches zu *tun*, sobald daran Bedarf entsteht.

In jener Zeit war es, als ich Gefühle von Tatsachen zu trennen anfing. Daher weiß ich, daß Mutter sich nichts Arges dabei dachte, wenn sie beispielsweise in ihr Tagebuch schrieb: »Es kommt jetzt häufiger zu kleinen Scharmützeln. Am malerischsten sind sie während des frühen Abends, wenn rosaroter Sonnenschein auf den Kanten von Schildern und Dolchen glänzt und man im malvenfarbenen Zwielicht die Wunden nicht so deutlich sehen kann.« Allerdings hat Mutter dergleichen voller Bitterkeit geschrieben. Begierig nach Erlebnissen, wie sie war, hatte sie doch immer den Eindruck, daß die Welt ihr stets nur die beklagenswerten Erfahrungen anderer Menschen vorführte.

Es mag sein, daß ich ähnlich empfunden, ebenso eine ›Leere‹ in meinem Leben gespürt, mich vor der Unwahrscheinlichkeit dessen, jemals ein eigenständiges Dasein führen zu dürfen, gesehen hätte. Aber ich bemerkte, wie ich in den Augen jener, die mich anschauten, eine solche Farbigkeit annahm (obschon sie im Grunde genommen unverändert sich selbst am liebsten sahen), daß mir manchmal den gesamten Tag lang zumute war, als schillere ich am ganzen Leib. Kinder und Krüppel, so hat es für mich den Anschein, sind im allgemeinen ein Spiegel der Gesellschaft, zu welcher sie Zutritt erhalten. Und ich war sowohl Kind wie auch Krüppel ...

Als ich einmal forsch auf Mutters Zelt zuschritt, mir dabei ausmalte, ich wäre meine Ururgroßmutter, dem armen, freundlichen Roßknecht, der mir irgendeinen triefenden Brocken von dem Zeug anbot, das er aß und trank, ein kurzes, ungnädiges Kopfschütteln widmete, schenkte Zerd mir einen recht verdutzten Blick. »Sie ist wie die Sprößlinge meiner Art«, sagte er zu Mutter. »Sie reifen schnell, damit sie nicht lange abhängig und hilflos bleiben, anders als ...« – und nun klang seine Stimme nach Spott – »die entwickelteren Rassen.«

Der abendliche Nebel weinte bereits Tau auf die Hügel, und Mutter saß schon in ihre rote Felldecke gehüllt. Im Zelt stopfte jemand unsere Matten mit frischem Heu, das nach Minze roch. Ich sah gesunden, tiefen Schlaf voraus. Die Lampe im Innern des Zelts verlieh zwei Faltern, die auf Paarung aus waren, Schatten in der Größe von Vögeln, während sie an der Außenwand des Zelts entlanggaukelten. Ich hockte mich auf einen Zipfel von Mutters Decke und schaute ihnen zu. Wegen dieser Falter erinnere ich mich noch genau an die Unterhaltung jenes Abends, so genau wie an die Äußerungen Mutters und Großmutters über die Greulichkeit von Ehemännern, weil ich ihren Worten gelauscht hatte, während ich mir eine Schabe ansah, mir deren Bewegungen im Einklang mit den Worten vorstellte.

Ich fragte mich, ob ich wohl *durch* die Zeltwand Einfluß auf die Flamme in der Lampe ausüben könnte. Ich wendete jene geistige Kraft an, die ich schon einmal für einen derartigen Zweck erprobt hatte. Ja, es gelang mir, die Flamme zum Herabsinken und Wiederaufflammen zu bringen.

Heute überlege ich mir, ob meine sonderbare Abkunft (in der das Erbteil eines barbarischen Vormenschen sich mit höherem Bewußtsein mütterlicherseits verband) vielleicht die Ursache meiner Fähigkeit war, aus der Entfernung Kerzenflammen beeinflussen zu können. (Besteht die Möglichkeit, daß es in mir irgendwie eine Hinwendung zu beiden Erbteilen gibt? Kann meine Seele so beweglich sein, daß ich sie nach beiden Seiten auszurichten vermag – sowohl zum Vormenschen, jedoch mit gesteigerter Einfühlsamkeit, wie auch, nur vermischt mit urtümlichen Eigenschaften, dem Höherentwickelten?)

Seither habe ich erfahren, daß Wissenschaftler, die sich mit dem Leben und seinen Ursprüngen befassen, mittlerweile die feste Überzeugung vertreten, daß Säugetiere tatsächlich aus Echsen hervorgegangen sind. Macht das meinen Vater zum Lebewesen einer bislang unentdeckten Zwischenstufe? Oder vielmehr seine Mutter, denn er hatte – so wie ich – ein gemischtes Elternpaar. Sein Vater war ein mieser Kerl von einem menschlichen Krieger, seine Mutter eine großwüchsige Echsen-Edle mit dunklen Schuppen gewesen. Aus dem Innern des Zelts narrte ich die Falter mit dem wechselhaften Kerzenschein, bis sie in unverhältnismäßige Erregung gerieten. Für sie muß das Flackern ein ungeheures Gefühlserlebnis gewesen sein.

»Morgen wird's brütend heiß werden, Seka.« Mutter streichelte mir übers Haar. »Du mußt deinen Sonnenhut aufsetzen.«

Ich seufzte. Mein Sonnenhut sah kindisch aus, er kratzte, und er flatterte beim schwächsten Windstoß.

Die beiden Falter, inzwischen vereint, stürzten sich in ihrer Wonne, trunken vor Liebe, in meine Haare. Seitdem frage ich mich bisweilen, was der geschlechtliche Höhepunkt für einen Falter bedeutet. Ist die Luft im sommerlich-abendlichen Halbdunkel, wenn es darin von paarungswilligen Mücken schwirrte, auf gleiche

Weise schwül wie im Treppenhaus eines Freudenhauses? Der Feldherr langte in meinen Schopf und zerquetschte achtlos die zwei vereinten Geschöpfchen, die doch so an ihre überwältigende Leidenschaft glaubten. In ihrem verwandelten Zustand, als silbriger Schmierer an Zerds dunkelhäutigem Daumen, gab es keinen Platz mehr für Lust.

Ich hob den Blick zu Mutter, dachte darüber nach, wie ich ihr Einzelheiten meines Mißfallens an dem Sonnenhut mitteilen könnte. Sie jedoch musterte Zerd. Ihre Augen waren verkniffen, das Fell ihrer gefärbten Decke hatte sich aufgerichtet, wie man es bei einer Katze vorm Gewitter sehen kann. Der beiden Falter Tod hinterließ in mir das Gefühl eines Verlusts. Es hatte den Anschein, daß Leidenschaftlichkeit als Selbstzweck, als Großartigkeit um ihrer selbst willen, die gewohnte Ordnung der Dinge gefährdet, und plötzlich war eine Lücke vorhanden, wo ein gänzlich friedliches Insekt sein sollte.

Während eines Gefechts am folgenden Tag befand ich mich mit Scridol auf einem nahen, aber nicht zu nahen Hügel und mischte Farben. »Hier herüber werden sie nicht kommen«, sagte Scridol, nahm dankbar die Mappe, die ich ihm hinaufzutragen geholfen hatte, und stellte sie zu seinem übrigen Arbeitszeug. Auf der Hügelkuppe war er mit seiner Begabung am rechten Fleck; er besaß eine herrliche Aussicht. »So wie der Schlick da unten aussieht, Seka, ist er die Brutstätte etlicher wirklich prächtiger Sumpfschmetterlinge. Ein Kartenzeichner und ein kleines Mädchen können sich leicht über Grasbüschel und Steine vorwärtstasten. Aber kein Heer wird sich je in solchem Morast die Füße naßmachen.«

Mein junger Reitvogel dagegen tat es. Er kam uns nach, obwohl ich ihn vorsorglich bei mehreren anderen Jungvögeln gelassen hatte. Der Reitknecht nutzte mein Unvermögen, ihn zu verpetzen, oft aus, vernachlässigte seine Pflichten, so daß der Vogel häufig weglief. Mein Vogel, noch ganz graubraun gefiedert, von wahren Libellenschwärmen durch den Sonnenschein geleitet, die so etwas wie grelle Siegesklänge summten, stelzte geziert den Hang herauf, gesellte sich zu uns. Er stupste mich mit dem Schnabel, pickte in Scridols nahrhaften Farben herum und entfernte sich danach in eine einem Steinbruch ähnliche Grube auf dem anderen Ufer des Bachs, wo er Eidechsen ärgern konnte.

Wir vermochten das Getöse des Gefechts zu hören. Sehen jedoch ließ sich von unserem heißen Hügel aus, auf dem verstreut blütenreiche Sträucher gediehen, nur wenig.

Das war angenehmer als jenes Gefecht vor kurzem, als wir den ganzen Tag lang auf einem Baum hocken mußten. In so einem Fall kann man nur mit aller Vorsicht in dichtes Laub hinaufklettern und sich vorstellen, man wäre auf dem Abort.

Hier hingegen fläzten wir uns an einem erquicklichen Bächlein, das zwischen hellen, in der Sonne glänzenden, mit Kristall gespickten Steinen den Hügel hinabfloß. Scridol legte unsere Melonen ins Wasser, damit sie bis zur Essenszeit kühl blieben. Ich lag im Gras und blickte durch meine geschlossenen Lider an den Himmel, der trotzdem licht war und weit.

»Weißt du«, hatte am Abend zuvor Zerd plötzlich zu Mutter gesagt, »*Atlantis* war *tatsächlich* lebendig.«

Ich machte mir darüber meine Gedanken: Wenn jahrhundertelang Kerzenflammen von allen Menschen für hübsch und harmlos gehalten worden waren, nun jedoch auf einmal zu *mir*, Seka, ein besonderes Verhältnis besaßen, war es sicherlich auch möglich, daß Zerd die meisten Landschaften, die er zu sehen bekam, wie an den Horizont geklebte Bilder vorkamen – und vielleicht zurecht –, dennoch in Atlantis eine deutlich greifbarere, ›wirklichere‹ Landschaft kennengelernt hatte, mit Bäumen, die denken konnten, und Steinen, die mit Wahrnehmung ausgestattet waren, und ich schloß daraus, daß es jenseits der schnöden, so enttäuschenden sichtbaren Welt vielleicht doch Hoffnung gab. Möglicherweise sind die meisten schnöden, enttäuschenden Dinge der sichtbaren Welt (uns selbst eingeschlossen) lediglich Schatten des *Wirklichen*. So erachtete ich denn als vorstellbar, daß hier die Landschaft schlief, dagegen in Atlantis halb wach war. Begann ich zu erwachen, als ich im geheimen mit Feuer zu spielen anfing?

Der sehr kräftige Wind blies den Himmel über mein Gesicht hinweg wie Flammen.

»*Steig auf diesen Baum*‹, sagte der Anführer des Ersten Manipels zu mir«, erzählte mir Scridol. »*Zeichne das Tal. Wir brauchen eine Karte, um die Stellungen richtig anlegen zu können. Also fertige uns eine Karte an.*‹ Ich nahm die Plakkerei auf mich, Seka, den höchsten Baum der Gegend zu ersteigen, mitsamt meinen Zeichensachen, und droben schwoll mir vor Begeisterung das Herz. Es war ein Tal, in dem die Bäume von Beeren und Blüten schon rot waren, als ob sie in Feuer stünden, ein Fluß wand sich hindurch, in der Höhe darüber schwebten Adler. Ich mußte handeln, oder ich hätt's bis ans Lebensende bitter bereut – eines Tages wirst du begreifen, was für eine Art von innerem Zwiespalt ich meine –, hätte ich diesen Anblick nicht festgehalten. Als ich mit meinem Bild vom Baum stieg, fehlte wenig, und man hätte mich zur Aburteilung vors Feldgericht gezerrt.« Ich lauschte Scridols Stimme und dem gleichmäßigen Scharren seiner Holzkohle auf dem Papier. Im Vergleich dazu empfand ich den Kampfeslärm als weit weniger wirklich. »Sollte das Gefecht bis zum Anbruch des Abends währen, werde ich diese Arbeit dem Auftraggeber rechtzeitig abliefern können …« Seine Stimme sank herab und verstummte, derweil er mit äußerster Entschlossenheit Pünktchen machte. Ich begriff, daß er mit dem Auftraggeber den Drachenfeldherrn meinte. *Sein Auftraggeber: das Heer.* »Dank sei Gott«, ergänzte er – er redete oft von nur einem Gott –, »daß wir bald nach Ilxtrith gelangen. Das bedeutet warmes Wasser aus der Leitung und morgens ausschlafen dürfen. Daß Weiber Städte wie Ilxtrith zu eigen haben können, ist etwas, das für die Ehe spricht. Zum Beispiel, als mein Weib sich mit mir vermählt hat...« – Scridol mußte, dachte ich, irgend etwas mißverstehen: Waren es nicht die Männer, die sich mit Frauen vermählten, und nicht umgekehrt? Da hob Scridol mit einem Ruck den Kopf und stieß einen schwermütigen Seufzer aus. Viel zu nahe bei uns trug eine Schar mit johlendem Geheul, das auf- und abschwoll, einen Angriff vor. »Der Drache setzt abermals sein ganzes Vertrauen in die Räuberhorde«, bemerkte Scridol angeödet, war sich darüber nicht im klaren, ob es sich empfahl, mich von hier fort und in Sicherheit zu bringen. »Der Feind hat sich dafür entschieden, dem Drachen in die Flanke zu fallen, ist dabei jedoch in die Hügel und das Moor gelockt worden, in das Reiterei eigentlich nicht vorstoßen kann, in dem diese betrunkenen Räuber jedoch so beweglich sind wie Grashüpfer.« Die ›Grashüpfer‹ rasten an uns vorüber wie ein geradewegs der Hölle entsprungener Haufen. Der Gegner, Prinz Progdins nordländische Soldaten, war beim Vordringen im Morast steckengeblieben, und nun fielen die Räuber über sie her, übrigens gemeinsam mit ihren Metzen, die am lautesten kreischten. »Wie Wiesel«, merkte Scridol dazu mit besonders starkem Abscheu an. »Die Männchen töten zweimal täglich, die Weibchen nur einmal.« Die richtigen Soldaten pflegten ähnliche Äußerungen zu machen, und zwar mit spürbarer Erbitterung. Ich konnte aber nicht einsehen, weshalb Weiber, die vom Heer ausgehalten wurden, das nicht entgelten sollten, indem sie gegen den Feind kämpften. Sämtliche Angehörigen des Heers, und der Troß zumal, standen ohnehin ständig untereinander im Zwist, dauernd bildeten sich miteinander verfeindete Gruppen und Grüppchen, auf dem Marsch genauso wie im abendlichen Heerlager, und nicht selten entstanden sie um ehrbare, angegraute Mütter mittleren Alters, die sich gegenseitig ins Gesicht spien und mit Hackmessern aufeinander losgingen. Vermutlich betrachteten die Soldaten es lediglich als gerecht, wenn die Räuberliebchen es ebenso trieben wie ehrenwerte Gattinen und feine Edelfrauen. »Schau dir bloß diese zerdrückten, zerfransten Lederschilde an«, spottete Scridol. »Müssen die Kerle denn immerzu auf ihren Schilden schlafen?«

Während sie den Gegner, der inzwischen zu fliehen versuchte, nach und nach niedermachten, scheuten die Räuber sich trotz der Hitzigkeit des Gefechts keineswegs, flüchtig innezuhalten und einem gefällten Widersacher die Bluse oder das Wams über die Ohren zu ziehen, bevor sie ihm den Todesstoß versetzten, damit das gute Beutestück nicht etwa dermaßen mit Blut befleckt würde, daß man es nicht mehr tragen konnte.

Eine Schar der von Schönling befehligten Fußtruppen stürmte mit gewaltigem Spritzen und Platschen auf den Schauplatz des Gemetzels. »*Ael* ist's, der den Feind vor sich hertreibt!« schrie er seine Krieger an. »Sollen wir unterdessen herumstehen und an den Daumen lutschen?« Schönlings Aufmunterung fiel diesmal weniger überzeugend als sonst aus, er mißachtete die sehr wirksame Regel, am Schluß etwas Anfeuerndes zu äußern. Auf den Ausdruck ›Daumen lutschen‹ mit einem langgezogenen Grölen als Kriegsgeschrei zu antworten, ist nach meinem Empfinden nicht allzu ermutigend, doch Schönlings Flußanwohner schrien zumindest wahrhaft gräßlich.

Indessen hatte der Feind Verstärkungen in den Kampf geworfen. Daraufhin ward unsererseits zusätzlich die X. Schar herangeführt, und ich sah, wie Schönling auf einem Erdhügel unterhalb unserer Anhöhe Isad den Dolch, den er benutzte, zur Seite schlug, dabei »Lästerung! Lästerung!« zeterte. (Ich vermute, das war der Dolch, den Isad verwendet hatte, als er dem Flußgott ein Opfer darzubringen schwor.) Progdins Streitkräfte schienen unerschöpflich zu sein. »Progdin hat in umliegenden Orten und bei benachbarten Stämmen Krieger angeworben«, sagte Scridol, zog die Knie an, schaute dem Morden drunten zu. »Ich hoffe bei Gott, daß Ilxtrith noch treu ist.« In unserer Nähe ertönte ein Laut aus dem Unterholz. Irgendwie hatte sich beim Fortkriechen ein Schwerverwundeter zu uns verirrt, und das Gefecht hatte sich uns mittlerweile in der Tat erheblich genähert. Er sah aus, als rutsche ihm das Gesicht vom Schädel. Sachte legte Scridol mir eine Hand über die Augen, mit der anderen Hand faßte er mich im Nacken und kehrte mich von dem Todwunden ab. Dadurch blickte ich hangabwärts und sah Schönling ohne Schwert von einem Dutzend Nordländischer Progdins bedrängt, einen Pfeil durch beide Wangen geschossen, nichts in den Fäusten als einen Schild. Das war also, dachte ich mir, Schönlings Ende. Bevor Scridol mich zurückzuhalten vermochte, rannte ich hinunter zum Bach und füllte einen unserer leereren Farbbecher mit Wasser. Ich erreichte damit den Verletzten droben auf der Anhöhe, da sackte er vollends nieder und fiel mit seinem greulich entstellten Gesicht in den Bach. Schaumige, scharlachrote Blasen strömten den Bach hinunter und sammelten sich rings um unsere Melonen. Ganz behutsam nahm ich die Hand des Verletzten. Zuerst zuckte er zusammen, er konnte mich nicht sehen, und ich vermochte kein Wort von mir zu geben, um ihn zu trösten. Doch ich legte auch meine andere Hand um seine Pranke, streichelte sie sehr zart und sachte. Er stieß ein grauenvolles Gurgeln aus, krallte krampfhaft die Finger um meine Hand. Als er tot war, merkte ich, daß sie gerötet war und geschwollen.

»Ich habe deinen Vogel eingefangen«, sagte Scridol, während er die Farben in seinen Lederbeutel packte. »Wir müssen fort. Gibt es eigentlich nie Ruh und Frieden zwischen den Kämpfen?« Wieder empfand ich es als Nachteil, nicht sprechen zu können. Wo werden wir sicherer als hier sein? wollte ich ganz einfach fragen.

Der Troß war für den Feind eines der wichtigsten Angriffsziele. Dort war unsere Sicherheit keineswegs gewährleistet. Ich griff mir ein Stück Kreide, kritzelte auf die Schiefertafel: GEFAHR WAGEN. ›Gefahr‹ konnte ich schreiben, denn Mutter hatte darauf beharrt, daß ich es als erstes lerne; statt ›Wagen‹ hätte ich lieber ›Troß‹ geschrieben, aber ›Wagen‹ war leichter. Scridol las mit halber Aufmerksamkeit, was ich hingekrakelt hatte, zögerte anscheinend einen Moment lang, ließ mich meinen Reitvogel ins Sumpfgelände hinabführen. Ich war fröhlich, während ich Scridol folgte, tanzte vor Heiterkeit. Wie aufregend war es, endlich Macht übers Schreibzeug zu besitzen! Jetzt konnte ich wirklich lesen und schreiben. Von nun an wollte ich immer und überall eine kleine Schiefertafel um den Hals hängen haben. Scridol kauerte sich ins Gras, sah mich an. »Im einen Augenblick hältst du eines Sterbenden Hand«, sagte er, »im nächsten tollst du umher. Was ist das für eine Kindheit? Wo bleiben da die rechten Werte, Kind?« Er strich mir übers Haar. »Arme, kleine Prinzessin.« Einige Zeit später erscholl von neuem lautes Heulen, als wieder ein Rückzug stattfand. Auf dem Bauch schob er sich hinauf zur Höhe eines Erdbuckels, um Ausschau zu halten, und ich streckte mich neben ihm der Länge nach aus. »Die Wundärzte werden anschließend alle Hände voll zu tun haben«, murmelte er. »Natürlich. Aber es sind Progdins Männer, die zurückweichen. Anscheinend hat Zerd den Räubern empfohlen, sie dazu ein wenig zu *ermuntern*.« Aus vorsichtigem Abstand beobachteten wir den Rückzug der gegnerischen Scharen, mit denen, wenn sie Speere schleuderten oder sich mit den Schwertern zur Wehr zu setzen beabsichtigten, die Räuber sich jedoch auf keinen ernstlichen Kampf mehr einließen, vielmehr wie die memmenhaftesten Feiglinge vor ihnen auseinanderstoben, um dem Feind ein weiteres Absetzen zu erlauben, jedoch alsbald erneut gegen ihn vorzugehen. In rauhem oder morastigem Gelände konnte man sogar sehen (so wie jetzt), daß die Räuber absaßen und über ein oder zwei Meilen neben ihren Kleinpferdchen liefen, um sie zu schonen. Geschwindheit und Flinkheit wurden dadurch keineswegs beeinträchtigt, weil Roß und Reiter ein unzertrennliches Paar waren und sich stets in dieselbe Richtung hielten, oft ohne daß es eines mündlichen Befehls bedurfte, selbst wenn sie beide stürzten. »Ich bin sicher«, raunte Scridol voller Hohn, »daß Ael im Notfall seinen Gaul trägt.«

Von unserem erhöhten Beobachtungspunkt aus vermochten wir die gesamte Ebene zu überblicken. Das Strandgut jeder soeben zu Ende gegangenen Schlacht bedeckte sie; Pferde und Reitvögel liefen herrenlos herum, die Pferde wieherten, die Riesenvögel krächzten heiser nach ihren Reitern, deren Hand sie nicht länger spürten; Männer schrien, die nicht länger nur taumeln, kriechen oder sich rühren konnten, bis sie zuletzt auch nicht mehr atmeten.

Da fuhr mit einem Mal ein Ruck durch alles, und es kippte. Unter unserem Erbuckel knirschte der Untergrund. Eine Reihe von Bäumen zitterte für einen Moment so stark, daß es wirkte, als flimmerten sie in großer Hitze, sähe man sie durch die Hitzeschleier eines Kohlenbeckens; nur war weder die Hitze so groß, noch stand hier ein Kohlenbecken. Dann war alles wieder gerade; doch vorübergehend war die Umgebung so schräg gewesen, wie wenn man auf einem Schiff steht. »Ach, mag sein, 's wär besser, ich zählte die Aussicht aufs Überleben an einem Blümlein ab«, murrte Scridol. Als ich nach dem Zügel meines Jungvogels langte, wiederholte sich der befremdliche Vorgang – und diesmal barst die Anhöhe auseinander, ich rutschte inmitten von Gestein hinab, und mein Vogel, der mißmutig schrie, mit mir. Steinschlag hagelte uns hinterher. Ich sprang auf und schaute mich nach Scridol um, aber er war nirgends zu sehen. Hatten Steine ihn getroffen und besinnungslos gemacht?

Ich lauschte gleichsam mit jeder Pore meines Körpers. Ich verwandelte meinen Bauch, meine Stirn in Ohren, doch ich vermochte nur das Stöhnen der von dem Beben überraschten, zusätzlich gemarterten Verwundeten sowie das Rumpeln ringsumher, mit dem die Erde sich allmählich wieder beruhigte.

O Scridol, ruf mich, ruf mich, hier ist Seka, bitte ruf mich, ich kann dich nicht rufen!

Still hing ein seidiges Licht am Himmel.

Welche Folgen hatte das Beben für unseren Sieg? Gewiß, der Rückzug war für den Gegner zu einem einzigen Grauen geworden. Aber auch Aels Räuber waren nicht dazu imstande, den Verwüstungen eines Erdbebens zu entgehen. Was vorhin zu meiner Rechten noch ein sanfter Abhang gewesen war, hatte sich in eine schroffe Klippe verwandelt. Zwei Männer torkelten soeben über ihren Rand in die Tiefe, waren dem Abgrund beim Ringen zu nahe gekommen, und just in dem Augenblick, als sie abstürzten, gelang es dem einen, den anderen zu erstechen, noch bevor sie beide durch die Luft zu den Felstrümmern drunten im neuentstandenen Tal hinabtrudelten.

Ich mußte über das Schlachtfeld zu Mutter zurückkehren, zum Troß – oder zum Zelt meines Vaters, zum Feldherrnzelt.

Ich führte den Reitvogel am Zaumzeug. Beim Überqueren so wackligen Erdbodens mochte ich nicht auf dem hohen Rücken des Tiers sitzen; falls die Erde sich noch einmal aufbäumte wie mein altes Schaukelpferd im Kinderzimmer des Palasts, könnte ich sonst schwer stürzen. Und außerdem gäbe ich für irgendeinen Soldaten, der aus Gier nach Beute oder Blut übers Schlachtfeld streifte und dem es keinen Unterschied bedeutete, einmal mehr einen Wurfspieß zu schleudern, ein gutes Ziel ab.

Mein Jungvogel tänzelte ein wenig. Die Leichen und das Stöhnen der Verwundeten mißfiel ihm. Ich überließ ihm die Bänder meines Sonnenhuts, indem ich sie um den Hals legte wie prächtig verzierte Zügel, zum Kauen, und er nahm sie in den Schnabel, beruhigte sich nach und nach. Seine gezackten Klauen staksten zimperlich durch den von Blut rot verfärbten Schlick.

Die Nacht brach so schnell an, als schwänge sie sich vom Himmel herab. Ich wollte nicht im Dunkeln auf dem Schlachtfeld bleiben müssen. Ich betete zu dem kleinen Gott unserer Sippe, der unser Vetter ist, wie Mutter sagt, daß ich für die Nacht einen warmen Unterschlupf finden möge, wo er auch sein oder wie er beschaffen sein mochte, und nicht im Freien zu nächtigen brauchte. Die Nacht war nun für mich etwas, das die Verwundeten, die diese Ebene zu einem solchen Schrecken machten, herumzubringen hatten, und ich wollte nicht dabei sein.

Ich umrundete eine Gestalt, bei der es sich, nach seinen Kleidern geurteilt, um einen Räuber handeln mußte. Was noch von ihm beisammen war, zuckte im Düstern noch ein wenig. Er lag auf dem Bauch, mit dem Gesicht in einer Erdmulde. Wenn sie schwer verletzt werden, buddeln Aels Räuber sich Löcher in die Erde und schieben das Gesicht hinein. Auf diese Weise ersticken sie sich selbst.

Die Sterne standen winzig und spärlich am Himmel. Mir fiel ein, was ich einen Wachtposten von einer üblen Nacht sagen gehört hatte – daß sie »schwarz wie des Königs Herz« sei. Ich war sehr schläfrig. Ich bewog meinen Reitvogel dazu, die Knie zu beugen und sich niederzulegen, dann bettete ich mich neben ihn, deckte mich, so gut es ging, mit seinem widerspenstigen, aber flauschig-warmen Gefieder zu. Im Herzen dieses Königs, befand ich, war es wirklich scheußlich.

Welches Königs eigentlich? Natürlich des bösen nordländischen Königs, Prinz Progdins Oberherrn. Einst war er Vaters Oberherr gewesen.

Sedili war des bösen Königs Tochter. Jetzt aber stritt

sie wider ihn, mit denselben Soldaten, die er ihr unterstellt hatte. Sie kämpfte gegen ihren Vater, weil sie Zerd liebte, gemeinsam mit Zerd den bösen König des Nordreichs bezwingen wollte. Danach würde statt seiner Zerd König sein, Zerd die Krone aller nordischen Ländereien tragen und diese Krone mit Sedili teilen, weil Sedili ihm beigestanden hat. Man teilt seine Süßigkeiten mit denen, die einem helfen.

Das vernehmliche Geträufel morgendlichen Taus unterbrach meine Träume. Wir erwachten, mein junger Vogel und ich, räkelten uns und schauten in die graue Dämmerung aus.

Der erste Mensch, den ich an diesem Morgen zu sehen bekam, war ein Weib, das watschelte, unablässig von einer zur anderen Seite guckte, vielleicht nicht allzu angestrengt nach dem Gatten oder einem neueren Buhlen suchte, der unter den Toten sein mochte. Offenbar hat sie unter ihren Unterröcken einen Beutel mit Teig baumeln, der langsam zwischen ihren Schenkeln garte, so daß er am Abend bereit zum Verzehr sein würde. Als ich mich ihr in den Weg stellte, rauschte sie mit wahrlich furchterregendem Fuchteln auf mich zu, und für einen Moment muß ich wohl völlig in Lumpen, Teig und Schenkelwärme verschwunden sein. Sie zerrte mich wieder zum Vorschein, hielt mich in die Höhe. »Das ist ja ein Goldstückchen!« krächzte sie. »Was mag's einbringen? Wer wird dafür zahlen?«

Männer näherten sich, schlenderten gelassen herbei, Fußsoldaten der XVI. Schar, die mannhaft aussehende rosa Wunden trugen und soeben aufgesammelte Beute. »Das hier ist schon recht wertvoll«, sagte ein Soldat, zupfte an meiner Hose aus feinstem Linnen. »Es dürfte jemand mit viel Geld sein, der danach Ausschau hält.« Vielsagend wies er mit dem Kinn auf meinen Jungvogel.

»Ich werde dem Feldwebel Bescheid geben«, sagte meine Retterin. »Er wird wissen, wieviel man fürs Wiederbringen verlangen kann.«

Der Soldat sah sie grimmig an. Um ihr zu verdeutlichen, daß ihre Überlegung alles andere sei als klug, grapschte er sich aus einem gerade ausgehobenen Grab einen abgehauenen Arm und gab ihr damit eine Maulschelle. »Na, was soll ich *denn* tun?« fragte sie einsichtig.

»Du wartest 'ne Zeitlang«, riet er ihr. »Bis man gänzlich mürbe ist und sicher, das Kind sei tot. Unterdessen fütterst du's möglichst billig durch. Dann nimmst du Verbindung auf, teilst mit, 's ist gefunden worden und sie könnten's gegen 'n Entgelt zurückhaben.« Bis jetzt hatten sie mich noch nicht einmal nach meinem Namen oder den Namen meiner Eltern oder Beschützer gefragt. Weil sie davon ausgingen, daß Kinder ohnehin kaum reden können (und wie ich danach entdeckte, sind viele ihrer Bälger in der Tat kaum eines Worts fähig), verwunderte es sie nicht sonderlich, als sie merkten, daß ich gar nicht zu sprechen vermochte.

Dieser Umstand erschwerte es ihnen in gewissem Umfang, in Erfahrung zu bringen, an wen sie sich wegen des ›Entgelts‹ wenden mußten. In der Zwischenzeit ernährten sie mich einigermaßen gut, nicht nur, damit ich nicht zu kränkeln anfing, sondern auch gewohnheitsmäßig, weil es Kindern dauernd die Mäuler zu stopften galt. Gleichermaßen versorgten sie meinen gefräßigen Jungvogel. Die Soldaten hatten nach unserem Sieg Massengräber auszuheben, und unser erstes gemeinsames Mahl fand rings um eine große, tiefe Grube statt, ein noch nicht zugeworfenes Grab, in das man, um den Geruch der hineingestapelten Leichen zu überlagern, alkoholisches Gesöff ausgeschüttet hatte, und zwar nicht zu knapp. Fliegen umschwärmten die Gräber wie Krähen.

Ein Soldat langte in seinen Rucksack, um einen Taubenflügel herauszuholen und mit mir zu teilen, und da sah ich ein Paar großer, wachsamer Kinderaugen in einem schmalen Köpfchen aus dem Sack lugen. »Mein Sohn«, erklärte mir der Soldat. »Ich habe ihn mit ins

Feld genommen, weil ich ihn mag«, fügte er gleichmütig hinzu. »Seine Mutter ist unter traurigen Umständen gestorben.«

Am Abend lagerten wir unterhalb eines nahen Höhenzugs, und der Knirps im Rucksack und ich würfelten mit Knöchelchen. Er war fast so schweigsam wie ich. Die Soldaten liehen uns anständige, elfenbeinerne Knöchelknochen mit Silbermarken.

Ich hoffte nicht minder als die Soldaten, daß Mutter mich vermißte. Ich hoffte, daß sie vor Sorge außer sich war, mich suchte, betete und verzweifelt die Hände rang. Es wäre ein wirklich nettes Ereignis, könnte ich sie dafür durch meine Rückkehr an ihren liebevollen Busen belohnen. Ob sich jemand um Scridols Sicherheit gekümmert haben mochte?

Die dicke Frau, die sich meiner angenommen hatte, brauchte nicht zu laufen, als man am folgenden Tag den Marsch fortsetzte. Man stellte ihr einen boshaften Maulesel zur Verfügung. »Es ist nicht recht«, sagte ein Unterführer zu ihr, indem er auf meinen Jungvogel deutete, »daß du läufst, während verzogene Gören reiten.« Wir wurden aneinandergekoppelt, man band ihren Fuß an meinen Fuß, meine Zügel an ihr Handgelenk. Dadurch ward sie in fast eben dem Maße zur Gefangenen wie ich, und sie warf dem Unterführer einen wütenden Blick zu, sagte jedoch nichts. Sie behandelte ihr Reittier sehr schlecht, und ich fragte mich, wie ich zurechtkäme, falls sie einen Hang hinabfiel. Vielleicht konnte ich einen solchen Zwischenfall sogar verursachen. Ich mochte ihren Schweißgeruch nicht.

Allem Anschein ritten wir mit der XVI. Schar oder hinter ihren Kolonnen. Das Heer folgte dem Flußlauf. Der Marsch führte durch einen langen Hohlweg. Anfangs zogen wir durch eine dichtbewachsene Gegend, die Sonne funkelte durchs Laub, Edelsteinen vergleichbare Papageien flatterten wie bunte Lichtflecken durchs Geäst, saßen auf den Zweigen, und ein vielfältiges

Krächzen, Quarren, Summen, Schnattern und Pfeifen durchdrang die Geräusche des Marschierens. Dann wurde die ganze Umgebung grau von Granit und Schlick, und einmal schob sich aus einer Höhle ein Stück weit oberhalb des Hohlwegs plötzlich der schlanke Schädel eines Sauriers, um eilends und geschmeidig wieder darin zu verschwinden.

»Wo ist Ael?« Ein Räuber verlangsamte neben uns sein Pferd. »Habt ihr ihn gesehen? Er muß vorausgeritten sein, um das Ilxtrither Vorland zu besichtigen. Es sei denn ...« – der Räuber brummte mürrisch – »die Dämonen in jener Hexenstadt haben ihn bereits verschlungen und seinen Steifen ausgespien, oder er hat uns für ihre höllischen Zauberwerke schon im Stich gelassen.« Während wir uns Sedilis Stadt näherten, ihrer beachtlichen Mitgift, griff offenbar kein geringes Unbehagen um sich. Auch am nächsten und übernächsten Tag kreuzten Aels gleichsam verwaiste Räuber bei uns auf und erkundigten sich kläglich nach ihm.

Lange vor der Mittagsstunde ward es kühl. Das Heer war an Kälte gewöhnt. Es hatte in seiner stets mißmutigen, aber zielstrebigen Art zu marschieren Berge überquert. Hier jedoch herrschte eine ganz widerwärtige, elende, übel klamme Kühle. Mein junger Vogel plusterte immerzu seine Federn und neuen Federkiele; die einzige Luft, die dazwischen geriet, war die feuchte Luft dieser jämmerlichen Witterung. Am Abend selbigen Tages wünschte sich das feiste Weib, an das ich gefesselt war, zum erstenmal, mich nie verschleppt zu haben; zuweilen schaute ein Soldat nach uns, um sich davon zu überzeugen, daß sie keinen Kameraden dazu überredet hatte, uns zu trennen. Solche Aufmerksamkeit kam ihr allerdings nicht unrecht, denn für mich war es inzwischen offensichtlich, daß sie keine richtigen Freunde hatte. Einmal blieb der Soldat, um sich über sie herzumachen, was ich als seinerseits gutmütig empfand. Die beiden wälzten sich unter ihrer Decke, und sie plapperte dabei vor sich hin. Durch die Stricke, die unsere Fuß- und Handgelenke verbanden, wurde ich von den heftigen Bewegungen des Paars hin- und hergerissen. Es gab einmal einen derartigen Ruck, daß ich auf die zwei flog – ich bin zu leicht, um solchen Kräften zu widerstehen –, und ich mußte von ihren sich aufbäumenden, schwertatmenden Leibern hinunterklettern. In ihr wuchtiges Ineinander vertieft, achteten sie kaum auf mich, und das verhalf mir zu einem Einfall. Ich begann an dem Knoten des um meinen Fußknöchel gewundenen Stricks zu zupfen. Aber er war viel zu fachmännisch und fest geknüpft. Als sie sich endlich schnaufend voneinander lösten, hatte ich mir lediglich zwei Fingerkuppen aufgescheuert, so daß sie wie kleine Nadelkissen aussahen, und einen Daumennagel gelockert.

In der Morgendämmerung riß das Weib an den Stricken, wartete kaum ab, bis ich mich aufgerafft hatte (in der Nacht hatte sie mich an sich herangezerrt) und zog es vor, das Blut zu übersehen, das sich an meinen Gelenken zeigte. Sie schleifte mich zu einer Stelle, wo sich ein wahrer Pfuhl befand, nicht aus Schlamm, sondern Kot. Als sie sich hinkauerte, schaute sie mich böse an, weil ich stehenblieb. Schon wollte ich mich niederlassen (dachte dabei jedoch, daß mein Reitvogel mich möglicherweise nie wieder in seine Nähe lassen würde, weil ich nicht mehr nach mir roch), da merkte ich, ich stak so voller Zorn, daß rings um meine Glieder eine Art von Luftverdrängung entstand. Diese Erscheinung hatte ich in Augenblicken großer Wut schon ein paarmal bei mir bemerkt; es ergab sich rund um mich so etwas wie ein Gefühl, als ob mein Grimm nicht nur mein Blut beschleunigte, erhöht Körperkräfte verbrauchte, sondern überdies zusätzlich Luft verbrenne. Jetzt war genau der richtige Zeitpunkt da, um selbige Erscheinung zu meinem Vorteil zu nutzen. Ich hob mich mit den Füßen aus der Brühe, so daß sie, weil sie nicht länger darauf ruhten, nicht einmal noch darüber hinwegrutschten, wenn das Weib an mir ruckte. Ich schwebte in ganz geringer, aber ausreichender Höhe überm Untergrund. Die Frau sah mich an, schüttelte den Kopf, verkniff die Augen, nicht etwa infolge meiner Levitation erstaunt, die ihr entging, sondern wegen ihrer vermeintlichen Schwäche. Eine beträchtliche Weile lang hockte sie da wie ein weiblicher Pilz, dann watschelte sie zurück zu unseren Reittieren. Ich berührte den Erdboden noch immer nicht wieder, während sie mich hinter sich herzog, und blieb auf diese Weise sauber. Doch es bereitete mir Erleichterung, als die Anspannung von mir wich und ich die Füße in die Steigbügel setzte. Bis heute fällt es mir schwer, für längere Zeit zu schweben.

Während des restlichen Tages versuchte ich weiterhin, die Knoten der Stricke zu lösen, die uns aneinanderfesselten. Ich richtete meine gesamte geistige Aufmerksamkeit so auf die Knoten, wie ich es bei den Kerzenflammen getan hatte, um sie zu löschen. Ael hatte mich aufgefordert, ihm mittels meiner Geisteskräfte die Zöpfe zu entflechten. Vielleicht schaffte ich es, die Knoten ein wenig zu lockern.

Nach zwei oder drei Stunden war mir, als wäre ein Teil meines Hirns ziemlich kalt geworden. Ich fühlte mich, als leuchte in meinem Schädel ein eisiger, harter Diamant. Ich achtete darauf, die Knoten nicht zu häufig anzusehen.

Inzwischen gab es, was mich betraf, gehöriges Gezänk. Anscheinend begriff man erst jetzt in vollem Umfang, wie schwierig es wirklich war, mit jenen Leuten, zu denen ich gehörte, Verbindung aufzunehmen. Ich vermochte ja nicht zu verraten, um wen es sich dabei handelte. »Eine Blöde«, sagte man immer wieder und betrachtete mich verdrossen. »Das Kind ist 'ne Blöde.« Darauf kam man andauernd zurück.

»Aber Prinzessin Sedili dürfte wissen«, meinte der freundliche Feldwebel, »welcher Edeldame ihre geliebte Kleine fehlt.«

»Wir sollten dem Balg vortäuschen«, schlug ein Soldat halblaut vor, »es wär uns entwischt, und ihm folgen, um zu sehen, wohin's uns führt.«

Gerade als ich überlegte, wie ich an etwas gelangen könnte, auf das ich zu schreiben vermochte, daß sie sich an Cija oder Zerd wenden sollten (aufgrund der letzten Regelung unserer familiären Angelegenheiten bei Sedili hegte ich die Auffassung, daß sie dazu nicht taugte, sich liebende Menschen wiederzuvereinen), da fiel der Feldwebel, kaum daß er erneut das Wort ergriffen hatte, mit einem Mal tot um, statt des Kopfs eine Art von Schweifstern auf den Schultern. Ich flüchtete hastig an des Hohlwegs Seite, in dem schlagartig Panik ausbrach, das Weib lief mit mir, fauchte vor sich hin und zerrte an den Stricken, als wünsche sie, sie wären um meinen Hals geschlungen.

Weitere Männer schrien, taumelten unter unheimlichen, feurigen Gebilden nieder. Diese Dinger, die auf sie flogen, einen Moment lang brannten und dann auseinanderplatzten, waren sehr schön, wie Feuerkugeln, die Sternchen versprühten, oder lohende Regenbogen. Sie zischten leise, flammten ungeheuer auf, töteten die Männer und erloschen. Ich hatte nie zuvor Sprengstoff gesehen, denn obwohl man die nordländischen Wissenschaftler als Meister des chemischen Sprengstoffs anerkannte, galt derselbe als viel zu gefährlich und kostspielig, um ihn bei einem Heer als Waffe einzusetzen, und man erachtete seine Beförderung als zu unsicher.

Die Sprengstoffgeschosse hagelten von den Höhen der düsteren Klippen auf uns herunter. Scheußlicher Gestank umwallte uns. Auf der Sohle des Hohlwegs verbreitete sich etwas wie Nebel, dessen Schwaden ungefähr so hoch reichten wie ein erwachsener Mann. Ein Rest dieses Dunstgeruchs war es gewesen, der so naßkalt die Luft durchzogen hatte, als wir am Vortag in den Hohlweg marschierten. Der Sprengstoff mußte im hiesigen Umkreis ein beliebtes Verfahren sein, um Fremde niederzumachen.

Wenn wir hinaufschauten, konnten wir bisweilen droben am Rande der Klippen Reihen von Gestalten erspähen. Viele waren es, und sie befanden sich hoch oben, sicher vor uns und in sauberer Luft. Wir vermochten hier unten unmöglich mit dem Leben davonzukommen. Ebensowenig gab es eine Aussicht, aus dem Hohlweg gegen sie vorzugehen.

Dann regnete ein noch gräßlicherer Hagel auf uns herab. Männer, die entweder schrien oder schon tot waren, stürzten zur überfüllten, felsigen Sohle des Hohlwegs herab – ich verfolgte das Abwärtskreiseln einer solchen Gestalt, sie ward während des Fallens größer, nahm den Weg hinab, den der Sprengstoff-›Stern‹, den sie in der Faust hielt, hatte fliegen sollen, Zündschnüre umwehten den Mann im Sturz wie ein Knäuel Schlangen, teils entflammt, aber er glich bereits einer leblosen Vogelscheuche, der Rücken war ihm gebrochen, während sein Wams zu schwelen und zu glimmen anfing. Schwarze Rußflocken trieben uns ins Gesicht, und ich stellte fest, daß Fetzchen und Splitter von Haut und Knochen, klebrig und angesengt, in meines Reitvogels Gefieder und auch meinem Haar hingen. Offenbar hatte der Gegner die Absicht, uns im Hohlweg zu schmoren wie in einem Backofen. Mein Reitvogel mochte nicht ohne mich fliehen. Fast glaubte ich, er werde sich gleich über mich oder die Frau hocken, einen so bestürzten, um uns besorgten Eindruck machte er.

Auf einmal stürmten mit Schwertern bewaffnete Krieger längs des Hohlwegs auf uns zu, Fußkrieger, die scheinbar geradewegs über uns herzufallen gedachten. Wie die Schwerter glänzten! Das Weib, mit dem mich noch immer die verknoteten und mittlerweile stark ineinander verwirrten Stricke verbanden, packte mich und schleuderte mich ihnen entgegen wie einen Schild.

Ein Mann fing mich auf. Er sah mich an, schubste mich beiseite, stieß ein Brüllen aus, schwang das Schwert – es sauste herab, und die Frau zuckte wie ein Berg Sülze auf den Felsen. »Die Kleine ist ja überall voller verdreckter Schrammen«, sagte Ael noch vorwurfsvoll zu ihr, als sie starb, wobei seine helle Stimme sich wie stets zu überschlagen drohte.

Ich war heilfroh, daß die Männer mit den Schwertern unsere (beziehungsweise Aels) Krieger waren, und erst recht darüber heilfroh, gerettet zu sein. Doch diese eher gelinde Fröhlichkeit ließ sich nicht im geringsten vergleichen mit dem Aufwallen vollkommenen Triumphs und schrankenloser Freude, das es mir bereitete, die Stricke nun durchtrennt zu sehen.

Ael hob mich auf sein scheckig-fleckiges Kleinpferdchen, diesmal vor sich; er hielt mich zwischen seinen Knien fest, so daß er, indem er das Tier mit dem linken Knie – neben dem er die Reitpeitsche handhabe – oder der muskulösen, reichlich krummen, rechten Wade lenkte, gleichzeitig bewirken konnte, daß ich im Gleichgewicht blieb, weil ich im mir ungewohnten Sattel zu hoch und zu weit vorn saß, um selber auf mich achtgeben zu können. Die Zügel braucht Ael eigentlich gar nicht; wären sie nicht vorhanden, er würde sie nicht vermissen. Mein Jungvogel rannte beunruhigt neben uns her.

Während wir durchs Kampfgetöse trabten, zeigte Ael mir einen häßlichen alten Kerl, der unsere Widersacher befehligte. Hoch über uns, am Rande der Tiefe, saß dieser absonderliche Widerling, uns sichtbar, derweil des Räuberhauptmanns Kleinpferdchen gelenkig übers Felsgestein stieg und kletterte, in einer Art von aus Knochen geschnitzten Schrein. Er übte die Befehlsgewalt mit wilder Leidenschaft aus, seine Zähne schimmerten, wenn er sie fletschte, er mit einem Zepter nach da oder dort deutete, als entwürfe er an einer großen Schiefertafel eine Schlachtordnung, zöge hier eine Flanke, lege da mit gereiztem Schwung die Stoßrichtung leichter Reiterei fest.

Nachdem das Feuerwerk seiner Sprengstoffgeschosse unterdessen den beabsichtigten Zweck verfehlt hatte, mußte er nunmehr seine Krieger zu Fuß und zu Roß gegen uns schicken, zum Nahkampf in den Hohlweg herunter. Droben in der Höhe umwimmelten Anführer und Boten seinen überdachten, weißlich leuchtenden Thron.

»Des Menschenfleischs Wärme macht meine Klinge allzu rasch stumpf«, erklärte Ael verärgert. Aels Stellvertreter, der zu unserer Rechten ritt (mein alberner Jungvogel, der sehnsüchtig Aels große Spange beäugte, lief hingegen zu unserer Linken), beugte sich wortlos vor, schloß seinen haarigen Mund um die Klinge von Aels bereitgehaltenem Dolch und leckte das Blut ab. Ael brummte und stach damit weiter auf feindliche Krieger ein. »Wo stecken die Hexenmeister?« wollte Ael wissen. »Es hat mich genug Verdruß gekostet, uns ihres Beistands zu versichern.«

»Wie's den Anschein hat, wagen sie sich nicht in den Paß«, antwortete sein Stellvertreter, zog seine Klinge aus dem Wams eines Gegners. »Sie dürften in ihrem geliebten Tal warten.«

»Je geschwinder wir also diese Spreu vor uns herfegen, um so rascher vermögen wir sie zu verheizen«, rief Ael und kicherte auf seine gräßliche Weise. Unvermittelt schaute er mich an. »Du bist so dunkel, so schwärzlich geworden. Du hast dein Vieh da deinen Sonnenhut fressen lassen, was?«

Mein Reitvogel und ich schnitten eine angemessen schuldbewußte Miene, während Ael, sein Stellvertreter und eine Rotte auserlesen fürchterlicher Räuber Schulter an Schulter in die Reihen des entsetzten Gegners einbrachen, so daß der, kaum daß er sich uns im Hohlweg zum Kampf stellte, gleich darauf schon dahinschmolz wie blutiger Tau.

Unversehens gelangten wir ins verborgene, warme, grüne Ilxtrither Tal. Wir drängten in eine Hochebene, deren Ausdehnung einem grünen Teppich glich. In der Tat war sie völlig mit Moos bewachsen, nicht mit Gras, und dieses Moos war so dick und weich, daß es sogar das Toben des Gemetzels dämpfte. Ich sah, daß Fußsoldaten leicht darauf ausrutschten, aber Hufe und Vogelklauen fanden festen Halt auf diesem Untergrund. Rechts im Tal flimmerte die Luft; dort brodelte ein kleiner Vulkan fürwahr wie ein trotziger Kochtopf. Hier trieben unsere Soldaten den Feind, der uns im Hohlweg mit dem Feuerwerk überrascht hatte – die Krieger eines anscheinend kleineren Bergvolks, vorwiegend in Schafsleder gekleidet, das noch nach Hammel stank –, zügig anderen Kriegsleuten in die Arme, bei denen es sich um Ilxtrither handeln mußte. Vermutlich waren sie die Stadtwache oder Besatzung von Sedilis Stadt, denn sie zählten schwerlich mehr als eine halbe kriegsstarke Schar und sahen zudem in ihren aufs Äußerste blankgeputzten Brustpanzern und Beinschienen sowie mit Federbüschen verzierten Helmen allzu schmuck aus fürs Kriegshandwerk.

Im Gegensatz zu Aels Einfall schmissen sie die Berglümmel nicht in den ›Ofen‹. Statt sie abzuschlachten, erachteten sie es allem Anschein nach als klüger, sie gefangenzunehmen. Das Gefecht war nahezu vorüber. Schon führte die Ilxtrither ›Streitmacht‹ ihre Gefangenen in die Richtung eines dichten Gehölzes ab, hinter dem Türme und Türmchen emporragten wie auf einer Abbildung in einem Märchenbuch. Ihr Befehlshaber winkte uns zu, sein Trommler hob die langen, vergoldeten Stäbe, an denen Wimpel in den Farben Ilxtriths flatterten, nacheinander zum Gruß in die Höhe, ehe alle ins üppig wuchernde Grün entschwanden.

Ael brauchte lediglich noch die Vorhügel ein wenig durchkämmen zu lassen. Zerds und Aels Männer stürzten hingegen wirklich ein paar Feinde in den Vulkan, der zum Dank zischelte. Zu meiner Verwunderung schüttelte Ael den Kopf, als er sah, wie die Ilxtrither die Kolonne gefangengenommener Bergbewohner in den Wald führten. »Lieber Hammer als Amboß«, sagte er. »Hö?«

Sein Stellvertreter nickte. »Die Götter mögen wissen, was die Hexen in jener Stadt mit Gefangenen anstellen.«

Ich hatte vor einem Monat bemerkt, wie die unterschwellige Belustigung, die an Ael bei jeglichem Handeln zu spüren gewesen war, als ich ihn in Großmutters Palast kennenlernte, seit dem Abmarsch im Laufe der Zeit von ihm gewichen war; auf dem Feldzug hatte er sich bislang ungemein verstandesmäßig und sachlich gegeben. Nun jedoch, da wir uns Ilxtrith näherten, kam diese verhaltene Heiterkeit bei Ael wieder zum Vorschein, und ebenso seinem Stellvertreter. Anscheinend war das Leben für sie der reinste Hohn und außerdem auf seltsame Art *lächerlich*. Heute habe ich darüber Klarheit, daß für einen Räuber bereits die Vorstellung eines Dachs unweigerlich *komisch* ist. Wahrscheinlich hatten Ael und Yshur sogar die vergangene Nacht in Ilxtrith zugebracht, die Zauberherren der Stadt dazu bewogen, uns vernünftigerweise gegen ihren Nachbarn, das Bergvolk, Beistand zu leisten, und die überwältigende Trottelhaftigkeit, die für ihr Empfinden all die Hochgestellten, Adligen, Edelfrauen und Staatsmänner entfalteten, dabei unter zusammengezimmerten Balken hin- und herstolzierten, als wäre alles furchtbar ernst zu nehmen, mußte ihnen bei dieser Gelegenheit aufs Neue vergegenwärtigt worden sein, so wie jedesmal, wenn sie sich in das verirrten, was man Zivilisation hieß.

Unser Heer begab sich wieder in die übliche Marschordnung, so wie es sich für ein Heer gehört, das ins Gebiet eines Bundesgenossen Einzug hält. Wir suchten uns, indem wir streng in Reih und Glied blieben, den

Weg durch den feuchtschwülen Wald. Große Blüten schienen nachgerade zwischen den Bäumen zu schweben, schmückten sie mit Tausenden von milchigen Staubblättern. Hier gedieh vor uns im Moos, in den Farben des Mordes, die rote Herbstaster. An den Bäumen wuchs das Moos so dick, daß es den Eindruck erweckte, der Stille entwachsen zu sein. Auch das Heer verfiel in Schweigen, denn sein Durchmarsch erzeugte kein rechtes Geräusch – das war das erste Mal, daß wir beim Marschieren uns selbst nicht hörten. Bald hing das Moos in derartig aufgeblähten Massen vom Geäst, daß unsere Kolonnen kaum noch zwischen den Bäumen hindurchpaßten. Ich schenkte dem Moos genauere Beachtung und sah, wie es bei unserer Annäherung schwoll und uns den Weg versperrte. Da verstand ich, was geschah: Das Moos *nährte* sich von unserem Schweigen. Doch ich überlegte weiter. Da Stille ja mehr oder weniger in diesem Wald der geläufigste Zustand sein mußte, lag mir die Schlußfolgerung nahe, daß es das *menschliche* Schweigen war, wovon das Moos so kräftig zehrte – mit anderen Worten, die Aura der Furcht unserer Soldaten. Mein Blick traf Aels Stellvertreter Yshur, der beharrlich neben uns dahinstapfte. Ich ergriff das krumme Horn, das ihm an einem Riemen um den Rücken baumelte, hob es an meinen Mund und schöpfte tief Atem, um hineinzustoßen, während er und Ael mir zusahen, mein Tun beobachteten, ohne mich zu hindern. Ich blies ins Horn. Das Moos schrumpfte, als sei darin eine Blase angestochen worden, fiel unterm Geäst zu schrumpligen Säcken ähnlichen Gehängen zusammen. Ael meckerte ein vergnügtes Lachen, gab ein Zeichen; nach und nach begann das gesamte Heer in Grölen auszubrechen.

Beiderseits des Heerwurms schrumpfte das Moos in etlichen Klaftern Umkreis.

Zum Staunen der Bewohner betrat das Heer Ilxtrith unter lautem Gesang.

Es hat mir immer Spaß gemacht, in eine neue Stadt zu gelangen oder sie zu verlassen. Ausgenommen es hagelte Steine, und leider war das nur allzu oft das Wetter, das wir bei solchen Anlässen hatten.

Diesmal allerdings erlebten wir einen triumphalen Einmarsch, der uns nun doch etwas verwunderte, denn obwohl die Stadt – rechtmäßig betrachtet – Sedili gehörte und untertan war, hätte man es verstehen können, wären die Ilxtrither durch die Entdeckung verwirrt worden, daß sie nun Feindin ihres eigenen Vaters war, des nordländischen Königs, an dessen Südgrenze die Stadt lag.

Die Ilxtrither säumten die Straßen, um uns beim Einmarsch zu begaffen. Sie überschütteten uns mit Blütenblättern und besprengten uns mit Duftwasser, das wir angesichts der Schwüle durchaus als angenehm empfanden; sie schwatzten untereinander und auf uns ein wie Finken, sprachen eine schrille Mundart. Zwar kam es zu keinen Bekundungen überschäumender Begeisterung, doch hatte es den Anschein, daß man sich einigermaßen über unsere Ankunft freute.

Ael fluchte wegen der Reittiere; Blütenblätter auf Straßen mißfallen ihm, sie machen sie schlüpfrig.

Die Türme, Türmchen und Erkertürmchen Ilxtriths waren ebenfalls stark bemoost, offenbar jedoch mit gänzlich harmlosem, malerischem Moos. Schöne, vollbusige Edelfrauen mit schwarzen, breitrandigen, bauschig verschleierten Kopfbedeckungen lehnten an den Fenstern der Türme, an denen im Moos rings um die Fensterstürze Käfer sich tummelten (zumeist Mistkäfer, die Vogelmist zu Kügelchen rollten).

Weshalb trugen alle diese edlen Frauen Schwarz? (Ihre Kopfbedeckungen schienen mit den Schwingen von Fledermäusen verschleiert zu sein.) Warum hatten sie sich Perlen unter die Augen geklebt, als wären es Tränen?

Nun, die Perlen sollten tatsächlich Tränen darstellen.

Am Abend sollte eine Beisetzung stattfinden, erläuterte ein auskunftswilliges Ilxtrither Schankmädchen Yshur, der es befragte, während er sich vom Pferd hinabbeugte, um huldvoll die langstielige Lilie entgegenzunehmen, die es ihm reichte. Vor drei Nächten war die Königin gestorben. Auf der Totenbahre sei es, o weh, auf der sie im Schmalen Turm ruhe, ehe man sie in ihr enges Grab senkte, auf welcher sie uns abends das Willkommen in Ilxtrith entbieten müsse. Wir sahen, daß manche vornehme Frauen statt Perlen Diamanten unter den Augen kleben hatten. So eine teure Tote war die Königin.

Unser Heerwurm wälzte sich durchs laue Ilxtrither Abendlicht. Unterdessen hat Ael, dessen ausdruckslosen Augen nichts rund um oder hinter uns entgeht, sehr langsam, aber unaufhaltsam eine derbe, narbige Hand unter meinen Rock geschoben. Dann zupfte er darunter die Zugkordel meiner Hose auf. Als seine Finger meinen Nabel streifen, kräuselt der sich, so fühlt es sich an, wie eine gekitzelte Anemone. Aels Finger verharren, als wären sie einem kleinen, unbekannten Wesen begegnet, und schließlich streicheln sie es sehr langsam, aber ebenso recht fest und vor allem unerhört schön – ein Verhalten, hinter dem sich, wie ich heute weiß, vollkommen beherrschter Vorsatz verbarg –, so wie sie halt irgendein kleines, unbekanntes Geschöpf streicheln könnten.

Daraus ward ein so aufwühlender Ritt auf seiner Hand durch die Stadt, daß ich am Schluß Mutter völlig vergessen hatte. Ich entsann mich ihrer, als ich unvermutet|Scridol zu Gesicht bekam.

Scridol hockte unter einem Sonnensegel an einem kleinen, vergoldeten Klapptisch. Hochwichtige Persönlichkeiten in Prunkgewändern umgaben ihn; er wirkte überaus aufgeregt, vermittelte den Eindruck, als ob ihm um so mulmiger zumute würde, je stärker er sich geistig seinen Aufgaben zu widmen trachtete.

Wir waren in der Stadt auf einen Platz gelangt, der ein großer Marktplatz sein mußte. In der Mitte ragte eine riesige Säule empor, auf der das steinerne Denkmal eines Königs mit grimmiger, finsterer Miene stand, offenbar eines nordländischen Königs, der starke Ähnlichkeit mit Sedili aufwies, was deren Neigung zum Doppelkinn betraf, so daß sie wohl seine Nachfahrin war; sie würde eines nicht mehr allzu fernen Tages gleichfalls so ein Doppelkinn haben, ein zweifaches Doppelkinn, eine lappige, schwammige Wamme, die nach Streitsucht aussah, wie ein zusätzlicher Busen unterm Kinn. An den Seiten umdrängten Bewohner der Stadt den Platz, doch die Personen in dessen Mitte galten offensichtlich als zu großmächtig, als daß man irgendwen in ihre Nähe gelassen hätte, und Wächter umstanden sie in weitem Rund.

Eine Edle, die sehr fein und gutherzig ausschaute, warf einen Blick auf Ael und mich, stutzte und kam in eifriger Hilfsbereitschaft auf uns zu. Eine ganze Anzahl Mitglieder ihres Gefolges begleitete sie. Ael, Yshur und ich, die wir auf stämmigen Kleinpferdchen saßen, befanden uns auf einmal inmitten etlicher sanftmütiger, schöner Menschen. »Kleines«, wandte die Edle sich in sehr freundlichem Ton an mich, »was machst du unter diesen wilden Helden?« Ael unterließ es, an meiner Stelle zu antworten. Die Edle mochte sich durch seine wortlose Ablehnung nicht verscheuchen lassen. »Man sieht's deutlich«, sagte sie, »du brauchst ein Bad und warme Milch, und du mußt früh ins Bett, derweil sich die Erwachsenen mit langweiligen, feierlichen Begrüßungen befassen.« Zwischen der Hand der Edlen und mir blitzte plötzlich die Klinge von Aels Dolch. »Ihr werdet Euch davon überzeugen können«, fügte die Edle hinzu und weigerte sich, an Aels Betragen Anstoß zu nehmen, »daß wir dem Kind aufs beste Unterkunft gewähren. Bitte begleitet uns.« Ael musterte die Edelfrau. Er setzte ihr die Spitze des Dolchs an den Hals, und ein

Tropfen Blut quoll hervor. Rot hob er sich vom milch-weißen Hals ab, den Ael stier anglotzte, bis ein Räuber vortrat und den Tropfen, sobald Ael ihn sich lange ge-nug angesehen hatte, mit seinem seidenen Stirnband abtupfte.

Einer der Höflinge im Gefolge der Edlen hüllte sie wie zum Schutz in seinen Umhang. Sie wirkte zutiefst er-schüttert und erschreckt, ließ sich ohne Widerstreben wegführen.

Etliche andere Leute kamen herbei und umdrängten uns. Scridol war darunter, ein Bündel Papier unterm Arm. Sedili und einige ihrer großen, dicken, fleischigen Befehlshaber eilten ebenfalls herüber. »Prinzessin«, rief Scridol, »verschollene kleine Seka, allen Göttern im Himmel sei Dank!« Er stellte sich neben mich, tätschelte meinen Stiefel auf die Weise, wie man sich kneift, um darin sicherzugehen, daß man wach ist; indessen teilte Sedili, aus Grimm am ganzen Leib erstarrt, indem sie aus nachgerade übermenschlicher Selbstbeherrschung mit den Zähnen knirschte, Ael mit, daß sie offene, be-trächtliche Genugtuung fordere.

»Diese Edelfrau ist eine der vornehmsten Ilxtritherin-nen«, stellte sie mehrmals klar. »Du hast ihre und unser aller Ehre geschmäht. Ich habe das Heer in diese meine Stadt gebracht, und sie hat es in meinem Namen voller Vertrauen aufgenommen. Und nun vor aller Augen, auf dem Marktplatz, ein solches Vorkommnis ...!«

Immerzu wiederholte sie sich, ohne es verhindern zu können. Einer ihrer langen Befehlshaber schritt ein. »Ich schlage vor, edle Prinzessin«, wandte er sich unumwunden an sie, »diesen Räuber auf der Stelle zu ergreifen und einzusperren. Dann mag er warten, bis es Euch beliebt, seine untauglichen Rechtfertigungen an-zuhören.«

Sedili warf Ael einen unsicheren Blick äußersten Wi-derwillens zu. Das wagte sie nun doch nicht. Aels Män-ner sind ein derartig fester, unverzichtbarer Teil von

Zerds Heer, daß sie im allgemeinen nicht einmal als ›Räuber‹ *bezeichnet* werden dürfen. Sedilis Blick fiel auf mich. »Was macht der Freischärler mit des Feldherrn Kind auf seinem Sattel?«

Inzwischen hatten sich viele Räuber um Ael und Yshur gesammelt. Mein Jungvogel hüpfte umher, von soviel Geselligkeit sehr angetan. Ael schaute aus dem tiefgründigen Blau seiner Augen völlig ausdruckslos drein, und seltsamerweise schien die bloße Ausdruckslosigkeit seiner Augen ihnen etwas Geringschätziges zu verleihen. Er hatte in gänzlicher Gelassenheit mit dem Dolch in seinen Zähnen zu stochern angefangen.

»Mit aller Hochachtung, edle Frau«, erlaubte Scridol sich zu bemerken, »mir will's den Anschein haben, daß die kleine Prinzessin, den Göttern sei gedankt, nach dem Erdbeben während des kürzlichen Gefechts, durch das ich sie aus meiner Obhut verloren habe, nun endlich wiedergefunden worden ist.«

Sedili richtete einen mörderischen Blick auf den kleinwüchsigen Scridol, der ohnehin blaß aussah. Offenbar hatte er eine Zeit starker seelischer Belastung hinter sich; mit den Fingern fummelte er ununterbrochen an seiner Mappe, und er begann, dermaßen in Erregung, daß er sein Verhalten nicht länger in der Gewalt hatte, sich winzige Fetzlein Löschpapier in den Mund zu stopfen. »Und wie konnte es geschehen, wenn ich fragen darf«, hielt Sedili ihm mit seidig-sanfter Stimme entgegen, »daß wir unsere Scharen während eines Erdbebens in den Kampf warfen? Bist nicht du für die richtige Beurteilung der Landschaft zuständig?«

Man kann doch nicht Scridol die Schuld an einem Erdbeben geben! hätte ich jetzt gerne eingewandt. Doch ich vermochte ja nicht zu sprechen, und anscheinend kam es weder Sedili noch Scridol selbst in den Sinn, daß man ihm nicht die Verantwortung für ein Erdbeben beimessen konnte.

»Die Göttin Cija«, erwiderte Scridol wacker, »die

Mutter dieser Kleinen, ist während jedes Augenblicks ihrer Abwesenheit außer sich vor Gram und Verzweiflung. Gestattet mir, sie zu ihr zu bringen.«

Gleich vor uns standen nämlich die Wälle der Ilxtrither Festung, einer gewaltigen Anhäufung von Türmen, Giebeln und Kuppeln, zwischen denen man da und dort Schwaden und Schleier schwärzlichen Gewölks ruhelos wallen sah.

Plötzlich spie Ael den Dolch aus den Zähnen, so daß er sich vor ihm in den Sattelknauf bohrte und zitternd darin steckenblieb. »Dort lasse ich sie nicht hinein«, sagte er.

Ein Ilxtrither Edelmann, der bisher hinter Sedili gewartet hatte, trat nun vor, streckte Ael eine Hand in einem Panzerhandschuh hin, der von goldenen Kriegszeichen strotzte. »Wir wissen den Vorteil, den eure Gegenwart für uns bedeutet, durchaus zu würdigen«, sagte der Edle. »Wir haben gemeinsam gegen das Bergvolk gekämpft.«

Ael neigte den Kopf, nahm die angebotene, gepanzerte Faust und drückte sie kurz, dann hielt er die eigene Hand wortlos einem Räuber hin, der ihm unverzüglich in den Handteller spuckte, woraufhin Ael sich die Hände ›wusch‹, um sie von der Berührung des Hexenmeisters zu säubern.

Sedili, die stets Wert darauf legte, zu zeigen, daß ihr keine Beleidigung entging, klopfte mit der Reitpeitsche an ihren Stiefel.

»Dann nächtigen wir heute nicht in Ilxtrith, mein Lieber?« erkundigte Aels Stellvertreter sich achtungsvoll bei seinem Hauptmann.

»Man gebe mir einen Leichnam als Ruhekissen für mein müdes Haupt«, gab Ael zur Antwort, »und ich werde im Wald so köstlich schlafen wie andere in der Stadt.«

Das hieß natürlich, kein Räuber beziehungsweise Freischärler würde die Festung betreten; die Ausnahme machte ein schnauzbärtiger Draufgänger, der schon die ganze Zeit hindurch auf eine dickliche, lockenköpfige Ilxtrither Dienerin geschielt hatte. »Vergebt mir, aber ich stehe kurz davor, mich zu vermählen«, murmelte er seinen Spießgesellen zu und entfernte sich zur Seite.

Scridol widmete Ael einen vielsagenden Blick und hob mir die Arme entgegen. Ael zögerte, dann reichte er mich ihm hinab, ohne noch ein Wort an ihn oder mich zu richten, und wendete sein Pferdchen. Sämtliche anderen Räuber taten das gleiche, und alle zusammen sprengten sie durch die Stadt davon, ihr Hufschlag donnerte erst, dann verklang er wie gedämpftes Trommeln in der Ferne.

ZWEITES KAPITEL

Türme

Scridol mußte sich unablässig durchfragen, um heraus-
zufinden, wo in der Feste man Mutter eine Unterkunft
zugewiesen hatte. (Weil Sedili sich nicht länger in Hörweite befand, sprach er von Mutter als der Kaiserin,
doch damit brachte er die Leute durcheinander, deren
Mehrheit unerschüttert der Meinung war, Sedili sei Kaiserin.)

Zu guter Letzt erfuhr er, daß Mutter sich in einem
kleinen Turm über einem der großen Säle aufhielt. »Sie
wird dort von unseren besten Ärzten behandelt«, versicherte der Mann, der uns Aufschluß erteilte, ein Kämmerer.

Nachdem er meinen Jungvogel in einem Stall hatte
unterstellen lassen, eilte Scridol mit mir des Weges, den
uns der Kämmerer beschrieben hatte. Wie mir Scridol
erläuterte, war Mutter krank, jedoch bestünde kein Anlaß zur Beunruhigung. »Sie dürfte über das Wiedersehen mit dir in solches Entzücken geraten, daß sie wahrscheinlich einen Rückfall ins Fieber erleiden wird«,
munterte er mich auf. »Es wird so kommen, daß sie dich
nachgerade im Fieberwahn in die Arme schließt, danach
bemerkt, daß sie grauenhafte Kopfschmerzen hat, und
dann wird sie endlich ruhig schlummern können. Wenn
wir den Unterricht wiederaufnehmen, Seka – vielleicht
haben wir dafür schon morgen Zeit –, mußt du versuchen, für dich und deine ehrenwerte Mutter aufzuschreiben, wo du gesteckt und was du erlebt hast. Und
danke den Göttern . . .« – er verharrte und wollte mir auf
die Schulter klopfen, verfehlte mich jedoch und
patschte das Treppengeländer –, »daß du gefunden und
unversehrt bist.« Er sah mich an. »Du bist doch wohl-

auf, Prinzeßchen?« Ich nickte, und er lächelte froh. Insgeheim allerdings beschäftigte mich die Frage, was das heiße Pochen zwischen meinen Beinen zu besagen haben mochte. Ach ja, Aels einfühlsame Hand, die mir dort etwas Schönes getan hatte, mußte die Ursache sein. Es kam mir seltsam vor, daß das Stoßen an einer Tür und Aels Finger mir das gleiche Gefühl bereiten konnten. Ich war stolz darauf, daß ich bei meiner Erforschung des Lebens Fortschritte zu verzeichnen hatte. Wir stiegen eine gewundene Treppe hinauf, in Abständen vorüber an hohen Schießscharten im dicken Stein der Mauer. Das Moos rund um diese Öffnungen war ins Innere gewachsen und hatte sich auch an der Innenseite ausgebreitet. Ebenso hatte es sich auf so manche Stufe ausgedehnt, so daß man achtgeben mußte, nicht auszugleiten. Das Moos hatte die Färbung unheilvollen Smaragds oder älteren Kupfers. Eine Krankenpflegerin mit verschwitztem Linnen und einer Schüssel kam uns die Treppe herab entgegen. Daß sie Krankenpflegerin war, erkannten wir an ihren flachen Sandalen und ihrem Gesichtsausdruck selbstgefälliger Tugendhaftigkeit. Mit strenger Miene wies sie die Treppe hinunter, um uns fortzuschicken. »Schläft die Kaiserin?« fragte Scridol. »Nun, dennoch glaube ich, selbst wenn man sie weckt, wird sie nachher, wenn sie gesehen hat, daß ihre Tochter gerettet und wieder da ist, um so besser schlafen.«

Die Krankenpflegerin, ein herbes, aufgeputztes Weib, musterte ihn abschätzig, ließ angesichts seiner Anmaßung die Brauen emporrucken. »Ihr könnt unten warten«, beschied sie uns.

Scridol zauderte. Ich sah ihm an, daß er überlegte, ob es nicht doch ein allzu gefühlvolles, aufdringliches Verhalten sei, sich den Zutritt zu einer Frau zu erzwingen, die endlich ein wenig Schlaf gefunden hatte. Ich drosch gegen das Tablett der Krankenpflegerin, die Schüssel sprang die Stufen hinab und zerschellte, nachdem ihr Inhalt das Linnen bespritzt hatte, und es gelang mir, gleichzeitig in Tränen auszubrechen. Ich kann außergewöhnlich eindrucksvoll weinen, dabei grausig keuchen und nach Luft hecheln.

Scridol drückte mich an sich, als bedürfe ich des Schutzes (ich glaube, er befürchtete, die Krankenpflegerin könnte mich schlagen). »Sie ist verschollen gewesen«, sagte er, »und sie hat viel durchgemacht. Sie möchte zu ihrer Mutter.«

Ich hoffte, Mutter würde meine Laute durch die Tür hören und herauskommen. Hätte ich nur eine Stimme besessen, um sie zu erheben, hätte ich doch rufen können, wäre ich nur dazu imstande gewesen, so mühelos wie andere Menschen Töne, Worte hervorzubringen, die jenen, die mich liebten, etwas mitteilten!

Ich lief die Stufen hinauf und warf mich gegen die Tür. Heute bin ich der Meinung, die Krankenpflegerin hätte die Tür beim Verlassen der Turmstube absperren müssen; sie hatte es versäumt, weil sie wähnte, allein in so entlegener Höhe alles in der Hand zu haben. Die Tür flog auf, und ich rannte ins Zimmer. Der Krankenpflegerin wütende Stimme, die mir mit aller Schärfe nachscholl, jagte mir körperlichen Schrecken ein. Ich hörte, wie die Frau mir hinterhereilte, um mich zu verscheuchen, doch es war Scridol, der die Tür zuerst erreichte und ihr den Zugang verwehrte. Scridol war ein kleiner Mann, aber das Weib traute sich nicht, ihn anzurühren.

Mutter lag in einem schmalen, hohen Bett, wälzte sich unruhig hin und her. Ihre Augen waren halb offen, weil sogar die unteren Lider zu geschwollen wirkten, als daß die Lider sich zur Gänze zu schließen vermocht hätten, aber ihr fiebriger, wie glasiger Blick glich dem einer Schlafenden. Ihr Gesicht war gerötet und schön, ihr Haar lag in wirren Locken aufs Kissen gebreitet, klebte in Strähnen auf ihrer Stirn und dem Hals. Sie war in ein schlichtes Gewand aus weißem Linnen mit ordentlich geschnürtem Kragen gekleidet worden; neben dem Bett standen Wasser und Blumen. Alles sah sehr nach anständiger Krankenpflege aus.

»Ihr ist etwas verabreicht worden, das zum Schlummer verhilft«, sagte die Krankenpflegerin ernst, trat mit Scridol ein. »Wenn ihr sie zu wecken versucht, wird sie um so ärger erkranken. Laßt sie ausschlafen! Danach wird man euch vorlassen.«

Auf geistiger Ebene tastete ich nach Mutter. Die Krankenpflegerin hatte mir eine Hand auf die Schulter gelegt (sie grub mir recht gemein die Fingernägel ins Fleisch), so daß es mir unmöglich blieb, mich der schlafenden Ärmsten vollends zu nähern und ihr den Schweiß von den geliebten Lippen zu küssen. Doch ich nahte mich ihr mit meinem Geist, mußte aber feststellen, daß ich nicht zu ihr durchzudringen vermochte. Ich bemerkte die feuchtkalte Klammheit, die jedem anhaftet, der sich unwohl fühlt, jedoch kann ich sie unter gewöhnlichen Umständen sogleich durchdringen. Hier jedoch stak dahinter irgend etwas von beachtlicher Stärke und Schwere, und ich nahm an, daß es sich dabei um die Arznei handelte, die man Mutter gegeben hatte. Aber wie war sie stark! Ich drang ein wenig weiter vor und ersah, daß selbiges Mittel sich nicht allein durch Hochwirksamkeit auszeichnete, sondern zudem Schädlichkeit. Eine starke Aura des Unheils umgab Mutter, und ich war zu begreifen außerstande, warum man so etwas duldete. Weshalb war die Arznei hinausgeschafft worden – denn ich sah keine –, kaum daß man sie ihr einverleibt hatte? War sie in der Schüssel gewesen, die von der Krankenpflegerin hinausgetragen worden war und deren Inhalt ich ausgeschüttet hatte?

In diesem Augenblick begann die Krankenpflegerin Unruhe zu zeigen. Zerd war hereingekommen. Er hatte die Treppe völlig lautlos erklommen, wie ein großes, leises Geschöpf, das es gewohnt war, zu schleichen und zu lauern, gleich wo es sich gerade aufhalten mochte. An uns vorbei blickte er Cija an, die da im Bett lag, zur gleichen Zeit streckte er eine Hand nach mir aus. »Ist das Seka?« fragte er. »Ist's die allbekannte, verschwundene Seka? Ist sie unversehrt geblieben, Kartenzeichner? Hat sie berichten können, wo sie gewesen ist? Cija muß geweckt werden, damit sie sie sieht. Das wird ihr gewiß wohler tun als dieser schlechte Schlaf.«

»Sie kann nicht geweckt werden«, sagte die Krankenpflegerin.

Ihre Äußerung klang so entschieden, daß sich Zerd verblüfft umdrehte. »Kann nicht?« wiederholte er mit gefährlicher Schärfe in der Stimme, indem er das Weib mit drohendem Blick maß.

Er trat an das schmale Bett, beobachtete mit finsterer, regloser Miene Mutters friedlosen ›Schlaf‹. Schließlich langte er zu und hob Cija auf seine Arme, ein Kissen noch unter ihrem Kopf, ein linnenes Laken, ganz zerknittert, verdreht und schweißig, noch um sie gewickkelt. Mutter murmelte schwerfällig etwas, warf in einer unvermuteten Bewegung den Arm seitwärts, so daß sie damit Zerd fast ins Gesicht traf.

»Ich bedaure«, begann die Krankenpflegerin, »aber es widerspricht den Anweisungen ...«

»Wessen?« fragte Zerd mit Interesse nach. Die Frau sprach nicht weiter. Zerd verkniff die Augen. »Wessen?« wiederholte er mit verhaltener Stimme.

»Die Heilkundigen haben bestimmt, daß die hochedle Kranke Ruhe benötigt«, antwortete die Krankenpflegerin; ihr Versuch, nun beim Sprechen sanftmütig zu säuseln, stand zu ihrer eingefleischten Barschheit in lachhaftem Gegensatz. Sie versuchte, das um Mutter gewundene Laken zu glätten, während sie Zerd folgte. Zerd verharrte, verhielt still, wartete einfach, bis sie die Hände sinken ließ. Sie blieb stehen und schaute zu, wie er Mutter hinaustrug. »Was soll ich denn dem Arzt ausrichten«, wollte sie wissen, »wohin Ihr sie gebracht habt?«

Zerd mißachtete sie, gab jedoch mit einem Wink Scridol und mir zu verstehen, daß wir uns ihm anschließen sollten.

Ich lief an Zerds Seite, hielt mich krampfhaft an Mutters Fuß fest. Ich gedachte noch zu versuchen, die Natur der Flüssigkeit zu ermitteln, die auf der Treppe vergossen worden war, aber es stellte sich schon als unmöglich heraus, wieder jene Stelle zu finden, an der ich sie ausgeschüttet hatte; es hatte den Anschein, als wäre sie auf dem Stein verdunstet, oder als hätte das Moos sie aufgesaugt.

Ab und zu schaute Zerd Mutter ins Gesicht, das auf dem schweißfeuchten Kissen ruhte. Er beschleunigte seine Schritte. Durch einen hohen Saal führte er uns, in dem er sich einmal mir zuwandte, die ich neben ihm dahinhastete, und mir zulächelte. Sein Blick durchfuhr mich wie ein Stich. Seine so überaus nachdenklichen Augen, in denen die innere Wachsamkeit seines Gemüts nach Gutdünken zum Ausdruck gelangen kann oder nicht, verweilten auf mir. Im Umgang mit Zerd wäre es ein Fehler, jemals zu meinen, daß er auf Einschätzungen verzichtet. Nie wird er einen Blick in ein Gesicht tun – gleich wie betörend, wie unentbehrlich für ihn –, ohne bei sich eine Zusammenfassung vorzunehmen. Die rücksichtslose Durchsetzung, deren er sich in seinem Leben befleißigte, läßt sich auf eine frühe, beinahe unmerklich vollzogene Beurteilung zurückführen.

Wir durchquerten eine große Halle, in der in dunklen Trauben viele Leute beisammenstanden. »Der Aufbahrungssaal«, sagte Zerd kurzangebunden zu Scridol.

Etliche Anwesende drehten sich um, starrten Zerd an, der sich ihnen mit Mutter näherte. Am anderen Ende der Halle befand sich eine Empore, die man betreten mußte, wollte man an der anderen Seite des Gebäudes hinaus. Auf der düsteren Empore standen drei Kisten erhöht aufgestellt. Das waren, wie wir gleich darauf sahen, drei Särge. In zweien lagen Männer in feinen Gewändern. Im dritten, einem größeren Sarg, der an einem schrägen Gestell lehnte, so daß man hineinschauen konnte, ruhte Ilxtriths tote Königin.

Ich bekam nur wenig von ihr zu sehen, denn obschon rundum Wachen mit finsteren Mienen Fackeln hielten, war ihr Abstand vom Sarg doch etwas zu weit, und die Fackeln flackerten schwach, warfen nur trübes Licht. Gelegentlich glommen auf dem Brustkorb der Toten Glanzlichter; offensichtlich trug sie irgendwelche Schmuckstücke. Als einmal eine Fackel etwas stärker loderte, sah ich ihr Gesicht, das jedoch sofort wieder im Dunkeln verschwand. Es war das Angesicht einer Selbstbesessenen, voller Selbstsucht, es strotzte von Erpichtheit auf Eigennutz und Vorteile, und doch spiegelte es ungelinderte Gier wider, als sänne es im Tod noch auf immer mehr und mehr, und alles allein für sich selbst. Ich verspürte keine Erleichterung, als der Lichtschein von dem Gesicht wich. Vielmehr hatte ich das Gefühl, daß niemand hier, solange selbiges Gesicht, das vor wenigen Tagen noch gelebt hatte, gegenwärtig war, Erleichterung empfinden durfte, nur weil Dunkelheit es verbarg.

Vater neigte das Haupt, als er an der Totenbahre vorbeischritt, doch unterließ er es, Mutter abzulegen, um der toten Königin die angemessenen Bezeugungen der Hochachtung zu erweisen.

Eine blasse Edelfrau löste sich aus einer Gruppe Adliger, die der Verstorbenen soeben Ehrungen darbrachte. Sie hatte einen dicken Verband um den Hals. Während sie Zerd ansah, zitterte sie. Wie es den Anschein hat, vermag seine Gegenwart den Herzschlag der Frauen erheblich zu steigern.

In gewinnender Weise stellte die Edle sich ihm vor und begann die beklagenswerte Geschichte zu erzählen, wie sie vergebens versucht hatte, mich gastfreundlich in einer Ilxtrither Kinderverwahrstätte unterzubringen. »Da ist einer Eurer Räuber mit dem Dolch auf mich losgegangen, Feldherr«, sagte sie, sprach aus Empörung zu schnell, wartete dann darauf, daß Zerd auf Ael zornig würde.

»In meinem Heer gibt es keine Räuber«, entgegnete Zerd ebenso zungenfertig wie höflich.

»Mit einer Ausnahme«, sagte ein Ilxtrither Edelmann bedeutungsvoll, als wir uns anschickten, den Weg fortzusetzen.

Scridol entfuhr ein Ausruf, er tat einige kurze Sprünge beiseite, starrte zu seinen Füßen auf den Boden. Fast hätte er auf ein träges, fettes, langes Vieh getreten, das über den Fußboden kroch. »Wachen, herbei!« schrie Scridol. »Gefahr! Eine Schlange!«

Die Leute beugten sich vor und schauten hin, aber an ihrem Mangel an Überraschung, ihrem bloß gelassenen Interesse, ward klar, daß sie bereits vom Vorhandensein des Tiers wußten. Ich sah es auch, eine kleine, wurmartige, fahle Schlange, die sich durch den Saal wand. Die Trauernden gingen ihr sichtlich aus dem Weg. Niemand rührte sie an. Anscheinend waren sie jedoch in gewissem Maß um sie besorgt. Als Scridol sein Schwert hob, fiel ihm ein Edelmann in den Arm und erklärte, das sei keine Schlange, und man dürfe dem Wurm nichts antun.

»Jener hochgestellte Herr dort ...« – und er zeigte mit dem Kinn auf einen der toten Adligen, die neben der Königin in ihren Särgen aufgebahrt lagen – »ist just gestorben, und dies ist seine Selbstachtung, die ihren üblichen Sitz in seiner Wirbelsäule verlassen hat.«

»Hä?« Scridol runzelte verdattert die Stirn.

»Ist Euch noch nie aufgefallen, wie Eure Selbstachtung sich in Eurer Wirbelsäule windet und eiskalt wird«, meinte der Edelmann, »wenn sie bedroht ist?«

»Das ist das Rückenmark.«

»Nein, es ist Euer Wurm.«

Zerd hieß mich mit einer Kopfbewegung nähertreten, und während ich an seiner Seite ging, drückte er Mutter einen Augenblick lang mit einem Arm fest an sich, um mit der freien Hand flüchtig meinen Rücken abzutasten. »Man fühlt Sekas Wirbel, als wären's Perlen«, sagte Zerd. »Sie hat wohl keine Selbstachtung.«

Zerd bettete Mutter in ein kleines, schwarzes Boot, das wir – nebst mehreren gleichen Fahrzeugen – beim Ausgang der Halle am Rande des marmornen Pflasters vertäut lag, in aller Stille auf den Wellen einer Art von breitem, kühlem Innenkanal schaukelte, der an den ›Aufbahrungssaal‹ grenzte. Übervorsichtig bestieg auch Scridol das Boot, riß den Mund erschrocken auf, ohne einen Laut auszustoßen, als es schwankte. Wie er es vermutlich für geziemend hielt, hatte er am Marmorufer gewartet, bis Zerd ihn zum Einsteigen aufforderte. »Vorwärts, du kommst mit, das versteht sich doch von selbst, Scridol!« Geschmeidig machte Zerd es sich im Heck des Boots bequem, ergriff ein Ruder mit flachem Ende, in das geheimnisvolle Zeichen eingebrannt waren, in denen sich längst Schmutz und Algen ablagerten, und schon legten wir ab. Im Boot durchquerten wir eine angrenzende Halle, in der allerdings Wasser nahezu die gesamte Grundfläche bedeckte. Überm Wasser hingen viele Hängematten aus schwarzer Seide. In diesem Saal war es sehr dunkel, doch ermöglichten die wenigen Fackeln, die dort brannten, es uns, Wachen in Brustpanzern zu erkennen, die gleichmütig auf Posten standen; nur in den Augen unter ihren spitzen Ilxtrither Helmen spiegelte sich Wachsamkeit wider. Als wir sahen, wie sich da ein mit Armreifen beringter Arm unruhig streckte, hier ein grübchenreiches nacktes Bein aus Decken schob, dort eine Schläferin sich regte, begriffen wir, daß wir uns in diesem Bau in so etwas wie einem Schlafsaal für die Palastfrauen befanden. Zerds Zähne leuchteten, als er lächelte. »Um der Schönheit willen zieht man hier, wie's mir den Anschein hat, den Schlaf irgendwelchen abendlichen Vergnügungen vor.«

Bald verließen wir auch dies bemerkenswerte Bauwerk, in dem dicht über dem Wasser, auf dem eine

Schmutzschicht aus fortgeworfenen Schminkeresten schwamm, wie Nebel ein Dunst aus den verschiedenartigsten Duftstoffen trieb.

Danach gerieten wir in eine Reihe von Schleusen, aber der Wasserstand war hoch genug, die Tore waren offen. Längst der gepflasterten ›Ufermauern‹ waren zweireihig Nischen eingelassen, vergleichbar mit den Kojen eines Schiffs, jede etwa so breit wie ein ausgestreckter Mann lang war; und in diesen Nischen wimmelte es von Soldaten. Sie waren unsere Männer.

»Das Ganze will mir nicht behagen«, sagte Scridol unverblümt und im Ton des Mißmuts. »Es sieht so aus, als würdet Ihr ausreichend bewacht, doch wenn hier unsere Unterkünfte sind, so hat, denke ich mir, ein geistig gestörter Baumeister sie nichts anders als den verlockenden Teil einer Falle entworfen. Wer hat die Gewalt über diese Schleusen und ihre Tore, wir oder Ilxtrither?«

»Na, was glaubst du wohl, wer?« entgegnete Zerd unbekümmert. »Sie natürlich.«

Scridol und Zerd vertäuten das Boot an einer Stelle, wo Soldaten eine große Hängematte entfalteten, tief übers schwarze, von Spiegelungen freie Wasser senkten, und Scridol half Zerd, Mutter auf die Kissen in der Hängematte zu legen und ganz behutsam eine Schaffelldecke über sie zu breiten. In meinem Innern verstärkte sich immer mehr, als hätte ich mich mit einer Krankheit angesteckt, ein Gefühl eisiger Elendigkeit. Ich entsinne mich, daß dieser Eindruck sogar eine gewisse Ähnlichkeit mit den kalten Dünsten hatte, die man aus Sumpflöchern aufsteigen *sehen* kann.

Es mißfiel mir, wie Mutters Kopf auf ihrem Hals wankte. Es gefiel mir überhaupt nicht, wie sie atmete. Das größte Unbehagen verursachte es mir, wie still sie war, daß die warme körperliche Nähe des Feldherrn keinerlei Einfluß auf sie ausübte. Irgendein gräßliches Übel mußte in ihr stecken.

Da schoß plötzlich, indem helle goldgelbe Laternen aufleuchteten, ein anderes Boot in die düstere Kammer, in der wir unsere Fahrt beendet hatten. Es hielt neben der Hängematte, in der Mutter nun ruhte, schaukelte auf dem Wasser, und in des Boots Mitte erhob sich wie ein falsch angebrachtes Bugbildnis Prinzessin Sedili. Sie stand mit in die Seiten gestemmten Armen und nach vorn gewölbten Brüsten da.

»So!« stieß sie in scharfem Tonfall hervor. Sie richtete einen Blick mit außerordentlichem Nachdruck auf Zerd. Sie war nicht umsonst eine große Frau, eine Persönlichkeit, für Auseinandersetzungen bestens geschaffen, sondern wußte diese Eigenschaften auch zu nutzen. »Wir weilen in der Stadt, die meine Mitgift ist, Zerd«, sagte Sedili mit einem gewissen Gefühlsüberschwang. Sie hatte fürwahr ihren eigenen Rat beherzigt und ein Kleid angelegt, das sich vorzüglich eignete, um darin den Gemahl mit einem anderen Weib zu ertappen. Das Gewand war gediegen und doch ergreifend schlicht.

»Für diese Stadt verdienst du beglückwünscht zu werden, meine Teure. Und wir sind ebenso froh darüber wie du, uns endlich in ihren gastfreundlichen Mauern zu befinden.«

»Ist es nicht angebracht und entspricht es nicht der Höflichkeit, unseren Ilxtrither Verbündeten zu zeigen, wie du dich zu deiner *rechtmäßig* anvermählten Prinzessin legst?« Wäre Sedili keine so beeindruckende Rednerin gewesen, ich hätte behauptet, daß sie winselte. Zumindest war ihre Stimme – bei aller unbestreitbaren Kraft – nun schwächer geworden, klang höher als gewöhnlich, als hätte sie im Rahmen ihres üblichen, schnippischen Tonfalls (eines ›Hier-ist-eure-Kriegsherrin‹-Tons) eine unterschwellige, wütende Weinerlichkeit angenommen.

Immerhin war Sedili ja Zerds erste Gemahlin und nie von ihm geschieden worden. *Sie* hatte nie die Gelegenheit erhalten, den Wahrheitsgehalt der alten Redensart zu überprüfen, daß die ersten drei Ehen stets die schlimmsten sind.

Zerd lächelte in wahrhaft tiefsinniger Weise. Er rief Soldaten heran, tüchtige Männer seiner Handschar, gab Cija in ihre Obhut. »Mit deiner gnädigsten Erlaubnis, meine Teure«, sagte er und schwang sich mitsamt mir an Bord des glitzrigen Gefährts Sedilis, das ein Werkzeug eindrucksvoller Entlarvung und Vergeltung hatte sein sollen; er befahl Scridol, uns zu folgen.

Als wir uns dem finstersten Winkel dieser Stätte näherten, wo das Marmorpflaster sich zu einem Torbogen emporschrägte, durch den man in den nächsten Kanal gelangte, ward dort eine hochgewachsene Gestalt sichtbar. Einen Augenblick zuvor war sie – daran gab es keinen Zweifel – noch nicht sichtbar gewesen. Sie stand, sehr bleich, einfach da und erwartete uns. Sie war Ilxtriths Königin, die Königin aus dem Sarg. Ich hörte Sedili aufkeuchen. Ich wußte, daß es die Königin war, nicht allein aufgrund der mit Gold und Geschmeide geschmückten Brust, sondern auch dank der von Habgier gekennzeichneten Gesichtszüge, die man, war man erst einmal davor zurückgeschreckt, nie mehr vergessen konnte. In diesem Moment kam mir der Gedanke, daß zwischen dem uneingeschränkten ›Ich bin, *also will ich*‹ in der Königin Miene und dem leicht schrillen Anklang von Überdrehtheit in der im übrigen so beherrschten Stimme der vielgerühmten Oberherrin der Südprovinzen des Nordreichs eine Verwandtschaft bestand, in Sedilis Stimme, die man weithin dafür pries, wie sie Männer dazu anfeuerte, für die Ehre zu sterben, einer Stimme voller Reife und weiblicher Geduld (ihre Soldaten nannten sie häufig ihre Mutter oder ihre Schwester), eine Verwandtschaft zwischen der toten Königin und dem dünnen, gierigen Mädchen im Innersten Sedilis, das zu jeder List bereit ist, wenn es bedroht wird. Hier bediente sich gerade jene Königin eines Kunstgriffs. Ihr Kniff bestand darin, sich aus dem Sarg zu erheben und den eingedrungenen Eroberer zu erschrecken. Er sollte für seine Feldherrnstiefel nicht zu groß werden. Deshalb war sie von den Toten auferstanden, um sich ihm zu zeigen. Was da erschien, war nämlich keineswegs die leibhafte Königin, ihre schöne, wirkliche Gestalt, ihr Leichnam, der im Sarg ruhte, es war *kein* Fleisch und Blut. Und dennoch stand es da und wartete auf uns – oder schwebte, denn die Füße glichen mehr einem Dunst überm Pflaster.

Zerd stieg als erster aus dem Boot und aufs Pflaster. Dann schritt er geradewegs durch die Gestalt hindurch. Unbefangen kam er an ihrer Rückseite zum Vorschein. Durch den Torbogen strebte er zu seinen Männern.

Die Gestalt flimmerte, offenbar darauf bedacht, ihre Ganzheit wiederzugewinnen, doch Zerds unvermutetes Verhalten hatte sie zerrissen, Dunstfähnchen lösten sich, Licht drang durch zerfranste Löcher, und schließlich, in einer Art von kalter Gerinnung, deren Eisigkeit wir alle spürten, schrumpfte sie zusammen, bis sie unsichtbar ward.

Ich schaute Sedili von der Seite an. (Ich sah sie gern an, sie bot dem Auge etwas.) Ihr Mund, der sonst einen Ausdruck solcher Tüchtigkeit und Fähigkeit hatte, stand offen, während sie Zerd anstarrte. Auf ihrer Stirn und an ihrem Hals bemerkte ich Perlen echten Schweißes, den ›Trauer-Perlen‹, welche sich die Ilxtrither Edelfrauen anläßlich der Beisetzung ihrer Königin unter die Augen geklebt hatten, gar nicht unähnlich. »Er hat die Unverfrorenheit der Verdammten«, murmelte sie, blickte Zerd mit etwas wie scheuem Widerwillen nach.

»Meine Tochter steht unter deinem Schutz, Kartenzeichner«, rief Zerd, drehte sich Scridol zu, winkte zum Abschied lässig. Ich bin aufrichtig des Glaubens, daß er die Erscheinung, als er durch sie hindurchtrat, gar nicht wahrnahm. Mit Gewißheit wäre es ein für Zerd gänzlich eigentümlicher, großartiger Auftritt gewesen, mit so einem Betragen die Nichtigkeit einer solchen Erscheinung aufzuzeigen. Hätte er sie gesehen, wahrscheinlich wäre er so vorgegangen. Aber ein Mann, der so derb körperlich empfindet wie Zerd, ist seitens der Natur – das ist meine Meinung – für die Wahrnehmung der feinstofflicheren Dinge in dieser Welt höchst unzulänglich ausgestattet.

In allgemeinem Schweigen schwamm das Boot weiter. Es bog in einen breiteren Kanal ab, in dessen gekachelten ›Ufermauern‹ Mosaike glitzerten.

Sedili errang die Beherrschung zurück. Die Lippen auf eine Weise gespitzt, wie ich sie schon ein paarmal bei ihr beobachtet hatte, spähte sie über den Bug ihres prächtigen Boots hinweg voraus. Unvermittelt fiel ihr Blick auf mich. »Du mußt zu den anderen Kindern in eine Kinderverwahrstätte gehen«, sagte sie zu mir. »Dort wird man sich so um dich kümmern, wie's recht ist. Du wirst leckere Speisen zu essen erhalten. Iß nicht auf dem Flur. Vornehme junge Mädchen speisen ausschließlich bei Tisch.«

»Ich werde die kleine Prinzessin hingeleiten, edle Frau«, sagte Scridol.

»Du wirst dich deinen eigentlichen Aufgaben widmen, Scridol«, entgegnete Sedili stur. Sie erinnerte ihn daran, daß Zerd ihn nicht zum Kinderbetreuer ernannt hatte, wie leicht und umstandslos eine solche Tätigkeit für einen Kartenzeichner, der jede Menge Arbeit hatte und in Ilxtrither Büchereien Nachforschungen anstellen mußte, auch nebenbei zu bewältigen sei. »Aber von mir aus soll's dir gewährt sein«, sagte sie, »des Feldherrn Tochter in die nächste Kinderverwahrstätte zu bringen. Berichte danach dem Feldherrn, ob du mit der Einrichtung zufrieden bist, ob sie sauber ist und sinnvoll ausgestattet, ob Spiele, Puppen und Spielzeug in verwendbarem Zustand sind und ob die Bilder und Kinderreime an den Wänden deine Billigung finden.« Sedilis Gefolge, das sie umringte, lachte unterdrückt. Wiederholt bekam Scridol rote Ohren. Sedilis Handlanger und

Schoßhunde sind, anders als im Umkreis der meisten hochgestellten Frauen, nicht nur Schönlinge und Speichellecker, sondern auch Kriegsleute, die sich durch Schlauheit, Eignung und Bildung auszeichnen, und deshalb ist es beileibe nicht angenehm, von ihnen verlacht zu werden. »Und *dann* finde dich wieder bei mir ein!« fügte Sedili in scharfem Ton hinzu.

Sie maß mich festen Blicks, als Scridol und ich uns nach dem Aussteigen, einem Führer anvertraut, auf den Weg zu einer Kinderverwahrstätte machten. Ich nickte ihr zu. Ich hatte den entschiedenen Vorsatz gefaßt, Sedili zuliebe in den Fluren und Gängen Ilxtriths keine Leckereien zu naschen. Ich wußte, ihr lag sehr daran, daß ich sie nicht enttäuschte.

Bald konnten wir die Stätte hören, zu der wir strebten. Man vernahm ein gedämpftes, ruhiges Stimmengewirr, das in gewisser Hinsicht an ein Vogelhaus gemahnte. In bestimmten Abständen läuteten kleine Glöckchen, die damit, wie ich später herausfand, das Wechseln der Betreuer und Betreuerinnen anzeigten.

Von den Fenstern der Kinderverwahrstätte aus konnten wir den Abschluß der Begräbnisfeierlichkeiten mitansehen, mit denen man die Königin beisetzte. Die Kinder waren eigens auf den Fensterplätzen aufgereiht worden, um zuzuschauen, besonders die jüngeren, für die das Schauspiel den höchsten Aufschluß bieten sollte; die älteren Kinder wußten schon einiges über die Sterblichkeit.

Die Bahre mit dem Sarg war unter die grüne Erde gesenkt worden, und man schaufelte das Grab zu. Gleichzeitig wie die Erde warfen die Trauergäste die Perlen (und Diamanten) von ihren Wangen – ihre ›Tränen‹ – auf den Sarg. Die Königin mußte in genau dem Augenblick, als man sie zu bestatten begann, in jener wäßrigen Halle als Erscheinung aufgetreten sein, um den Feldherrn zu erschrecken, dem sie im Leben nicht mehr begegnet war und den sie daher zu Lebzeiten nicht hatte einschüchtern können.

Nachdem der geplagte Scridol mich in der Kinderverwahrstätte zurückgelassen hatte, schaute ich mir ernsthaft die anwesenden Ilxtrither Kinder an. Die Mädchen kreischten nur halblaut. Sie waren offenbar sehr folgsam und ebenso offensichtlich sehr hinterhältig. Anscheinend führte das eine zum andern (falls jene, die jetzt meine Zeilen lesen, sich so etwas vorzustellen vermögen), und umgekehrt. Die Kinder trugen Kleidung in unaufdringlichen Farben und saßen geschäftig herum, fertigten Gegenstände an, alle möglichen Sachen; sie nähten, stickten, klebten, schnitten, färbten, hämmerten, zimmerten, woben, häkelten, sie taten, wozu sie nur imstande waren, solange dabei irgendein Ding entstand. Auf was es ihnen ankam, war das Herstellen irgendwelcher Dinge. Was für Erzeugnisse das waren, blieb von minderer Bedeutung (obschon sie Dolche, Laternen und Umhänge sichtlich bevorzugten), solange sie selber daran arbeiteten, sie möglichst eigenhändig schufen, und zwar am liebsten, wenn man am Himmel einen Schweifstern erblickte, was in jener Zeit oft geschah.

Heutzutage ist es natürlich üblich, weil ein Mond da ist, dieses alberne neuartige Licht am Nachthimmel, das in den Meeren Gezeiten und in den Menschen Wallungen hervorruft, derlei Werkzeuge und sonstige Sachen, um sie mit Magie zu behaften, unter Berücksichtigung seiner Gesetzmäßigkeiten anzufertigen – entweder bei Neumond oder Vollmond, ich kann's mir nie genau merken.

Als der günstigste Zeitpunkt galt jedoch ein Begräbnis, je großartiger, um so besser, denn ein Begräbnis beherrscht vollauf Gedanken und Stimmungen der Teilnehmer, beeinflußt sie an Leib und Seele. Aus diesem Grund grenzte die Kinderverwahrstätte an das Gräberfeld. Die Bestattung einer Königin durfte selbstverständlich keinesfalls versäumt werden, und so befanden sich währenddessen sämtliche Kinder emsig am Werk.

Ein kleines Mädchen zeigte mir den Wandteppich, an dem es arbeitete und in den Nesseln eingeflochten werden sollten. Das Kind hatte wunde Finger, die blasig waren wie gebackene Speckschwarte. Darauf war es unerhört stolz, doch machte es beim Vorzeigen ein dermaßen ernstes, trübsinniges Gesicht, daß ich mir dachte, diese Eitelkeit in bezug aufs Leiden müsse sicherlich im Gegensatz zu den Erwägungen stehen, die der Befürwortung eines so eifrigen Arbeitens ursprünglich zugrundegelegen hatten und deren Zweck wahrscheinlich hatte sein sollen, zur Bescheidenheit und Selbstlosigkeit zu erziehen.

Ein hübscher kleiner Bub, jünger als ich, einen Kranz von Ringellöckchen und nicht grauen, sondern silbernen Augen, zeigte mir sein Messer. »In dieser Waffe ist Blut«, sagte er, während er es aus dem dunklen Tuch wickelte, in dem er es hinter dem Käfig seiner weißen Ratte aufbewahrte. »Natürlich Jungfernblut«, ergänzte er, um zu beweisen, daß er sich auskannte. »Du kannst es nicht sehen«, stellte er zudem mit einer gewissen überheblichen Geringschätzung klar. »Es ist bei der Anfertigung der Waffe hinzugefügt worden.«

Aber ich *konnte* das Blut sehen. Ich vermochte etwas Träges und Schweres in der Waffe zu spüren, ein lebloses Etwas, das auf etwas wartete – nicht mit Ungeduld, voller Begierde oder Hunger, einfach nur wartete. Mir flimmerte ein wenig vor Augen; sie waren die Umstellung noch nicht gewöhnt, die auftrat, wenn man zwischendurch einmal etwas ersah, was man ansonsten mit der herkömmlichen Sicht zu sehen außerstande blieb.

Die Betreuer und Betreuerinnen (Männer und Weiber in schlichten schwarzen Gewändern) ließen zu allgemeinem Geläute der Glöckchen eine Anzahl Ilxtrither Eltern zum abendlichen Besuch ein.

Bei dieser Gelegenheit fand sich auch jene bleiche Edelfrau ein, die es so hartnäckig auf mich abgesehen hatte. Sie machte mich mit einem Mann bekannt, der einen müden, laschen Blick hatte, und die Perlen in ihrem zu Zöpfchen geflochtenen Schnurrbart glänzten, als sie sich zu mir herabbeugte, mich in die Duftwolke ihres Duftwassers einbezog. »Es ist gar nicht schön für eine kleine Prinzessin, ständig mit großen, ungehobelten Soldaten zusammen zu sein, nicht wahr?« meinte sie leise. »Große Männer kennen keine netten Spiele.« (Wäre es mir möglich gewesen, hätte ich darauf erwidert, daß Ael sehr wohl welche wußte.) »Würde es dir nicht besser gefallen, statt dessen hier zu sein?« versuchte sie mir einzureden. »Warum versteckst du dich nicht einfach, wenn man morgen kommt, um dich abzuholen?«

Meine Augen füllten sich mit Tränen, während ich sie anschaute. Freilich, ich war ein armes, kleines Würmchen, eine Waise, niemand kümmerte sich jemals um mich. Man zwang mich, morgens aufzustehen sowie Lesen und Schreiben zu lernen. Besaßen Kinder denn überhaupt keine Rechte?

»Ob ihr Blut blau ist?« fragte der Mann neugierig.

Die Edle lächelte. »Das müssen wir abwarten«, antwortete sie heiter.

Als Ael des Abends zu mir heraufkam, um mich aus Ilxtrith hinauszuschaffen, begegnete er dabei nur wenigen Schwierigkeiten. Unsere Gastgeber verließen sich zu sehr, während sie Verrat ausbrüteten, auf ihre Zauberkräfte, als daß sie die richtigen Maßnahmen zu treffen fähig gewesen wären. Sie hatten Kraftfelder aufgebaut und verschiedenerlei Geistesfallen gestellt, die jemand wie Zerd allerdings zu durchschreiten pflegte, ohne sie zu bemerken, und jemand wie Ael geriet gar nicht in ihren Wirkungskreis, weil er ohnehin den Weg übers Abflußrohr nahm. »So wie's Verrätern stets ergeht«, erläuterte mir Ael, während wir einen engen Gang entlanggingen, in dem eine Art von gleichgerichtetem Licht leuchtete, von dem man anscheinend hoffte, es werde irgendwie auf etliche, hauptsächlich aus Metallen gefertigte Geräte einwirken, die unsere Flucht säumten wie Bettler, »sind diese Ilxtrither in solchem Umfang eingenommen von ihrer eigenen Gerissenheit, daß sie keine Zeit dafür erübrigen, den Opfern ihrer Ränke irgendeinen Argwohn entgegenzubringen.«

Derweil ich über diese Äußerung nachdachte, erreichten wir das Fenster, durch das er hereingeklettert war; der Haken, den er an eine Ecke des Fenstersims gehakt hatte, war noch da. Mit geübter Bewegung, buchstäblich aus dem Handgelenk, entrollte Ael das Seil an seiner Hüfte, befestigte es zweifach am Haken, und gleich darauf ließen wir uns hinab. Im Freien konnten wir, während wir an der Mauer hingen, umschwirrt von vielen schillernden Nachtfaltern, den Lärm von Festgelagen aus den großen Sälen hören. Noch feierten unsere Gastgeber uns. Draußen in ihrem Lager veranstalteten Aels Räuber ihre eigenen Zechereien.

Zwei Kleinpferdchen standen unter der Mauer und warteten. Er hatte ihnen die Zügel über Nasen und Hälse gelegt, und dadurch waren sie für sie so etwas wie ein Ersatz für den Reiter. Das war ungefähr das gleiche, wie wenn man einem Hund ›Sitz!‹ befiehlt.

Es freute mich, daß er mir ein Pferdchen ganz für mich mitgebracht hatte. Ich ritt gerne mit ihm, aber selbst ein Reittier von ihm zu erhalten, war eine Ehre. Ich begriff – und zwar mit einer gewissen Beängstigung –, daß er damit rechnete, ich könnte irgendwann im Laufe des Abends auf mich allein angewiesen sein.

Paarweise tanzten Räuber behend und durchaus artig um ihre Lagerfeuer, schwangen munter Arme und Beine, beschwerten sich einer über des anderen Sporen. Doch sie blieben immer auf der Hut. Die zahlreichen, überall verteilten Wachen, deren Blicke auf Ilxtriths

Wällen und Türmen ruhten, wandten die Augen nicht einmal ab, wenn Tänzer sie anrempelten. Etwas weiter entfernt tanzten die Weiber der Räuber miteinander.

»Ein warmer Abend«, sagte Aels Stellvertreter Yshur, indem er sich zu uns gesellte, meine Anwesenheit mit einem Nicken zur Kenntnis nahm, das keine Spur von Überraschung ausdrückte.

»Wenigstens so warm wie im Mutterleib.« Ein Räuber auf einem Pferdchen mit traurigen Augen tänzelte an uns vorüber. Die Gestalt, mit der er tanzte – und die dabei ebenfalls hoch zu Roß saß –, mochte ein Mann oder ein Weib sein, auf jeden Fall jedoch war sie das Kriegshandwerk gewöhnt; sie trug schwarze Pelze und schwarzen, hauchdünnen Stoff, doch wehten lange Bänder aus selbigem Stoff von den Griffen verschieden großer Dolche und Messer an ihrem Gürtel, mindestens sechs an der Zahl. Dank dieser Messer in abgestuften Größen sah sie aus wie ein sehr ordentlich gesonnener Schlachtermeister. Leuchtkäfer hatten sich in ihrem schlangenähnlichen Halsschmuck aus Fell festgesetzt und glommen wie die Augen erhitzter Trunkener.

Wenn die Hexenmeister Ilxtriths ins Land ausspähten, mußten sie Tausende von Lagerfeuern sehen und es sich wahrscheinlich gut überlegen, ob es ratsam sei, Feindseligkeiten gegen uns zu wagen; lediglich einige Hundert Räuber lagerten hier, aber sie hatte keine Mühe gescheut, um so viele Feuer wie möglich zu entzünden.

Schönling kam zu uns. Seine Wangen wiesen gutaussehende Narben auf, die von dem Pfeil stammten, der ihm durchs Gesicht geschossen worden war, als ich ihn das letzte Mal sah. Sie verstärkten den Eindruck kriegerischer Vornehmheit, den er schon für gewöhnlich verbreitete.

»Ich widme mich der Aufgabe, die Unterbringung meines Gefolges in den Ilxtrither Häusern östlich unseres Standorts zu prüfen«, sagte er barsch. »Ich habe feststellen müssen, daß meine Getreuen fortwährend durch Diebereien und sonstige lästige Umtriebe deiner Männer behelligt werden.« (»>Östlich unseres Standorts‹, was soll das heißen?« fragte Yshur, während Schönling unverdrossen weitersprach; Räuber kennen allem Anschein nach nur rechts und links. Ael saß mit vollständig ausdrucksloser Miene auf seinem Pferd, doch war nicht ganz auszuschließen, daß er Schönlings Äußerungen hörte.) »Sind wir hier nicht allesamt Pilger an einem Ort des Geistes?« meinte Schönling mißmutig. Im Vergleich mit Ael bot er einen wahrlich prächtigen Anblick. Seine Schulterstücke und nordländischen Abzeichen gleißten regelrecht im Feuerschein. »Sind wir nicht aufgrund des Vertrauens einer hochedlen Frau hier? Entlarvt ein derartiges Verhalten uns nicht als so eines Vertrauens unwürdig, gedeiht unsere Vertrauensunwürdigkeit uns nicht zur Schande, und besudeln wir nicht, indem wir die Ehre dieser hochwohlgeborenen Frau beschmutzen, unsere eigene Ehre?«

»Eine hochwohlgeborene Frau«, wiederholte Ael wortkarg. »Gewiß. Drum soll sie eines Tages ganz für sich an einem hohen wohlgeschnitzten Galgen baumeln.« Ael klatschte seinem Pferdchen die Zügel seitlich an den Hals, und wir ritten weiter. Sogar ich wußte die Beherrschung gut zu ermessen, welche es Schönling kosten mußte, um dem Räuberhauptmann keine Herausforderung entgegenzuschleudern. Schönling war offenbar unerschütterlichen Willens, es in Ilxtrith zu keinen Zwischenfällen kommen zu lassen. Als die Tanzenden erneut vorüberwirbelten, warf die schlanke, in Pelze und Schärpen gehüllte Gestalt mir eine Lilie zu, wohl in einem Ilxtrither Garten gepflückt und in einen Dolchgurt gesteckt worden. Eine innere Eingebung bewog mich dazu, mich umzuwenden und sie Schönling anzubieten – und er nahm sie unwillkürlich an. Doch als sich ein Mann seiner in prachtvolle Waffenröcke gekleideten Leibwache mit einem rassigen Reitvogel einfand, damit Schönling auf die vornehmeren, feineren Festlichkeiten zurückkehren konnte, stopfte er die Lilie mit matter Gebärde in des Vogels Futtersack.

Ael trennte sich von Yshur und nahm mich in seine Jurte mit, ein niedriges, vielfach geflicktes Zelt aus Leder, unter dessen verschließbarer Deckenöffnung auch ein kleines Feuerchen brannte. Drinnen hockte ein Räuber und briet eine bereits reichlich geschwärzte, recht fette Taube. Mir ward flau zumute, sobald ich sie sah. Als anständiges Mädchen, das ich war, hatte ich schon zu Abend gespeist und alles aufgegessen. Ich verspürte keinen Hunger, und allmählich fühlte ich mich, um die Wahrheit zu sagen, zu ermüdet, um noch Lust auf besondere Abenteuer zu haben. Ael gab mir ein Zeichen, ich solle mich auf etwas setzen, das entfernt einer Wiege ähnelte, einem über zwei Seile gebreiteten Teppich. Ich ließ mir etwas angebranntes Geflügel aufdrängen (das Fleisch war zart, aber das Stück zu groß und zu schwarz) und versuchte es hinabzuwürgen, blickte unterdessen zu einigen Sternen auf, die freundlich vom nächtlichen Himmel herabblinkten, wo oben in Aels Zelt das Abzugsloch, das dem Rauch seines Feuers das Abziehen ermöglichte – und anscheinend den Qualm anderer Feuer einließ –, den Blick nach draußen freigab, weil der Filzdeckel beiseitegeschoben war; während ich aß, murmelte Ael zu mir, dem Räuber an der Feuerstelle oder bei sich selbst. »Ort des Geistes, ha!« schnob er, und ich begriff, daß er sich darüber erboste, wie Schönling Ilxtrith genannt hatte. »Eine Stadt der Körper«, berichtigte er Schönlings Aussage voller zornigem Nachdruck. »Dinge und verdinglichte Körper, die sammeln sie.« *Sammeln* war für Ael ein Wort stillschweigenden Abscheus.

Schließlich nickte er dem Räuber, der die Taube hatte nahezu verkohlen lassen, schroff zu; der Mann ließ uns allein. Danach taten wir einiges, das mir gefiel. Dabei umwallten uns rußige Rauchschwaden.

Ael zeigte mir, was ich mit der Hand an einem Mann

fertigbringen kann. Er half mir beim Zielen mit seinem harten fleischigen Rohr, und als der Samen zum erstenmal hervorschoß, löschte er damit eine Kerzenflamme. Dieser Erfolg belustigte ihn so stark, daß ich daraus folgerte, er hatte geahnt, wie sehr es mich erheitern würde. Beim zweitenmal spritzte er weniger.

Zum rechten Zeitpunkt, fast wie auf ein Stichwort, nicht zu früh, erscholl rings um die Jurte ein greuliches, wirres Geschrei. Ael eilte um einen der zusammenklappbaren, ledernen Wandschirme, die im Innern der Jurte als Raumteiler dienten, prallte ums Haar gegen einen Räuber, der im selben Augenblick hereinhastete. Die beiden nickten einander grimmig zu. Ohne daß sie ein Wort wechselten, lief der Räuber wieder hinaus, und Ael kam noch einmal kurz zu mir, zog sich dabei die Hose hoch.

»Du bist hier nicht sicher«, war das erste, was er sagte, als könnte er mich damit ermutigen. »Aber weitaus sicherer«, fügte er sofort hinzu, »als bei jenem Städtergesindel, das dich als putzige Neuerung für eins seiner ausschweifenden Feste behalten hätte. Komm mit hinaus, schwing dich auf das Pferd, das draußen für dich bereitsteht, reite hinüber zu den flachen Hügeln, solange du noch Zeit hast, sie sind ganz nah. Noch ist diese Stätte kein Schlachtfeld. Dir bleibt eine hinlängliche Frist.«

Ich folgte ihm aus der Jurte, und er setzte mich aufs Pferd. Dann stieg Ael auf das eigene Reittier, und unverzüglich entschwand er in ein schauriges Getümmel. Ilxtrith hatte im Dunkel der Nacht die Hand wider uns erhoben.

Mutter weilte in der Stadt! Ich zögerte, spähte in die Richtung der hohen Wälle, von denen eine Ansteckung auszugehen schien.

Schon war es finsterer als noch kurz zuvor. Widersacher waren im Kampf durch Lagerfeuer gestampft und hatten sie ausgetrampelt. Die Räuberschar, die anscheinmäßig so freimütig gezecht hatte, war trotzdem jederzeit Herr der Lage gewesen. Je trunkener sie unter den Fenstern der vieltürmigen Stadt Ilxtrith umhergeschwankt war, um so mehr hatte sie sich auf den köstlichen Schrecken gefreut, den sie Ilxtrither Soldaten einjagen würde, falls solche sich – in der Erwartung, es mit einem kampfunfähigen Gegner zu tun zu haben – gegen sie vorwagten. Es vergnügte mich, zu sehen, daß bereits Ilxtrither aus der Stadt flohen, so wie Ameisen unter einem Stein hervorgelaufen kommen, verfolgt und hart bedrängt von Soldaten Zerds. Aber noch war keine Massenflucht ausgebrochen.

Nur ein paar Augenblicke lang verharrte ich, während ich zauderte, und mit einem Mal befanden sich neben mir im Durcheinander Zerd und Clor mit Mutter. Sie lag, in einen dunklen Umhang gehüllt, auf Vaters Armen – und war unverändert besinnungslos! Vater bemerkte meinen Blick höchster Betroffenheit, nickte mir zu.

»Die Götter mögen wissen, was man mit ihr angestellt hat«, sagte er. »Schau, Seka!« ergänzte er, als ein Wagen, dem das Wahrzeichen der Wundärzte auf die Seitenwände gemalt war, bei uns hielt, »dies Gefährt wird dich und deine Mutter in die Hügel befördern.« Er hob mich in den Wagen. »Bleib allem fern!« wies er mich an. »Ich werde später nach dir schicken, oder Ael wird's, da er schon soviel Verstand gehabt hat, dich aus dieses Wütens ärgster Mitte fernzuhalten.« Clor brummte mir in begütigender Weise zu, während Zerd einen Arm ausstreckte und einen Zipfel der Decke, die im Wagen ausgelegt war, über mich breitete. Ein dürrer Mann saß bei mir auf der Sitzbank. »Das ist ein Arzt, der sich um euch zwei kümmern wird«, erklärte mir Zerd rasch; er hätte längst wieder fort sein müssen. Der Arzt lächelte einfältig und lachte leise auf.

Clor hatte die Feuchtigkeit in der Luft bemerkt. »Es fängt an zu pissen«, sagte er mißgelaunt.

»Nur ein schwacher Nieselregen«, meinte der Arzt.

»Es ist Sekas Regen«, entgegnete Zerd unerwartet, dann gingen er und Clor. Sogar von hinten glänzte und glitzerte Clors prunkvolle Aufmachung. Ich begriff, daß ein überaus ernster Zusammenprall stattfand. Clor hatte seine sämtlichen Auszeichnungen und Abzeichen angelegt, damit man seinen Leichnam zu erkennen vermochte.

Der Wagen fuhr ab, bis auf weiteres durch die Kennzeichnung von Übergriffen geschützt. Mir fiel ein, wo ich den Arzt schon einmal gesehen hatte. Er war Sedilis Arzt, oder vielmehr Schönlings Arzt, den Sedili bei irgendeiner Gelegenheit angebracht hatte, damit Mutter sich von ihm untersuchen lassen könne, doch hatte Cija auf diese Ehre verzichtet. Wer mochte es geschafft haben, ihn Zerd als geeigneten Arzt zu empfehlen?

Der Arzt lächelte ununterbrochen dümmlich vor sich hin. Er zog Mutter die Decke übers Gesicht. »Na, na, soll man uns etwa erkennen?« sagte er, als ich Mutters Gesicht entrüstet wieder entblößte, damit sie Luft bekam und nicht schon einer Leiche glich. Er faselte davon, wie der nächtliche Angriff uns alle tief verletzt hätte. Das fand ich recht komisch, lächelte jedoch nicht. Dann redete er darüber – kann sein, um vom Getöse und Stöhnen beiderseits unserer scheußlichen, verwundenen, holprigen Fahrtstrecke abzulenken –, wie Zerds Männer, alle hellwach in dieser Nacht, keiner in Schlummer versunken, sofort die Ilxtrither Schleusen und Wehre, die gesamten Anlagen, in Unordnung gebracht hatten, nachdem es ihnen in der kurzen Zeit seit unserer Ankunft in Ilxtrith gelungen war, sie gründlich zu erforschen. »Daraufhin floß denn alles Wasser rückwärts«, erklärte der Arzt treuherzig, »und anstatt uns in der Falle zu haben, mußten die Ilxtrither entdecken, daß sie selbst nicht genau wissen, wie man ihre vielen Schleusen und Schleusentore bedient, deren Arbeitsweise wir jetzt umfassender und genauer ergründet haben, als sie's jemals taten. Die arme Prinzessin Sedili war angesichts des Verrats der Stadt an ihr und ihrem Gemahl vollständig fassungslos, wie vom Donner gerührt.« Da fällt nur ihr Name, dachte ich. »Obwohl er Ilxtrith vertraute, weil's Sedilis Stadt ist, bewohnt von ihren Untertanen«, erläuterte der Arzt, »hatte Zerd natürlich überall ›Überraschungen‹ vorbereitet.«

Der Arzt zuckte zurück, weil ihm Blut aufs Gewand spritzte. Inmitten der Schlacht war ein Reitvogel in Tobsucht verfallen und wandte sich gegen seinesgleichen; der Reiter nahm die Spange aus seinem Umhang, setzte deren Nadel auf des Vogels Schädeldecke an und hämmerte sie dem Tier mit dem Schildbuckel ins Gehirn. Das war das einfachste Verfahren, um sich und die Gefährten eines so starken Geschöpfs, wenn es nicht länger beherrscht werden konnte, zu entledigen.

»Überdreht«, sagte der Arzt, verschränkte fest die Arme auf seiner Hühnerbrust. »Es ist völlig überdreht, dies Federvieh. Aufregung stürzt es leicht in Raserei.«

Ich empfand sein Geplapper als nicht minder überdreht, deshalb widmete ich unserem Wagenlenker einen Blick. Vielleicht war er unterhaltsamer. Immerhin hatte er uns inzwischen schon bis fast zu den niedrigen Hügeln hinter der Ilxtrither Hochebene gefahren. Da warf er plötzlich die Arme in die Höhe und schrie, kippte seitwärts vom Kutschbock. Wieder war jemand auf der Strecke geblieben. Als ich mich umschaute, mir meine mangelnde Sorge wegen dieser ständigen Todesfälle vergegenwärtigte, entsann ich mich auch an Scridols Besorgnis, ich könnte allzu früh hartherzig werden.

Nun waren der garstige Arzt, meine blasse, stille Mutter in ihrem schwarzen Umhang und ich allein im Wagen, und das Gespann ratterte auch ohne den Wagenlenker weiter. Über uns glitzerten dieselben Sterne, die vor einer Stunde droben geglitzert hatten. Ich rieb mir den Bauch. Unter der Bluse war ich von Aels glitschigem Samen noch ganz feucht.

Ein breiter Fluß strömte durch eine sandig-kiesige Senke. Das Wasser schoß zu beiden Seiten unseres Gefährts in Schleiern empor, aber wir wurden nur geringfügig benäßt.

Ich sah den Arzt Mutter anheben. Ich rückte näher, um mit den Händen zu verhindern, daß er ihren Kopf baumeln ließ, wenn er sie auf so ungeschickte Art und Weise in eine vorteilhaftere Lage zu bringen versuchte. Da warf er sie über die Seite des Wagens.

Ich stürzte mich auf ihn, noch während er sie in den Händen hatte. Ich packte einen Zipfel seines Gewands, dessen Knöpfe fast alle geöffnet waren, und schlug ihn ihm ins Gesicht, so daß ihm Blut in die Nasenlöcher und unter die Lider spritzte.

Doch er vermochte mich mühelos abzuschütteln. Unser kurzes Ringen verlief ganz absonderlich, er plapperte gedämpft und in besänftigendem Ton auf mich ein, spickte die Äußerungen mit schmeichlerischen Schnalzlauten – »Ach, mein Liebchen, tut's weh? T-t-t! O weh, Liebchen, Liebchen ...!« –, indem er mich gleichzeitig vom Wagen prügelte, er mir auf die Fingerknochen drosch, weil ich mich am Fahrzeug festklammerte, mir seine Hand ins Gesicht drückte, zum Schluß einen heftigen, bösartigen Stoß gab. Gewohnheitsmäßige, eingefleischte, heuchlerische Freundlichkeit muß die Ursache seiner abartigen Widersprüchlichkeit sein. Das letzte, was ich von ihm sah, war, wie er sich, als wäre er überaus um mich besorgt, aus dem Gefährt beugte, in dem er davonraste. Ich schnappte nach Luft und besann mich auf die veränderten Verhältnisse. Es war nur gut, und ich mußte den Göttern dafür danken, daß er mich am Zurückklettern in den Wagen gehindert hatte. Wenigstens war ich bei Mutter. Den Arzt zu überwältigen, die Vögel zu beruhigen (er würde mit ihnen noch gewaltigen Ärger haben) und Cija ins Gefährt zurückzuzerren, wäre alles in allem für mich undurchführbar gewesen.

Wo befanden wir uns? Die flachen, schwarzen Umrisse der Hügel ringsum, zerklüftet, zerschründet und gewellt, nahmen mir die Sicht, erschwerten das Zurechtfinden. Dann dröhnte die Erde, das Schlachtgetümmel weitete sich aus, doch blieben wir allein. Der Höhenzug hatte tausend Soldaten gleichsam ausgespien.

Ich zog an Mutter, schleifte sie in ein Loch hinter uns am Hang, das schwärzer war als die Dunkelheit. Sie wimmerte. Ich war außer mir vor Freude. Also war sie doch nicht unwiderruflich in Umnachtung gesunken. Ich zerrte sie weiter. Sie hatte die Augen geöffnet, den Blick auf mich gerichtet, sie sah den Nachthimmel, die schrägen Abhänge, hörte den immer lauter werdenden Lärm der Schlacht. Sie half mir, indem sie sich auf Ellbogen und Hände stützte, und ich merkte, daß wir rascher und stets tiefer in das Loch vordrangen. Dabei bewegten wir uns abwärts. Keine regelrechte Höhle war es, worin wir Zuflucht suchten, eher eine Art von Stollen; auf dem Boden wuchs Gras, er mochte aus festgestampfter Erde oder womöglich altem, überwuchertem Pflaster bestehen; vielleicht handelte es sich um eine Wasserleitung, die außer Gebrauch war.

Noch vor kurzem waren wir Herrinnen unserer Umgebung gewesen, hatten hoch im Sattel gesessen, in Täler und auch auf Hügel hinabgeblickt. Nun waren wir unter allem und auf Gnade angewiesen.

DRITTES KAPITEL

Mutters Lieblings
Verzweiflung

Mutter lehnte sich rücklings an die Wand. Sie tat tiefe, heisere Atemzüge, und selbst im Düstern konnte ich sehen, sie war bleich wie Wachs. Über uns erscholl Tosen, ein Brausen, als finge die Erde Feuer. Der Zugang zum Stollen befand sich in einiger Entfernung oberhalb unseres Aufenthaltsorts, und es drang keinerlei Helligkeit herein. Anscheinend jedoch gab es in unserer Nähe in der Decke eine trichterartige Öffnung, so etwas wie einen engen, senkrechten Schacht im Hügel. Durch ihn fiel ein wenig von der schwachen Helligkeit der Nacht ein.

»Ich habe Wehen, Seka«, tönte Mutters Stimme durch den Stollen. Sie wartete ab, wie ich mich dazu stellen werde. Erst als sie ganz sicher war, hatte sie sich dazu durchgerungen, es mir zu sagen. Bis dahin hatte sie abgewartet, schwer geatmet, um Luft gerungen, nicht zu stöhnen versucht, in der Hoffnung, mir keine Furcht einzuflößen. Sie nahm an, für mich müsse das alles ohnehin schon wie das Ende der Welt sein, diese Finsternis, die Gefahr, die Verzweiflung, auch ohne den häßlichen Umstand, meine Mutter, von der ich abhängig war, so seltsamen, schrecklichen Nöten ausgesetzt zu sehen, die ich als abstoßend empfinden könnte. Sie dachte, ich wüßte vielleicht noch gar nicht, was sie bedeuteten. Als sie weitersprach, bemühte sie sich um eine sachliche Redeweise, sie war sich darüber im klaren, daß sie die Schwierigkeiten fest und ruhig im Griff behalten mußte, solange sie dazu imstande blieb, mich so unterweisen, daß ich, wenn sie nicht länger dazu fähig war, weitermachen konnte. »Ich werde ein Kind gebären, Seka. Ich habe gewußt, daß in mir ein Kind heranwächst. Aber ich meinte, es sei tot. Ich dachte, die Alte in dem Getreidespeicher – gewiß erinnerst du dich – hätte es getötet, denn das war's, wofür Smahil sie bezahlt hatte. Ich habe angenommen ... daß ich das tote Kind verliere ... sobald's an der Zeit ist.« Ich eilte zu ihr, sie packte meine Hand und krümmte sie, keuchte sehr mühsam. »Aber ... Seka ...« Ihr Gesicht, als sie es mir entgegenhob, war verzerrt, doch ihre Augen schauten gänzlich klar in meine, vermittelten mir innere Gefaßtheit und herzliche Zuneigung. »In den letzten Tagen, während du verschollen warst, habe ich gespürt, wie sich das Kindchen regt. Den Göttern sei Dank, daß du wiedergefunden worden bist. Meine Perle!« Sie drückte mich an sich. Ihr Schmerz ließ für einen Augenblick nach. »Kleiner Dunkling«, sagte sie, »wie froh es mich macht, daß wir wieder beisammen sind.« Dann mußte ich sie von neuem halten, während sie sich krümmte und vor sich hinstöhnte. »Seka, du brauchst dich nicht zu beunruhigen. Es mag sein, daß ich gegenwärtig auf dich furchterregend wirke. Vielleicht wähnst du, ich stürbe. Aber ich werde nur ein kleines ... lebendiges Kind bekommen.«

Ich dachte an das Gift, von dem sie nicht ahnte, daß man es ihr in Ilxtrith gegeben hatte. Zweifellos war sie krank gewesen, als man sie dort in die Krankenstube schaffte, doch statt Arznei war ihr Gift verabreicht worden. Wenn nicht auf Sedilis unmittelbaren Befehl, dann jedenfalls, weil sie des Drachen zweite Gattin und die Gelegenheit zu günstig war, um sie zu versäumen. Doch obwohl anscheinend der Sturz vom Wagen in die Nachtluft Mutter zu Bewußtsein gebracht hatte, fragte ich mich, ob nicht in Wirklichkeit das Gift sich in dem Kind gesammelt haben könnte, das darum nun doch tot zur Welt kommen würde. Ich erachtete diese Möglichkeit als keine schlechte Lösung, auch wenn Mutter deswegen Kummer hätte.

Ich hielt ihre Hand, während sie ein winzigkleines Tier gebar. Ja, es lebte. Es kreischte und quäkte. Mutter blieb die ganze Zeit hindurch bei Besinnung, so daß sie mir sagen konnte, was ich tun sollte. Ich hatte nichts, womit sich die Nabelschnur hätte durchschneiden lassen. Mutter schaute mir schwach, aber ruhigen Blicks ins Gesicht. »Seka, hör zu, meine Kleine, du mußt folgendes tun: Du mußt ...« Einen Moment lang erregte sie den Eindruck, als würde sie doch in Ohnmacht sinken, aber es kam nicht dazu. »Du mußt die Nabelschnur durchbeißen. Dann einen festen Knoten machen ... sonst wird dein kleiner Bruder keinen Bauchnabel haben. Und das möchtest du doch nicht, oder?« Ich schüttelte den Kopf. Ich besaß alle Bereitschaft, ihr so zu helfen, wie es erforderlich war. Sie verschwieg, daß sie möglicherweise verbluten konnte und das mir auch nicht gefallen würde.

Kleines Tier, dachte ich, während ich es mir ansah. Es krähte laut. Sein Körper war ganz winzig, ebenso der Kopf, es war insgesamt kleiner als andere Säuglinge, deshalb vermutete ich, daß es Mutter keine allzu starken Schmerzen bereitet hatte. Sie hob die Arme. Ich nahm das kleine Tier und reichte es ihr. »Es hat seidiges Haar«, murmelte sie. Es hat langes Haar, dachte ich, am ganzen Leib. Zudem hatte es einen für meine Begriffe absonderlichen Wuchs, ein häßliches Gesichtchen, einen Kopf wie ein Frosch und Zähne, die über die Lippen ragten, ferner einen flaumigen Schlitz zwischen den Beinen. »Es ist weiblich«, sagte Mutter leise. Sie brachte es nicht über sich, ›ein kleines Mädchen‹ zu sagen.

Ich überlegte, daß es inzwischen spät sein mußte. Vielleicht war die Schlacht vorbei. Ich strich Mutter die Strähnen aus der Stirn und begab mich hinauf zum Eingang des Stollens. Ich fand ihn durch irgend etwas verschlossen vor, das ich nicht zu bewegen vermochte. Eine Masse verstopfte das Loch (das als Ausgang zu benutzen uns so verwehrt ward), die aus grobem Stoff und Hartem bestand. Ich hielt sie für die Leichen von drei bis vier Leuten, doch dahinter mußten noch viel mehr liegen, andernfalls wäre ich dazu imstande gewesen, sie wenigstens ein bißchen, indem ich mich gegen sie stemmte, zu bewegen. Ich kehrte ins finstere Innere des Stollens und zu Cija zurück. Ich machte Zeichen, um ihr begreiflich zu machen, daß uns der Ausweg versperrt war. Mutter schüttelte den Kopf, hegte kaum Interesse an dem, was ich ihr mitzuteilen versuchte. Sie hegte die Überzeugung, daß es warten konnte.

Es kann auch warten, dachte daraufhin ich. Ich legte mich schlafen, wachte irgendwann mit einem Ruck auf. Es kann so lange warten, bis die Toten verwesen und verfaulen, dann werden wir uns den Weg freimachen können, dachte ich. Danach jedoch überlegte ich mir: Sie dürften schlecht für Mutter und das Kind sein. Kleine Tiere sollten nicht erkranken. Verträumt malte ich mir aus, wie ich aus dem Schutt am Tunneleingang ein paar Felsbrocken und zwei große, verzweigte Äste buddelte und damit bei den Leichen ein Hindernis aufschichtete. Das wird die Ansteckung abwehren, sann ich im Halbschlaf. Lieber sollen Steine und Äste erkranken.

Diese Gedankengänge hingen irgendwie mit einem Alptraum zusammen. Aber als ich erneut erwachte, fühlte ich mich wohler. Durch den Schacht in der Decke sickerte etwas mehr Helligkeit herein, Mutter sah mich an und lächelte, sie hatte ihr Gewand in Ordnung gebracht, sich die Haare geflochten und nach hinten gesteckt, und neben mir auf dem Boden lag in den Falten des schwarzen Umhangs das neue Tierchen.

Mutter hatte in der Wand hinter ihrem Rücken einen scharfkantigen Feuerstein entdeckt und ihn herausgebrochen, und nun zog sie einen ihrer seidenen Stiefel mit den gestickten Fersen aus. Zerd mußte die Stiefel in Ilxtrith bei ihr in der Krankenstube gefunden und sie ihr angezogen haben. Sie schnitt mit dem Feuerstein den Stiefel der Länge nach auf und legte das Kind hinein. Die damit verbundene Anstrengung verursachte ihr Schmerzen. Sie lehnte sich zurück, zitterte, schloß erleichtert die Augen, als sie im Rücken die Wand spürte, als hätte sie befürchtet, sie wäre nicht länger bloß eine Handbreit, sondern so weit entfernt wie die Sterne, und sie ruhte daran aus, als gewänne sie aus ihrer Reglosigkeit Kraft.

Ich schmiegte mich an sie, hoffte sie dadurch wärmen zu können. Im Stollen war es nicht unbedingt kühl, aber wir hatten es auch nicht warm. Ich hatte das Gefühl, daß Mutter infolge der Mühen, denen sie unterworfen gewesen war, einen Großteil ihrer natürlichen Körperwärme verloren hatte. Darum vermißte ich meinen jungen Reitvogel nun ganz besonders, weniger gefühlsmäßig, eher weil er Mutter warmzuhalten vermocht hätte; er war ein sehr gemütlicher junger Vogel und spendete mit aufgeplustertem Gefieder viel Wärme.

Mutter setzte sich auf. »Ich weiß, was du mir mitteilen wolltest, Seka«, sagte sie mit klarer Stimme, der Stimme einer Schlafwandlerin. »Wir sind hier gefangen.« Ich nickte.

Sie schwieg, aber ihr Blick fiel auf das kleine Tier, als hätte sie sich erst jetzt daran erinnert. Sie hob es auf, und es zappelte, schnitt Fratzen und kreischte. Mutter öffnete ihre Bluse. Noch bevor sie das kleine Geschöpf an die Brust legte, spitzte es zum Saugen den Mund, als röche es die Milch. Seine Lippen wandten sich da- und dorthin, ähnelten dabei ein wenig dem schlaffen Glied eines Mannes im Schlaf, und als Mutter ihm die Brustwarze hinschob, schnappte es so schnell und gierig zu, daß es sie zuerst verfehlte und nur von der Seite faßte. Cija beobachtete mich, glaubte ich, während ich zusah, wie das Kind schließlich zufrieden trank. ›Zufrieden‹ ist eigentlich eine untertriebene Bezeichnung. Es war ein lebhaftes kleines Kindchen, voller Tatendrang, auch in dieser Beziehung einem Tier vergleichbarer als einem menschlichen Kind. Es brummte und saugte an Cijas Brustwarze wie ein hervorragend bewirteter Gast, sagen wir einmal, ein Räuber, der es für eine Schande hält, sich über ein anständiges Mahl herzumachen, ohne alle paar Augenblicke zu rülpsen, sich den Mund zu wischen und entzückt in vollsten Tönen Laute wie ›Argh!‹ hervorzustoßen.

»Seka«, sagte Mutter. Ich zuckte zusammen. Ich hatte überaus aufmerksam zugeschaut. Ich weiß nicht, was Mutter in meiner Miene gesehen hat. Vielleicht Sehnsucht; oder womöglich hatte mein Gesichtsausdruck auf sie als Erwachsene lediglich so gewirkt. »Komm zu mir!« fügte sie sanft hinzu. Sie hielt meine Hand, während sie mit dem anderen Arm das Kind umfing. Inzwischen war es gesättigt, das Köpfchen in den mit Linnen ausgestopften Stiefelschaft zurückgesunken, die Äuglein wollten sich ihm seitwärts verdrehen, der Mund hatte sich widerwillig von der Brustwarze gelöst, versuchte aber ab und zu noch schwächlich zu nuckeln.

Erst heute vermag ich nachzuvollziehen, wie hoffnungslos Mutter damals zumute gewesen sein muß. Später schleppte sie sich nach oben zum Eingang des Stollens, um sich davon zu überzeugen, daß wir eingeschlossen waren. Mittlerweile muß sie Regungen wütenden Hungers verspürt haben; mich war sie ebenfalls mittels ihrer Brüste zu nähren imstande, die sehr warm waren und leicht geschwollen, stark blau geädert und üppig gefüllt mit Milch: Schon vom Ansehen wußte man, daß sie schier von Milch überquollen, so wie im Märchen der Zauberbecher, der nie leer war, sondern immer randvoll, gleich wieviel man daraus trank. Sie hatte jedoch überhaupt nichts zu essen. Wahrscheinlich ist sie davon ausgegangen, daß wir alle da unter der Erde verrecken würden, das kleine Äffchen leben und bald sterben müßte, wo sie es geboren hatte.

Ich war mir darüber im klaren, daß Vater, selbst wenn

er den Sieg erfochten hatte, uns hier niemals finden konnte. Wir benötigten andere Hilfe als jene Art von herkömmlichem Beistand, den Vater im allgemeinen zu gewähren imstande war, denn wir befanden uns in einer ungewöhnlichen mißlichen Lage. Ich versuchte, noch einmal den Traum vom Buchladen zu haben. Wen wir brauchen, ist *jener Mann*, dachte ich mir. Er würde alles in Ordnung bringen. Aber ich vermochte nicht zu träumen.

Mutter umarmte mich und säuselte inmitten von Schmutz und Düsternis auf mich ein. »Oh, Seka ist nett wie ein Kotelett, Seka ist recht wie Supp vom Hecht, und Seka ist gutgeraten wie ein Braten ...« Und wenn ich mich richtig entsinne, verstrich auf diese Weise die ganze Nacht.

Als plötzlich eine Männerstimme hallte – »Kaiserin! Kaiserin! Seid Ihr da?« –, nahmen weder Mutter noch ich sie anfangs zur Kenntnis. Wir waren für alle Laute von außerhalb unseres dunklen, begrenzten Aufenthaltsorts taub geworden. Wir hatten vergessen, daß Mutter Titel trug. Doch das Rufen ward in noch eindringlicherem Ton wiederholt, wir hörten Scharr- und Wühlgeräusche, und ein fahler Lichtkegel fiel auf uns.

Mutter öffnete den Mund. Mit Mühe brachte sie Worte hervor, die laut und deutlich genug klangen, um dem Mann ans Gehör zu dringen. »Hier sind wir! Wir sind hier unten!«

Sie packte mich am Arm, beeilte sich mit mir, das Kind im Seidenstiefel an sich gepreßt, die Steigung hinauf. Mit einem Mal sah ich, wie sich gegen die Helligkeit, die schwach war wie Hoffnung, eine Gestalt abhob. Sie war ein Feind: der Herr jenes Arztes. Ich sprang zu meiner eingebildeten Barrikade, stemmte mich mit ausgebreiteten Armen dagegen, gegen sein Eindringen. Er schob mich mit aller Wucht rückwärts. Plötzlich hing mein linker Arm entkräftet herab. Noch tat er nicht weh, aber ich verspürte nicht länger Lust, irgendwie meine Arme zu gebrauchen. Der Mann hatte eine brennende Fackel in der Hand, schaute nach links und rechts, bestürzt über die Zustände in diesem Loch. Anfangs wirkte er riesengroß, als wären wir im Dunkeln geschrumpft. Er und Mutter verharrten voreinander und sahen sich an.

»Kaiserin«, sagte er mit ausdrucksloser Stimme, bar jeder Betonung, nachdem er sie nun entdeckt hatte, und ich begriff, daß er schmollte, weil er sie so hatte rufen müssen, nur um sie ausfindig zu machen. Es war kein anderer als Schönling, der uns aufgespürt hatte.

»Was verlangt Ihr von mir, Nordländer?« fragte Mutter ganz unumwunden, weil es ihr nahezu übermenschliche Mühe abforderte, überhaupt zu sprechen.

»Ich bin hier, weil ich mich auf die Suche nach Euch begeben habe ... Kaiserin.« Abermals fühlte er sich bemüßigt, sie so zu nennen. »Mein Bediensteter war's, mein Arzt, der Euch in dieser Gegend ausgesetzt hat. Er wähnte, damit könnte er sich bei mir Lob einhandeln, und verriet mir den Ort. Doch es geschah nicht auf meinen Befehl, daß er ein schutzloses Weib mit seines Herrn und Meisters Kind im Stich ließ.« Mutter wartete ab. Meine Augen gewöhnten sich an die Trübnis, und ich konnte sehen, daß sie leicht schwankte. Sie stand bereits zu lange auf den Beinen. »Selbstverständlich bringe ich Euch unverzüglich von dieser schmählichen Örtlichkeit fort«, versprach Schönling barsch. In förmlicher Haltung trat er näher, fing Mutter in seinen Armen auf, als sie vornübersackte. Das Kind fiel aus seinem ausgepolsterten Stiefelschaft auf den schrägen Boden und rollte wie ein länglicher Ball abwärts. Schönling ward, während er Mutter stützte, darauf aufmerksam. Ich versuchte, das Kind zu erhaschen, doch mein linker Arm gehorchte mir nicht. Das Kleine quietschte wie eine Ratte oder ein junger Hund. »Was ist das?« fragte der unwissende Mann in einer Art von abergläubischem Staunen. Natürlich vermochte ich ihm nicht zu antworten, und so mußte er denn seine Schlußfolgerungen selber ziehen. »Des Kaisers neuer Balg«, raunte er, »des Drachen neuer Sproß!« Er sah die Frau in seinen Armen mit verändertem Blick an. »O ihr süßen Flüsse des Nordens«, stieß er gedämpft hervor. Er hob das Neugeborene auf und übergab es mir. Ich wollte es entgegennehmen, aber wieder verweigerte mir der Arm den Dienst. Er ließ sich nur beschwerlich drehen und hatte zu schmerzen angefangen. »Was ist dir?« fragte Schönling. »Ist dein Arm gebrochen?« Für einen Moment zögerte er; ich glaube, er erinnerte sich daran, daß es etwas in ungefähr meiner Größe gewesen war, das ihn am Eindringen zu hindern versucht hatte, als er sich Zutritt in den Stollen verschaffte.

Schönling fühlte sich unverkennbar wie ein geplagter Mann, während er uns ans Tageslicht geleitete. Die Schlacht war längst vorüber; das ersahen wir aus dem Anblick, der sich uns im Freien bot. Ich bin der festen Überzeugung, daß er gewartet hatte, bis seine Reiterei sich außer Sichtweite befand, bevor er sich daran machte, uns zu retten (er dürfte sich dafür geschämt haben).

Er hatte unsere Rettung wider Willen und dementsprechend unwillig betrieben. Aus seiner Sicht beruhte es auf seiner Weichheit und ›Feigheit‹, daß er dazu außerstande gewesen war, uns unserem ›gerechten‹ Schicksal zu überlassen, dem Schicksal, das, wie er wußte, seine Herrin Sedili uns gewünscht hatte (doch würde er dergleichen niemals aussprechen). In einem niedrigen, offenen Wagen jener Art, wie die nordländischen Flußanwohner sie bauen, brachte er uns sicher durch die Gefahren des Waldes hinter Ilxtrith und hinauf in die bewaldeten, kälteren Hügel eines höhergelegenen Landstrichs östlich von der Marschrichtung des Heers (denn Zerd hatte in der Tat den vollständigen Sieg über Ilxtrith errungen). In den Gehölzen wimmelte es von geflüchteten Ilxtrithern (die sich im letzten Aufbäumen tückischer magischer Hinterlisten befleißigten), riesige Bären sowie großen, furchtlosen Adlern, die weithin vernehmlich riefen, und er beförderte uns mitten durch all diese Gefahren, während er ganz in die Gemütsverfassung seiner Erniedrigung versunken blieb, seine abstoßende, feige Memmenhaftigkeit, die – wie er es sah – daraus bestand, in bezug auf uns seinem Gewissen, das ihm Treue an seiner Oberherrin vorschrieb, nicht gehorcht zu haben.

Von einer Biegung am zerfurchten Berghang aus konnte ich einmal, als ich mich umblickte – die Bäume standen an dieser Stelle weniger dicht –, die Ilxtrither Hochebene überschauen, sah nochmals das von ferne fahle Schlachtfeld.

Irgend etwas wie ein gräulicher Geist schwebte über der Stätte, den Leichen, den unordentlichen Häuflein von Fledderern, die Wolken ähnlichen Arme ausgebreitet, wie um alles zu umschlingen. Die Erscheinung war nichts anderes als eine zerfledderte Fahne, ein noch schwankend hochgehaltenes, grau gewordenes Banner (schlaff und bespritzt mit Dreck, nehme ich an), gehalten von einem Bannerträger, der zwischen den Toten umherhumpelte, vielleicht seinen Befehlshaber suchte.

Der Flußanwohner betrachtete stumm diesen Anblick. Seine Brauen wölbten sich dicht um die sanften, spitzen, wie rußigen Wimpern seiner wüsten Augen. Das Banner zu sehen, kränkte ihn, es erinnerte ihn an die Ehre, deren er verlustig gegangen war, als er es verwarf, uns in einem Loch unter der Erde verrecken zu lassen.

Er drehte sich mir zu. »Kind«, befahl er mir mit einer Stimme voller Haß, »hinten auf dem Wagen liegt das Fell eines Bären, den ich kürzlich erlegt habe. Hülle deine Mutter in selbiges Fell. Sie zittert.« Er verabscheute unsere Schwäche, die ihm den Ursprung seiner Schwäche abgab.

Das Bärenfell war nicht richtig behandelt worden, es hingen noch Haut und Sehnen daran, die in ihrem getrockneten Zustand Fransen und Troddeln ähnelten. Ich legte Mutter und ihrem Säugling das Fell um, so gut ich es vermochte. Inzwischen schien es mir, als müßte ich an dem Schmerz in meinem linken Arm sterben. Ich mußte große innere Anstrengung aufwenden, um nicht in Ohnmacht zu fallen. Wir rumpelten auf dem Wagen hinauf in eine mit Nadelbäumen bewachsene, harzig riechende Wildnis.

Als wir ans Wasser gelangten, geschah es, daß sich unser Leben änderte, unser aller Leben. Bis dahin war es Schönlings Absicht gewesen, uns lediglich irgendwohin in Sicherheit zu bringen, zum nächsten Landhaus oder zur nächstbesten Hütte, um uns dort zurückzulassen, zu seinen Scharen zurückzukehren und von seiner Ehre zu retten, was sich noch retten ließ. Doch als wir an den Fluß kamen, der zwischen zerklüfteten Felsen entsprang, geriet Schönling gewissermaßen in seine Gewalt, und danach sollte die Welt für ihn niemals wieder klar und einfach sein. Denn als er den Wagen anhielt und absprang, um dem Wasser, ehe er hindurchfuhr, eine schlichte Ehrenbekundung zu erweisen, da hörte das Wasser einen Augenblick lang auf zu fließen, hinter dem Wasserfall ein wenig weiter oben flog ein blauer Vogel hervor, blau wie tiefes Wasser, und gleichzeitig hüpfte ein blauer Fisch aus dem Fluß und Schönling, wo er am Ufer kniete, auf den Umhang.

Schönling hatte seinen Umhang, welchen den Flußanwohnern des Nordens geläufige Zeichen zierten, am Ufer auf die Erde geworfen – die Flußanwohner benutzen ihre Umhänge häufig zum Weissagen, sie machen sie naß, werfen sie hin und versuchen aus der Weise, wie er fällt, Vorzeichen zu lesen –, und zwar mit dem Erfolg, daß die Glück verheißenden Zeichen hervorgehoben waren, und der blaugeschuppte Fisch hüpfte genau zwischen zwei Wahrzeichen des Lebens. Schönling riß die Augen auf, Mutter beugte sich, in das stinkige

Bärenfell gehüllt, auf dem Wagen vor, indem sich die Fluten teilten und aus dem Fluß eine Gestalt stieg, die atmete und lebte.

»Wie das?« rief Schönling, stürzte zu dem Mann, der am Ufer ausgestreckt lag und japste, schüttelte ihn. »Du kommst aus dem Fluß, dem wir seit einer ganzen Weile unser Augenmerk schenken, und wir haben dich nicht hineingehen sehen, und doch entsteigst du ihm und atmest!«

»Ein wenig noch, Herr, das glaubt mir«, gab der Mann mühselig zur Antwort. Zur gleichen Zeit erscholl das eherne, omenhafte Läuten von Glocken ... unter Wasser.

Schönling fuhr zusammen, dann warf er sich plötzlich neben dem Mann der Länge nach aufs Ufer. »Heilige Flüsse«, betete er, »nun verstehe ich das Wunder, das Ihr für mich wirkt. Ich erkenne, daß Ihr mein demutsvolles Opfer billigt, die gänzliche Leugnung meiner selbst, mit der ich allem, was meiner Natur wert und teuer ist, entsagt habe, vornehmlich meiner Treue und Ehre, die mich schmückten, um widerwillig auf das zu horchen, was aus noch größerer Tiefe meines Innern zu mir sprach, nämlich Eure süße, feuchte, allgegenwärtige Stimme, von der ich nun ersehe, daß sie zwischen allen Menschen ebbt und schwillt.« Der Mann starrte den Edelmann, der da an seiner Seite in Matsch und nassem Sand lag und betete, ungemein beeindruckt an. Es muß wirklich ein sehr erhebendes Erlebnis sein, wenn man aus einem Fluß kriecht und die Leute am Ufer deshalb zu beten anfangen. Auch Mutter und mich beeindruckte Schönlings Verhalten. Wir hatten ihn noch nie so verwirrt und unterwürfig gesehen. Anscheinend war er jetzt mit der Lage bedeutend zufriedener. »Komm«, sagte er zu dem Mann, »fahre mit uns!«

Der Mann war durchnäßt und darum froh über die Gelegenheit, mit uns auf einem Wagen durch den Sonnenschein fahren zu dürfen. »Dann seid Ihr also nach

Saurmühl unterwegs?« fragte der Mann, als gäbe es keine Möglichkeit, irgendwoandershin unterwegs zu sein.

Schönling nahm ehrfürchtig den kleinen, blauschuppigen Fisch, den während seines Gebets auf dem Umhang der Tod ereilt hatte, und legte ihn mir auf die Knie. »Dieser kleine Fisch hat in unmittelbarem göttlichen Auftrag zu mir über dich gesprochen«, sagte er mir. Aus dem Fluß bedeutete für ihn das gleiche wie unmittelbar von einem Gott.

Wir durchquerten den Fluß. Die Wasser teilten sich nicht unbedingt vor uns, aber sie spritzten beiderseits des Gefährts in gleißenden Gischtschleiern empor. »Nach Saurmühl geht's dort entlang«, erinnerte uns der Mann, zeigte mit triefnassem Arm nach Osten.

Schönling ließ sich widerspruchslos von diesem kargen Hinweis des Fremden leiten, benahm sich geradeso, während wir durch die Wogen rollten, als ob wir auf Wolken schwebten, und jenseits des Stroms fuhren wir weiter, bis wir dann einen gewaltigen Abgrund erreichten.

»Liegt dort unten Saurmühl?« fragte Schönling ohne bloß den Anflug eines Zweifels.

»Ganz recht«, bestätigte der Mann wohlgemut, sprang vom Wagen und begann an einer Winde zu drehen, die wir am Rand der Klippe befestigt sahen. Ein großer Korb – ähnlich wie ein Fluß mit halbhohen Seitenwänden gebaut – kam aus einem Felskamin zum Vorschein. Der Mann führte uns hin. Von oben sah der Felskamin wie eine natürliche Spalte aus. Der Mann winkte uns, und wir betraten den Korb; Schönling war Mutter und sogar mir dabei behilflich, als hätte es für ihn nie etwas Selbstverständlicheres gegeben. Der Mann zog an den dicken Tauen, die man offenbar leicht handhaben konnte. »Ihr werdet den Karren und das wackere Gespann Vögel zurücklassen müssen«, sagte er schüchtern zu Schönling. »Aber wir können später wiederkommen und sie einzeln herunterholen. Einzeln wird der Korb das Gewicht tragen.«

»Nur zu«, antwortete Schönling unbekümmert. Wir sanken an Ästen und Wurzeln vorüber, die kreuz und quer durch den Felskamin ragten, nach unten. Die noch angeschirrten Riesenvögel standen brav vor Schönlings ›Karren‹ und schauten zu, wie wir abwärts aus ihrem Blickfeld entschwanden.

Mutter setzte sich mit ihrem seltsamen Kind im Stiefelschaft auf dem Arm zu unseren Füßen auf den Holzboden. Ich schlang das Bärenfell enger um sie. Die Luft im Felskamin war kühl und frisch, aber durch Wurzeln und Geäst wärmte uns nach wie vor Sonnenschein. Der Mann, der vorhin dem Fluß entstiegen war, troff noch immer vor Nässe, seine vom Wasser dunkle Kleidung glich einer Gewandung aus Eisen, und die Tropfen fielen von ihm schwer wie Holzperlen auf die Balken des Korbs. Während sich unsere Augen an die Helligkeit gewöhnten, die vor uns die Weite erfüllte, erkannten wir, daß sie nicht nur aus Himmel bestand. »Das Meer?« rief Schönling und ward bleich.

Von da an blieb er während der gesamten restlichen Hinabbeförderung stumm in Gedanken vertieft, denn soviel Wasser mußte nach seinem Verständnis Herr über die Flüsse sein.

Ein grauer Strand erstreckte sich drunten längs der See, und in der Nähe der Klippe, an deren Fuß wir die Meereshöhe betraten, stand eine Gestalt und fischte mit einer sehr langen Angelrute. Plötzlich stapfte sie an Land, raffte ihre Sachen an sich und *lief fort.* Als wir uns am Strand befanden, gab es keine anderen Lebewesen mehr zu sehen als flinke Kaninchen und Vögel.

An einer Stelle, wo zwei Flüsse zusammenströmten, stand auf einem feuchten Flecken Gras, der als Landzunge in graue Fluten ragte, eine länglich gebaute, schmutzige Mühle. Die Flüsse glichen wilden, waldigen Geschöpfen. Der eine Fluß war klar. Der andere Fluß führte ›schwarzes‹ Wasser, das – wie wir während unseres längeren, plagenreichen Aufenthalts in der Mühle feststellen sollten – weich und sauer war, voller Torf, Borke und Ausschwemmungen von Eisenerz, besonders nach starken Regenfällen. Einige Fischarten mieden ihn, wogegen der saubere Fluß von Leben wimmelte; im Frühjahr war zum Beispiel der Mühlteich voll mit Fröschen, so daß man hätte meinen können, es sei darin kein Wasser, gäbe in ihm nur Frösche, eßbare Frösche, schmackhafte Leckerbissen, die einer dem anderen auf den Rücken krauchten, um noch mehr Frösche zu zeugen, die einander wiederum auf die Rücken kriechen konnten, ein ständiges gewaltiges Liebesspiel der Frösche. Zur Zeit unseres Eintreffens jedoch war es Sommer und die Umgebung eher freudlos düster.

Die Mühle, eine Gezeitenmühle, hatte ihren Standort inmitten einer schmalen, von steilen Felsklippen umgebenen Bucht, in die sowohl der reine wie auch der ›schwarze‹ Fluß mündeten, die beide aus den hohen, mit Nadelbäumen bewachsenen Bergen herabströmten. Sie hatte ein Rad an jeder Seite, so daß sich, ob es Ebbe war oder Flut, stets eines drehte; es handelte sich um eine einträgliche Mühle eines wohlhabenden Müllers, und außerdem arbeitete dahinter eine Brauerei. Das drei Klafter durchmessende Rad an der Meerseite war aus Holz von Apfelbäumen gemacht, damit es dem Salzwasser widerstehen konnte. Das Wasser, das aus dem großen Mühlteich, den jede Flut aufs neue füllte, ins Meer zurückfloß, trieb es an.

Die Sonne war verschwunden. Aus landwärtigen Wolken ergoß sich Regen.

»Ich kann nicht warten, um dich erst an einen anständigen Ort zu bringen, wo man deine Beschwerden behandeln könnte«, flüsterte Mutter mir zu. Natürlich hatte ich im Tunnel eine Zeitlang ziemlich gelitten; ich hatte es inzwischen vergessen, doch Mutter, die stets alles genauer nahm, immer viel leichter als andere mit Jammer geschlagen ward, hatte es keineswegs vergessen. In jüngeren Jahren war ich mir nie darüber im klaren gewesen, daß sie Ausdrücke wie ›Beschwerden‹ benutzte, um Leiden aus Rücksicht auf *mich* zu verharmlosen, und ich pflegte mich zu fragen: Wird sie denn niemals erwachsen werden?

Mittlerweile bereitete mir mein Arm weniger Unannehmlichkeiten. In der kühlen Luft auf der Höhe der Klippe hatte es darin gestochen wie von Nadeln. Dadurch und infolge der Beachtung, die ich dem Stechen schenkte, hatte ich mich zumindest lebendig gefühlt. Nun sollte es jedoch nicht mehr lange dauern, bis die Saurmühler Luft uns unter ihren Einfluß nahm. Sie war immer feucht, immer bedrückend schwül.

Als erste fielen die Hunde Saurmühls über Mutter her. Ehe Schönling zu ahnen vermochte, worauf die Köter es abgesehen hatten, hatten sie sich, indem sie kläfften und seiberten, auf sie gestürzt. Schönling drosch mit den bloßen Unterarmen auf die Köter ein; ihm blieb nicht einmal soviel Zeit, um zum Dolch zu greifen. Da kam der Müller ins Freie. »Das Bärenfell ist's«, brüllte er Mutter zu, der die Sinne zu schwinden drohten. »Wirf's Bärenfell ab, törichtes Weib, sie halten dich für'n Bär!« Danach erst hatte er die Güte, seine Meute zurückzurufen. Er schnauzte ihre Namen, und nacheinander sammelten sie sich um ihn. Ich erinnere mich daran, daß mir auffiel, als der erste Schrecken ausgestanden war, wie er wie ein Mann, der über alle Zeit der Welt verfügte, aus der Mühle kam. Er mochte sich nicht in Eile sehen lassen: das wäre unter seiner Würde gewesen. Schönling nahm Mutter das Bärenfell ab und warf ihr statt dessen, wie ich erfreut bemerkte, seinen eigenen Umhang um die Schultern. Er stand da und keuchte, dicke Tropfen aus Kratzern geschossenen Bluts rannen ihm die Arme

hinab, als wäre er ein just von einem Rutengänger ent-
decktes Brünnlein. »Diesmal wärt Ihr fast in Stücke gerissen worden.« Der Müller grinste. Anscheinend sollte
die Äußerung ein Scherz sein.

Der Mann, der aus dem Fluß gekrochen war, trat zu
dem Müller und führte mit ihm ein ernstes Gespräch. Er
und Schönling waren eines der anderen Wunder gewesen. Der Mann, ein Nachbar des Müllers, ein guter
Schwimmer, hatte unversehens beim Schwimmen in
selbigem Fluß, dem schöneren der zwei Ströme, die Besinnung verloren. Vermutlich hatten die Schwingungen
eines elektrischen Aals ihm das Bewußtsein geraubt.
Doch als er zu sich kam, vermochte er zu atmen. Was
war geschehen? Er hatte ein Weilchen gebraucht, um zu
durchschauen, was sich ereignet hatte. Eine alte Glocke
im Turm eines Gebäudes, das bei einem der in dieser
Gegend häufigen Erdrutsche versunken war, hatte sich
als seine Rettung erwiesen; von unten her war er unter
die Glocke getrieben, unter der sich noch Luft gestaut
befand. Er hatte seine absonderliche Haube bis fast ans
Ufer geschleppt, denn weil er das Flußbett in gewissem
Umfang kannte, hatte er sich einigermaßen zurechtfinden können; dabei hatte sich ein Stück tangbewuchertes
Treibholz gelöst, durch das der Klöppel verklemmt gewesen war, und als er aus dem Fluß stieg, hatte hinter
ihm die Gocke in der heftigen Strömung geläutet. Sobald er aufs Trockene gelangte, traf er dort einen
prachtvoll gewandeten, seltsamen Edelmann ohne Gefolge an, der am Ufer inbrünstig betete.

Schönling wiederum hatte einen blauen Fisch springen und einen blauen Vogel fliegen sehen (wegen der
Kühle und Geschütztheit nisteten Vögel hinter dem
Wasserfall, wo sie den Fischen bestens auflauern konnten), und er hatte das Läuten einer Glocke vernommen,
gerade als ein Mann quicklebendig aus dem Wasser
›schritt‹. Sein Gott, denn sein Gott hauste in jedem
Fluß, hatte ihm ein Zeichen gegeben – ein Zeichen der

Billigung, mit dem er Schönlings Wohlwollen gegenüber seinen Gegnern (uns) guthieß.

Der Müller und sein Geselle, der unterdessen, völlig mit Mehlstaub bestäubt, ins Freie gekommen war, schauten Schönling aus großen Augen an, waren noch voller anfänglicher Bewunderung.

»Diese Edle ist krank. Sie hat erst vor kurzem entbunden.« Schönling deutete auf uns. »Des Mädchens Arm muß geschient werden. Mag sein, er ist gebrochen.«

»Was zahlt Ihr für ein sachkundiges Schienen?« erkundigte sich daraufhin der Müller. Inzwischen hatte sich auch sein Weib zu ihm gesellt, war mit ihrem eigenen Säugling, ein paar Monate alt, an der Hüfte aus der Mühle gewackelt.

»Ein merkwürdiges Kind«, sagte des Müllers Gemahlin, die unseren Säugling betrachtete, höchste Bedenken in ihrer Miene.

Davon ward Schönling überrascht, aber die Bemerkung verdroß ihn. »Vergleiche ziehen gehört nicht zur Mildtätigkeit«, belehrte er die Müllerin. »Maßen wir uns an, über dein Kind zu urteilen?« fügte er hinzu.

Cija verzog den Mund zu einem Schmunzeln. Sie musterte Schönling von der Seite.

»Freilich muß der Kleinen der Arm geschient werden«, sagte des Müllers Weib. »Wie ist dir das zugestoßen?« fragte sie mich. Ich sah sie nur an. Schönling klärte sie über meine Stummheit auf.

Die Kinder der Mühle scharten sich um mich, während mir der Arm geschient ward, überhäuften mich mit Fragen, um mich zu ›prüfen‹. Je flegelhafter sie auftraten, so lautete wohl ihre Überlegung, indem sie einander schubsten und fortwährend kicherten, um so leichter würde ich mich verraten, etwa eine Beschimpfung äußern, sollte ich doch nicht stumm sein.

Immer mehr Kinder fanden sich ein, um zu gaffen und sich die Neuigkeit anzuhören, die die Müllerskinder verbreiteten. »Ooh, 'n kleines Kind mit Fell und'n blaues Mädchen ohne Stimme. Müssen aus Flinchwum sein.« Flinchwum war das Nachbardorf – für sie die Rückseite des Mondes, bewohnt von sonderbaren Fremdlingen.

Wir durften in die Mühle.

Die Räume waren so niedrig, daß selbst im Sitzen Balken unsere Ohren wie Hutnadeln umgaben. Die Erwachsenen saßen geduckt unterm muffigen Dach. In einer Ecke war ein Kamin, und dort, wo die Stube noch niedriger war, hockten sich die Kinder zusammen.

Wir aßen kein Brot, sondern Aal. Weil Schönling ein wirklich vornehmer Gast war, stellte die Müllerin eine Schüssel mit warmem Wasser hin, in das die Männer ihre Finger tauchen konnten. Schönling betrachtete Mutter, deren Gesicht ihm so vertraut war, aber noch nie derartig blutleer und spitz ausgesehen hatte. Er kniete sich nieder, zog ihr den Stiefel aus, den sie noch am einen Bein trug, und wusch ihr die mitgenommenen Füße. Der Müller und seine gesamte Familie war wie mit Ehrfurcht und Andacht geschlagen. Später begriffen Mutter und ich, daß sie in dieser Handlung Schönlings keine Ehrung erblickten (was nichts daran änderte, daß ihn der Umstand sehr sanftmütig machte, in Mutter die Mittlerin des Heils und der Wahrheit zu sehen, die ihm zuteil wurden, nachdem er Sedilis Kriegszug den Rücken zugekehrt hatte); die Bewohner der Mühle sahen nur die großartige, aufwühlende Demut eines frommen Edelmannes, der sich zu Füßen einer Dienerin erniedrigte. In der Mühle erachtete man Schönlings Tat keineswegs als Werk der Barmherzigkeit. Sie hielten sie lediglich für eine Demutsübung, die ebensogut zu Füßen des *Standbilds* eines Dienstmädchens hätte vollzogen werden können. Die Tatsache, daß sie als weibliche Bedienstete galt, machte sie unter allen Anwesenden zur niedrigsten Person, und darum schätzte man seine unterwürfige Handlung als die größtmögliche Demütigung ein.

Bedienstete? Jawohl, denn Schönling gab Mutter feierlich in die Obhut des Müllers. Bald sollten wir merken, daß der Müller darum glaubte, Cija sei sein eigen geworden, da sie ihm anders denn als Besitz unnütz bliebe. Es half Mutter nicht, daß sie darauf beharrte, sie und ich seien »wichtige Leute«. Man glaubte ihr nicht. In diesem alten Lumpen? Ihr Kleid, zudem längst zerrissen und besudelt, war aus einfachem Linnen gewoben, dem sie ansehen konnten, daß es wenig gekostet hatte, und die Spitze war alles andere als meisterhafte, wertvolle Arbeit. Und zwischen Schönling und Mutter schuf es eine Kluft, daß sie sich als ›wichtig‹ bezeichnete. Er schnitt eine finstere Miene und wandte sich sofort von ihr ab. Er hatte sich hier öffentlich erniedrigt. Folglich beleidigte es ihn, daß sie zu protzen anfing.

Mutter ließ sich auf keinen Streit ein. Ich glaube, anfangs befürchtete sie, er habe sie entführt, um ein Lösegeld zu ergattern, ging jedoch davon aus, daß sie in Kürze mit Schönling wieder zum Heer stoßen werde, wenn sie sich seinen Launen fügte.

Des Müllers Weib, das dem hochgestellten und heiligenhaften Gast offenbar vorteilhaft aufzufallen trachtete, machte sich anerbötig, weil sie sah, daß Mutters kleines Äffchen kränklich wirkte, »das Kind in den Brunnen« zu »senken« – darin sei Zauberwasser, behauptete sie. »Es brodelt beim Kochen nicht. Mütter senken kranke Kinder hinein. Werden sie rosa, werden sie leben. Werden sie bleich, müssen sie sterben.«

Mutter rettete ihren Säugling aus den Klauen der liebevollen Müllersfrau, die ihn schon hinaustragen wollte. »Es ist wenig verwunderlich«, brachte Mutter mühsam heraus, »daß das Wasser beim Kochen nicht wallt, wenn darin so viele Kinder ertrunken sind.« Offensichtlich handelte es sich beim Brunnen – so verstand ich es jedenfalls – um ein Verfahren, das entweder rasch heilte oder schnell tötete. Aber Schönling hörte außerordentlich aufmerksam zu. Hier hatte er es endlich mit Menschen zu tun, die Wasser ernstnahmen.

Der Nachbar, dem dank der Glocke im Fluß das Leben bewahrt worden war, begann sich mit Schönling zu besprechen, wie der Wagen und das Vogelgespann von der Höhe der Felsklippe herabbefördert werden sollten. Da flackerte im Kamin das Feuer empor, als erneut jemand die Tür öffnete – und dabei mich an die Wand quetschte, so daß wieder Schmerz meinen geschienten Arm durchzuckte, während ein massiger Mann an mir vorbeistapfte. Er bemerkte mich nicht, als er eintrat, weil er zu der Art von Menschen zählte, die Kinder nicht für beachtenswert halten. Er hatte aus Groll gegen Wind und Regen eine häßliche Fratze aufgesetzt, als hätte er das Recht, sich übers Wetter zu ärgern, das Wetter hingegen kein Recht, ihn zu ärgern.

»Quar!« begrüßte der Müller den Ankömmling. »Hier siehst 'n großen, gutherzigen Edlen unter meinem Dach, er hat diese Leut aus Not errettet und zu mir gebracht.«

Der Ankömmling namens Quar widmete sämtlichen anwesenden Erwachsenen einen Blick aus Augen, die so grünlich waren, als wäre sein rundes Gesicht innerlich vereitert. Er hatte dichtes, krauses, braunes Haar, gewaltige Muskeln und einen *blauen* Umhang – er war der einzige Mensch in der Umgebung, der keine Kleidung im ansonsten allgemein üblichen Schmutzigbraun des Flußschlamms trug. Mutter schauderte es fast, als sie Quar anschaute. Dann sah sie mich an. »Meine arme Kleine«, sagte sie leise. »Was ich dir nicht alles zumute ...«

Quar stellte sich unserem heiligen Schönling vor. Er sei, erläuterte er in glaubwürdigem Ton, Brauer und Bierverleger, aber Mutter und ich ahnten, ohne daß es eines Wortes bedurfte, daß er sich wahrscheinlich im hiesigen Umkreis auch als Räuber betätigte. »Geh und hol meine Mannskerle!« wies Quar den noch immer nassen Nachbarn großkotzig an. »Sie werden euch helfen, des Edlen Wagen zu holen.« Außerdem wollte er wissen, wohin der edle Herr weiterzuziehen gedächte und ob er ihm mit einem Führer helfen könnte.

Ich beobachtete Mutters Gesicht. Ihre Beachtung galt dem Widerstreit, der sich im Mienenspiel unseres schönen Heiligen widerspiegelte – für ihn stand offenbar fest, daß er sich durch sein Tun ein für allemal Sedilis Ungnade zugezogen hatte und nicht erwarten konnte, je wieder zu ihren getreuen Untertanen gerechnet werden zu dürfen.

In meinem Arm pochte es. Er begann sich wie eingeschlafen anzufühlen. Ich hing noch genießerisch dem Klang von Mutters Stimme nach, als sie »meine Kleine« gesagt hatte. Würde sie für ihr neues Kind auch vor Liebe überfließen? Es »meine Perle«, »meine Freude«, »Dunkling« nennen?

»Bevor ich Pläne zum Weiterziehen schmiede, möchte ich gerne mehr über diesen Ort erfahren«, sagte Schönling bedächtig. »Was wird hier betrieben?«

»Wasser betreibt die Mühlräder«, entgegnete der Müller freundlich. »Meine Mühle ist das Herz Saurmühls, ihr verdanken des Dorfs Einwohner Brot und Bier, die sie bei Kräften halten.«

»Sind's viele?«

»Unsere Einwohnerschaft umfaßt siebenunddreißig männliche Seelen.« (Die Frauen mitzuzählen, fällt dort niemandem ein. Auch von den Kindern werden nur jene männlichen Geschlechts mitgezählt.)

»Nun sind's achtunddreißig«, erklärte unser schöner Heiliger, ohne zu fragen, ob man überhaupt wünschte, daß er sich hier niederließ. Für ein Weilchen herrschte Schweigen. Man konnte ihn nicht so recht förmlich in Saurmühl willkommen heißen, weil man keinen Gemeinschaftssinn kannte. Ebensowenig war man sich vorzustellen imstande, welchen Unterschied seine Gegenwart ausmachen sollte, wenn er hier wohnte und lebte. Mutters Blick ruhte auf ihm; sie war kalkweiß und wirkte völlig ausgelaugt. Auch sie vermochte keine Klarheit darüber zu gewinnen, welchen Unterschied der nordländische Flußanwohner, der für gewöhnlich nur in vollem Prunk herumlief, in unserer Lage für uns bedeuten könnte – er paßte so wenig zur Mühle, daß man es als unmöglich empfinden mußte, ihn mit ihr in irgendeinem Zusammenhang zu sehen, während wir, so hatte es den Anschein, schon fast dazugehörten. Schönling beugte sich über Mutter, ehe er mit dem Nassen hinausging. »Und wie werdet Ihr dies kleine Leben nennen?« fragte er, berührte Mutters Äfflein mit einer Fingerspitze.

»Besteht's nicht aus nichts als Verzweiflung?« erwiderte Mutter teilnahmslos.

Eines zumindest war nun gewiß, nämlich daß wir fortan in jeder Hinsicht auf uns allein gestellt waren. Kaum war der Heilige draußen, verlangte der Müller den Ring von Mutters Finger. Der Ring ließ sich nicht gleich herunterziehen. Der Müller riß und zerrte. Daraufhin mischte der Mann mit Namen Quar sich ein. Er hob Mutters Hand an den Mund und leckte an dem Finger, um ihn schlüpfrig zu machen, und drehte den Ring mit den Zähnen herunter. Er behielt ihn, erinnerte den damit unzufriedenen Müller an eine alte Schuld. Mutter lehnte zusammengesunken auf ihrem Stuhl, den Säugling an der Brust. Er fing an zu quäken. »Du stillst das Ding nicht hier«, brüllte der Müller Mutter buchstäblich an, »sondern draußen in der Scheune. Dort suhlen die Tiere sich nackt.«

Mutter hatte kaum erst die Hand ans Kleid auf ihrer Brust gehoben. Nun schaute sie den Müller an, konnte ihn jedoch mittlerweile, fast blind wie sie nun aus Erschöpfung und Sehnsucht nach erträglicher Wirklichkeit war, nicht mehr richtig sehen.

»Ich danke dir für deine Gastfreundschaft«, sagte sie zum Müller. »Meine Kinder und ich werden uns gern und voller Dankbarkeit in deine Scheune legen. Vielleicht erlaubst du uns in deiner Güte, daß wir uns dort wohl einen Tag lang ausruhen, bis ich mich von des Kindes Geburt, die erst in der vergangenen Nacht stattfand, erholt habe und meiner Tochter Arm zu heilen begonnen hat? Und darf ich danach fragen, wo gegenwärtig des Drachenfeldherrn Heer steht? Befindet es sich in der hiesigen Gegend? Marschiert es nach Norden oder Nordwesten?«

Der Müller blickte sie nur an und ging hinaus. Mutter wirkte verwirrt, schaute zwischen Quar und der Müllerin hin und her, stand auf. Quar ließ sich dazu herab, indem er sich dem Müller anschloß, sie eines Worts zu würdigen, gerade als er schon die Schwelle überquerte. »Nein, er hat nicht vor, dir die Scheune zu zeigen«, sagte er. »Das Weib wird's tun.«

Kummervoll richtete Mutter den Blick auf die Müllerin. »Also die Scheune«, sagte die Frau lediglich. Wir folgten ihr vors Gebäude – glitten draußen ständig im Schlick aus – und zu einer elendigen Scheuer, in der schon so gut wie kein Heu mehr lagerte, obwohl der Winter noch recht fern war; allerdings hatte sie keine offenen Seiten, weil der Wind vom Meer und den Flüssen sowie vom Mühlgerinne Feuchtigkeit übers Grundstück wehte, das ohnehin immerzu unter Wasser stand; darum hatte der Müller die Scheune mit festen Wänden gebaut. Mutter und ich sanken in die kratzigen Heuballen, die statt nach grünen Weiden nach Salz rochen, und ich stellte mit Vergnügen fest, daß ich vom Heuboden in die andere Hälfte des Schuppens hinabschauen konnte, in dem sich Schweine, Kleinpferde um ihre geliebte Futterkrippe drängten. Wenn voraussichtlich Augenblicke geistiger Wirrnis bevorstehen, ist es günstiger, man hat etwas, auf dem die Wahnvorstellungen fußen. Ich empfand jenes Gefühl des Wohlbehagens, das mit vollkommener Hilflosigkeit einhergeht, behielt aber Mutter im Auge. Die Müllerin brachte uns übriggebliebenen Aal, inzwischen kalt, überließ ihn uns, und Mutter machte sich nun daran, ›Verzweiflung‹ geduldig zu stillen.

»Tüchtiger kleiner Säufer, das Kind«, äußerte die Müllerin, die zusah, wie sie kräftig an der Brustwarze saugte. Mutters Brüste waren inzwischen erneut von Milch geschwollen, um den Bedürfnissen des Säuglings zu genügen. »Es trinkt früh für'n Kind, das erst letzte Nacht geboren ist. Du hast's nicht allzu schwer mit ihm gehabt, hä? Es hat nicht den Kopf eines Riesen. Alles in allem 'n winziges, aber lebhaftes Kind. Aber's ist irgendwie mißraten, was? Es ist nicht gesund, wie, oder ist's 'ne Mißgeburt?«

»Das wird sich mit der Zeit erweisen«, antwortete Mutter kurzangebunden.

»Was auch aus ihm werden mag, ob's stirbt oder weiterlebt«, sagte die Müllerin, »es wird bald geschehen. Du wirst dich bald wieder im Haus aufhalten dürfen.«

»Ich werde mich auf den Weg zu meinem Gemahl machen, dem Feldherrn.«

»Aber nein«, erwiderte die Müllerin, verzog unwillig den Mund, vermied es, Mutter anzusehen, so wie sie's tun mochte, wenn sie versuchte, sich von einem Krämer an der Tür keinen Tand aufschwatzen zu lassen. »Du kannst nicht einfach fort. Der Müller hat dich eingehandelt.« Damit schickte sie sich an, uns allein zu lassen.

Es stimmte. Der Müller hatte aus Mutters Aufnahme ein Geschäft gemacht. Das fanden wir jedoch erst nach und nach heraus, weil er sich weigerte, so gnädig zu sein und ihr irgendwelche Auskünfte zu erteilen.

Unser Heiliger hatte Mutter der Obhut des Müllers anvertraut. Und er hatte dem Müller Geld gegeben. »Das war ein großzügiges Entgelt für Sekas und meine Unterkunft und Speisung«, rief Mutter.

Die Müllerin schüttelte den Kopf. »Nein«, widersprach sie. »Wir haben schon von Geld gehört. Dieser neuen Erfindung, die man Münzen nennt ... wir wissen darüber Bescheid. Und es war klug von meinem Gemahl, das Geld anzunehmen. Du solltest dankbar sein. Anstatt Linnen, Fleisch oder einen Vogel jenes Gespanns, das des großen Heiligen Wagen zieht, zu verlangen, war mein Gemahl mit *Münzen* und dir zufrieden. Und wirft er deine Kinder hinaus? Nein. Wie viele Männer hätten beide Kinder behalten und dir gestattet, an den ersten Tagen um des Stillens willen zu faulenzen?«

In der Nacht befiel Mutter ein Fieber, genau zu dem Zeitpunkt, als sie am ruhigsten war und kühl entschlossen. Unter ihrem und meinem Umhang hatte sie Stückchen von der Aal-Mahlzeit versteckt und uns Stroh um die Füße gebunden, damit sie warm blieben und wir leise aufzutreten vermochten. »Sobald die Sterne keine Schatten mehr werfen«, sagte sie ganz leise zu mir – sie flüsterte, als könnten die Schweine, die an dem mit Futter gefüllten, ausgehöhlten Baumstamm vor sich hingrunzten, uns belauschen –, »wird man in der Mühle am tiefsten schlafen. Dann werden wir still hinausschleichen, mein Dunkelchen, und uns auf die Wanderung machen.« Doch als sie sich mit heißer Stirn hin- und herzuwerfen begann, mit gefaßter, aber viel zu heiserer Stimme fortgesetzt besänftigend auf mich einredete, bat ich um ihre Einwilligung, zur Mühle hinüberlaufen, die Leute wecken und einen Heilkundigen holen lassen zu dürfen – jedenfalls wußte sie, als ich an ihrem Ärmel zupfte und sie flehentlichen Blicks ansah, was ich im Sinn hatte. Sie sagte nein, war der Meinung, sie würde, wenn sie abwartete, nur kurze Zeit wartete, wieder zu Kräften kommen; doch schließlich schwand ihr das Bewußtsein. Einmal kam sie kurz zur Besinnung. »Ja, Seka, mein Liebling«, sagte sie in diesem flüchtigen Moment mit klarerer Stimme als zuvor zu mir, »geh hinüber und meld's ihnen.«

Ich eilte zum Haus. Die Tür war abgeschlossen. Die Müllersleute waren wohlhabend und stolz und sperrten des Nachts die Welt aus. Ich klopfte, aber niemand fand sich ein, um zu öffnen. Ich entdeckte ein Seitenfenster und zwängte mich unter der Oberschwelle hindurch, gelangte in einen stockfinsteren Gang, der gewinkelt wie ein Hundebein verlief.

In dem Wohnraum im Erdgeschoß der Mühle standen noch zahlreiche schmutzige Krüge und Humpen, halb voller Reste, die nun langsam schal wurden. Alles roch schlecht. Die Müllerin ließ für Mutter Arbeit stehen, die sie verrichten sollte, sobald sie sich etwas erholt hatte. Eilig klomm ich hinauf zu den oberen Räumlichkeiten, aus denen ich die Geräusche der schlafenden Familie hörte. Unter- und Obergeschoß waren durch eine steile Stiege aus Balken, in die man Kerben gehauen hatte, miteinander verbunden. Droben betrat ich geduckt eine finstere Kammer, in der in einem reichlich vollen Bett die gesamte Familie schlummerte; rings um die Bettstatt hockten Hennen, die Schnäbel unter die Flügel geschoben, aber die wachsameren Wächter-Hennen, die in Kerben der Stiege kauerten, hatten bereits Lärm geschlagen.

Im Bett setzte die Müllerin sich auf. »Hä?« meinte sie in rauhem, gekrächztem Aufkollern. »Wie bist'n du reingekommen?« Der Müller regte sich, stierte mich an, blieb unter seiner Decke. Er hatte eine Decke mit einem blauen Streifen ganz für sich allein. Die ›Unterhaltung‹ überließ er der Frau. Mir war klar, daß sie mich deutlich sehen konnte, weil sich hinter mir das Fenster der Stube befand. Ich deutete in die Richtung der Scheune, da ich hoffte, das Paar wäre gescheit genug, um einen Zusammenhang mit Mutter herstellen zu können. Dann tippte ich mir auf meine schmale Brust, ›schaukelte‹ mit immer schwächeren Bewegungen einen ›Säugling‹, ließ den Kopf nach vorn sinken, um Schwäche anzuzeigen, preßte die Hände auf Stirn, Brust und Seite, hob danach unter Zuckungen den Kopf, um Unwohlsein und Fieber zum Ausdruck zu bringen. Zum Schluß wies ich nochmals in die Richtung der Scheuer und wartete. »Das kleine Luder ist übergeschnappt«, sagte die Müllerin. »Verschwinde aus unserer Schlafkammer!« schrie sie mich an. Nachdrücklich zeigte ich erneut zur Scheune. »Dem Balg steht 'n Anfall bevor«, äußerte die Frau. »Und da kommt's zu uns, um uns seine Krämpfe vorzuführen. Das ist gar nicht schön, du Göre. Wir wollen dir nicht zuschauen.«

»Sie ist schon ganz blau!« johlte einer der Buben einen Scherz. Der Müller grinste und hieb seinem geistreichen Sprößling den Ellbogen in die Rippen.

Seine Gattin änderte, kaum daß sie das sah, ihr Verhalten. Wenn ihr Herr und Meister seine Laune, seine Einstellung ausdrückte, mußte sie sich fraglos danach richten. Das hieß jedoch nicht zwangsläufig, daß sie auch seinem Grinsen und dem Rippenstoß Beachtung schenken mußte, und sie war so frei – bis dahin jedenfalls –, den Knaben für seinen Vorwitz zu rügen.

»Du!« Sie drosch ihren Sohn ans Ohr. »Wer hat dich was gefragt?« Sie stützte ihre Brüste mit beiden Armen, um sie sich aus dem Weg zu halten, schwang aus dem Bett und kam zu mir. »So«, sagte sie, als sie vor mir stand, zwar beängstigend riesig in ihrer Erscheinung, aber nicht bedrohlich. »Und jetzt will ich wissen, wie du reingelangt bist. Die Haustür ist verriegelt, nicht wahr?« Ich nickte. »Hast du dir nicht überlegt, daß das möglicherweise bedeuten könnte, mitternächtliche Störungen sind unerwünscht?« Ich packte ihre Hand und zog sie zu dem Gang, an dessen anderem Ende ich durchs Fenster eingedrungen war; sie schüttelte meine Hand ab, als wäre sie eine schleimige Kröte, und heute weiß ich, daß eine blaue Hand für manche Menschen etwas Ähnliches ist; aber sie folgte mir, tappte mit den Brüsten in den Armen behend die Stiege herab, verharrte jedoch an der Mündung des Gangs. »Doch nicht hier!« Sie starrte mich an. »Du bist doch wohl nicht hier reingekommen!« Sie hielt mich zurück, betrachtete mich eindringlich von oben bis unten, als erwarte sie, an mir irgendwelche gräßlichen Male erkennen zu können. Ihr Blick war lüstern, ein Umstand, der mir an ihr seltsam vorkam, als ob sie irgend etwas fürchte und es trotzdem endlos angaffen würde.

Ich dachte an Mutter, die sich allein und verzweifelt in Alpträumen im Stroh wälzte, zudem Sorgen um mich und sich Vorwürfe machen mußte, weil sie mich aus ihrer Sichtweite gelassen hatte (ein *stummes verlassenes Kind*, nicht einmal um Hilfe zu rufen imstande, wenn es stürzte), und ich hatte genug von der Müllerin. Ich riß mich los und lief in den Gang. Als ich in der Düsternis durch die Zickzack-Biegung rannte, bemerkte ich in der Luft eine gewisse beklemmende Kälte und auch eine Art von schwachem, dunklem Summen, als ob Schwingungen von Hoffnungslosigkeit die Luft durchzitterten. Das ist es also, dachte ich, es spukt im Gang. Sie benutzen ihn als zusätzlichen Schutz gegen Einbrecher. Ich stieß das Fenster vollends auf und sprang hinaus, hastete an dem überdachten Brunnen vorbei, der sich unweit des Fensters befand, und zurück zur Scheune.

Vor der Scheune trafen die Müllerin und ich uns wieder. Sie trug eine in eine Rübe gesteckte Kerze und hatte Verbandszeug sowie eine schwarze Flasche in der Schürzentasche (sie pflegte in ihrer Schürze zu schlafen, die aus Wolle war und warm). »Also, was gibt's?« wollte sie wissen, stapfte durch die Heuballen zu Mutter. Sie hatte von Anfang an gewußt, was meine ›Zuckungen‹ besagen sollten. Ich erwog, der Familie des Müllers irgendwann einmal wirklich welche vorzuführen; das glaubte ich ihr nun schuldig zu sein.

VIERTES KAPITEL

Der Spuk
im Brunnen

Jene Zeit, während der Mutter im Fieber in der Scheune lag, umfaßte wahrlich noch unsere besseren Tage in Saurmühl. Nachdem Mutters Brustentzündung geheilt war, traten wir unsere Pflichten an und wohnten im Haus der Familie. Wir schliefen auch in dem großen Bett; jeden Abend streckten wir uns, geradeso wie die Hühner alle vom Hof in die Mühle kamen und die ›Treppe‹ hinaufhüpften, um sich aufs Kopfende des Betts und die Dachbalken zu hocken, gemeinsam mit dem Müller, seiner Gemahlin und den Kindern unter den Fellen und Decken der mit Stroh ausgestopften Bettstatt aus. Mein Arm war noch empfindlich und schwächlich, brachte mich oft zum Zusammenzucken. Ich ward von Bettgenossen viel herumgeschubst. Wir merkten im Laufe der Zeit, daß wir pfuschen und uns im Bett einen bequemen Platz für uns sichern konnten, so wie sich auch die anderen so einen Platz verschafften; derlei war möglich, solange der Müller das hatte, was er als die beste Lage empfand. Wenn der Müller mißmutig brummte, setzte sich die Müllerin auf und warf uns alle, sämtliche anderen Benutzer, aus dem Bett, als wären wir Spreu, doch wenn sie sich beklagte, sie läge in einer Mulde oder wäre unzureichend zugedeckt, achtete der Müller überhaupt nicht darauf, und alles mußte bleiben, wie es sich gerade verhielt.

»Das Heer hat sich längst aus unserer Reichweite entfernt«, versicherte der Heilige, als er der Mühle einmal einen Besuch abstattete, Mutter in allem Ernst. »Während Ihr krank gewesen seid, ist das Heer über alle Berge gezogen.«

255

Mutter sah ihn nicht weniger ernst an, als er drein-schaute. »Flußedelmann«, sagte sie, »Ihr seid von den Strömen des fernen Nordens gekommen, um im südlichen Ländchen meiner Mutter Eurer Herrin zu dienen, und's hat Euch weniger bedeutet als das Abwetzen des Sattelleders. Ist Euch das Reisen zur Unmöglichkeit geworden, seit Ihr mit der Beschränktheit eines Dörflers denkt?«

Der Heilige ließ sich nicht beirren. »Das Heer ist weit fort«, wiederholte er, »unerreichbar weit, wir können's nicht einholen. Wir sollten in unseren Seelen Dankbarkeit dafür verspüren, daß wir nun unter diesen guten, schlichten Menschen leben dürfen.«

Ihm war es gleichgültig, daß Mutter in der Mühle arbeiten mußte. Auch er stünde, beteuerte er, in Diensten dieser einfachen Leute, und das sei die einzige Art des Dienens, die sich lohne, denn dadurch könne er zumindest einen winzigkleinen Teil seines früheren Hochmuts sühnen. Er säuberte zusammen mit anderen Männern Saurmühls Bewässerungsgräben. »Einmal im Jahr müssen die Gräben vom Wuchs befreit werden, oder sie wuchern zu.« Er genoß es nun regelrecht, solche kundigen Reden zu führen. »Betet zu den Göttern, daß bald Regen fällt!« fügte er hinzu – im Tonfall eines Befehls.

Mutter musterte ihn. »Es hat erst kürzlich geregnet«, entgegnete sie. »Man kann wohl kaum behaupten, daß gegenwärtig Trockenheit herrscht.« Der Himmel über Mühle und Dorf reizte und verstimmte Cija unfehlbar, er war getupft und gestreift mit dunkelgrauen und leicht helleren Wolken, als wäre er ein zu niedriges, bedrückendes Dach aus Birkenstämmen. »Unter diesem Himmel könnte man Morde begehen«, sagte Mutter durch zusammengebissene Zähne. Am Tag, wenn in der Mühle kein Feuer brannte, war es darin kühl, und ich schmiegte mich an Mutter und wünschte, sie dächte an den Feldherrn, so daß sich ihr Leib erhitze. Doch vielleicht vermochte sie von der Zeit an nicht länger auf solche Weise zu denken.

»Wir brauchen Regen«, betonte der neue Landmann nochmals.

»Ich kann nicht beten«, antwortete Mutter mit Entschiedenheit, legte sich die kleine ›Verzweiflung‹ an die eine, einen der schlanken, grauen Welpen, die sie zudem stillte – sobald sie hinlänglich wohlauf war, hatte der Müller ihr nämlich auch seine hochgeschätzten Welpen zum Säugen gegeben –, an die andere Brust. »Während ich mit Seka unter der Erde festsaß und entband, habe ich inständiger gebetet als je zuvor im Leben. Aber eine Antwort habe ich nicht empfangen.«

Ich dagegen hegte die Überzeugung, im Stollen von ›Verzweiflungs‹ Geburt die Anwesenheit unseres Vetters, des uns nächststehenden Gottes, gespürt zu haben. Vielleicht hatte Mutter, überlegte ich mir, in so starker innerer Aufgewühltheit und Verstörung gebetet, daß sie nicht auf die Antwort zu lauschen vermochte.

»Dennoch seid Ihr nun wohlbehalten hier«, meinte der Heilige zu Mutter.

Sie schob sich den Welpen, damit sie es beide behaglicher hatten, etwas weiter an ihre Seite. »Sich hier zu befinden, soll die Antwort auf mein Gebet sein?« fragte sie, im Gesicht weißlich geworden.

Der Heilige gab sich mit der Gesichtsfarbe auch hochgeborener Frauen nicht ab. »Ich bedarf Eurer Mitwirkung«, sagte er ebenso unumwunden wie bescheiden. »Ich möchte, daß Ihr mir mit Eurer Belesenheit von Beistand seid.«

»Ich habe gelernt, was ich lernen mußte«, entgegnete Mutter.

»Aber ich habe nie irgend etwas gelernt«, bekannte der Heilige. »Wollt Ihr mir Euer Wohlwollen erweisen und mir helfen? Ich trachte nach Wissen. Nur so kann ich diesen Menschen hier von Nutzen sein. Ich muß mich in Zucht und Strenge üben. Ich werde mit dem Wort so heftig wie mit meinen Sünden ringen.«

»Dann will ich meinerseits Euch um Hilfe ersuchen«, sagte Mutter. Der Heilige neigte demütig das Haupt, um anzuzeigen, daß er zuzuhören bereit sei, doch Mutter zögerte einen Augenblick lang. »Jeden Morgen«, sagte sie schließlich in schroffem Ton, »legt der Müller, ehe er ans Werk geht, seinem Weib einen Keuschheitsgürtel an. Und mir auch.«

Der Heilige merkte auf. »Die Sitten und Gebräuche dieser Leute ...«, begann er.

»Ich habe ihn mit allem Nachdruck darauf aufmerksam gemacht«, ergänzte Mutter, »daß ich das als unerträglich erachte. Er erlaubt nunmehr, daß sein Weib mir dies Gerät an- und ablegt, von dem ich vermute, daß schon seine unglücklichen Vorfahrinnen es tragen mußten. Er beharrt darauf, daß in seinem Hause die Frauen derartige Dinger zu tragen haben, bis sie sich schlafen legen. Aber wenn Ihr mit ihr reden würdet ...«

»Ich verstehe Eure Gefühle«, sagte der Heilige trübsinnig. »Wie sehr wir auch für die aufrichtig als erforderlich empfundenen Tabus dieser Landleute Verständnis haben mögen, haben wir doch noch nicht die Maßstäbe unserer eigenen Herkunft abgestreift. Ich werde zusehen, was ich tun kann, um Euch die Unterstützung zu leisten, die Ihr begehrt.«

Quar umwarb Mutter, allerdings recht kühl, oder begann wenigstens, um sie zu werben.

Quar wohnte ein Stückchen flußaufwärts in der Brauerei. Als ich das Brauereigebäude zum erstenmal sah, hatte ich nicht gedacht, daß darin jemand wohne; der Bau hatte keine Fenster. Wenn ich im Mühlteich Wäsche wusch, schaute ich mir die Brauerei an. Wie alle hiesigen, so länglichen, niedrigen Häuser war das Gebäude nicht *für* einen Zweck, sondern *gegen* etwas errichtet worden. Hier hatte man gegen den Wald, gegen das Meer, gegen Wind und Wetter, gegen die ganze Welt gebaut. Ihre Häuser bestanden aus Dachbalken, Wänden, Türen und Grimm – als hätte in diesem Teil der Erde Grimm stets zum Handwerkszeug eines Baumeisters gehört und er zu seinem Gesellen gesagt: ›Hoffentlich hast du heute auch genug Grimm mitgebracht.‹

Die Häuser der Dörfer Saurmühl, Saurgraben und Saurbach waren nicht für Menschen gebaut. Was sie an Öffnungen hatten, waren schmale Schlitze des Argwohns in dicken Mauern, Scharten, Löcher; Fenster konnte man sie unmöglich nennen. Doch das Brauhaus hatte nicht einmal Löcher.

Ich hoffte bei unserem guten, kleinen Gott, daß wir nicht auch den Winter in Saurmühl zubringen mußten. Jetzt krochen noch Wasserschnecken im Mühlteich, dessen Grund eine Landschaft für sie abgab. Ruhelose Wasserspinnen huschten über die Oberfläche des Teichs, als wäre der Wasserspiegel eine Matte aus durchsichtigem Kautschuk, sprangen wie Akrobaten. Wasserflöhe suchten Modriges (ich konnte die Beine nicht von den Fühlern unterscheiden), wirkten eifrig an der Säuberung des Wassers. Im gesamten Teich wimmelte und strotzte es von winzigem Leben, das dahinsauste, umherschwirrte, hüpfte, Sätze in die Luft und wieder ins Naß tat. Andauernd schwappte und spritzte das Wasser, und wenn man aufmerksam bis auf den Grund spähte, konnte man die feinen Rillen und Kräusel erkennen, die drunten im feinen Sand die Strömung hinterließ. Das sandige Ufer war ein einziger Tummelplatz mit zahlreichen, kleinen, dunklen Eingängen von Bauten und voller Schwalbennester. Das Wasser murmelte, indem es der Mühle zufloß, mal hell, mal dunkel. Farne entfalteten sich wie Federn eines nimmermüden Uhrwerks. Eine Feldmaus fiel in den Mühlteich; das war ihr Ende. Ein Hecht verschlang sie. Die Hecken wurden geschnitten, um etwas mehr Sonne in den Hof zu lassen (und dem Frost vorzubeugen); außerdem verhinderte man dadurch, daß die Hecken zuviel von den guten Bestandteilen des Erdreichs aufsaugten; die Erde war hier nicht nahrhaft genug, um Hecken auswuchern lassen zu können. Aber danach hatten wir wenigstens ab und zu Sonne im Hof, ausreichend sogar, um abends einen Sonnenuntergang zu sehen, der den Himmel fleckig machte wie die Schenkel eines fetten alten Weibs, das zu lange am Herd gesessen hat.

Wenn uns der Winter in Saurmühl heimsuchte, würden wir sowohl um den Herd wie auch das Weib froh sein müssen. Bald ließen die ersten Anzeichen sich überall bemerken. In dieser Gegend waren alle Türen und Fenster mit einer Lücke unterhalb der Oberschwelle angelegt. Im Winter bogen sich die ganz aus Holz gefertigten Oberschwellen unter der Last des Schnees etlicher Monate auf den Dächern abwärts. (Im Sommer füllte man die Lücken größtenteils mit Moos.)

Die alten, winzigkleinen Fensterverglasungen der Mühle wiesen unbehebbare Kratzer auf, die Wirkung feinkörnigen Meersands, den die winterlichen Stürme ins Land wehten.

»Du trägst das Herz nicht auf der Zunge«, sagte Quar gegen Schluß einer gemeinsam eingenommenen Mahlzeit, als er beim Müller zu Besuch weilte, aufmerksam zu Mutter. Die Müllerin war keine großzügige Köchin. Ihre Suppe schmeckte, als hätte sie ein Huhn in heißem Wasser ausgequetscht, ein jämmerlich dürres Federvieh, das bis dahin niemandem ein Leid getan hatte. Im allgemeinen blieb ihre Küche kalt, trotzdem hatte sie immer einen Kochtopf über der Feuerstelle hängen, den sie als ihren ›Suppentopf‹ bezeichnete. Cija gab Quar keine Antwort. »Du bist weitgereist«, sagte er daraufhin, ohne daß während des vielstimmigen Schwätzens am Tisch jemand es beachtete, zu Mutter. »Du bist weit herumgekommen und hast zu schweigen gelernt. Das gefällt mir.« Dann müßte er mich eigentlich mögen, dachte ich in meiner vollständigen Schweigsamkeit. Doch ihm ließ sich nichts dergleichen anmerken.

»Was ist das?« fragte Mutter, denn er hatte ihr etwas in die Hand gedrückt. Da betrachtete er sie aus seinen wie giftigen Augen voller Verärgerung. Er folgerte, wenn er einer Frau etwas stillschweigend gab, nachdem er sie unmittelbar zuvor großmütig für ihre Angewohnheit des Schweigens gelobt hatte, mußte sie eine Törin sein, begriff sie nicht, daß dies erst recht ein Anlaß war zum Mundhalten.

In Cijas Hand lag der Ring, den der Müller ihr wegzunehmen beabsichtigte, den sich jedoch Quar angeeignet hatte. Ich sah sie nach Luft schnappen, als sie an den Wert des Rings und die Möglichkeit dachte, sich damit die Freiheit zu erkaufen, und sofort überlegte, daß sie ihn in der Scheune, wo sie bereits ihre Karten und Ung-gs Halsband aufbewahrte, verstecken konnte. Danach sah ich, wie sich in ihrer Miene etwas anderes spiegelte, der Ausdruck, den ihr Gesicht hat, wenn Frauen denken: ›Dieser närrische Mann hat an mir Gefallen gefunden. Ich muß mir überlegen, wie ich seine Narrheit zu meinem Vorteil nutzen kann, während ich kaltblütig und daher überlegen bleibe.‹

Quar bemerkte ihre Miene, den Gesichtsausdruck, auf den er gewartet hatte. Von dieser Stunde an bestand zwischen Mutter und Quar eine besondere Beziehung.

Er bemühte sich weiterhin, ihr zu schmeicheln. In dieser Hinsicht verhielt er sich auf gewisse Weise selbstlos, denn es war offensichtlich, daß es ihn erhebliche Anstrengung kostete, jemandem etwas Nettes zu sagen. Am größten war seine Zuneigung zu ihr, als er am gröbsten mit ihr umsprang. Bis dahin sollte allerdings noch einige Zeit verstreichen. Er hatte vor, aus ihr mit Gewißheit die seine zu machen. Ihm war völlig klar, daß man sich ihr mit beträchtlicher Umsicht und mit der gebotenen Geringschätzung nähern mußte.

Folglich log er drauflos, trug dick auf, als wäre sie eine

einfältige Bauerndirne, sagte ihr, wie schön sie mit Sonnenschein auf dem Haar aussähe. In Wirklichkeit beleuchtete die Sonne sie allzu schonungslos. Sie war mager geworden. Ihre Brüste glichen zwei Zapfen. Nach schwerer Arbeit waren ihre Hände oft bläulich verfärbt und mit gelblichen Flecken übersät, und die Knöchel traten hervor wie die Knie von Elefanten. Mutter lächelte Quar zu. Damit gab er sich fürs erste zufrieden.

Als die Männer sich zu gehen anschickten, warf der Müller einen Krug um. Ohne dem Gatten auch nur einen vorwurfsvollen Blick zu widmen, kauerte sich die Müllerin nieder, um die Bescherung zu beseitigen, und Mutter kniete sich daneben, um ihr zu helfen. »Weil du ihn zur Angeberei mißbraucht hast«, sagte der Müller bedeutungsschwer zum gebeugten Rücken seiner Gemahlin. Sie verzichtete darauf, ihm zu antworten, obwohl seine Äußerung ihr rätselhaft sein mußte. »Tja«, brummte jedoch der Müller sogleich. »Was mußtest du ihn auch voll mit Blumen da hinstellen? Bloß um anzugeben, nur weil 'n Gast kam.«

»Es sollte ein Zeichen der Achtung für unseren Gast Quar sein«, quengelte die Müllerin.

»Der Achtung deiner selbst«, berichtigte der Müller sie streng. »Du warst stolz auf dich, weil du jemandem zeigen konntest, daß du's dir zu leisten vermagst, in ›deinem‹ Haus Krüge voll Blumen aufzustellen.« Der Müller wartete, bis sein Weib und Mutter aufgeräumt hatten. Dann kippte er den Krug, um keine Unklarheiten bezüglich seines Standpunkts entstehen zu lassen, noch einmal um. »Und wenn ich zurückkomme, will ich davon nichts mehr sehen«, warnte er uns, als er aus dem Haus ging, endlich dazu imstande, sich gemeinschaftlich mit anderen Männern mit wichtigen Angelegenheiten zu befassen, nachdem er zwischen Tür und Angel wieder einmal, wie er es als seine langwierige Pflicht betrachtete, einen seiner ständigen Versuche zur Belehrung der Familie unternommen hatte.

Ich merkte, wie Quar, während das geschah, die Gelegenheit nutzte, um in Mutters Becher zu spucken. Danach musterte er Mutter, als er das Haus verließ, sagte aber nichts, legte nur ein schmierig-belustigtes Gehabe wie jemand an den Tag, der sich eines geheimen Besitzanspruchs sicher wähnt; sein Speichel würde, glaubte er, Cijas Seele beeinflussen, ihr innerer Widerstand gegen ihn würde künftig geringer sein, weil sie ja schon etwas von ihm in sich aufgenommen hatte, weiteres alsbald also folgen könne, um Aufnahme zu finden. Kaum daß ihr Gatte und Quar nicht länger als Augenzeugen da waren, hörte die Müllerin den Fußboden zu reinigen auf, zog mich am Ohr zu sich. »Du hast den Willen deines Hausherrn vernommen. Mach sauber!« Sie sah, daß ich zögerte, weil der Putzlappen schon gänzlich durchnäßt war. »Leck's auf, wenn's sein muß!« In dieser Lage ersparte ich mir die Mühe, über einen Weg nachzudenken, wie ich Mutter vor der Spucke in ihrem Trinkbecher warnen könnte; sie würde ihr nicht schaden, da war ich sicher.

Ich nahm mir vor, den Flußufern fernzubleiben, wo die Dörfler auf des Heiligen Anregung beteten, daß die ›Dürre‹ enden möge, als die Müllerin mich nach Saurgraben sandte, um bei der Gemüsegärtnerin Gemüse zu kaufen. »Und laß dich von niemandem sehen«, sagte sie als letztes zu mir, während sie mir bedeutungsvoll ins Gesicht schaute. Damit meinte sie, der Müller dürfe mich nicht erwischen. In ihrem Streben, ein Muster an Vollkommenheit zu sein, versuchte sie im Hof für die Küche einen Garten zu unterhalten; die kargen Ergebnisse machten ihn jedoch zu einem Fehlschlag. Aber der Müller bewertete es als unwirtschaftlich, ›kein eigenes Grünzeug‹ zu züchten, wenn man Grund und Boden besaß. (Im Rückblick ist mir klar, wie steinig und sauer der sandige Schlamm der Flußmündungen gewesen sein muß, doch ich glaube, er und sein Weib haben nie begriffen, daß ihr kostbares Mühlengelände sich nicht zu jedem beliebigen Zweck eignete.) Deshalb schickte die Müllerin mich heimlich aus, damit ich Gemüse und Zutaten zum Brotbacken einkaufte, während sie vortäuschte, alles selber in ihrem Gärtchen heranzuziehen.

Mit meinem Korb zog ich los. Saurgraben lag landeinwärts. Es bereitete mir regelrecht Unbehagen, wie gedämpft es in der freien Natur war, wenn man sich erst einmal von der Mühle entfernt hatte. Man hörte das Knirschen und Knarren der großen Mühlsteine nicht länger, von dem ich immer das Gefühl hatte, daß es die Luft in der Mühle ganz und gar durchdrang. Das Kreisen der Mühlräder schien dem gesamten Bauwerk Schüttelfrost zu verursachen. Die ledernen Getreiderutschen erzeugten ein nahezu ununterbrochenes Rauschen und Rascheln. Ziemlich häufig läutete eine Warnglocke, nämlich wenn die Getreidezufuhr versiegte; andernfalls wäre die Mühle rasch in Flammen aufgegangen, von den Mühlsteinen entzündet worden, die aneinandermahlten, so daß der grausig hohe Walzstein auf dem riesigen Drehstein Funken schlug, sobald das Korn ausblieb.

Auf der seewärtigen Seite der Mühle durchzog ständig ein Winseln die Luft. Allerdings war es bis zum Meer ein ganzes Stück Weg, und darum war die See ruhiger als der Sand. Die Dorfbewohner nannten ihn ›Singenden Sand‹. Ich glaube, die Sandkörner bestanden aus versteinertem Holz. Die Dünen waren flach und locker, der Wind verstreute ihren Sand überall. Ihre ursprüngliche, gewellte Beschaffenheit hatten die Dörfler zerstört, deshalb vermochten die Dünen dem Wind nicht mehr zu widerstehen, die Häuser an der Küste nicht zu schützen. So lange hatten Bauern ihr Vieh auf Inselchen dicht vor der Küste weiden lassen (weil sie sich dadurch den Bau von Pferchen sparten) und Holz geschlagen, daß die Dünen keinerlei Widerstandskraft, keine Festigkeit mehr besaßen. Es gab keine Wurzeln, kein Gras, um den Sand beisammenzuhalten.

Ich spähte zu der grau gefärbten Klippe hinüber, die sich seitlich der Bucht erhebt. Sie ragt fast senkrecht aus der Brandung empor, deren Wogen mit fürchterlicher Gewalt gegen den Fels anrollen. Sie gilt als verbotene Stätte. Niemand legt dort mit seinem Boot an. Sie ist Altes Land – aus den Abgründen der See aufgetauchtes Land, ein aus Meerestiefen wiedergekehrter Teil uralter Lande. Außerdem sind diese Bauern zu dumm, um sich weiter von der Küste zu entfernen. Ein paar Klafter weit ins Watt, mehr schaffen sie nicht, gerade soweit, wie sie ihre armen Rinder treiben, denen in all der Nässe die Hufe faulig werden. Sie können kaum schwimmen, ja nicht einmal richtig rudern. Nur ein Mann, hörte ich, war irgendwann einmal zu der Klippe gefahren. »Er spricht nicht darüber«, hieß es.

Mir kribbelte es zwischen den Schulterblättern. Ich ahnte, daß ich dort fliegen könnte. Ich würde *über* den hohen, von urtümlichen Kräften gepeitschten Wellen schweben, die den Mann von der Klippe ferngehalten hatten.

Hier schöpfte ich, wo der rote, rutschige Sand ans unerschöpfliche Salz der See grenzte, tief und ergiebig Atem. Ich spürte, wie die bekömmliche Seeluft meine Lunge mit Heilsamkeit füllte, mir ein Wohlbehagen einflößte, das währte, bis ich mich hinterm Mühlteich ins Landesinnere wandte.

Von da an fiel das Atmen zusehends schwerer. Geschwärzte Bäume neigten sich aus der säuerlichen Luft herab, standen inmitten grünlich glitzernden, morastigen Sumpfs. Diese Bäume waren vergiftet; sie waren Saurmühler Bäume.

Der Fluß, an dem ich entlangwanderte, brodelte richtig. Die Kaulquappen der Frösche, die aus den Bergbächen heruntergeschwemmt werden, haben Saugnäpfe, um keine Wasserfälle hinabstürzen zu müssen. Die Larve der Köcherfliege hat einen durch Hinzufügen von Sandkörnchen und sogar winzigen Steinchen gegen die

Strömung beschwerten Kokon. Ähnlich wie die Bauern, die *gegen* die Elemente der Welt bauten, waren das Wasser und seine Bewohner Feinde und kämpften beständig gegeneinander. Vielerorts durchstreiften giftige Süßwasser-Stachelrochen die Fluten, suchten auf dem Grunde des Flußbetts nach Krustentieren, allzeit bereit, ihren gräßlichen Stachel auszufahren und in jeden Gegner zu bohren, den sie trafen. War das es, was der Heilige Gemeinschaft des Flusses hieß?

Ich zog flußaufwärts bis zu der Stelle, wo die zwei verschiedenfarbigen Ströme sich vermischen; auf einer bestimmten Länge fließen sie nebeneinander zum Meer.

Ich gelangte zu der Erkenntnis, daß es das ›schwarze‹ Wasser war, das viel Waldland verdarb und massenweise abgestorbenes Laub führte, mit dem der Müllerin Brunnen gespeist ward.

In dem finsteren Gang der Mühle, durch dessen Fenster man auf selbigen Brunnen Ausblick hatte, hauste ein Etwas voller Trübnis und Giftigkeit, so wußte ich, vergleichbar mit einem unsichtbaren Geister-Stachelrochen. Niemand in der Mühle betrat den Gang, wenn es sich vermeiden ließ. Selbst Mutter hatte mich, als ich einmal den Eindruck erweckt haben mußte, hineingehen zu wollen, hastig zurückgerissen. »Da darfst du nie ohne Kerze durch, Seka«, sagte sie zur Erklärung. Doch in der Zickzack-Biegung herrschte spürbare Zugluft, als wäre dort eine Kerzenflamme unerwünscht.

Ich nahm eine Abkürzung durch ein Gehölz und erreichte alsbald einen mit kärglichem Gestrüpp bewachsenen Abhang. Könige und andere Räuber hatten diesen Landstrich zugrundegerichtet. An diesem Hang stand, fast bis ans Dach umgeben von Blumenkohl und Kakteen, das Blockhaus der Gemüsegärtnerin.

Wie der Karren eines Kesselflickers war das Haus behängt mit Krimskram, von dem sie sich versprach, daß er Käufer anlockte – das übliche aus Tannenzapfen gebastelte Spielzeug, in grellen Farben gestrichen, aber

längst in der Sonne ausgebleichte Ackergeräte, Leder-
schürzen für Handwerker – salzverkrustet infolge des
Winds, der vom Meer ins Land blies –, in Netzwerk ge-
flochtene Weinflaschen, in denen seit langem auch der
letzte Tropfen verdunstet war und nur ein Bodensatz in
der Farbe der Traube zurückgeblieben war ...

Ich strebte den Feldweg hinauf. Die Weiber, die auf
den Äckern schufteten, hatten sich Tücher vors Gesicht
gebunden oder eigens dafür angefertigte Masken aufgesetzt, um nicht Staub und Saat einatmen zu müssen.
Überm Gesichtsschutz schweiften ihre Blicke zu mir
herüber; zunächst waren sie genauso sprachlos wie ich.
Andere Frauen beschäftigten sich an den Hecken emsig
damit, an den Zweigen Raupen zu zerquetschen, wo
diese Viecher die Blätter zerfraßen, die Hände grün bis
über die Handgelenke.

»Heda, du!« rief eine dieser Frauen mir zu. »Wohin
willst du, Kleine?« Ich hatte dafür Verständnis, daß sie
zu erfahren wünschte, was ich hier wollte; doch ich
vermochte nichts anderes zu tun, als ihr zuzunicken
und weiterzugehen. »Ach, 'ne hochherrschaftliches Nik-
ken, das ist deine Antwort?« schrie sie und warf ihren
Korb mit den zermalmten Raupen nach mir.

Unverzüglich taten die übrigen Weiber das gleiche.
Ich stand auf dem Pfad und zitterte vor Schreck, während smaragdgrüne Maische mir über das Gesicht und
die Kleidung rann; noch wanden sich einige der halb-
zerquetschten Tiere.

Plötzlich hörte ich andere Töne, jemand hob mich
hoch und wirbelte mich herum. Ich spürte einen Arm
um meinen Leib. Einen langen, kraftvollen Arm, und
was ich vernahm, war ein Schreien, das die Stimmen
der Frauen an Lautstärke und Heftigkeit bei weitem
überbot – das Gebrüll eines ausgewachsenen Fischers.
Salz- und Meergeruch umwallte mich, noch ehe ich den
Kopf drehte und das von verfilztem Haar umrahmte
Gesicht des Mannes sah. Er streifte den Matsch von

mir. »Lügnerinnen!« herrschte er die Weiber an. »Betrügerinnen!« Im ersten Augenblick vermeinte ich, er sei vielleicht irgendeine Art von sonderbarem Heiligen. Er schimpfte weiter auf die Arbeiterinnen ein, obwohl sie bereits helles Entsetzen gepackt hatte, sie sich beinahe, nur weil er ein Mann war, vor ihm im Dreck wälzten, um Verzeihung zu erlangen. »Ihr wortbrüchigen Schlampen!« schalt er. »Ihr habt die Raupen mir versprochen! Wie könnt ihr sonst in dieser trockenen Jahreszeit von mir Fisch erwarten?« Währenddessen strich er unablässig grünen Schleim von mir, rettete von meinem Gewand soviel krabbliges, zermalmtes Zeug, wie es möglich war, füllte es in einen der Weidenkörbe, die er umhängen hatte. In den Ohrringen hatte er Federn mit Haken stecken, allzeit zur Hand, um sie mit einem Köder am Ende einer Angelschnur zu befestigen, und seine Ärmelaufschläge waren silbern wie bei einem Adligen – allerdings von Fischschuppen.

Er wollte schier nicht mehr aufhören, wegen der Verschwendung der Raupen zu toben. Später erfuhr ich, wie schwierig es für ihn war, brauchbare Köderwürmer aufzutreiben. Die hiesigen Bauern legen keine anständigen Misthaufen an, in denen geeignete Würmer still und schwärzlich gedeihen, haben sie dazu erst einmal die Gelegenheit.

Er begab sich mit mir ins Blockhaus der Gemüsegärtnerin, weil er der Ansicht war, dort könnte er mich leichter abkratzen. Zu der Zeit hatte er ein leidenschaftliches Verhältnis mit der Gemüsefrau. Sie war ein stämmiges, schmuddliges Weib mit eckigen Hüften, eine wortkarge Person mit einem beachtlichen Schatz an Erfahrungen und einem großen Komposthaufen. Sie ließ uns ein, und Fischkopf war schon vor Entzücken ganz verkrampft, als sie uns in die Hütte vorausging – unter Schnauz- und Backenbart war er errötet, dann hatte er sie zur Begrüßung scheu und doch mannhaft fest durch den Segeltuchkittel am lockigen Schamhaar gefaßt und sie auf den Mund geküßt, ohne daß sie es ihm verwehrt hätte –, und sie klaubte die grün verschmierte Liste vom Boden meines Einkaufskorbs.

Selbstverständlich war die Müllerin des Schreibens unkundig, aber wäre es anders gewesen, hätte es auch nichts genutzt – keine andere Frau wäre, was sie geschrieben hätte, zu lesen fähig gewesen. Die Einkaufsliste bestand aus einer Reihe wüst hingekritzelter Zeichen. Die Gemüsefrau beschwerte sich, sie könnte von der Müllerin gemalte Salatköpfe nie von Rüben unterscheiden.

»Ich gebe ihr einiges von beidem mit«, sagte sie. »Will sie Milch, hm?« meinte sie zu mir. »Möchte sie auch Marmelade? Ich habe gegenwärtig wirklich leckere Marmelade, sie will bestimmt welche haben.«

Ich bezweifelte, daß die Müllerin diese zusätzlichen Sachen haben wollte, aber das konnte ich nicht zu bedenken geben, und so nahm ich die erhöhte Last hin und hoffte, der Dank für die Schlepperei werde nicht nur Geschrei und Schläge sein. Die Gemüsefrau pflegte die Milch in ihren Kannen stets mit Wasser zu panschen. Naturgemäß sollte niemand es merken, und ich glaube, der Müllerin fiel es tatsächlich nie auf; von ihr hatte ich immer den Eindruck, sie wanke zwischen den Dingen umher wie eine Blinde. Verschiedene Grade der Güte blieben ihr fremd. Aber reines Wasser wäre trinkbarer gewesen als diese Plempe. Die Marmelade war bereits in Gärung übergegangen, sie zerlief und war fleckig von Schimmel. Trotzdem fand ich es in der Blockhütte behaglich. Es war darin *schön* – eingerichtet und gestaltet vom Geschäftssinn einer Krämerseele. Jedes Fensterbrett glich einem Blumenbeet.

»Sicherlich willst du die Kannen recht bald wiederhaben, mein Liebling«, sagte Fischkopf liebevoll zur Gemüsefrau und kramte erwartungsvoll in der Hose.

»Nein«, gab sie zur Antwort. »Die Müllerin ist 'ne gute Kundin.« Natürlich hatte sie vor – wie üblich –, sich den Gebrauch der Milchkannen bezahlen zu lassen, und je länger sie in der Mühle blieben, um so mehr konnte sie berechnen.

»Du gehst mit deinen Gebrauchsgegenständen zu großmütig um«, meinte Fischkopf. »Ich werde das Kind begleiten. Ich trage die Kannen, sie sind reichlich schwer. Anschließend bring ich dir die Kannen gleich zurück.«

Das Weib schnitt ein mißmutiges Gesicht. Es wäre ihm lieber gewesen, er hätte draußen auf den Wellen der See nach einem dicken Leckerbissen geangelt. »Das Kind ist kräftig genug«, sagte sie, während sie meine Arme befühlte, »um Milchkannen zu tragen.«

In der Sprache dieser Gegend gelangt die Unterlegenheit der Frauen so deutlich zum Ausdruck, daß sie mit den Männern nicht die Endungen der Tätigkeitswörter teilen. (Sagt eine Frau: ›Ich sitze‹, wird das anders ausgedrückt, als wenn ein Mann die Äußerung ›Ich sitze‹ macht, und während man einen Mann mit ›Wie geht's?‹ grüßt, sagt man zu einer Frau lediglich ›Na, geht es denn noch!‹ oder so, eine Feststellung, keine Frage.) Darum haben die Weiber offenbar das Gefühl, nicht zu oft *sie* oder *ihr* sagen zu dürfen, denn irgendwie haftet diesen auf weibliche Menschen bezogenen Wörtchen eine unklare Unanständigkeit an. So nennen Frauen fast immer Mädchen ›das Kind‹, und die einzige Ausnahme ist, wenn sie beleidigend werden. Dagegen stand es den Männern frei, von ihrer Höhe unangreifbarer Männlichkeit herab in ihrer rauhen, derben, herrischen, furchtlosen Art *sie* und *ihr* zu verwenden.

Fischkopf hatte mir die Kannen schon aus der Hand genommen. O ja, das bedeutete für mich wirklich eine Entlastung. Mein Arm bebte, nachdem der Mann mir die Last abgenommen hatte, hing für ein Weilchen kraftlos an der Schulter, doch ich fühlte mich im wahrsten Sinne des Wortes erleichtert.

Fischkopf eilte zur Tür hinaus und auf den Weg, und

ich folgte ihm rasch, bevor die Frau mich aufhalten konnte.

Fischkopf hatte eigene Vorstellungen davon, wie man nach Saurmühl gelangte. Für Fischkopf bestand die Welt aus Küste.

Fischkopf war es gewesen, fand ich bald heraus, den wir gesehen hatten, als wir uns im Korb von der Höhe der Klippe abseilten, die Gestalt mit der Angel, die in der Bucht bei unserem Anblick die Beine in die Hand genommen hatte.

Wir suchten dieselbe Bucht auf, die Bucht, wo er den Fischfang vorwiegend betrieb, kamen dort an seinem Boot vorbei, vier Klafter lang und in Klinkerbauart gefertigt, weit auf den Strand gezogen. Der Wind rief auf der Milch in den Kannen Wellen hervor. Fischkopfs dichtes, filziges Haar – von der Beschaffenheit, die sich nicht kämmen läßt – wehte in die jeweilige Windrichtung. Sein Korkschmuck umtanzte ihm den Hals und die Hüften wie Bojen.

»Also in der Mühle wohnst du«, sagte Fischkopf versonnen. Er hatte übertrieben romantische Einbildungen, was das ›Heim‹ anderer Leute betraf, weil er sich selbst als ewigen Außenseiter betrachtete. »Ist's angenehm, ja? Bei der Familie in der Mühle zu leben, meine ich? Man braucht in dieser Welt 'ne Familie, soviel steht fest.« Fischkopf stemmte sich gegen den Wind. »Ich werde dir 'ne Geschichte über 'ne Familie erzählen«, sagte er. »Es waren mal drei Brüder, ja, Söhne eines armen Fischers, wie man's von vielen Helden kennt, die zogen hinaus in die Welt, um ihr Glück zu machen. Der erste Bruder gelangt in'n schönes Tal, in dem's Vieh, Flüsse und Wein gibt, und das Tal ist wie 'ne natürliche Festung. Des Tals Eigentümer erklärt ihm, es könne sein werden, wenn er sieben Jahre lang arbeite und ein Haus sowie ein Gewerbe aufbaue. Der erste Bruder beschließt, am besten sei ein steinernes Haus, umgeben mit einem Graben. Die sieben Jahre verstreichen, da sieht der erste Bruder ein nacktes Mädchen in einem Teich baden und schändet es. Du weißt, was Schändung ist?« Fischkopf stellte die Frage mit ehrlicher Besorgnis, er mochte seine Erzählung nicht an eine unwissende Göre verschwenden. »Der Eigentümer des Tals offenbart ihm, daß das Mädchen seine Tochter ist. Er verbannt den ersten Bruder, der in die Wildnis gehen muß. Unterdessen war der zweite Bruder den gleichen Weg dahergekommen. Er sieht 'n schönes Mädchen, das auf einer Wiese zwischen den Blumen 'n Wandteppich knüpft und singt. Er will's zur Gemahlin nehmen. Der Vater sagt zu ihm: ›Einverstanden, doch zuvor mußt du um meine Tochter sieben Jahre lang werben und ihr bei des Wandteppichs Fertigstellung helfen.‹ Sieben Jahre werben? Dem zweiten Bruder, der in Liebe entbrannt ist, bedeutet's nichts. Als die sieben Jahre herum sind, wird das Mädchen ihm zugeführt, gehüllt in weiße Schleier und mit süßem Lächeln. ›Eins will ich dir noch sagen‹, meint der Vater zum zweiten Bruder. ›Ja, ja‹, antwortet selbiger. ›Sei sanftmütig zu ihr‹, sagt der Vater. ›Ja, ja.‹ ›Ich muß dir nämlich offenbaren‹, sagt der Vater, ›daß das arme Kind heute, derweil's in Vorbereitung auf die Vermählung mit dir ein Bad nahm, von einem Wandergesellen geschändet ward.‹ Entsetzt stößt der zweite Bruder des Mädchens Hand von sich, um nicht besudelt zu werden. Er flieht eine Anhöhe hinauf, erblickt ein Einhorn und schwingt sich auf dessen Rücken. Doch es wirft ihn ab, er verfängt sich in des Tiers Mähne, so daß es ihn, der er weder richtig aufsitzen noch es fahren lassen kann, über Stock und Stein schleift. Just in dieser Stunde überquert der dritte Bruder, fern von ihres gemeinsamen Vaters Haus unterwegs, den Hügel, erspäht das Einhorn, wie's seinen Bruder aufs Gräßlichste hinter sich herschleift. Nach einer Jagd von sieben Jahren Dauer vermag er das Einhorn schließlich einzuholen. Er schleudert seinen Bruder, der ›Steh mir bei, gib mir Wasser!‹ ruft, talab ans Ufer eines Bachs. Er steigt aufs Einhorn, das ihn als seinen Herrn anerkennt und sprengt davon in die Berge und die großen Königreiche.« Unverdrossen stapften wir durch Wind und Nässe des Küstenstreifens. »Und die Lehre daraus lautet«, ergänzte Fischkopf nach kurzer Pause, »daß 'n gut Ding 'ne Weile braucht, die sieben Jahre währt.«

Obwohl die Erzählung mich tief gerührt hatte, hielt ich es für schwachköpfig, daraus eine solche Lehre zu ziehen. Doch Fischkopf sprach in so einprägsamem, belehrendem Ton, daß ich mich jedesmal, wenn ich mich später der Geschichte entsann, was im Verlauf meiner Kindheit häufig geschah, auch an die siebenjährigen Mühen und die Geduld der drei Brüder erinnerte.

Ich begann mich zu fragen, wann ich wohl endlich wieder nach Hause käme.

Auf der anderen Seite des Stroms, an dem ich auf dem Weg zur Gemüsegärtnerin entlanggewandert war, sah ich die Feldarbeiterinnen, die sich nun auf dem Rückweg ins Dorf befanden, das einer Maserung aus riesengroßen Schatten glich. Maultiere trotteten aus der Helligkeit auf jene Seite des gemähten Hangs, die bereits im Düstern lag, sahen mal wie stumpfe Flecken aus, mal leuchteten sie rosarot in der Abendsonne.

Im abendlichen Dämmerlicht verweilten wir am Straßenrand bei einem Händler, der dort in einer Bude haufenweise frische Pilze verkaufte. Es staken noch viele Tannennadeln in ihnen. Fischkopf erwarb eine Anzahl Pilze, zahlte mit einem Brocken nicht gerade wohlschmeckend wirkenden Tintenfisch, den er zufällig dabei hatte. Das schwächste Sternenlicht drang ihm durch die wäßrigen, schlabbrigen, sicher eiskalten Sehnen, und ich bewunderte Fischkopf für seine vernünftige Angewohnheit, solche Viecher nur als Zahlungsmittel zu verwenden.

»Horch!« Mit Bestimmtheit streckte Fischkopf eine

Hand in die Höhe. Gehorsam blieb ich ebenfalls stehen und lauschte. »Was mag das sein?« meinte Fischkopf erschüttert. »Ein Geist muß 's sein, ein Gespenst, das durchs halbdunkle Land wandert. Die gramzerfressene Seele einer Mutter, die ihr verlorenes Kindlein beklagt.« Er fuhr heftig zusammen, als ich losrannte, dabei unter meinem Fuß ein Zweig brach. Ich hoffte, die Richtung einigermaßen zutreffend geschätzt zu haben. Es zerrüttete mich nahezu, Cija nichts zurufen zu können, durch das sie ihrerseits zu mir zu finden vermocht hätte. Sobald sie mich erblickte, schrie sie auf und umfing mich, gab Laute von sich wie eine Ringeltaube. »Du mußt des Kinds Mutter sein«, sagte Fischkopf, als er zu uns stieß, während Mutter mich in den Armen an ihrer Hüfte hin- und herschaukelte. »Ich bringe der Mühle die Milch.«

»Du bist ein guter, freundlicher Mann«, antwortete Mutter, die meine unbekümmerte Miene und die Pilze in meinen Händen sah, mit Nachdruck.

Der edelmütige Fischer fühlte sich sofort zu künstlerischen Leistungen beflügelt. Er holte einen geglätteten hölzernen ›Zahn‹ aus der Tasche und setzte ihn sich in den Mund, ehe er seine Flöte an die Lippen hob (später erzählte er mir, der echte Zahn sei ihm bei einem Faustkampf ausgeschlagen worden). Wir erreichten den Hof der Mühle, während er eine wehmütige Weise zum Lobe der Mutterliebe spielte. Ums Mühlrad schillerte ein Regenbogen. Die Sterne schienen sehr tief zu schweben, als gälte ihr hauptsächliches Interesse uns.

Der Müller war noch nicht daheim, aber Quar war zu Besuch gekommen. »Gerade wollte ich mich aufmachen, um dich zu suchen«, sagte er düsteren Tons zu Mutter, obwohl er sich offensichtlich für den Rest des Abends in dem hohen Lehnstuhl behaglich zurechtgesetzt hatte. Die Müllerin eilte hin und her, im Gesicht etwas sauberer als sonst, in Abwesenheit des Gatten die Schultern in einer Haltung verkrampfter Abweisung hochgezogen. Mutter sah besser aus. Ich beobachtete, wie sie auf unechte Weise erblühte, sie bei der Arbeit sang, ihre Wangen sich röteten, und das alles nur wegen Quars Interesse.

»Dieser gutherzige Mann hat meine Kleine nach Hause gebracht.« Sie zeigte auf Fischkopf. »Wahrscheinlich hat sie sich verirrt. Für ein Kind ist's bis zur Gemüsegärtnerin doch ein recht weiter Botengang.« Sie schaute die Müllerin an.

»Dann erlaube mir, dir diesen feinen Herrn vorzustellen«, sagte Quar spöttisch. »Das ist Fischkopf.«

Er sprach den Namen aus, als müsse dessen bloßer Klang jedermann davon überzeugen, daß es lächerlich sei, den Träger eines solchen Namens ernstzunehmen. Doch die Müllerin drängte Fischkopf, sich mit uns zu Tisch zu setzen. Und als der Müller kam – offenbar von irgendeiner Feierlichkeit der Dorfobersten, denn er hatte sich an der Stirn die Haare gekämmt und wirkte überaus selbstzufrieden –, befand auch er sich in Gastgeberlaune.

Etwas später stellte sich auch der Heilige ein, legte stolz leichtere Ausführungen von Keuschheitsgürteln vor. Er dankte fürs herzliche Willkommen des Müllers, dann zeigte er die Mitbringsel Mutter. »So, schaut her«, sagte er gedämpft. »Wie Ihr seht, bin ich dazu in der Lage gewesen, Euch in der gewünschten Beziehung behilflich zu sein, wie ich's versprochen habe.« Er wandte sich an den Müller. »Teurer Freund«, sagte er zu ihm, »ich möchte dich darum ersuchen, den Gebrauch dieser Stücke in Erwägung zu ziehen, die einem zarten Hintern besser bekommen mögen. Deine Gemahlin und diese Edle, die ich unvermindert hochachte und für die ich mich nach wie vor in bestimmtem Umfang verantwortlich fühle, könnten damit gewißlich ihren Aufgaben mit um so größerem Wohlbefinden nachgehen.«

Er blickte den Müller so liebenswürdig an, daß derselbe mit dem Erteilen der Einwilligung ein Weilchen lang wartete, um in des Heiligen wohlwollender Aufmerksamkeit ein wenig länger schwelgen zu dürfen. »Natürlich soll in meiner Mühle alles nur vom Besten sein«, antwortete der Müller voller Großmut, indem er das kostenfreie Angebot annahm. »Du wirst diesen Gürtel tragen, hörst du, Weib?« Er sah Mutter an. »Du wirst den anlegen, Weib«, befahl er Cija.

»Du hast mich nicht mit deinem Freund bekanntgemacht«, sagte der Heilige, der mit merklicher Bewunderung Fischkopfs volkstümliche Ausstattung und breiten, behaarten Brustkorb betrachtete, die Art von dermaßen haariger Brust, daß man mit bloßen Füßen hindurchzuwandeln sich wünscht.

»Du hast von unserem Meeresfischer vernommen«, entgegnete der Müller. »Er ist es. Außerdem treibt er putzige Dinge mit den Frauenzimmern.« Diese zusätzliche Mitteilung äußerte er ohne Mißbilligung, denn hier durfte jeder Mann mit den Weibern treiben, was er wollte, wenn er dazu nur Lust hatte. (Die Männer nannten sie oft ›Frauenzimmer‹ statt Weiber, als sähen sie darin wer weiß was für hohe Wesen.)

»Ach«, rief der Heilige. »Also das ist der Mann, der zur Bunten Klippe gerudert ist.«

Fischkopf bewahrte Schweigen. »Er hat erzählt, daß er dort war«, sagte der Müller. »Er verschwand. Wir wußten alle, daß er drüben ist. Dann kehrte er zurück ... und war verändert.«

Der Heilige glotzte Fischkopf in eindringlichster Wißbegierde an, doch ohne Erfolg. »Was hat er bezüglich der Klippe vermeldet?« erkundigte sich der Heilige beim Müller.

»Er hat nichts erzählt. Glaubst du, wir hätten ihn nicht befragt?«

»Inwiefern bist du ... verändert worden, Fischkopf?« fragte Mutter. Quar machte eine verhaltene Geste des Unmuts, weil sie in Gegenwart von Männern unmittelbar einen von ihnen ansprach. (Bei einer derartigen Zusammenkunft durfte ein Weib nach den hiesigen Bräuchen ausschließlich mit dem eigenen Gatten oder einer Frau unbescholtenen Leumunds reden.)

Fischkopf richtete den Blick seiner abgründigen Augen auf Mutter.

>>Das Einhorn stampft mit den Hufen,
als sei's zu Geheimnissen berufen<<,
sagte er,

>>gleicht doch der Huf dem Nabel.
Als ich wiederkehrte, Edle, da besaß ich auf einmal die Gabe des Dichtens.<<

>>Und er hat graue Haare gekriegt<<, ergänzte ihn die Müllerin.

Fischkopf schnitt eine finstere Miene. Das hatte er nicht zu erwähnen vorgehabt. >>Ich will dir kundtun, heiliger Mann<<, sagte er zu unserem Heiligen, >>daß ich nicht im Boot zur Bunten Klippe gefahren bin.<< Ich spürte Spannung in der Stube. Offenbar brach Fischkopf heute ein langes Schweigen. >>Vielmehr betrat ich die Schwimmende Insel. Sie kam zu mir, und für jene, zu denen sie kommt, ist klar ersichtlich, was ihr Kommen bedeutet. Daher floh ich sie keineswegs, sondern setzte meinen Fuß auf sie, und sie brachte mich hin, wohin sie mich zu bringen beliebte.<<

Die Müllerin war käsig geworden. Sobald jemand von irgend etwas Übernatürlichem redete, hatte ich den Eindruck, ward ihr ganz flau zumute. Alle anderen lehnten sich vor, starrten Fischkopf an. >>*Was* für eine Insel?<< fragte der Heilige nachgerade verzückt. >>Was für eine Insel soll das sein?<<

>>Die rätselhafte Schwimmende Insel<<, gab der Müller Auskunft, als wäre er hier der Fremdenführer. >>Es heißt, daß sie sich in Zeiten überragender Ereignisse als Omen zeigt.<<

>>In Zeiten überragender Ereignisse?<< rief der Heilige hingerissen. >>Ja wahrhaftig, solche Zeiten sind heraufgezogen. Eine Zeit herausragender Ereignisse hat begonnen!<<

Die schönen Augen unseres Heiligen schimmerten wie mit Sternchen durchsetzter Ruß. Von neuem ergriff Fischkopf das Wort, ehe der Heilige ihn, den zottigen Klippenheiligen, mit zahllosen Fragen bedrängen konnte. »Dies ist eine Zeit der Fischabfälle. Es ist die Zeit, in der man die schuppigen Schweine der See aufspürt und ihren Haß erntet. Eine Zeit, in der man schwer für der Nachbarn Bedürfnisse schuftet und hofft, sie werden es einem gutwilligen Herzens mit einem Krumen danken, einer Kruste Brot, die nach dem Schweiß der Frauenzimmer duftet, die in der Bäckerei, der Werkstatt vieler Weiber, Brot backen.«

Der Müller war Fischkopf gewöhnt, seinen immerwährenden Kampf mit seinen Gegnern, den Fischen, seine Vorliebe für Einzelheiten, auch wenn sie Frauen betrafen. Erstaunlicherweise band sich der Müller, als Fischkopf höflich, während er sprach, der Müllerin eine Brust zurechtschob, in aller Ruhe das Schweißtuch um den Hals, bevor er sich übers abendliche Bier hermachte. Quar dagegen mißbilligte soviel Geschwätz in Cijas Anwesenheit. Er hatte das Gefühl, es sei sehr wahrscheinlich, daß sie sich für diese Angelegenheiten zu interessieren und sich erneut wichtig zu nehmen begänne.

»Du . . .«, brummte Quar den Fischer an, schwieg für einen Augenblick, um sich herabsetzende Ausdrücke auszudenken. ». . . nutzloser, ungetreuer Habenichts!«

Fischkopf lächelte, hob flüchtig die Schultern. »Aber was gilt mir Lob?«

Er versagte sich jede innere Anteilnahme an den Reden eines Mannes, gegen den er so stark eingestellt war wie gegen Quar. Fischkopf mochte weder Quar noch den Müller, aber er nahm von ihnen Aufträge und Getränke an und betonte deshalb oft, was für hochanständige Kerle sie seien.

»Ein großartiger Mann ist er, der Müller«, sagte er bisweilen im Brustton der Überzeugung und uneingeschränkter Aufrichtigkeit. »Ein prächtiger Familienvater. Ein gütiger, herzensguter Mann.« Meistens tat er solche Äußerungen, nachdem er beim Müller gegessen hatte. Heim und Herd hatten für Fischkopf etwas von der Seligkeit an sich. So hielten Gastgeber und Gäste es dennoch so manchen Abend lang beim Bier Schulter an Schulter miteinander aus, bis sie am Morgen zuhauf unterm Tisch lagen.

In Wahrheit jedoch war an beiden Männern etwas, das Fischkopf genauso verabscheute wie Fisch. Männer wie Quar waren immerzu aufs Lauern, auf Heimlichkeiten und krumme Dinge aus, und als Quar »zur Sache« kam (damit meinte er das Schmuggeln), Fischkopf darauf ansprach, ihm guten Lohn für die Benutzung des Boots und seine Lotsenkünste verhieß, sagte er bloß ja, würdigte Quar aber kaum eines Blicks. Quar zeigte ihm eine Karte, und Fischkopf nahm sie in Augenschein; auf der Karte gab es viele winzige Zahlen und Pfeile zu sehen. Für mich sah sie nach richtiger Seefahrerei aus. Fischkopf hob nur die Brauen: »Nun gut, ich werde dort sein.«

Doch anschließend mochte er nicht mehr mit Quar reden. Er blickte an ihm vorbei, schien es auch nicht zu bemerken, als sich Quar verabschiedete. »Gute Nacht, Cija«, sagte Quar zu Mutter. »Du bist zu blaß. Es ist Sommer. Andere Frauen sind braun und hübsch. Du gehst nie in die Sonne. Ich werde mit dir an die Luft gehen ... morgen.«

Er gab ihr eine Frucht, einen Kürbis, den er im Beutel hatte. Mutters Gesicht spiegelte Freude wider. Als sie die Frucht zerschnitt, spritzte der Saft so heftig heraus, daß er ihr durch die alte, wollene Bluse drang, und am Abend, als sie sie auszog, hatte sie rund um ihren Nabel einen Abdruck ihrer Freude. »Ach ja, 's gibt auf der Welt noch Orchideen«, war alles, was sie sagte, obwohl sie ohne weiteres hätte hinzufügen können: ›Aber nicht für mich.‹

In der Tat war sie in letzter Zeit in bezug auf ihren Leib beinahe richtig unglücklich geworden. Wie die meisten Frauen, auch wenn sie durchaus zum Baden oder Waschen Gelegenheit haben, war sie nahezu jede Stunde aufs neue davon überzeugt, schlecht zu riechen, ihrer ungelüfteten Kleidung und ihres Körpergeruchs überdrüssig. Ich habe mir einmal überlegt, daß es im Laufe des Jahres Zeiten gibt, in denen ein Mann einer Frau, ohne sich im geringsten dessen bewußt zu sein, schmeicheln kann, bloß indem er neben ihr sitzt, ohne sich Anzeichen des vollständigen Ekels anmerken zu lassen.

Der Keuschheitsgürtel plagte sie immer mehr. Ihre kleinen Schamlippen, so stellte sich später heraus, wurden allmählich zerquetscht.

Wir hatten allerlei Geschichten über ›Rußkinder‹ vernommen, die angeblich aus den Schenkeln der Dorfweiber, nachdem sie den ganzen Winter hindurch auf den Öfen gesessen haben, ›geboren‹ werden – aus Ruß und weiblichem Schleim entstandene ›Kinder‹, Wechselbälger, die sich durch die Löcher der Keuschheitsgürtel schlüpfen, um ›in der Welt Unheil zu stiften‹. Aber Mutter hatte schon mich und Verzweiflung.

Schließlich ging Quar. Mit trübsinniger Miene besah sich Fischkopf, der neben mir an der Tafel saß, die Karte. »Ich werde diese Seekarten«, murrte er, »niemals begreifen.«

Und wirklich gelangte Mutter fortan häufiger ins Freie; es konnte vorkommen, daß Quar aufkreuzte, gerade wenn sie mir wieder Unterricht im Lesen oder Schreiben erteilte, und ihr befahl, mit ihm ins Land zu wandern. »Aber das Kind ...«, pflegte Mutter dann unsicher einzuwenden, während ich schon still mein Schreibzeug zusammenpackte, weil ich wußte, sie würde ihn auf jeden Fall begleiten. Sie stammelte noch einiges darüber, daß sie ohnehin zu wenig Zeit für mich hätte, was aus der Arbeit in der Mühle werden solle, oder ähnliches. Quar brummte ungnädig. Läge ihr eigentlich etwas an ihrer Gesundheit? Selbige sei es nämlich, auf was es ihm ankäme. Sie könne nur das eine oder das andere haben. (Quar und der Heilige stimmten längst darin überein, daß es, ein Mädchen in meiner Lage lesen und schreiben zu lehren, nicht allein überflüssig sei, sondern fürwahr eine Verdrehtheit und Übertreibung.)

Mutter tätschelte meine Wange; ihre Hand wollte nicht recht von mir lassen. »Mein Schätzchen, lerne ruhig weiter. Ich werde bald wieder da sein.« Ja, das würde sie – und sich danach drei Tage lang an einem Stück abrackern müssen und keinen Moment Zeit haben, um sich mit mir zusammensetzen zu können. Mein Übungsbuch war in Sacktuch eingeschlagen worden; man war mit dem Heiligen darin einer Meinung, daß ich dadurch zur Bescheidenheit erzogen zu werden vermochte. Aber ich war ohnehin anspruchslos. Ich wußte, daß mein Unterricht das allerletzte war, was hier irgendwen interessierte.

Wie, wie, wie könnte ich nur *sprechen* lernen?

Ich nahm mein Buch mit ins Geäst des nächsten erkletterbaren Baums. Dort versteckte ich mich zwischen dem dürren Laub; die Blätter waren an den Rändern braun. Ich hatte mir auch etwas zu essen geklaut, warmes Brot mit eingebackenem Fleisch.

Es gab im Umkreis der Mühle nur wenig Bäume, unter denen ich die Wahl hatte. Die Dörfler *haßten* Bäume, so wie Fischkopf Fisch haßte. Sie beschnitten die Bäume ungeschickt und unsauber; damit zerstörten sie sie, obwohl sie die Absicht hatten, sie zu fernerem Nutzen am Leben zu halten. Sie hackten und sägten in der verderbenbringendsten Art und Weise, vornehmlich weil sie keinerlei Ahnung davon hatten, wie man irgend etwas hegte und pflegte, bewahrte; jede körperliche Anstrengung entlockte ihnen Ausbrüche der Erbitterung und des Grolls; sobald sie irgendeine körperliche Handlung verrichteten, befiel sie ein Gefühl gewaltiger persönlicher Macht, und sofort hatten sie Einfälle, um diese Macht zu mißbrauchen. ›Es gibt sowieso zu viele‹, nörgelten sie, wenn sie versehentlich wieder einen Baum kaputtgekriegt hatten. Aus ihrer Sicht standen sie mit dem Wald in ununterbrochenem Ringen. Von allem, was für ihr Empfinden zu lebendig, zu lebenskräftig war, fühlten sie sich bedroht.

Das warme Brot schmeckte köstlich. Meistens nahm ich mir nicht die Muße zum Essen. Es war mir zuviel Aufwand. Dann und wann kratzte ich mir aus einer Schüssel altgewordenen Eintopfs etwas grünlichen Rest. Für Mutter war es eine beträchtliche Quälerei, sich mit der gewohnheitsmäßigen Verkommenheit der Müllerin abzuplagen; in der Mühle war und blieb das Schmutzige einfach schmutzig. Ein dreckiger Topf voller Schmiere und Absud konnte in diesem Haus ohne weiteres einen zweiten, mit Haaren – die wer weiß woher stammten – vermischten Schmutzrand ansammeln. Ward des Abends irgend etwas verschüttet, bedeckte es drei Abende später noch immer den Fußboden, war nicht aufgewischt worden, dank dessen, was man indessen darüber neu ausgeschüttet hatte, jedoch nicht länger sichtbar.

Dieser Haushalt, klagte Mutter einmal dem Heiligen, als er zu Besuch da war, ihr Leid, sei völlig verwahrlost, man könne nicht einmal das Schmutzige sauberhalten.

»Ihr erwartet das Falsche von diesen aufrechten, schwerarbeitenden Menschen«, entgegnete der Heilige. »Ihr meßt sie an der Elle Eurer Erwartungen, Eurer Abkunft und Fähigkeiten. Ihr seid Euer ganzes Leben lang von Dienerinnen und Sklavinnen umgeben gewesen, die nichts anderes zu tun hatten, als Euch zu Willen zu sein.«

Ich erinnere mich daran, daß Mutter daraufhin lächelte und davon absah, dem Heiligen von ihren umfangreichen, vielfältigen Erfahrungen als Dienstmagd und ähnliches zu erzählen. Ich wußte, daß Cija sich mit einem gewissen heiteren Stolz jener Erlebnisse entsann, die über sie gekommen waren, wie jemand von großen Rädern überrollt wird. Zumindest war sie dazu imstande – und in dieser Hinsicht war sie mit sich zufrieden –, Schicksalsschläge zu ertragen wie ein biegsames weibliches Schilfrohr und ohne Aufbegehren. Gegenwärtig war sie arm. Nun wohl. Dann feilschte sie eben mit Händlern an der Tür um die kleinen alltäglichen Notwendigkeiten, sparte an den Kerzen (indem sie sie ausblies, sobald man ihr Licht nicht länger brauchte) und schnitt die Rinde sehr knapp vom Käse. So konnte sie denn nur voller Staunen mitansehen, wie die Müllerin, die oft über die vorgebliche Armut der Mühle jammerte, mit allem achtlos und verschwenderisch umging, Kerzen sinnlos brennen ließ und mit der Schale fingerdicke Scheiben von den Kartoffeln säbelte, nichtsdestoweniger jedoch in ständigem Schrecken vor dem Zorn des Müllers lebte, der Wut bekam, wenn nur noch wenige Münzen zur Verfügung standen. (Nicht daß der Müller wirklich begriffen hätte, was Geld und Geldmangel bedeuteten. In diesem Winkel der Erde war Geld noch etwas Neues und nicht zu Beherrschendes. Niemand hatte darüber Gewalt.) Also mußte Mutter sich erneut damit abfinden, daß es anscheinend in der Natur mancher Menschen liegt, »nicht zu knausern«, wie sich Mutter ausdrückte, »und es sie beängstigt, zu hören, daß sie eigentlich kleinlicher sein müßten«.

Zu derlei Betrachtungen pflegte der Heilige sinnig zu nicken. »Der Bauer wird aus Handlungsfreudigkeit von Natur aus unmittelbar tätig und ist großmütigen Herzens«, sagte er, vollführte in der Luft Bewegungen wie beim Ernten. »Wie sonst vermöchte er im Einklang mit dem Walten und Wirken von Erde und Wasser zu bleiben?« Er lernte bei der Erntearbeit mitzutun, und Mutter rieb ihm bisweilen, wenn ihm der Rücken steif geworden war, das Kreuz ein.

Ich lehnte mich zwischen den Ästen rückwärts. Ich sah Mutter und Quar sich nähern. Sie setzten sich unter den Baum. Ich verhielt mich ganz still.

Quar hatte eine Handvoll haariger Stachelbeeren. Immerzu fütterte er Mutter. Das war eine nützliche Eigenschaft Quars.

»Es sieht nach Regen aus«, sagte Quar, während er zum trüben Himmel aufblickte. Ich fragte mich, wie er sein Lebtag in dieser Gegend verbracht haben und noch immer nicht wissen konnte, daß die Wolken viel zu hoch und zu schnell für Regen dahinzogen. »Ich werde dir für den Säugling 'ne Wiege machen«, sagte Quar. »In der Brauerei, im Hof, liegt noch 'n schönes Stück Stamm. Ich werd's aushöhlen und an der Decke aufhängen. Dann brauchst du's Kind nicht mehr dauernd mit dir rumschleppen.«

Mutter schaute die kleine Verzweiflung an, die in ihren Armen zappelte. »Die Müllerin wird nicht dulden, daß ich in ihrem Haus Platz für eine Wiege in Anspruch nehme«, antwortete Cija. »Aber's ist sehr nett von dir, Quar«, fügte sie hinzu, »daß du an so etwas denkst.«

»Die Müllerin wird tun, was ihr geheißen wird«, versicherte Quar hochnäsig. »Sie macht, was mein Bruder ihr sagt. Und er richtet sich nach meinen Wünschen.«

»Du bist des Müllers Bruder?« fragte Mutter, als wäre sie durch diese Enthüllung ganz und gar überwältigt. »Ach, das habe ich nicht geahnt. Wie aufregend!« Wie langweilig, dachte ich oben im Baum. Mutters Stimme jedoch klang nach Begeisterung und Aufregung, und Quar setzte wahrhaftig eine selbstgefällige, wichtigtuerische Miene auf. Vielleicht *glaubte* Mutter, sie sei begeistert. »Du reist viel umher, nicht wahr, Quar?« fragte sie schüchtern, als erstreckten sich rings um die Mühle nichts als ferne Horizonte, die für eine unwissende kleine Stubenhockerin wie sie ungeahnte Wunder bereithielten.

»Ich ziehe von Ort zu Ort, kaufe und verkaufe«, lautete Quars wortkarge Antwort, bestrafte sie nun für ihr Interesse, nachdem er es errungen hatte, verweigerte ihr Auskünfte gerade darum, weil sie es waren, was sie wollte. Allerdings meinte er ohnehin nicht ›von Ort zu Ort‹, sondern ›von Weiler zu Weiler‹. Und was er kaufte und verkaufte, war Branntwein, wie Fischkopf mir später erzählte. ›Kaufen und verkaufen‹ klingt sehr geschäftsmäßig und herrschaftlich. Worauf sein Gewerbe hinauslief, waren Lachen von Dünnbier und Erbrochenem auf sämtlichen Schanktischen längs Quars Weg durch die Umgebung.

»Ich möchte sehr gerne die Mühle verlassen, Quar«, sagte Mutter leise. »Ich muß meinen Kindern ein angenehmeres Zuhause bieten.«

»Du suchst ein neues Heim, meinst du das?« vergewisserte sich Quar. »Nicht allzu fein, oder? Geht's dir darum?«

»Der Heilige hat sich ins bäuerliche Dasein vernarrt«, sagte Mutter, die genau wußte, daß Quar das Leben der Bauern verachtete. »Er will mich dazu überreden, bis ans Ende meiner Tage in der Mühle auszuharren. Aber ach!, Quar ...« – ihre Stimme nahm einen flehentlichen Tonfall an –, »im Winter werden meine Kindlein zweifellos zum Hungern verurteilt sein.«

»Tatsächlich ist der Winter in dieser Gegend arg grausam«, sagte Quar rücksichtslos, nutzte die Gelegenheit schamlos aus, um ihr mit harmlosem Anschein von so verlockenden Dingen wie winterlichen Rübenessen (jeder brachte Rüben mit und durfte sich dafür auf den Herd setzen) und dem Jaulen und Pfeifen des Sturmwinds zu erzählen, seinem Winseln, das nicht einmal die Mauern, die man im Herbst rund um die Häuser auftürmte, um sie zweifach zu schützen, ganz zu dämpfen vermochten; ungefähr um des Winters Mitte hatten die Stürme die äußeren Mauern geschliffen. Dann erachtete man es als zu mühselig, sie wiederaufzuschichten, betrachtete es als leichter und klüger, am Feuer enger zusammenzurücken, »und die Frauen und Kinder wünschen sich, sie hätten auch 'n Feuer«, wie zu erwähnen Quar nicht vergaß. »Die Bauersleut«, erklärte er, »bringen das letzte Drittel des Winters auf den Öfen zu: Etwas anderes bleibt ihnen nicht übrig. Täten sie aus dem Haus gehen, die Haare auf den Handrücken würden ihnen vom Frost weiß werden, und zwar in den Handschuhen. Die Luft ist derart kalt, daß man Löcher hineinpusten kann.« Quar schilderte, wie man den Atem dann in der Luft gefrieren sehen könne. »Einmal ist mein Bruder mit Nasenbluten hinausgegangen und hat farbiges ›Glas‹ geblasen. Aber nun ja, du hast recht. Die Kinder werden's voraussichtlich kaum überstehen können.« Mutter drückte ihr Äffchen an sich. »Warum läufst du nicht fort?« schlug Quar unverblümt vor.

»Ich muß meine Pflicht tun«, entgegnete Mutter ausdruckslos, anstatt zu fragen: Wie? Wohin?

»Ich habe eine hohe Meinung von dir«, sagte Quar plötzlich zu Mutter. Er sprach es mit starker Betonung aus. So hatte meine verdutzte Mutter sich nun wahrlich das Gütesiegel von Quars Wohlgefallen verdient.

Als Mutter und Quar sich gemächlich, ohne einander zu berühren, entfernt hatten – nachdem Quar sie zu zwikken und zu zwacken versuchte, ihm jedoch von Mutter freundlich, aber bestimmt widerstanden worden war –, kletterte ich vom Baum hinab; und ebenso Fischkopf. »Du warst's also da oben?« rief er ungläubig (und ich wollte das gleiche rufen, bis mir, wie üblich, wieder einfiel, daß ich nicht sprechen kann). »So, so ...« Nachdenklich strich er mit der Hand durch seine drei zottigen Zöpfe. »Laß 'n Frettchen in 'n Stapel Holz schlüpfen ... nicht lange, und man riecht Kaninchen am Spieß.«

Ich starrte ihn an. Meinte er mit dem Stapel Holz die Mühle, in die man Quar einließ? Sollte Mutter das Kaninchen sein, das verfolgt und erjagt werden sollte?

Fischkopf schüttelte in angedeutetem Abscheu den Kopf.

Ein kleiner Flußaal schlängelte sich im Wasser zwischen den Steinen dahin. Ich bückte mich und fing ihn zwischen Daumen und Zeigefinger. Er zappelte – schien ganz aus Muskeln zu bestehen –, und Fischkopf sprang herbei, nahm ihn mir ab, rang regelrecht mit ihm, hieb auf ihn ein, drehte ihm den Hals um. »Aha!« machte er, bohrte dem Aal einen Haken durch die Kiemen, die sich noch regten, und reihte ihn zu seiner übrigen Beute auf eine Schnur wie auf ein Gänseblümchenkränzchen auf. Er war nicht sonderlich überrascht, aber tätschelte mich. »Ich hab von Menschen gehört, die so was können, einfach mit der Hand ins Wasser fassen und sich Beute greifen. Mir schwimmt das Viehzeug nicht in die Hände. Unter der Lagune schlängeln sie sich einem aus den Spanten gesunkener Schiffe entgegen. Bist du schon mal so weit draußen gewesen? Vor der Küste, außerhalb der Brandung, weit vor der Bunten Klippe?« Er unterbrach sich und fing einen dicken Fisch, der sich an dem Aal, dessen Schwanz ins Wasser baumelte, festgebissen hatte. »Den hätten wir auch. Ha, welche Freude! Welch ein Vergnügen! Sähe ein Saurier uns, was täte er sagen? Er würde beten, daß 's ihm nicht ebenso ergeht.« Er begann zu schreien. »Der Tintenfisch is fett und naß, und was er is, is was du has!«

So froh war Fischkopf über meine Fertigkeit, daß er mich fortan zum Angeln und Fischen mitnahm, wann immer es sich einrichten ließ. Er erklärte jenen, die über mich zu bestimmen hatten, ich sei so etwas wie ein Werkzeug seines Gewerbes, und wenn sie Fisch wollten, müßten sie dulden, daß ich ihn begleitete. Die Müllerin murrte, aber sie mochte Fisch, oder vielmehr, sie wußte, ihr Gemahl aß gerne Fisch. Deshalb überließ sie mich Fischkopf, wenn er es verlangte. Die Gemüsefrau war in bezug auf ihren gelegentlichen Liebhaber weniger großmütig. Sie warnte Mutter vor Fischkopf und seinen »Neigungen«. Doch Mutter entschied, der Umgang mit Fischkopf sei für mich gut, sie seufzte nur und sagte nichts.

Nun gab oft das Prasseln des Regens auf dem Wasserspiegel der tiefen See mein Schlafliedchen ab, denn Fischkopf war des Abends lange mit mir unterwegs; häufig sang er auch seine kuriosen, albernen Weisen.

> »Du Walfischtier, hell und süß wie Bier,
> In den seichten Fluten wogend-naß
> Schaukle sanft, in des weiten Meeres Wellen liege
> Wie jemands weiße, kleine Tochter in der Wiege,
> Und doch komm ich, findet dich mein Haß.«

In so gut wie allen Liedern Fischkopfs kamen die Wörter ›süß‹ und ›naß‹ vor, und vorwiegend sang er über Fische, die freundlich, ohne alle Umstände, geradewegs ins mühelos bereitgehaltene Netz schwammen.

Wir zogen einen weiblichen Tintenfisch hinterm Boot her, um die Männchen anzulocken, damit wir sie, wenn sie an die Oberfläche stiegen, aufspießen konnten. Aber manchmal lockte das Tintenfischweibchen auch größere Beute herbei. Dann war es offen, ob wir nicht selbst zur Beute gerieten. In solchen Fällen war Fischkopf meistens sicher, unser letztes Stündlein hätte geschlagen. Zumindest legte er mehrere Paar Handschuhe an, sobald es einen großen Fisch einzuholen galt (man sah die Schnur qualmen, wenn sie übers Dollbord schrammte). Fischkopf tobte seine Wut auf den Fisch aus, er verfluchte und beschimpfte ihn, während er sich so abrackern mußte, die Schnur festhielt, der Fisch hüpfte und kämpfte, ab und zu in die Luft sprang wie ein Mittelding zwischen Pfau und Königsfischer, ganz blaue und grüne Flossen und goldene Tupfer. Das Boot schwankte wie ein Schaukelstuhl; es war kein geeignetes Gefährt, um etwas Ähnliches wie ein Tauziehen zu gewinnen.

Ein allzu großer Fisch im Netz konnte es zertrümmern, und das durfte nicht geschehen, darum mußten wir vorsichtig sein. In solchen Fällen mußte man das Tau kappen und den Fisch mitsamt Netz fahren lassen. Aber wenn ein großer Fisch an der Angelschnur anbiß, konnte man sie an dem kurzen Achtersteven am Achterwerk des kleinen, in Klinkerbauweise gefertigten und mit stumpfem Bug versehenen Fischerboots festbinden und warten, bis der Fisch ermüdete, während man als Gegengewicht im Bug saß. (Jedenfalls konnte Fischkopf es, ich nicht, ich war natürlich zu leicht; doch wenn man viele Stunden gemeinsam auf See verbringt, denkt man an des anderen Gewicht, Trockenbleiben und dergleichen unbewußt geradeso, als wäre man nicht nur man selbst, sondern auch einer der andere.) Später hielt man ihn, indem man ihm einen Haken durch die Kiemen bohrte, an des Boots Seite, nachdem Kräfte und Kampfeswille den Fisch verlassen hatten, so daß er uns im Wasser begleitete, falls er zu schwer war, um ihn an Bord zu heben.

Aber wie sehr man achtgeben mußte! Wir erwischten einen Hai – wir wollten ihn gar nicht, er bestand nachgerade darauf –, einen gewaltigen Hai; wenigstens kam er mir riesig vor. Vierzehn Reihen Zähne hätte der, sagte Fischkopf, und als der Hai müde war (bis dahin dauerte es lange), beugte Fischkopf sich übers Dollbord, um ihm die Kehle durchzuschneiden. Das brachte ihn in Aufregung. Er roch das eigene Blut, das ihm zusammen mit dem Leben entwich, er wand sich, schlug um sich, suchte sich selbst zu verschlingen, ganz und gar reine Blutgier. Durch sein Toben schwankte und schaukelte das Boot. Fischkopf schrie vor Wut über die Ungerechtigkeit des Geschehens. »Stirb, du Schwein, stirb!« Er beugte sich gefährlich weit hinaus und brüllte auf den Hai ein, der nach ihm zu schnappen versuchte, auf seinen dicken Kopf. Ich hockte niedergekauert am Achtersteven, jagte meine Gedanken wie mattglänzende, eiserne Harpunen in den Hai. Fischkopf hatte völlig recht, die einzige Lösung für uns alle war, daß der Hai starb. Und er starb. Fischkopf wischte sich die Handschuhe an den Zöpfen ab. Von Schweiß und Salz, von des Hais Blut und Seiber war er über und über schmierig und schlüpfrig, rot nicht allein vom Blut, sondern auch infolge der Sonne, die sank wie eine kloßige rote Qualle. »Er ist verreckt«, sagte er mit heiserer Stimme. »Es ist verreckt, das Schwein.«

Wir hatten den Hai den halben Strand hinaufgeschleift, da überlegte Fischkopf es sich anders. »Lassen wir's«, meinte er. »Lassen wir ihn liegen! Weshalb sollen wir uns mit diesem Schwein abrackern? Laß 's gut sein!« Ich besah mir den Hai. Er bestand aus jeder Menge Fisch, und Fischkopf konnte mit ihm viel Geld verdienen. »Aaach«, machte er. Damit war der Fall für ihn erledigt. Jemand kam am Strand entlang auf uns zu. Es war der Heilige. Er kam recht vornehm daher, trug auf dem Kopf einen dunklen Hut mit breitem Rand. Indem er vor Fischkopf nach Art der Bauern eine Geste des Grußes und Begrüßens vollführte, blieb er bei uns stehen.

»Ein prächtiger Fang.« Der Heilige deutete mit dem Kinn auf den Hai.

»Dreck«, widersprach Fischkopf und gab dem Hai einen Tritt. Doch so wie bei einem echten Schwein, das man in die Seite treten kann, so fest man will, ohne daß es davon viel merkt, verhielt es sich auch beim Hai; er lag da, blutig und Schaum vorm Maul, ohne etwas zu spüren.

Sofort erwachte das Interesse des Heiligen. »Du bist nicht stolz auf deine Beute?« fragte er.

»Stolz auf so 'n Dreck?« erwiderte Fischkopf übellaunig (in Wirklichkeit war der Hai ein wahrhaft guter Fang). »Versuch's nur einmal, ihn auszunehmen, ihm die Haut abzuziehen, ihn zu räuchern und einzusalzen.«

»Das trautest du mir zu?« rief der Heilige augenblicklich. Das war der Anlaß, wie der Heilige zu Fischkopf fand.

Wenn er nicht auf ein Schäferstündchen bei seiner Angebeteten weilte, der Gemüsefrau, hauste Fischkopf in einem Türmchen, das sich auf einem kleinen Gerüst drehen ließ, welche er beide an einem Hang, von dem aus man aufs Meer ausblicken konnte, errichtet hatte; die Aussicht gefiel ihm nicht, aber um seinen Lebensunterhalt verdienen zu können, mußte er wissen, was für Wetter bevorstand. Im allgemeinen sah man nur die Brandung, die sich wie geschmolzenes Erz an die Küste wälzte, sonst nichts, aber bisweilen schien in unserer salzigen Gegend die Sonne, wärmte und trocknete, und dann sprang Fischkopf (oder der Heilige) aus dem winzigen Turm, drehte ihn auf dem bestens geschmierten Gerüst, das folglich nie quietschte, der Sonne zu, drehte ihn den ganzen Tag lang mit der Sonne, so daß stets herrlicher, goldener, gleißender Sonnenschein hereinfiel, die Balken erwärmte. Der Sonnenschein schillerte auf den Reihen goldgrüner Heringe, die unterm Dach hingen, um vom Rauch des Feuerchens der ›Familie‹ geräuchert zu werden. Denn sie glichen bald einem trauten Paar, Fischkopf und der Heilige.

Nachdem die Verhältnisse nun für einige von uns – für den Heiligen, für mich – geklärt waren, wünschte ich, auch Mutters Leben könnte mehr oder weniger erträglich eingerichtet werden. Für sie war das Dasein nämlich eine arge Bürde. Sie wirkte überlastet und ausgelaugt. Ich entsinne mich daran, wie Fischkopf eines Abends unvermutet zu uns kam und sich mit mir ›unterhielt‹. Mutter hatte den gesamten Tag hindurch Wasser überm Feuer gehabt. Zu guter Letzt siedete es annäherungsweise, ich saß schon im Waschzuber und zitterte vor mich hin. Mutter bat Fischkopf herzlich herein (der Müller fläzte sich bei einem Krug Bier, während seine Gattin Kleidung stopfte), doch er weigerte sich in seiner gezierten Art. »Ich bleibe draußen«, sagte Fischkopf mit weibisch hoher Stimme. Und er redete mit mir durch die halboffene Tür. »Deine Mutter sieht müde aus, Sekilein.« Er tat diese Äußerungen nicht, damit Mutter sie hörte. Wir plauderten lediglich ein wenig. »Deine Mutter«, rief er, »sieht aus wie jemand, der gänzlich erschöpft ist.« Die Müllerin hob den Blick, Cija versuchte zu lachen. Sogar Alltäglichkeiten fielen ihr, wenn sie unerwartet auftraten, inzwischen schwer. Oft sah ich sie mühsam schlucken, bevor sie den Mund zu einer knappen Bemerkung zu öffnen vermochte.

»Komm rein!« grölte der Müller. »Laß uns was trinken!« Fischkopf steckte seinen filzigen Schopf herein, machte ein Alles-Gute-Zeichen und ging.

Er hatte recht. Cija erregte einen sehr angespannten Eindruck, vergleichbar mit der überdrehten Feder eines Uhrwerks, die allzu leicht, wenn man sie anfaßt, springen und brechen, unwiderruflich zerstört werden mag.

Der Heilige hatte früher ebenfalls unter erheblicher Anspannung gelebt. Mittlerweile war er viel sanfter geworden. Er wohnte bei verschiedenen Bauern, die es als Ehre betrachteten, einige Zeit lang für ihn den Gastgeber zu spielen, aber sobald er sich bei Fischkopf eingenistet hatte, fand er schlichtweg keine Gelegenheit mehr dazu, bei ihnen die Runde zu machen; dadurch führte er jetzt ein geruhsameres Leben und steigerte sich nicht länger so häufig in Aufregung hinein. Ehe er zu den Bauern und den Göttern gefunden hatte, nachdem er jenes lichte Wunder in Blau und Weiß erlebte, das ihn vollends zum Glauben hinwandte, war er der Überzeugung gewesen, das Schöne, Köstliche, Helle zu lieben. Er hatte eine seiner Wirtinnen aus dem eigenen Hause geworfen, als sie Einwände dagegen erhob, daß er in ihrem Waschtümpel (auf ererbtem Grundbesitz an des Stroms Untiefen gelegen) ein Heiligtum baute. Weil er einen feierlichen Eid geschworen hatte, niemals wieder Wild zu schießen – das Jagen war sein letzter ›edelmännischer‹ Zeitvertreib gewesen, bis er entdeckte, daß es dem Wild zuwider war, von ihm erschossen zu werden –, stand ihm keine Möglichkeit zur Verfügung, um seine Gewalttätigkeit auszutoben. Darum übernahm er anschließend die Aufgabe, den Heuboden des Bauern auszukehren, bei dem er derzeit wohnte (nachdem er dessen Gattin hinausgeworfen hatte). Während er mit dem Besen umherdrosch, merkte er, daß er einem Vogel, der auf dem Heuboden in einem Nest saß, einen Flügel gebrochen hatte, und unverzüglich drohte seinerseits ihm das Herz zu brechen. Er mochte den armen, kleinen Vogel nicht umbringen. Vielmehr suchte er mit ihm den Heilkundigen auf, der nicht einmal einzugreifen verstand, wenn Kühe beim Kalben Schwierigkeiten hatten, deshalb erst recht nicht wußte, wie er einem Vogel mit gebrochenem Flügel helfen sollte. Also entschied sich der Heilige dafür, dem Vogel mit heilsamer Wärme und Liebe Beistand zu leisten, und er trug ihn zwei Tage lang unter der Bluse am Herzen. Trotzdem starb der Vogel. Der Heilige geriet außer sich vor Zorn. Er riß den Vogel in etliche Stücke und schleuderte sie gegen das Heiligtum. »Warum bist du gestorben, kleiner Vogel? Du hast gewußt, wieviel ich für dich tat. Du hast gespürt, welche Zuneigung ich dir angedeihen ließ!«

Nun hatte das Meer ihn in seinen Bann gezogen. Es rauschte, es schwoll, es schwallte wie Seide bis an seine Stiefel. Er benahm sich sehr still und kaute Dünengras. Er verteilte weniger Bußen; statt sich für umgehende Bestrafung einzusetzen, förderte er fortan das gegenseitige Verständnis. »Du mußt mit deinem Kopf darüber nachdenken«, empfahl er einem zu Unrecht ergrimmten Bauern, »was es war, was sich im Herzen deines Widersachers begeben hat.« Er schnitt ein finsteres Gesicht, als er sah, daß ein Betrunkener ein Kind schlug. »Und zudem einen Knaben!« empörte er sich. »Ist das etwa ein Weg, um einen neuen Mann heranzuziehen? Blaue Flecken bis in die nächste Geschlechterfolge? Die Flekken, die du auf dem Wasser hinterläßt, treibt die Strömung zu dir zurück.« Er verbrachte Stunden damit, nur die See anzuschauen, ihre Offenbarungen zu lesen, ihre Botschaften zu entschlüsseln. Früher hätte er gesagt: Was der Bauer, der Vater der bäuerlichen Sippe, zu tun wünscht, muß er tun können, denn das Gespür des Bauern hat immer recht, sein Gefühl leitet ihn stets völlig richtig, und die Hand des vergeistigten Menschen soll ihn nicht hindern. Aber nun erteilte das Meer ihm einen anderen Rat, gab ihm die Empfehlung, den Bauern stramme Zügel anzulegen, eine weitgespannte, mit Großmut gepaarte Herrschaft überwachter Beschränkung zu errichten. Prügelten sich Betrunkene, schritt er ein und trennte sie. Er fing in der gesamten Umgebung gegen Leichtlebigkeit zu predigen an (obwohl man ohnehin schon dagegen eingestellt war). Zum Schluß sprach er sich gar auf das Nachdrücklichste wider das Trinken aus. Nur Fischkopf wagte es, vor seinen Augen weiterzutrinken. Der Müller und Quar, die beide wenig zur Leichtlebigkeit neigten, widmeten sich auch ferner der Schwarzbrennerei, während die Mühle dem Schein nach nur bestand, um Getreide fürs Brotbacken zu mahlen. Der Heilige setzte ›Leichtlebigkeit‹ noch mit städtischer ›Unanständigkeit‹ gleich. Aber er hielt nicht mehr soviel vom ›Gespür‹, und allmählich zeigte er Anzeichen einer Güte, die sogar ihn selbst verdutzte; dann zerbrach er sich danach den Kopf darüber, ob er nicht vielleicht falsch gehandelt haben mochte, grübelte kleinlich, um sicher sein zu können, daß er gegen keine Regeln verstoßen hatte, die mit der Natur des Wassers zusammenhingen.

Ich war der Meinung, daß Mutter nun, wenn sie sich nochmals an ihn wenden und mit ihm reden würde, seine Freundin werden könnte. In dem Fall müßte er sich etwas überlegen, um sie von hier fortzubringen.

Doch sie hatte aufgegeben. Sie empfand ihn als Gegner, als jemanden, über den sie sich belustigte, dem gegenüber sie allerdings unerschütterlich mißtrauisch bleiben mußte.

Statt dessen besann sie sich, weil sie wußte, daß Quar mit ihr spielte, auf die Faustregel, daß Spiele zum Gewinnen da waren, und daraufhin begann sie ebenfalls mit Spielchen. Sie zog Quar auf und redete sich ein, er merke es nicht. Er hingegen beließ sie in dem Glauben, sie gewänne, um sie zum Fortführen ihrer Spiele zu bewegen; beide verhielten sich versöhnlich und gönnerhaft zueinander. Der Heilige war wenigstens freimütig gewesen. Ich wünschte, ich vermöchte Mutter an die Küste zu holen.

Eines Abends bemerkte ich, wie Mutter und die Müllerin einen Blick wechselten, während sie beide in der Mühle am Küchentisch saßen und Erbsen auspulten. Ich wußte, was ihnen auffiel – und jede mußte vermeinen, es läge nur an irgendeiner besonderen Abweichung in ihrer Wahrnehmung, an Kopfweh, an Müdigkeit, an einer dieser Täuschungen, die einzugestehen Menschen sich schämen, die sie mißachten und von denen sie anderen Leuten nie erzählen –, daß nämlich Gleichgewicht und Raum der Mühle sich verschoben hatten, sie gleichzeitig jedoch auf ihrer Grundfläche, ihren fest und stark gebauten Grundmauern durchaus im Ebenmaß geblieben war; die Mühle hatte sich als ganzes zur Seite geneigt, und keine Winkel in der Küche, weder der Wände, in Bodenhöhe, noch der Balken und Tischkanten, befanden sich noch untereinander im vorherigen Verhältnis. Ich überlegte mir, daß ich die Sache wieder in Ordnung bringen könnte, denn uns allen war mulmig zumute, wir fühlten uns wie seekrank, und das Vorkommnis flößte uns Aberglauben ein. Als ich den dazu geeigneten Teil meines Hirns wider die Macht aufbot, die das Gebäude verrückt hatte, ersah ich, daß sie nicht böse war, sondern lediglich sehr *niedrig*. Sie war selbstsüchtig, grimmig, gehässig, bitter, auf trotziger Weise *wütend*. Sie umfaßte eine dichte, fühlbare (oder zumindest für den bewußten Teil meines Gehirns sehr wohl wahrnehmbare) Ansammlung von Altem, Schalem, Modrigem, einem schwarzen Etwas, das unablässig gespeist ward (ich hatte den Eindruck einer Qualle, die immerzu heulte). Nichts als Selbstmitleid und Enttäuschung gingen davon aus. Als ich die plötzliche Schrägung der Mühle rückgängig machte, gab die Müllerin ein abgehacktes Seufzen von sich, als hätte etwas ihr einen Stich versetzt, dann atmete sie wie in großer Erleichterung aus.

. »Gerade ist etwas Merkwürdiges geschehen«, sagte die Müllerin. »Mag sein, der Erdboden hat ein wenig gewankt. Hast du's auch gemerkt?«

»Hm?« brummte der Müller. Die kleine Hauskatze, die auch unruhig geworden war, sprang auf seine Knie und sofort wieder hinab.

»Das Kätzchen hat dich gern«, sagte die Müllerin in einem weinerlichen, kläglichen Tonfall unterwürfiger Beglückwünschung. Sie wiederholte es, weil ihr Gatte sie nicht einmal ansah. »Das Kä-ä-ätz-chen hat dich ge-hern.« Was ungefähr, grob übertragen, bedeuten sollte: Bitte, hab du mich auch gern.

Erneut stieß der Müller ein Brummen aus. Dies Brummen hieß: Ja, Tiere haben mich gern. Ich weiß nicht, warum, ich bin bloß ein rauhbeiniger, schlichtmütiger Kerl. Vielleicht liegt es an meiner Natürlichkeit und Bescheidenheit. Aber ich bin ein rechter Mann, also streich mir nicht um den Bart, du gefühlsduselige, schwärmerische, alte Kuh, oder ich muß dich anschnauzen und zurechtweisen. Andererseits darfst du jedoch keinesfalls damit aufhören, mir um den Bart zu streichen, weil ich sonst gar keine Verwendung für dich hätte. Ich brauche jemanden um mich, dem ich verbieten kann, mir um den Bart zu streichen.

Die Müllerin widmete sich von neuem dem Erbsenpulen. Sie stützte ihre Brüste in zufriedener Haltung auf die Tischplatte. Sie hatte ihren Zweck erreicht, nämlich dem Müller eine gewisse Anerkennung ihrer Weiblichkeit abgerungen, ihrer Gefühlsduselei, der Tatsache, daß sie ihn ›verehrte‹, allzeit da war, um ihm zu schmeicheln, sie und nur sie. Nun war sie wieder einige Tage lang dazu imstande, es zu ertragen, wie er sie mißachtete.

»In eurer Mühle spukt es«, sagte Mutter in gleichmäßigem Ton zur Müllerin. Die Müllerin stierte Mutter an, das Kinn sank ihr herab, und sie begann sich zerstreut rund um eine Brustwarze zu kratzen. »Letzte Nacht«, fügte Mutter hinzu, »haben die Decken auf dem Bett versucht, meine Jüngste zu erdrosseln. Die *Decken!*«

Zu meinem Erstaunen stimmte die Müllerin Mutters Auffassung zu. »Und ein Hemd meines guten Gemahls ist beim Waschen verdorben, ganz fleckig geworden. In diesem Haus gibt's irgend etwas, das nicht will, daß etwas gutgeht. Meines Gemahls Hemd! Woher konnt's wissen, daß meines Gemahls Hemd dabei ist? In dem Kübel war hauptsächlich Kinderkleidung.« Der Müller hörte, was sie erzählte, ließ sich jedoch nichts anmerken. Bislang galt ihm alles nur als Weibergeschwätz. Erst wenn sie ihm das Hemd zeigte, würde er herumbrüllen. Dann faßte er das mißliche Ergebnis des Waschens als persönliche Beleidigung auf, die er aufgrund seiner ehelichen Rechte bestrafen konnte. Bis dahin jedoch war es ausschließlich eine Sache der Weiber. »Es ist die Brunnenjungfer, die ist's«, versicherte die Müllerin mit heiserer Stimme.

»Brunnenjungfer?« wiederholte Mutter. »Du meinst eine Nixe?« fragte sie nach, denn sie war alles andere als unwissend, was diese abwegigen Angelegenheiten betraf.

»Dunkles im Brunnen«, nuschelte die Müllerin, nun den Tränen nah. »Ein dunkles Ding im Brunnen. Es ist der Brunnen. Der Brunnen ist's.« Während sie dem Brunnen die Schuld beimaß, dachte ich an das Moor, das sich hinter dem Brunnen erstreckte: das Wurmlingend. Wurmling-gend, sprachen die Bauer den Namen aus. Dort lag es wie eine Schlange und zischte. (Alles nur Schilf und Wind.) War irgend etwas aus dem Wurmlingend in der Müllerin Brunnen geschlichen?

Schlimmer ward es, viel schlimmer, nachdem der Spuk Erwähnung gefunden hatte. Über ihn zu sprechen, hatte ihn irgendwie bestätigt, gestärkt.

In der Nacht wachte ich immer wieder auf, und jedesmal mit zusammengekrampftem Herzen. Das war ein wirklicher und wahrhaftiger *Anfall* von Furcht, einer Furcht, die nicht aus meinem Innern stammte, nicht in mir entstand, sondern von außen kam, einer äthergeistigen Furcht. Die Kälte kroch mir von Wirbel zu Wirbel den Rücken entlang. Mein Magen fühlte sich an, als müsse er sich umstülpen. Ich besaß keine Herrschaft mehr über meinen Körper. Und doch suchte das Grauen nur den Körper heim. Ohne Zweifel handelte es sich um einen Angriff, so wie Mutters Äffchen angegriffen, wie des Müllermeisters Hemd verdorben worden war; aber mein Verstand blieb unbehelligt, ich vermochte in aller Ruhe Überlegungen anzustellen, wie ich Abhilfe schaffen könnte. Meine Seele war unverändert mein.

Ich nahm mir vor, das Schaudern aus meinem Rücken zu verdrängen, Wirbel um Wirbel, wenn es sein mußte. Mir fiel ein, daß diese Empfindung sich tatsächlich anfühlte, als hätte ich, wie die vertrottelten, abergläubischen Hexenmeister-Adligen Ilxtriths, die für dergleichen stumpfsinnige Abirrungen des Empfindens blöde genug waren, es von den Menschen glaubten, fürwahr einen Wurm im Rückgrat. Doch etwas wie ein stofflich-körperliches Gefühl des Grausens – eine gefühlsmäßige Regung, die in gerechten Zorn umschlagen, zu stillem Grollen werden, einem entsetzten Ducken, einer Gänsehaut des Ekels führen, sich in süßem Jammer auflösen, zur Verzückung auflodern oder ganz einfach so, wie sie war, bleiben konnte – ist nicht der Geist, nicht das Ich. Es ist nur das, was angegriffen werden kann. Aber das *Selbst*, davon abgesondert, vermag sich dagegen zu behaupten.

Weil ich kein Sklave meiner fürs Grauen anfälligen Wirbelsäule war, konnte ich ihr befehlen, damit aufzuhören, sich im Pfuhl der Furcht zu suhlen, genauso wie man sie jederzeit aus anderen Pfühlen zurückrufen kann – jenen unauslöschlichen Hasses, unsterblicher Liebe, des Jetzt-oder-nie, Einmal-im-Leben, des Stär-ker-als-wir-zusammen sowie sämtlichen sonstigen Seichtheiten und Sackgassen.

Ich hegte so reges Interesse an meiner Furcht, daß ich den *Angriff*, den sie bedeutete, völlig vergaß. Ich vermute, er verebbte. In jener Nacht habe ich nichts Derartiges mehr bemerkt.

Am folgenden Morgen aber, als ums Haus Vögel sich zaghaft zu räuspern begannen (einen Morgengesang konnte man ihr Gefiepe schwerlich nennen), die Dämmerung wie milchig-weißes Pulver in die Rutschen und Verschläge der ›Mahlkammer‹ sickerte, die Ketten klirrten, während sie die Säcke voller grobem Mehl über die Siebe schwenkten, da stimmte Mutter ein Geschrei an, ein verhaltenes, durchdringendes, hoffnungsloses, *gelangweiltes* Heulen, ein Jammern, von dem sie wußte, daß es nichts fruchten werde, nicht erhört würde, daß es in keiner Weise und niemandem helfen konnte.

Ich lief zu ihr. Sie kauerte auf dem ›Bett‹, dem kurz zuvor sämtliche Hausbewohner entstiegen waren, ihr Äffchen in den Armen. Sie wiegte es unablässig, preßte ihr Gesicht an seinen weichen, sonderbaren, winzigen Kopf. Sie richtete den Blick ihrer trockenen Augen auf mich, versuchte ihre Trauer vor mir zu verbergen, um mich nicht zu erschrecken. »Die Kleine ist krank, ich glaube, deine kleine Schwester hat Bauchweh«, brabbelte Mutter. Dann drückte sie mich an sich, hielt uns beide umfangen.

Die Müllerin schlurfte herein. Sie hatte das Klagen vernommen. Sie beugte sich über Mutter und das leblose Häufchen Elend. »Es atmet nicht«, sagte sie. »Keine Atmung«, betonte sie äußerst nachdrücklich. Wir hörten den Müller die ›Treppe‹ heraufsteigen. Er kam in die Schlafkammer, stellte sich hin und gaffte. Er wirkte weder interessiert noch betroffen, machte jedoch auch keinen feindseligen Eindruck. Es lag ein ganz gewöhnlicher Todesfall vor. Am Ableben eines Kindes, dem das Klagegeheul der Hausweiber folgt, war nichts Ungewöhnliches. Der Müller hatte keinen Anlaß zum Unbehagen oder Ärger. In einem solchen Fall zählte eine Zeitlang weiblichen Gejammers sogar zu den in Ehren gehaltenen Bräuchen. Die Trauer der Weiber gehörte zu des Müllers eingefleischten Lebenserfahrungen; Mutter, Tante und Großmutter mußten ab und zu so getrauert, etwas getan haben, was man ihnen ausnahmsweise einmal nicht verweigern konnte, und Vater, Onkel und Großvater mußten dann und wann, ähnlich wie nun er, mit ernster Miene dabeigestanden, auf hölzernen Schwellen geschwankt, der Weiber allgemein zugestandenes Recht auf Trauer stillschweigend geachtet haben. Ich wußte nicht, was ich tun sollte, um Mutter zu trösten, klammerte mich nur an sie. Ich versuchte, ihr Trost und innere Stille zu vermitteln, aber sie zitterte zu heftig infolge ihrer altgewohnten, tränenlosen Anstrengung, sich um meinetwillen zur Ruhe zu zwingen; sie erzeugte in sich zuviel künstliche Beherrschung, um irgendein echtes Gefühl aus anderer Quelle annehmen zu können. Seltsamerweise dachte ich nicht daran – es kam mir überhaupt nicht in den Sinn –, den Versuch anzugehen, das Bündel Glieder und Fell zu heilen. Dies haarige Kind mit seinem platten Gesichtchen und den neugierigen, feuchten Korinthen gleichen Äuglein – für mich war es nie lebendig, niemals etwas Wirkliches gewesen, bloß etwas, das Mutter brauchte. In diesem Moment war es die Müllerin, der etwas Vernünftiges einfiel. »Es atmet nicht«, stellte sie noch einmal fest, als wäre diese Feststellung der Anfang eines Trauergesangs. »Es atmet hier nicht. Auch hier ist nicht der rechte Ort zum Atmen. Vielleicht wollte der Winzling andernorts atmen. Hier nicht, aber anderswo. Bring das Kleine zum Heiligen! Bring's zum Atmen!«

Der Müller schenkte seiner Gemahlin einen bedächtigen, geringschätzigen Blick des Unmuts. »Das Atmen hängt nicht vom rechten *Ort* ab«, entgegnete er bösartig. »Kein *Ort* kann's schuld sein, wenn jemand zu atmen aufhört.« Er fühlte sich gekränkt. Er gedachte nicht zu dulden, daß man ihn und seine Mühle beleidigte. »In einer von Herzen betriebenen Mühle«, erklärte er, »läßt's sich von Herzen atmen!«

»Hier fällt das Atmen schwer«, erwiderte die Müllerin. »Merkst du's nicht? Nein!« Sie sprach rasch weiter, ohne irgend etwas Schmeichelhaftes zu ihm zu sagen, obwohl er ihr zu verstehen gegeben hatte, daß es nun dazu höchste Zeit sei, denn inzwischen hatte sie in seiner Gegenwart ein halbes Dutzend Sätze ohne die geringste Lobhudelei geäußert. »Du merkst nicht, wie hier das Atmen schwerfällt. *Du* bist hier *daheim.*« Sie verzichtete darauf, mit aller Deutlichkeit auszusprechen: ›*Du* erschwerst uns das Atmen.‹

Verblüfft versetzte der Müller seiner Gattin eine lehrreiche Maulschelle, ehe er sich zur Tür wandte, um sich zu seiner Kumpanei zu gesellen. Die Müllerin lachte fröhlich, so als schäkere sie mit ihm, erkannte auf diese Weise seine Witzigkeit an. Dann raffte sie sich wieder vom Fußboden hoch und tupfte sich das Blut von der Lippe. »Bring den Winzling zur Küste!« sagte sie zu Mutter. »Zum Heiligen!«

Möwen suchten den Strand aus gräulichem, geriffeltem Sand ab, erbeuteten kleine, gestrandete Fische und Weichtiere. Während ich Mutter und ihrem Armvoll Verzweiflung folgte, die Zehen kalt, hielt ich ebenfalls die Augen offen, und zwar mit großem Erfolg – denn plötzlich entdeckte ich eine Goldmünze, die ans Ufer gespült worden war und zwischen Tang und Steinen lag. Ich schob sie unter meine Leibschärpe. Diese goldene Münze ähnelte jener, die mir Ael gegeben und die ich an die Mühlenkinder verloren hatte.

Grau. Wir sehen das erste Anzeichen menschlicher Besiedlung seit Meilen: eine langgestreckte Scheuer. Überm Dach kreist ein Vogel. Mutter bleibt stehen. Ich hole sie ein. Sie starrt über des Äffchens Köpflein hinweg, starrt in die Weite, ins Grau. Fahrig streicht sie mir mit der Hand durch den Schopf. Sie setzt sich hin, weint. Geht weiter.

Wir gelangten zu dem Türmchen der beiden sonderlichen Heiligen. Jemand war zu Hause. Wir hörten es am Klacken langer Nadeln: Unser Heiliger übte sich im Stricken, das er kürzlich von einem alten Weib gelernt hatte. Ich folgte Mutter zum Eingang der hölzernen Behausung. Der Heilige erhob sich und schaute Mutter sehr freundlich und doch ungemein tiefsinnig an, im Halbdunkel schimmerten seine rauchig-violetten Augen lebhaft. »Mein Kind ist tot«, sagte Mutter mit leiser, matter Stimme. Sie lehnte die Stirn an des Holzbaus Oberschwelle und schloß die Augen. Reglos stand der Heilige da. Er sah sie an, dann mich. Ich glaube, dem Äfflein widmete er keinen Blick.

Von See herauf, vom oberen Teil des Strands, erscholl schöner Gesang: Hallend-tiefes Gebrumm mit dunklen Wiederholungen bestimmter Töne, Laute voll von Regen, Wind, Wetter und Ergebenheit ins Schicksal. Der Sänger war ein Mann, der ein zuvor ans Land gezogenes Kajak überm Kopf schleppte. Es begann zu regnen, Regentropfen fielen wie Diamanten von den schrägen

Dachkanten über Tür und Fenster des kleinen Turms. Das Prasseln des Regens bewirkte, daß das nachgiebige Holz nicht weniger wohlklingend als Fischkopf sang, ein so schmiegsames, empfindliches Holz war es, unterm Gewicht der Wassermassen, die herabrauschten, bog es sich, wie der Regen es wollte. Ich kehrte dem stillen Bild im Innern des Türmchens den Rücken zu, sah zu, wie Fischkopf inmitten des Wolkenbruchs gebückt, den Kopf eingezogen, den Hang erstieg. Als er eintrat, fegte gleichzeitig ein Schwall Regen herein.

Indem er mitgebrachten Fisch auf einige eigens dafür wie zu Trögen ausgekerbte Balken warf, betrachtete nun Fischkopf den Anblick, der sich ihm bot. Er vergeudete keine Zeit. Er faßte das Kind an, und sofort rührte es sich. Mutter zuckte zusammen, blickte ungläubig drein. Schwache, ganz flache Atemzüge teilten des Äffleins Schnäuzchen. Seine kümmerlichen Nasenlöcher, verunstaltet durchs menschliche Erbteil, fingen gleichsam widerwillig wieder an, sich regelmäßig zu verengen und zu weiten.

»Deine Verzweiflung tot?« meinte der Heilige langsam zu Mutter. Ich glaube, nur er und ich entsannen sich noch an den von Bitterkeit geprägten, herabsetzenden Namen, den Mutter ihrem jüngsten Kind verliehen hatte. Krampfhaft drückte Cija sich das kleine Geschöpf ans Herz, sank auf die vom Regen bespritzten Felle nieder. Die Wellen der See wogten und brandeten an die Küste. »Der weite Weg von der Mühle bis hierher hat deinen Glauben und des Kindes Lebensgeister wiederbelebt«, sagte der Heilige, berührte Mutters Schulter. »Das ist im wesentlichen das Ergebnis jeglicher Pilgerfahrt.«

Fischkopf rieb meine Hände zwischen seinen Pranken, um sie mir zu erwärmen, häufte Reisig ins Feuer, das auf seinem flachen Stein, der vom Ufer stammte, sogleich emporloderte. Allmählich verschwanden Küste und Brandung hinter Regenschleiern und Nebelschwaden. In der Luft herrschte ein Prasseln und Trommeln, als schwämmen wir im Regen auf einem grenzenlosen Meer. Während Fischkopf für uns alle heiße Suppe zubereitete, beobachtete ich, wie Mutter, als käme sie von einer langen Reise zurück, mit der Zeit wieder ihre Umgebung zur Kenntnis zu nehmen begann. Ich sah, wie ihr Blick flüchtig auf dem Schal verweilte, an dem der Heilige gelassen weiterstrickte, auf den Tonschälchen, die er eigenhändig mit einfallslosen bäuerlichen Darstellungen verziert, den seinen Göttern geweihten Schreinen, die er mit Fischkopfs Hammer zusammengezimmert hatte.

Für einen Moment empfand ich das verqualmte, feuchte Holztürmchen geradeso wie der Heilige. Bis das lange Ringen gewonnen und man den Göttern voller Stolz gegenübertreten konnte, vermochte kein Heim etwas anderes als etwas Geborgtes, kein Haus eines Menschen rechtmäßige Wohnstatt sein, denn noch hatte kein Mensch sich in den Augen der Götter irgend etwas rechtmäßig erworben.

Der Heilige saß in diesem Holzbauwerk wie auf einem Floß, einem unsicheren Gefährt, das auf den ausgedehnten, gefahrvollen Meeren der Welt und des Geistes hin- und hergeworfen ward, wie in einem kleinen Bollwerk, das unter ständiger Belagerung stand; es war seine Zuflucht, in der er bisweilen verschnaufen, zwischen Zusammenstößen mit dem Feind – dem Bösen und der Versuchung von außen, der Schwäche und der Versuchung aus dem eigenen Innern – neue Kräfte schöpfen konnte.

Das Floß kippte, sauste einen gewaltigen Brecher hinab, schien zu verharren, zu schweben, aber überschlug sich nicht, erklomm schwungvoll einen neuen, scheinbar schwindelerregend hohen Wellenkamm.

Das viele Wasser des Regens glitzerte, funkelte, als ergössen sich eines Edelsteinhändlers vielfältige Besitztümer aus einer Dachrinne in die Gosse.

Zwischendurch: ███████████████████████████████
██
██████████████████████████████████
██
██
██
██
██
██
██
██
████████████████████████████
██
█████████████████████████████████████
██
████████████████████████████████ Wenn einer ein wenig zerstreut
ist und in Gedanken gerade ganz andere Probleme wälzt, mag es
schon einmal vorkommen, daß er seine Suppe ansieht, als überlege
er, wozu diese überhaupt gut sein soll ... ███████████████████
███
████████████████████████████
███
██
██
███████████████████████████ Doch wer sich eine wohlverdiente Pause
gönnen will und mit Behagen eine Kleinigkeit für den Appetit
zwischendurch zubereitet, der wird kaum lange überlegen müssen,
was er damit anfangen soll ... █████████████████████████████
██
██
██
██
██
██
██
██

»So, nun rückt zusammen«, sagte Fischkopf, meinte damit soviel wie: Setzt euch zum Essen. Er war mit dem Kochen fertig. Er teilte die Suppe an uns aus.

»Hast du irgendwelche verirrte Reisende gesehen?« fragte der Heilige Mutter.

»Jene«, fragte Mutter zurück, »von denen du befürchtest, sie könnten verschollen sein?« Sie richtete sich auf, nahm eine Schale entgegen, besah sich die Suppe, als überlegte sie, wozu Suppe gut sein sollte. »So daß man, wie's sein mag, auch des künftigen Handels mit ihnen und des unbescholtenen Leumunds verlustig ginge? Die Bauern glauben, daß sie nach Flinchwum weitergezogen sind.« Mittlerweile sprach sie den Ortsnamen genauso aus wie die Bauern, so daß er einen nicht allein trostlosen Klang hatte (als pfiffe Wind über kahle Hügel), sondern gar klang, als wäre dort das Ende der Welt: Flinchwum, das Kaff, über das man nicht einmal im Traum hinauszugelangen vermochte.

Ich erinnere mich noch daran, wie Mutter während eines Feldzugs – vor langer Zeit – mit leidenschaftlichem Nachdruck geäußert hatte, sie hasse den Tonfall der Unwissenheit und Beschränktheit, die Art und Weise, wie in allen Teilen der Erde die an Vorstellungsvermögen armen Menschen Sprache und Rede mißtrauten, lieber Umstände vermieden und plump sämtlichen Silben aller Namen und Bezeichnungen die gleiche Betonung verliehen. Jetzt sprach sie selber so, und es gab den Namen von den Göttern verlassener Orte schon einen schwerfälligen *Klang* nach Ödnis und Hoffnungslosigkeit.

»Wie behagt's dir inzwischen in der Mühle?« erkundigte Fischkopf sich bei Mutter.

Sie schaute den Heiligen an. Sie war ihm seit einer ganzen Weile nicht mehr begegnet. Ihr war klar, daß man von ihr erwartete, über die Mühle keine Klage zu führen. Der Heilige mißbilligte derlei Beschwerden. Ich bin der Ansicht, daß sie jetzt mit ihm hätte offen reden

307

können, und vielleicht wäre ihr alles nur wünschenswerte Verständnis und Mitgefühl des Heiligen zugefallen, so daß er sich endgültig dazu entschlossen hätte, ihr ernsthaft zu helfen. Doch während der Heilige Mutter anfangs abwechselnd gelangweilt und belustigt hatte, war sie unterdessen dahin gekommen, von ihm wie von einem Götzen zu denken. Ganz wie die Müllerin sich eine Stunde um die andere Ruhe und Frieden erkaufte, indem sie den Müller wie einen zur Erde herabgestiegenen Gott behandelte, so hatte Cija den Kampf aufgegeben, und um gelegentlich ein wenig Atem schöpfen zu können, überlegte sie sich ungefähr folgendes: Der Heilige sollte mich jetzt einmal hier sehen, wie ich mich im Sinne seiner Predigten bewähre, mir Mühe mache und Aufgaben, die mir eigentlich widerlich sind, getreulich erfülle.

Darum zögerte Cija, als man sie fragte, wie es ihr in der Mühle, in der sie vorhin erst ihr Kind fast erstickt gefunden hatte, denn behage. »Die Müllerin glaubt«, antwortete sie dann schließlich, »daß es in der Mühle spukt.«

Zuerst lachten die Männer über diesen Beweis weiblicher Eigentümlichkeit. »Es gehen durchaus von körperlosen Geistern Gefahren aus«, sagte dann jedoch der Heilige. »Wenn sie keinen Körper übernehmen können, wie's ihnen am liebsten wäre, ist's sehr wohl möglich, vermute ich, daß sie sich mit einem Brunnen inmitten der Wohnstatt körperlicher Wesen zufriedengeben.«

So war der Heilige eben. Doch hätte es einem Gespenst nur halb so gut – oder überhaupt gut – im Haus einer zufriedenen, glücklichen Familie gefallen, in der die Frau Hiebe nicht entgegennehmen mußte, als wären sie Blumen, sie sich nicht zu verstellen und das Speichellecken zu betreiben hatte, als tränke sie alle Tage köstlichen Wein ...? Was geschah in ihrem Innern, wenn sie sich äußerlich verstellte? Was blieb von ihrem Ich übrig? Da sie seiner entsagt, sich der natürlichen

Sanftheit und Weichheit des Gemüts begeben hatte, war es nicht möglich, daß es sich zum Schmollen in den Brunnen fortgestohlen hatte, wo es über die verfehlten Ansprüche, deren Erfüllung sie verweigerte, nachsinnen konnte?

»In der Mühle gibt's keine Luft zum Atmen«, sagte Fischkopf, aß hungrig, offenbar von ihr sehr angetan, seine Suppe. »Irgend etwas saugt sie ab.«

»Vielleicht wird sie in den Brunnen gesaugt und nährt dort«, meinte Mutter, »was darin in stetem Sterben liegt.«

»Ihr werdet 'n feuchtnassen Heimweg haben«, sagte der Heilige uns höflich zum Abschied, als Mutter und ich Anstalten machten, erst längs der Küste, dann durch die Felder den Rückweg zur Mühle anzutreten. Der Regen hatte nachgelassen, aber der Untergrund war völlig aufgeweicht. Ich musterte den Heiligen vielsagend, doch er bot uns nicht an, ruhig noch länger auf seinem ›Floß‹ zu bleiben. Er lehnte es ab, Mutter nochmals in irgendeiner nennenswerten Weise zu helfen, sogar jetzt, nachdem ihr Glaube an ihn zum Ausdruck gekommen war, indem das ihm gebrachte Kind von neuem zu atmen begonnen hatte. Und Mutter hatte vergessen, wie man um Hilfe bat. Sie hatte den Mut zum Bitten verloren.

Fischkopf war zu der kleinen Bucht hinuntergegangen und hatte sich ins Kajak gesetzt; es schien zu ihm zu gehören wie eins seiner Kleidungsstücke. Als er jedoch sah, daß der Heilige nicht daran dachte, uns heimzubegleiten, stieg er wieder aus und kam erneut zu uns heraufgeklettert. »Dieweil er als Edelmann aufgewachsen ist«, entschuldigte Fischkopf, ohne daß seiner Stimme Spott anzugehören gewesen wäre, den Heiligen, »versteht er's nicht recht, mit Frauenzimmern umzugehen.« Betroffen sperrte der Heilige die wie verrußten Augen auf. Fischkopf führte uns über die Felder.

Von den umfangreichen Anhäufungen zerbrochener

Äste und Zweige in manchen Bäumen behauptete
Fischkopf, sie seien ›Bärennester‹. Und als Mutter lachte, das Äffchen ihr sein vertrauensvolles Schnäuzchen-
gesicht und seine vertrauensseligen Korinthen-Augen
zudrehte, die ungewohnten Laute zu begreifen versuchte, da sahen wir unter den angesammelten Ästen
gewaltige Gliedmaßen sich regen; das sei so ein ›Bär‹,
nämlich »ein Wald-Dämon«, fügte Fischkopf hinzu.
»Ich bin dem riesigen Waldbären begegnet«, erzählte er.
»Ich wollte seinen großen, dicken Pelz. Ich klomm ihm
nach, jene Klippe dort hinab, und ich rammte ihm das
Messer wohl fünfzigmal bis ans Heft in den Wanst.«
Dann jedoch, berichtete er, sah er, sobald er des toten
Bären Schädel anhob, um ihn abzuschneiden, als er ihm
ins rote Maul, zwischen die starken, weißen, im Zuschnappen so erfahrenen Reißzähne, vorbei an der blut-
roten Zunge bis in den weiten, stinkigen, noch im Tod
aufgerissenen Rachen schaute, das schöne Angesicht
eines Weibes ihm entgegenblicken. »Ich sah dieser
Schönen Augen mir ins Gesicht schauen und schimmern wie zwei hellblinkende Sterne, während ich meinerseits auf sie hinabblickte, und des Tages sowie ihrer
Augen Licht erhellte in des Bären Maul ihre beiden Brüste und ihren nackten Leib.« Daraufhin hätte er, sagte
Fischkopf, den Schädel des Bären und mit ihm die seltsame Gestalt, die darin hauste, fahren lassen und die
Flucht ergriffen. »Aber ich habe mich noch oft gefragt,
wie jenes Frauenzimmer wohl herausgelangt sein mag.
Ich hoffe, 's ist jenem Weib gelungen. Andernfalls
dürfte sie, denke ich mir, bis heute eine Gefangene ihrer
Bärengestalt geblieben sein ... So wie wir's alle sind.«
(Nach Fischkopfs Meinung.)

Wir erreichten einen sandigen Küstenstreifen, den
Mutter wiedererkannte. »Fischkopf, du warst's, den wir
an dieser Stelle fischen sahen, als wir uns von der
Klippe abseilten. Wir haben dich von droben gesehen.
Du hast der Ruhe selbst geähnelt, die dem Schicksal ins

Auge blickt. Und dann bist du mit einem Mal Hals über Kopf fortgelaufen. Aus welchem Grund?«

»Ach, das war«, lautete Fischkopfs Antwort, »weil der Treibsand plötzlich in eine andere Richtung zu fließen begann.« Mutter bewegte die Füße auf dem Sand vorsichtiger, als sie das hörte. Doch sie mochte nicht erst wieder den Hügel erklimmen, um auf anderem Weg zur Mühle zurückzukehren. »Heute ist ein schöner, heiterer Morgen«, sagte Fischkopf, betrachtete Mutters Miene. »Aber du gleichst einem Weib, das an einem angenehmen Ort geschlafen hat, jedoch mit einem Gerät ohne Schlüssel zwischen die hübschen Hinterbacken geklemmt.«

»Meinen Dank für deine Gastfreundschaft, Fischkopf«, sagte Mutter. »Was hast du in dem Korb?«

»Das ist mein Krabbenkorb.« Fischkopf schüttelte das Behältnis, um seine Auskunft zu unterstreichen, und die rosa Tierchen krabbelten durcheinander und fiepten.

»Weshalb ist kein Deckel drauf, Fischkopf? Sie werden dir alle ausreißen.«

»Auf einem Krabbenkorb braucht man keinen Deckel. Sobald eine Krabbe an der Innenwand des Korbs hochzusteigen anfängt, grapschen die anderen unweigerlich zu und zerren sie wieder herunter. In dieser Hinsicht kann man sich auf die Krabben geradeso wie auf die Bauern verlassen. Sie lassen einander nicht hochkommen.« Mutter sagte dazu nichts. Ihr Blick begann trübe zu werden. Sie wandte sich in die Richtung zur Mühle. »Weißt du«, sagte Fischkopf im Plauderton zu ihr, »das Kindchen wird in der Mühle nie wieder richtig atmen können. Es ist ein Omen, daß du die Küste und den Heiligen aufgesucht hast. Laß mich zu ihm gehen und ihn fragen, ob er mich später mit mir zur Mühle begleiten will, und dann holen wir dich aus jenem ungastlichen, stickigen Aalloch heraus.«

Mutter schüttelte den Kopf. Sie hatte die Angewohnheit, das durchzustehen, was das Leben ihr gerade bescherte, und zudem hegte sie den Wunsch, sich »des Heiligen Wohlwollen zu bewahren«, weil sie es als unerträglich erachtete, möglicherweise auf sein ›Wohlwollen‹ verzichten zu müssen. »Es mißfiele ihm«, sagte sie, »würde ich um so etwas bitten.«

Sie schritt die Steigung der Küste hinauf. Ich schloß mich an. Sie verfügte nicht länger über die schlichte innere Ehrlichkeit, die es Menschen erlaubte, anderen Leuten eine Bitte vorzutragen. Alles, was sie noch besaß, war der Glaube an die Wirksamkeit mieser, verdeckter Spielchen, in denen man das Verlangen eines Mitmenschen gegen das Bestreben eines anderen ausspielte, um zuletzt auf der Seite des ›Siegers‹ zu stehen. Im bedrückenden, beklemmenden Dasein in der Mühle setzte sie ganz auf die Überzeugung, daß man nur mit List und Tücke gewinnen konnte. Binnen eines Monats ward sie mit Quar vermählt.

FÜNFTES KAPITEL

Das geheimnisvolle
Bett

Mutters Vermählung, als Quar sie ehelichte, war ein nach bäuerlichem Brauchtum gestaltetes Fest, eine gemäß den Überlieferungen abgewickelte Feierlichkeit, doch weil der Heilige das Ritual leitete, zeichnete die Zeremonie sich auch durch mancherlei rituelle Eigenarten der nordischen Flußanwohner aus.

Cija hatte den Heiligen zuvor nach der Rechtmäßigkeit der Eheschließung befragt. »Dir ist bekannt, daß ich meinem Herrn anvermählt bin, Kaiser Zerd ...« Ein Name, der inzwischen von ihrer Zunge fremd klang. Aber wenn sie dies fremdländische Hindernis für eine neuerliche Hochzeit erwähnte, war es dann nicht vorstellbar (so muß sie sich wohl überlegt haben), daß der Heilige sich selbst jetzt noch – O ihr Götter! – ihrer erbarmte und sie rettete, zu ihr sagen würde: ›Geh, mein Kind, geh mit meinem Segen von hier fort, ich verhelfe dir zur Rückkehr zu deinem rechtmäßig angetrauten Herrn und Gemahl!‹?

Der Heilige aber hielt ihr entgegen, die Hochzeit mit Zerd sei keine ernstzunehmende Vermählung gewesen, vielmehr nur ein rechtswidriger Betrug. Zerd war damals ja bereits mit Sedili vermählt. Infolgedessen war ich natürlich nichts anderes als ein Bankert. »Warum willst du deinen Kleinen nicht endlich einen wahren Vater verschaffen, meine Teure? Dies wird deine erste und wahrhaftige Vermählung sein. Hier wirst du an deines guten Gatten, deines gutherzigen, schlichtmütigen, tatkräftigen, tüchtigen Gemahls Seite gedeihen und erblühen, und er wird dafür sorgen, daß man dich vollends in die ländlich-bäuerliche Gemeinschaft aufnimmt und ins Herz schließt.« Und der Heilige machte Mutter darauf aufmerksam, wie viele Geschenke sie schon »von dieser schlichten Frohnatur, die dich liebt«, erhalten hatte.

»Diese schlichte Frohnatur«, entgegnete Mutter leicht gepreßt, »ist des Glaubens, daß sie mit jedem Geschenk, das ich annehme, um so höheres Anrecht auf mich erwirbt.«

Der Heilige erwiderte, sie sähe die Sache nicht ganz richtig, doch als Quar kam, Cija zuversichtlich und mit gütigem Lächeln – er hob die Oberlippe, wie es Lamas oder Kamele tun – abermals einen Armreif erreichte, maulte der Heilige ihn an. »Erhandelst du dir die Wirklichkeit mit Dingen?« Und damit ließ er uns allein.

»Anscheinend hat er noch immer 'n Auge auf dich«, brummelte Quar, »und bedauert's, daß er dich nicht für sich haben kann.«

»Er hat mich *nie* begehrt«, sagte Mutter fahrig, drehte den Armreif zwischen den Fingern, zog ihn nicht an.

»Natürlich hat er's«, widersprach Quar, »sonst hätte er dich erst gar nicht gerettet.« Offenbar handelte es sich dabei um Quars feste Annahme, darüber hinaus jedoch war er der Ansicht, er sage Mutter, indem er es aussprach, eine Nettigkeit und versetze sie in ›gute Laune‹. Er glaubte, daß alles seinen Wert habe, einen klar bestimmbaren, aushandelbaren Wert. »Seka«, sagte Quar, »du gehst jetzt raus. Geh uns 'n leckeren Fisch fangen! Deine Mami und ich müssen über unsere Hochzeit reden.«

»Oder über ihr Scheitern«, meinte Mutter, trat ans Fenster und blickte hinaus. »Vergiß nicht, daß ich bereits verheiratet bin.«

»Ach, diesen Zerd können wir gänzlich außer acht lassen«, behauptete Quar. Als ich ins Freie ging, schlang er schmeichlerisch einen Arm um Cija, drängte sein ergreifend schönes Angesicht vorwitzig an ihr Ohr. »Wen sollte ich denn sonst heiraten?« flüsterte er, um sie zu umgarnen. »Du bist's doch, die ich so leidenschaftlich liebe.«

Dann kam die Hochzeit. »Nun ist's endlich soweit, hä?« sagte Quar an der Festtafel schon weit weniger liebevoll zu Cija. »Weißt du, ich wäre gestorben, hätt' ich dich nicht gekriegt.« Trotzdem sah sie in ihrem neuen, mit Stickwerk nach örtlicher Art verzierten Kleid auf einmal sehr schön und bezaubernd aus, aber das bemerkte Quar gar nicht, weil er ein ungemein bedächtiger Esser war, sein Blick verfolgte die Gabel jedesmal bis fast zum Mund. Quar war dermaßen aufmerksam und wachsam, daß ihm viel entging.

Vielleicht war das eine Beobachtung, überlegte ich mir, während ich die langsamen, aufeinander abgestimmten Bewegungen der Gabel und seiner Augen, die an diesem einmaligen, herausragenden Abend selbst der Braut keine Beachtung schenkten, verstohlen mitverfolgte, die sich für die Zukunft zu merken lohnte. Anscheinend war er weniger gefährlich, wenn er aß. Über einen großen Kuchen hinweg, der aufgedeckt zwischen uns stand, streckte Quar den Arm aus und faßte mich unters Kinn. »Ich werde dich an Kindes Statt annehmen, Seka.«

»Nimm meine Jüngste an Kindes Statt an«, sagte Mutter in ruhigem Ton. »Mit Seka ist's unmöglich. Ihr Vater hat sie als sein Kind anerkannt.«

Der Heilige musterte Mutter. »Wozu sprichst du von ihm, meine Teure?« maßregelte er sie, ohen daß es im Trubel der Feier auffiel. »Du brauchst nicht mehr an Zerd zu denken. So oder so, bist du je etwas anderes als seine Hure gewesen?«

»Huren bekommen etwas für ihre Leistung«, antwortete Mutter; sie lächelte und langte nach einer Frucht.

Der Heilige biß sich auf die schöne Lippe. Nach seiner Auffassung hätte sie, da sie ein Weib war, so einen Ausdruck nicht verwenden dürfen.

Mutter stand auf, um mit ihrem Bräutigam zu tanzen.

Leichtfüßig wirbelte sie dahin, ihr billiges, besticktes Kleid wehte wie in einem stürmischen Wind froher Festlichkeit. Ihr Keuschheitsgürtel gehörte der Vergangenheit an. Wenn man es dadurch vermeiden konnte, täglich aufs neue in einen rauhen Keuschheitsgürtel eingeschlossen zu werden, war das etwa eine Hochzeit wert?

An diesem Zeitpunkt schlich ich mich gedankenverloren davon. Ich wanderte zur Küste, zu Fischkopf. Traurig betrachtete ich das Stück alter Leber, das vor Fischkopfs Tür in Sägemehl und Kleie lag. Er hatte es in der Hoffnung hingelegt, es werde sich mit nützlichen Maden füllen (von Schmeißfliegen, nicht gewöhnlichen Stubenfliegen), und allem Anschein nach sollte seine Hoffnung nicht enttäuscht werden. Dort bewahrte Fischkopf seine Regenwürmer auf, gelbliches und nach Mist riechendes Gewürm vom Komposthaufen, hier andere Köderwürmer, Viehzeug mit scharfen Zangen, da in einem innen unterteilten Korb die lebenden Krabben und den kleinen, gleichfalls von ihm als Köder benutzten Tintenfisch.

»Ist's ein riesengroßes Fest, ein unablässiges Biegen und Wiegen der Leiber, ständiges lauthalses Prahlen?« erkundigte sich Fischkopf mit Interesse. Ich drehte mich um, sah ihn hinter mir stehen. Er befand sich nicht auf der Feier. Wie immer trug er seinen alten Korkschmuck und seine Arbeitskleidung, von Schuppen silbern, als wäre er reich wie ein König. Er hatte einen großen Aal dabei, eines jener Tiere, die er zu seinen ärgsten Feinden zählte, und warf ihn, um seine Nerven zu lähmen, in eine trockene Sandmulde. »Komm, Kleine!« sagte Fischkopf zu mir. »Ich will noch eine Runde auf dem Meer drehen, ehe ich mich schlafen lege. Magst du mitkommen?« Er ergriff seine ausgestreckte Hand. Wir liefen hinab zum Boot. Er hob mich hinein. Die Wogen des Wassers gaben noch ein wenig von des Tages Wärme ab. »Hm, du redest nie mit mir, was?« fragte Fischkopf ganz im Ernst, als wir ablegten. »Hast du dir die Zunge gebrochen?« Er sprach sofort selber weiter, mit sich und gleichzeitig zu mir. »Ich glaube, dir wird in letzter Zeit so manches durch deinen schlauen, kleinen, hochnäsigen Kopf gehen. Es ist schon seltsam, eine Mühle aufzugeben und sich dafür ein dickes, finsteres Schwein einzuhandeln.« Ich verstand, daß er mit dem dicken, finsteren Schwein Quar meinte, und lächelte. Der Vergleich gefiel mir. Plötzlich richtete Fischkopf sich halb auf. »Ein Fisch. Ein Hai! Schon jetzt ... Mahlgut sind sie für die Mühle ... Vergib mir, ich hoffe, du weißt, was ich damit sagen will.« Der Hai peitschte die Wellen empor, wand sich, zerrte, sprang in die Höhe, zog erneut an der Schnur, offensichtlich in äußerste Erbitterung geraten. »Ich weiß Bescheid, ich weiß Bescheid«, preßte Fischkopf hervor, während er ihn einholte. Seine Stimme bezeugte Mitgefühl. »Ich weiß Bescheid ...«

Sein Singsang hatte, während sich im Dämmerlicht über der noch rot sichtbaren Abendsonne düstere Wolken zusammenbrauten, genausogut dem Hai wie mir gelten können, es ließ sich nicht unterscheiden.

> »Rosa Wolken gebauscht am Himmelsrund,
> als wärn sie geblasen mit dem Mund,
> derweil drunten
> die Wale
> vorbeiziehn und blasen aus dem Schlund
> – nicht zu traun ist ihnen,
> und *wir wissen den Grund* ...«

An der Küste fiel der abendliche Sonnenschein auf einen Wasserfall hoch auf einer Klippe. Gischt wallte vom Wasserfall in die Höhe wie Flaum. Ein Kormoran breitete seine Schwingen aus wie einen Mantel.

Fischkopf johlte einem Seehund etwas zu. Auf das Rufen hin kam er aus seiner Uferhöhle gehüpft. In der schaumigen Welle rings ums Boot erhob sich der Seehund auf den Schwanz, um ihn zu küssen. Fischkopf beugte sich vor, machte rund um die kecken Schnurrbarthaare des Seehunds Schmatzlaute. Wir durchquerten einen Sund, eine schmale Meerenge, in der die Wassermassen auf des Boots einer höher als auf der anderen Seite wogten. An diesem Abend stand das Wasser auch jenseits des Sunds schräg. Das Meer wies hier eine gewaltige Schwellung auf, deren höchste Stelle bisweilen zwanzig Fuß hoch über unseren Bug aufragte. Doch die Schwellung sank ab. In der luftigen blauen Wärme, die vom schönen, blauen Hochzeitstag Mutters übriggeblieben war, schmolz sie dahin. Danach schwammen wir auf einem glatten Wasserspiegel glasiger Fluten, nur geringfügig höher als die schnellen, kleinen Wellen, die uns im weiteren Umkreis der See umflossen. Die flache Wasserfläche war voller ›Spundlöcher‹, die kreisten, und auch dieses Gebiet glatter Wasseroberfläche drehte sich um sich selbst: der Anfang, das Entstehen eines Strudels. Die Wellen am Rand erhoben sich, als wir sie erreichten, sechs bis sieben Fuß hoch, ohne wieder abzusacken, eine ›Wand‹ oder ›Umzäunung‹ aus Wellen, die immer stärker schwollen, ihre Kämme gischteten stets höher empor, sanken nicht mehr, schwebten senkrecht, scheinbar auf ewig, wo zwei entgegengesetzte Flutwellen sich trafen.

Die Wale kannten Fischkopfs Gesang. Aus den Tiefen unterm Boot tauchten die Kälber ans Licht, stießen an die Meeresoberfläche, jedes wühlten sie mit einer kraftvollen Schwanzflosse die See auf. Als Fischkopf den Wal erspähte, den er zu erlegen beabsichtigte, unterbrach er unsere Unterhaltung übers Eheschließen (sein einseitiger Vortrag galt ihm soviel wie ein Zwiegespräch, denn ich glaube, er hat nie gemerkt, daß ich niemals sprach). »Dort schwimmt er!« schrie er. »Der arme Dickkopf mit dem entstellten Maul. Ist wahre Barmherzigkeit, ihn zu töten!« Obwohl er noch lebte, war dieser Walriese ein Krüppel, ein schwimmendes

Wrack von Wal, mißachtet und gescheut sogar von anderen Walen, obschon diese Meeresbewohner in der Regel ihre Schwachen oder Versehrten nicht meiden. Auf gewisse Weise gab es ihn gar nicht, obwohl es ihm gelungen war, die Haie, ein Rudel von vier Tieren, zu verscheuchen. Haie stürzen sich auf einen Wal, halten ihm das Maul auf, indem sie sich an den Unterkiefer hängen, schlüpfen abwechselnd blitzartig hinein, fressen so seine Zunge und verschwinden. »Fisch!« brüllte Fischkopf aus vollem Halse, schrie ganz so, als litte er selbst irgendwelche Qualen, während wir dem gewaltigen Tier folgten. Es hatte heldenhaft gekämpft. Immer wieder mußte es Angriffe der Haie abgewehrt haben; dabei hatte es ein Auge verloren, und eine Seite des Kopfes war ihm bis auf die Knochen abgefressen worden. Ich nehme an, die Waljagd war nichts für ein Kind. Doch ich empfand den Abend ohnehin als so grausam, in meinem Innern war alles so wund und finster, die wie von einer Wunde blutrote, abendliche Trübnis, die lautlos ihr schreckliches Aufbegehren hinausschrie, schien ein ungeheuer vergrößerter Widerschein, Widerhall meiner Stimmung, meiner Gemütsverfassung zu sein, daß die Jagd auf den Wal, zumal mit ihrem gnädigen Zweck, mir mehr als Nichtstun behagte. Ich muß anmerken, daß ich glaube, hätte Fischkopf es geschafft, den Wal in die Enge zu treiben, hätte er ihn auch erlegt. In dem karg bemessenen Stauraum im vorderen Teil des Boots bewahrte er Wurfspieße auf, die er während ruhiger Stunden beim Angeln selber angefertigt hatte. Die Spitzen waren mit irgend etwas Giftigem beschmiert. Es handelte sich um keine Harpunen. Fischkopf wollte den Wal tatsächlich nicht für sich, hatte es weder auf den Speck oder die Ambra abgesehen, noch war er auf Ruhm aus. Er hatte lediglich vor, diesen einen, bestimmten Wal zu töten. Ich vermag nicht zu beurteilen, ob wir bei diesem Unterfangen nicht gleichfalls den Tod gefunden hätten, aber ich vermute, Fischkopf

sah voraus, daß der Wal uns entkommen würde. Die
›Jagd‹ war kaum mehr als eine Geste, Ausdruck einer
wilden Hoffnung Fischkopfs, etwas vom Elend, das er
ringsum in der Welt erblickte, ausmerzen zu dürfen,
etwas von Unheil, das seine Gegner anrichteten, rächen
zu können. Zwar war er sich darin sicher, daß die Fische
seine Feinde waren, zum Beispiel die Haie, aber vielleicht begann er allmählich zu ahnen, daß sie die arglo-
sesten, ungefährlichsten Widersacher waren, die man
haben konnte. Jedenfalls entzog der Wal sich uns acht-
und mühelos, ließ uns einfach auf einer Sandbank zurück. Wir saßen fest. Das geschah urplötzlich, und
Fischkopf drosch gereizt mit einem Ruder auf den Sand
ein. »Was soll das bedeuten?« schrie er aufs Meer hinaus.

Fischkopf klärte mich darüber auf, wie schwierig es sei,
von einer Sandbank, wenn man erst einmal darauf fest-
stak, wieder fortzukommen. »Weißt du, an einer Sandbank schwellen die Wogen«, sagte er, »als wären sie
schwangere Schlangen. Schon das geringste Umschlagen des Wetters hat starken Wellengang mit Brechern
zur Folge, und da kommt man nicht hindurch mit einem
so kleinen Boot.« Ich lehnte in seiner Armbeuge, und er
sang mir vor. »Du brauchst 'n bißchen Trost, Seka«, war
sein Standpunkt, »und ich auch.

> Der Himmel war schön blau und ferne.
> Den Hügel erklommen die Sterne.
> Denn sie wußten niemals nicht,
> Wohin sonst zu tragen ihr Licht.

Aber schlafe nur, Kleines, noch ist's nicht Tag, die
Sterne säumen noch.«
Am Morgen fütterte er mich mit schlüpfrigen Mu-
scheln, die er aus ihren länglichen, blauen Gehäusen
klaubte und die kräftig nach Meer schmeckten, und mit

einem vom Salz gebleichten Stück Holz versuchte er mir das Haar zu kämmen. »Heute ziehst du in dein neues Zuhause, nicht wahr?« meinte er. »Ich hoffe, 's gefällt dir dort. Ich weiß nicht, ist dir bange zumute, oder freust du dich drauf? Du vertraust mir nie etwas an, stimmt's, Seka? Das merke ich schon seit langem. Hab keine Furcht vor deinem neuen Heim. Dort wird's dir besser gehen als in der Mühle, wo man wie 'n Sklave schuften muß.« Er hob eine Hand. »Horch! Wenn der Hund weiterbellt, können wir dank seines Gekläffs die Richtung zur Küste einschlagen.« Doch der morgendliche Nebel verzog sich, die Flut hob uns von der Sandbank, und wir ruderten an den emporgetürmten Wellen am Rande des Strudels vorüber und durchs stille Wasser des Sunds zurück in Fischkopfs Bucht. Dort erwartete uns am Ufer eine große Menschenmenge. »Sieh mal an«, äußerte Fischkopf. »Man hat sich versammelt, um uns willkommen zu heißen.« Er steuerte durchs Glitzern der See auf das Ufer zu.

In der Tat, man hatte sich versammelt, um ihm einen besonderen Empfang zu bereiten. Fischkopfs Kajak war bereits zerschlagen worden; Trümmer und Splitter lagen zwischen den Steinen des Ufers. Aus einem der vom Heiligen gebauten Heiligtümer, dessen Bestandteile man vom Fluß herübergeschafft haben mußte, hatte man einen Galgen errichtet. Der Heilige mußte es erlaubt haben.

Sobald der Haufe unserer ansichtig wurde, fing er zu quäken und zu kollern an, daß es sich anhörte wie Hühner in den Dünen. Durchs sanfte, weite Wogen und sonnig-warme Seufzen der See konnten wir schwach das Krakeelen der Leute vernehmen. Ihre Stimmen klangen so schwach, wie ihre Seelen kläglich waren, das Rufen glich dem Zirpen von Küchenschaben, die daheim unter den Dielen hocken und sich nicht in diesen lieblichen Morgen hinauswagen sollten. Trotzdem war es eindeutig, daß die Rufe nichts anderes als Drohungen zum Inhalt hatten, Ausdruck eines gefährlichen Sturms selbstgerechter Entrüstung, und für jene, die diese Töne ausstießen, klangen sie vermutlich auch so. Sie hatten unser Boot erkannt, denn Fischkopf befleißigte sich einer unverkennbaren Art, es zu lenken, er tat es auf für ihn ganz eigentümliche, unverwechselbare Weise.

Ich weiß nicht, warum Fischkopf überhaupt an Land ging. Ich glaube, er ahnte nicht, daß er es war, den sie zu henken beabsichtigten. Vielleicht dachte er, sein Freund, der Heilige, hätte eine Hinrichtung in der Bucht anberaumt, damit er, Fischkopf, nicht weit zu laufen hätte, um zuschauen zu können. Als die Männer ins Wasser kamen, uns entgegenwateten, hing ich an Fischkopfs Arm. Ich wollte, daß er wieder ablegte, aufs Meer zurückfuhr. Noch war er frei, und er war stark genug. »Aber, aber, kleine Meermaid«, sagte er jedoch bloß launig, und die Männer brüllten und wateten auf uns zu, hängten sich an den Bug des Boots, so wie Haie sich an einen Wal hängen, zogen es ans Ufer. Der Müller stand beim Türmchen, daneben auf einem Erdbuckel der Heilige.

Mutter kam ins Wasser gerannt; sie trug noch ihr Hochzeitskleid, und nun verdarb sie es in der Brandung. Ich begriff, daß sie die ganze Nacht lang auf den Beinen geblieben war. Sie schloß mich in die Arme, ließ mich gleich darauf fast ins Wasser fallen, während sie versuchte, die Männer von Fischkopf zu trennen. »Laßt ihn in Ruhe!« schrie sie. »Laßt ihn zufrieden! Seht ihr denn nicht, daß sie wohlauf ist?«

»Wer weiß, was er an dem Kind verbrochen hat?« ertönte des Müllers düstere Stimme.

»Ich bringe sie in den Turm«, rief Mutter. »Ich werde feststellen, ob sie unversehrt ist.«

»*Sie* kann dir nicht sagen, was er getan hat«, erwiderte der Müller.

»Wir wissen, warum er mit dem Kind fort war!« kreischte das Gemüseweib. »Wir wissen, weshalb er die ganze Nacht hindurch mit ihm unterwegs war! Wir wissen's!«

Was weiß sie? dachte ich. War ich in Wahrheit bei Fischkopf nicht in Sicherheit gewesen? Sollte Fischkopf mich etwa mit üblem Vorsatz ständig eingelullt haben, so daß es mich nicht hätte überraschen dürfen, von ihm ermordet zu werden?

Die Bauern aus Saurgraben, Saurbach und Saurbruch, die sich allesamt über den Hügel getraut hatten, verstärkten ihr Rufen, was zuvor Hühnergegacker und Schabengezirpe ähnelte, klang nun wie dunkel-dumpfes Gebell. »Knüpft ihn auf!« forderten sie. »Da! Des Kinds Kleid is zerrissen!«

Nachdem Quar Mutter geheiratet hatte, war ich für die Leute ein Teil der Wirklichkeit geworden. Selbst mein Kleid galt ihnen jetzt als *Wertgegenstand.*

»Hat er dich angerührt, Seka?« fragte Mutter in fieberhafter Aufregung. Ich nickte. »Hat er dich ... leiblich berührt?« Ich dachte daran, wie ich in Fischkopfs Armbeuge geruht hatte, während er mir etwas vorsang, und nickte nochmals.

Fischkopf packt einen der Balken, die an seinem Schuppen aufgestapelt lagen. Die Balken stammten von einer Ladung Kiefernholz eines Frachtschiffs, das auf dem Weg zu einem Handelshafen Schiffbruch erlitten hatte. Zwei volle Tage hatte Fischkopf gebraucht, um die Balken zu bergen und an Land zu schleifen. Ich hatte ihn dabei nicht zu unterstützen vermocht. Die Balken waren schwer und hatten sich mit Meerwasser vollgesaugt. Doch Fischkopf, der sie zum Trocknen aufgestapelt hatte, erblickte darin einen Vorteil. »Das aufgesaugte Salz«, hatte er gesagt, »wird die Holzwürmer abschrecken. Das Holz ist schon abgelagert.« Nunmehr konnte man meinen, daß Fischkopf und der Balken sich aufgrund der zuvor miteinander gemachten Erfahrungen regelrecht verstünden. Fischkopf war dazu imstande, den Riesenbalken zu heben, er hatte ihn im Griff, vollauf in der Gewalt, er schwang ihn um sich im Kreis wie einen übergroßen Knüppel. Zwei Bauern taumelten rückwärts, dem einen war die Wange halb aufgerissen, dem anderen hing plötzlich die Schulter herab. Vorsichtig näherten sich andere Bauernkerle. Der Älteste des Müllers hängte sich an ein Ende des Balkens, mit dem Fischkopf sich verteidigte; es sackte abwärts wie bei einer Wippe, und Fischkopf strauchelte. Die Bauern entwanden ihm das Holz.

Fischkopf raffte sich auf. Er hatte den Kopf zwischen die Schultern eingezogen, als ducke sich ein gehetztes Wild. Fast begrub die Horde Bauernlümmel ihn unter sich, indem sie sich mit ihrer gesamten Übermacht auf ihn stürzte. Er stolperte über den Meeraal, der noch in dem Sandloch lag, in das er ihn am Vortag geworfen hatte. Mit einem Mal bäumte der Aal sich mit lautem, harschem Belfern auf. Der Mann hinter Fischkopf, der ihn umklammerte, mußte ebenfalls über den Aal hinwegtreten; plötzlich ließ der Kerl von Fischkopf ab, sank zusammen, und während erst die übrigen Männer und dann – mit geringfügiger Verspätung – auch er zu schreien begannen, sah ich, was sich ereignet hatte: Mit einem einzigen Zuschnappen hatte der Aal dem Mann ein Bein abgebissen. Der Aal wälzte sich, halb aufgerichtet, im Blut von Seite zu Seite. Die gesamte Nacht lang hatte er dem Tod getrotzt. Nach dem ersten Schrecken des Gefangenwerdens, Verschlepptwerdens in die trockene Luft hatte er sich schlau darauf verlegt, seine Kräfte für den richtigen Augenblick zu schonen, der da noch kommen mochte.

Jetzt gelang es Mutter, sich Gehör zu verschaffen. »Man muß ihm eine gerechte Verhandlung gewähren!« rief sie.

»Nach allem, was er dem armen, unschuldigen Kind angetan hat?« zeterte der Müller. »Ich fühle mich für dieses Kindlein verantwortlich. Es hat während etlicher Monate in meinem Haus gewohnt, viele Nächte lang unter meinem Dach geschlafen, und's greift mir ans Herz, daß 's mißhandelt worden ist!«

»Ich fordere Gerechtigkeit!« blökte Quar. »Ich verlange eine gerechte Verhandlung.« Er schlang den Arm um Mutter.

Der Aal hatte seinen Schwanz um einen Stein gewunden. Sein Kopf lag mitten im Blut, er japste, doch hatte die Zähne gebleckt, zum nächsten Zubeißen bereit. Er macht den Eindruck, als würde ein Pferd vonnöten sein, um ihn von diesem Fleck fortzubringen.

»Siehst du, so sind sie, die Aale«, rief Fischkopf gänzlich überflüssigerweise dem Heiligen zu. »Stundenlang wehren sie sich gegen den Tod, und urplötzlich fassen sie zu. Schwupp! Schnapp! Zack!« Auf diese weiterführende Belehrung hin regte sich nun auch der Heilige auf dem Erdbuckel. Er kniff die wie rußigen Wimpern über seinen rauchig-violetten Augen zu. Bereits beim Anblick der geringsten Bewegung dieses schönen Menschen fühlten sich die Leute zur Ruhe und Zurückhaltung bewogen. Und als sie sich von ihm ab- und dem Heiligen zuwandten, tat Fischkopf einen Satz. Er sprang in sein Boot. Das Segel war noch gesetzt. Im Sonnenschein wölbte der Wind es, noch ehe Fischkopf vollends ablegte. Wellen umschäumten den Bug. Anfangs schwappten die Meeresfluten nur um sein Gefährt, dann hoben sie es vom Strand, und es schwamm seewärts. Die Dorfbewohner erhoben erneut wildes Geschrei. Sie liefen ins Wasser. Dabei drängten sie einer den anderen in die Nähe des Meeraals. Das Tier vollführte, ähnlich wie Fischkopf, einen Satz. Ein Mann fiel nieder, sein Bein hing ihm auf einmal so seltsam am Körper, wie einige Zeit vorher mein Arm von der Schulter baumelte. »Seid gut zu meinen Witwen«, tönte Fischkopfs Stimme übers blaue Wogen der See. »Macht sie ausfindig und seid gut zu ihnen.«

Mutter drückte mich. »Es wird ihm wohlergehen«, sagte sie nach langem, ernstem Schweigen zu mir. »Es wird mit ihm gut ausgehen, Seka.« Sie wußte, daß Fischkopf mir nie ein Leid angetan hatte.

Quar mißfiel Mutters und mein Bedürfnis, uns bisweilen gegenseitig zu beruhigen und zu trösten. Dies war für längere Zeit die letzte derartige Gelegenheit, die er uns zugestand. Quar nahm jeden von uns am Arm. »Wir haben alle eine lange Nacht hinter uns«, sagte er. »Seka, deine Mutter ist müde. Sie wird sich nun mit mir ins Bett legen. Meine Großmutter wird sich um dich kümmern. Sei höflich zu ihr und folgsam, dann wird sie dich geradeso wie wir lieben.«

Quars Haus hatte keine Fenster, und fortan fehlten mir auch Freunde.

Quar hatte dem Müller für Cija eine Menge Geld gezahlt, und infolgedessen behandelte man sie mit hoher Achtung. Wenn der Müller zum Essen kam und Cija am langen Tisch in Quars dunklem, sauberem, ordentlichem Heim als Hausherrin auftrat, richtete er sich nach ihr, wusch sich im Wasserfaß vor der Tür die Hände, bevor er sich zum Mahl setzte, er spie nicht aufs Fleisch oder auf den Tisch, nicht einmal den Fußboden.

Eines Tages nannte der Müller sie eine »vorzügliche, meisterhafte Köchin«. Sie solle, meinte er voller Staunen, seine Gemahlin im Kochen unterweisen. Er habe noch nie so ausgezeichnet gegessen, so wohlschmeckende Speisen gekostet wie seit jüngstem in diesem Haus.

Quar dagegen schämte sich für Mutters Kochkünste. Im großen und ganzen hatte er nie etwas anderes als die Küche seiner Großmutter zu würdigen gelernt.

Als Mutter in Quars Zuhause zum erstenmal die viel zu lange im Dampf gekochten Gerichte verzehrte, wie seine Großmutter sie vorzusetzen pflegte, wirkte sie erfreut. Das war etwas, das sie besser beherrschte, womit sie Quar einen Gefallen tun und sich ein wenig schöpferisch betätigen konnte. Die Großmutter, ein winziges

Weiblein, vergleichbar mit einer ängstlichen, makellosen Puppe, buckelte vor Mutter, als befürchte sie, man werde sie nun, da eine andere Frau den Haushalt führte, in die Ecke stellen oder in den Wald zu den Bären schicken, benutzte zum Kochen kein Öl, sondern ranziges Fett. Sämtliches Gemüse zerkochte sie vollständig, so daß alles gleich schmeckte; in Quars Haus glich der ›Geschmack‹ des Gemüses dem Geschmack weichgekochter Lumpen. Sobald Cija das Kochen übernahm, bat Quar sie stets mit aller Nachsicht, soviel Geduld, wie er sich aufzuerlegen vermochte – er hielt sie ja für einen Neuling im Haushalten –, sein Grünzeug noch einmal in die Küche zu bringen und es »noch für 'n Weilchen aufs Feuer zustellen«. Gutmütig erläuterte er, es sei »etwas roh«. Manchmal behauptete er, die Möhren seien zu hart; damit wollte er sagen, daß sie ihm nicht sofort im Mund zerfielen, sondern fest waren und er ein wenig kauen mußte. Cijas Kohl brachte ihn beinahe zum Würgen. »Er schmeckt wie ...«, sagte er. »Er schmeckt wie ...« Er fand nicht das treffende Wort, als er ihn in die Küche zurückgab, aber natürlich meinte er, daß er nach Kohl schmeckte. ›Rohes‹ Gemüse war für ihn ein Beweis der Barbarei. Gänzlich zu Brei zerkochtes Grünzeug bedeutete ihm das gleiche wie Vornehmheit. Die Ansichten des Heiligen bezüglich der ländlichen, schlichten Einheit mit der Natur wären hier hart auf die Probe gestellt worden.

Mutter trug für Quar und dessen Großmutter köstlichen gebackenen Fisch mit den feinsten Kräutern auf. Quar aß ihn wortlos. Erst nachdem die Großmutter das Zimmer verlassen hatte – um in ihrer Gegenwart Unmut zu zeigen, war er sich der Schicklichkeit zu deutlich bewußt –, brauste er verärgert auf. »Fisch! Fisch wie ihn Bauern mampfen! Mein armer Stiefbruder mag Fisch aus seinen unerschöpflichen Meeresfluten essen müssen, aber wir haben derlei nicht nötig! Von nun an überläßt du um der Götter willen Großmutter das Kochen!«

Mutter und Quar schliefen in einem sehr großen, schwarzen Bett. Es hatte vier hohe Pfosten und einen großen, dunklen, durchhängenden Himmel.

Der Himmel und die Überdecke des Betts waren von einem Karminrot, das einem Schwarz glich, das fast rot war. Ich mußte mich in ganzer Länge strecken, um zu Mutter aufs Bett klettern zu können. Einmal versuchte ich, unters Bett zu schauen; Quar hinderte mich an diesem »Unfug«. Es schien einen massiven Sockel zu haben, der sich aus dem alten, schwärzlichen Dielenboden erhob. In diesem so schwarzen Raum brannten andauernd Kerzen. Niemand würde jemals, falls man keine Wand einschlug, in die Schlafkammer hinein- oder aus ihr hinauszublicken imstande sein. Im Kopf ersann ich riesige Geräte zum Zertrümmern von Mauern.

Quars kleine, greise Großmutter hegte Furcht vor Mutter, bis Cija ihr eines Tages aus dem Weg trat, um ihr aus Freundlichkeit eine schwierige Verrichtung zu erleichtern. Von da an brachte die Großmutter ihr Geringschätzung entgegen. Wieder jemand, der Cija nicht leiden mochte.

Auch Quar schätzte Cija keineswegs. Sicherlich hatte er ein gewaltiges Maß an Aufmerksamkeit für sie übrig. Ihr galt sein höchstes Interesse. Bei Tag und Nacht dachte er über nichts anderes nach, als wie er sie ändern, beeinflussen und belehren könnte. Eine seiner Lebensaufgaben bestand darin, ihr das Schenken auszureden. »Du schenkst nicht, um jemandem wirklich etwas zu geben«, bemühte er sich ihr immer wieder klarzumachen. »Es gibt keine Großzügigkeit. Das ist ein Begriff, den Menschen ausgeheckt haben, um in Selbstgefälligkeit zu schwelgen. Du ›schenkst‹, um dich dabei erhaben zu fühlen, zu bewirken, daß andere dich mögen, damit du von dir selbst den besten Eindruck hast.«

»Du bist auch großzügig, Quar«, widersprach Mutter verstockt. »Du hast mir viel geschenkt.«

»Diese Geschenke«, schnauzte er schließlich, »hatten nur den Zweck, dich zu *kriegen*. Glaubst du, mir wär's andernfalls nicht völlig gleichgültig gewesen, ob du hübsche Sachen hast oder nicht? Ich habe dir Geschenke gemacht, um dir zu zeigen, daß ich dir geben kann, was du brauchst.« Er hielt sich für ihren Retter. Er hatte vor, sie »zu Verstand« zu bringen, sie von ihrer seines Erachtens gefährlichen »Weichlichkeit« zu heilen, deren Art er im Bett als abstoßend empfand, wenngleich er an ihrer »vornehmen Anmut« Gefallen hatte.

Mutter schenkte auch weiterhin, zumindest mir, wozu Quar voller Mißmut anmerkte, damit verdürbe sie »das Kind«. Zum Schluß verbot er ihr schlichtweg, mir noch mehr Geschenke zu machen. Darauf erhielt die Müllerin von ihr Geschenke, und dadurch milderte sie deren Lage ein wenig, weil sich einiges von der Achtung, die der Müller vor allem hatte, was aus Quars Haus kam, auf sie übertrug.

Der Sommer mit seiner Hitze verstrich, die Erntezeit brach an, und der Winter zeichnete sich ab, den Mutter mehr als alles andere gefürchtet hatte, mehr als eine Heirat in ein Haus ohne Fenster: der Winter, über den ihr von Quar solche Schauergeschichten erzählt worden waren. Ein Winter konnte niemals so schlimm werden, wie Quar ihn geschildert hatte.

Mutter hatte sich der Hoffnung hingegeben, Quar dazu ›verleiten‹ zu können, sie auf seine Handelsreisen mitzunehmen. Er jedoch hatte sie mit ihrem eigenen Köder hereingelegt. Jetzt hatte er sie in der Hand.

Im Herbst wurden die Schweine fetter. Der Eber hinter dem langen, niedrigen, fensterlosen Gebäude, der kleine, wie blinde Äuglein hatte, eingesunken in für den Markt gezüchtetes Fleisch, war im Alter von zwei Jahren dreimal so groß wie die jungen, hübschen Säue, die zum erstenmal von ihm bestiegen werden sollten. Er war schon viel zu groß für sie, er konnte sie unter sich zerdrücken oder wenigstens verletzen.

»Wo wirst du einen neuen Eber erwerben?« erkundigte Mutter sich bei Quar. »Wohin wirst du dich für deine Geschäfte begeben?«

»Immer denkst du an die weite Welt.« Er zauste ihr Haar.

»Würdest du mich nicht einmal mitnehmen?«

»Ich hätte zuviel Sorge, daß du dich für Neuigkeiten über Soldaten und Feldwebel interessierst, und ...« – er legte eine bedeutungsschwere Pause ein – »... von Feldherrn, denen's beliebt, in prächtigen Waffenröcken hochmütig mit weibstollen Edelfrauen umherzustolzieren, und all diese anderen Angelegenheiten, die du so romantisch findest.«

»Ich habe schon lange keine romantische Einstellung mehr«, beteuerte Mutter flehentlich.

Ich hob den Blick von meinem Übungsbuch und schaute sie an. Für mich klang ihre Äußerung nach Feigheit, als leugne sie alles, was uns in unserem bisherigen gemeinsamen Leben an Großartigem verbunden hatte. Doch schließlich, dachte ich mir, ist Zerd nicht ihr, sondern mein Vater.

»Du hast jetzt ein eigenes Haus«, sagte Quar zu Mutter und gab ihr seine großen Stiefel zum Putzen. »Alles was du hier siehst, ist dein. Du bist die Herrin.«

»Alles ist dein«, bekräftigte die blauäugige Puppen-Großmutter, die ihm immerzu alles nachplapperte, mit ihrem Fiepstimmchen.

Mutter stellte aus Wurzeln, wie wir es während des Feldzugs Scridol hatten tun sehen, Farbstoff her, und damit bemalten wir ausgefranste Seihtücher, die wir im Haus fanden, mit kunstvollen Blümchenmustern, hängten sie vor die Hintertür des Gebäudes, das ›ihr‹ Haus war; am nächsten Tag sahen wir, daß man die Seihtücher des Nachts gewaschen und gleichsam pflichtschuldig wieder aufgehängt hatte. Mutter ersparte sich die Unannehmlichkeit, sich über das Waschen zu beschweren; sie wußte, daß man ihr das Verschwinden unserer kessen Blümlein als beiläufiges Opfer für die heilige, unantastbare Sache der Sauberkeit erklären würde, als unausweichliche Nebenerscheinung der Notwendigkeit, Seihtücher zu waschen. Ich glaube, indem sie ihre Niederlage mit Schweigen überging, verschlimmerte sie für sich persönlich, obwohl sie den Vorfall einfach verächtlich abtat, die Folgen. Denn ich glaube auch, das war das letzte Mal, daß sie sich in Quars Haus wie in ›ihrem Heim‹ verhielt.

Hätte das Haus Fenster gehabt, was wäre zu sehen gewesen? Ja, das Moor. Wurmlingend.

Der Heilige, der nun allein im Aussichtsturm wohnte, kam mit dem Stricken langsam zum Ende. An einer Seite des Türmchens hatte er Aussicht auf in der Sonne glänzende Felder, an einer anderen Seite Ausblick auf glatte See. Im Norden konnte der Heilige sumpfiges Land voller Farne, Teiche und Schlicktümpel sehen, in dem man Federwild jagte und fischte und im Sommer einige Flächen als unwirtliche Weiden nutzte.

»Jawohl, so haben sie Sedili genannt«, unterbrach Quar die Darlegungen des Heiligen, was man mit Fischkopfs Balken, die allmählich im Sand versanken, alles anfangen könnte. »Große Klemme. So habe ich die Soldaten sie nennen hören.«

»Welche Soldaten?« fragte Mutter, denn obwohl sie Sedili keineswegs liebte, hörte sie doch gerne wahren, keinen erfundenen Klatsch. »Auch entlaufene Soldaten Sedilis würden achtungsvoll über sie reden«, beharrte Mutter. »Ihr Heer verehrt sie, eine solche Frau haben die Männer nie zuvor gekannt.« Der Heilige schwieg. Er war ein anderer Mensch geworden, nicht länger darauf stolz, Sedili dienen zu dürfen, er hatte keine Herrin mehr, Verpflichtungen lediglich gegenüber Wasser, Erde und Menschen. Dennoch verkrampften sich an seinem kühn geschnittenen Kinn die Muskeln. »Schaut nur die Möwen«, wechselte Mutter den Gesprächsstoff. »Fischkopf täte nun viele Eier sammeln.«

»Der elende Wühler!« schnaubte Quar. »Möweneier und ab und zu 'ne kleine, stumme Schote findet er, ha-ha-har!«

»Ach, rede keinen Unfug«, sagte Mutter sofort zu Quar. Aber sie, meine arme Mutter, o meine arme Mutter, sie sagte es in jenem Tonfall, bei dem ich mich winde, sobald ich ein Weib so zu einem Mann sprechen höre; in höhnischem Ton, der ausdrückte: Du bist ja ein großartiger Kerl, daß dir solche einzigartigen Unverschämtheiten einfallen!, gleichzeitig jedoch zuviel Scheu davor hat, das ganze Ausmaß des ›Unfugs‹ näher zu bezeichnen. Wenn ein Mann einen Lahmen prügelt, erhebt die Frau (deren vorrangige Erwägung lautet, ihn nicht ernstlich zu verdrießen, *sie* will ihn ja nicht verlieren), falls überhaupt, nur in diesem dermaßen greulichen, häßlichen Ton Einspruch, der ihre Schwäche verrät. Er muß sie auch fortan bewundern, weil sie ihm stets durch alle erdenklichen Anzeichen bekunden wird, daß sie ihn bewundert. Wie froh ich war, keine Stimme zu haben, nie dessen fähig zu sein, mich eines solchen Tonfalls zu befleißigen!

Mutter hielt sich selbst immer für überheblich. »Ich bin zu stolz«, sagte sie häufig zu mir.

Aber kaum muß sie einmal einen langweiligen Sommer durchleben, dachte ich, ist das für sie wie der Weltuntergang. Wenn jemand sie beachtet, fällt ihr nichts anderes ein, als denjenigen aus lauter Dankbarkeit gleich zu beschenken, und sie glaubt wahrlich: Was ich für ein Glück habe!

Ach, guter, kleiner Vetter, betete ich, der du irgendwo außerhalb meines Kopfs an der Wohnstatt der Götter haust, wo dieselbe auch sein mag; ich bitte dich, befreie uns aus diesen Zuständen!

Quars zwergige, fein-säuberliche Großmutter teilte mir Arbeit zu, ich mußte Salzblöcke tragen. Es handelte sich um große Blöcke, für mich waren sie sehr schwer. An einer Hand hatte ich eine Schnittwunde, und darin brannte das Salz.

Quar hatte Mutter eine Halskette aus blauen Perlen und mit einem Verschluß aus Quarz gekauft. Der Heilige war voll der Bewunderung für die blauen Perlen. »Du findest sie hübsch«, sagte Mutter, »weil sie so blau sind.«

»Nein«, erwiderte der Heilige ernst, »ich fände sie in jeder Farbe schön ...« Sein Großmut steigerte sich ständig. »Achte deinen Schmuck nicht gering«, ermahnte er Mutter. »Du hast einen vortrefflichen Gatten«, versicherte er ihr. »Hier unter diesen einfachen, von keinem höheren Wissen verdorbenen Landleuten bist du bestens aufgehoben. Sie haben keine Kenntnis von deiner einstigen, hohen Stellung in der Welt der Mächtigen, und sie scheren sich auch nicht drum. Erst hat der Müller mit seiner altüberlieferten, häuslichen Weisheit dich gastfreundlich in den Kreis seiner Familie aufgenommen ... und nun dieser bodenständige Handelsmann, dieser kluge, ungeschliffene, darin jedoch einem Diamanten gleiche Quar, dem jede Anmaßung fremd ist ...«

»Mein Enkel *maßt* sich einiges an«, behauptete unversehens die Großmutter. »Mein Enkel Quar maßt sich allerhand an, anders als die Dreckwühler hier in der Gegend, die nicht wissen, wie man's macht.« Diese Äußerung stand so stark in Einklang mit dem, was Mutter über Quar und Anmaßung dachte, glaube ich, daß sie lachen mußte. Doch die kleine Großmutter hatte keinen Sinn fürs Heitere. »Mein Enkel Quar«, erklärte sie, während sie überaus zimperlich die eigene Perlenkette reinigte, »maßt sich darüber zu entscheiden an, welche Leute gut und welche schlecht sind, welche Leute zu leben und welche zu sterben verdienen.« Daraufhin blinzelte der Heilige verdutzt, begann eine spöttische Bemerkung über die Entbehrlichkeit der Götter zu stottern, aber für meine Begriffe hatte die Großmutter das Erscheinungsbild eines dörflichen Wunderlings recht zutreffend zusammengefaßt. Ich hatte immer angenommen, genau das sei es, was der Heilige den lieben, langen Tag mache: solche Fragen zu entscheiden. Er hatte über Fischkopf das Urteil gefällt, indem er nicht gegen seine Vorverurteilung durch die Dörfler einschritt. »Haben wir Händler zu Gast«, erzählte Großmutter, »bewirten wir sie, wir geben ihnen leckeres Essen und köstlichen Wein ...« – sie zwinkerte dem Heiligen zu, der bei der Erwähnung des Weins eine Gebärde des Abscheus vollführte – »und stellen ihnen zuvorkommend zum Schlafen unser Überraschungsbett zur Verfügung, und dann ...« Ein abgehacktes, leises, geziertes Auflachen entfuhr ihr, so ein Lachen, das man gar nicht *hören* darf, weil es zu widerlich ist. »Aber *nur*, das bedenkt, wenn wir entdecken, daß sie garstige Zeitgenossen sind«, ergänzte sie, setzte sich wichtigtuerisch ganz aufrecht hin, hielt den Rücken gerade wie eine Fürstin. »Wir tun's nur mit Leuten, deren Dasein wir als schlecht empfinden. Wenn sie uns im Verlauf des abendlichen Gesprächs ihre üblen Gedanken enthüllt haben.«

»Und in welches Bett«, wollte Cija wissen, »legt ihr jene Reisende, die eure Zustimmung finden?«

»Solche Gäste«, antwortete die aufrechte Großmutter, »sollten einmal welche aufkreuzen, dürften in den Wandbetten ruhen.« Mutter wartete darauf, daß der Heilige dem kleinen Weib weitere Offenbarungen entlocke. Anscheinend gefiel sie sich darin, über diese Angelegenheiten zu schwatzen, und unterstellte, ihr Enkel hätte das Vorhandensein einer so niedlichen Überraschung bereits seiner Gemahlin und seinem Tugendhüter anvertraut, daß letzterer das Urteilsvermögen eines jungen Mannes in bezug auf sittliche Feinheiten gewiß zu würdigen wußte. Doch der Heilige hielt den Mund. Die Großmutter widmete ihre Aufmerksamkeit wieder dem Schmuck. »Nichts geht darüber«, sagte sie mit einem Aufseufzen, »als alles sauberzuhalten.«

»Was wird aus ... den Reisenden?« fragte Mutter.

»Die Bettücher werden jedesmal gewaschen.« Das Weiblein nickte.

»Was hat's mit dem ›Überraschungsbett‹ auf sich?«

Der Heilige nahm aus dem Häuflein, das zum Wiederauffädeln bereitlag, eine frisch geputzte, bläuliche Perle. »Jeder feststoffliche Gegenstand, der gesäubert wird«, meinte er mit schwerfälliger Stimme, »kann einen Menschen aufrichten wie der Beistand einer geringeren Gottheit, er fördert den inneren Anstand, weil jede Säuberung einen kleinen Sieg über die Stofflichkeit verkörpert.«

»Was redet ihr hier über die Hausarbeit?« Cija blickte zwischen den beiden hin und her. »Können wir diese Alte nicht nach den Reisenden befragen, die dies Haus betreten, es allem Anschein nach jedoch nicht wieder verlassen?«

Auf der makellos sauberen Ruhebank lehnte sich der Heilige zurück. Nachdem er eine Zeitlang die zwergenhafte Großmutter stumm beobachtet hatte, meinte er mit leicht schleppender Stimme zu Mutter, die Greisin sei in Wahrheit taub – nämlich »taub für den Schmutz«. Die Alte hob den Blick, als sie das grausige Wort vernahm. »Du läßt nicht zu, daß der Schmutz dir jene Dinge mitteilt, die er dir mitteilen möchte.« Der Heilige sah weder sie oder Cija an, noch mich. Er betrachtete nichts im Innern der Stube, und obschon sein Blick dem Schwanken der Grashalme draußen auf der Weide galt, ähnelte er einem Mann im Fieber; er wirkte zerfahren, unruhig, war fleckig im Gesicht. »Des Schmutzes Natur ist dir wohlvertraut«, sagte der Heilige, offenbar an die Großmutter gewandt. »Du weißt, daß in dieser Welt Staub zu Schmutz wird, daß er, wenn du ihn heute beseitigst, ihn mit scharfen Flüssigkeiten wegwischst, mit Scheuerbürsten fortreibst, wie ein vielköpfiges Ungeheuer morgen von neuem das Haupt reckt und sich abermals in Schmutz verwandelt. Trotzdem duldest du's nicht, daß der Schmutz dir verdeutlicht, er vermag dir den Pfad zur Zufriedenheit zeigen, denn da du nur vom einen bis zum anderen Augenblick der Sauberkeit zufrieden sein kannst, solltest du nicht so herb und bitter sein, als wärst du ein Soldat, der in Reih und Glied vorrückt, sondern sanften Herzens und leicht zufriedenzustellen, weil das Leben, geradeso wie der Schmutz, immerfort ein Ende und einen neuen Anfang hat, keineswegs in der unbeeinflußbaren Zukunft liegt, vielmehr im Augenblick, im Augenblick.« Kummervoll schüttelte er den Kopf in der Greisin Richtung. »Du bist keine rechte Bäurin.« Und mit dieser im traurigsten, trübseligsten Tonfall gemachten Schlußbemerkung stand er auf, verabschiedete sich, neigte unter der alten Oberschwelle der Tür das Haupt.

Ich bezweifle, daß Mutter sich in jenem Stollen, in dem Verzweiflung geboren ward, sich so allein und verlassen wie jetzt gefühlt hatte. Sie unterließ es, sich an die Großmutter zu wenden und sie eingehender auszufragen. Angesichts eines Beschützers, der am Lehrreichen des Schmutzes Interesse fand, den hingegen der Gedanke an Mord im Haus seines Gastgebers langweilte, verspürte Mutter offenbar stärkste Furcht. Und sie spürte die Gewalt, die darin stak, den Zwang zu völliger Untätigkeit.

Während der Heilige entschlossen die Landstraße entlangging und entschwand, den Kopf voller Gut und Böse sowie der Vorstellung, daß es recht sei, in einer gedeihenden Gemeinde die Leute ihrem ländlich-grobschlächtigen Treiben, wie grausam es auch sein mochte, nachgehen zu lassen, nahm Mutter mich in die Arme, führte mich bebend an der mickrigen Großmutter vorbei ins Innere der schwarzen Räuberhöhle, unserer Zufluchtsstätte.

Quar überhäufte Mutter auch weiter mit blauen oder rosa Perlen mit Verschlüssen aus Quarz. Sein Geldbeutel gestattete ihm derlei Ausgaben; nur gab es in dieser Hinsicht kaum eine Abwechslung.

»Du beschenkst mich so reich ...« Cijas Stimme versagte, sie vergegenwärtigte sich, wie er sich mit jedem Geschenk, das er ihr machte, schroffer zu ihr verhielt, seine Roheit zum Recht erhob.

Er lächelte. »Es verschönt dich. Möchtest du nicht schöner sein?«

Das war nicht unbedingt eine nette Äußerung, aber Cija tat so, als fühle sie sich geschmeichelt, weil sie hoffte, ihn damit in eine Laune zu versetzen, in der er sich wie ein Liebhaber vorkam; dann nämlich benahm er sich sanfter und trauter. Nach wie vor übte sie große Anziehungskraft auf ihn aus. Ich habe meine Zweifel daran, daß ich darüber befinden kann, wie sie im Bett miteinander zurechtgekommen sind. Quar ließ mich nur selten in ihr eheliches Gemach, und ich habe lediglich wenig Erinnerungen an ihr Zusammenleben, die ich nun zusammenfügen kann, um mir nachträglich davon ein Bild zu machen, zu schließen, ob sie an ihrer beider körperlichen Vereinigung Vergnügen hatte; oder ob sie ihm Genuß bereitete. Hat sie die prachtvollen Sporne von Zerds Geschlechtsteil nicht vermißt?

Für mich ist Geschlechtsverkehr stets etwas gewesen, das unterwegs geschieht – im Sattel, nach einem Tagesmarsch (nicht allzu lange vor dem nächsten Tagesmarsch) im Zelt. Es erzeugt noch heute in mir Betroffenheit, wenn ich mir bisweilen verdeutliche, daß Menschen unverrückbare, dumpfe Kammern aufsuchen und sich einfach zwecks Geschlechtsverkehr aufeinander stürzen. Vielleicht liegt die Ursache dieser Bestürzung zum Teil an der dumpfigen Gräßlichkeit, die (für mein Empfinden) Mutters Beisammensein mit Quar auszeichnete; in einer dumpfigen Nacht um die andere sahen sie über sich dieselbe Decke.

»Du glaubst, ich werde schöner, Quar?«

»Du wirst mit jeder Woche schöner«, antwortete er,

und damit sprach er sogar die Wahrheit. In der Mühle hatte Mutter überhaupt nicht gut ausgesehen. Hier jedoch gebot sie – trotz aller sonstigen Belastungen – zumindest vollauf über ihre Weiblichkeit; und die gab Tag für Tag den Grund ab, warum sie in diesem Haus weilte. »Das Bett nimmt dich nun freudig in Empfang«, ergänzte er sein Geschwätz. »Anfangs hat es dir seine Arme aufgetan, doch du hast dein Antlitz abgewandt. Jetzt erhellst du das Bett wie ein Paar Kerzen ... zwei kleine, weiße Kerzen ...« – geschickt schnippte er zwei Kerzenflämmchen mit den Fingern – »an denen rosarote Flammen lodern.« Er grunzte genüßlich.

»Welches ist hier im Haus das sogenannte Überraschungsbett, Quar?« fragte Mutter.

Ein grausiger Ausdruck verzog von oben herab Quars Gesicht, als senke sich darüber ein Helm oder eine Maske. Einen Moment lang hegte ich die wilde Hoffnung, die Großmutter würde, weil sie über dieses Bett geplaudert hatte, in ernste Schwierigkeiten geraten.

»Vor wem ist's erwähnt worden?« erkundigte sich Quar mit einer Stimme, die klang, als rieben Steine aneinander.

»Dem Heiligen.« Mutter sah sich dazu bewogen, es nicht bei dieser Antwort bewenden zu lassen. »Es hat ihn nicht interessiert«, fügte sie hinzu (demütig, hilfswillig, darauf aus, ihn zu beruhigen). Und damit stellte sie sich Quar zur Seite; sie ward zu seiner Mittäterin. Sofort erkannte er – obwohl ich vermute, daß er sich in jenem Augenblick dessen keineswegs bewußt war –, daß es sich erübrigte, seinerseits wegen dieser Sache sie zu besänftigen, ihr irgendwelche Erklärungen zu geben, ihr irgendwie über die Scheußlichkeit der Erkenntnis hinwegzuhelfen. »Was ist das für ein Bett?« wünschte sie zu erfahren. »Spielst du deinen Gästen damit einen Streich?«

Quar tippte mir auf die Schulter, seine große Hand schob sich in mein Blickfeld, der Daumen wies auf die

Tür. »Hinaus!« Ich verließ das Gemach. Aber ich lauschte an der Tür. Wenn man Hebel betätigte, kippte das Bett Schlafende durch eine Falltür in eine mit Stein ausgekleidete Grube, gefüllt mit der Brühe, die man zur Schwarzbrennerei brauchte. Dann eignete sich Quar ihre Waren und ihr Gepäck an. Auch Quar, genau wie seine Großmutter, stellte unbekümmert klar, daß er an seinem Tisch der Unterhaltung der Händler aufmerksam lauschte. »Du würdest nicht glauben, was für 'n Abschaum sie sind, wie sie feilschen, welch …« – und das stieß er voller Gehässigkeit hervor – »kleingeistige, geizige Krämer sie sind, sie haben keine Gnade verdient.«

»*Gnade*, Quar?«

»Das Bett ist jenes«, offenbarte Quar unbeholfenplump, »in dem wir uns heute nacht aufs neue aneinander ergötzen werden.« Er lauerte darauf, wie sie diese Enthüllung aufnehmen werde, versprach sich wohl davon, sie werde sie erregen. »Ich habe auf eine Gelegenheit gewartet«, sagte er in vollem Ernst, »um dir anzuvertrauen, daß es dieses Bett ist, das ich uns zum Ehebett erwählt habe. Es gibt im Haus Betten, die von mir nie benutzt worden sind, und dies Bett zählte dazu, bis du kamst. Es war meine Absicht, dir in unserer Hochzeitsnacht von seiner Besonderheit zu erzählen, doch wie's sich ergab, wußte ich nicht recht, wie ich das Gespräch darauf lenken sollte …«

Seine Stimme verklang. Nein, dachte ich, gewiß nicht, das war die Nacht, als man Fischkopf hängen wollte, und dadurch ist die kleine, urgemütliche Behaglichkeit, die der arme Bräutigam während der Monate gierig-lüsternen Wartens geplant hat, vereitelt worden.

»Aber das ist ja Abartigkeit«, rief Mutter entsetzt. Doch wie selbstverständlich änderte sich beim letzten Wort ihr Ton. Ihr war eingefallen, daß wir mit dem Mörder allein in seinem Bau waren, sie hatte sich daran erinnert, daß er gegenwärtig auf unserer Seite stand und dazu gebracht werden konnte, es zu bleiben. Eine Spur Beglückwünschung klang in ihrem Tonfall mit, ja sogar die Andeutung lustvoller Gemeinschaftlichkeit. Fast vermochte ich durch die Tür zu hören, wie Quar zur Antwort stolz und verschwörerisch mit den grünlichen Glotzäugchen zwinkerte. »So hast du die Hochzeitsnacht im voraus festgelegt?« vergewisserte sich Mutter nahezu gleichgültig; die Frage selbst genügte, ihm zu schmeicheln.

»Du bezauberst mich«, sagte Quar, und es hatte den Anschein, als schüttele er über sich den Kopf.

Nachdem wir über das Bett Bescheid wußten, schien das Haus uns noch fensterloser als zuvor zu sein. Eines Nachts erwachte ich in schwärzester Finsternis und bemerkte, daß irgend etwas neben mir auf dem Kissen lag. Natürlich konnte ich es nicht sehen, also hob ich die Hand, um es anzufassen. Es mochte eine Maus sein, eine Ratte, oder irgendein Gegenstand, den ein Erwachsener aufs Bett gelegt hatte. Es besaß vertraute Umrisse. Ein Gesicht war es! Doch es lag kein dazugehöriger Körper bei mir im Bett. Weshalb lag neben mir ein Gesicht auf dem Kissen? Zunächst wähnte ich, es müßte sich so verhalten, daß Quar mir aus wer weiß was für einem Grund den abgetrennten Kopf eines seiner Opfer aufs Kissen getan hatte. Aber dieser Gedanke kam mir allzu töricht vor, und während ich das unter meinen empfindsamen Fingern nachgiebige Gesicht betastete, hatte ich den Eindruck, an Lippen Leben anzufühlen, nahezu die lautlosen Seufzer eines Schlafenden, aus den Nasenlöchern Atem zu spüren. Und in der Tat, ich kannte diese Kartoffelnase, das Doppelkinn, den sorgenvoll verspannten Mund. Es war das Gesicht der Müllerin. Wieso befand sich der Müllerin Gesicht neben mir auf dem Kissen? Sie wußte anscheinend selbst nichts davon. Sie nahm die Berührung meiner Hand nicht wahr. In Wirklichkeit konnte sie gar nicht hier bei mir, sondern mußte dort sein, wo sie war – nämlich in der Mühle.

Am folgenden Tag suchte ich die Mühle auf, um in Erfahrung zu bringen, ob die Müllerin gut geschlafen hatte. Weil ich sie nicht unumwunden fragen konnte und niemand irgendein Wort über die vergangene Nacht äußerte, fand ich darüber jedoch nichts heraus. Aber auf der Seite ihres Gesichts, das ›auf dem Kissen‹ mir abgewandt gewesen war, hatte sie blaue, schwärzliche, blaurote und grüne Flecken, und das Auge war gänzlich verschlossen; der Mundwinkel bestand aus einer Masse wunden Fleisches, das zwischen einer beringten Hand außen und den Zähnen innen zerschlagen worden sein mußte. Die Blutergüsse sahen schon abgeschwollen aus, sie waren ihr anscheinend am Vortag zugefügt worden. Die Müllerin verrichtete ihre Arbeit weitgehend gelassen, als wüßte sie von nichts Ungewöhnlichem. Trotzdem mußten die Hiebe, die sie erhalten hatte, sogar für ihre Maßstäbe fürchterlich gewesen sein. Wahrscheinlich ging es ihr ziemlich schlecht. Ihre Ohren mußten taub und gefühllos sein, ihr Herz dürfte mal zu schnell, mal zu schlaff gepocht haben, sicherlich zitterten ihr ab und zu Schultern und Hände, und ihre Nase mußte die Luft spüren wie Salz in einer Wunde. Bestimmt schmerzten ihr die Augen, die Helligkeit mußte sich wie Dolche hineinbohren. Gewiß hat sie sich ihre Gedanken gemacht. Soll ich auch künftig, mein Leben lang, wird sie überlegt haben, diesen weisen, gütigen, allesbeherrschenden Müller verehren? Die Umrisse ihres Kopfes, die sich an einen anderen Ort versetzt hatten, waren die unversehrte Seite ihres Gesichts gewesen, die Seite, die keine Verletzungen erlitten hatte.

Warum war sie an meine Seite gekommen? Welches Band gab es zwischen uns, dessen sich die Müllerin im Wachzustand gewiß völlig unbewußt blieb? Hing es damit zusammen, daß ich mich wider jenes Etwas, dem ich im Haus – in der Mühle – begegnet war, behauptet hatte? Indem ich seine Bosheit mißachtete, mich durch seine Bösartigkeit weder erschrecken noch hatte einschüchtern lassen, den pechschwarzen Gang mit seiner von Haß bitteren Luft ohne Kerze durchquerte, hatte ich es verdutzt.

Ich wanderte auf den Hügeln umher. Zum Strand zu gehen, lohnte sich nicht mehr, Fischkopf war nicht länger da, um mir, nachdem er sich seinen hölzernen Zahn in den Mund gesteckt hatte, auf der Flöte vorzuspielen. Plötzlich hörte ich das Trampeln schwerer Vogelklauen und das Walzen von Rädern. Eine Kolonne von Wagen, begleitet von einer starken, bewaffneten Eskorte, hielt an, wo ich auf einer mit grauem Gras bewachsenen Erhebung hockte. »Wo entlang geht's nach Nord-Sowieso?« Ich war zum Auskunftgeben unfähig. »Komm, komm!« drängte mich der bullige, in einen Mantel gekleidete Wagenlenker, »wir fressen dich nicht auf.« Später erfuhr ich, daß es sich dabei keineswegs um eine lustig gemeinte Bemerkung gehandelt hatte. »Weise uns den Weg durch die Hügel – oder gestehe, daß du dich nicht auskennst.« Ich kannte mich tatsächlich nicht aus, aber nicht einmal das konnte ich sagen. »Blödsinnige Sumpfkröte!« Der Mann drosch achtlos mit der Peitsche nach mir, ich wälzte mich auf den Rücken, schlug die Hände vors Gesicht und zog die Beine an, als wäre ich ein Stachelschwein. Die vor die Wagen gespannten Riesenvögel, Tiere mit Kämmen auf den Schädeln, bellten und krächzten, die Fahrzeuge rollten an, fuhren weiter. Durch die Finger sah ich in einem der Gefährte ein Mädchen meines Alters sitzen – im Warmen, in Sicherheit, umhätschelt, vor allem mit Händen, die nicht wund waren, nicht jedesmal schmerzten, wenn sie etwas anfaßte, weil es Salz hacken mußte.

Nachdem ich jenes kleine Mädchen gesehen hatte, übte ich tagelang eine bestimmte Geste. »Was ist das«, fragte Mutter schließlich, »was du da machst? Tu's nicht, hör auf damit, so etwas mit den Fingern in der

Luft zu machen, Seka, was es auch heißen soll ... du siehst dabei närrisch aus.« (Sie achtete stets sorgsam darauf, daß die Leute mich nicht mit einer Schwachsinnigen verwechselten – denn sobald sie es wirklich glaubten und es allzu häufig aussprächen, wäre es nicht leicht für Cija, das Gegenteil zu beweisen.) Danach betrieb ich meine Übungen nur noch, wenn ich allein war, wiederholte in der leeren Luft die Gebärde, mit der das kleine Mädchen am Fenster des Wagens die Hand nach einem sauberen, weißen Schnupftuch streckte, es nahm, lächelte, sich schneuzte und der Betreuerin zurückgab, die es ihr gereicht hatte, trachtete nach Erlangen genau der Mischung aus kesser, lässiger Selbstsicherheit und unbefangener Huld, mit welcher das Mädchen etwas erwartet und bekommen hatte, das von jemand anderem *für es* gewaschen, gepreßt und bereitgehalten worden war; nicht von einem beunruhigten, ängstlichen Weib, das besänftigt werden mußte, wenn man etwas von ihm annahm, sondern einer gefaßten, gelassenen, zufriedenen, glücklichen, zuverlässigen, ihrer Sache *sicheren* Begleiterin. Ich stieg in die Hügel, schaute mir Wolken und Fliegen an und übte mich in dieser wunderschönen Geste, vervollkommnete sie.

Als Quars Gattin trug Mutter scheußlichere Kleidung denn zuvor als Bedienstete in der Mühle. Dort hatte sie greulich zerfledderte Kleidungsstücke getragen, doch waren es zumindest Überbleibsel ihrer vornehmen Gewandung gewesen, die sie auf den Feldzug mitgenommen hatte, und man hatte noch lange, allem Dreck zum Trotz, viel von den feinen Stickereien sehen können. Als Quars Gemahlin mußte sie billige Fetzen tragen, züchtige und artige Kleider aus dünnem, nachgerade fadenscheinigem Stoff, von Näherinnen der Umgebung angefertigt; meistens saß ein Ärmel höher als der andere, oder an den Ausschnitt war eine Schleife genäht, um dem Lappen ›Gediegenheit‹ zu verleihen.

Nun war sie tatsächlich eine Leibeigene. Wie üblich

war sie aus ihrer Prüfung der Trostlosigkeit mit der weißen Fahne der Niederlage hervorgegangen.

Wenn es in dieser Welt irgend etwas gab, das meine
Mutter verabscheute und mißbilligte, fürchtete und
haßte, dann trostlose Zustände – und wohl aus eben
diesem Grund, so hatte es den Anschein, unterzog das
Schicksal sie immer, immer wieder gerade dieser Prüfung. Sie bestand sie nie. Solange sie das Durchhalten
für möglich hielt, kämpfte sie, aber niemals mit all ihrer
inneren Kraft, sondern lediglich mit ihrem Widerwillen
dagegen, daß *sie*, Sproß einer Göttersippe, dem Trostlosen, der schlimmsten aller Bürden, ausgesetzt war, dem
Veröden der Tage, der langsam wachsenden Farblosig-
keit des Daseins, dem ›Vergeuden‹ ihres Lebens, Fort-
fall all dessen, was sie als ihr unveräußerliches Recht erachtete: Schnelligkeit und Schwung, ein erhobenes
Kinn und Hochnäsigkeit, Stiefel, Sporen, ungestüme
Fahrt, prunkvolle Tracht, überheblich genossene kleine
Siege, müheloses Hin und Her, Schlaf zufriedener Erschöpfung und vor allem: die ›Gefühle‹.

Häufig behauptete sie, daß sie die Stille liebe. Mit
›Stille‹ meinte Mutter jedoch das Blau und Gold, die
Gänseblümchen und die Süße schöner, schnellebiger
Tage, meinte Abende, die zu den Sternen emporzu-
schwellen schienen wie hinterm Bug eines geschwinden
Schiffs. Gewiß, es störte sie nicht, allein zu sein, sie zog
es sogar vor, weil die Gegenwart anderer Leute sie zu-
meist ohnehin nur anödete.

Weil sie wähnte, sie stünde ihr Geschick durch, sich
als wendig, als demütige, unterwürfige, zerlumpte
Spülmagd verstand, die einstmals – genau wie im Märchen – Erlösung finden würde, setzte sie sich zur Wehr.
Sie focht nicht mit ihrer Seele oder der Vernunft, geschweige denn mit Rückgrat oder ehernem Willen,
vielmehr mit selbstquälerischem Groll und wehmütigen
Anwandlungen des Zorns; zwar geschah alles lautlos,
aber es staute sich in ihr in der Tat Wut an. Sie verhielt

sich zur gleichen Zeit übertrieben ›kriecherisch‹, beschrieb ihre ›Erniedrigung‹ in ihrem Tagebuch und schwelte inwendig von unterdrücktem Hochmut und dem Schmollen einer gekränkten Landadligen. Sie ›vergötterte‹ jeden, der in ihre Nähe kam, weil ihn die anmutige Selbstaufgabe eines so armen Opfers, wie sie es war, unwiderstehlich anlockte. Sie redete sich ein, ihre lichte innerliche Hochherrlichkeit leuchte durch die schmuddlige Verkleidung jedem, der irgendein Interesse an ihr zeigte, und im Handumdrehen verwandelte derjenige sich – wie es unumgänglich war, sollte er sich in ihre Märchenwelt einfügen, ohne sie zu verzerren – in den Prinzen aller Ammenmärchen, oder wenigstens in einen untäuschbaren Wahrheitsfinder, aus dessen klaren Augen Wahrheit schimmerte (damit er *sie* um so untrüglicher erkennen könnte), dem keinerlei menschliche Schwächen (er hatte auf so etwas kein Recht) Einblick und Einsicht trübten. Das Schicksal hatte sie zu Quars Opfer auserwählt, und das würde *er* ihr niemals verzeihen.

Als der Sommer sich dem Ende zuneigte, kam Quar eines Tages mit einer Ladung Spiegel heim in seine finstere Behausung. Es waren schlechte Spiegel, sie erzeugten entstellte Spiegelbilder, doch das merkten die Dörfler nicht, sie hatten sich oder einer den anderen noch nie in einem guten Spiegel gesehen. Quar entschuldigte sich bei den Dorfbewohnern für den hohen Preis, den er für diese Spiegel verlangte. Diese seien nämlich, erzählte er, nur außerordentlich schwierig herzustellen, so schwer, daß es ans Unmögliche grenze, sie wären aus fernen Landen verfrachtet worden, verpackt in weichen Stoff, damit sie einander nicht zerkratzten, und dicke Bündel Lammwolle, auf daß sie nicht brächen. In Wirklichkeit jedoch waren sie rücksichtslos stapelweise auf holprigen Karren befördert worden, ein Glas durch nichts vom anderen getrennt als die nachlässig zusammengehämmerten Rahmen, und nach der

Anlieferung war das ganze Gebäude voller Scherben und Splitter zersprungener Spiegel.

Die Weiber der Dörfer bedrängten ihre Gatten, ihnen solche Spiegel zu kaufen. Sie verließen sich nicht etwa auf die Großzügigkeit ihrer Männer, denn da gab es nichts, auf was sie sich hätten verlassen können; statt dessen sprachen sie deren Großmannssucht an, schilderten ihnen, wie großartig so ein Spiegel in ihrem Haus wirken müßte.

Schon seit einiger Zeit lag gewittrige Spannung in der Luft, Unwetter und Wolkenbruch kündeten sich an, und kaum daß die Leute den Preis gesehen hatten, den der Händler aus Flinchwum für die gleichen Spiegel forderte, rotteten sie sich in ihrer Empörung zusammen und zogen vor Quars Wohnsitz. Sie warfen ein, zwei Steine, doch das hatte keinen Sinn, weil die Brauerei keine Fenster besaß, die sie hätten einschmeißen können. »Komm raus, Quar!« grölten sie wie eins. »Komm raus, Quar!«

»Gib uns unser erschwindeltes *Geld* zurück!« brüllte der Müller.

An diesem Tag war Quar sehr unzufrieden mit Cija. »Erstatte mir *mein* ergaunertes Geld zurück!« Dem Müller diese Antwort hinauszurufen, hielt Quar, an den Türpfosten gelehnt, offenbar für unvergleichlich scharfsinnig. »Du hast für das Frauenzimmer, das du mir verkauft hast, einen hohen Preis verlangt.«

Wutentbrannt lief des Müllers Gesicht puterrot an. Auf unbestimmte Weise hatte es es Quar immer verübelt, daß er Cija nach dem Kauf nicht versklavt, sondern sich mit ihr vermählt hatte.

Der graue Himmel hing tief. Die schwüle Luft selbst schien bitter zu schmecken. Die Bauern standen Schulter an Schulter, beweinten den Verlust. Quar lächelte. »Seht euch in seinem Haus um!« schrie der Müller. »Schaut unter sein Bett! Dort werdet ihr alle euer Geld finden, um das er euch betrogen hat.«

Da schnitt Quar eine andere Miene. Er warf seinem Bruder einen mörderischen Blick zu, blieb in der Tür stehen, blieb an ihren Pfosten gelehnt; er wirkte massiger und stärker denn je. »Liebe Leute«, sagte er gönnerhaft, »glaubt mir, wenn ihr mit den Spiegeln unzufrieden seid, werde ich euch den Preis nur zu freudig zurückerstatten. Euer Geld steckt gegenwärtig in ein bis zwei Ballen Seide aus den Verwurmten Wäldern, aber ich versichere euch, wenn ich Eier, Speck und kleinere Münzlein genug habe, werde ich sie mit vollen Händen an euch austeilen.« Die lieben Leute fühlten sich verhöhnt. Der Hufschmied, der sich vorzüglich dazu eignete, eine wütige Rotte anzuführen, weil er gleichsam ehern aussah und für die Dörfler so etwas wie einen Inbegriff eines kraftvollen, regelmäßigen Hämmerns verkörperte, stieß ein Gebrüll aus und stürmte den Hang herauf. Das Vorstürmen des Hufschmieds glich dem Angriff eines Stiers; es war ausgeschlossen, ihn aufzuhalten. Die Dorfbewohner folgten ihm. »Liebe Leute…«, begann Quar erneut, mußte jedoch vor ihnen von der Tür zurückweichen. Sofort füllten Menschen das Haus.

Sie traten sich gegenseitig auf die Füße, blinzelten ins Düstere. Auf der Großmutter ganz sauber geputztem Fußboden hinterließen sie dreckige Fußabdrücke. Sie torkelten in stockfinstere Winkel, fielen Treppen hinunter. Sie warfen eine Öllampe um, die zersprang und aufflammte, Feuer loderte auf den frisch gewachsten Dielen des Fußbodens. Die Großmutter stand auf dem oberen Treppenabsatz, drehte ihre weiße Schürze zwischen den Händen (das sah aus, als putze sich ein Hamster den Bauch), den Mund zu einem lautlosen Heulen aufgerissen. Am liebsten wäre es ihr gewesen, ihr wunderbarer Enkel Quar hätte all diese Leute in die Grube unterm Himmelbett geschafft. Aber ihr wunderbarer Enkel versperrte lediglich der Schlafkammer Tür von innen.

»Wenn wir Feuer hätten, könnten wir sehen«, rief der Müller. Indem er diese schlichte Wahrheit aussprach, entzündete er an den Flammen, die in der Stube vom Fußboden emporloderten, ein Stuhlbein als Fackel.

Er führte die aufgebrachten Dörfler die Treppe hinauf, rempelte unterwegs Cija, ihr Äffchen und mich an. Obwohl er kein hochgewachsener Mann war, kam er mir groß vor, wie er da auf den Stufen schwankte, Mutter aus unmittelbarer Nähe ins Gesicht stierte. »Ich hasse dich nicht«, versicherte er ihr. Er drängte sich vorbei, und die anderen Dorfbewohner stapften ihm nach.

Die Großmutter wurde niedergestoßen. Sie schrie, gab ein sehr schwaches, jedoch unglaublich schrilles Kreischen der Entrüstung von sich. Mutter scherte sich nicht um die Alte. »Sollen sie mit ihr machen, was ihnen beliebt«, sagte sie, als sie meinen Blick hinauf zur Großmutter bemerkte, die in der Gefahr schwebte, zertrampelt oder am Geländer, an dem sie halb hing, zerquetscht zu werden. »Ich habe nur für meine Kinder Zeit.«

Doch der Andrang ›lieber Leute‹ trennte uns. Ich schob mich an schweren Stiefeln vorüber, huschte unter rauschenden Unterröcken hindurch, zwängte mich durch von Stampfen erfüllte, vielleicht dem Innern des Mutterleibs vergleichbare, schweißige Dunkelheit, bahnte mir den Weg zu Mutters kleinem Schrank, der ganz oben auf dem Treppenabsatz unterhalb des Dachstuhls hinter einer Ecke stand, in dem alte Seihtücher aufbewahrt lagen und in den weder Quar noch seine Großmutter jemals einen Blick taten. Ich wußte, daß Mutter darin ihre wenigen Habseligkeiten, die ihr kostbar waren, versteckt hatte – jene Karten, die sich so absonderlich kühl anfühlten, das Halsband, das sie im Urwald der Vater ihres Äffchens aus einem Teich gefischt hatte. Ich schob diese Sachen unter meine Schürze, lief mit ihnen das wiederholte Zickzack der Treppen hinab und zur Vorratskammer. In der Küche herrschte erheblicher Aufruhr, die Eindringlinge vergriffen sich an Käse und Butter. In der kleinen, steinernen Vorratskammer, erreichbar durch eine Außentür, war es ruhig; dort gab es, sobald ich darin untergeschlüpft war, außer mir nichts als die kühlen Schwingungen, die von den Karten ausgingen, das Summen der Fliegen und das lautlose Gären des Teigs, der seit zwei Tagen in einer Schublade des Geschirrschranks lag.

Ich ertastete die um die Karten gewundene Schnur. Mit ihr band ich die zusammengerollten Karten (die in meinen Fingern still pulsierten) sowie die Halskette fest – mit mehreren Knoten – an die beiden größten Salzblöcke. Damit rannte ich dann zur Vorratskammer hinaus.

Ich eilte über den grasbewachsenen Geländerücken, der sich zwischen Quars Brauerei und der Mühle erstreckte, vorbei am Mühlgerinne und zum Brunnen, ließ die zwei großen, Kalkbrocken ähnlichen Salzklötze in den Brunnenschacht fallen.

Ich drehte mich um. Aus Quars schwarzem Haus leckten riesige, heiße Flammenzungen. Es war nicht länger ein geschlossenes, abweisendes Ganzes. Das Gemäuer der oberen Stockwerke stürzte ein. Im roten Lodern des Feuers kreuzten sich Balken und Dachsparren. Ich spürte die Hitze bis herüber zur Mühle. Die ›lieben Leute‹ flohen aus dem Gebäude und den Geländekamm entlang. Sie schleppten als Beute Hausrat aller Art mit, kleinere Tische, einen mit Figuren geschmückten, glasierten Tonkrug, den wir für Wein benutzt hatten, eine mit Troddeln gesäumte Bettdecke, eine Uhr aus fernen, fremden Landen. Nirgends jedoch waren Quar, seine Großmutter und Mutter zu sehen.

Urplötzlich erbebte der ganze, grasbewachsene Geländerücken, den ich vorhin überquert hatte, und es rumpelte in der Erde. Es schien, als grübe sich ein gewaltiger Maulwurf hindurch. Dann schossen mit einem

Mal auch aus der Mühle Flammen. Die Mühle barst, brach zusammen, indem die höheren Stockwerke erzitterten und eins ums andere einstürzten. Ich konnte das Korn an den Mühlsteinen erkennen: Es wirbelte empor wie Schwälle von Funken, Schwärme von Glühwürmchen. Die winzigen, natürlichen Aushöhlungen in den Mahlflächen der großen Mühlsteine – sie bestanden nämlich aus mit Kieseln durchsetztem Gestein, brüchig und von recht grober Beschaffenheit, und enthielten vielfältiges Quarzgestein – wirkten wie zu langen Schatten verzogen. An den Rutschen aus Segeltuch fraßen sich Flammen entlang und verkohlten sie. Ich begriff nicht, was mit dem Fluß geschah. Er hatte sich in einen Feuerstrom verwandelt. Weit davon entfernt, ein oberschlächtiges Rad zu sein, schien es nun, als wäre das riesenhafte, stets knarrende Mühlrad hoffnungslos überlastet. Später fand ich heraus, was sich zugetragen hatte. Als die Dörfler Quars Haus brandschatzten, griff das Feuer unterirdisch auf die Mühle über – und zwar durch einen Tunnel, der zum Schmuggeln des schwarzgebrannten Fusels diente. Dieser Tunnel, von dem wir nie etwas ahnten, hatte die Wohnsitze der beiden Brüder miteinander verbunden.

Weil der Heilige das Saufen und Schnapsbrennen untersagt hatte, war das Gesöff von Quar und dem Müller zwischen den Grundmauern der Mühle gelagert worden, unterhalb des Wasserspiegels. Entzündete Dämpfe waren es, die Mühlteich und Fluß in eine Flammenhölle verwandelten. Im Feuer zerplatzten die dicken Fässer voller Malz. Das Dach der Mühle, entflammt durch Hitze und Funken, verbrannte vom einen zum anderen Augenblick. Weil man dort das Getreide gespeichert hatte, waren die Räume unterm Dachstuhl immer sehr trocken gehalten worden (andernfalls hätte man schlechtes Mehl erzeugt), und nach dem Sommer war der Zustand des Dachs so, daß es sofort lichterloh in Flammen aufging. Ich sah einen kleinen Vogel überm

Feuer fliegen. Die Flügel wurden ihm versengt, und er stürzte ab.

Der Müller rannte zu seinem Gebäude, seinem ganzen Stolz, dem Inbegriff seines Selbstverständnis. Doch schon krachten Balken herab, Funkenschwärme brausten empor, als stünde ein Wald in Flammen. Ein Balken trudelte abwärts, begrub den Müller unter sich; anscheinend war er ungeschoren, unversehrt geblieben, aber er vermochte den Balken nicht anzuheben. »Müller, du Trottel!« schrie die Müllerin mit beträchtlicher Stimmgewalt, als sie sich außerstande sah, selbst wenn sie es gewollt hätte, ins Feuer zu laufen und zu versuchen, das schwere Stück Holz von ihm zu zerren oder zu schieben. »Verläßt du mich?«

Der Brunnen spie aus seinem Schacht Wasser himmelwärts. Dies verharrte gleichsam aus Staunen darüber, wie die Müllerin plötzlich mit ihrem Gatten schalt, einen Moment lang mitten in der Luft. Das turmhohe Aufspritzen weißlichen Wassers klatschte auf den Balken, löschte das Feuer, ehe es den Müller erreichte, er kroch unterm Balken hervor, die Müllerin eilte zu ihm, überquerte die Fläche, die einmal ihrer Stube Fußboden gewesen war, während da und dort noch kleinere Flämmchen an den verkohlten, geschwärzten Resten des Fachwerks züngelten wie feurige Perlen. Die Leute erzählten später, eine Verschiebung des Geländes, verursacht durch den Einsturz des ausgebrannten unterirdischen Tunnels, hätte bewirkt, daß sich des Brunnens Wasser aus der Erde erhob und den Brand der Mühle löschte. Ich jedoch hatte in dem Wasser eine Erscheinung gesehen, ein Nichts im Wasser, ein Nichtweiß, wo das Wasser weißlich war, ich hatte beobachtet, wie dies Etwas in die Müllerin zurückkehrte. Und von diesem Tag an, sei es nun, weil der Müller seinen Rückhalt, seine Macht, seine Mühle verloren hatte, oder weil die Müllerin wieder ein vollständiger Mensch geworden war, wagte sie, dem Müller die Meinung zu sagen.

Ich hatte den Ausbruch so vielen Feuers nicht in dem Maß genossen, wie es angebracht gewesen wäre. Der Brand war eine wahrlich prachtvolle Feuerhölle gewesen, es wert, von Dichtern besungen zu werden, ein schönes, sehenswertes, herausragendes, vom Schicksal mit Spott angereichertes Lodern. Der Müller selbst hatte das Feuer entfacht, wie seine Gemahlin ihm von da an unablässig in Erinnerung rufen sollte, das geheime Schnapsbrennen, das Eindringen in Quars Haus und das Umwerfen der Lampen seines Bruders hatten zu diesem Ergebnis geführt.

Aber ich hielt nach Mutter Ausschau, meinem kleinen Affenkind-Schwesterchen Verzweiflung, nach Mutter, meiner Mutter. Ich lief erneut auf den Geländerücken. Erde und Gras unter meinen Füßen waren verkohlt. Der Untergrund bebte noch. Inzwischen war der Heilige eingetroffen. Er beeilte sich zu mir, nahm mich an der Hand. Seine Stiefel waren dreckig, rußverschmiert und blutig. Ich japste und stieß grausige Laute aus. Ich starrte ihm ins Gesicht und grunzte wie ein Schwein.

»Ja, ja«, sagte er. Im Laufe der Zeit war er wirklich sehr sanftmütig geworden. Der einstige Schönling wäre nie so auf mich eingegangen. »Wir werden deine Mutter schon finden. Komm!« Fette, schwarze Flecken – Rußflocken – schwebten in der Luft, während wir uns der zerstörten Brauerei näherten, die einem zerborstenen, zertrümmerten Herd glich, in dem es noch glühte. Die Rußflocken kreisten um einen Geruch, der an verschmortes Kotelett erinnerte. Die Welt war still geworden, wie sie es oft ist, kurz bevor es regnet. Man hörte kaum mehr als das leise Knistern der Glutasche in der schwarzen Ruine des ohnehin schwärzlich gewesenen Gebäudes. Ich bemerkte, wie an meinen Füßen Blasen wie Pilze wuchsen; das kam daher, weil ich über den heißen Rücken des eingesackten Tunnels gelaufen war. »Quars gute Großmutter kann getrost vor ihren Schöpfer treten.« Der Heilige sprach selten zu mir, doch diesmal tat er es. »Er weiß, sie hat den Herd nie ausgehen lassen.«

Sein Hohn bewog mich nicht zu der Hoffnung, er könnte meinen, daß wenigstens Mutter noch lebte. Der Heilige hatte einfach keinen Geschmack; er war völlig unfähig zu spüren, was sich wann schickte. Unabhängig von der Angebrachtheit oder Untauglichkeit seiner Bemerkungen mußte er in jedem Fall eine Äußerung von sich geben. Er lachte ›grimmig‹, in Wahrheit jedoch voller Genugtuung.

Das finstere Himmelbett war in die darunter befindliche Grube gefallen. Die Bettstatt zischelte im Säurepfuhl. Da sah man modrige Gebeine, morsch und bloß, zerfressen wie alte Blätter; hier einen Schädel aus neuerer Zeit, an dem noch so etwas wie ein Gesicht hing – und ein gläserner Ohrring, den Quar nicht als lohnende Beute betrachtet hatte.

Quar lag im Bett, auf das er von den Bauernfamilien Saurmühls, Saurgrabens, Saurbruchs, Saurbachs und Saursüds (unter der Führung von zwölf Männern) gefesselt worden war, nachdem sie die von innen versperrte Tür zur Schlafkammer aufgebrochen hatten. Im Nachbarraum hatten sie die Hebel entdeckt und betätigt. Während die Hebel brannten, senkten sie Mutters Ehebett, in dem sie in letzter Zeit so manche Nacht Quar beigelegen hatte, hinab in die Grube des verwesten Fleischs und Grauens, mitsamt der harten Bettfüllung mit dem noch warmen Abdruck von Mutters Körper, mitsamt den Laken und Decken, denen Mutters Geruch anhaftete.

Quar lebte noch, lag aber im Sterben. Die Säure hatte ihm nicht viel getan, es war zu diesem Zeitpunkt wenig davon in der Grube gewesen. Aber die Hebel waren gebrochen, indem sie verbrannten, und das Bett war mit seinem vollen Gewicht hinabgestürzt und dadurch hatte Quar sich das Rückgrat zerschmettert.

Er wandte seine Augen, irgendwie in ihrem Weiß und

Grün sehr matschig geworden, herauf zu uns. Ich muß wohl nur ein verwaschener Fleck am Rande seines Blickfelds gewesen sein; dennoch richtete er den Blick mit vermutlich Bosheit entsprungenem Nachdruck auf mich. »Du«, sagte er. »Richte deiner Mutter etwas aus. Schreib ihr auf, sie soll sich nicht ... sie soll sich *nicht* einbilden, ich hätte sie geliebt ... sie und ihr käsiges Gesicht. Ich habe sie *gerettet!*« Er schrie es zu mir herauf, brüllte zum Himmel empor. »*Zu ihrem Nutzen!*«

Der Heilige und ich gingen fort. Ich glaube, irgendwann um diese Zeit ist Quar gestorben, in dieser oder der folgenden Stunde. Später begrub man ihn. Inzwischen fand ich Mutter. Sie hatte Verzweiflung auf dem Arm, stand ganz still und ruhig an der Grube, in der Quar lag, schaute hinein. Mir ist nicht bekannt, ob Quar da schon tot war oder noch lebte. Als man ihn anschließend beerdigte, hatte die Säure ihm das Fleisch von einem Arm gefressen, auf den er sich zu stützen versucht hatte.

Nachdem Mutter und ich, nun wieder frei, uns aufs herzlichste begrüßt und mit der Familie des Müllers, die obdachlos geworden war, im Garten des Heiligen an der Küste gegessen hatten, schrieb ich Cija auf, was ich ihr von Quar ausrichten sollte. Gelassen las sie die Mitteilung – nur einmal –, dann wischte sie sie von der Schiefertafel. Sie küßte mich, zog mich an sich. »Ich bin jetzt Witwe, Seka«, sagte sie. »Der Herbst ist nah, und ich bin froh, Witwe zu sein. Nun brauchen wir den Winter weder in der Mühle noch in Quars Haus zu verbringen.«

Sie hatte recht. Der Heilige stapfte drunten am Strand vor der Brandung auf und nieder, umgeben von seinen würdigsten Jüngern, während wir in seinem Vorgarten aßen, der gepflastert war mit kleinen Mühlsteinen, den örtlichen Bauern weggenommenen Handmühlen; es war aufgedeckt worden, daß sie daheim selber ihr Getreide mahlten. Daraufhin hatte der Heilige verordnet, sie müßten alle ihr Getreide, um an Brot zu kommen, zum Mahlen in die Mühle schaffen, um den Müller für den Verlust des vom Heiligen mißbilligten Schnapsbrennens zu entschädigen.

Der Müller besaß soviel Anstand, den Kopf zu neigen, als der Heilige von seinem Gedankenaustausch mit den Wogen der See zurückkehrte und vor ihn trat. »Du hast wider das Gesetz verstoßen«, sagte der Heilige.

»Das ist wahr, er hat's«, bestätigte die Müllerin, die ihren unruhigen, obdachlosen, im Zahnen begriffenen Jüngsten auf dem Arm hielt und unter seinem Hemdchen herumfummelte, um ihn zu beruhigen. (Der Müller ahnte nicht, wie sie seine Söhne zu beruhigen pflegte.)

»Ich habe dir großes Verständnis gezeigt, aber du hast keinerlei Verständnis aufgebracht«, ergänzte der Heilige seinen Vorwurf. »Und du hast alles zerstört.«

»Alles«, bekräftigte die Müllerin und lutschte am Daumen, dessen Fleisch völlig zerstochen war, wo sie eine Nadel durch Leder geschoben hatte, während sie einen aufgesprungenen Stiefel des Müllers nähte.

»Ich habe mich sehr schlecht benommen«, bekannte der Müller, legte sich die Hände auf den Kopf, schaukelte mit auf die Fersen gestütztem Gesäß hin und her.

Der Heilige verpreßte die Kiefer. Er ballte die Elfenbein gleichen Hände zu Fäusten. »Das hast du wahrhaftig«, antwortete er dem Müller. Er stapfte einmal durch den kleinen Garten. »Wir ziehen nach Nordfest«, verkündete er schließlich. »Wir gehen nach Norden, folgen dem Heer. Wir werden dem Heer Götter bringen. Hier habe ich alles getan, was ich zu leisten vermochte. Ich habe meine äußerste Kraft aufgeboten, alles was mir an Kraft aufzubieten möglich war ...« Er stockte, war ein wenig durcheinandergeraten, weil er einen jener langen Sätze begonnen hatte, denen er früher, als er ›Schönling‹ und sonst nichts war, selbst nie zuhörte. »Ich habe gegeben, was ich geben konnte. Und ihr habt mich im

Stich gelassen. Zur Strafe werdet ihr mich nun begleiten. Ihr und die anderen eures Schlages, ihr werdet mit mir einen Kreuzzug antreten. Wir werden von hier fortgehen.« Er verstummte, schaute in die Runde, in die offenen Mäuler, dann drehte er sich um, dem Meer zu. »Nach Nordfest.«

»Nordfest ...!« Der Müller und die übrigen Männer im Garten sprachen durcheinander.

Und sie verließen ihre Dörfer. Sie gaben ihre Äcker, ihre Felder und ihre lange Feindschaft mit den Bäumen, ihre langanhaltende Furcht vor dem feinkörnigen Sand auf, der im Winter ihre Häuser verkratzte. Sie nahmen ihre Wagen, Karren und sonstigen Gefährte, ihre Sensen, Spaten und auch ihre Nachbarn mit, ihre Feuerstein-Sicheln (auf die der Ernteglanz etlicher Dutzend Jahre des Getreideschneidens abgefärbt zu haben schien), und, wenn sie sie leiden konnten, ihre Weiber. Ohne den Heiligen mochten sie nicht in ihren Dörfern bleiben. Sie hatten ihn dermaßen hintergangen, daß ihre Schuldgefühle ihnen keine Wahl ließen, als ihm zu folgen, und er war dazu imstande, ihre Füße und Räder auf jede Straße zu lenken, die ihm behagte. Nun machte er sich auf den Weg zurück zu Sedili, seiner Herrin, doch ich bezweifle, daß er überhaupt einen Gedanken an sie verschwendete. Ihm war nur eines klar: Hier war seine Zeit vorüber. Die Bauern wußten nur, daß seine rauchige Lebenskraft etwas war, dem sie folgen mußten, ohne das sie nie wieder sein könnten.

SECHSTES KAPITEL

Weg gen Norden

Während der Vorbereitungen für den Aufbruch beliebte
es dem Heiligen, beiläufig auch Mutter zu fragen, ob sie
mit nach Norden ziehen wolle. Als wir mit dem Heiligen aufbrachen, nahm die Weite und Ferne ihre schön-
sten Farben an. Wir zogen durchs Moor. Das Wurmlingend.

Als wir an dem vorbeizogen, was vom Brunnen der
Mühle übriggeblieben war, zeigte ich hinüber. »Was ist
denn das?« fragte Mutter. »Schau nur!« Sie hastete die
Böschung hinab, stopfte sich, während sie zurückkam,
Gegenstände unter den Umhang. Natürlich wußte ich,
um was es sich dabei handelte. Um ihre Karten, in denen so viele metallene Drähte steckten, daß sie durchs
Naßwerden nicht hatten beeinträchtigt werden können,
und ihr Halsband, das schon einmal aus dem Wasser
geborgen worden war; nachdem die Salzblöcke im
Brunnenwasser zerfallen waren, das Salz sich aufgelöst
hatte, waren Mutters Schätze an die Oberfläche gestiegen, mit dem Wasser herausgeschwemmt worden, und
so hatte Mutter sie nun wiedergefunden, konnte sich
sagen: Ein Plünderer muß sie in den Brunnen geworfen
haben.

Im abendlichen Halbdunkel kamen wir an Gehöften
vorüber – es wurden weniger, je weiter wir nach Norden gelangten –, jedes Hofgebäude glomm in der
Dämmerung wie eine Lache vergossener Milch. Die
Weiber – und die wenigen Männer, die sich uns nicht
angeschlossen hatten –, standen an den Türen und To-
ren, schauten zu, wie wir in die Ferne strebten. Einige
brachten den Mut auf, den Männern etwas zuzurufen,
die auf den Karren hockten, die Mistgabeln hielten, als

müßten sie hinter der nächsten Biegung der holprigen Landstraße irgendwelchen Fremden unseren Glauben aufzwingen. »Warum verlaßt ihr uns? Weshalb geht ihr foo-oo-ort?« Das gedehnte Rufen plärrte uns hinterdrein wie die Schreie von Möwen.

Die Männer auf unseren Fahrzeugen preßten die Lippen aufeinander und saßen betont aufrecht, kerzengerade da. Sie blickten nach vorn, blinzelten in die nördlichen Ausläufer des Abendscheins. Ein Mann mußte tun, was er zu tun hatte. Ein waches, gleichsam bedeutungsschwangeres Windchen begann uns zu umsäuseln, mal spürte man es hier, dann blieb es aus, danach wehte es dort, um sogleich wieder abzuebben. Bis in den späten Abend war es schwül. Hell leuchtete am Himmel der Abendstern, schien tief über unseren Köpfen zu schweben.

Das Unwetter brach erst in der Nacht los. Ich dachte an die Weiber der Dörfer, die wir zurückgelassen hatten, wie sie nun ins Freie eilten, um ihre Wäsche abzuhängen, wie der Wolkenbruch ihnen augenblicklich das Haar über die Augen klatschte, das Nachtgewand durchnäßte und um ihre Schenkel wickelte.

Die Männer bissen die Zähne zusammen und hielten aus, wie Männer es müssen. Nichts kann feuchter sein als ein Moor in einer verregneten Nacht.

Ich weiß noch, was einmal Quar sagte, mein Stiefvater. »Zieht nur durchs Wurmlingend«, hatte er gewarnt, »wenn ihr mit diesem Landstrich wohlvertraut seid. Und nur in festen Stiefeln.« Aber Fischkopf hatte das Moor barfuß durchquert.

Wir lagerten auf einem jener höheren Geländekämme, wie sie in muldenreichem, unüberflutetem Farnland für den Wanderer wertvoll sind. Daran sieht man, dachte ich, daß Fischkopfs Ratschläge in des Heiligen Kopf Früchte trage. Ich kauerte mit Mutter und zwei weiteren Frauen, die kurzentschlossen mit ihren Kindern den Männern gefolgt waren, unter einem Heuwagen. An einer Seite verschloß Sackleinen unser schwarz-silbern durchflackertes, weil von Blitzen aufgehelltes ›Zimmer‹, doch der Stoff war feucht, und kühle Luft drang durch. Auf den Untergrund hatten wir weiteres Sackleinen gebreitet, aber es war ebenfalls feucht und vom Schlamm kaum zu unterscheiden. Ich dachte an Fischkopf, der in seinem Boot dahinsegelte, während sein Gesang sich über die Gischt der Wogen erhob.

>»Wann lern ich, wie müßig's ist, von andern zu hoffen,
> wie einem Kind,
> daß sie eines Tages fast so klug und weise wie ich sind?«

Käme Fischkopf jetzt an seinen Wohnsitz bei den Dörfern heim, er fände sie entblößt vor, erführe über die Männer, daß sie zu einem großen Werk ohne Wiederkehr fortgezogen seien; er träfe kaum noch jemanden außer den Menschen an, mit denen er ohnehin am liebsten zu tun hatte, nämlich Frauen.

Wäre er mit uns gezogen, da es doch so offensichtlich war, daß wir ihn brauchten? Ich vermochte mir Fischkopf sehr deutlich vorzustellen, wie er vor dem durchnäßten Sackleinen stand, den zottigen Schopf mit den drei Zöpfen, die aus Korkspangen ragten, ein wenig zur Seite geneigt. ›Nein, ich bleibe hier‹, hatte er gesagt, ›und halte Ausschau nach meiner Schwimmenden Insel.‹ Dann hätte er Mutter angesehen, die neben mir saß, das Gesicht gleichfalls wie verschüttete Milch, nicht ahnte, daß ich mir ausmalte, wie Fischkopf mit ihr redete. ›Du möchtest natürlich‹, hätte er sie gefragt, ›daß ich dich für so etwas wie 'ne Schwimmende Insel halte, stimmt's?‹ Ich sah ihn fast greifbar vor mir, nahezu so wirklich wie Mutter, wie er in Dunkelheit und Regen spähte. ›Du hättest gern, daß ich nach dir Verlangen entwickle, mir stets ein bißchen mehr von dir wünsche, als du mir zu gewähren bereit bist. Aber ich bleibe lieber hier.‹

Ich hörte, wie er sich, während er vor sich hinpfiff, mit dem Wind entfernte. Die ganze Nacht lang hörte ich ihn pfeifen und von uns gehen. Ruhelos warf ich meinen Kopf auf dem Schwellen und Sinken von Mutters Busen hin und her. Ich konnte auch hören, wie der Wind den Himmel ins Flattern brachte. Er verkrüppelte die Bäume, die paar Bäume, die im Moor standen. »Der Sturm weht geradewegs aus dem Hintern des Teufels auf uns herab«, flüsterten die Bauern, schaukelten mit den Oberkörpern, bedeckten den Kopf, entschieden der Auffassung, daß nichts heil und gut sein konnte, durfte. Doch draußen im Finstern und im Zucken der Blitze hob der Heilige verzückt das Angesicht himmelwärts. Er sah Regen und ein neues Reich der Götter vom Himmel kommen.

Auch während unseres weiteren Wegs durchs Wurmlingend regnete es ununterbrochen. Jede Nacht vernahm ich, wo wir gerade unser Lager aufgeschlagen hatten, das Träufeln und Tropfen von Regen. Der Fluß strömte murmelnd durchs Land. Schließlich zogen wir am letzten der Altäre des Heiligen vorbei; das Heiligtum stand an einer Stelle, wo im Fluß die Strömung immerzu vom Namen jenes Gottes, den der Heilige am meisten verehrte, den Anfangsbuchstaben bildete.

Jemand hockte auf dem Altar. *Er* beobachtete uns, langsam drehte sich sein Haupt, während er unserem Zug nachblickte, bis ringsum Nebelschwaden uns umwallten.

Die Verhältnisse besserten sich, weil wir uns an sie gewöhnten. Der Heilige hatte veranlaßt, daß wir Moorhölzer sammelten und als Brennholz verwendeten. Das ›Holz‹, das der Heilige im Farnland entdeckt hatte, war überaus hart, gänzlich geschrumpft und ausgedörrt; die reglose Faust der Zeit hatte ihm sämtliche Feuchtigkeit ausgepreßt. Es brannte wie Kohle, flammte im Gegensatz zu richtigem Holz nicht auf.

Eines Tages erreichten wir ein Waldgebiet; doch auch dort blieb es sehr naß und regnerisch.

Wir fanden einen uralten Tempel, eine offenkundig kostbare Entdeckung, aber der Heilige ließ ihn vollends schleifen, weil er ihn als heidnischen Bau abtat. Wir hätten in den verfallenen Säulengängen Schutz gehabt. Oder wir hätten in dem Bauwerk lustwandeln und uns die tief eingekerbten, von Moos überwucherten Inschriften auf den Urnen betrachten können, in denen sich totes Laub anhäufte, so wie sich in der Bauern Regenfässer Wasser ansammelte, und die verziert waren mit alten Smaragden und besetzt von zahllosen Schnecken, die inmitten all der Feuchtigkeit ihre durchscheinend-bernsteingelben Fühler nach da und dort bewegten. Der bloße Anblick des Tempels verdroß den Heiligen, er mochte kaum die Luft der Umgebung atmen, und darum schickte er uns an die Arbeit und ließ alles einreißen. Ebenso ließ er die riesenhafte Schlange töten, die diese Ruine hütete. »Nicht!« schrie Mutter, als sich der gewaltige Leib der Schlange aufrichtete, hin- und herschwankte, so dick wie vier Männerleiber zusammengenommen, im Regen bläulichgrün schimmerte. Ein Bogenschütze legte einen Pfeil an die Sehne. »Seht doch, sie ist blind!« Aber da sauste der Pfeil schon los, wegen all der Nässe winselte er ein wenig, bohrte sich in den breiten, fahlen Bauch, blieb darin stecken, zitterte. Man verschoß noch mehr Pfeile: *Flnng! Flck! Wennng!* Und die riesige Schlange bäumte sich auf, zuckte, wand sich, warf sich gemartert von einer auf die andere Seite, ihre Schuppen hoben sich – so sah es für unsere Augen aus – eine in die andere, grünlich wie das Eis des Frühlings. Als sie verendete, öffneten sich ihre mit Haut bedeckten, weißlichen Augen endlich. Der Heilige machte eine strenge Geste, um Mutter zur Zurückhaltung zu ermahnen, doch sie lief zu dem gewaltigen, sinnlichen Schlangenleib. Wir stellten fest, daß in den unteren Teil des Kopfs der Schlange ein fein gefertigtes, prächtiges Halsband eingewachsen war, das der Halskette, die Mutter besaß, wie ein Ei dem anderen glich. Der Heilige verbot uns, es auch nur anzurühren.

Von einer geborstenen Mauer glitt eine erheblich kleinere, dünnere Schlange, geschwind wie eine Stromschnelle. Der Heilige starrte sie mit dem zornigen Blick jemandes an, der sich den ärgsten Mühen unterzogen hat und dem noch immer nicht gehorcht wird. Er griff sich diese dünne Schlange, während er Anweisungen für den Aufbruch erteilte, knallte sie auf den Erdboden, als sei sie eine Peitsche, brach ihr so den Rücken.

Der Müller und der Heilige scheuchten die Weiber, sich mit dem Packen zu sputen. Ihnen fiel nicht ein, bei den Vorbereitungen für den hastigen Abmarsch zu helfen.

Aber die Müllerin war mittlerweile dazu in der Lage, dem Gemahl bei jeder Gelegenheit klarzumachen, wie sie über ihn und sein Betragen dachte. Darin übte sie sich mit der diebischsten Freude, sie stichelte ihn mit boshaften, treffsicheren Vorhaltungen. Der Heilige fühlte sich durchs aufsässige Benehmen der Müllerin stark betroffen. Die Lippen gespitzt, hob er in einer Gebärde der Bestürzung die Hand; der Müller jedoch verzichtete darauf, die Gunst des Heiligen gegen sein Weib auszuspielen. Vielmehr beugte der Müller das Haupt und murrte vor sich hin, geradeso wie willige Gatten es tun, richtete sich jedoch nach den Wünschen seiner Gemahlin.

Nun vermochte man zu verstehen, wieso der Müller und seine Gattin sich ursprünglich ineinander verliebt hatten (in dieser Gegend duldete man nämlich auf gegenseitiger Zuneigung beruhende Vermählungen); einer mußte am anderen jene Eigenschaften wiedererkannt haben, die ihm auf der ganzen Welt am besten gefielen, gewissermaßen die Gesichtszüge, die sie von Zeit zu Zeit in Spiegeln und auf Wasserflächen bewunderten.

Denn der Müller entfaltete zusehends – ein weniger

erschreckender Vorgang als bei der Frau – eine Sanftheit des Mienenspiels, die an den zuvorigen Gesichtsausdruck seiner Gattin erinnerte, wogegen der Müllerin weiches Kinn und knollige Nase mit merklicher Entschlossenheit den früheren Ausdruck von des Müllers Miene annahm.

Wir gelangten an Stätten, die einst besiedelt gewesen waren, keine Siedlungen uralter, untergegangener Völker, sondern schöne neuere Wohnstätten. Am Rande unseres Wegs stand ein großes, menschenleeres Landhaus mit zerstörtem Geländer. »Soldaten haben die Stangen des Gitters als Spieße genommen«, sagte der Heilige, betastete die rostigen Stümpfe. Ich fragte mich, wie Fischkopf ihn dergleichen hatte lehren können, bis mir wieder Schönlings Geburtstagsgeschenk in den Sinn kam, das Heer, das ihm sein Großvater geschenkt hatte. Als er von Soldaten sprach, entstand an des Heiligen Kehle eine Rundung des Eifers, der Überheblichkeit und *satten Zufriedenheit,* und an seinen Handgelenken traten die feinen Knöchel hervor, als wollten die Knochen die Haut durchstechen. Ich dachte mitleidig an die fehlgeleiteten Heiden, die uns demnächst in die Quere geraten mohten.

Unterdessen rasteten wir in dem verlassenen Landhaus. Ich nähte Mutters Umhang (der aus Jute war, zuvor war er nämlich ein Gemüsesack gewesen) Samenkapseln und Getreidehalme an den Saum.

Einige jüngere Männer drängten ein Mädchen, das seinen Vater begleitete – vorher der Meier, nun unser Bogner –, an den steinernen Torbogen mit seinen aus dem Stein gehauenen, mit weiblichen Brüsten versehenen Drachenbildnissen. Das Mädchen kicherte. Der Müller, stets auf Zucht bedacht, runzelte über die jungen Kerle und das Mädchen die Stirn. »Die Narretei der Jugend«, behauptete der Müller, »mündet geradewegs in Gram und Elend.«

»Elend zu leiden«, antwortete der Heilige, »ist manchmal gar nicht das Schlechteste.«

Der Müller brummte nur, angesichts solcher Weisheit mußte er aufgeben, zudem sich ohnehin abzeichnete, daß er immer weniger zu sagen hatte. Das Mädchen kicherte unentwegt, wir Kinder ließen die Beine baumeln, und um die Weiberbrüste der steinernen Drachen sammelten sich in der warmen Luft, wie um die Busen hervorzuheben, Schwärme von Mücken.

Bald wurden entlaufene Soldaten auf unsere Lagerplätze aufmerksam, lauschten unseren inbrünstigen Erläuterungen, weshalb wir so unaufhaltsam nach Nordfest zogen. Sie hörten, wie die Stimmen der Flüsse allen Herzen nahegebracht, zu ihnen sprechen würden, daß alle Heere scheitern müßten, falls sie nicht auf unsere Verkündigung lauschten, und wie Nordfests Wälle vor uns brechen, vor unserer Macht zuschanden werden sollten. Weil wir ein so kleines Häuflein waren und dementsprechend schwach, folgerten sie, daß wir, wenn wir derartige Reden führten, ein großes Geheimnis der Macht kennen mußten, und darum scharten sie sich um unsere mit Flußdarstellungen verzierte Fahnen, verschworen sich unserer Sache und verzehrten vor allem unser Brot und den Käse.

Der Heilige wußte, daß unsere Vorräte (wir setzten den Marsch nämlich mit beachtenswert guter Versorgung fort, um für eine längere Zeitspanne, ohne Ausnahme Tag um Tag, auf uns allein gestellt aushalten zu können) auf Bekehrungswillige eine starke Anziehungskraft ausübten.

Zweimal, als er Männer abwies, von denen er sagte, sie seien »von der falschen Art«, und ich sah, wie sie kaum noch den Seiber zurückhalten konnten, der ihnen im Mund zusammenlief, die kleinen, weißen Flecken von Schorf sah, die ihre Münder zwischen den eingesunkenen, hohl gewordenen Wangen entstellten, erwog ich, ob ich zu ihren Gunsten die Goldmünze aus meiner Leibschärpe zücken sollte. Aber ich behielt sie. Ich schaute Mutter an, die im allgemeinen abseits von den anderen Frauen saß, und überlegte: *Ich weiß nicht, wann wir sie einmal benötigen könnten.* Das Äffchen war inzwischen dazu imstande, sich mit einem seiner Greiffüße an einen ausgestreckten Finger zu hängen. *Vielleicht wird eines Tages,* dachte ich, *wenn es zu essen braucht, Schönling nichts herausrücken.* Ich begann ihn allmählich bei mir wieder Schönling zu nennen. Er führte sich allzu kriegerisch auf. Zu den nordländischen Heeren gehörige Troßweiber, die sich dann und wann zu uns gesellten, hielten ihn ebenfalls für schön. An einem Tag unterbrach er sich mitten in seiner Predigt und wandte sich in gestrengem Ton an ein Mädchen, das in der ersten Reihe seiner Zuhörerschaft saß, die ihn umringte, auf Grasbüscheln und Baumstümpfen kauerte. »Glotz mich nicht an! Schließ deine Augen oder betrachte den Altar. Ich bin nichts anderes als eben das, was ich euch von mir erzähle.. Ihr seid hier, um meine Worte zu vernehmen, nicht bloß meine Stimme, erst recht nicht, um mein Gesicht zu begaffen.«

Später schmierte er sich bisweilen die Asche von Holzfeuern ins Gesicht und hoffte, dadurch seine Erscheinung zu schmälern. Ich hege Zweifel daran, daß er sich je darüber im klaren geworden ist, einen der angenehmsten Anblicke landauf, landab geboten zu haben; allerdings wußte er sehr wohl, daß junge Frauen sich für Männer mit leidenschaftlichem Mund und funkelnden Augen interessieren.

Dadurch fühlte er sich besudelt und beschämt, als gäbe er sich wider besseres Wissen für irgend etwas Verwerfliches her. Ich beobachtete, wie er mit Weibern ernster als gewöhnlich sprach, dabei oft zwischendurch schwieg, seine Heftigkeit bezähmte, sobald er merkte, daß die Unterhaltung einen angeregten, lebhaften Verlauf zu nehmen anfing; er befürchtete, sein Überschwang könnte auch auf die Zuhörerinnen übergreifen.

Nach einiger Zeit begannen die Troßleute sich gänzlich von den nordischen Heeren abzusetzen; deren Soldaten erging es unterdessen nämlich reichlich übel, sie mußten sich Schuhzeug aus ihren Hauben schneiden. Ab und zu vermochten wir Kampfeslärm zu hören, wenn Heerführer ihre Scharen in der Nähe ins Gefecht schickten. Einmal hätten wir den Fluß auf den Leichen der Gefallen überqueren können. Es kam kaum noch darauf an, wer siegte, wer verlor; die Feindschaft bestand nicht länger in ihrer unmißverständlichen Deutlichkeit wie zuvor, nicht mehr bloß zwischen Zerd und Sedili auf der einen sowie Prinz Progdin und dem König des Nordreichs auf der anderen Seite. Nach der Kunde, die wir erhielten, waren verschiedenerlei untereinander verfeindete Bündnisse zustandegekommen, das Schwarze Schwein kämpfte gegen den Roten Rächer (oder dergleichen), während Zerd sich – allem zufolge, was man uns an Nachrichten zutrug – in Zurückhaltung übte, keinerlei Kriegshandlungen unternahm, sondern seine Riesenvögel fütterte, die am Ende des Sommers nie in ihrer besten Verfassung waren, nicht wußten, ob sie mit der Mauser anfangen, ihr Gefieder dichter wachsen lassen oder schlichtweg durchdrehen und sämtlichen Männern in ihrer Reichweite die Kniescheiben herausreißen sollten. Manchmal war von irgendwo fern hinter dem Unterlauf des Stroms ihr heiseres Bellen zu hören.

Einmal kam ein Mann aus dem Wald. Er ergriff Mutters Hand, weinte ausgiebig und verschwand wieder. Dazu fehlten uns die Worte.

Wir erfuhren von den Entscheidungen, die Zerds Befehlshaber der Reiterei fällte; die Eidechsen, welche die hauptsächliche Nahrung der Reitvögel abgaben, häuteten sich gegenwärtig (die neuen Häute hatten eine schädliche Wirkung auf die Kröpfe der Vögel, und obwohl sie noch kleinere Mengen an Eidechsen zu fressen bekamen, litten sie an Durchfall vom vielen Grünfutter und bedurften der Schonung, so daß die Reiterei vorerst nicht zum Einsatz gelangen konnte). Hier und dort fanden wir Anzeichen dafür vor, daß Zerd vor uns dagewesen war. Wir sahen Lichtungen, die er in den Wald hatte hauen lassen, die wohldurchdacht beschaffenen Stellungen aus Gräben und Schanzen, die er anzulegen befohlen hatte und die sich unverkennbar von den flüchtigen, wenig sachkundig gebauten Anlagen ähnlicher Art unterschieden, wie sie die übrigen am Krieg beteiligten Gruppen benutzten.

Während wir die in den Wald geschlagenen Lichtungen nach Kleinholz absuchten, das sich als Brennstoff verwenden ließ, sahen wir jenseits des Stroms Zerds Lagerfeuer lodern und rußigen Rauch aufsteigen.

Zerd und Sedili befehligten ihre Heere gemeinsam; das war der Grund, warum Mutter nicht über den Fluß und zu Zerd ging.

Jeden Tag besuchten Bauern und Pilger unser Lager, brachten Blumen, Geschenke, kamen mit Anliegen und Bitten um Rat, um Segen und Kunde von Göttern. An Göttern lag ihnen am meisten. Sie verhielten sich ungemein besitzergreifend, was Götter betraf.

Des Heiligen Zuversicht wurde genährt, als schlüge er sich täglich mit Blatthonig voll. Er begann nun sehr angestrengt und ernsthaft darüber nachzudenken, wie er des Königs Hauptstadt nehmen und gründlich wandeln könnte. Er hatte die Einsicht gewonnen, daß er eine feste Wohnstatt brauchte – nicht bloß ein Lager im Wald, sondern einen Ort, der sich als Mittelpunkt seiner künftigen Herrschaft eignete. Eine Stätte mit einem Dach, starken Mauern und Schießscharten, auf so etwas war er aus. Das war es, was er suchte.

Genau an der Mitte einer der großen Biegungen des Stroms erhob sich ein Stück Steilküste, ragte übers Wasser hinaus. In diese Klippe hatte man ein Laboratorium gebaut. Zum Eingangstor führte keine Treppe hinauf, denn die Nordländer hatten die Grundlagen, nach denen man Treppen errichtete, niemals zur Gänze begriffen; statt dessen hatte man am Abhang Balken ausgelegt und in deren Holz Kerben sowie durchgehende Furchen geschnitten. Die Furchen waren für die Räder der Karren gedacht, mit denen man Waren und Güter anlieferte; in den Kerben konnte man mit nackten Füßen Halt finden und die Anhöhe zügig ersteigen.

Im Laboratorium wohnte eine Anzahl von Wissenschaftlern, die in dieser Gegend ein zurückgezogenes, gänzlich dem Forschen verschriebenes Leben führten, und nun beherbergte es auch uns.

Die Gelehrten waren die ersten Menschen, denen ich begegnete, die der Heilige nicht zu beeindrucken vermochte, die ersten solchen Leute, die ich traf, seit er ein Heiliger geworden war; aber sie nahmen es vergleichsweise gutmütig auf, als wir ihren Bau besetzten, uns darin niederließen und einrichteten, machten mit ihren Versuchen und Forschungen im Beratungssaal weiter. Ihr Trachten galt der Wiedererzeugung von Muskelkraft. Sie befestigten Froschbeine an einem bestimmten Gerät, einem ›Kraftsammler‹, der aus Porzellan bestand, und die darin ›gespeicherte‹ Kraft aus den abgetrennten Froschbeinen brachte dieselben zum Rucken und Zukken, obwohl das Tier weder lebte, noch überhaupt länger vollständig war. Die Frage, an deren Beantwortung sie arbeiteten, lautete so: Konnte man die Kraft, die offensichtlich in jedem Muskel saß (wenn bei Fröschen, dann gewiß auch anderen Tieren), in großem Maße gesammelt und zum Antreiben von Rädern, wo Wind und Wasser nicht hinreichten, verwendet werden?

Die kleinen Heerhaufen der verschiedenen zweitrangigen Widersacher, die untereinander Gefechte austrugen und die gesamte Umgebung hatten das Laboratorium als eine Art unantastbares Heiligtum betrachtet, weil sie mehr oder weniger alle aus dem Nordreich stammten, in dem die Wissenschaft eine überragende Geltung besaß.

Im Heiligen jedoch war eine andere Leidenschaft entbrannt, der Eifer des Glaubens, und er erklärte den Forschern unzweideutig, sie seien fortan seine ehrenwerten Geiseln, denen man alle gebührliche Achtung entgegenbringen werde; trotzdem täten sie gut daran, uns ihre Schlafkammern und Gemächer sowie die gekachelte, makellos saubere Küche zur Verfügung zu stellen.

Die Gelehrten waren es, die zum erstenmal Clor erwähnten. »Ein anständiger, tüchtiger Kriegsmann.« Anscheinend wußten sie ihn zu schätzen, weil er nicht versuchte, sich mit ihnen in irgendeinem Kauderwelsch zu unterhalten, anders als so viele Heerführer und Adelige es zu halten pflegten.

»Woher kennt ihr Clor?« erkundigte Mutter sich nach kurzem Schweigen.

»Seine Streifzüge führen ihn regelmäßig in unsere Nähe, und wenn er eine Zeitlang im Kreis marschiert ist, empfangen wir ihn gastfreundlich und weisen ihm den rechten Weg.«

An einem Abend im Herbst kreuzte Clor tatsächlich auf. Der Fluß strömte träge wie Fleischbrühe vorüber. Der Sonnenuntergang sickerte bläßlich durch die Wolken, zwar golden, aber unwirklich, ähnlich wie die Zukunft. Laub wirbelte und schlitterte den Hang herauf, während auch Clor und seine Begleitung ihn erklommen, abgefallene Blätter, die klackten und ratterten wie kleine, staubtrockene Glöckchen.

Clor entledigte sich eines langen, wollenen Halstuchs, brummte einen Gruß, als ein Forscher ihm auf den breiten Vorbau entgegentrat und einen Krug erwärmten Biers reichte. Das Bier gelangte nie unter Clors

Schnauzbart. Es fiel auf den Fußboden, verschäumte dort, sobald Clor mich sah, er sprang vorwärts, hob mich nachgerade an den Ohren hoch. »Kleines Prinzeßlein! Bist du's?« Ich hatte keine Klarheit darüber, welche Haltung Mutter zur Zeit einnahm. Statt zu nicken schenkte ich Clor deshalb – für den Fall, daß ich Mutters und meine Anwesenheit zu verleugnen bestrebt sein sollte – nur meinen gewohnten, ernsten Blick. Sofort stellte er mich wieder auf die Füße, als befürchte er, dafür abgeurteilt zu werden, daß er Hand an mich gelegt hatte. Er verneigte sich. »Weilt auch deine Mutter, die Göttliche Kaiserin, in diesem Haus?«

Die drei Gelehrten, die vors Gebäude gekommen waren, beobachteten uns aufmerksam, lauschten wachsam. Sie hatten Mutter in den vergangenen Wochen lediglich als so etwas wie einen weiblichen Hilfsschergen des Heiligen kennengelernt, eine Stütze seiner glaubenseifrigen Umtriebe. Nun jedoch zeichnete sich an ihren Augen- und Mundwinkeln ein Lächeln ab; sie bemerkten, daß Clor gerührt war, sich freute.

Mutter hatte die laute, leicht wiedererkennbare Stimme vernommen. Sie kam heraus, trug ihren Umhang aus Jute, hatte Frostbeulen an den nackten Füßen. Als Clor vor ihr aufs Knie sank, streckte sie die Hand aus. »Clor! Sind wir einander nicht schon an zu vielen verschiedenen Orten begegnet, als daß wir noch Wert auf derlei Förmlichkeiten legen müßten?« Sie umarmte ihn, als er ihre Hand küßte, sah den zerschellten Krug auf dem Boden. »Gibt's im Haus keinen zweiten Krug für den Heerführer?« fragte sie die Gelehrten. »Wir wollen uns drinnen ans Feuer setzen. Ich bin begierig auf alle Arten von Neuigkeiten. Zuvor aber eines, Clor ...« Sie richtete ihren Blick auf seine Männer. »Niemand darf im Heerlager erzählen, daß ich mich hier aufhalte, es dürfen keinerlei Gerüchte in Umlauf geraten.«

»Gerüchte ...?«

»Bezüglich meiner Gegenwart, versteht sich. Ich

wünsche nicht, daß irgend jemand davon erfährt, Heerführer.«

Clor zog eine gleichermaßen wache wie trübselige Miene. »Niemand?«

Mutter wiederholte ihr Verbot mit großem Nachdruck, obwohl sie keineswegs das Recht hatte, einem Heerführer Zerds Weisungen zu erteilen. Und obgleich Clor ihr nichts dergleichen zusagte, hat er, glaube ich, ihre Anwesenheit niemandem offenbart. Sie ist immer einer von Clors Lieblingen gewesen, mag sein, sogar sein einziger Liebling.

Ich bin der Überzeugung, daß Clor für die Unsicherheit Verständnis hatte – sie vielleicht sogar teilte –, die Mutter in bezug auf die Frage empfand, ob Zerd sie vor Sedili schützen konnte oder wollte; und was den Menschenfresser, das ständige Schreckgespenst ihrer Kindheit und Jugend anging, den König des Nordreichs, über den sie nichts als Greuel und Gräßliches gehört hatte, so war es für sie ganz und gar ausgeschlossen, sich in seinen Umkreis, in die Reichweite seiner Klauen zu wagen.

Ich setzte mich Mutter zu Füßen und streichelte sie, damit sie rascher gesundeten und ihre Haut wieder heil aussähe, während im Herd dürftige Flammen tanzten, und Mutter, ihr pelziges Kleinkind auf dem Schoß, sich mit Clor besprach. Sie stellte ihr Jüngstes Clor nicht vor, und selbstverständlich äußerte er sich nicht darüber; möglicherweise nahm er an, es sei ein Junges irgendeiner örtlichen Tierart. »Welchen Verlauf nimmt der Krieg, Heerführer?«

»Für uns ist's kein Krieg, Hohe Frau, vielmehr eine längere Erholung, während der wir die Vögel auf den Winterfeldzug vorbereiten. Für die Stadt Nordfest und ihren König hingegen ...« – im letzten Augenblick konnte sich Clor aus Rücksicht auf die Anwesenden gerade noch dessen enthalten, bei der Erwähnung des Nordlandherrschers gleichgültig auszuspeien –, »für sie ist's eine Belagerung.« Clor wickelte sich noch ein Tuch vom Hals und schilderte, wie die großen Hennen seiner Reiterei unruhig waren und nicht auf dem Fleck bleiben mochten, obschon sie sich noch nicht wieder in geeigneter Verfassung für Märsche befanden. »Die Jahreszeit ist schlecht«, sagte er mißmutig, schüttelte den Kopf. »Damit sie auf dem Hintern bleiben, lasse ich ihnen Eier geben, auf die sie sich setzen können, aber's sind bloß alte, unbefruchtete Eier. In jedes Ei ist ein Loch gebohrt und ein dicker Wurm hineingesteckt worden, die Henne spürt seine Bewegungen, sie ist dann zufrieden, wo sie ist, zumindest in einigem Umfang. Trotzdem stehen sie andauernd auf und schauen sich nach Augen um, die sie aushacken könnten. So eine Riesenhenne ist einfach ein zu tüchtiges Muttertier, sie hockt sich auch auf sämtliche andere Eier, sie tun's alle reihum, alle Hennen wissen Bescheid und nehmen dran teil.«

»Aber was ist's, Heerführer, das Euch gegenwärtig wirklich bekümmert?«

»Ich bin gekommen, Hohe Frau, um diesen Gelehrten mitzuteilen, daß ich ihren Bau brandschatzen muß.«

Mutter lehnte sich zurück und musterte Clor in aller Ruhe. »Das geht nicht an, Heerführer.«

»Hohe Frau, nach unserer Einschätzung dürfte der nordische Oberbefehlshaber, der Oberbefehlshaber des Nordreichkönigs, an dieser Stätte großes Interesse hegen. Irgendwann wird ihm einfallen, sie zu zerstören und als Ausguck über den Fluß zu benutzen. Aber er darf sie nicht haben.«

»Ich glaube, er hat bereits im mittleren Bereich des oberen Flußlaufs eine Insel besetzt, Heerführer. Mit uns hier wird er sich schwerlich befassen. Wir sind nur ein paar Weiber, Bauern und Kinder, dazu einige Gelehrte, Männer der Wissenschaft, deren Versuche man nicht stören sollte ... und ein Glaubenseiferer, der auf alle Fälle dafür sorgen wird, daß kein Ärger entsteht.«

Clor nickte ernst. »Nun wohl, Hohe Frau.« Er blieb

mit seinen Männern zum Abendessen, man machte ihn von neuem mit dem Heiligen bekannt, und er plauderte mit ihm über vergangene Zeiten, bewunderte sein Strickwerk, das inzwischen eine bemerkenswerte Größe erreicht hatte, so daß der Heilige den Gedanken erwog, es in etliche Stücke zu zertrennen und sie einigen bevorzugten Bauern als Decken zu überlassen. Zum Abschied entbot Clor Mutter erneut einen förmlichen Gruß, dann sprengten er und seine Begleitung in den Nieselregen des abendlichen Dämmerlichts davon.

Wenige Tage danach statteten Untergebene des nordländischen Oberbefehlshabers uns einen unfreundlichen Besuch ab.

»Die Rebellen werden sich hier einnisten«, schnauzte ihr Anführer. »Zu eurem Schutz . . .« – er wandte sich an die Gelehrten – »ist's ratsam, das Dach abzudecken und das Holz fortzuschaffen. Ihr wißt, die Aufrührer werden's sonst verbrennen, wie sie's stets machen.«

Die Forscher verständigten sich ein Weilchen lang untereinander und erwiderten anschließend dem Unterführer, sie würden ihr Dach lieber behalten, denn in diesem Abschnitt des Jahres herrsche unbehagliches Wetter. »Die Rebellen werden uns unbehelligt lassen«, behaupteten sie. »Vergeßt nicht, daß sie, obzwar sie Aufständische wurden, Nordländer geblieben sind, darum werden sie für bedeutsame Forschungen und hochwichtige wissenschaftliche Versuche immer Verständnis aufbringen.«

Der Unterführer klopfte ein paarmal mit der Reitpeitsche gegen seine Reitstiefel, dann nickte er knapp, schob sich die Mütze zurecht und stapfte mit seinen Männern die hölzerne Rampe hinab.

Kurze Zeit später traf nochmals Clor ein. Er seufzte. »Leider können wir die Möglichkeit nicht ausschließen«, sagte er, »daß diese Gelehrten den Einfall haben, den Leuten des nordischen Oberbefehlshabers, die drüben auf der Flußinsel lagern, irgendwelche Zeichen zu geben. Deshalb müssen wir das Haus räumen und niederbrennen.«

»Zu welchem Zweck sollten sie Zeichen geben, Heerführer?« Geruhsam fädelte Mutter Garn durch ein Nadelöhr. »Um zu verraten, daß Ihr in Erwägung zieht, das Haus anzustecken?«

Clor begriff, was sie meinte. Er durchsuchte das Laboratorium und die Schlafkammern gründlich nach Geräten, die sich zum Zeichengeben eignen könnten, fand jedoch nichts Verdächtiges und verließ uns wieder.

Der Untergebene des nordländischen Oberbefehlshabers brachte uns einen Gefangenen, den der Oberbefehlshaber hier von den Gelehrten sicher aufgehoben zu haben wünschte. Der Gefangene war ein magerer Mann mit müden Augen, vermochte sich kaum auf den Beinen zu halten. Der nordische Oberbefehlshaber hatte angeordnet, daß der Häftling täglich nur einen Kanten Brot und zweimal je Woche Suppe zu essen bekommen sollte. »Er ist verstockt. Wenn wir ihn wiedersehen, soll er zugänglicher sein.« Die Forscher nahmen die Anweisung zur Kenntnis und befolgten sie. Ihr Gärtner sperrte den Mann in eine winzige Kammer ein. Sie lauschten jedoch des Heiligen Ausführungen, schnöde wie sie auch sein mochten, über innere Freiheit und Seelenheil, seinen Darlegungen, wieso und wozu selbige auch dem Gefangenen zustünden; und sie erlaubten, daß eine junge Bauerndirne aus dem Gefolge des Heiligen den Ärmsten einmal am Tag besuchte, doch tastete ihr ›Kerkermeister‹ sie jedesmal nach Nahrung oder Waffen ab, ehe er sie zu ihm ließ. Das junge Weib berichtete dem Heiligen vorteilhaft über die Entfaltung von des Häftlings Seelenheil.

Die Männer des nordländischen Anführers errichteten auf dem Dach ein Feuerbecken, so daß wir ihnen, wenn Gefahr im Verzug war, Zeichen geben könnten. »Solltet ihr einmal in Gefahr schweben«, erklärten sie uns, »werden wir, sobald wir euer Leuchtzeichen erblicken, sofort in die Boote steigen und euch zu Hilfe eilen.«

Clor kam und sah das Feuerbecken. Mit dem größten Bedauern, aber unerbittlich, entfernte er sämtliche Bewohner aus dem Haus und zündete es an.

Das nordländische Königsheer bemerkte den Feuerschein. Vermutlich eilte die Besatzung der Flußinsel uns tatsächlich sofort zu Hilfe, aber sie traf viel zu spät ein. Wir waren bereits fort, unterwegs zu Zerds Heerlager, in dem wir als Flüchtlinge Aufnahme finden sollten.

Die Soldaten des nordländischen Oberbefehlshabers wußten, daß sie uns ein derartiges Schicksal zu ersparen hatten. Die Wissenschaftler genossen ein viel zu hohes Ansehen, um in Zerds unwürdige Hände gelangen zu dürfen. Außerdem war da der Gefangene, den es hungrig zu halten galt. Es kam zu einem kurzen Geplänkel, als des Nordfeldherrn Krieger, zahlenmäßig weit überlegen, Clors Männer, die sich mit unserem Hausrat und den wissenschaftlichen Einrichtungen abschleppten, hinterrücks überfielen und niedermachten; um unsere Sicherheit auch künftig zu gewährleisten, brachte man uns nicht auf die Flußinsel, sondern in des Königs ummauerte Stadt Nordfest, wo man uns allen – ohne einen Unterschied zu machen – ein neues Laboratorium versprach ...

SIEBTES KAPITEL

Nordfest

Die befestigte Hauptstadt des Nordkönigreichs überschüttete uns mit Blättern. Zu Aber- und Abertausen-
den erhielten gefallene Blätter ein Murmeln und Flüstern aufrecht, ähnlich wie in einer Hafenstadt das
Meer, so daß niemals gänzliche Stille in der Stadt
herrschte, nicht einmal in den kleinen Gärten und Ziergärten. Im Halbdunkeln raschelten Blätter an den Türen, um Mitternacht, stob Laub den Kamin herab.

Mutter und ich wurden in einem Loch in der Stadtmauer untergebracht, weil im neuen Laboratorium zu
wenig Wohnraum zur Verfügung stand. Doch ich begab
mich jeden Tag ins Laboratorium, um dort zu helfen, zu
arbeiten. Mutter arbeitete nicht. Sie konnte ihre Jüngste
nicht allein lassen, und die Gelehrten sagten ihr, sie
würden mir jede Woche ein kleines Sümmchen zahlen,
mit dem sich unser Unterhalt sichern ließ, und jeden
zweiten Abend schenkten sie mir einen Laib Brot und
eine Wurst. Öfters fand sich am Tage der Heilige ein,
um Mutter bezüglich seiner Pläne zur Bekehrung der
Stadt seines Königs um Ratschlag anzugehen; manchmal kam er zum Abendessen, und wenn er daran dachte, mit Sachen, die ihm die Armen schenkten: einen
Kohlkopf oder auch einmal eine gebratene, in dünnes
Brot eingebackene, ganze Taube.

Das Loch in der Stadtmauer war alles andere als eine
sichere Unterkunft. Als Entgelt für die Bewohnung
brauchte lediglich ein sehr geringer Betrag entrichtet zu
werden. Des Abends, wenn die Ausgangssperre ausge-
rufen worden war, wir wußten, daß kein Besucher mehr
kommen, wir nicht nochmals zu den Händlern auf die
Straße eilen konnten, um irgendeine vergessene Not-

wendigkeit zu besorgen, kein weiteres Mal die Ziergärten aufsuchen durften, um uns Sänften mitsamt ihren Trägern und Bettler inmitten der Unzahl von Blättern anzuschauen, die dort umherwirbelten, kauerten Mutter und ich uns auf die Bretter unterm Fenster. Wir entrollten eine Überdecke und setzten uns auf sie, verwendeten sie als notdürftiges Sitzpolster, vergaßen die Gefährlichkeit unseres Aufenthaltsorts; für nichts hätten wir unsere Aussicht gegen die öden, leeren Straßen vor ›sichereren‹ Fenstern eingetauscht.

Anfangs hatten wir vom Fenster nicht mehr als ein wenig bläßliches Licht an hellen Tagen. In unserem Nebenraum durften wir eine Lampe oder Kerze entzünden, in dem Raum mit dem Fenster dagegen nicht, weil der ›Feind‹ von seinen vorwitzigen Beobachtungsstellen aus den Lichtschein hätte erspähen können. Mutter jedoch sagte, wenn wir in diesem Raum keine Beleuchtung verwenden dürften, müßten wir Tageslicht haben. Wir klaubten die Lumpen heraus, mit denen man das Fenster zugestopft hatte, schnitten mit einem Messer von der Platte aus dünnem Metall, die vors Fenster genagelt worden war ein wenig ab, und fortan vermochten wir die ›Belagerung‹ in Augenschein zu nehmen. Dahinter war auch der eigentliche Norden zu erkennen – stark gewelltes Land, Hügel um Hügel um Hügel, eine düstere, trübe, weithin wellig abgestufte Landschaft. Offenbar handelte es sich um eine Gegend, die sogar hier noch vielen Menschen Grausen einflößte. Später hörten wir, daß man jenen Landstrich Metzelfeld nannte, und man erzählte uns, er bestünde aus nichts als unzugänglicher Wildnis. Metzelfeld war Schauplatz einstiger Niederlagen gegen die Blauenstämme gewesen, die noch heute wild in jenen Hügeln hausten und sich zwar nicht von dort vertreiben ließen, deren Treiben man jedoch auf ihre heimatlichen Gefilde eingrenzen konnte.

Die ›Rebellenhaufen‹ – die Scharen Zerds, Sedilis, des

Schwarzen Schweins und anderer Abtrünniger – sah man nur selten an der nördlichen Seite von des Königs Hauptstadt bei irgendwelchen Aktivitäten. Die Feuer, die ich ein- oder zweimal recht hoch und fern zwischen den Höhenzügen brennen sah, müssen Lagerfeuer der Blauenstämme gewesen sein. Ich faßte meine Geisteskräfte zusammen und richtete sie über die Entfernung hinweg in die dunkle Weite der Hügellandschaft, auf die unsteten, winzigen Lichtlein, traf auf etwas wie wirre, wache Gemütswärme – hatte eine geistige Begegnung irgendeiner Art. Immerhin waren die Blauhäutigen mit mir blutsverwandt.

Des Tags sahen wir blauhäutige Leute auf den Straßen, aber mit ihnen ließ sich wenig anfangen. Sie waren in der Stadt geboren, gezüchtet worden, nur schwerfällige, mürrische, langsame Gestalten mit blauer Haut. Sie trugen die mit Bändern und Spiegeln geschmückten Sänften der nordländischen Edelfrauen. Auf dem Marktplatz sah ich oft größere Mengen Blauer in Pferchen. Ich ging zum Zaun und gab einem klobigen, blauen Weib seinen Säugling zurück, der von einem Soldaten zunächst wegen seiner Gutgenährtheit gestohlen, dann jedoch achtlos in Stroh und Kot zurückgelassen worden war; die Mutter brummte aufgeregt, sie war vor Freude über die Rückgabe ihres Kindes nahezu außer sich, vermochte aber kein Wort zu äußern. Bei dieser Gelegenheit begriff ich zweierlei. Obwohl meine Haut bläulich war, dunkel wie eine Gewitterwolke, betrachtete sie mich nicht als Blaue; ich zählte zu den Leuten außerhalb des Pferchs. Und man hatte sie nie sprechen gelehrt.

Während ich mich an das Leben in der Hauptstadt gewöhnte, mich immer leichter zwischen der Häuser Zugangsrampen zurechtfand, bewachsen mit Pflanzen und überspannt mit ›Behängen‹, ausgedehnten, wetterfesten Bahnen aus Segeltuch, unter denen die Vornehmen der Stadt vor den Launen des Wetters Schutz suchen konnten – einst waren sie ›kunstvoll‹ bemalt gewesen, nun aber knarrten, knirschten und rissen sie bei jedem Windstoß, warfen Schatten wie zornige Flugechsen in der Mittagssonne –, lernte ich unser Leben und das Dasein der Blauen genauer voneinander zu unterscheiden. Die Blauen waren keine Sklaven. Sie mußten vielerlei Lasten tragen, Sänften die Rampen hinauf und hinab, sie trugen auch Kinder aus den Häusern Hochgestellter auf den Schultern durch die Straßen, die vielfach auf und ab verliefen. Man *sagte* ihnen jedoch nicht, wohin sie gehen sollten, denn die Mehrzahl von ihnen war des Sprechens unkundig und verstand auch keine gesprochenen Worte. Sie hatten sich lediglich bestimmte *Richtungen* eingeprägt, die Wege zu gewissen Häusern oder Ställen, ähnlich wie Pferde. Und mehr galten sie denn auch nicht. Sie standen den Tieren gleich, man ernährte sie gut, aber wenn es sich als erforderlich erwies, verschliß man sie – und wenn nötig, fraß man sie auch auf. Die Nordlandbewohner, so geschickt, was ihre Wissenschaften und Gelehrsamkeit betraf, hatten fast ihr gesamtes ›echtes‹ Vieh mit Giften gegen Insekten und Stoffen ausgerottet, die entweder das Erdreich oder des Viehs Fleisch hatten verbessern sollen. Nun stießen sie bei ihren Bemühungen, weiter Vieh zu züchten, auf merkwürdige Schwierigkeiten. Aber sie hatten ja noch anderes Vieh mit kräftigem, blauem Fleisch.

Welche Schande! Was für ein Greuel! Und darüber hinaus: Was für eine unersättliche Gier, die Prinzessin Sedili dazu getrieben haben mußte, sich mit dem blauen Leib Zerds zu vereinen.

Mir fiel ebenso auf, daß viele Freudenhäuser blaue Körper anboten (auf dem Weg zu unserem Loch in der Stadtmauer kamen wir nämlich durch eine Straße aus lauter niedrigen Freudenhäusern mit offenen Fenstern). Und ich bemerkte auch, wenn in Nordfest Aufmärsche stattfanden oder ich in die Nähe von Heeresunterkünften geriet, daß es unter den Soldaten viele Blaue gab.

Da begriff ich, daß die Nordlandbewohner inzwischen in den Blauen im stillen, ganz insgeheim, uneingestanden, einen wahren Segen erblickten. Es lüstete sie nach ihrer Lebens- und Zeugungskraft. Ich begegnete Blauen, die sprechen *konnten*. Sie wohnten in Palästen und ließen es sich gutgehen. Das waren Künstler, Athleten, meisterhafte Speerwerfer, bewährte Gunstgewerbler. Nur konservativ eingestellte Nordländler verzehrten sie. Indessen galt es als fortschrittliche Gesinnung, hinter ihrem Rücken, wenn sie sich dazu zu äußern außerstande waren, sehr höflich und ehrenhaft über sie zu reden, gleichzeitig jedoch vor ihnen unverhohlen nach ihnen und ihrem frischen Blut, ihrer Zähigkeit, ihrer ›Unverbrauchtheit‹ und ›Derbheit‹ zu lechzen.

Für die Nordländischen boten die eigenen Landbewohner keinen erfreulichen Anblick. Sie waren bleich, schwammig und hatten zumeist ein feistes Doppelkinn. Die Bauern des Nordreichs aßen viel mehr Fleisch als Landleute woanders; trotzdem sahen sie teigiger, schlaffer und innerlich mürber aus. Sogar ihr Geflügel war während der Zeit des großen Aufschwungs der ›Wissenschaften‹, in der auch die alte, so reine, schutzreiche Zone der Luftleere rings um Atlantis mit Luft gefüllt worden war, mit Chemikalien vergiftet worden.

Der Adel und die Wissenschaftler hingegen wirkten alle kerngesund. Warum? Sie züchteten für sich besonderes, unverseuchtes Fleisch.

Kein Wunder, daß es den König des Nordreichs kränkte, sein einstiges Heer von der blauen Züchtung Zerd gegen sich geführt zu sehen, von ihm bedrängt zu werden. Wie stolz muß hingegen Sedili gewesen sein!

Einmal erspähte ich Sedili von unserem Fenster aus, wie sie im Flußland ihre Scharen drillte. Sie ritt (natürlich) auf einem weißen Reitvogel, von der Spitze ihres

Helms wehte ein Schleier aus hauchfeinem Baumwollstoff. Immer wieder richtete sie sich in den Steigbügeln auf und drehte sich da- und dorthin, um die Übungen anzuleiten (was im Sattel nicht sonderlich anstrengend sein konnte). Sie glich der Verkörperung eines neuen, zeitgemäßeren Schlags von Prinzessin, der aufsässigen neuzeitlichen Geschlechterfolge, entfesselter Leidenschaft im hauchdünnen Schleier.

Die beiden Kämmerchen, die Mutter und ich bewohnten, waren weitgehend kahl, und ihre Beschaffenheit machte es unmöglich, irgend etwas daraus zu machen; alles war stets klamm, ganz gleich, wie häufig wir den alten Teppich bürsteten, der längst auf den feuchten Brettern, die den Fußboden abgaben, festgeklebt war, man konnte ihn nicht mehr aufrauhen, er glich eher durchtränktem Pergament. Dennoch war die Dauer unseres Bleibens in der Stadtmauer eine der besten Zeiten Mutters, an die ich mich entsinne. Sie lebte allein. Keine andere Frau war da, die etwas verschüttete, wo sie gerade erst aufgewischt hatte, die etwas hinknallte, was sie behutsam hinzustellen pflegte. Weil sie auf Sauberkeit und Ordnung achtete, tat ich es ebenfalls, denn auch mir gefiel es in unserem ärmlichen Loch ganz gut. Wenn sie ein Bruchstück irgendeines alten Kupfergegenstands, mit einem geeigneten Fetzen weichen Stoffs auf Hochglanz geputzt, am Herd aufbewahrte, obwohl wir nur selten ein Feuer entfachen konnten, wußte ich den Grund: Sie nahm das Kupfer als Andeutung des Widerscheins der Flammen, die sich darin spiegelten, würde ein Feuer brennen. Wenn sie eine Scherbe aus blaugetöntem Glas an unser Fenster stellte, ließ ich sie da: Ich wußte, sie sah gern in der Morgenfrühe die erste Helligkeit oder abends den letzten Dämmerschein durch die Scherbe ein blaues Glanzlicht an die Decke oder unser ›Polster‹ werfen. Sie begann sich wohlzufühlen.

Nach einer Weile war ihr Gesicht weniger mager. Sie

sah wieder jünger aus. Ihre Bewegungen wurden flinker, sie war ihrer wieder sicherer, weil sie die Erfahrung machte, daß sie von neuem den Zweck erreichten, für den sie sie ausführte. Niemand mischte sich ein und brachte alles durcheinander.

Ich glaube, sie merkte, daß sie neue Zufriedenheit empfand. Auf einmal durfte sie das Leben genießen, das sie immer ersehnt hatte. Nachdem sie ihre Tagebücher zurückerhielt, las ich sie, bevor sie alle verbrannte. Ich las, wie sie stets darum gebeten hatte, sie in Ruhe zu lassen, *bitte* keinen Anteil an den Machenschaften ihrer Mutter haben, nicht an den Geduldsspielen ihres Gemahls teilnehmen zu müssen. Ich möchte nichts als ganz einfach *sein*, hatte sie immer gesagt. Sie begann bei der Hausarbeit zu singen und Trüffel zu schmoren.

Weil er eines Tages ihre bloßen, blaurot geschwollenen Füße bemerkte, schenkte der Heilige ihr seine alten Stiefel. »Da schau«, rief er, trat zurück, damit sie beide die Stiefel bewundern konnten. Es waren jene, die er beim Brand von Quars Brauerei und der Mühle verdorben hatte. Sie waren zu groß für Mutter. Selbst als sie sie mit fortgeworfenem Heu aus den Ställen, das wir von der Straße auflasen, und Lumpen ausgestopft hatte, rutschten sie ihr noch von den Beinen, schlotterten ihr um die Füße. Aber es war zu kalt, als daß sie es sich hätte leisten können, darauf zu verzichten. Der Heilige trug mittlerweile wieder prächtige Stiefel wie ein Heerführer. Auf gewisse Weise war er ja auch erneut dazu geworden.

Ich war mir darüber im klaren, daß meine arme, kleine Cija sich nichts mehr auf der ganzen Welt wünschte, als ein anständiges Paar Schuhe. Nach ihrem Empfinden erniedrigten die alten, verschlissenen Stiefel, die an ihren Fußknöcheln hingen, die sie beinahe hinterherschleifen mußte, sie zum Schlurfen zwangen, sowohl sie wie auch mich; daran war freilich nichts Wahres, aber jedenfalls hatte sie diesen Eindruck. Für mich machte sie ein Paar Schuhe aus weichem Segeltuch, das sie an zwei hölzerne Sohlen nähte, die ihr für einige Münzen ein Zimmermann zurechtgesägt hatte. Die Ausgaben für Sohlen in für sie geeigneter Größe mußte sie sich verkneifen. Ich sah sie rechnen, immer wieder Berechnungen anstellen, alle in der Absicht, möglicherweise doch noch den Betrag für ein Paar derartige Sohlen herauszuschinden. Doch es gelang nicht, und sie nahm mein Gesicht zwischen ihre Hände, die inzwischen wieder sanfter geworden waren, schaute mir liebevoll in die Augen. »Könntest du nur neben einer Mutter die Straße entlanggehen«, sagte sie, »die sich ihrer Füße nicht schämen muß.«

Von neuem dachte ich daran, meine Goldmünze auszugeben. Aber ich verwarf es als unwirtschaftlich, sie schon jetzt zu verwenden. In diesem Stadtteil würde ich dafür nie einen angemessenen Gegenwert erhalten; zumal nicht als Kind, und erst recht nicht als stummes Kind. Eines Tages mochten wir alles benötigen, was man für die Münze kaufen konnte, nicht lediglich einen Teil.

Irgendwie hatte ich das Gefühl, es wäre noch immer dieselbe Münze, die Ael mir auf meine stumme Zunge gelegt hatte. Ich erachtete es nicht als undenkbar, daß es sich um dieselbe Münze handelte. Was hätten die Mühlenkinder, nachdem sie mir die Münze abnahmen, denn schon anderes damit anzufangen verstehen sollen, als sie umherzuschmeißen, herumliegen und zuletzt gänzlich abhanden kommen zu lassen – so daß aufmerksame Augen sie aufs neue zu finden vermochten?

Im Laboratorium war auch ein blondgelockter Knabe tätig, ein dreizehn Jahre alter Edler, der von Kindesbeinen an im Ruf eines herausragend hochgeistigen und erfindungsreichen Forschers und Gelehrten in sämtlichen wissenschaftlichen Angelegenheiten stand, und seine

Anwesenheit war der Hauptgrund für die außerordentliche Gunst und Förderung, die unsere Gelehrten nun genossen, denn das Knäblein war irgendwie verwandt mit dem König.

Dieser Bursche begann zu argwöhnen, es könnte mit mir irgend etwas Außergewöhnliches auf sich haben.

Er schickte mich mit dem Schlüssel auf einen Botengang ins Laboratorium. Die Besorgung führte mich in einen Raum des Laboratoriums, den man als Kerkerzelle benutzte, eine Kammer, in der es nichts als Schränke voller Glasfläschchen gab; dort hielt man nach wie vor jenen Gefangenen eingesperrt, den man uns überstellt hatte und den wir hungern lassen sollten.

Pflichtgetreu ließen wir ihn hungern. Ab und zu stattete uns ein höherer Beamter einen Besuch ab und schaute ihn sich an. Niemand schlug vor, ihn in einen richtigen Kerker zu verlegen. Niemand verriet uns, warum man ihn festgesetzt hatte. Er wirkte sehr ruhig ... Gar nicht verwunderlich, dachte ich.

Als ich die ›Kerkerzelle‹ aufschloß und betrat, entfuhr dem jungen Weib, das den Gefangenen im Auftrag des Heiligen besuchte, um mit ihm »die Schritte zum Seelenheil zu gehen«, ein Aufschrei. Sie packte eine ihrer Brüste, verspritzte in diesem Augenblick einen Strahl Milch auf die Kerze – und löschte deren Flamme. Doch ich hatte bereits gemerkt, daß sie den Gefangenen buchstäblich an ihrem Busen nährte, hatte gesehen, wie der Häftling sein müdes, zerfurchtes, gräuliches Gesicht an ihre Brust preßte, sein Mund an der Brustwarze saugte, die Augen matt geschlossen, während die Frau mit den Fingern über ihre sahnige Halbkugel strich, um die nahrhafte Flüssigkeit rascher zum Fließen zu bringen, und in der Tat war sie fast zweimal so üppig geflossen. Die Art und Weise, wie sie die Kerze mit einem Spritzer gelöscht hatte, erinnerte mich an den Räuberhauptmann Ael und die erstaunliche Zielsicherheit, mit der damals er ein Kerzenflämmchen ausgespritzt hatte.

Der blutjunge Adlige kam hereingerannt, kippte eine Retorte auf den Boden; sie zerbarst und zerschellte. »Was war das?« rief er. »Was ist geschehen?« Als er die Kerze wieder angezündet hatte, waren des jungen Weibs Brüste erneut vom freudlos grauen Gewand aus grobem Stoff verhüllt, das es trug, und der Häftling ruhte schlaff auf seiner Pritsche, die Augen unverändert zu. »Weshalb hast du geschrien?« wünschte der goldlockige Knabe ziemlich ungnädig von der Frau zu erfahren.

»Das Kind, das eben eintrat ...« Sie stockte, versuchte eine Lüge zu ersinnen, der ich nicht widersprechen konnte. Daß ich stumm war, wußte sie nicht. »Sie hat Ähnlichkeit mit meinem verstorbenen Töchterlein«, sagte sie in schleppendem Ton.

»Du bist anscheinend sehr verwirrt, Weib«, murrte der blonde Knabe.

Die junge Frau ließ sich nun nicht mehr beirren. Sie sprang auf. »Ich sage Euch«, schrie es mit lauter Stimme, »das Kind ist ein Gespenst!«

Der goldene Edle – an ihm schien alles golden zu sein, seine Armreifen ebenso wie seine bernsteingelben Augen, und auch seine Versuche befaßten sich mit Gold – blickte mich an, zog die Schultern ein. »Geh nach nebenan, Seka!« befahl er kurzangebunden. Und da sah er über meine Schulter hinweg den Fluß, den ich müßig durchs Fenster betrachtet hatte, während ich darauf wartete, fortgeschickt zu werden, und aus seinen Augen schienen Funken des Schreckens zu sprühen.

Unter dem schmalen, hohen Fenster des Gebäudes, in dem sich das Laboratorium befand, hatte der Fluß sich aufzubäumen, das Wasser in die Höhe zu schwellen begonnen, als sollte es sich zu einer Säule emportürmen, und aus dieser Schwellung spritzte es wie Samen. Meine Gedanken hatten noch bei Ael geweilt, bei seiner wundervollen Art von Körperbeherrschung, unwillkürlich hatte ich die Fingernägel in meinen Kittel gekrallt. Sobald der Knabe seinen Blick von mir hinaus auf den Fluß richtete, ich begriff, was ich angestellt, was für eine ärgerliche, flüssige Unregelmäßigkeit ich hervorgerufen hatte, mir ausmalte, wie die Fische nun fassungslos durch eine himmelan geschwollene Wasserbeule schwimmen mußten, senkte ich betroffen meine Augen, und sofort klatschten die Fluten herab, Wellen breiteten sich aus, dann glättete sich der Wasserspiegel. Auch das entging dem Knaben nicht.

Manchmal kam des goldenen Knaben hochvornehmer Erzeuger ihn im Laboratorium besuchen, stand vor den Glasbehältern herum, in denen es zischte und brodelte. »Ja, interessant«, sagte er, trat von einem auf den anderen Fuß, »wirklich interessant ...« Danach nahm er seinen Sohn mit, auf daß er besseres Essen erhalte, als wir es uns erlauben konnten. Und im Anschluß an einen dieser Besuche nahte der Vater, nachdem das goldene Knäblein sich ruhig mit ihm besprochen hatte, sich mir, patschte mir eine Hand auf die Schulter.

»Hör zu, kleines Fräulein!« sagte er zu mir. »Du mußt uns am Morgen des bevorstehenden Festtags in den Tempel begleiten. Es wird eine schöne Feier geben, und als wir unseren Sohn gefragt haben, welchen seiner Mitarbeiter er einzuladen wünscht, hat er dich genannt. Er bat mich, dich zu fragen, ob wir uns an deine Mutter um ihr Einverständnis wenden sollen, damit sie weiß, daß du während der ein, zwei Stunden, die diese Feier dauern wird, gut aufgehoben bist.«

Sie verfuhren so und fragten Mutter um ihre Einwilligung. Der Vater schaute sich in unserer Behausung sehr versonnen um, ließ ein klein wenig – ganz geringfügig – die Brauen emporrutschen. Von da an war er noch herzlicher als zuvor zu mir. Es überraschte ihn, daß sein Sohn ein solcher Volksfreund war, aber gleichzeitig war er darauf stolz. Seinem goldblonden Söhnchen fiel nichts weiter auf; ihm fehlte jede Wahrnehmung für die unterschiedliche Lebensweise der verschiedenen Klassen und Schichten eines Volkes.

Am frühen Morgen des angekündigten Festtags holte man mich aus unserem Wohnloch in der Stadtmauer ab, in das man mich »beizeiten heimbringen« wollte, wie des Blondgelockten Vater Mutter zusicherte. Mutter lächelte und küßte mich. Sie hatte mich in überaus sorgfältig genähte Kleidungsstücke gesteckt.

Die Straßen wogten von stolzen, puren, inbrünstigen Glaubensgefühlen. Der Tempel, den wir aufsuchten, stand auf einem Hügel. Man konnte ihn aus fast jeder Richtung sehen. Die Rampen, über die man zu den Portalen hinaufgelangte, waren zur Feier des Tages mit Fahnen und gestreiften Sonnensegeln aus Seide geschmückt.

Wir nahmen auf niedrigen, schlichten, aus Holz gefertigten Stühlen Platz. Die Mutter des blonden Knaben reichte mir ein paar Süßigkeiten. Sie versuchte auch ihrem Sohn welche zu geben, aber er merkte es gar nicht.

Nach ziemlich kurzer Frist tat mir nicht nur der Bauch, sondern auch der Rücken weh, denn der Stuhl war wahrlich viel zu niedrig, man mußte die Beine auf ständig andere Weise kreuzen, verschränken oder sonstwie einziehen. Ich sagte mir, daß diese Stühle für die anwesenden Erwachsenen, die größer und länger waren als ich, noch bedeutend unbequemer sein mußten. Doch genau deshalb suchten sie ja den Tempel auf; oder zumindest zum Teil aus diesem Grund.

Rings um uns füllte sich der riesenhafte Tempel, in dem jeder Laut schauerlich hallte, mit Menschen. Heerführer und Hauptleute fanden sich ein, strotzten von goldenen Tressen; ihre Diener blieben mit den Schwertern unterm ersten Torbogen zurück. Heerführer, Hauptmänner, Scharführer und dergleichen Leute gehen eben nicht in jeden beliebigen Tempel. Hochfeine

Edelfrauen kamen gleichfalls, Blumen im Haar, sahen in ihren hochgeschlossenen, scheinbar nur zufällig etwas eng geschnittenen Kleidern sehr gut aus.

Plötzlich wand und drehte sich die gesamte Versammlung auf ihren unbehaglichen hölzernen Sitzgelegenheiten, als an zwei Eingängen des Tempels zur gleichen Zeit etwas Bedeutsames geschah. An der einen Seite brachten Träger den Priester, gekleidet in einen weiten, schwarzen Mantel, angetan mit Schmuck aus Elfenbein, in einem Tragekorb herein – angefertigt aus einem Flechtwerk von Seilen und Golddraht, behangen mit Troddeln –, in dem er saß und wohlwollend lächelte. Ein verborgener, aber zahlenmäßig starker Chor von Knaben oder Eunuchen erhob einen Gesang, schmetterte aus vollen Kehlen Hymne um Hymne. Am anderen Ende der Halle trat, als wäre auch das lediglich ein Zufall, ein junges Paar ein, das anscheinend höchstes Ansehen genoß und das jeder zu betrachten wünschte; was der Priester trug, wußte man immer schon vorher, aber das Gewand, das diese Edelfrau für den Besuch des Tempels angelegt hatte, mußte man gesehen haben, weil man später Anmerkungen dazu machen, Vergleiche ziehen, ein bißchen Bewunderung äußern, die Kosten schätzen und ganz allgemein viel darüber schwatzen mußte.

Die Edle, die klein und dünn war, jedoch einen vorzüglich entwickelten Oberkörper hatte – dem Brustpanzer eines Soldaten nicht unähnlich –, trug ein Fähnchen in Gelb, Ton in Ton, da und dort gelbe Blumen angeheftet. Ihr Begleiter, ein Hauptmann der XVIII. Goldenen Schar und daher ohnehin in prunkvoller Tracht, hatte sich auch eine gelbe Blume an die Haube gesteckt. Natürlichkeit besaß beim Adel und den Reichen des nordischen Königreichs hohe Bedeutung. In ihren Gärten, Städten und Forsten waren die Blumen fast ausgestorben, und es erwies sich als zunehmend schwieriger, an welche zu kommen; folglich waren sie zu Wahrzeichen alles Schönen und Starken geworden, ähnlich wie die Blauhäutigen.

Zudem bestand das Kleid der Edelfrau aus feinstem Linnen. Die Götter mochten wissen, was es gekostet hatte. Es war weit und breit so gut wie kein Linnen mehr erhältlich. Vielleicht hatte sie es zusammengefaltet im Schrank ihrer Großmutter gefunden. In diesem Fall hatte sie es wider das Gesetz angezogen, ein zweifelsfrei überaus kesses Auftreten. Um die Hersteller künstlichen Tuchs zu fördern, war nämlich ein Gesetz erlassen und nicht wieder außer Kraft gesetzt worden: Es verbot das Tragen von Kleidungsstücken, die älter waren als zehn Jahre. Das einzige Tuch, das sich im Nordreich in Mengen erwerben ließ, war aus den künstlich erzeugten Stoffen gemacht, auf die die Händler sowie der Großteil der Mittelschicht noch immer gewaltig stolz waren, vom Adel jedoch zusehends mehr verabscheut wurden; man konnte sie schnell und billig herstellen, indem man für die Erzeugung die größtmögliche Zahl von Arbeitern aufbot, die man nach wie vor ›Weber‹ hieß, daß sie früher wirkliches Handwerk betrieben hatten, aber sich durch die Beibehaltung ihrer Gewerbebezeichnung und das gleichzeitige Untergehen ihres Gewerbes etwas verwirrt fühlten, und ein Mineral, vermischt mit der geringstmöglichen Menge echten Linnens, kochte und verfeinerte, aus der Masse, die dabei entstand, zog man lange Fasern, tränkte sie in einer Erhaltungsflüssigkeit und formte sie zu Kleidungsstükken. Weil diese Kleidung nicht gewoben war, sondern mehr oder weniger zusammengeklebt, riß sie oft schon bei leichter Belastung, und im Regen bewährte sie sich überhaupt nicht. Mit der Zeit bekam sie seltsame Verunstaltungen, Säume verzogen sich, hingen durch, an diesen und jenen Stellen blich die Farbe aus. Dann brauchte man ein neues Kleidungsstück, und das war ohne weiteres käuflich. Ursprünglich war der Norden auf diese Errungenschaft, diesen Wohlstand, die ununterbrochene Herstellung von Kleidung, die Ausstattung selbst der schlichtesten Leute mit herrlichen Gewändern, sehr stolz gewesen. Doch seit es die Kleidung aus künstlichen Fasern gab, war in vielen Ortschaften Regen unerwünscht; das war zum Teil die Erklärung für die Behänge und ›Vorhänge‹ über Straßen, Rampen und Gehwegen, sie sollten die Bewohner gegen feuchtes Wetter schützen. Auch dadurch hatte das Erdreich gelitten, die wenigen Pflanzen wirkten kränklich. Die Chemikalien kehrten immerzu in die Erde zurück, manche mit dem Abfall, andere als »wundertätige Erderneuerer«, die in Wahrheit das Land regelrecht ausdörrten. Die Blätter fielen von den Bäumen, fast noch bevor sie richtig gediehen.

Die schroffe Abneigung, die Mutter Sedili entgegenbrachte, hatte unter anderem ihren Ursprung in diesen Zuständen; sie sah in der Prinzessin eine nordländische Pute, die auf einem chemisch verpesteten Abfallhaufen umherstelzte; einen richtigen Misthaufen hätte sie als ehrbarer betrachtet, und dann hätten Mutters gelegentliche Versuche, Sedili trotz allem zu mögen, sie zu verstehen und zu bewundern – für das, was eben eine solche Einstellung herausforderte –, wären vielleicht erfolgreicher verlaufen.

Der Priester, der feierlich in seinem Korb schaukelte, setzte sich zurecht und begann ein Gebet. Etliche Male mußten wir aufstehen, uns hinsetzen und manchmal allesamt auf den mit Mosaiksteinchen ausgelegten Fußboden werfen (die Anordnung der Stühle ließ für diese selbstquälerischen Übungen genug Platz), dort buckeln und auf das Schelten des Priesters Antworten greinen. Die Nase auf dem Boden, hielt ich jedoch die Augen weit offen und schaute mich um.

Ich entdeckte eine außerordentliche Vielzahl von Frauenschühchen. Die Frauen streiften sie ab, vermutete ich, wie sie es auch während eines Vortrags oder Schauspiels tun, nämlich um den Zehen etwas Erleichterung zu verschaffen. Doch ich glaube, darin war ebenso eine gewisse Art von Keckheit zu sehen; diese sämtlichen Schühchen rochen wahrhaft himmlisch, sie waren im Öl (chemisch verseuchter) Rosen, in grauem Ambra oder Moschus getränkt worden, und man hatte Blütenblätter hineingestreut, so daß die Trägerinnen auf (zerquetschten) Blumen einherschritten; an die Seiten waren Zweiglein von wohlriechenden Kräutern oder mit Quarz-Spangen an die Riemen geheftet worden. Ich ersah, daß ich mitten in einem angehäuften Überfluß genau dessen lag, wonach ich trachtete.

Wenn die Edelfrauen wünschten, daß man ihren Schuhen Beachtung schenkte, dann sollte es von mir aus so sein. Jedesmal wenn das Vorbild der Erwachsenen ringsum mich zum Niederwerfen zwang, schaute ich mich aufmerksam unter den Schuhen um.

Ich entschied mich für ein Paar unweit meines rechten Ellbogens. Sie wirkten, als hätten sie die passende Größe. Das Gegenteil hätte mich überrascht. Und sie sahen neu aus, waren gesäumt mit makellosem Ziegenleder; gleichzeitig jedoch waren sie grau, hatten eine Farbe, die einer gläubigen Seele Demut zum Ausdruck brachte und die auf der Straße an den Füßen eines anderen Weibs nicht auffallen würde; diese schlichten Schuhe eigneten sich ausgezeichnet zum Stehlen.

Sie an mich zu reißen, als wir uns wieder einmal setzen durften, war leicht. Mit meinen Füßen schuf ich zwischen den übrigen Schuhen in meinem Umkreis einige Unordnung. Sobald die Eigentümer sie aufzusammeln anfingen, würden sie zunächst meinen, es sei nur ein wenig Durcheinander entstanden.

Zu guter Letzt – Stunden später, wie es mir schien – verließen wir den Tempel, und zurück blieb eine Schar von Edelfrauen, die lebhaft durcheinanderredeten, während sie einer der anderen bei der Suche nach einem Paar mit Ziegenleder gesäumter Schühchen halfen. Ich überdeckte die Ausbeulung unter meinem Überwurf mit der rechten Armbeuge. Das war schwierig, weil meine Gastgeberin, des goldenen Knaben Mutter, darauf beharrte, mich an der Hand zu führen; aber ich schaffte es, auf ihre andere Seite zu huschen, lächelte selbstbewußt zu ihr auf.

Wir gelangten hinaus in trübseligen Herbstregen, den unsauberen Regen einer Stadt. Der Kies unter unseren Füßen war unangenehm, selbst für jene Leute, die Schuhzeug trugen. Ich dachte an die Edelfrau, die ihre Schuhe verloren hatte. Meine Gedanken waren nicht gefühlvoll, ich bemitleidete sie nicht, aber wenigstens dachte ich an sie. Dennoch hatte sich das Blatt gewendet, hinter Mutter lagen Monate des Laufens mit bloßen Füßen auf kiesigem Untergrund und der Blasen, und die Zeit der weichen, mit Ziegenleder besetzten Schuhe war für sie angebrochen.

Beim Verlassen des Tempels mußte man pausenlos andere Gläubige grüßen. Die Kasteiung und danach das allgemeine Begrüßen im Vorhof – für mein Verständnis war völlig klar, daß diese Dinge es waren, die sie in den Tempel lockten.

Begleitet von seinem einzigen, schlicht gewandeten Diener, der ihm still nachfolgte, schien mein Gastgeber mir fürwahr einer der unauffälligsten Anwesenden zu sein; trotzdem legte so gut wie jeder Wert darauf, mit ihm ein Wörtchen zu wechseln. Der alles überstrahlende Stern der Versammlung, die Edle im gelben Linnen, unterhielt sich ungemein lässig und geziert mit seiner Gemahlin, und daneben stand, die Hacken zusammen, jener prächtige Hauptmann der XVIII. Goldenen Schar, hörte mit ernsthafter, interessierter, aufmerksamer Miene zu. Sein Blick fiel auf mich. »Und dies ist wohl die jüngste Nutznießerin Eurer von Großmut geleiteten Seele?« fragte er den Gemahl.

»Das ist Klein Seka«, antwortete mein Gastgeber, »sie arbeitet bei meinem Sohn im Laboratorium. Seka, dieser feine Edle ... ist Hauptmann ...«

Es war Smahil.

Der Kitzel, den er hier genoß, hatte ihn vollständig verkrampft gemacht. Sein Äußeres, seine Haltung blieben aus Gewohnheit locker und ungezwungen, wie man es von jemandem mit Rang und Namen erwartete, er befleißigte sich der Geckenhaftigkeit eines ruhmreichen Kriegers, er hielt sich an die Förmlichkeiten, tat es jedoch mit einer gewissen spöttischen Einstellung. Smahil gab sich sehr würdevoll. Starr und unverwandt schaute er mir ins Gesicht, musterte meine Gesichtszüge immer wieder, als wolle er sichergehen, sich nicht zu irren, als könnte es eine zweite stumme Seka mit bläulicher Haut geben. Er mußte schreckliche, nachgerade quälende Erregung empfinden. Er vermochte es kaum zu glauben, daß er mich hier sah. Trotzdem würde er, wenn alles nach ihm ging, bald dafür sorgen, daß man mich auf die Straße vor die Hunde warf, oder sich meiner auf irgendeine andere, jedenfalls aber endgültige Art entledigen, so wie er Mutter ihr kleines Äffchen entrissen hatte (wenigstens glaubte er, das sei ihm gelungen). Er verbeugte sich vor mir, gewährleistete dabei, daß jeder merkte, was für ein Hohn in der Geste steckte. Alle lächelten angesichts seiner übertriebenen Höflichkeit.

»Welchen Weg nehmt Ihr?« erkundigte er sich.

»Wir bringen die Kleine heim zu ihrer Mutter im Nordwall«, gab der Gemahl Auskunft. »Sonst wird ihre Mutter, die sie uns so vertrauensvollen Gemüts für den Morgen überantwortet hat, uns vielleicht grollen.« Anschließend gedachte die Familie zu essen, doch sie mochte nicht gemeinsam mit mir essen. Sie hatte mich in den Tempel mitgenommen, um etwas für meine Seele zu tun, um dem Sohn eine Gefälligkeit zu erweisen, der möglicherweise nur darum gebeten hatte, weil ich stumm war und ihn nicht dabei störte, wenn er während der Kulthandlungen im Kopf Gleichungen durchrechnete, oder um die angeberische Freimütigkeit seiner

Eltern auf die Probe zu stellen. Aber es wäre ihnen nicht einmal im Traum eingefallen, sich mit mir zum Essen zu setzen.

»Vorzüglich, Larita und ich nehmen dieselbe Richtung«, sagte Smahil. »Wir werden Euch begleiten und hoffen, Ihr werdet dann mit uns speisen.«

Die in Linnen gekleidete Larita schubste ihn heimlich, drehte sich mit fahrigen Gebärden, die ein Gähnen nicht ganz verbargen, halb seitwärts. Sie mochte mit der Familie des goldenen Knaben nicht zusammen sein. Wie berühmt diese auch war, die Edle brauchte sich nicht in fremdem Ruhm zu sonnen. Sie strahlte in genug eigenem Glanz. Ihr lag überhaupt nichts daran, auf einen langweiligen Gang zum elendigen Nordwall mitgeschleppt zu werden, konnte sich nicht denken, weshalb Smahil ihnen beiden so ein Greuel zumuten wollte.

Aber Smahil war blind geworden. Ein schlechter Begleiter war er für ein schönes, zauberhaftes, in der gesamten Hauptstadt verehrtes Mädchen, das es nicht verdiente, je im Leben zum Nordwall mitgeschleift zu werden.

Die Gehänge über den Rampen waren vom Regen durchnäßt, und in vielen lasteten, wie ich bemerkte, reichliche Mengen angesammelten Wassers.

Ich hatte mir schier den Kopf darüber zerbrochen, wie ich verhindern könnte, daß Smahil mit uns kam. Doch es hätte selbstverständlich, selbst wenn es mir gelungen wäre, ohnehin nichts genützt. Er hätte die Eltern des goldenen Knaben jederzeit beiläufig fragen können, wo im Nordwall denn jene Kleine wohne, die ihnen solche Freude bereitet hätte. Ach, *das* ist ein Winkel ... ein richtiges Loch ...

Mutter tat uns das Loch auf und ward augenblicklich totenblaß.

Ohne ein Wort trat sie vor, zog mich an sich. »Sie hat

ihre Sache vortrefflich gemacht«, versicherte des Edlen Gattin, streichelte mir das Haar. »Wir verstehen, warum unser Sohn an ihr Interesse hegt, und wir sind darauf stolz. Sie ist ein liebes, kleines Seelchen.«

Der Vater legte seine Hand zuerst auf meine, dann kurz, aber herzlich auf Mutters, zuletzt auf seine Sohnes Schulter, dann wandte er sich mit seiner Familie zum Gehen. Zum Abschiedsgruß hob der goldene Knabe flüchtig seine flinke, schlanke Hand. Smahil säumte vor Mutters Tür. Ehe er seine schwungvolle Verbeugung vollendete, hatte sie entschlossen die Tür zugemacht. Als sie sie verriegelte, sahen wir, wie sein Gesicht in die Senkrechte zurückschwang, seine bläßliche Miene spiegelte Spannung und Verschlagenheit wider, die hellen Augen hatten den Blick eines Raubvogels.

Unser Unterschlupf roch nach Herbstlaub.

Mutter setzte sich ans Fenster. Drüben im Flußgebiet, wo sich Nordfests Landwirtschaft abplagte, stiegen Dunstschwaden auf; man besprühte die Erde abermals mit irgendwelchen Giften. Man hatte Gifte gegen Vögel und Gifte gegen Schmetterlinge. Ein Gift, das man wider die Rebellen auslegen konnte, war noch nicht erfunden worden, obwohl man am heutigen Vormittag in so schwülstigen Worten um die Niederwerfung der Rebellen gebetet hatte.

»Seka, hier ist die Schiefertafel«, sagte Mutter. Sie kramte in unseren Sachen. »Da ist der Stift. Um unseres göttlichen Vetters willen, schreibe mir auf, woher Smahil kommt. War er im Tempel? Ist er ein Bekannter deiner Bekannten?«

Ich nickte zweimal, und damit war das Schreiben überflüssig. Mutter stützte den Kopf auf die Hände. Meine kleine Schwester plärrte in ihrem Bettchen, einer mit Pergament ausgestopften Frachtkiste. Endlich streifte ich meinen Überwurf ab, der inzwischen fast mit meinem rechten Arm verschmolzen zu sein schien, stellte die hübschen, tadellosen Schuhe vor Mutter auf den rauhen, groben Teppich. Dann trat ich zu ihr, berührte ihr Knie. Sie ließ die Hände sinken, nahm mein Gesicht dazwischen, küßte mich auf Augen, Wangen und Ohren.

Sie stand auf, um zur Kochnische zu schlurfen. Da erst stolperte sie über die Schuhe. Sie starrte sie an, ergriff sie, jedoch halb voller Furcht, sie anzufassen. »Hat jemand von deinen Bekannten vergessen, seine ...?« Ihre Stimme verklang. Ich bezog über den Schuhen Aufstellung wie eine Henne über ihren Eiern, als müßte ich sie schützen, brachte Mutter dazu, die Schuhe stehen zu lassen, bewog sie zum Ablegen der widerwärtigen Stiefel des Heiligen und dazu, ihre Füße mit dem feinen, grauen Leder, dem weichen, zarten, geschmeidigen Ziegenleder zu bekleiden. Ich band ihr die Riemen zu. Die Schuhe paßten, als wären sie ihr angehext worden. »Seka, schreib auf, woher diese schönen Schuhe kommen!«

Ich schrieb: Von Smahil.

Lieber hätte ich wahrheitsgemäß geschrieben, daß sie aus dem Tempel waren, doch ich ahnte, dann würde sie darauf bestehen, daß ich sie zurückbrachte, nicht aus Schuldgefühl, sondern aus Furcht. Sie wollte vermeiden, daß man jemanden wie mich, hilflos und stumm, als Diebin brandmarkte. Mutter holte tief Atem. »Smahil ...«

Von da an begann Smahil, uns Besuche abzustatten, denn noch am Abend desselben Tages erschien er erneut vor unserer Tür. Er lehnte bloß die Finger, vornehm in einen mit Quasten geschmückten Handschuh gehüllt, an den Türrahmen; das genügte, um Cija daran zu hindern, die Tür zuzuschlagen, wollte sie nicht wegen eines Anschlags auf die Hand eines hohen Anführers des Heeres verhaftet werden.

»Ich habe dir ansehen können, liebe Schwester«,

sagte er, »wie dich bei meinem Anblick heute morgen vor deiner Tür die Freude regelrecht überwältigt hat. Oder hast du mich vielleicht nicht wiedererkannt?«

»Du bist noch zu erkennen«, antwortete Cija gepreßt.

»Laß dich mal anschauen! Wie müde du aussiehst. Komm her! Laß dich küssen!« Cija stand da, als wäre sie im verfilzten Teppich angewurzelt. Sie schüttelte den Kopf. »Alle Brüder küssen ihre lange verloren geglaubten Schwestern, meine Liebe. Müssen wir stets alles anders machen?«

»Ich bitte dich, laß uns in Frieden, Smahil! Und ich bitte dich, daß du uns nicht nochmals besuchst und uns kein weiteres Unheil zufügst. Die Schuhe sind wunderschön. Meinen Dank dafür.«

»Schuhe?« Smahil hob die Brauen. Er schaute die grauen, sauberen, sorgsam geschnürten Schuhe an, die Mutter trug, dann mich. »Oho. So ist denn heute morgen eine bekümmerte Maid zu einem guten Zweck die Rampe hinabgeschlittert und -gerutscht. Ich sehe, daß sich dahinter kluger Vorsatz verbarg. Nicht ich war's, Cija, der dir zu diesen Schuhen verholfen hat. Dein schlaues Kind hat sie gestohlen. Soll ich dir offenbaren, von wem?« Cija zögerte. »Aber ich sehe dir an, daß du es vorziehst, in Unkenntnis der Einzelheiten zu bleiben. Du hättest es gern, daß ich getreulich Schweigen bewahre, niemals irgend jemand erfährt, zu welchen Tiefen meine Familie am heutigen Morgen herabgesunken ist. Nun, meine Teure, ich glaube, so weiß ich denn etwas, aufgrund dessen du mich fürchten solltest.«

»Ich fürchte mich ohnehin vor dir, Smahil. Du bescherst mir nichts als Unsegen – so war's früher, so ist's heute, und so wird's in Zukunft sein.«

»Ich liebe dich, Cija.« Er stemmte eine Hand an jede Seite des Türrahmens, stellte sich bedrohlich – trotz seiner geringen Körpergröße – vor Mutter auf, schob sie rückwärts in den dunklen Raum, drängte sie auf die Bettstatt zu. »Du bist mein.«

»Smahil, du kannst haben, was du willst, sogar mich, hier auf diesem Lager, wenn's das ist, wonach's dich verlangt. Es ödet mich an, mich ständig deiner zu erwehren. Aber nicht in Gegenwart meines Kindes.«

Smahil widmete mir einen gelangweilten Blick. »Dann schick sie fort!«

»Seka kann sonst nirgendwo hin. Dies ist unser ganzes Zuhause.«

»Ihr könnt beide bei mir wohnen. In meiner Unterkunft ist Platz ...«

»Wir sind zu dritt, Smahil.« Cija wies auf das ›Kinderbett‹. »Ich bin schwanger geblieben. Deine Abtreiberin war unfähig. Ich habe den Eindruck, das Glück hat dich verlassen, Smahil. Dir unterlaufen Fehler.«

Smahil blickte hinüber zu der Holzkiste, doch was darin lag, erweckte bei ihm keinerlei Interesse. Vielleicht hatte er den kläglichen Abtreibungsversuch in dem Getreidespeicher längst vergessen. »Du wirst mit mir zusammenleben«, sagte er. »Du gehörst mir. Stets habe ich dich wiedergefunden. Ich werde dich immer wiederfinden. Hast du das noch nicht bemerkt, Cija?«

»Ich habe gemerkt, daß es mir immer wieder gelingt, dich abzuschütteln. Du bist wie ein Schmutzfleck, der immerzu wiederkehrt, sich jedoch jedesmal aufs neue leicht beseitigen läßt.«

»Nun wirst du für immer mein sein. Ich gedenke dich nicht zum Zusammenleben mit mir zu zwingen, du sollt's erst tun, wenn du selbst dazu bereit bist. Doch auf welche andere Weise willst du mit *denen* hier überleben? Du siehst krank aus.«

»Ich war krank. Inzwischen geht's mir wesentlich besser, und's wird mir bald noch besser gehen. Ich bin hier zufrieden.«

»In diesem Elend? Dir muß irgend etwas sehr Schlimmes, Verhängnisvolles zugestoßen sein, meine Teure, daß du deine Ansprüche dermaßen heruntergeschraubt hast.«

»Ich bin hier allein. Das ist es, was ich will. Ich habe mein gesamtes Leben in der Hand.«

Verächtlich schnob Smahil. »Dein gesamtes Leben? Ei, das sollten wir abwarten.« Er schnallte seinen Gürtel wieder zu. Seine Hand betastete Mutters Leib von oben bis unten, sein Blick schien ihr bis unter die Haut zu dringen, bevor er sich in schaukelnder Gangart anschickte, uns zu verlassen. »Du wirst nichts von mir erhalten, Cija. Kein Geld, keine Kleidung, kein Essen, keinerlei Beistand, keine *Schuhe*. Und wenn du eingesehen hast, daß du ohne mich nicht überleben kannst, dann komm zu mir!«

Noch einige Male verbot Mutter Smahil seine beinahe täglichen Besuche. Einmal sagte sie zu ihm, sie werde die Stadtwache rufen und ihn, da er sie belästige, fortschaffen lassen, doch darüber lachte er lediglich. Ein anderes Mal drohte sie ihm damit, sie werde sich an die Familie des goldenen Knäbleins wenden. »Man wird mir glauben, das sind anständige Menschen, außerdem sind sie mächtig und einflußreich, und du bist bloß ein Angehöriger des Heers.«

Er warf sie aufs Bett oder drängte sie an die Wand und schob ihre Röcke hoch, und Mutter gab mir mit eisiger Miene jedesmal einen Wink, zu verstehen, ich solle mich zu meinem eigenen Wohl in die Kochnische verdrücken. »Hab deswegen keine Furcht«, hat sie nach den ersten beiden dieser Gewalttaten jedesmal zu mir gesagt. »Was du auch empfinden magst, auch wenn du ebenso zornig wie ich bist, hab keine Furcht. Es bedeutet nichts. *Er* bedeutet nichts.«

Ich glaube, sie gewöhnte es sich an, die Gewalt, die Smahil ihr antat, zu genießen. Daß sie es nie geschafft hat, ihn körperlich gänzlich abstoßend zu finden, weiß ich. Deshalb bin ich der Ansicht, sie hat sich darum bemüht, in seinen Armen soviel Vergnügen zu haben, wie es möglich war, während sie ihn vor und nach den Berührungen völlig aus ihren Gedanken strich. Mehrere Tage lang versuchte sie, überhaupt nicht zu öffnen, wenn er klopfte, irgendwer klopfte, solange ich mich bei ihr befand. Aber Smahil brachte einen Büttel der Stadtwache mit, zu zweit hämmerten und wummerten sie an unsere Tür, und er belog unsere Nachbarn, die sich versammelten, um zu hören, was es mit Mutter auf sich hätte. »Sie verweigert uns widerrechtlich den Zutritt. Wir haben einen auf ihren Namen ausgefertigten Haftbefehl.«

Schließlich entfernte sich ein untersetzter Mann und kehrte mit unserem Vermieter zurück. »Mach auf, Weib«, rief der Vermieter durch die Tür, »oder du wirst ein für allemal hinausgeworfen!«

»Wir wissen, daß sie da ist«, sagte ein spindeldürres Weib, »wir haben sie vor einer Stunde heimkommen sehen.« Mutter öffnete die Tür. Sie drosch Smahil die flache Hand ins Gesicht. Ein roter Fleck entstand in seinem blassen Gesicht, seine Augen funkelten auf. Die zusammengelaufenen Nachbarn keuchten vor nacktem Entsetzen. Ehe Cija ihn nochmals schlagen konnte, umklammerte Smahil ihre Handgelenke. »Hinein mit dir, meine Teure!« Schon knöpfte er, während er sie ins Innere des eigenen Heims stieß, seine Beinkleider auf. Der Büttel grinste der Versammlung vor der Tür zu, legte einen stämmigen Finger an seine dicke Nase und ging, schwenkte mit obszöner Geste seinen Knüppel.

Was konnte ich tun, um Smahils Untergang zu bewirken? Damals hatte ich noch nichts von Wachsfigürchen gehört, in die man mit dementsprechenden Gedanken Nadeln sticht, sonst hätte ich mir in der Tat reichlich Wachs und Nadeln besorgt. Ich wußte, ich war zu schwach, um ihn zu erstechen, und starb er an Gift, würde man Mutter festnehmen; nun war ja allgemein bekannt, daß sie nicht mehr war als eine Dirne des Heeres.

Über die Belagerer vor den Stadtmauern, aus Zerds Heerlager, erfuhren wir wenig Neuigkeiten. Die Leute redeten bereitwilliger mit Mutter, nachdem sie wußten, daß sie einen Liebhaber beim Heer hatte.

Unverhändert hatten die Rebellen Schwierigkeiten mit ihren Reitvögeln. Das ›Federvieh‹, wie man es nannte, hatte sich eine ansteckende Pilzkrankheit zugezogen. Zuversichtlich erwartete man, daß die Belagerung im Laufe des Winters enden werde. Quantumex, der König des Nordreichs, schickte seine außerhalb der Stadt eingesetzten Scharen in die Winterunterkünfte.

Quantumex war nicht nur ein König, sondern auch ein höchst fein und großmütig gesonnener Mann. Er forderte die Edelleute, die zu Zerds Gefolgschaft zählten, nicht etwa dazu auf, Zerds Sache den Rücken zuzukehren; er bot lediglich jenen abtrünnigen nordländischen Edlen freies Geleit, die während des Winters die Waffen niederzulegen und ihre Güter aufzusuchen wünschten. Immerhin befanden sich viele von ihnen in günstiger Nähe. »Ihre Ländereien liegen so *nah*«, sagte Quantumex. »Solange diese ausgedehnten Ländereien vor dem Verfall bewahrt werden können, müssen wir's tun ... Im Interesse ihrer Eigner, denn sie werden dort des Landes Gedeihen und Blühen sichern. Mit den Eigentümern nordländischen Grund und Bodens haben wir im Winter keinen Zwist.« Einer nach dem anderen, einzeln oder bisweilen auch zu zweit, verließen Zerds adlige Anhänger das Heerlager hinter dem Flußgebiet. Sie kamen nach Nordfest, sahen in ihren Häusern nach dem Rechten, durften mit Quantumex speisen, bevor sie den weiteren Weg zu ihren Landgütern antraten. »Es verhält sich keineswegs so«, beteuerte Quantumex, steckte sich Ringe von einem an den anderen Finger, »daß ich den Feldherrn seiner Anhänger beraube. Natürlich werden sie zu ihm zurückkehren. Aber es kann doch keinen Zweifel daran geben, daß ein Feldherr, der noch bei Verstand ist, einen Krieg nicht in solchem Wetter fortsetzt – und erst recht nicht angesichts dieser widerwärtigen ansteckenden Erkrankung, von denen diese Edlen uns berichten, daß ihr Federvieh draußen im Marschland davon befallen worden ist.«

Quantumex war es gewesen, der vor Jahren Zerd ausgesandt hatte, damit er ihm den gesamten Erdteil erobere – mit einem Heer, das einem Haufen Pöbel glich, einer Zusammenrottung von Gesindel. Und Zerd hatte den ganzen Erdteil unterworfen. Gleichfalls hatte er beschlossen, das Heer zu behalten, weil er selbst es erst in ein richtiges, ein taugliches, einsatzfähiges Heer verwandelt hatte; die Erwartung war gewesen, daß das ihm mitgegebene Gesindel ihn im Stich ließ, daß es meuterte, die Scharen auseinanderliefen. So oder so rechnete Quantumex auf einen Ausgang zu seinem Vorteil. Entweder hatte er einen Erdteil erringen oder einen lästigen Feldherrn loswerden, ihn vom Pöbel vernichten lassen können. Quantumex zählte noch immer darauf, daß sich alles zu seinem Vorteil entwickelte.

Ich war des ständigen Aufenthalts im Laboratorium müde. Ich blieb ihm fern, lungerte in den Gassen herum, durchstreifte die Straßen.

Dabei entdeckte ich alteingesessene, stille Läden, in denen Müll feilgeboten wurde; das meine ich durchaus wörtlich: alte Flaschen aus grünem Glas, in die man Trockenblumen stellen konnte (Wer vermochte sich schon echte, frische Blumen zu leisten?), zerbrochene Statuetten oder Teller mit Sprüngen. Das war nicht der Kehricht der Verzweiflung, wie man ihn auf dem Marktplatz in Großmutters Hauptstadt handelte. Vielmehr war es aus Laune und Gefühl gehandelter Trödel, den man einer angenehm sinnlosen Verwendung zuführen mochte, der Erwerb war ein beidseitig begriffenes Geheimnis zwischen Käufer und Verkäufer. Solche Läden hatte ich in Nordfest, wo man den Eindruck haben konnte, alles sei neu, zuvor noch nicht gesehen.

Da und dort – allerdings sehr selten – fand sich auch ein Buchhändler. Ich weiß nicht, ob bei ihnen je irgend jemand etwas kaufte, aber ich sah dort Leute, die sanftmütig wirkten und in Büchern blätterten, ihren Inhalt in Gedanken zu erfassen versuchten.

Ich machte eine Buchhandlung ausfindig, vor der Drehgestelle voller alter Bücher standen. Ich las die Titel, die mir jedoch nicht gefielen. Anscheinend gab es in Nordfest ausschließlich Bücher für Menschen, die keine Bücher mögen. Bücher *über* irgendwelche Dinge, ödes Zeug, dessen Titel meist ungefähr so lauteten: *Wie man dies aus dem macht* oder *Wie man dies und jenes bekommt.* Bücher, die vortäuschten, es ginge in ihnen um etwas, während sie in Wirklichkeit nur zur Folge hatten, daß man mit ihnen seine Zeit vergeudete; Bücher mit Titel wie *Ratschluß der Götter*, obwohl darin in Wahrheit etwas über die Beschlüsse von Menschen stand; Bilderbücher – ›Sagen in Bildnissen‹ –, in denen ›Schlangenmenschen‹, scheinbar ohne Knochen im Leib, aber mit Pflaumenaugen und pflaumenfarbenen Mündern, die überlieferten Ereignisse darstellten.

Doch während ich blätterte, schien ein schwacher Wind mir von der Sonne herab Glanzlichter aufs Pergament zu wehen, und ich beobachtete, wie der Wind Seite um Seite just in dem Augenblick umschlug, wenn ich sie umzublättern beabsichtigte; er ersparte mir diese alltägliche Mühe.

Wenn an einem Tag einmal erfreulicherweise etwas Schönes geschieht, weiß man, daß sich dazu noch etwas anderes Schönes und Gutes gesellen wird; kleine Wunder dieser Art weiten sich aus, sie häufen sich wie frohgemute Kleintierchen.

Ich klappte die Bücher auf, hoffte jedes-, jedesmal, es möchte *das* Buch sein, in das ich mich vernarren und wissen würde, daß in Nordfest, hier im ummauerten, lieblosen Ort unserer Verbannung, etwas Herzerhebendes geschaffen worden war, etwas Aufregendes. Endlich öffnete ich ein Buch, das mich zum Innehalten bewog. Mein Herz pochte rascher, doch nur aus Hoffnung, aufgrund eines Moments wilderer, stärkerer Hoffnung als zuvor, aber nichtsdestoweniger enttäuschter Hoffnung. Die Abbildungen in diesem Buch (einem alten, schäbigen, in Leder gebundenen Band) zeigten tatsächlich wundervolle, gute Dinge, wie das Herz sie braucht, jedoch gemalt in einer allzu geschickten, allzu glatten Art, die des Betrachters Aufmerksamkeit mehr auf den Künstler als den Gegenstand der Darstellung lenkten, und zudem war der Setzrahmen verrutscht, die Bilder waren verschwommen. Man mußte die Augen zusammenkneifen, um sie deutlich erkennen zu können.

Aber ich ersah, daß dies Buch, von allen Büchern in Nordfest möglicherweise allein dies Buch, lange Stunden am Feuer belohnen mochte, uns vielleicht fortzusetzen imstande war, uns beide, fort aus dem dreckigen Wohnloch, dem Winter, den miesen Schindereien sowie dem Stumpfsinn, womöglich von allem das schlimmste; unser Heim war ja nicht länger unseres, vielmehr beherrschte ein Eindringling es, die geringfügigen Regelmäßigkeiten von Sonnenauf- und Sonnenuntergang, der blauen Glasscherbe und des hohen Fensters galten nichts mehr, waren nur noch wie Asche auf unseren Zungen und Ruß im Haar.

Ich befand, daß es ungerecht wäre, das Buch zu verwerfen. Es war besser als alle anderen Bücher, die ich hier sah. Ich hatte keine Gewißheit, daß es andernorts, in fernen Landen, anderen Königreichen, wirklich wunderbarere Bücher gab. Meine Betrachtungsweise war vollauf einseitig. Ich lehnte es ab. Doch als ich mich gegen es entschied, schien es mich traurig anzublicken, darum schob ich es unter meine Leibschärpe, und dabei ertappte mich der Buchhändler.

»Heda!« Eine schwere Hand, ein kurzes Schweigen. »Ich werde die Stadtwache verständigen.« Ich konnte weder erröten und stammeln, noch den Buchhändler zu beschwatzen und zu betören versuchen. Ich schaute nur zu ihm auf. Er holte das dicke, warme Buch, das ein Freund hatte werden sollen, wieder unter meinem Überwurf hervor.

Ein Mann, der nahbei in Büchern las, der Straße und mir den Rücken zugewandt, drehte sich um. »Sie gehört zu mir«, sagte er mit seiner Männerstimme. »Ich bezahle das Buch.« Als ich ihn anblickte, sah ich, daß ihn ein goldener Schimmer umgab. Seine scharfen, grauen Augen musterten mich achtsam, während er dem verdrossenen Buchhändler Münzen abzählte. Sein Haar war lockig, seine Haut honigbraun, gefleckt von leicht helleren Höckern, den Stellen, an denen sich Knochen abzeichneten. Er war ein gutaussehender, ja schöner Mann, allerdings irgendwie alles in allem schön, schön als Gesamtheit; man konnte keine bestimmte Eigenheit herausgreifen und schön nennen, ihn nicht aufteilen, er verkörperte Herzlichkeit, Wärme, Kraft, Sicherheit, Wahrheit und Klarheit, und jeder, der ihn ansah und es nicht merkte, mußte ein Trottel mit verschleierten Augen sein. Vollkommen war er, ein Höhepunkt, ein Inbegriff des Rechten. Er wirkte wie die Verkörperung von Richtiggestelltem. Er war der Mann aus meinem Traum. Nun war er aus jenem Bilderbuch herausgetreten, von dem ich einmal geträumt hatte. Er war Wirklichkeit geworden. Er hatte sich in einen Bestandteil des wirklichen Lebens verwandelt. Dafür war ich ihm zutiefst dankbar. Er legte mir eine leichte, trockene, tröstliche, sichere Hand, ganz anders als des Buchhändlers Pfote, auf die Schulter. Allem Anschein nach wußte er, daß ich über keine Stimme verfügte. Was es zu durchschauen galt, hatte er bereits durchschaut. Ich hielt ihm das Buch hin. »Das Buch ist dein«, sagte er. »Es ist ein einigermaßen lohnendes Buch. Horch! Ich werde dich heimbegleiten. Ich glaube, das dürfte ein ratsames Unterfangen sein. Du bist hier weitab von deiner Wohnstatt, nicht wahr?« Ich nickte. »Wenn du den Weg kennst«, sagte er, »führe mich, und ich geleite dich hin. Auf diese Weise wirst du mit deinem Buch unbehelligt bleiben.« Andeutungsweise lächelte er.

Damit hatte er recht. Ich wäre in den Straßen belästigt worden. Kindern empfahl es sich nicht, mit sichtbaren Ausbeulungen ihrer Überwürfe herumzulaufen. Große Leute oder Banden größerer, flegelhafter Knaben hielten sie auf und nahmen ihnen weg, was sie hatten. Der Nachmittag ging allmählich in abendliches Dämmern über, die Bäume zitterten und bebten. Bald würde wieder Ausgehverbot herrschen.

Der Mann wartete hinter mir, als ich an die Tür klopfte, auf Mutter wartete. Und sobald sie ihn erblickte, entfuhr ihr ein Aufschrei, im Halbdunkeln der Straße bemerkte ich, wie sich ihr Gesicht heftig rötete, ganz im Gegenteil zur wie wächsernen Blässe, die ihre Miene befiel, wenn sie ihren Bruder Smahil sah. »Ooooh«, machte sie anschließend, »oooh ...« Kannte sie den schönen Mann? Nun, überlegte ich, einen glücklichen Zufall konnten wir bestens gebrauchen. Bisher hatten wir fast nur weniger erquickliche Erlebnisse durchgemacht.

»Wer ist da?« fragte plötzlich mit scharfer Stimme Smahil und kam ebenfalls an die Tür. Er richtete den Blick von seiner Schwester auf den Fremden. Offenbar kannte er den Fremden nicht, mit dem Blätter in unsere Räumlichkeiten geweht waren, doch merkte er, daß der Mann Cija bekannt war, und kniff sofort die Augen zu einem gemeinen Ausdruck zusammen.

»Also seid fürwahr Ihr es, die hier in der Mauer haust«, sagte der Fremde, nahm beide Hände Mutters. Ich spürte regelrecht, daß die Berührung sie irgendwie stärkte. An einer seiner Hände glitzerte ein Ring mit einem Kristall, der wie eine erstarrte Aufwölbung des Meeresspiegels leuchtete. »Eure Tochter bringt Euch ein Geschenk, meine Liebe«, fügte er hinzu.

Smahil hieb dem Mann auf die Handgelenke. »Laß meiner Schwester Hände los, Fremder!« forderte er ihn in häßlichem Tonfall auf. Der Mann lächelte. Er hatte auch Smahil auf den ersten Blick durchschaut und gehofft, von ihm geschlagen zu werden. Der Fremde bewegte sich nicht einmal, doch Smahil torkelte zurück. Schrecken verzerrte ihm das Gesicht, das Fleisch schien sich um die Knochen seiner Hände zusammenzuziehen, er hielt die Fäuste in der Gebärde vor sich hingestreckt, mit der er den Fremden geschlagen hatte, dazu außerstande, die verkrampften Finger zu lockern.

»Was möchtet Ihr mitnehmen, meine Liebe?« fragte der Fremdling Mutter in sanftmütigem Ton.

»Gehe ich mit Euch, Juzd?« flüsterte Mutter; als sie die Frage begann, war ihr Blick noch so bitter, wie Smahils Miene Erbitterung ausdrückte, doch während sie den Satz zu Ende sprach, gewann ihre Stimme an Mut, bezeugte beinahe neue Kräfte.

»Ist's Euer Wunsch? Ich wünsche sehr, Ihr wolltet's tun.«

»Und meine Kleinen?«

Der Fremde verneigte sich überaus freundlich. »Natürlich müssen sie mit Euch kommen.«

»Meine ... *beiden* Kleinen?« Cija zögerte. Dann eilte sie zum ›Kinderbett‹, hob das haarige, in ein Tuch gewickelte Äffchen heraus, machte halbherzig Anstalten, es ihm zu zeigen, als sei es irgendeine nachteilige Enthüllung, infolge der er seine hilfsbereite Haltung ändern könnte; er jedoch kam ihr zuvor, indem er das Wesen auf den Arm nahm.

»Was gedenkt Ihr außerdem mitzunehmen?« fragte er. »Liegt Euch an der Bettstatt?« Als Mutter erneut zauderte, beantwortete er die Frage für sie, die sie die Beantwortung als für zu habgierig erachtete. »Wir vermögen Euch etwas weitaus Besseres verfügbar zu machen.«

»Dann nicht.« Mutter entfaltete zielstrebige Geschäftigkeit, breitete auf dem filzigen Teppich ein gräuliches, zerfranstes Laken (unser bestes) aus, häufte unsere wenigen Habseligkeiten darauf, auf die wir vielleicht nicht verzichten mochten, schnürte ein Bündel. Auch die blaue Glasscherbe gehörte dazu. Gegenüber vom Eingang hatte Smahil sich an der dunklen Wand langsam in eine geduckte Stellung niedergekauert und beobachtete sie. Ein- oder zweimal wandte er den Blick von ihr, um den Fremdling anzustarren.

»Cija, antworte mir«, verlangte er mit heiserer Stimme. »Wer ist das? Ist er Zerds Mann? Falls er's ist, solltest du dir darüber im klaren sein, daß man dich in Nordfest, wenn man deiner habhaft wird, nämlich rädern, sieden und vierteilen dürfte.«

»Ich bin kein Gefolgsmann Zerds«, sagte der Fremdling.

Diese Auskunft beruhigte Smahil offenkundig jedoch nicht. An der Wand niedergeduckt, zupfte er an seiner Unterlippe, einen widerlichen Blick auf Cija geheftet. »Wo kann ich dich finden?« wollte er erfahren. »Ich muß wissen, wo ich dich antreffen kann.«

»Ich habe keine Ahnung«, entgegnete Mutter, richtete sich von ihrem erstaunlich unbekümmert geschnürten Bündel auf. Sie strich sich mit der Hand durchs Haar, das ihr in feuchten Löckchen in die liebliche, versonnene Kinderstirn hing. »Freilich könnte ich's dir mitteilen, sobald ich's weiß ...«

»Du ›mußt‹ nicht wissen, wo sie anzutreffen ist«, stellte Juzd klar, dehnte die Worte in nur ganz geringem Maß, verlieh ihnen lediglich schwachen Nachdruck. »Weshalb sollte es so sein, daß du wissen ›mußt‹, wo man sie finden kann?«

»Ich bin ihr Bruder«, sagte Smahil, straffte sich nun mit herausforderndem Gebaren.

»Und sie ist offensichtlich sehr erschöpft«, sagte Juzd. »Was hast du, was haben andere deines Schlages ihr angetan, daß sie so ausgelaugt ist?« Er ergriff das Bün-

del, das ihm Mutter reichte, verknotete einen schon ge-
knüpften Zipfel fester.

Ach, und was geschah in diesem Moment drunten
vor der Mauer? Ein gewaltiges, verworrenes, gräßliches
Geschrei brach vorm Fenster aus, wir vernahmen das
Geklirr von Waffen. Es hallte durch die Räume, die nun,
da wir ihre Bewohnung, die Vertrautheit mit ihnen, aufzugeben uns anschickten, sogleich noch leerer und küh-
ler zu wirken anfingen. Schwermütiges letztes Abendlicht fiel auf das behaarte Kind in Juzds Arm. Grausig
riß es die Augen auf, verdrehte sie, daß man fast nur
noch das Weiße sah, und erhob ein Geplärr, fuchtelte
mit den Ärmchen, wie um die glatten, beinahe faltenlo-
sen Handflächen vorzuzeigen. Juzd widmete ihm keinen Blick. In die Kammer, durchtönt von den schaurig-
sten Lauten und Geräuschen, glomm das Scharlachrot
alter Wunden, düsterer Sonnenuntergänge, der abgetrennten Ecke eines Umhangs.

Nach einem Moment des Zögersn trat Mutter ans
Fenster. Sie spähte hinaus. Ich gesellte mich zu ihr.
Draußen gab es ein lebhaftes Gemetzel zu sehen.

Das war eine der Gelegenheiten, bei denen Kämpfe
bis an die Stadtmauer wogten. Bisweilen vermochte ich
nicht zu begreifen, warum Zerd die Stadt nicht einnahm. Manchmal hatte ich den Eindruck, daß er es, obwohl es möglich war, nicht tat; daß er Zurückhaltung
übte.

Ich sah, wie ein Jüngling auf eine Lanze gespießt,
durchbohrt auf ihrer Spitze in die Höhe geschwungen
ward, waagerecht in der Luft hing wie ein Banner an einem windigen Tag, der Soldat, der ihn damit durchsto-
ßen hatte, schwenkte ihn mir entgegen wie an einem
Feiertag eine Fahne, des Jünglings Augen begegneten
meinem Blick, sein Atem keuchte – er starb –, und schon
senkte der siegreiche Krieger langsam seine mörde-
rische Lanze, vielleicht war es nun an ihm, mit einer
Streitaxt niedergehauen oder sonstwie getötet zu wer-

den. Dieser kurze Besuch vor dem Fenster, vom Schlachtfeld drunten, wie flüchtig er auch war, jagte mir doch gehöriges Entsetzen ein.

Eine Glocke läutete, dröhnte noch einmal. Lange, finstere Schatten fielen über die Stadt. Die roten Sonnenstrahlen hatten eine häßliche Graufärbung angenommen. »Ausgehverbot.« Smahil richtete sich zu voller Größe auf, klatschte die Reitpeitsche gegen seine Stiefel. Er schaute Juzd an, dann Mutter, lachte beide aus. »Wollen wir es uns nun hier für die Nacht behaglich machen?« fragte er. »Sollten wir das Bündel nicht absetzen, ehe wir vollends lächerlich dastehen? Wollen wir diese überstürzte Handlungsweise nicht erst einmal in aller Ruhe besprechen?« Er trat zu Mutter, streichelte mit der Hand sacht an ihrem Arm auf und ab, dann um ihren Hals und die Kehle entlang. Ich sah Mutter erbeben, und ihn ebenfalls. »Wer ist dieser Mann denn schon?« meinte er. »Laß uns jetzt, da wir ohnehin alle beieinander sind, vernünftig über alles reden. Woher willst du wissen, daß er die Kinder anständig behandeln wird?«

Das war für Mutter zuviel. Sie raffte ihr Bündel an sich. »Können wir trotz des Ausgehverbots fort?« fragte sie Juzd in aufgewühlter Weise.

»Aber gewiß.« Er nickte. Er hatte nur auf sie gewartet.

Während wir nach unten stiegen, fiel mir ein schwaches Glimmern um Juzds Hände und Haupt auf; ich gelangte zu dem Schluß, daß man um seine Füße, wäre ihre honigbraune Haut sichtbar gewesen, gleichfalls honiggelben Glanz zu sehen vermocht hätte. Als wir die Pforte zur Straße erreichten, die verschlossen war, berührte Mutter mit einer Hand Juzds Schulter. »Ihr müßt beachten, *er* wird uns nachschleichen.«

»Aber gewiß.« Mehr sagte Juzd auch dazu nicht. Und schon fiel das Schloß von der Pforte. Ich empfand Begeisterung. Das war endlich ein Meister, dem ich nachfolgen konnte. Schier überschäumende Freude angesichts dieser Entdeckung wallte in mir, als wir die Straße mit ihrem schmutzigen Kopfsteinpflaster betraten. Mein ganzer Körper schien mir weit und leicht geworden zu sein, als ob ich schwebte, ein unbegrenztes Gefährt des Geistes, bar aller üblichen Spannungen und Langeweile.

Ich sah das Bild aus dem Buch meines Traums zum Leben erwachen, nachdem ich lange genug die Tatsache beklagt, ihm dafür gegrollt hatte, daß nichts dergleichen sich ereignete, es keine Möglichkeit hatte, so etwas zu tun, nicht in dieser beschränkten, öden Welt. Endlich ging mein Traum in Erfüllung. Wenn ein Erwachsener mit honigbrauner Haut, der die Kunst beherrscht, Mutter in aller Klarheit zu verdeutlichen, was zu ihrem Nutzen zu geschehen hat, *und bei ihr Gehör zu finden*, der dazu fähig ist, von der Tür eines Hauswirts ein großes, starkes Schloß, das aussieht, als wollte es sagen: Hier bin ich und hier bleibe ich!, zu entfernen, ohne nur mit den Fingern zu schnippen oder ein Zauberwort zu sprechen – dann, ja dann, glaube ich, gerät der Kosmos in der Tat ein wenig in Bewegung.

Die Stadtwächter, die das Ausgehverbot überwachten, alles Männer, die für die übelwollende, kleingeistige Ausübung ihrer fast unbegrenzten nächtlichen Macht in schlechtem Ruf standen, stapften gerade durch die Nachbarschaft, eine der ärmlichen Gassen, die in der gleichen Richtung verlief wie die Straße an der Stadtmauer, unterhielten sich mit weder allzu gedämpften, noch sonderlich lauten, aber ehern harten Stimmen. Plötzlich begegneten wir ihnen an einer mit Kopfsteinpflaster befestigten Kreuzung. Mit unverhohlener Grobheit drohte man uns vielsagend mit einer Keule. »Ihr da! Sperrstunde hat's geläutet.« Juzd wies dem Mann einen Handrücken vor. Außer dem Ring, den ich bereits bemerkt hatte, der im Sternenschein, im Laternenlicht und im Honigglanz der Haut Juzds schillerte, trug er einen zweiten Ring, der mir nicht aufgefallen war: einen sonderbar verwundenen, mattgoldenen Reif, der wirkte, als trüge er aus Narretei eines Seemanns Knoten am Finger. Die Wache gab ihren Begleitern ein Zeichen, und alle traten sie beiseite, tippten in unvermuteter Umgänglichkeit an ihre Hüte. »Wir wünschen Euch eine gute Nacht, Herr.«

»Smahil wird ebenfalls an ihnen vorbeikommen«, flüsterte Mutter Juzd zu, als wir den Weg eilends fortsetzten. »Er hat auch so einen Ring ... er zählt zu den höheren Anführern des Heers.« Auf umständlichen Umwegen durch die entlegensten Gassen erreichten wir, indem wir durchs Gewinsel des leichten Abendwinds hügelan klommen, die Nähe des Palasts auf seiner Anhöhe. »Ihr wohnt in einem angesehenen Viertel, Juzd.« Mutter lachte.

»Ohne Fehl und Tadel, meine Liebe.« Denn schon waren wir drauf und dran, den Königspalast selbst zu betreten. Keine Hinterpforte war es, zu der wir gelangten. Zwar handelte es sich um ein Nebenportal, doch es war ein großes, beeindruckendes Tor aus dem makellosen rötlichen Holz von Riesenkiefern, das täglich geputzt werden mußte. Während wir mit unseren Bündeln die steile, gewundene, mit glitzernden Mosaiken ausgelegte Treppe zu dem Portal hinter uns brachten, nahm Wache um Wache, gewandet in die Tracht der nordländischen Königsgarde, bewaffnet mit Spießen, an denen Troddeln baumelten, vor uns Haltung an. Schließlich waren wir drinnen. Mutter schöpfte tief Atem und umfaßte Juzds Arm.

»Ihr habt Gemächer im Königspalast, Juzd? Ihr habt Euch dem König des Nordreichs zu erkennen gegeben?«

»Als wichtiger Mann, meine Liebe.«

»Ihr seid als Gesandter hier, Juzd«, mutmaßte Mutter. »Als Gesandter des Uralten Atlantis ... nicht Atlantis', das noch Zerd die Treue hält.«

»So ist's, Hohe Frau.«

»Nach Wiedererlangung Eurer Freiheit habt Ihr beim Uralten Atlantis Zuflucht gesucht ...«

»Eure edle, mutige Hand hat mir zur Freiheit zurückverholfen«, unterbrach er sie.

»Auf geheimem, dunklem Weg habt Ihr das Gefängnis verlassen, einem Weg, der klar vor Euch lag wie im Sonnenschein, denn wo Ihr wandelt, gibt es in Wahrheit keine Dunkelheit«, sagte Mutter. »Und nun seid Ihr als Sprecher für das fremdartige, lebende Herz jenes Erdteils hier, um dem König des Nordreichs für die willkommene Nachricht zu bürgen, daß Ihr und das Uralte Atlantis alles nur mögliche tun werdet, um zu verhindern, daß Zerd sich das Nordreich unterjocht.«

Über das Bündel und ihr unsägliches Kind hinweg nickte Juzd ihr zu. »Ihr zieht Eure Schlüsse, Hohe Frau. Das alte Herz von Atlantis schlägt fürwahr in einem Takt, den man jenseits der schutzreichen Meere seit langem nicht mehr gewohnt ist. Doch die Meere hörten in jener wüsten Nacht auf, unser Schutz zu sein, in der Ihr, Hohe Frau, und das Böse in unseren Erdteil vordrangen, und Atlantis' Herzschlag wird so laut, daß man ihn fast in den Ortschaften vernimmt.«

»Juzd, wenn Smahil uns folgt ... Bedenkt, auch er dürfte zum Betreten des Königspalasts befugt sein.«

»Ich bin davon überzeugt, meine Liebe, daß er ein geschätzter Gast ist, ein gerngesehener Besucher vor allem des Nachmittags zum Teetrinken.«

Mutter umklammerte meine Hand fester, blickte hinter sich, lugte zwischen die kühn geschwungenen Bogen der Gänge, unter denen Leute königlichen Blutes von Anfang an lernen, daß sie niemals den Nacken zu beugen brauchen. »Ich nehme an«, sagte Cija schicksalsergeben und mit ernsten Bedenken, »er wird Eure Gemächer nicht ausfindig machen können.«

Der Sternenschein, der durch hohe Fenster einfiel, enthüllte uns nur wenige Einzelheiten im Innern des weiträumigen Saals, den wir gleich darauf durchmaßen, aber Mutter fuhr sichtlich zusammen, als ein Glanzlicht, das Juzds Hand auf den Fußboden warf, während er beim Reden Gesten vollführte, ihre Aufmerksamkeit auf den Boden lenkte. Als ich den Boden betrachtete, wähnte ich den Grund sofort zu wissen. Was wir durchquerten, war ein Saal, dessen Fußboden man vollständig mit Goldmünzen gepflastert hatte. An manchen Stellen waren sie bereits völlig ausgetreten, an anderen durch die Schritte zahlloser Füße erst bis an den Rand der Unkenntlichkeit zerschlissen; an etlichen Stellen jedoch ließen sie sich noch deutlich als Münzen erkennen, König Quantumex' Kopf war auf ihnen sichtbar, dargestellt in vertrauter hochmütiger Erhabenheit und wirklichkeitsgetreuer Seitenansicht (mitsamt seinem ungemein königlichen, dreifachen Kinn), die seine Untertanen so gut kannten, weil sie, während Münzen auf Quantumex' Marktplätzen von Hand zu Hand wanderten, darüber ihre Scherze machten.

Als wir den Saal verließen, erneut ins Düstere strebten, glaubte ich zunächst, mein kleines Schwesterchen begänne wieder zu plärren. Aber sobald wir eine riesige Treppe zu ersteigen begannen und die Helligkeit von Fackeln, die in im Gemäuer verankerten Wandhaltern steckten, die Gesichter meiner Begleiter erleuchtete, sah ich, daß es Mutter war, die weinte.

Und während ich in späteren Jahren Mutters wiedergefundene Tagebücher las, entsann ich mich der Tränen, die sie vergoß, als wir jenen Saal verließen. Ihr Bruder Smahil hatte nämlich, während einst beide, damals fast noch Kinder, als Geiseln im Gefolge des Drachenfeldherrn mitzogen, mit ihr über eine bestimmte Frage gestritten. Keiner von beiden war je im Norden gewesen, und wahrscheinlich hatten sie auch nicht erwartet, ihn irgendwann kennenzulernen, und doch hatte Smahil behauptet, das Gerücht, der Thronsaal des nordländischen Königs sei mit Goldmünzen gepflastert, müsse unwahr sein. Ich glaube, ihre Tränen waren

Ausdruck des endgültigen Abschieds von dem Bruder aus der Zeit ihrer ersten, aufregenden, frischen, köstlichen Entdeckungen.

Wir hörten ein Geräusch hinter uns, dann ein zweites Mal, und merkten, daß die Verfolgung sich sogar auf diese Treppe erstreckte.

Aber als wir erneut durch eine Biegung der Treppe klommen, versperrte sie uns auf einmal ein Gittergeflecht aus purem Gold, das wie ein herrlicher Regen von einem Spitzbogen herabreichte, und dahinter sahen wir ein zweites, schmiedeeisernes Gitter. Fünf Wächter hielten hier Wache, befanden sich in achtsamer Bereitschaft, das unstete Flackern der Fackeln erzeugte auf ihren Armen den Glanz goldenen Widerscheins. Die Wachen riefen uns nichts zu, wollten nichts erfahren wie ›Halt, wer naht sich des Königs Gemächern?‹ oder derlei, doch ich glaube, Mutter und ich wußten sogleich, wohin Juzd uns brachte, denn auf den Brustpanzern und Speerspitzen der Wächter sahen wir die Krone des Nordreichs, sie waren ganz besondere Männer mit edlen, wachsamen, aufmerksamen Mienen, eindeutig eigens auserwählte Männer.

Sobald sie Juzd erblickten, hoben sie andeutungsweise die Mundwinkel. Sie mochten ihn. Sie gewährten ihm voller Hochachtung Einlaß in den dem König vorbehaltenen Teil des Palasts, hoben für uns das goldene und auch das eiserne Gitter, die sich an Seilen aus Eisendraht bewegen ließen.

Als wir die jenseits der Sperre schmalere, heimeligere Wendeltreppe, ausgelegt mit alten, abgenutzten, aber feinen, weichen Teppichen, die nicht zueinander paßten, an den Rändern einer überm anderen lagen, weiter hinaufstiegen, unterwegs die wunderlichen, ja schrulligen, fast lächerlich albernen, an den Enden mit Smaragden verzierten Läuferstangen sowie die kleinen, aus Diamanten zusammengefügten, ins Treppengeländer eingearbeiteten, scheelen, gleichsam neugierigen Fratzen bestaunten, hörten wir, wie hinter uns die Wachen jemanden anriefen, danach jedoch nichts mehr. Juzd schaute Mutter an. »Ich weiß«, sagte sie unterwürfig. »Hierher vermag uns niemand nachzustellen.«

»Dies ist ... mein eigenes Wohntürmchen.« Juzd führte uns ein letztes, schmales, ungemein steiles Treppchen empor. Wir traten in unerklärliche Wärme und Durchsichtigkeit, in Stille und Einfachheit. Seltsamerweise sahen wir über uns die Sterne. Trotzdem war ein Dach, war eine Decke vorhanden ...

»Eure Decke besteht aus Glasscheiben«, sagte Mutter im Ton gewaltiger, freudiger *Erleichterung*, als wäre genau so etwas das, wonach sie sich ihr Lebtag lang gesehnt, aber erst heute gefunden hätte: eine Decke aus Glasscheiben unter einem hohen, weiten, bestirnten Himmelszelt. Wir senkten unsere Blicke. Auch unten funkelten Sterne. Da lagen ein, zwei sehr weiche, warme Teppiche aus ungebleichter Schafwolle, schienen zwischen den Sternen zu schweben. »Auch Euer Fußboden ist aus Glasscheiben!« Mutter begann fröhlich zu lächeln. »Habt Ihr diese Gemächer so bauen lassen?«

»Nach meinen Entwürfen.« Juzd machte eine Verbeugung.

Wir setzten die Bündel ab. Das Äfflein betteten wir auf ein bequemes Vlies. »Wie kommt's, daß es hier so warm ist, Juzd?« erkundigte sich Mutter. Juzd öffnete ein kleines, schlichtes Schränkchen, schenkte uns Becher mit einem feurigen, anregenden, klaren, stärkenden Trank von vorzüglichem Duft und Geschmack voll. Er tischte uns gebratene Würste und wohlschmeckendes Brot auf, fütterte mich mit einigem davon. Er unterstellte, daß ich müde sei, und irrte sich nicht.

»Die Sonne bleibt innerhalb meiner Glasscheiben«, sagte Juzd.

»Ihr meint, die Wärme des Sonnenscheins? Sie wird zwischen dem Glas gesammelt und bleibt bis in die

Nacht hinein? Aber wenn der Tag nun bewölkt ist? Ich sehe keine Feuerstelle. Sitzt Ihr dann da und schlottert, und begebt Ihr Euch anderswohin? Kann der König Euch kein Feuerbecken zugestehen?«

»Das Glas ist stellenweise zwei- und dreifach, und wie Ihr seht, läuft's dort spitz zu, so daß die Sonne sich in Trögen sammelt und um- und umgewälzt wird, als wühle man in einer Truhe mit kostbaren Schätzen. Wenn's zu warm wird, schiebe ich innen kühlende hölzerne Blenden vor die Glasscheiben. Aber kalt wird's nie. Ich kann Fenster öffnen, um den Atem der Sterne einzulassen. Heute nacht jedoch, glaube ich, bedarf Euer jüngstes Kind der größtmöglichen Behaglichkeit, habe ich recht?«

Eine Säule in der Mitte von Juzds Gemach hatte immer eine gewisse Wärme. Er erläuterte, daß sie mit Wasser gefüllt war, in das die darüber angebrachten ›Tröge‹ reinen Sonnenschein gebündelt und gleichgerichtet einstrahlten, und so das Wasser und dadurch auch den Raum erwärmten. Außerdem hatte er eine Anordnung von Spiegeln, die bewies, in welchen hohen Ehren ihn der nordländische Herrscher hielt, denn schon an Glas war schwer zu kommen, und eine solche Menge von Spiegeln mußte man als wahrhaft fürstliches Geschenk bewerten. Bei der Säule bereitete er mir ein weiches Schlaflager aus Fellen, ich schmiegte mich schläfrig hinein, während er und Mutter sich mit leisen, gelockerten Stimmen unterhielten, einen wahren Wasserfall von Worten in die blaue Weite des Nachthimmels verplätscherten.

Als ich erwachte, empfand ich Überraschung. Wir befanden uns nicht länger zwischen Sternen. Ich hatte vergessen, daß ein Himmel auch aus Tageslicht bestehen kann. Der Morgenhimmel war bedeckt, und nur vereinzelt glitzerte noch ein Sternchen zwischen den Dunstschwaden. Daraus ergab sich, als ich nach unten schaute, eine höchst seltsame Wirkung. Ich schien in den Schaffellen, in die ich gewickelt war, zwischen Wolken zu fliegen. Dann begriff ich, daß Gewölk unter uns wallte, aufgehellt durch Widerschein von Sonnenstrahlen, die da und dort durchbrachen.

Juzd kam und kauerte sich neben mich, strich mir mit seiner kühlen, trockenen, tüchtigen Hand das zerzauste Haar aus der Stirn. Er bot mir eine irdene, glasierte Schüssel an, worin Milch, Honig und Brot schwammen. Mutter gesellte sich zu uns; sie trug ein elfenbeinfarbenes Gewand aus weichem Schaffell, recht groß für sie, so daß es wohl aus Juzds Besitz stammte. Sie sah darin sehr gut aus, gelassen und erfrischt, standesgemäß vornehm. Von einer Pflanze mit dicken, geraden Zweigen und sahnehellen, zartblauen Blüten, die in einer Nische in einem Kübel wuchs, hatte sie eine solche Blüte in ihren Gürtel aus verflochtenem gelben Linnen gesteckt. In den Händen hatte sie gleichfalls eine Schüssel mit dem Morgenmahl. »Haben wir nicht Glück?« fragte sie mich. Wir nickten einander zu. Unsere Mienen waren froh und heiter.

Juzds Fußboden bestand tatsächlich aus zweifachen Glasscheiben, aber sie waren meistenteils durchsichtig oder fast durchsichtig, manche farblos, andere blau getönt. Mutter fand daran Vergnügen. Diese Umgebung glich für sie einer Zusammenfassung all dessen, was ihr an der blauen Glasscherbe so gefallen hatte. Dennoch behielt sie diese Scherbe, bewahrte sie auf einer der zahlreichen schmalen, dicken Abstellflächen an den Wänden von Juzds Gemächern auf.

Während unseres weiteren dortigen Aufenthalts ließ ich mich morgens eigens früh genug wecken, um durch Juzds Fußboden den Sonnenaufgang mitanschauen zu können. Ich lag mit dem Gesicht auf dem Glas, zweifellos das Hinterteil in die Höhe gereckt, gab damit ein Hindernis für Juzd ab, der sich schon in aller Frühe mit seinen wenigen Aufgaben befaßte; er erhob sich stets im ersten Morgengrauen, brauchte nur ein paar Stunden Schlaf. Die Sonne gleißte auf dem gläsernen Fußboden. Vogelschwärme flatterten unter uns vorüber, goldgelben und rosa Glanz an den Rändern ihrer Flügel. Manchmal hörten wir, wenn Juzd ein oder zwei Flächen der Verglasung aufgeklappt hatte, ihre Morgenrufe, die sie ausstießen, indem sie sich durch ihr ausgedehntes Reich aus Luft schwangen. Ein- oder zweimal sauste ein Vogel durch eines der ›Fenster‹ herein, setzte sich schließlich auf die Pflanze mit den hellen Blüten; oder auf Juzds Arm oder Schulter, denn vor ihm hegten Tiere keinerlei Furcht, sie fühlten sich in seiner Gegenwart durchaus wohl. Unterdessen dämmerte der Tag. Wir konnten in unserer luftigen Höhe mitverfolgen, wie Wärme anzog, die Helligkeit zunahm, Unwetter sich ballten, sich Regen ankündete, sogar das Zucken der fernsten Blitze sehen.

Juzds Behausung ruhte auf Säulen aus Stein und Schmiedeeisen, welche aus dem Dach eines der verschiedenartigen Türme des Königspalasts ragten. »Ich werde Euch dem König vorstellen«, sagte er zu Mutter und mir, »sobald ihr gekräftigt und zur Genüge erholt seid, um Euch etwas so Langweiliges zuzumuten.« Er bemerkte Mutters Miene der Betroffenheit. »Ich erachte es in der Tat als angebracht, daß er Euch endlich kennenlernt«, sagte er mit Nachdruck. »Ihr seid für ihn keine Feindin. Er wird stets berücksichtigen, daß Ihr ihm einstmals von Nutzen sein könntet. Es ist vorteilhaft, die Rücksichtnahme eines Königs zu genießen.«

»Ich könnte ihm als Geisel nützlich sein«, erwiderte Mutter düsteren Gemüts. »Mag sein, ihm fällt's ein, auf Zerd Druck auszuüben, indem er mich einkerkert oder gar verstümmelt. Er dürfte die Ammenmär vernommen haben, der zufolge Zerd und ich uns aus Liebe vermählten.«

»Ammenmär?« Juzd hob die Brauen.

»Ich besitze keine geeigneten Gewänder«, sagte Mutter, »um vor einen so mächtigen König zu treten, und ich bezweifle, daß derlei Kleider zu den Dingen zählen, die Ihr mir zu verschaffen vermögt, Juzd.«

»Ich glaube, ich kenne eine vortreffliche Edle«, antwortete Juzd, »die Euch einige Gewänder borgen kann. Sie ist älter als Ihr, doch von kleinem Wuchs. Soll ich mich an sie wenden?«

»Dafür wäre ich Euch dankbar, Juzd«, gab Mutter nach nur kurzem Zögern zur Antwort.

Juzd nahm Mutter zu jener Edelfrau mit, und mich ließ man mit der strengen Weisung zurück, während ihrer Abwesenheit auf das greuliche Kind achtzugeben. Mutter kehrte mit beiden Armen voll Seide und Baumwolle wieder, darunter auch steife Kleidchen und Hosen für mich. »Das ist ein Geschenk von der Edlen Nichte für dich«, sagte Mutter. »Die Edle meint, du müßtest unbedingt mit ihrer Nichte Bekanntschaft schließen. Anscheinend ist sie ein sehr nettes, kleines Mädchen, das bereits viele lange, beschwerliche, mühsame Reisen zu den Eltern gemacht hat, weil die Eltern in verschiedenen Städten wohnen, aber beide nach ihrem Kind Sehnsucht verspüren. Anscheinend ist's ein in Abenteuern erfahrenes Kind, ihr könntet aneinander Gefallen finden.«

Am Nachmittag aalte ich mich hinter den wie Wellen geformten, hölzernen Blenden aus Kiefernplatten in Juzds Badewanne; eine Fensterwand stand offen, lud die Vögel geradezu ein, sie hüpften in Scharen auf den äußeren Simsen umher, legten die Köpfchen schief, pickten an den Farnen, den großen, üppigen, wie Sahne mit zartblauen Eintönungen gefärbten Magnolien und sonstigem Grünzeug, das Juzd reichlich in seiner zumeist von Dampf durchwallten Badekammer stehen hatte. Als es soweit war und wir unseren Höflichkeitsbesuch machten, fühlte ich mich dermaßen sauber und rein, daß jeder, der mich anrührte, mir Kreischlaute entlockte und das Wagnis geplatzter Trommelfelle einging.

Dies ungewohnte, sehr angenehme, zufriedenstellende Gefühl der Sauberkeit, des Wohlriechens und der Frische bedeutete für mein Betragen während des Besuchs einen erheblichen Unterschied. Ich befleißigte mich wesentlich stärker des Wohlverhaltens und der Freundlichkeit, als ich es für gewöhnlich tat, übte mich auch ein wenig in bewußt anmutiger, nahezu überhöhter Selbstsicherheit, winkte einmal eine Dienerin zu mir, die mir für mein Empfinden von einer bestimmten Speise zu wenig gegeben hatte, schäkerte mit Mutter und unserer Gastgeberin. Alle fanden mich ganz reizend, Mutter nicht ausgenommen, die sich immer gesorgt hatte, die Welt könnte mich überfordern. Ich war ein wahrlich süßes Mädchen, schlichtweg dank all der duftigen Seife, die ich ständig an mir riechen konnte, und in glänzender Laune. In bezug auf Lieblichkeit stellte ich das Mädchen, mit dem ich mich anfreunden sollte, weit in den Schatten. Mit Zeichen und herablassendem Lächeln dankte ich ihm für die Kleidung, die ich trug, und ich weiß noch genau, wie es mich belustigte, nachdem ich für ein Weilchen in meinem Gedächtnis gekramt hatte, um zu klären, wieso es mir so bekannt vorkam, die Entdeckung zu machen, daß es sich um kein anderes als eben jenes kleine Mädchen handelte, das ich damals in der Umgebung Saurmühls sah, wie es sich im Wagen von einer Betreuerin ein Tüchlein reichen ließ. Tatsächlich war es, ganz wie die Bewunderer der Kleinen äußerten, eine schändliche, beschwernisvolle Gegend gewesen, die unsere kleine Heldin so unerschrocken auf Rädern durchreist hatte. Es freute mich, ihr wiederzubegegnen und festzustellen (was ich fast sofort bemerkte), daß sie langweilig war, *vollkommen* langweilig.

Wen werden wir morgen umgarnen? lautete mein letzter Gedanke, wie ich mich noch entsinne, während Juzd mich, sobald er mich die Stiege zu seinem gläsernen Türmchen hinaufgetragen hatte, zwischen den Sternen wieder in ein Vlies hüllte. *Morgen vielleicht den König.*

Juzd merkte an, daß wir am Abend des morgigen Tages an des Königs großer Festtafel sitzen würden, denn ein Festmahl war angesagt worden, um die unerwartete Ankunft eines geschätzten Gasts in Nordfest zu feiern.

Wohlüberlegt suchte Mutter ein graues Kleid aus, ihre Neigung zu Untertreibung und Zurückhaltung setzte sich bei der Wahl voll durch.

Man konnte den Eindruck haben, daß sie es für am klügsten gehalten hätte, unsichtbar zu sein.

Gerade als eine Schar großer Wildgänse vorüberflog, ihr vielfacher Flügelschlag die Luft hörbar gegen die Verglasung wuchtete, sie ihre vertrauten Schreie herben Fernwehs ausstießen, eines Sehnens, das sie zu stillen vermochten, nahm ich allen Mut zusammen (es erfordert nämlich immer Mut, nach dem zu fragen, was man als besonders wichtig erachtet) und schrieb Juzd eine Frage auf: *Wie habt Ihr es fertiggebracht, daß von unseres Vermieters Pforte das Schloß fiel?* (Zu jener Zeit war ich mir noch nicht darüber im klaren, daß innere Spannungen sich einen eigentümlichen Ausdruck in Worten suchen können. Da ich nicht sprach, war ich dafür, das Ohr eines Erwachsenen beleidigt zu haben, nie zurechtgewiesen worden.)

Juzd lächelte, schaute mich sehr liebevoll und ernst an. »Es kommt im Leben der Tag, mein kleiner Liebling«, sagte er, »da man sich von den stofflichen Dingen nicht länger beeindrucken läßt. Ich bin so viele Male in der Welt gewesen – in dieser und anderen Welten –, daß stoffliche Gegenstände nichts mehr in mir bewirken. Je ausgiebiger ich mich mit Menschen, mit Gedanken und Zeitfragen beschäftigte, um so verwaschener und eindrucksärmer sind die Dinge geworden, die junge Seelen, die sich noch mit greifbaren Gegenständen abgeben und daher von ihnen fesseln lassen, heute wie einst als ›wirklich‹ bezeichnen.«

Bin ich auch schon in jenen Welten gewesen? schrieb ich, nachdem ich überlegt hatte, ob er diese Frage als Frechheit auffassen könnte. *Lange?* Und damit er mich nicht für völlig verrückt und wahnwitzig hielt, fügte ich hinzu: *Manchmal kann ich Dinge auch etwas tun lassen.*

»Ich weiß, daß du's kannst«, sagte Juzd. »Du vermagst ›Dinge‹ recht viel ›tun‹ zu lassen. Oder am besten verstehst du's, *Dinge* unwichtig zu machen.«

Nach all den umfangreichen Vorbereitungen für das Festmahl traf unser Gast mit Verspätung ein. Ich meine, Quantumex' Gast. Auch Prinz Progdin, der den Gast als Eskorte begleitete, blieb aus. Es gab sorgenvolles Getuschel. Sollte etwa auch Progdin, *sogar Progdin*, dieser breitschultrige, wortkarge, gleichmütige, harte, draufgängerische, starrsinnige Kriegsmann, es nicht geschafft haben, die vom Feind verunsicherte Nacht außerhalb der Stadt zu durchdringen? Der König verbot es nicht ausdrücklich, mit dem Essen anzufangen, ehe Progdin den Gast hereinführte, aber er selbst spielte lediglich mit einem Stück Brot und einer geschälten Frucht, und so konnten wir ihn, während sämtliche Anwesenden im Angesicht der herrlichsten, köstlichsten Gerichte und Getränke sein Beispiel nachahmten, in aller Ruhe in Augenschein nehmen. Ich sah, wie Mutters Augen unter ihren Wimpern seitwärts zu ihm hinüberschielten. Von frühster Kindheit an war er der ständige Kinderschreck im Hintergrund ihres Daseins gewesen. Quantumex, König des Nordreichs, war hochgewachsen und vom hellen Menschenschlag. Sein Hinterkopf erhob sich senkrecht aus dem Nacken wie eine dicke, knubblige Keule. Die blauen Augen wirkten ein wenig hervorgequollen. Sein blonder Schnauzbart wuchs ihm wie mit Schwung, in Halbrundungen, um den leicht wulstigen Mund. Hoch und von strengem Aussehen waren seine Wangenknochen, ähnelten eckigen Flächen unter seiner hohen Denkerstirn. Er war Sedilis Vater, Zerds Schwiegervater, Gönner und Förderer, und inzwischen auch sein Schuldner und Gegenspieler. Er verkörperte den Norden, den grausamen Norden, über den man Cija, als sie noch im Turm ihrer Kindheit wohnte, die schauderhaftesten Greuelgeschichten erzählt hatte, so daß sie nur so gebibbert haben mußte. Nun war er ebenso Juzds Bewunderer, und wir hatten unsere Plätze an einer Längsseite der einem Hufeisen vergleichbaren Königstafel, ganz in Quantumex' sowie seiner höchsten Fürsten und engsten Vertrauten Nähe, und von dort aus konnten wir den gesamten Festsaal mit den tiefer aufgestellten Tischen und dem ausgetretenen Fußboden von Goldmünzen überblicken.

Die Wachen am anderen Ende des Saals nahmen plötzlich Haltung an, Waffen und Rüstungen klirrten. An zum Gruß erhobenen Spießen wehten Wimpel wie in kräftigem Wind. Durch das große Portal stapfte ein behaarter Riese herein, ein jüngeres Mammut, fast noch ein Mammutjunges, mit großen, klugen, versonnenen, duldsamen, unschuldigen Augen, überschattet von winzigen Wäldchen zottiger Wimpern, in denen sich noch Mücken, Läuse und Flöhe aus den Marschen tummelten, und auf seinem Rücken ritt auf einem Sattel, der einem Lehnstuhl ähnelte, gesäumt mit bemalten Lederfransen und von Münzbesätzen schweren Bändern, eine verschleierte, überreich mit Juwelen behängte Gestalt.

Zum Geleit ritt neben dem Mammut Prinz Progdin auf seinem verdreckten, schwarzen Reitvogel in den Saal, begleitet von seiner Leibwache. Progdin und seine Männer stiegen am Portal von ihren Tieren, während die Gestalt auf dem Mammut den Saal durchquerte (die Festgäste erhoben sich und jubelten ihr zu), bis zwischen die Längsseiten der dreiseitigen Königlichen Tafel, und dort, vor Quantumex, der gleichfalls aufgestanden war (wie hünenhaft er emporragte, welchen wahrlich königlichen Wuchs er besaß!), half Progdin, der das Mammut eigenhändig am Zügel durch den Saal geführt hatte, der Gestalt beim Absteigen.

Nun offenbarte sich diese Gestalt, die über einer dikken, ledernen Reithose lange Fransenröcke trug, als Frau. Eine uns wohlvertraute Frau. Und Cija sprang von ihrem Platz auf, indem sie in diesem Moment aller Vorsicht entsagte – wie aus Schläue, denn sie hätte keinen günstigeren Zeitpunkt für einen gefühl- und darum wirkungsvollen Auftritt wählen können –, tätschelte mich kurz an der Schulter, um mir klarzumachen, daß kein Anlaß zur Beunruhigung bestünde, umrundete eilends die Königliche Tafel und am Mammut vorbei zu dem Gast. Einen Augenblick lang blieb sie vor der Frau stehen, um ihr das Gesicht zu zeigen. Großmutter schlang die Arme um sie, schüttelte sie, warf sie von einer zur anderen Seite, hob sie halb vom Fußboden hoch (Mutter war nämlich noch recht unterernährt und deshalb sehr leicht).

An der Königlichen Tafel ergab sich Lärm und Erregung. Quantumex lächelte und wollte erfahren, wer diese Fremde an seiner Tafel war, die seinen geehrten Gast mit derartiger Freude und Hingabe begrüßte und auf gleiche Weise begrüßt wurde.

Progdin, der dabeistand und plötzlich eine pfiffige Miene zog, jedoch ohne sonderlich überrascht zu sein, denn ihm konnte nie etwas zustoßen, was er nicht sofort begriff – und zudem waren Großmütter und ihre Denkweise ihm seit längerem vertraut, ihre Denkweise deckte sich weitgehend mit seiner Art zu denken –, und er bot Mutter seinen vom Ritt staubigen, verschmutzten, dunklen Arm an. Mutter schenkte dem Prinzen einen flüchtigen Blick, dann legte sie ihre Hand auf den Arm. Progdin brachte sie zum König. »Majestät«, sagte er mit einer höfischen, schwungvollen Verbeugung, »vor Euch steht Euer ehrenwerter Gast, die Herrscherin. Und ich darf Euch, Majestät, ihre Tochter vorstellen, ihre Tochter Cija.«

»Ihre Tochter?!« dröhnte des Königs Stimme. Er langte über die Tafel und die Weinkrüge hinweg, nahm die Hände beider Frauen in seine riesigen Pranken. »Welche Worte könnte ich finden, hochedle Frau«, schrie Quantumex auf die Herrscherin ein, »um Euch zu verdeutlichen, was für ein Glück es für mich ist, Euch an meiner Tafel willkommen heißen zu dürfen? Wie ist's möglich, daß Eure Tochter Cija hier weilt und ich's nicht weiß?« Er sah Juzd an, schenkte ihm ein breites, lebhaftes Lächeln.

»Majestät«, erklärte Juzd in gütlichem Tonfall, »die Edle Cija ist vor erst wenigen Tagen durch mich in unseren Mauern entdeckt worden. Im Nordwall der Stadt.«

Quantumex richtete seine Augen, die großen, bläulichen, gekochten Eiern glichen, auf Cija. »Aber wie ist so etwas denkbar?« rief der König. »In meiner Hauptstadt, und ich habe davon keine Kenntnis? Und wieso im Nordwall?« Er hatte seine Stimme zu dämpfen begonnen, sprach leiser, säuselte zum Schluß fast, als verspüre er einen interessanten, zur lieben Gewohnheit gediehenen Kitzel.

»Sie hat dort wie eine Pauperin gehaust, Majestät«, sagte Juzd. »Seit längerer Frist ist sie von ihrem Gemahl getrennt, sie hat ihn seit über einem Jahr nicht gesehen. Auf seltsamen, verschlungenen Pfaden des Schicksals ist sie nach Nordfest gelangt.«

»Verschlungene Pfade ...?« Der König musterte Cija. »Dennoch hättet Ihr, teuerste Edle«, wandte er sich an sie, »Euch sogleich an mich wenden sollen. Wir sind hier Eure Gastgeber.«

»Als Feldherr Zerds Gemahlin befindet sie sich in einer einzigartig schwierigen, heiklen Lage«, bemerkte Juzd, »wie Euch, Majestät, zweifellos einsichtig ist.«

»Weil ich Euch für eine Spionin hätte halten können?« meinte Quantumex zu Cija. Der König lachte schallend, patschte ihre Hand. Er füllte ihren Pokal mit erlesenem Wein. »Es wäre möglich gewesen, mir Eure Kinder als Geiseln auszuliefern. Ihr habt Eure Kindlein doch bei Euch?«

»Gewiß, Majestät.« Liebevoll winkte Cija mich zu sich. »Komm her, Seka, Majestät, das ist meine Tochter Seka. Mein jüngstes Kind schläft in Juzds Gemächern.«

»So?« Der König lächelte, zeigte jedoch keine Anzeichen von Befremden. Offensichtlich gab er sich, was Juzds Aufrichtigkeit betraf, keinen Trugbildern hin, oder er wünschte wenigstens nicht, sich welchen hinzugeben. »Ich hatte geglaubt«, sagte der König mit leicht nachdenklichem Blick, »Euer älteres Kind sei ein Knabe, edle Frau. Aber ich erhalte gegenwärtig nur in unzulänglichem Maße Nachrichten, und wahrscheinlich hat man mich falsch unterrichtet.«

Die Herrscherin, meine Großmutter, veranstaltete indessen erhebliches Getue um mich, fütterte mich von ihrem Teller. »Ei, Seka, ei, wie geht's dir denn? Welch unvermutete Freude und Überraschung für mich, daß ich hier, wo ich nur Fremde anzutreffen wähnte, meine liebe, kleine Familie wiederzusehen! Ho-ho, wenn du dich freust, mich zu sehen, dann drücke meine Hand, und ich werde dein Händchen drücken.« Übertrieben drückten wir uns die Hände. »Offenkundig kommen wir beide weit herum.«

Sie wirkte, als hätte die Reise sie angestrengt, aber nicht ermüdet. Ihr Gefolge, das sich inzwischen auf eigens freigehaltenen Plätzen an der Königlichen Tafel niedergelassen hatte (ich durfte neben Großmutter sitzen, Mutter und Juzd saßen nun zur Linken des Königs), umfaßte etliche Männer, jedoch lediglich ein Weib, eine sichtlich vornehme Frau von feingeistigem Gebaren und unbestimmbarem Alter. Ihren Reitmantel hatte die Herrscherin über die Rücklehne des Stuhls geworfen. Vom Regen war er klatschnaß, das Wasser tropfte auf den Fußboden, und man konnte mitansehen, wie es verdunstete. Aber von ihrer berühmten, sonst unentbehrlichen Schleppe war nichts zu sehen; außerhalb ihres Reichs verzichtete sie anscheinend darauf.

Ich beobachtete, wie Cijas Blick, während sie den König in ihren Bann zog und er seinerseits merklich entzückt war von ihr, ab und zu durch den Saal huschte. Am verkniffenen Ausdruck ihres Munds, wenn sie so verstohlen Umschau hielt, erkannte ich, daß sie unter der Menge der Anwesenden Smahils scharfgeschnittenes Gesicht suchte. Doch er war nicht da, und wie sich erwies, duldete man ihn für den Rest von Großmutters Aufenthalt nicht im Umkreis des Königs. Er zählte zu Progdins Anhang, mußte jedoch fernbleiben, solange die Herrscherin hier weilte; er mußte ihr aus den Augen bleiben, denn sein Anblick wäre für die Herrscherin, die bereits vor geraumer Zeit in bezug auf ihn ihre Befehle erteilt hatte, ein Ärgernis gewesen.

Das Mammut war hinausgeführt worden, damit es versorgt werden konnte. Ich wünschte mir, Großmutter bezüglich des Tiers Fragen stellen zu können. Ich hoffte, daß sie mir, wenn sich dazu eine Gelegenheit bot, mich ihr mit Schiefertafel und Stift mitzuteilen – vielleicht morgen –, meine höfliche Bitte gewährte und mir einen Ritt auf ihm erlaubte.

Sie habe sich den Fuß verletzt, erläuterte sie Quantumex, deshalb sei es erforderlich gewesen, bis an seine Festtafel zu reiten. Die Verletzung sei allerdings nicht der Rede wert, ergänzte sie keck, sie verspüre »nur noch ein Ziehen«. Sie vermochte sich nicht einmal zu entsinnen, wie sie sie sich zugezogen hatte.

Sie war hier, so stellte sich heraus, um irgendeine Art von Bündnis mit Quantumex zu schmieden. Stets darauf bedacht (wie Quantumex von ihr wußte), ihre Lenden mit starken Bundesgenossen ›zu gürten‹, war sie offenbar zu der Einschätzung gelangt, daß Zerds Wohlwollen ihr zu geringen Schutz verhieß.

Am nächsten Tag fanden wir uns im kleineren, gemütlicheren Beratungssaal wieder zusammen, in dem es reichlich eingedrückte Polster und vergoldete Schnörkel gab; Quantumex kam mit Wein, Süßigkeiten, vier Musikanten (Streicher) und seinen engsten Beratern, um mit der Herrscherin und deren Ratgebern Verhandlungen aufzunehmen.

»Ich brauche in jener Gegend einen Verbündeten, das ist richtig«, sagte Quantumex vor einer hübsch gezeichneten Landkarte, einem großen, leicht gekräuselten Bogen Pergament – einer von vielen zusammengerollten Landkarten, auf die er zurückgreifen konnte –, auf dem wir seinen und unseren Teil der Welt und die Lande dazwischen sahen (er wußte bemerkenswert gut Bescheid, kannte sich bezüglich der Lage und Verteilung der Länder, Städte, Flüsse und Meere wesentlich besser aus als seine Tochter Sedili, und ich mußte daran denken, um wieviel höher er sicherlich Scridol zu schätzen wüßte, der vermutlich nach wie vor verzweifelt, geplagt von Sedilis Wutanfällen, an Karten arbeitete, diesmal wohl für die Fortsetzung der Belagerung im Winter). »Doch Ihr müßt mir gestatten, verehrte Fürstin, darauf zu verweisen, daß ich einen Verbündeten brauche, auf den ich mich nicht nur heute, nicht lediglich ein, zwei Jahre lang – wie erfreulich ein solcher Bund auch sein mag –, verlassen kann, sondern auch zu jeder späteren Zeit. Einen Verbündeten, der fürwahr – laßt's mich einmal so ausdrücken – fest an mich gebunden ist. Ich habe das Empfinden, wenn ich das anmerken darf, daß eine Herrscherin, die in verwandtschaftlicher Beziehung zum Drachen steht – Eure Tochter, meine Edelste, Eure Tochter ist immerhin mit dem Feldherrn vermählt, dessen vortrefflichen Geschmack wir alle in dieser Hinsicht zu würdigen wissen –, bei allumfassender Betrachtung und auf lange Sicht keineswegs als verläßliche, gänzlich vertrauenswürdige Bundesgenossin gesehen werden kann.«

Die Herrscherin, die während seiner Darlegungen zweimal durch den Beratungssaal geschlendert war, blieb stehen. »Genau«, raunzte sie ihn an. »Und doch braucht Ihr mich. Wie wär's mit Vermählung?«

Schweigen folgte. Quantumex blinzelte langsam. Einer seiner Berater setzte sich auf. »Man könnte davon ausgehen«, sagte er zögernd, »daß eine Vermählung eine erwägenswerte Lösung böte.«

Und so erwog man nun die Vermählung.

Ich glaube nicht, daß Quantumex *ernsthaft* in Erwägung zog, dies verdrehte Weib zu heiraten. Für die Öffentlichkeit jedoch war das eine vorstellbare Möglichkeit, und ein ausgedehntes, vorläufiges ›Werben‹ begann, die Art von Werben, wie ausschließlich Könige und Fürsten sie zu genießen verstehen, bei dem alles irgendwie in der Luft liegt und nichts unmittelbar bevorsteht. Quantumex vertrieb sich gern die Zeit mit Ratespielen und Rätseln. Man kann nicht bestreiten, daß er sich dem Werben voll hingab. Die blauen Augen funkelten ihm beständig im massigen, wuchtigen Schädel, im gesunden, sonnengebräunten Gesicht. Er spitzte die dicken Lippen, schürzte sie, verkniff gleichsam scheel die Lider, äußerte Redeschwälle.

Er war sich darüber im klaren, wie wertvoll unserer Herrscherin Land für seine Pläne sein konnte. Er wußte, wenn ihm sowohl Juzds Freundschaft sicher war (und somit der Bund mit dem Uralten Atlantis) wie auch der Herrscherin volles, uneingeschränktes Einverständnis damit, daß er sich auf ihrer von Bergen geschützten Halbinsel festsetzte, ihrer Unterstützung bei dieser Maßnahme – denn die Halbinsel machte den Weg nach Atlantis unvergleichlich günstig erreichbar –, dann würde Zerd verblüffend schnell in eine aussichtslose Lage geraten.

Der König spielte sein Spiel mit der Herrscherin, sein *Vielleicht*-Spiel, so gut es ging; er war es gewöhnt, Menschen durch Betörung oder nachdrückliche Beeinflussung dahin zu bringen, daß sie für ihn eine Schwäche entwickelten.

Unterdessen spielte die Herrscherin nach ihren eigenen Regeln. Viele Male schon hatte sie Cija hinsichtlich der unfehlbaren Mittel und Wege Empfehlungen gegeben, mit denen man einen Mann – jeden begehrten Mann – zu gewinnen vermochte. Jetzt wendete sie ihre Ratschläge selber an. Sie schmeichelte Quantumex, indem sie ihn bei Brettspielen siegen ließ, erwies sich bei Ratespielen jedoch auf interessante Weise geschickt und tüchtig. Alles was Quantumex ihr zeigte, beeindruckte sie tief. Auch machte sie sich nützlich; sie kochte Milchgerichte, während er fort war, bei seinen Essen sorgte sie für Unterhaltung, sie entfaltete ihre sämtlichen Vorzüge, besprach bis spät in die Herbstabende hinein sogar die Einzelheiten einstiger Schlachten mit dem König (in denen sie und er auf verschiedenen Seiten gestanden hatten).

Ich habe auch niemals jemanden gekannt, der so wie Großmutter andauernd Juwelen trug, und das Bestürzende an allem ist, daß sie Erfolg hatte. Man hätte glauben sollen, daß ein König von Quantumex' Rang, Erfahrung und Klugheit ohnehin wußte, Hochgestellte hatten eben ein paar Edelsteine, einige wertvolle Schmuckstücke, so wie jeder Adlige oder Reiche, ohne daß sie deswegen fortwährend vorgezeigt werden mußten. Aber desto aufdringlicher sich die Herrscherin kleidete, desto häufiger sie zum Morgenmahl mit ein bis zwei goldenen Krönchen auf dem Kopf, Diamanten-Ohrringen sowie einer Brosche mit einem Edelstein vom feinsten und in der Größe eines Taubeneis aufkreuzte, um so öfter murmelte Quantumex zu seinen Beratern etwas über Kosten. Und dabei war er ein König, der es mit Strafen verfolgte, um ein Beispiel anzuführen, wenn ein Untertan närrisch genug war, einen Selbstmordversuch zu überleben – darin sah Quantumex nämlich einen

Versuch, ihn um einen Leib und eine Seele zu betrügen.

Etwas Neues war die im Herbst aufkommende Entschlossenheit des Nordreichs, die Belagerung der Hauptstadt zu beenden. »Er sitzt da draußen«, sagte Quantumex voller Widerwillen über Zerd, seinen Schwiegersohn, »wie jemand, der einem Schauspiel zusieht.«

Die Aufgabe, sich dagegen etwas einfallen zu lassen, wurde den Forschern übertragen, und um sie während des Grübelns und Nachsinnens aufs beste zu schützen, errichtete man rings ums Laboratorium ein, zwei zusätzliche Mauern, die man aus den Ziegeln von Häusern baute, die man eigens zugunsten des Laboratoriums niederriß.

Dann fand sich eines Tages ein wahnsinniger Gelehrter in Quantumex' Beratungssaal ein, er war völlig irr, er stotterte und zuckte krampfhaft, kam in seinem alten, schwarzen, schäbigen Gewand und in klobigen Stiefeln, weil er nicht im entferntesten eine Vorstellung davon besaß, was für ein Auftreten er seinem König schuldete. Trotzdem war er der Ansicht, dem König persönlich auseinandersetzen zu müssen, was er zu Zerds Schaden ausgeheckt hatte.

Sein überragender Geist hatte einen über größere Entfernungen anwendbaren Stoff zum Versprühen ersonnen und vervollkommnet, und sein Plan sah vor, damit (wenn der Wind genau richtig wehte) die Dornengesträuche zu besprühen, die Zerds Soldaten bei ihren regelmäßigen Vorstößen durchqueren mußten; der Stoff sollte mit einem klebrigen, lange wirksamen, tödlichen Gift vermischt werden. »Dornen eignen sich für diesen Zweck am trefflichsten, Majestät ...«, stammelte der Wissenschaftler. Er hatte einen Bogen mit Zeichnungen mitgebracht, die darstellten, wie sich Dornen ins Fleisch bohren, wie sie durch Kleidungsstücke und selbst das feine Geflecht von Kettenpanzern stechen, um schließlich bis in den Blutkreislauf vorzudringen.

Ich schaute von meinem Lieblingsplatz aus zu. Selbiger Platz war eine der obersten Stufen der Leiter, die in Quantumex' Beratungssaal an einer Wand lehnte, einer Wand voller Bücher, diesen nützlichen Austreibern aller Langeweile. Ich mampfte Gebäck und erkannte plötzlich den Forscher, der sich etwas – eine Scheußlichkeit – ausgedacht hatte, um meinen Vater zu beseitigen.

Dieser Forscher war ein schüchterner, grimmiger, stets in schmierige Kleider gehüllter Lehrmeister, im Laboratorium berüchtigt infolge der Schläge, die er auszuteilen pflegte. Dann und wann trat er vor die Tür seines Arbeitsgemachs, wenn irgendein Fehler oder ähnliches entdeckt worden war, und schnauzte einen Namen. Danach würden wir, wie wir wußten, den Übeltäter für längere Frist nicht sehen.

Auch mir hatte dieser einsame Mann einmal eine Tracht Prügel verabreicht. Sein zugiger, mit Brettern verschalter Arbeitsraum hatte hochgelegene Oberlichter. An jenem Tag war das Wetter regnerisch, unablässig sickerten graue Rinnsale über die Scheiben der Oberlichter, die Regentropfen pochten, trommelten unaufhörlich herab. Bisweilen wehten eisigkalte Tropfen herein, klatschten auf die Bogen Pergament, von denen ständig etliche auf seinen mehreren Werktischen zwischen den Glasröhrchen und sonstigen Gerätschaften lagen. In diesem Raum stand er, gab mir streng, ohne ein Wort, zu verstehen, daß ich mich vorbeugen und den Rock heben solle. Mir war klar, daß ich etwas falsch gemacht hatte – ich hatte nämlich eine kostbare Flüssigkeit verschüttet –, und beugte mich vor.

Nach einer Weile war ich mir sicher, daß ihm die Hand weh tun, ihm der Arm schmerzen mußte. Ich bezweifelte nicht, daß er sich zu einer Art von heldenmütigem Durchgreifen entschlossen hatte. Gewiß ahnte er, daß man weiter hinter seinem Rücken über ihn lachte.

Anscheinend sollte es den ganzen Tag lang regnen, und einen ähnlichen Eindruck erweckten bei mir die Hiebe; der Regen prasselte vom Himmel, als gäbe es keinerlei Hoffnung, daß er je wieder aufhörte, und ich befand mich hier in der Gewalt dieses Kerls, der zwar keine allzu schreckliche Macht hatte, lediglich eine einigermaßen erträgliche, nur manchmal herbe Macht ausübte, doch jedenfalls für diesen Nachmittag war ich ihm ausgeliefert – denn niemand würde eintreten, er würde niemanden hereinrufen, vielmehr hatte er die Tür abgesperrt, er hatte nichts anderes mehr im Sinn als meine Bestrafung, als Gerechtigkeit. Der restliche Nachmittag war der Vergeltung geweiht, und aufgrund des regelmäßigen Klatschens – *Patsch! Patsch!* –, gleichmäßig wie der Regen, brannte mir das Hinterteil wie in heller Glut. Da bemerkte ich an seinen altmodischen, ja altehrwürdigen, schwarzen, weiten Beinkleidern in meiner (zeitweilig tieferen) Augenhöhe eine Ausbeulung.

Das kann schier ewig so weitergehen, dachte ich, und am Ende, wenn wir beide erschöpft und der Sache überdrüssig sind, wird er voraussichtlich geradeso trübselig und ratlos wie jetzt sein. Sachte und behutsam, um ihn nicht zu kränken oder zu beunruhigen, langte ich zu und öffnete ihm sehr vorsichtig den Hosenschlitz. Nichts kam zum Vorschein. Offenbar war dies Glied nicht dazu imstande, es nicht gewöhnt, sich von fremder Hand hervorlocken zu lassen. Ich mußte ein, zwei Finger in den Schlitz schieben und ein wenig nachhelfen. Wie aus Verunsicherung hörte das Klatschen einen Moment lang auf, doch unser Forscher war längst zu gut im Takt, halb in Trance, solange die Kraft seines Arms und das Klopfen des Regens währen sollte, und er erwehrte sich meiner Finger nicht. Wenig später wäre er sie nicht mehr abzuwehren fähig gewesen, hätte ihm auch der Tod gedroht, hätte plötzlich eine ganze Rotte Schüler und anderer Gelehrter in der Tür seiner Kammer gestanden. Die Hiebe begannen etwas Eifriges an sich zu haben, etwas Schmiegsames, Scheues, Grausames, Unbarmherziges, Dankbares, Erstauntes, Hingerissenes, Unausweichliches, sie bewegten seinen Arm, so wie wildes Schwanzwedeln einen aufgeregten Hund ins Wackeln bringt. Ich roch einen Duft, der mich belustigte und den ich zudem mochte – des Gelehrten Glied roch, als hätte es bislang ausschließlich ihm allein gehört und wäre nun aus langer Vereinsamung erlöst worden. Hübsch verästelte Adern, sonst im Verborgenen, schwollen daran nun vom beschleunigten Pochen des Bluts. Er spritzte geradezu furchteinflößend prachtvoll, spritzte aus den Tiefen des dichten, rauhen Kraushaars, das sich kurz zuvor aus seinem altehrwürdigen Gelehrten-Hosenschlitz schob. Vermutlich spritzte er aus ganzem Herzen. Ich richtete mich auf. Er stand vor mir und keuchte, stierte mich verstörten Blicks an. »Hier, du brauchst's«, hatte er heiser gekrächzt, mir sein großes, sauberes, gefaltetes Sacktuch gereicht. Mit Bedauern tupfte ich mir die samtweichen Tröpfchen ab, wünschte mir, sie irgendwie Mutter mitbringen zu können; sie hatte sich Sorgen wegen ihrer infolge der langen Unterernährung trockenen Haut zu machen angefangen, und ich wußte, diese Tröpfchen würden sich wunderbar zum Einfeuchten eignen.

Kaum hatte er sein Äußeres wieder in eine unauffällige Verfassung versetzt, war ich von ihm auch schon hastig zur Tür gedrängt worden. Doch bevor er mich eilig hinausschob, spürte ich eine flüchtige Berührung an meiner Schulter – kein dümmliches Tätscheln, sondern ein herzliches, obwohl kaum merkliches, rasch unterbrochenes Antippen –, die mir bewies, daß er mich und mein Verständnis für ihn ersehen hatte. Von da an war er, wenn es sich nicht umgehen ließ, mir zu begegnen, im Alltag des Laboratoriums stets sehr streng mit mir gewesen, und ich neigte bereits zu dem Schluß, daß das Erlebnis mit mir für ihn im Rückblick zu einer peinlichen Erinnerung geworden sei, und trotz meiner

Stummheit war mir überflüssige Gefahr zuwider; ein entscheidendes Mal jedoch verhielt er sich zu mir freundlich. Ein Schüler hatte mich gehänselt, und daraufhin schnitt der Gelehrte eine überaus böse Miene. »Geh sofort nach Hause!« hatte er zu dem Schüler gesagt. »Komm erst in einer Woche wieder – für die deine Eltern das Lehrgeld nicht zurückerhalten werden –, oder später, falls es länger dauert, bis du anständiges Benehmen gelernt hast.«

Mich nur wiederzusehen, dachte ich nun, wird ihn schon gehörig aus der Fassung bringen. Er hat mich bestimmt nicht vergessen, und wie anders die Umstände und meine Kleidung auch sein mögen, er wird mich erkennen.

Ich gab der Leiter einen Tritt, so daß sie umkippte, hing mit einem Arm am Bücherschrank, dazu außerstande *Hilfe, Hilfe!* zu schreien, hoffte aber, man werde mich dennoch bemerken. Und tatsächlich ward ich bemerkt. Der Gelehrte blickte auf und sah mich. Auf seinem Gesicht jagte ein Ausdruck des Erstaunens den anderen, zuerst Überraschung wegen des Anblicks eines kleinen Mädchens, das über ihm an einem Arm am Bücherschrank hing, zweitens – und hierdurch sollte er mit verhängnisvollen Folgen aufs stärkste verdutzt, handlungsunfähig gemacht werden – weil selbiges Mädchen niemand anderes war als ich.

Ich ließ mich auf seine Zeichnungen hinabfallen, in der Hoffnung, das wichtigste Pergament – darauf hatte er in seiner Kritzelschrift die Anforderungen für den Bau des Sprühgeräts niedergeschrieben – erhaschen zu können, solange er noch wie gelähmt stand und gaffte. Wahrscheinlich hatte er weitere Ausfertigungen, aber dies war offenbar seine Reinschrift, und es würde einige Zeit brauchen, um eine neue reinschriftliche Ausfertigung zu erstellen.

Quantumex fluchte und sprang behend rückwärts,

die königlichen Hacken aneinandergepreßt, tat einen richtigen Hüpfer, einen weiten Satz. Ich hatte dem Bücherschrank zuviel zugemutet. Die Bretter lösten sich, die Bücher purzelten, hagelten, polterten, krachten auf uns herab. Wächter waren herbeigestürzt, schlugen mit den Armen nach den Büchern, die auf sie fielen. »Holla, zu Hilfe!« brüllte Quantumex. »Hilfe muß her! Gebt auf die Rücken acht! Die Rücken!« Allerdings war er längst außerhalb des Gefahrenbereichs, und er meinte beileibe nicht meinen zarten, schmalen Rücken, nicht das Rückgrat des armen Gelehrten. Statt dessen meinte er die Buchrücken seiner in Leder gebundenen Bände. Doch des Gelehrten Wirbelsäule war gebrochen. Als man die Bücher von ihm weggeräumt hatte, lag er auf dem Fußboden und regte sich nicht mehr. Ein wenig schaumiger Speichel rann ihm in den Bart; das war das letzte Lebenszeichen, das sich ihm anmerken ließ.

Seine Unterlagen waren in Unordnung geraten. Das wichtigste Pergament war fort, und man vermochte es nicht wiederzufinden. Ebensowenig war eine andere Ausfertigung im Laboratorium aufzutreiben; er hatte seine Aufzeichnungen unauffindbar versteckt, bevor er den Palast aufsuchte, damit die anderen Forscher ihm nichts abzugucken vermöchten.

Danach legte Quantumex mir gegenüber im allgemeinen ein recht wohlwollendes Verhalten an den Tag. Bis dahin war ich für ihn nur ein Name gewesen, eine Enkelin der Herrscherin eines kleinen Ländchens, Zerds Tochter (allem Anschein jedoch von keinem verhandelbaren Wert für eine der kriegführenden Seiten). Jetzt war ich für ihn eine wirkliche Persönlichkeit geworden. Ich war das Mädchen, das einen seiner Wissenschaftler getötet hatte, nicht nur mitten in einer Beratung, sondern gar unmittelbar vor der Darlegung eines Vorgehens, um den Endsieg über den Feind zu erringen. Quantumex war nicht entgangen, daß dieser Feind kein

,anderer war als mein Vater. Das Verschwinden der entscheidenden Aufzeichnungen war ihm zwangsläufig aufgefallen. Er würde mir nie verzeihen, aber er war von mir in einer Art und Weise erschreckt worden, wie es ihm nur äußerst selten widerfuhr, und damit hatte ich ihm eine Freude bereitet.

Fortan ließ er jedoch größere Vorsicht walten, was die Frage betraf, wo man mich duldete und wo nicht. Ich mußte erheblich mehr umherschleichen, um irgendwo sein zu können, wo ich etwas von einigem, selbst nur geringerem Interesse zu sehen oder zu belauschen vermochte.

Dadurch fand ich alles über den inneren, geheimen Nachrichtenaustausch im Königspalast heraus. Da öffneten und schlossen sich viele Türen. Die Hintertreppen waren stellenweise fast völlig ausgetreten. Jede Spinne, wie sie hier in verzweigten, weitverzweigten Netzen Fliegen verzehrte, war gleichzeitig Fliege in der Falle einer anderen Spinne. Ich war heilfroh, daß ich nicht darin verwickelt werden konnte. Mir aus Worten einen Strick zu drehen, war unmöglich, niemand vermochte sie in meiner Gegenwart oder hinter meinem Rücken zu verzerren.

Ich schrieb Mutter und Juzd auf meine Schiefertafel, was ich zu hören bekam, geheime Einzelheiten der Belagerung und der Gegenmaßnahmen, wer durch die Zerschlagung des Belagerungsrings wieviel Ruhm und Ehre zu erlangen gedachte. Fest stand, daß die Hohen des Nordreichs entschieden hatten, es galt Zerd auf irgendeine Weise zu vernichten; Sedili zählte weniger, sie würde, wäre Zerd erst tot, den Kampf einstellen, sie sähe keinen Anlaß zum Weiterkämpfen mehr, die Zähne waren ihr gezogen.

Bemerkenswert war es stets, mit Juzd durch die Gäßchen rund um den Palast zu wandeln. Er schenkte jedem Bettler Münzen, so wie andererseits die Herrscherin damit geizte. »Ich ›mache‹ mich lieber einige Male zum ›Narren‹ und gebe dadurch zufällig jemandem, der's nötig hat«, erläuterte er mir, als er einmal mein Staunen darüber sah, daß er einem Mann eine Gabe reichte, dem es dem Anschein nach nicht schlechter als ihm erging (denn Juzd erregte nicht den Eindruck, ein Reicher zu sein), »als einen Bedürftigen unter etlichen anderen, die aus mir ›einen Narren machen‹, zu übersehen. Wie könnte ich denn dadurch zu etwas ›gemacht‹ werden?« Hilfreich fügte er hinzu, wenn ich meine Goldmünze behalten wollte, solle ich sie nicht fortgeben; sonst hätte sie ohnehin keinen wahren Wert, sondern würde in mir lediglich Groll wider jene Bettler entstehen, denen sie zu geben ich mich ›gezwungen‹ gefühlt hätte; das war wohl so ähnlich zu verstehen, wie die Müllerin fühlbaren, lebendigen, unvergeßlichen Groll gegen ihren Gemahl entwickelt hatte, den zu verehren sie sich (durch ihr Selbstverständnis) ›gezwungen‹ sah.

Juzd ordnete seine Spiegel neu an. Statt sie so aufgebaut zu lassen, daß sie den Sonnenschein einfingen, stellte er sie so auf, daß sie Sonnenlicht ausstrahlten. Er konnte Sonnenstrahlen von großer Hitze über weite Entfernungen aussenden, sie dermaßen bündeln, daß es schädliche Wirkungen hatte. Er vermochte damit zu blenden. Und schließlich, während eines Angriffs, den wir als fernes Getümmel beobachteten, richtete er die Strahlen auf eine Mauer der Stadt Nordfest, den Ostwall. Ich sah das grelle Lichtpünktchen am Ende des von Juzd ausgerichteten, gezielten Strahlenbündels an dem uns näheren Abschnitt des Ostwalls über einen hölzernen Turm huschen, sah es auf einer bestimmten Stelle verharren, die auf Juzd, wie ich annehme, einen besonders trockenen Eindruck machte, wie Zunder, dann stellte er noch zwei Spiegel auf, lenkte die gesamte mittägliche Glut der Sonne auf diesen einen Fleck um.

Da es bereits Herbst war, schien die Sonne für einen solchen Zweck nur des Mittags warm genug, aber schon bald erspähte ich, wie drüben ein dünnes Rauchwölkchen sich emporkräuselte, und kurz darauf schoß eine Flamme in die Höhe. Im Hintergrund lärmte immerzu das Getöse des Gefechts. Der Holzturm war unbewohnt; ich glaube, es handelte sich um ein altes Lagerhaus. Juzd hatte diesen Bau nach sorgsamer Überlegung ausgewählt. Das Dach fing zu brennen an. Ich konnte mitansehen, wie das verwitterte Holz Balken um Balken Feuer fing. Juzd stand hinter mir, eine Hand auf meiner Schulter. In einer Ecke plärrte unser Äffchen. Mutter war nicht da. Sie stattete mittlerweile häufiger anderen Leuten Besuche ab; nun wollten viele sie kennenlernen.

Der hölzerne Turm brach zusammen, stürzte auf das schräge Dach einer benachbarten Halle. Auch dies Gebäude begann zu brennen. Eine schwarze Rauchsäule quoll in die fahle Helligkeit des Himmels.

Wenig später schlugen gewaltige Flammen hinauf in den Rauch. Eine Seite der Halle brannte lichterloh. Es handelte sich um einen Ziegelbau, jedoch verstärkt mit reichlich Fachwerk. Die Halle war irgendwelchen öffentlichen Zwecken vorbehalten und stand unweit des uns nächstgelegenen Abschnitts der östlichen Stadtmauer. Ziegel flogen aus dem entflammten Gebäude wie aus dem Maul eines in lebhaftem Kauen begriffenen Riesen. Jetzt ertönte Geschrei und Stimmengewirr. Man schleppte Wasser an, unternahm Anstrengungen, um den Brand zu löschen, aber vergeblich. Das Feuer toste bereits zu stark. Rasch breitete es sich zum Ostwall selbst aus. Dort lag der Feind am dichtesten vor den Stadtmauern, obwohl man dem Ostwall, der über hohe Hügel verlief, zusätzlich geschützt war durch alte, guterhaltene Gräben, nahezu Unnahbarkeit nachsagte. Die Mauern der Stadt umfaßten viel Holz: Balken, Bretter, Hürden. Folglich fing auch der Ostwall an zu brennen.

Er brannte nicht nieder – der Großteil blieb stehen –, doch hinterließ das Feuer Breschen. Menschen stiegen in diese Breschen, um sie zu füllen, mit allem, was sie gerade zur Hand hatten – Schutt, Segeltuch, Holz –, jedoch war nichts greifbar, womit man die Zerstörungen wirklich hätte beheben können. Das Wogen des Gefechts im Hintergrund, vor dem entfernteren Teil des Ostwalls, begann sich in die Richtung der Brandstelle zu verlagern. Die Kunde über die Breschen im Ostwall hatte den ›Feind‹ erreicht. Innerhalb unserer Sichtweite wurden die Kämpfe wütender. Der ›Feind‹ führte Verstärkungen heran. Was zunächst ein unbedeutender Vorstoß am Ostwall gewesen war, steigerte sich schnell zu einem heftigen Ansturm. Ich sah Rot aufleuchten, das Wehen eines roten Umhangs. Dort tobte der Kampf am dichtesten und erbittertsten. Unregelmäßiges Gebrüll erhob sich, das wir selbst an unserem hohen Standort, trotz der rauhen Vielstimmigkeit, verstehen konnten. Der Gegner war durchgebrochen! Er war durch. Er war in Nordfest. Zerd war in Nordfest! Ein Ende der Belagerung zeichnete sich ab. Man eroberte die Stadt, schickte sich an, sie zu besetzen. »Nun ist sehr unwahrscheinlich geworden«, sagte Juzd launig, »daß dein Vater in seinem Heerlager an Gift stirbt, nicht wahr?« Ich machte mich daran, auf meine Schiefertafel zu schreiben: Warum hast du das getan, obwohl du Zerd nicht in Atlantis haben willst?, doch mir blieb keine Gelegenheit, um den Satz zu beenden. »Komm rasch!« sagte Juzd. »Laß uns deine Mutter holen! Sie weilt auf Besuch bei einer von drei Personen, die dafür in Betracht kommen, doch war's mir unmöglich, zu warten, bis sie zu uns zurückkehrt und in Sicherheit ist, Licht und Wärme des Jahres gehen zur Neige, und als der Angriff dem Ostwall so nahe war, galt's jetzt oder nie.«

Er nahm mein Schwesterchen, damit es nicht von uns getrennt war, falls sich unglückliche Verwicklungen ergaben.

Während wir die Treppen hinabeilten, herrschte im Palast schon Aufruhr. Juzd verkniff sich jede Verwünschung, aber ich sah die Zunge zwischen seinen Zähnen. »Allzu geschwind greift Panik um sich«, sagte er. »Ich habe Zeit verschwendet. Sie dürfte nicht länger dort sein, wo sie war.« Trotzdem blieben wir auf der Haupttreppe, obwohl es bisweilen mühsam war, sich den Weg zu bahnen, und da stieg Cija uns entgegen, in der Absicht, zu Juzds Gemächern vorzudringen. Sie fiel Juzd in die Arme, schauderte zusammen, langte fahrig nach mir.

»Seka, bist du wohlauf? Wißt Ihr, was geschehen ist, Juzd? Er ist da. Zerd ist in der Stadt!«

»Was habt Ihr nun vor?« fragte Juzd. Mutter dachte nach, zitterte, klammerte sich an einen Pfosten des Treppengeländers. »Möchtet Ihr bei Quantumex bleiben?« fragte Juzd weiter.

Cija schüttelte den Kopf. »Nein. Nein.«

»Wünscht Ihr zu Zerd zurückzukehren?« erkundigte Juzd sich in gleichmäßigem Ton.

Mutter überlegte genauer, eine Hand an die Stirn gelegt, als müßte sie ihre Gedanken im Kopf festhalten. »Wenn das die einzige andere Wahl ist, dann ja, ich glaube ja.«

»Ihr habt andere Möglichkeiten. Wir können nach Atlantis. Es gibt von hier aus einen Weg, den niemand kennt.«

»Dann bringt mich nach Atlantis, Juzd! Dort kann ich wieder klarere Gedanken fassen. Ich vermag mir nicht einzureden, daß es gegenwärtig mir und meinen Kleinen von Nutzen wäre, sich auf Zerds Großmut zu verlassen. Sedili ist bei ihm. Diese Stadt ist Sedilis Heimat. Daß sie sich mit Zerd verbündet hat, und er mit ihr, hat einen Grund. Sie ist für ihn noch immer unentbehrlich.«

Leute schubsten uns, indem sie sich auf der Treppe vorüberdrängten, riefen durcheinander, schoben sich, trugen große Bündel mit vergoldetem Kram, Lackmalereien und allem möglichen kostbaren Zeug, ohne das sie kein Leben leben zu können wähnten.

»Alles flüchtet sich in die Zitadelle«, sagte Juzd.

»Also sollten wir bis auf weiteres ebenfalls dort Zuflucht suchen«, antwortete Mutter. »Danach werden wir, sobald wir in bezug auf das, was wir tun wollen, klarer sehen, Nordfest vollends fliehen.«

In der Zitadelle, die den Mittelpunkt des Adelsviertels in der Nachbarschaft des Palasts abgab, hatten sich bereits Quantumex und Großmutter eingenistet. Progdin befehligte in der Stadt den Abwehrkampf des Königsheers. Quantumex stand an einem Fenster seiner Gemächer hoch oben in der Festung und schaute über seine so gut wie eingenommene Hauptstadt aus. Seine großen Hände, die er vor sich aufs Fenstersims stützte, waren gänzlich ruhig. Er wirkte sehr interessiert an den Ereignissen. Die Herrscherin umfing Mutter. »Dank sei allen Göttern, daß du da bist. Ich hatte Männer geschickt, um nach dir Ausschau zu halten.«

»Eine deiner Angewohnheiten, werte Mutter«, erwiderte Cija, und beide entschlossen sich dafür, herzlich zu lachen.

Ein Diener brachte Wein. Versonnen trank Quantumex.

»Dort reitet meine Tochter«, sagte Quantumex. Die Herrscherin hegte kein Interesse. Nach einem Moment des Zauderns trat jedoch Mutter ans Fenster, um Quantumex über die Schulter zu schauen, und ich lugte zwischen den beiden hinab.

Wir befanden uns in nicht allzu großer Höhe, so daß ich das hochgewachsene Weib auf dem weißen Reitvogel recht genau sehen konnte. Eine Handvoll Soldaten begleitete sie, aber niemand stellte sie zum Kampf. Daß sie so weit ins Innere der Stadt vorgedrungen war, mußte gewiß eine Bedeutung haben.

Sedili war fürwahr Quantumex' Tochter. Ihr Gehabe

bezeugte eine Derbheit, die sie wohl für einen überlege-
nen Ausdruck ihrer Persönlichkeit hielt, doch in Wirklichkeit ähnelte sie einem Hausweib, das vom Markt
heimkehrt, nachdem es eine Nachbarin beim Feilschen
überboten hat. Sie wirkte unbeschreiblich selbstzufrieden, gewiß; ab und zu stemmte sie eine Hand in die
Hüfte oder in die Gürtelweite – welche bei ihr im wesentlichen eine Einheit bilden –, drehte sich nach den Seiten, ließ den Poncho, den sie trug (er bestand ganz aus
den Fellen jener kleinen Nager, welche die Nordländischen den Nerz nennen, bei denen jedes Haar an der
Spitze einen besonderen Schimmer hat, so daß der Poncho aussah wie zahllose pelzig-schwarze Sternchen), ihr
von den breiten Schultern wehte wie der Schleier einer
Tänzerin. Fast hätte Quantumex geseufzt. Sedili blickte
nicht herauf. Sie trabte zum Palast, obwohl bezweifelt
werden mußte, daß sie jetzt schon zu versuchen beabsichtigte, ihn zu besetzen; noch schützten ihn starke
königstreue Streitkräfte. Sie wollte ihn nur sehen, welche Gedanken ihr dabei auch kommen mochten. Ihr
Kopfschmuck aus blankgeriebenen Truthahnfedern
glänzte im schwach nachmittäglichen Sonnenschein.
Wenig Zeit war verstrichen, seit Juzd die Belagerung zu
Ungunsten Nordfests entschieden hatte. Herbstlaub
umstob die Klauen ihres Reitvogels, sammelte sich,
kreiselte, bis der Wind die Blätter aufs neue verstreute.

Da und dort flackerten noch Flammen in der Umgebung. Es bot einen absonderlichen Anblick, am Tag so
viele Schatten zu sehen, als wäre die Stadt ein nächtlich
beleuchteter Innenhof, in dem man des Eintreffens der
Sänften vieler Festgäste harrt. Verkupferte Säulen
säumten die Vorderseite von Quantumex' Zitadelle –
vom Fenster aus sahen wir einen anderen Flügel des
Bauwerks –, und auf diesen Säulen tanzte lebhaft der
Widerschein des Feuers.

Quantumex streckte seinen Becher einem Diener hin,
um sich Wein nachschenken zu lassen. »Sendet Läufer

in die Stadt!« sagte er zu seinen Beratern. »Bittet meine Tochter zu mir! Richtet ihr aus, wo ich bin! Laßt ihr sagen, sie kann dies eine Mal unbehelligt zu mir kommen und gehen! Man soll ihr als mein Zeichen diesen Ring zeigen!«

Mutter machte Anstalten, sich aus Quantumex' Gemächern zu verabschieden (die Herrscherin hingegen nicht, sie hatte nicht vor, den Mittelpunkt sämtlichen Geschehens zu verlassen, zumal sie sich selbst stets als Bestandteil eines solchen Mittelpunkts erachtete), aber Quantumex gab ihr mit einer Geste zu verstehen, sie solle bleiben. »Ich möchte lieber gehen«, sagte Mutter in gefaßtem Tonfall.

»Dann *ersuche* ich, der ich hier der König bin«, entgegnete Quantumex launig, jedoch mit einer Andeutung von Schärfe, »Euch ums Bleiben.« Das war der Befehl eines Königs. Mutter hätte ihm trotzen können. Aber nachdem sie Quantumex einen Augenblick lang gemustert hatte, blieb sie. Ich glaube, sie sah ihm an, was auch ich erkannte: Quantumex' nachgerade verzweifelten Wunsch, jemanden zur Stelle zu haben, der Sedilis Zorn von ihm ablenkte. Er wußte, daß Cija als Zerds spätere Gemahlin einen Dorn in Sedilis Seite verkörperte, bitterer und dauerhafter als jene Dornen, die Dornengestrüppe, mit deren Hilfe der Gelehrte kürzlich Zerd den Garaus zu machen beabsichtigt hatte. Mutter verspürte nicht das gelindeste Bedürfnis, Quantumex einen Dienst zu erweisen, aber nun war sie neugierig geworden, sie wollte sehen, ob sein leises Grausen vor Sedili, der eigenen Tochter, irgendwie zum Vorteil genutzt werden könnte. »Und auch Euch, Juzd«, fügte Quantumex hinzu. »Wir bleiben alle hier. Ist das etwa ungerecht? Weshalb sollte jemand von uns sich zurückziehen? Es steht kein Familientreffen bevor, das kann ich zusichern.«

Ich erinnerte mich daran, daß Könige an nichts Vergnügen finden, was nicht öffentlich geschieht; jeder Wald-und-Wiesen-Fürst fühlt sich handlungsunfähig, wenn er keine Zuschauerschaft hat. Das ist es, von dem verschont zu werden Mutter immer erflehte und bat.

Bald hörten wir viele Füße die Treppe ersteigen, und dann verhielt Sedili auf der Schwelle. Sie erfaßte uns mit einem Blick, zählte uns gewissermaßen hinter ihren Augen ab, und trat ein.

»Majestät.« Sie fiel vor ihrem Vater auf die Knie. Sieben Leibwächter in der Tracht ihres Heeres warteten im Hintergrund, zwölf weitere ihrer Soldaten standen drunten im Hof. Mit so schwacher Bedeckung zu kommen, war von ihr sehr mutig. Offenbar hatte sie die Möglichkeit, ihres Vaters Angebot auszuschlagen, eindeutig verworfen, auch in Erwägung gezogen, wie lächerlich es aussähe, drängten sich hinter ihr auf der Treppe allzu viele Männer. Ein Prachtweib, befand ich erneut.

»Meine Erstgeborene ...« Soviel uns bekannt war, hatte Quantumex keine nach ihr geborenen Sprößlinge. Er half ihr beim Aufstehen, sie warf den schwarzen Poncho zurück, kramte ihren Tabak hervor, um eine gewisse Verlegenheit zu überspielen, während sie die Anwesenden reihum maß. Sie benutzte jetzt losen Tabak in einem Beutel, und außerdem hatte sie ein schmales Kästchen mit dünnen, braunen Deckblättern dabei; die Knappheit, die die Belagerung auch den Belagerern aufgenötigt hatte, verlangte es ihr ab, ihre Zigärrchen selber zu drehen.

»Da wären wir nun alle«, sagte sie geistreich. Sobald es ihr gelungen war, etwas Ähnliches wie ein Zigärrchen zurechtzufummeln, begann sie Rauch zu verpaffen, schwang eine Hüfte auswärts, stellte ein Bein nach vorn. Während sie ihre Gebärden vollführte, rieselte Asche auf jeden, nur auf sie nicht; Sedili beschmutzte sich nie mit Asche.

»Sicher entsinnst du dich, liebste Tochter«, sagte

Quantumex, wies auf die andere anwesende Hoheit, »an die Herrscherin ... meine künftige Braut.«

Sedilis schwere Lider zuckten. Sie widmete Großmutter einen Blick schierer Bösartigkeit. Sie war ein eifersüchtiges Weib und hatte einen ausgeprägten Sinn für Besitz; Menschen ›gehörten‹ ihr schon, kaum daß sie in irgendeiner Beziehung zu ihr standen, und daß ihr eigener Vater – ungeachtet der Tatsache, daß sie in den vergangenen Jahren von ihm abgefallen war, ihn im Rahmen eines Sippenzwists mit kriegerischen Mitteln zu stürzen und ihm das Königreich zu entreißen versucht hatte – die Absicht hegte, sich an eine Frau zu verschleudern, wider die sie bereits gefühlsmäßig die ärgste Abneigung empfand ... das bewertete Sedili als Verrat des Lebens an ihr persönlich, einen kleinen Irrtum des Schicksals.

Aber auch die Herrscherin war durch den Lauf der Dinge beunruhigt, verunsichert worden. Falls Quantumex erwartet hatte, sie wüßte seine versöhnliche Einstellung zu würdigen, war er einer schwerwiegenden Selbsttäuschung erlegen. »Nein, leider nicht«, widersprach sie entschieden. »Nein. Kommt nicht in Frage.«

Quantumex starrte sie an, streckte eine Hand nach seinem süßen Schatz aus. Sedili machte jedoch, indem sie die Lider halb schloß, auch nun keine gute Miene zum Spiel, derweil sie unausgesetzt Asche ausstreute; diese Wende wiederum wollte ihr ebensowenig behagen. Niemand durfte ihre Familie durch Abweisung schmähen. Und Sedili wußte genau, wie wichtig das eine wesentliche Besitztum dieser anmaßenden, betriebsamen Frau war: der von Bergen beschirmte Hafen, von dem aus man aufs in der Sonne glitzernde Meer Ausblick hatte, hinter dem Atlantis lag. »Gebt Ihr Euch vielleicht der Hoffnung hin«, meinte sie mit gedehnter Stimme, während sie die Herrscherin anblinzelte, »Euch dem siegreichen Drachen wieder annähern zu können?«

»Wenn Zerd zurück ist«, erwiderte die Herrscherin mit harschem Nachdruck, ohne zu erwähnen, wo er denn gewesen sein könnte, »ist mein Land sein. Ich bin seine rechtmäßige Verweserin. Ich hatte die Befürchtung, von ihm vergessen worden zu sein ... auf irgendeine Weise. Aber nun muß ich abwarten und sehen, welchen Nutzen er daraus für seine Pläne zu ziehen gedenkt.«

»Aus seinem südlichen Misthaufen?« Sedili runzelte die Stirn und blies Rauch geradewegs in Großmutters Gesicht.

Quantumex wanderte im Gemach auf und ab. Seine Berater tuschelten aufgeregt untereinander. Säumig reichte man Sedili Wein. Sie lehnte ihn ab. Die Herrscherin setzte sich auf eine niedrige Polsterbank, hob mit beiden Händen ihr Bein auf die Kissen. »Bereitet Euer Fuß Euch heute Mühsal?« erkundigte sich Quantumex. Er ging zu ihr, nahm neben ihr Platz, entledigte sie ›mit ihrer gültigen Erlaubnis‹ des purpurroten Schuhs.

»Dieser alte Kratzer ist wundgerieben und hat sich wieder geöffnet«, erklärte Großmutter hinlänglich geistesgegenwärtig, und Quantumex schickte einen Diener nach Verbandszeug und warmem Wasser. Am anderen Ende des Raums hatten sich unterdessen Tänzerinnen eingefunden. Sie wirbelten umher, überaus genau aufeinander abgestimmt, stießen abgehackte Laute aus, die wie *Wip! Wip!*, wie das Reißen von Seide klangen. Für gewöhnlich hatte dies Gekläff eine zur Lüsternheit anregende Wirkung auf die Höflinge, auch auf Quantumex, doch nun betrachtete er den verquollenen Fuß der Herrscherin, als wäre er ihre Hand, die er indessen so gut wie verloren hatte. Er strich mit dem Daumen über einen Zeh Großmutters; sie trat aus, zeigte sich angesichts des Aufhebens, das er machte, recht gereizt und ungnädig, und er hob den Blick, schaute sie an. Ein Gedanke ging mir durch den Kopf: Der verderbte Quantumex hat in der lieblosen Herrscherin seine Meisterin gefunden – er hat für sie eine Schwäche entwickelt.

Wie ein verliebter Jüngling voller Schmachten wickelte er ihr eine Binde um den Fuß. Die Herrscherin bemerkte seinen Blick nicht, sie verdächtigte ihn nicht einmal derartiger Gefühlsduselei. »Nun denn, Prinzessin«, wandte sie sich mit fester Stimme an Sedili. »Wo steckt dieser vielfache Gemahl?«

Sedili spielte ihre gesamte Reihe eingefleischter Angewohnheiten durch, schwenkte die Hüfte, vollführte eine Drehung, hob die Brauen, paffte Qualm aus. »Gemahl ...?«

»Der allseits bekannte Gemahl etlicher Edelfrauen, der nun in diese Stadt vorgestoßen ist, der Drache, der Feldherr, Euer Gatte, unser friedliebender Nachbar.« Die Herrscherin löste ihren Fuß aus Quantumex' schlaffem Griff, und er half ihr eifrig beim Umlegen der Riemchen und Schließen der Schnallen.

Sofort lachte Sedili ihr wohlklingendes, unbarmherziges Lachen, als wäre Hochgeborenheit unvermeidlich von Geburt an mit Feingeistigkeit gepaart. »Nun, wo sind solche Feldherrn schon«, antwortete sie, »wenn nicht dort, wohin ihre Neigung sie zieht, wo sie Völkern ihren Fuß in den Nacken setzen können? Und nun segne mein Haupt mit deiner väterlichen Hand, Vater, und wünsche mir viel Erfolg, denn ich habe mancherlei in der Stadt zu erledigen.«

»Könnte Eure ehrenwerte Tochter, die edle Sedili«, murmelten die Berater Quantumex zu, »nicht dem ... äh ... Drachen eine Botschaft überbringen ...?« Sie flüsterten auf ihn ein. »Wir könnten ihm zweifelsfrei Kunde vom beabsichtigten Verrat der Herrscherin zukommen lassen«, raunten sie, »so daß er sich von ihr abwenden würde und sie genötigt wäre, sich mit Euch, Majestät, zu verbünden ...«

Quantumex' blaue Augen blickten über ihre Köpfe hinweg wie Murmeln. Die Ratgeber erbebten, scharten sich ein wenig zusammen; sie erkannten, daß ihnen ein Fehler unterlaufen war, verstanden jedoch noch nicht so recht die Ursache. »Hört mit diesen staatsklugen Stümpereien auf«, sagte Quantumex mit tiefer Stimme zu ihnen. Tief betroffen schauten sie zu Boden. »Außerdem wird meine Tochter ...« – langsam drehte Quantumex sich um, seine Finger streiften die Wange der inzwischen ziemlich ungeduldigen Sedili – »uns nicht verlassen.«

Sedilis Kopf ruckte rückwärts. Voller Zorn und Bestürzung starrte sie ihn an. »O hochedler König«, sagte sie leise. »O unvergleichliche Majestät! Welche Ehrenhaftigkeit, was für ein ungetrübter Stolz.«

Ihr Vater lächelte, als blecke er die Zähne, aber er blieb umgänglich. »Ein König«, lautete seine Entgegnung, »darf nicht sein Volk opfern, nur um dem Feind aus Gütlichkeit ein paar Versprechen zu halten.«

Als sie das hörte, zwinkerte seine Tochter, konnte die Endgültigkeit seiner Entscheidung schier nicht fassen. Sie vermochte den Mund weder richtig zu schließen noch vollends zu öffnen. »Aber du hast dein Wort gegeben«, rief sie vorwurfsvoll.

»Was ist das schon, ein *Wort?*« erwidert Quantumex wegwerfend. Mit einer knappen, flüchtigen Geste fordert er sie auf, die Gefangennahme ihrer Getreuen drunten im Hof mitanzusehen, und er zeigt auf die schweigsamen, grimmigen Männer, deren es viele sind – schwerbewaffnet und in des Königs Waffenröcken –, die sich hinter ihren Leibwächtern auf der Treppe gesammelt haben. Sedilis Männer erwarten ihr Zeichen, um hereinzustürzen, im Kampf um die Freiheit zu sterben. Sie jedoch ist wahrlich ihres Vaters Tochter und empfindet den Gedanken eines ehrenvollen Todes als durch und durch langweilig. Sie zuckt die Achseln, lächelt rundum, eisig und doch süß wie Eingemachtes.

»Sind das nicht zwei niedliche Geiseln, die sich ergänzen wie die Zierde eines Kamins oder Ornamente an einem Querbalken?« meinte Quantumex höflich, verbeugte sich erst vor Mutter, dann vor Sedili. »Seine beiden Gemahlinnen, jede von ihm für ihre besonderen Vorzüge geschätzt. Welche ihm wichtiger ist, vermag niemand genau zu sagen, eine ist unentbehrlich im Krieg, die andere unverzichtbar im Frieden. Nun habe ich beide Vöglein in der Hand.« Er lachte gedämpft, wandte sich an die Herrscherin, um ihr zwischendurch rasch ein Rätsel aufzugeben.

Sedili musterte Mutter bösen Blicks. Dergleichen hätte sie nie gedacht, daß sie als Geisel genommen werden könnte, weil andere Mächtige unterstellten, daß sie für Zerd eine Bedeutung besaß, gleichzeitig jedoch nur als ›zweite‹ Geisel – gewissermaßen als Gegengewicht – neben diesem mageren, unansehnlichen Weib, das die Welt nach wie vor als Zerds Gattin kannte. Ein lauthalses, herzhaftes, schrulliges Auflachen entfuhr Quantumex' aufgesperrtem Mund, als die allzeit schlagfertige Herrscherin das Rätsel geschickt löste, und er warf zum Entgelt eine Goldmünze nach dem Nabel der herausragendsten Tänzerin, die ihn damit gierig auffing, so wie eine Blüte eine unachtsame Fliege fängt. Quantumex entließ die Tänzerinnen, nachdem er auch mit uns sein Vergnügen gehabt hatte. »Und nun ...« – er gähnte, war plötzlich sachlich, unerbittlich wie Stein – »... werde ich dich hier allein lassen, Tochter. Da wir hier Mangel an Gemächern haben, wirst du dich sicherlich mit diesem Raum zufriedengeben.«

»Aber das ist ein Vorzimmer«, erhob Sedili zum Einwand. »Der Zugang erfolgt über eine öffentliche Treppe.«

»Ein verläßlicher Wächter an der Tür wird die Neugierigen und Schaulustigen sicher fernhalten können«, sagte Quantumex. »Wollen wir nun meine Tochter in Ruhe nachdenken lassen?« meinte er zu uns anderen, als fege er uns zusammen wie gefallenes Laub.

»Es wäre mir lieb, wenn ... Kaiserin Cija bliebe«, äußerte Sedili gepreßt, mit einem Kinn wie aus Granit, »um mit mir zu sprechen.«

»Ich schlage vor, auf dies Ansinnen nur einzugehen«, sagte Juzd unvermutet, »wenn mit der Kaiserin auch ich bleibe.«

»Wie Ihr wünscht! Wie Ihr wünscht!« Sedili ahmte ihres Vaters Beispiel nach und gähnte, kehrte Juzd den Rücken zu, streifte sich den Poncho von den breiten, runden Schultern über den Kopf und schleuderte ihn mit aller Verachtung in die Richtung des Fensters. Ich konnte mich nicht des Eindrucks erwehren, daß Juzd sie erregte.

»Meine Teuerste«, wandte Sedili sich schmeichlerisch an Mutter, »wir haben einander seit langem kaum gesehen ... Wie ergeht's Euch? Wie fühlt Ihr Euch?« Feinsinnig senkte sie ihre Lautstärke. »Hat der Krieg sich für Euch gelohnt?«

Ich sah, wie sich in Mutters Augen die Erinnerung an das Loch im Nordwall widerspiegelte, den Alptraum jedes Weibes im Krieg, da bekam ihr Gesicht einen Ausdruck von Belustigung, als sie verstand, was Sedili wirklich meinte: *Hat der Krieg dir diesen interessanten blonden Mann als Liebhaber beschert?* Mutter schaute sich in dem Vorzimmer um. »Hier ist's nicht allzu übel, glaube ich, Sedili. Wo werdet Ihr schlafen?«

»Auf dem Fußboden, wenn's sein muß«, säuselte Sedili. »Vergeßt nicht, daß ich Feldzüge gewöhnt bin.« *Im Gegensatz zu dir, du armes, verweichlichtes Kätzchen,* sagte ihr Tonfall. »Diese Polsterbank«, sann Sedili laut, »wirkt durchaus sehr bequem ... zumal eine gewisse Eintönigkeit sich für eine Weile nicht vermeiden lassen wird. Möchtet Ihr Euch zu mir setzen ...?« Und sie lockerte ihr Gewand, so daß ihr Brusttuch mitsamt dem üppigen Inhalt herausrutschte.

»Gedenkt Ihr erst zu schlafen und mich später zu fragen, was Ihr mich zu fragen wünscht, oder gedenkt Ihr

Euch jetzt mit mir zu unterhalten und danach zu schlafen?« erkundigte sich Mutter spöttisch.

Und abermals rutschten Sedilis vielseitig-ausdrucksreiche Brauen empor, als Cija mit ihrer Äußerung die vordergründige Ungezwungenheit des Zusammenseins zerstörte. Natürlich hatte Sedili mit Mutter über nichts Besonderes zu sprechen. Sie hatte vor, Mutter auszuquetschen, zu beschwatzen, auszufragen und auszunutzen, in Erfahrung zu bringen, was sie tat, was sie zu wem gesagt, welche Kleider sie getragen hatte, zu wem sie in freundschaftlichem Verhältnis stand, wem in der Frage einer etwaigen Vermählung Quantumex' mit Großmutter ihre Gunst gehörte, ob sie noch immer beabsichtigte, Zerds Gattin und Kaiserin zu bleiben; Sedilis unersättliche Wißbegierde lechzte nach Befriedigung, und sie hatte erwartet, Mutter werde so gesellig sein, die Schleusen ihres Wissens zu öffnen und sie in allem möglichen Klatsch schwelgen zu lassen, ihr zu Erkenntnissen zu verhelfen. Wie viele eifersüchtige Frauen fühlte Sedili sich nämlich bisweilen von ihrer Rivalin stärker angezogen als von ihrem Liebhaber.

»Ich vermute, ich bin einzigartig«, erklärte Sedili kummervoll. »Vornehmlich bin ich infolge der großen Liebe hier, die den vorherrschenden Teil meiner Natur ausmacht. Alles habe ich für meinen Herrn und Meister aufgegeben, den Feldherrn ... alles, alles. Meinen Vater, meine Heimat, mein Geburtsrecht. Allem habe ich entsagt, um bei meinem Herrn sein zu dürfen, das sanfte Weib bin ich, das sich an den wie Fels harten Mann schmiegt, ich folge ihm, wohin er auch geht. Es liegt in meiner Natur, zu geben, ohne Vorbehalte zu haben. Immer bin ich eine rückhaltlose, bedenkenlose Geberin gewesen. Erinnert Ihr Euch daran, teuerste Cija, wie ich Euch sogar meine Kleider gegeben habe? Ich bin nicht kleinlich.« Letzteres betonte sie, als würde sie es sein, wenn sie, ach! wenn sie nur könnte. »Ich denke nie an meinen Vorteil. Ich kann nur vorwärts, stets nur ins kalte Wasser springen, immer nur im Vollen leben. Wagemut heißt das Schlüsselwort des Lebens, doch vielleicht seid Ihr in dieser Hinsicht anderer Ansicht? Viele Menschen vertreten eine andere Auffassung. Aber jemand wie ich ...« – sie machte eine Gebärde, die den Zweck hatte, Rastlosigkeit anzudeuten, so daß die pralle Füllung ihres Mieders ins Schaukeln geriet – »braucht stärkere Eindrücke, muß tiefer als jene aus dem Kelch des Lebens trinken, die leicht zu ängstigen sind. Erkennen wir nicht alle solche oder andere Wahrheiten über unser Dasein an?« Sedili drehte sich ein Zigärrchen, spreizte die stattlichen Schenkel und preßte es, um es zu befeuchten, an ihren Kitzler, der in ständiger Bereitschaft aus dem Schamhaar ragte. »Nun, werden wir uns unterhalten«, wandte sie sich in schleppendem Ton Juzd zu, die Beine immer noch einladend gespreizt, »oder nicht? Gedenkt Ihr mit mir übers Wetter zu plaudern, oder möchtet Ihr mir, ehe Ihr Euch die Zunge abbeißt, darüber Aufschluß geben, wie hier in unserer mächtigen Hauptstadt die Angelegenheiten stehen?«

»Weder das eine«, gab Juzd, sich anscheinmäßig keines Buschs bewußt, auf den sich klopfen ließe, zur Antwort, »noch das andere.« Er widmete seine Aufmerksamkeit Mutter, die pflichtgemäß, aber mit ersichtlichem Unbehagen dastand wie ein unbeachteter Gast auf einer Feierlichkeit. »Meine Liebe«, sagte er, »ich werde Euch hinausgeleiten.«

Sedili schien kaum die Hand zu bewegen, doch plötzlich huschte etwas durch den Raum, und was da durch die Luft flog, war keineswegs das unordentlich gedrehte Zigärrchen, sondern ein kleiner, mit Glasuren verzierter Dolch, der sich in der Gürteltasche an ihrer Hüfte (oder ihrem Bauch, denn bei Sedili gab es zwischen diesen Rundungen keinen Unterschied) befunden hatte. Der Dolch sauste geradewegs auf Mutters Augen zu – denn anscheinend betrachtete Sedili es als am wenigsten verzeihlich, daß jemand sich ohne ihre Erlaubnis zum Gehen (oder vielmehr zum Rückzug) aus dem entschloß, was unter anderen Umständen ihr Empfangssaal gewesen wäre. Doch so geschwind der Dolch flog, so schnell wurde der Wurf abgewehrt. Ich konnte nicht sehen, wie Juzd das fertigbrachte, und ich nahm mir fest vor – so gewiß, als hätte ich es schon auf meine Schiefertafel geschrieben –, ihn zu fragen, wie er es gemacht hatte. Jedenfalls schwirrte der Dolch durch eine Schleife, kehrte flugs zu Sedili zurück und schlug ihr das Zigärrchen aus der Hand. Sedili keuchte auf, stieß ein Krächzen aus, keuchte nochmals, das Zigärrchen fiel auf die seidenen Kissen, sie begann es mit bloßen Händen auszuklopfen, Funken und angekohlte Federn wirbelten empor. Sie fluchte auf ihre erbitterte Weise, während Juzd Mutter und mich an den verdutzten, aber erheiterten Wachen vorbei hinausführte.

Wir trafen die Herrscherin in Mutters Gemächern an. Selbstverständlich war sie nicht allein, auch Sklavinnen und die übliche Vielzahl von Bediensteten waren da. »Zerd ... Zerd ...!« Großmutter rang ununterbrochen die Hände, ihre Herrscherinnenhände, schob ihre Ringe mit den dicken Perlen von Finger zu Finger. »Zerd ...«, jammerte sie, knirschte mit den Zähnen (man vermochte sie wirklich knirschen zu hören), schüttelte eine ihrer Sklavinnen.

Juzd verharrte in stiller Belustigung, seine helle Erscheinung glomm schwach im Zwielicht, während er auf eine Erklärung für Großmutters Betragen wartete. Mutter begann selber die Hände zu ringen. Den Namen ihres Gemahls mit solcher Hingabe gestöhnt zu hören, nachdem nicht einmal Sedili ihn erwähnt hatte – obwohl er ständig unausgesprochen gleichsam zwischen ihnen in der Luft hing –, wühlte ihr Gemüt unwillkürlich heftig auf. Sie schöpfte mühsam Atem. »Beruhige dich, Mutter!« brachte sie schließlich hervor. »Was hast du mit diesem Feldherrn zu schaffen, daß du so seinen Namen anrufst und flehst?«

»Was er mit uns zu schaffen hat?« rief Großmutter nachgerade in leidenschaftlicher Erregung. »Gar nichts, hat's den Anschein! Denn wie soll ich ihm eine Nachricht zukommen lassen? Er hält sich außerhalb der Mauern Nordfests auf. Er hat Nordfest fast völlig erobert. Und doch vermag ich ihm keine Botschaft zu senden. Dieser ...« Sie stockte, als wollte sie ausspeien, doch nahm ihr Redeschwall sie zu stark in Anspruch. »Dieser *König* ...« – eine schlimmere Bezeichnung fiel ihr für Quantumex nicht ein – »hat mich hier gefangengesetzt, als wäre ich irgendwelcher Schandtaten verdächtig.«

»Aber nein, Mutter. Er schützt dich wie eine Verlobte.« Die Herrscherin schnob geringschätzig und warf eine Perle in die Höhe. Mutter fing sie auf, bevor sie auf den Boden fiel. »Mutter, diese Perlen hat dir der König geschenkt«, rief sie. »Es sind fabelhafte Perlen. Schau sie dir nun an!«

»Pah!« schrie Großmutter. »Was sind denn schon Perlen? Nichts als Fischgräten.« Übellaunig begann sie mit ihren Fransenärmeln wie mit Schwingen zu schlagen. »Man hätte wähnen sollen«, sagte sie mit einer Verbitterung, die ihr im allgemeinen fremd war, »daß der König eines Reichs im Landesinnern zur Genüge prachtvolle Diamanten besitzt.«

Mutter hob die Schultern. »Mag sein, gerade weil er im Inland König ist, erachtet er Perlen als seltene, kostbare ...« Großmutter gab einen schroffen Laut des Unmuts von sich, stapfte im Gemach auf und ab. Bei ihrem herrischen Vorüberschreiten drehte der Wasserstrahl des Springbrunnens in der Ecke sich seitwärts. Draußen waren Ballungen von Gewitterwolken sichtbar, und der häßliche Lärm von Kämpfen Mann gegen Mann (sowie des Plünderns und Vergewaltigens) drang herein. Mutter schauderte zusammen und entfernte sich vom Fenster. »Ich werde mich zu Bett legen«, sagte sie leise und ausdruckslos. »Mehr kann ich nicht tun. Bleibst du hier, Mutter?«

»Wie können wir Zerd ausfindig machen?« wollte Großmutter von ihr erfahren.

»Überhaupt nicht, solange Quantumex deine Männer nicht aus der Zitadelle läßt«, gab Mutter knapp zur Antwort.

»Würde er auf mich hören, fände ich einen Weg, um ihm eine Botschaft zu übermitteln?« fragte die Herrscherin hartnäckig. »Du kennst ihn, Cija, du kennst dies Geschöpf, diesen Mann, was immer er sein mag.«

»Seine Gedankengänge sind mir unbekannt, Mutter.« Ruhelos wandte sich Mutter ab, doch als sie merkte, daß sie dadurch in die Richtung des zusehends dunkleren Fensters blickte, kehrte sie wieder um.

»Sein Herz besteht nicht aus gewöhnlichem Eis, sondern aus Treibeis«, sagte Großmutter. Um ihre Äußerung zu unterstreichen, drosch sie auf die Schulter einer Sklavin. »Wer weiß, welches Trachten ihn bewegt? Er will nur Macht, nichts als Macht.«

»Darf ich Euch zwei hohe Frauen nun allein lassen?« Juzd verneigte sich; er zog eine sanftmütigere Miene, als er mich sah, und lächelte. »Euch *drei* hohe Frauen.«

»Ich werde Euch begleiten, Juzd«, sagte Großmutter lebhaft, griff sich ihren Umhang, scharte die Sklavinnen um sich. »Wollen wir zu Abend speisen? Magst du dich nicht zu uns gesellen, Cija? Du, Seka? Nun, dann sehen wir uns am Morgen wieder. Die Götter wissen, was er uns bringen wird.« Sie küßte erst Mutter, dann mich; sie roch nach jungem Mammut. »Aber ich und einen Bund mit Nordfest schließen ...?« meinte sie. »Pah! Pah! Gliche das angesichts der gegenwärtigen Verhältnisse nicht nahezu einer Leichenschändung?«

In der Nacht wehte der Sturm die Fenster auf. Regen klatschte und prasselte herein, stieß mir den Kopf in einer Art von freundlicher Wildheit in die Kissen, ähnlich wie die spielerische Rauheit einer Hand, die zu groß war, um mir den Schopf ohne eine gewisse Grobheit zausen zu können. Donner dröhnte durch den ganzen Himmel und zurück, krachte in gewaltig lauten, ausgedehnten Schlägen. Ein Kugelblitz schwebte ins Gemach. Er verhielt zwischen Teppich und Zimmerdecke inmitten der schwülen, geladenen Luft, schillerte ein wenig, betrachtete mich, die ich im Bett lag und meinerseits ihn anstarrte, und so etwas wie feiste, große, wilde, machtvolle, gütliche, gemütliche *Heiterkeit* ging von ihm aus; er verstrahlte Lachen (es war wohl, glaube ich, eher Lustigkeit, doch ich habe das Gefühl, bei dem Wort ›Lachen‹ bleiben zu müssen, denn ich nahm eindeutig Leutseligkeit wahr, viel umfassender, flüchtiger und fröhlicher als alles außer Gelächter), das sagte: *Na was denn, ho-ho, na was denn, ist das etwa nicht die rechte Weise, ein tüchtiges Unwetter zu machen?*

Als Juzd eintrat, ohne weiteres zu erkennen, weil seine Haut wie üblich im Dunkeln goldgelb schimmerte, hastig ins Gemach kam, schenkte ich ihm so gänzlich ungeteilte Aufmerksamkeit, daß ich den Augenblick versäumte, in dem jenes Etwas, der Kugelblitz, das Gewitter-Lachen, erlosch oder ›verschwand‹.

Mutter erwachte. »Was . . .?« flüsterte sie. »Ach, Juzd! Ja?«

»Ja, ich bin's«, antwortete Juzd. »Kommt beide mit! Kommt, meine Lieben! Im Schutz des Gewitters können wir entweichen.«

Mutter hegte an ihm nicht die mindesten Zweifel. Juzd brachte uns auf verschlungenen Wegen aus dem Palast, auf denen wir zwar keinen Wachen begegneten, es jedoch zahlreiche abgesperrte Schlösser gab; aber es hatte den Anschein, als ob irgendeine Verschmelzung der elektrischen Kraft in der Luft und Juzd innerer Kräfte stattgefunden hätte, um Eisen zu sprengen, von bloßer Menschenhand vereinte Kettenglieder zu brechen. ·

Anschließend lief es in den Straßen ähnlich ab. Wir eilten durch Gassen und Gärten; überall barsten vor Juzd die Schlösser. Ich weiß nicht, ob es lautlos geschah, das Gewitter tobte zu lautstark, als daß man das Knarren von Riegeln hätte hören können.

Man kämpfte und plünderte in den Schenken und Wohnhäusern, ja allerorts in der Stadt. Der Regen erstickte sämtliche Feuer, die hier und da aufloderten. Doch mit dem Regenwasser strömten dunklere Rinnsale durch die Gossen, und in einem Vorgarten, dessen Gras schlüpfrig war von all der Nässe, stolperten wir über eine hingestreckte, in einen Waffenrock gekleidete Gestalt. Zwischen den Bäumen trat eine andere Gestalt hervor, rief uns mit blankem Schwert an.

Juzd, der sich über den Leichnam gebeugt hatte, um Mutter, die halb auf den Toten gesunken war, Beistand zu leisten (er hatte keineswegs vor, sich den Gefallenen näher anzusehen, um etwa zu ergründen, wessen Waffenrock er trug, oder festzustellen, in welchem Zustand des Lebens oder Todes er sich befinden mochte, denn er neigte nicht zur Zeitverschwendung), hob den Blick zu dem Bewaffneten; und zuckte die Achseln in einem Ausdruck zeitweiliger Schicksalsergebenheit.

Ein Blitz lohte, erhellte die weißen, wie bei einem Fuchs gebleckten Zähne von Smahils Lächeln. »Meine Familie . . .!« sagte er in schmalzigem Ton. »Und der Beschützer meiner Familie. Von nun an meine Reisegefährten, vermute ich? Denn ich unterstelle, ihr seid dabei, diese gastfreundliche Stadt zu verlassen?« Smahil steckte sein Schwert nicht ein. Blätter umwehten, umwirbelten uns.

»Du bewachst nicht diesen . . . Mann?« fragte Mutter, an Juzds Schulter gestützt.

»Dieser ›Mann‹ . . .« – Smahil stieß den Leichnam mit

dem Zeh an – »bedeutet mir weniger als Staub, da nun meine ... Gefährten zu mir gefunden haben und mich brauchen. Solange ich allein war, hier im Kreise meines Häufleins zuverlässiger Männer, verscheucht aus des Königs Umkreis, während *eure* Familie Wiedersehen feierte, war meine Pflicht mir alles, auch wenn man uns zeitweilig zur Seite geschoben hat, weil unsere armen, unschuldigen Gesichter Mißfallen erregt hätten, hielten wir doch an unserer Pflicht fest. Aber nun werde ich mit euch meines Weges ziehen, nicht länger als Kriegsmann, sondern als Reisender, als Gefährte. Wie du siehst, bestehen bezüglich meiner Vorlieben keine Unklarheiten. Es wäre Verrat an meinem wahren Wesen, wollte ich bei einem Heer bleiben, das ich mir ausgesucht habe, statt mich an die meinen zu halten.« Und er trat zu Mutter. Juzd sah Mutter an, aber sie zitterte, sagte nichts. Bevor irgend jemand anderes etwas tun oder äußern konnte, rief Smahil aus der Finsternis zwischen einigen Bäumen drei große Reitvögel (er pfiff, und daraufhin kamen sie herangetrabt), die sich gegen den triefenden Nachthimmel abzeichneten. Wieder zuckte Juzd, diesmal kaum merklich, die Achseln. Er hatte keine Reittiere zur Verfügung stellen können, das ließ sich nicht leugnen, und wir näherten uns dem Stadtrand. So stellten wir denn die Füße in die tiefen, Kübeln vergleichbaren Steigbügel. Unruhig tänzelten die Vögel. Als wir sie mit den Knien antrieben (Juzd hatte mich vor sich auf sein Tier gehoben, so daß Mutter ihr Äffchen auf den Arm nehmen konnte), verfielen sie sofort in ihren von viel Ruckeln und Stoßen begleiteten Galopp, und hinter uns erscholl auf einmal Geschrei – »Hai!« –, weil Smahils Spießgesellen im selben Moment den Diebstahl bemerkten. Smahil lächelte ins Düstere. »Tod anstatt Ehrlosigkeit? Ach, Tod ist eine so öde Sache.«

Wir wateten durch einen von Strauchwerk gesäumten Fluß, stiegen an einem mit allerlei Zierat ausgestatteten Landungssteg (er gehörte zu einem großen Herrenhaus), schwach beleuchtet durch Laternen, die an schmiedeeisernen, verschnörkelten Halterungen baumelten, wieder an Land, und wenige Augenblicke später sprengten wir durch elende, krumme Seitengäßchen, wo in vielen Fällen die mit schönen Wandfliesen geschmückten Rückseiten der Häuser schon in Trümmern lagen.

Die Reitvögel, gut abgerichtete Tiere der Reiterei, scheuten wiederholt und krächzten. Ich nahm an, daß Blitz und Donner sie aus der Fassung gebracht hätten. Dann fiel mir ein, daß jetzt die Jahreszeit war, in der man am schlechtesten mit ihnen zurechtkommen konnte, daß sie die liebe Angewohnheit hatten, mit einem Mal ihren großen, länglichen, echsenhaften Schädel nach ihrem Reiter umzudrehen und ihm die Kniescheibe auszureißen.

Ein gewaltiger Luftzug schien uns in die Gesichter zu fahren. Die ungewohnte Freiheit und Weite der Ebenen war es, die uns entgegenwehte; denn wo jahrhundertelang Nordfests Stadtmauer gestanden hatte, lag nun zuhauf, in schauderhaftem Wirrwarr, schwärzlich verkohlt und blutbesudelt, der Schutt einer ausgedehnten Bresche, und dahinter sah man nichts, nur die Nacht, hatte ungehinderten Ausblick auf langgestreckte Hügel.

In den Ebenen brannten weithin die Lagerfeuer des ›Feindes‹ – der ›treulosen Nordlinge‹, wie man die vereinigten Scharen Zerds und Sedilis in Nordfest nannte. In riesigen Mengen zogen Fackeln auf die Stadt zu, an uns vorüber, die wir auf einer flachen Anhöhe standen, während ringsum in den ärmlichen Schenken das Plündern und Vergewaltigen weiterging. Der Wolkenbruch hatte das ganze Land in Schlamm verwandelt. »Klingt wie massenhaftes Punzenlecken«, bemerkte Smahil über das Heranstapfen der Scharen.

Aber was man durchs Prasseln des Regens und das Schmatzen ungezählter Schritte am besten hören konnte, war das vielfache Dröhnen und Hallen der *siegreichen* schwarzen Trommeln des Nordens. Ihr Trommelschlag scholl herüber aus den Ebenen, und in den eroberten Straßen Nordfests antwortete man ihnen.

Smahil ritt mit Mutter Knie an Knie. Wenn unsere Reittiere sich in den schmalen Biegungen der Gassen aneinanderdrängten, berührten seine Hände sie unvermeidlich und unausweichlich, ließen für einige Augenblicke nicht von ihr ab, sondern drückten, preßten ihr Fleisch, nutzten die Bauweise der Gasse aus, um ihr unverzüglich unters Kleid zu grapschen und ihr an die Brust oder zwischen die Beine zu fassen.

Wir vermochten zu hören, wie sich hinter uns des Königs Streitkräfte sammelten und anrückten. Sie marschierten nicht durch die Gassen, sondern – wie ich vermutete – durch eine breite Allee, die ungefähr in die gleiche Richtung verlief, die wir genommen hatten. Wir hielten nach einem Unterschlupf, irgendeinem Versteck Umschau. Doch wir entdeckten nichts dergleichen; nicht einmal die Eingänge der Häuser waren tief genug.

Voraus jedoch, vorübergehend weniger gut sichtbar, weil wir uns wieder zwischen Gebäuden befanden, erstreckten sich die Ebenen. Wie oft hatte ich über dies Viertel Nordfests ausgeblickt, in die Ferne gespäht, in jenen Landstrich namens Metzelfeld mit seinen schwermütigen Sonnenuntergängen und bitteren Stimmungen ausgeschaut. So sind die Stätten immer, wo Männer gefallen sind und beim letzten Atemzug die Sinnlosigkeit ihres Heldentods begriffen haben.

Donner und Regen waren schwächer geworden. Schon konnten wir vernehmen, wie der Wind durch die Ebenen heulte.

»Wenn wir die Stadtgrenze erreichen«, sagte Juzd im Plauderton zu Smahil, »werde ich Euch, solltet Ihr Euch bis dahin nicht aus unserer Nähe entfernt haben, mit der Peitsche das Gesicht zerschlagen.« Er trieb den Reitvogel zu erhöhter Schnelligkeit an; Mutter tat das gleiche.

»So tut's!« antwortete Smahil augenblicklich und jagte sein Reittier gleichfalls schneller vorwärts.

Ich sorgte mich, daß Smahil Juzd zuvorkommen und vor Erreichen der Stadtgrenze über ihn herfallen könnte. Der schwarze Himmel schien sich um uns zu schließen wie eine Faust.

Von der Bresche her galoppierte ein Reiterzug von Zerds Heer durch die enge, finstere Gasse auf uns zu. Die Reiter trommelten nicht. Sie sahen uns.

Clor löste sich von der Vorhut, ritt heran und zügelte in der Dunkelheit neben uns sein Tier. Er entwirrte einen Schal aus den Rangabzeichen an seinen Schultern, wollte absitzen, um sich ordnungsgemäß vor Mutter verbeugen zu können. »Nein, Clor«, sagte Mutter, »wir begegnen uns im Sattel wieder, und im Sattel werden wir bleiben.« Ernst und feierlich drückten sie sich Hände, Unterarme und Ellbogen. Ein großer Schwall bräunlichen Herbstlaubs stob vorbei, überschüttete die beiden mit feuchten Blättern. Der schwache Glanz, den Juzd erzeugte, färbte auf Mutter ab, verlieh ihrem Äußeren eine gewisse eindringliche Hoheit, betonte ihr hageres, hohlwangiges, spitzes Gesicht mit den lebhaften Augen, die aufgrund des Wiedersehens mit Clor herzlich dreinblickten, im Laufe der letzten Monate beträchtlich abgemagert. Als besäße sie verschiedene Schichten, war manches von ihrer Erscheinung gewichen, als wäre sie ein Geist; doch die Entfaltung anderer Eigenschaften zeichnete sich ab. Sie wirkte dünn, aber beinahe gefährlich, ruhig und inwendig tief, wie ein Mensch, der jemanden gänzlich in sein Dasein einzubeziehen vermochte.

Die Reihen der Anführer hinter Clors Rücken teilten sich, Bewegung entstand. Eine hochgewachsene Gestalt in rotem Umhang ritt heran. »Herr«, sagte Clor, »die Kaiserin ist gefunden.«

»In der Nähe des Nordwalls und des neuen Laboratoriums, ganz wie vermutet.« Zerd hielt Mutter eine Hand hin. Anders als bei Clors ausgestreckter Hand war darin lediglich eine leere Geste zu sehen, er erwartete nicht, daß Cija sie nahm. Sternenschein glitzerte auf den Rändern von Zerds Schuppen. Das Glitzern umrahmte sein dunkles Gesicht, und nach einem kurzen, aufmerksamen Blick in die Runde, mit dem er uns gründlich genug maß, richtete er seine Augen erneut auf Cija, aber er starrte sie nicht an, er erfaßte, was sie an Eindrücken bot, ihren Umhang, das Nachtgewand darunter, ihre Zittrigkeit, das Kind in ihrem Arm.

»Zerd!« Mutter begrüßte ihn mit eben jenem Selbstbewußtsein wie vorher Clor. »Die Hauptstadt hast du besiegt. Hast du auch den Krieg gewonnen?«

»Was trägst du da im Arm?« fragte Zerd sie.

»Meinst du dies, o mein Bezwinger?« Mutter hob Ung-gs schlafendes Kind in die Höhe, damit Zerd es besser sehen konnte. »Ein kleines Liebchen, o Herr und Gebieter.«

Zerd ließ sich nicht beirren. »Ich bin nicht dein Bezwinger«, widersprach er, »aber als Bezwinger dieser Stadt werde ich dafür sorgen, daß man dich in Sicherheit bringt, ehe ich mich ans Aufräumen begebe. In der nächsten Zeit werden wir hier viel Spreu vom Weizen trennen, und Nordfest wird eine Stätte der Greuel sein.«

»Du gedenkst mich in die ›Sicherheit‹ deines Heerlagers zu schicken?« fragte Mutter mit emporgewölbten Brauen; Zorn und Furcht, die ihr diese Aussicht verursachte, ließen sich nicht einmal unter dem Eindruck dieses Wiedertreffens unterdrücken.

Auch Clor räusperte sich und trat näher. »Im Heerlager dürfte Prinzessin Sedili ...«

»Das Heerlager ist freilich nicht der geeignete Aufenthaltsort für dich«, sagte Zerd zu Mutter. Es gefiel mir, daß er sich darüber Gedanken machte, wie sie geschützt werden konnte. Ich fragte mich, wie er es wohl

aufnehmen würde, wenn er erfuhr, daß Prinzessin Sedili gegenwärtig zum Wohlgefallen König Quantumex'
in der Zitadelle festsaß.

»Clor!« Clor nahm Haltung an und erwartete Zerds
Befehle. »Darf ich dich damit beauftragen, die Kaiserin
an einen ausreichend abgelegenen und sicheren Ort in
den Hügeln unmittelbar nördlich der Stadt zu bringen?«
meinte der Feldherr. Er begann nähere Weisung zu erteilen. In Mutters Augen spiegelte sich inzwischen
Trostlosigkeit wider. Mochte er sie auch in einer engen,
finsteren Gasse und unter den Ohren von sieben seiner
obersten Anführer Kaiserin nennen, das änderte nichts
daran, daß er sie sich so schnell wie nur möglich aus
dem Weg schaffte. »Die Grabhügel liegen jenseits der
Wasserstelle, in nordnordöstlicher Richtung«, sagte
Zerd zu Clor; doch auf einmal unterbrach er seine Erläuterungen. »Clor, leite du hier für mich das Aufräumen
ein! Ich selbst werde die Kaiserin hingeleiten.«

»Ihr wollt die Kaiserin persönlich begleiten?« Fast geriet Clor ins Stottern.

»Es wird nur einen Tag währen, dann bin ich zurück.
Ich werde flugs reiten, geschwinder als du, weil ich die
Gegend kenne. Dich brauche ich hier, und ich möchte
nicht in der Stadt auf dich warten müssen, während du
durch die Hügel im Norden irrst. Teure Gemahlin?« Er
sah Mutter fragenden Blicks an, die Zügel in seinen
Fäusten.

»Herr und Meister?« stammelte Cija.

»Sind wir bereit?« Zerd trieb sein Reittier zum Galopp
an, oder wie man die höchste Geschwindigkeit der stets
zum Hüpfen geneigten Riesenvögel nennen mag; ich
kenne nur die Worte der Soldaten für diese Angelegenheiten, und es sind alles Befehlsworte. Er hatte mich aus
Juzds Sattel gehoben, und ich rückte mich gerade an
Vaters Sattelknauf zurecht, da schienen über uns die
Sterne nach hinten zu schwirren, als das Tier losrannte.
Als ich mich umschaute, sah ich Mutters beherrschte

Miene erblassen. Sie gab ihrem Reitvogel ebenfalls die Sporen. »Nehmt die beiden Kerle fest!« brüllte Zerd, indem er sich rückwärtslehnte.

»Zerd! Zerd!« Mutter holte uns ein, ohne außer Atem zu kommen, ihre Kapuze und das Haar wallten mit dem gleichmäßigen Schaukeln der Vögel. »Ich begleite dich nicht, wenn man sie festnimmt.«

»Du bist bereits unterwegs.« Zerds linker Mundwinkel zuckte. Wir blickten uns um. Die Gasse war nicht mehr zu sehen. Die Vorderseiten der Schenken und schwarzen Hauseingänge befanden sich schon außer Sicht. Wir ritten hügelabwärts und durch die Bresche; die vielen, vielen Soldaten, die dort marschierten, in die Stadt einmarschierten, durch Matsch und Trümmer schlurften und stapften, die Finsternis mit ihren zahlreichen Fackeln, blanken Klingen sowie zum Grinsen entblößten Zähnen erhellten, machten uns Platz. »Der Drache!« schrien sie im Jubelton, als wir zur nächsten Anhöhe gelangten. »Im Gewahrsam meiner Männer sind sie gut aufgehoben«, beteuerte Zerd, um Mutter zu beruhigen, doch vielleicht ein wenig zu betont lässig. »Wo könnten sie sicherer sein?«

»Wohin bringst du mich, Zerd?« Mutter hielt an ihren Vorrechten fest, sie bestand zumindest auf dem Recht, zu erfahren, was aus ihr werden sollte.

»Zu meiner Mutter«, lautete des Drachenfeldherrn Auskunft.

Die Sterne schienen das nächtliche Himmelszelt hoch über uns aufzuschlitzen, während wir dahinjagten. »Deiner Mutter? Dem riesigen, blauhäutigen ...?« Sie unterbrach sich rechtzeitig, um zu verhindern, daß sie das Wort ›Echsenweib‹ aussprach; ich wußte, daß es ihr auf der Zunge gelegen hatte, denn daß ein derartiges Weib es gewesen sei, das Zerd für seinen Vater, den ruhmvollen Mörder, geboren hatte, war ihr stets erzählt worden, und Zerd wußte ebenso, was sie um ein Haar gesagt hätte. Er lachte.

»Sie wohnt in den Hügeln. Habe keine Furcht. Ich kenne den Weg sehr genau.« Der bevorstehende Besuch bei Vaters Mutter war für mich von überdurchschnittlichem Interesse. Meine Großmutter, die Herrscherin, die ich immer für die einzige Großmutter gehalten hatte, die ich jemals kennenlernen sollte, interessierte mich erheblich weniger als jenes Weib, dessen Fleisch und Blut, dessen Schuppen den wesentlichen Ursprung und die ursächlichen Gründe meiner Sonderlichkeit abgaben, meiner graublauen Haut, der Eigenheiten, die mich von anderen Menschen unterschieden … Ach, und natürlich auch meine Stummheit. Allzu häufig vergaß ich, daß mein besonderes Lebensgefühl der erhöhten Achtsamkeit und Vereinzelung seine Ursache in meiner keineswegs selbstgewählten Stummheit hatte. Wir ritten zügig durch das Pfeifen eines schwachen Winds. Hier im vielfältig gebuckelten Vorland der Metzelfeld-Hügel war das Unwetter schon vorbei, in diesem Landstrich, in dem seine Forschungen weiterzutreiben, auf den seinen Wissensdurst, seine Neugier auszudehnen ein bislang erfolgreiches Menschengeschlecht versäumt hatte, wo allein der Wind über den Horizont hinausstrebte. Zerd legte Hand an Mutters Zügel; gehorsam blieb der Vogel nach zwei Sprüngen stehen. Vater knüpfte aus Cijas Umhang eine Schlinge für ihr Äfflein, das noch schlief, die faltigen Lider über den Korinthen-Augen; dadurch ward es Mutter erleichtert, die Zügel zu halten. »Ist das Kind schwer?« Zerd wies mit dem Kinn auf das Äffchen.

»Nein«, antwortete Cija. »Es ist sehr leicht.«

»Ist's mein Kind?« fragte Zerd. Mutter sah ihn an und schüttelte den Kopf. »Ist's deins, Cija?« hakte Vater mit gedämpfter Stimme nach.

»Ja, Zerd. Es ist ein Kind meiner Traumwelt. Ein Kind, das aus den Trugbildern des Urwalds hervorgegangen ist, das Ergebnis einer Hoffnung, die vielleicht allzu gefühlvoll war, und's hat den Anschein, als sei sie darum unrecht gewesen.«

Zerd dachte nach, klatschte seinem Reitvogel die Zügel an den Hals; das Tier machte größere und schnellere Schritte. »Für mein Verständnis war sie nichts Unrechtes, Cija. Du hast eine Hoffnung und den Mut gehabt, deiner Hoffnung gemäß zu handeln. Mag sein, das war alles, wofür wir dir je Raum gelassen, dir Platz eingeräumt haben.«

»Für Hoffnung?« fragte Cija, sich darüber im unklaren, ob sie seine Überlegungen richtig begriffen hatte.

Zerd schwieg, so wie vorhin Mutter plötzlich geschwiegen hatte, als sie kurz davor stand, eine Bemerkung über seine Abkunft zu machen. Ein Ausdruck, der Grimm bezeugen mochte, verdüsterte sein Gesicht. Wir ritten unablässig weiter. Es war nicht zu dunkel, der Himmel war voller Sterne, und Wind blies. Unter den Klauen unserer Reitvögel erhob sich ein nachgerade betäubend starker, aufdringlicher Duft, erfüllte die Nachtluft. Wir überquerten eine Wiese mit vielen großen, dicklichen Blumen, an denen der Wind heftig, ja wüst rüttelte, und die Glitzerpünktchen der Sterne leuchteten auf diese Raserei der Blüten herab. Ich hob den Blick zu Vater. Er schaute mich an, wir sahen uns in die Augen. »Guten Abend«, sagte er zu mir. Ich schenkte ihm den Ansatz eines Lächelns, der vielleicht ein Viertel eines vollen Lächelns ausmachte, mehr nicht. Ich wollte mich nicht mit seinesgleichen einlassen, wie verwandt wir auch miteinander sein mochten, bevor ich wußte, was er mit meiner armen, kleinen Mutter im Sinn hatte.

Droben auf den höheren, inneren Hügelkämmen der zerklüfteten Landschaft, inmitten der tintenschwarzen, wie samtenen, mit fahlen Andeutungen des Aufhellens durchsetzten Finsternis kurz vor Anbruch der Morgendämmerung, konnten wir vor uns düstere Erhebungen anderer Art aufragen sehen. Cijas Lippen bebten; kann sein, sie hat in diesen Augenblicken irgendeinen Zauberspruch, der ihr Glück oder Schutz bescheren sollte, vor sich hingemurmelt, denn es waren Hügelgräber, denen wir uns nahten, ein grauenvolles Gebiet, geisterhaft und trübe, es waren die Grabstätten einstiger Könige.

Zerd schöpfte Atem. Ich hatte den Drachen nie zuvor auf solche Weise beinahe seufzen hören, und ich glaube, das gleich galt für Mutter, sie blickte ihn nämlich erstaunt an. Der Laut klang, als hätte er gesagt: Daheim.

Während wir uns näherten, gähnten die Höhleneingänge der Gräber uns zusehends mehr wie aufgesperrte Rachen an. Zerd erhob sich in den Steigbügeln und legte die Hände an den Mund. Er stieß einen durchdringenden, rauhen, schwerblütigen Ruf aus, in der Mitte mit einem gedehnten Pfiff, als schwänge sich ein Raubvogel herab.

Fast im gleichen Moment zeigte sich etwas in nahezu jedem Zugang der Grabhügel. Infolge unwillkürlicher gedanklicher Verbindungen erwarteten Mutter und ich, es müßten Leichname sein. Aber die Wesen, die aus den Eingangslöchern auf uns zueilten, waren alles andere als leichenhaft. Jedes saß auf einem Reittier – keinem Reitvogel, auch nicht auf einem richtigen Pferd, sondern einem Tier, von dem ich den Eindruck hatte, es könnte eine urtümlichere Ausgabe des Pferds sein; einem zwergenhaften, wilden, einem Kleinpferdchen nicht gänzlich unähnlichen Geschöpf mit drei geschmeidigen, gespreizten *Zehen* je Fuß, hervorgequollenen Augen, als hätten sie ein Leiden der Schilddrüse, und von ihren Fesseln wehten lange, wallende, flattrige Federn. O ja, ich weiß über die Schilddrüse Bescheid. Ich weiß auch über Krankheitserreger Bescheid, und das gilt ebenso – zu seinem Nachteil – für das Uralte Atlantis, das das Ansteckende des Kränkelns und Schmachtens der Niederlage und Unterwerfung kennengelernt hatte.

»Das sind meiner Mutter Söhne«, sagte Zerd, wäh-

rend die Reiter wüst auf uns zupreschten. Der vorderste
Reiter brachte sein Vieh nur eine Handbreit vor uns
zum Stehen. Wie bei einem Affen hatte sein Lächeln die
Bedeutung, zu warnen. Er saß ab und trat zu uns, das
Gesicht ausdruckslos Zerd zugewandt, doch sobald er
Mutter und mich ansah, lächelte er zum Zeichen der
Warnung. »Das ist einer meiner Brüder«, sagte Zerd zu
Cija, stellte damit ihr, ganz wie es sich gehörte, den
Mann zuerst vor; abseits der Fürstenhöfe und der Kul-
tur empfand ich das anfangs als sonderbar, aber später
merkte ich, daß wir hier in eine Art von Mutterrechtsge-
sellschaft geraten waren. Zerd machte uns seinen Bru-
der nicht namentlich bekannt, denn er trug keinen Namen; die Blutsverwandtschaft war alles, was er brauchte. »Dies ist meine Gemahlin«, sagte Zerd zu seinem
Bruder. »Ihr Name ist Cija.«

»Kaijah?« Der Bruder lächelte.

»Hier sind ihre Kinder.«

»Eins hat blaue Haut?«

»Blaue Haut, ja. Von mir ... ist mir gesagt worden.«
Der Bruder beschnupperte das Äffchen in Cijas Armen. Mutter schaffte es, nicht vor ihm zurückzuwei-
chen. Der Bruder rümpfte seine blaue, schuppige,
stumpfe Nase. Er lächelte noch, und die Sterne glänzten
auf seinen übriggebliebenen Hauern. Die anderen Brüder scharten sich, ohne abzusteigen, um uns, blieben
still, schnupperten, ihre geschuppten Nasen gerunzelt.

Gab es hier Sicherheit? Wäre Mutter in Sedilis und
Zerds Heerlager nicht tausendmal sicherer gewesen? Ja,
hier waren wir in Sicherheit. Noch nie hatte ich mich so
sicher gefühlt. Wärme durchströmte mich, noch während ich den Kitzel der Gefahr spürte. Die Bedrohung,
welche vom Argwohn und der Abneigung der Brüder
ausging, war eine unbestreitbare Tatsache. Aber gleichzeitig glich die Begegnung mit ihnen für mich, ähnlich
wie für den Drachen, so etwas wie einer Heimkehr.

Bei der Feuerstelle im Innern eines der Hügel, des

Grabs, in das man uns führte, hockte ein riesiges Weib. Größer als Zerd war es, größer als seine Brüder, obwohl deren Körpergröße sich schlecht beurteilen ließ, weil sie, mit Ausnahme des einen Bruders, der uns begrüßt hatte, auf ihren merkwürdigen grimmigen Viechern blieben. Im Flackern der Flammen konnte man das dunkle Blau, durch das sich des Weibes Haut auszeichnete, hingegen um so deutlicher erkennen. Die Hauer, beringt mit Gold, entragten ihren Lefzen bis aufs Kinn. Der Herd bestand aus einer mit Unterschenkelknochen aufrecht eingefaßten Platte aus Ton; an einem langen Spieß drehte sich ein Tier, dessen Art man nicht mehr zu bestimmen vermochte. Am Morgen sollte ich entdecken, wie das nach draußen geworfene Fleisch täglich Wildhunde, kahlköpfige Geier und andere Sauberhalter der Wildnis anlockte.

Zerds Mutter empfing ihn mit einem schrillen Aufschrei, riß ihn in ihre Arme, so daß er gegen ihre Brüste fiel. Mutter und mich schaute sie an, ohne zu lächeln; folglich hatte sie wohl nichts gegen uns. Durch den offenen Eingang des Grabs konnte ich beobachten, wie die Brüder, inzwischen abgesessen, die Stelle aufsuchten, an der wir vorhin einander getroffen hatten, dort ihre blauen, dunklen Geschlechtsteile herausholten und feierlich auf den Erdboden pinkelten, für den Fall, daß irgendwelche Verfolger sich mit Hunden auf unserer Fährte befanden. »Zwei von ihnen sind ja Tiere«, hörte ich sie zu ihrer Mutter sagen, als sie hereinkamen, und ich schloß daraus, daß sie Zerd und das Äfflein meinten. Also hatten sie nun auch nichts mehr gegen uns.

Die Sonne stand schon ziemlich hoch, als ich erwachte. Auch wenn das Tageslicht hereindrang, sah es in dem Hügelgrab wie in einem Grab aus. Zerds Brüder, um den Herd versammelt, trugen Kleidungsstücke, die ich in der vergangenen Nacht gar nicht als Kleidung erkannt hatte, wahrscheinlich alles aus den Gräbern der

Umgebung geplündert. Sie hatten Leibchen und Mieder von Weibern an, aus Silber oder Haartuch, mit denen man die Toten geschmückt hatte, auf den Köpfen Stirnreife und Hüte. Zur Würdigung des Morgenmahls rülpsten die Brüder laut. Zerd aß in der Nähe auf einem Bett. In einem Wabern von Lichtschein lag Mutter auf dem Bett (gebaut aus mit alten Zügeln zusammengeschnürten Stöcken und Ästen); sie schlief noch. Einer der Brüder betrachtete sie freundlich, steckte eine Blume (wie sie an den Hängen der Grabhügel wuchsen) in einen Brocken Braten und legte ihn ihr auf die Decke, damit sie im Bett frühstücken könne. Er nahm einen Mundvoll von dem warmen, dünnflüssigen Beerenwein, den sie zu trinken pflegten, sprühte ihn auf ihr Gesicht, um sie auf diese nette Weise zu wecken. Zerd wischte ihr das Gesicht ab, schaute belustigt drein, lächelte aber nur mit einem Mundwinkel; es erregte ihn, Mutter zu wecken. In der vorangegangenen Nacht hatte ich begriffen, was das schreckliche Lächeln der Brüder besagte, darum verstand ich endlich, weshalb Zerd so selten lächelt, wieso es, wenn er lächelt, ein Ausdruck *angelernter* Höflichkeit ist, und warum es stets andeutungsweise bleibt.

Unerschütterlich setzte sich Mutter an den Rest des Bratens. Sie hätte die Nacht hindurch dort gesessen haben können; ich halte es nicht für ausgeschlossen, daß es so gewesen ist.

»Wir haben uns um deine Reitvögel gekümmert, Bruder Feldherr«, sagte der Bruder, von dem wir begrüßt worden waren (falls man es so nennen konnte). »Es sind gute Tiere. Nicht bloß hübsch. Vögel sind meistens Vögel ... Nichts in der Welt geht über Pferde.«

»Aber was ihr reitet, sind keine Pferde.« Zerd streichelte Mutter.

»Was du reitest, auch nicht!« Die Brüder grölten und johlten durcheinander. »Wir haben dich just reiten gesehen!«

Mutter lächelte schüchtern. Über ihre Knochen hinweg, an denen Fleischfetzen hingen, musterten die Brüder sie, um ihr Verhalten einzuschätzen. Mutter hatte es versäumt, ihr Lächeln zu unterdrücken. Nun dachten die Brüder, sie hätten sie verärgert, und überlegten, ob sie biestig werden könnte.

»Draußen bläst 'n starker Wind«, sagte ein Bruder, »er fährt geradewegs aus dem Arsch des Teufels.«

»Ein so starker Wind«, stimmte ein anderer Bruder zu, »daß sich sogar das Moos auf den Steinen kräuselt.« Er warf ein Messer in die Wand der Grabkammer, machte dadurch auf das Gewimmel von Maden aufmerksam, mampfte unverdrossen weiter, während er sprach. »Welcher Wind hat dich zu uns geweht, Bruder Feldherr? Was geschieht dort, wo du dich herumtreibst? Können wir für dich irgendwelche Männer totschlagen, die auch Feldherren sind?«

»Heute und morgen werde ich bloß noch einige restliche Gegner zu erschlagen haben«, antwortete Zerd.

Ich fragte mich, wann sie ihn das letzte Mal gesehen haben mochten, wenn sie solche Auskünfte von ihm wünschten. Möglicherweise hatte er während des Feldzugs in den Norden häufiger diese Grabhügel besucht.

»Wirst du heute mit uns auf Jagd ausziehen, Bruder Feldherr?« fragten sie ihn. »Geht dein Weib mit dem Namen auf Jagd?«

Zu dieser Sippschaft zählte nämlich auch eine Schwester oder Schwägerin, die offenbar beabsichtigte, heute »auf Jagd« zu gehen, denn sie wetzte gerade das Messer an ihren Edelsteinen, um es zu schärfen. Sie trug seltsamen Schmuck: Glieder einer alten, eisernen Kette. Später erklärte Zerd Mutter, daß diese Kettenglieder Teile jener Ketten waren, in denen man ihren Gatten, der auch so ein Kriegsmann der ›hochentwickelten Kultur‹ gewesen war, nachdem Quantumex ihn bezwungen hatte, tot auffand, der Leichnam war ins Hügelland geworfen worden.

»Meine Gemahlin bleibt hier«, sagte Zerd, »und ebenso meine Kinder.« Also erkannte er nicht nur mich, sondern genauso mein Schwesterchen an. »Und ich bleibe bei ihnen.«

Wieso dann sein ganzes Gerede, überlegte ich unklar, aber erfreut, über eine unverzügliche Rückkehr, um seine neue, so widerspenstige Eroberung vom Feind zu säubern?

»Ist sie mit einem Kind begraben worden?« fragte Cija mit ihrer gewohnten, von Grausen freien Wißbegierde. Der jüngste Bruder (im Alter von neun oder zehn Jahren) spielte mit einer großen Puppe. Anscheinend schmeichelte es ihm, daß Mutter eine Frage besonders an ihn richtete. Ich gelangte zu der Annahme, daß er sich geschmeichelt fühlte, weil er ernsten Blicks mehrmals schnell zwinkerte, bevor er ihr Auskunft gab. Liebevoll mit Einzelheiten ausgeschmückt, erzählte er ihr (eine Geschichte, die er tatsächlich gerne hatte, wogegen Fischkopf seine Erzählungen selbst nie so recht mochte), wie es dazu gekommen war, daß man die *Puppe* begrub. Die Brüder hatten die in Seide gekleidete Puppe, wie aus den Inschriften hervorging, im Grab einer Thronbewerberin aus alter Zeit gefunden, die jung gestorben war; ihr wirkliches Knäblein hatte allem Anschein nach das Leben behalten.

»Was ist das für'n Kind, das du da hast, Frau mit Namen?« wollten die Brüder von Mutter wissen.

»Es ist ein wahrgewordener Wunsch«, sagte sie ruhig. Und ich ersah, daß sie das nicht nur so daherredete, nicht aus Laune eine schwer verständliche Antwort erteilte. Für sie war das Kind wahrlich ein Quell der Freude gewesen, ein Jemand, dessen sie sich annehmen konnte (so wie ich auf sie achtgab), etwas Kleines, Belächelbares, ein Andenken an jene Zeit, ein *Beweis* für jene Zeit, in der sie sich außerhalb der staatsklugen Ränke und Schachereien der Welt befunden hatte, in deren Rahmen man sie ansonsten als unentbehrlich erachtet hatte. Auch in jener Zwischenzeit war sie eine Fremde gewesen (wie sie fast immer eine Fremde zu sein schien, sobald sie sich aus ihrer Rolle im Ringen der Mächtigen begab), aber ausnahmsweise einmal begehrt, erwünscht, begehrt, ausnahmsweise einmal um ihrer selbst willen geschätzt, ausnahmsweise einmal tapfer, mutig und närrisch, weil sie (wie Zerd richtig erkannt hatte) auf Glück hoffte, an der Möglichkeit des Glücklichseins festhielt. Zerd schaute Cija unverwandt an, fütterte sie. Ohne daß es irgendwelcher Erläuterungen bedurfte, verstand er – zumindest im Kern –, was es mit dem Äffchen (und Mutters Einstellung dazu) auf sich hatte. Ich weiß nicht, ob er sich den anderen Elternteil hinlänglich vorzustellen vermochte. Ich habe mir Ung-g niemals so ganz vorstellen können.

»Was ist das?« Zerd hatte Mutter am Schamhaar gepackt, starrte sie im Flackern des Herdfeuers an, mit lebhafter Anteilnahme beobachtet von seinen Brüdern, den Katzen und mir. »Du hast da lauter Druckstellen und Quetschungen ... hier und da ... überall an deinen süßen Schenkeln und den köstlichen Schamlippen ...« Im Flackern des Feuers wurde seine blaue Miene härter. »Bei allen Einöden der Erde, wer hat dir das angetan?«

»Es sind nur alte Blutergüsse, keine Schwielen«, sagte Mutter. »Ich bin dort so empfindlich und genußfähig wie früher, und ich hoffe, daß ich auch dir nach wie vor Vergnügen ...« Zerd hob sofort seine Hand an ihre anderen Lippen und brachte sie zum Schweigen.

Rasch schloß sie ihre Schenkel. »Wer?« fragte Zerd bloß noch.

»An einem Ort, wo ich gewohnt habe«, sagte Mutter, »mußte ich eine Zeitlang einen hölzernen Keuschheitsgürtel tragen.« Von da an hatte Zerds Gesicht, wenn er seine Gemahlin anblickte, nie wieder den gleichen Ausdruck wie zuvor. Er legte darauf Wert, alles ganz genau zu erfahren, was sie während der Trennung erlebt, welches Unheil und welches Glück sie gehabt hatte, er wünschte zu wissen, ob sie sich irgendwie verändert hätte, wie sie in bezug auf ihn fühlte. Denn vielleicht würde er sich damit abfinden müssen, daß sie gewandelt, verdorben worden war, gepeinigt und dann gefühllos geworden. Mutter und Zerd sahen einander eindeutig in der Haltung zweier Leute an, die in Schwierigkeiten steckten, weil es ihnen gegenwärtig verwehrt blieb, einer dem anderen mit den Zähnen große Stücke aus dem Leib zu reißen. Ich stand auf, zog die mit Federn gefüllte Decke hinter mir her, kauerte mich auf Mutters Bett. Sie rieb mir die Schulter. »Heute ist ein stürmischer Tag, nicht wahr?« meinte sie. »Kannst du den Wind draußen hören?«

Ja, ich konnte ihn hören, und ebenso die Geschöpfe, die sich eingestellt hatten, um im Umkreis des Hügelgrabs die Abfälle zu fressen. Im allgemeinen hielten sie ausreichenden Abstand von der ›Tür‹, die aus einer von Gras überwucherten Platte bestand, die als Türgriff einen Teil eines Kieferknochens aufwies, dessen Kinnbacken, in dem die Zähne saßen, als Verschluß diente. Um die Angeln waren Knöchelchen eingesetzt worden, die wie menschliche Fingerknochen aussahen, um den Eingang mehr oder weniger abzudichten. Doch als wir ins Freie traten, die Brüder heulten und brüllten, um die Tiere zu erschrecken – die sich daraufhin in weitere Entfernung zurückzogen –, stellte sich heraus, der Wind war kaum nennenswert. Die Sonne brannte nämlich glutheiß herab. Zudem beförderte einer der Brüder ein Feuerbecken mit (eine Fackel hätte immer nur hin- und hergeweht), mit dessen Hilfe er einigen hohen, schwammigen Kakteen die spitzen Stacheln absengte, damit seine Schafe und ›Pferde‹ davon fressen konnten, ohne Stacheln schlucken zu müssen. Diese hochbeinigen, ungestümen Hochlandschafe waren ein ganz anderer Schlag von Getier als die durchschnittlichen, friedlichen Schafe, sie waren stets in Bewegung, dauernd schubsten und stießen sie sich gegenseitig, Widder bestiegen Mutterschafe oder rammten ihre Hörner mit einem Geräusch aneinander, das lediglich zu hören Kopfweh verursachen konnte.

Ich erinnerte mich daran, wie weich die Hände der Schäferin gewesen waren, die in der Nähe der Mühle, in der Gegend um Saurmühl, Schafherden hütete. Das natürliche Wollfett der Schaffelle verlieh ihr Hände, um die eine Königin sie beneidet hätte. Doch die Schuppenhaut des jüngsten Bruders, der diese Widder zu hüten hatte, würde niemals zart sein; ihre Wolle war verunstaltet von abgeschabten Stellen und ständig verklebt von Blut.

Gemeinsam mit seinen Brüdern, alle zu Fuß, untersuchte Zerd die wenigen Bäume, die in der Umgebung standen. Offensichtlich hatten die Brüder sie gepflanzt und gossen sie bis heute mit aller Sorgfalt. Einen Baum, der nur kärglich Früchte trug, empfahl Zerd, ihn durch Pfropfen einer Veredelung zu unterziehen. Ich mutmaßte, daß die Spuren von Hauern, die man an den Stämmen sah, von Wildschweinen stammen müßten, die hier auf diese Weise ihr Revier gekennzeichnet hatten. Aber dann besah ich mir die Zähne genauer, welche die Brüder beim Sprechen entblößten, und gelangte zu einer anderen Auffassung.

Die Erde war, so hatte es den Anschein, trotz ihres ausgedörrten Aussehens ziemlich fruchtbar. Es handelte sich um beseelte Erde, bereicherte Erde, wie es alle Erde ist, auf der sich etwas Besonderes ereignet hat, gutgedüngte Erde, wie sie es ist, wenn darauf Schlachten ausgefochten worden sind. Einmal hatte ich einen Hauptmann noch aus eigener Kraft zur Seite kriechen sehen, während ihm das Blut in einem gräßlichen Schwall aus dem Mund schoß. Zuerst hatte ich mich gewundert, warum er nicht bej seinen Männern blieb, die ihm hätten helfen, ihm Erleichterung verschaffen, wenigstens bei ihm hätten sein können. Später begriff ich, daß ihm niemand mehr beizustehen vermochte, daß er danach getrachtet hatte, den Männern seinen grausigen, schaurig-schönen Abgang zu ersparen, es wäre ihnen unter Umständen peinlich gewesen, mitansehen zu müssen, wie er aus dem Mund blutete; deshalb war er beiseitegekrochen, um außerhalb ihrer Sicht zu sterben. Dies war Erdreich, das durch derartige Tode angereichert worden war, fett von Blut und Tod, und im großen und ganzen wuchsen die Bäume gedeihlich.

Ein Bruder spie auf den Erdboden und streute aus der nächstgelegenen ›Oase‹ mitgenommenen Samen aus. Am folgenden Morgen fanden wir an dem Fleckchen, wo er hingespuckt hatte, genug wildes Getreide für ein Morgenmahl vor, hätten wir dergleichen zu essen gewünscht.

Aber die Brüder bauten kein Getreide an. Auf regelrechtes Säen und Hacken, Ernten und Worfeln waren sie nicht eingestellt. Darum hatten sie keinen richtigen Alkohol; sie konnten eine Art von Wein ansetzen, wozu sie Sommerfrüchte benutzten, doch es gab kein berauschendes Getränk, mit dem sie sich während des ausgedehnten Winters aufzumuntern vermocht hätten, in dem sie folglich, wie sie sich ausdrückten, »nichts Stärkeres als geschmolzenes Eis zu trinken« hatten, »es sei denn, wir söffen die eigene Pisse«.

Statt des Trinkens kannten die Brüder für die langen, dunklen Winterabende ein anderes Vergnügen. Diese gesellige Belustigung bestand darin, wie sie uns erzählten, sich dabei unter Gelächter daran erinnerten, schon von neuem darauf freuten, daß ein Bruder die Klinge einer Sense festhielt und die anderen aufforderte: ›Nimm sie mir aus der Hand.‹ Sie versuchten sie ihm an der Spitze zu entreißen oder überraschend von der Seite aus der Hand zu schlagen, oder bemühten sich, seine Aufmerksamkeit mit zotigen Geschichten abzulenken, um sie ihm zu entwinden, sobald seine Wachsamkeit erlahmte. (›Ha! Ich habe sie noch! Du dachtest, mein Griff hätte sich gelockert?‹) Das schrecklich Lustige daran sollte sein, daß die Sense den Beteiligten, falls die Schneide nur den geringsten Ruck machte, mit einem Schnitt die Finger abtrennen konnte. Doch freilich hatte jeder Bruder einen gleichsam ehernen Griff.

»Ihr habt also Sensen«, rief Mutter. »Wenn auch euch selbst nicht, was schneidet ihr denn überhaupt damit?«

»Sie sind aus den Gräbern«, lautete der Brüder unklare Auskunft. »Wir halten sie scharf.«

Noch am ersten Tag unserer Anwesenheit unternahm Mutter einen Versuch, mit Zerds Mutter ein Gespräch anzuknüpfen. Aber die riesenhafte blauhäutige Mutter mochte nicht reden. Aus halbrunden, ausdruckslosen Augen, die so festgewachsen wie Zehennägel zu sein schienen, das eine vom anderen so weit entfernt, daß man hätte meinen können, jedes müßte ein besonderes, eigenes Blickfeld besitzen, musterte sie Cija. Sehr höflich und erst, nachdem sie ihr bei der Arbeit am Herd geholfen hatte, erkundigte sich Cija, ob sie nicht froh sei, nicht mehr bei Hofe zu weilen (wo sie nämlich eine Zeitlang als seltsam-fremdes, abartiges, stark erregendes Spielzeug von Zerds Vater gelebt hatte). »Oder behagt's dir mehr«, fragte Cija, »hier im Wind, in der guten Luft, in Gemeinschaft mit deinen Söhnen zu hausen?« (Keine Spur von einem älteren, mit Hauern bewehrten, blauhäutigen Mann oder mehreren derartigen Männern war vorhanden, die diese reinrassigen Söhne gezeugt haben mußten. Vielleicht tat sie es wie eine Mutterechse und fraß jedes Männchen nach dem sexuellen Gebrauch auf.) Die Luft war wirklich gut. Die königlichen Leichname in den Hügelgräbern waren längst zu sauberem Staub zerfallen, so wie vertrocknete Blumen. Zerds Mutter richtete ihren Blick von Cija auf ihn und dann auf den Herd. Unentwegt stocherte sie mit einem Gegenstand im Feuer, der wie ein altes, nun für häusliche Zwecke verwendetes Zepter aussah. Zerd lachte nicht.

»Sie gleicht Seka«, sagte er, hockte in seinem roten Umhang am Feuer. Er meinte unser Schweigen, unser Stummsein. Der Eindruck entstand, daß er mich in diesen Stunden am Feuer, wie sie sich auf unseren drei so mißratenen Lebenswegen immer wieder unvermutet ergaben, unausgesprochen als sein Kind anerkannte. Am Abend, als die Sonne in einem großen Sack aus Nebel verschwunden war, legte Mutter tröstlich den Arm um mich, schaute den Feldherrn an, erwartete wohl, er werde sich erheben, recken und den Reitvogel satteln. (Womöglich mit der Bemerkung: ›Vor mir liegt 'n tüchtiger Ritt, ehe ich Nordfest und Clor erreiche.‹) Er blieb jedoch am Feuer kauern, brummte seinen Brüdern etwas zu oder scherzte mit ihnen (das lief mehr oder weniger auf das gleiche hinaus), erzählte ihnen, welche Schwierigkeiten beim Entsolden seiner Soldaten auftraten. In der letzten Zeit hatte er sie mit Salz bezahlt, Händevoll Salz, das in gewisser Weise mehr wert war als der Gegenwert ihres Soldes, jedenfalls in den meisten Fällen, doch es war, anders als bare Münze, zumindest in gewissen Mengen erhältlich, oder mit Rum. Deshalb hatte er es so eingerichtet, daß jeder Soldat einen bestimmten ›Betrag‹ an ›gedachtem Geld‹ erhielt, für das er allerdings in besiegten Städten tatsächliche Waren ›kaufen‹ konnte; dadurch ließ sich einiges von dem einsparen, was das Plündern einbrachte. Daran und an sonstigen Beispielen höheren Rechnens hegten die Brüder in allen Einzelheiten Interesse. Zerd blieb, säumte weiter, nahm noch dreimal von dem schlichten Gemüsemahl (einem dunkel verfärbten Mahl, denn anstatt dem greulichen Wasser dieser Gegend zu trauen, in dem es von fremden, überwiegend toten Leibern wimmelte, zapfte die Sippe Blauhäutiger Lasttieren ein wenig Blut ab und kochte darin das Gemüse), rasch zeigten sich am Himmel Sterne (»Göttersame«, sagten die Brüder mit gedämpften Stimmen, tief beeindruckt durch die Regelmäßigkeit der Sternbilder), und Cija betrachtete Zerd mit großen Augen, als verspüre sie das Bedürfnis, sich seinen Anblick ganz genau einzuprägen, um ihn wieder mit aller Klarheit im Gedächtnis zu haben, wenn Zerd fort war, aber noch immer brach er nicht auf. Er hatte nämlich gar keine solche Absicht.

Fledermäuse sammelten sich, fächelten einander nach des Tages Hitze, vergleichbar mit der Glut eines Backofens, Luft zu, so daß die am nächsten stehenden Bäume wirkten, als wären sie mit Fähnchen behängt, die im Wind flatterten.

Eine kleine Katze mit deutlich sichtbaren Rippen und Augen, die größer dreinschauten als das ganze, spitze Gesicht, kam ins Innere des Grabhügels geschlichen, sprang einem Bruder auf den Kopf, putzte sich geziert, während er weiterredete, ohne sie zu beachten. Zerd faßte Mutters Hand, und sie duldete es, während ihr eine Rötung ins Gesicht schoß, die man sogar in der abendlichen Düsternis sehen konnte.

Als abermals eine Stunde verstrichen war, flüsterte sie ihm etwas ins Ohr, und er lehnte sich näher. »Noch einmal, Cija, mein Liebling. Ich habe dich nicht verstanden.«

»Ich habe dich gefragt: ›Bleibst du hier?‹« flüsterte sie, Scham in der Miene.

»Ja, freilich, ich werde eine volle Nacht mit dir verbringen. Die vergangene Nacht war für uns keine Nacht, es war ja fast schon Morgendämmerung.«

Die kleine Katze hatte vergessen, was sie und was der Bruder war, behutsam und zierlich putzte sie gleichzeitig ihr Fell und kämmte ihm den Schopf.

Verhielt es sich denn in der Tat so, daß mein goldherziger, eisenharter, grimmiger, kriegerischer, erbarmungsloser, ehrgeiziger, aufs Allumfassen versessener, schlichtmütiger, bescheidener, leicht zufriedenstellender Vater mit dem scharlachroten Umhang, der Lenker von Schicksalen und Zerstörer geläufiger Grenzen und Schranken, meine Mutter in geschlechtlicher Beziehung als befriedigend empfand? Ich glaube, man kann nicht bezweifeln, daß dem nicht so war; ich glaube, es besteht kein Zweifel daran, daß sie ihn immer, immer hart am Rande der Befriedigung ließ, stets in der Lust nach mehr, im Begehren des Silberstreifs am Horizont beließ, des Wesens, das sich hinter dem im Finstern halb vernommenen Lachens verbarg – ähnlich wie er immerzu nach dem vollkommenen, endgültigen Sieg trachtete, der allzeit gleich hinterm Horizont auf ihn zu warten schien. Dennoch bin ich der Auffassung, mein Vater war kein schwacher Mann. Ich wüßte nicht, daß ich an meinem Vater jemals irgendeine Schwäche entdeckt hätte. Er war ein Führer. Jene großen Heere brauchten so einen Mann. Was hätten sie, während sie sich des Nachts dumpf durch den Schlamm wälzten, ohne ihn anfangen sollen? In diesen Belangen stimmte ich mit der ›herzlosen‹ Sedili überein und vertrat eine andere Ansicht als Mutter mit ihrer ›Achtbarkeit‹ und ihrem ›Grauen‹ vor ihm. Er war ein Kriegsmann, aus welchem Grund auch immer, den Götter dereinst in höheren Gefilden, wenn seine Bewährungsprobe in dieser Welt bestanden ist, enthüllen werden.

In einer, und zwar einer sehr wesentlichen Hinsicht ist Vater ein Mensch voller Hingabe. Er hat all seine Treue dem Glanz jenseits des Horizonts gewidmet, weil auf *dieser* Seite des Horizont nichts ist, das eine solche Treue verdient. Wenige so derbe, gefühllose, weltlich gesonnene Krieger haben diese Tatsache erkannt.

Sollte ich je den Eindruck hinterlassen haben, in bezug auf meine kleine, verletzliche und doch – vielleicht nicht durch eigene Schuld – so unzugängliche Mutter unfreundlich gewesen zu sein, dann ist die Ursache lediglich darin zu erblicken, daß ich dringlicher als alles andere das zu tun strebte, von dem ich von Anbeginn an wußte, es am besten zu können – nämlich sie zu beschützen.

Ungefähr in dieser Zeitspanne begann ich ein anderer Mensch zu werden, mein Blick für die Dinge erlangte eine neue Schärfe, so wie man im Schillern eines Kristalls, wenn man ihn dreht, an den Rändern fortwährend neue Farben entstehen sieht.

Ich weiß, daß Mutter und der Feldherr irgendwann zu einem Schlußpunkt kamen, daß sich zwischen ihnen eine Kluft auftat.

Und doch, da waren sie, diese Frau, die sich und ihre Kinder lieber allen erdenklichen Beschwernissen und Härten ausgeliefert hatte, als mit diesem Mann zusammen sein zu müssen, dieser Mann, der drei oder vier, mag sein, fünf oder sechs Feldzüge durchgefochten hatte, bis er zuletzt dort war, wo er das ›Aufräumen‹ und ähnliche Angelegenheiten jemand anderem überlassen konnte, noch ehe er die Stätte seines entscheidenden Sieges aufsuchte und in Besitz nahm, dieser Mann – oder was er sein mochte –, der sich außer mit Mutter mit noch wenigstens zwei anderen Prinzessinnen vermählt hatte, um zu sichern, daß er schließlich eines Tages die Stadt zu erobern vermochte, der er jetzt nicht bloß eine, sondern zwei Nächte fernblieb; und dies Paar befaßte sich vorwiegend miteinander, sprach leise über Geringfügigkeiten wie den Wind im Freien, die Decke und ob möglicherweise vom Herd herüber ein Funke daraufgeweht sei. Das riesige blauhäutige Weib saß am Feuer, schaute mich an, hätte mir fast eine Schale mit Eßbarem gereicht, entschied dann jedoch, das sei keine Sache, um die es sich selbst kümmern mußte.

Als wir hinausgingen, um sie zu satteln, kämpften die kleinen ›Pferde‹ der Brüder gegeneinander, umtänzelten sich, um sich Hintern an Hintern aufzustellen und sich die Hoden zu zertreten. »Da haben wir's«, sagten die Brüder, »wir haben sie zu lange nicht geritten ...« (Das letzte Mal war erst wenige Stunden her.) Sie trennten die ›Pferde‹ (so nannten sie sie nämlich immer), schüttelten den Kopf und machten sich gegenseitig Vorwürfe, legten ihnen das Zaumzeug mit den dreiteiligen Gebißstangen an.

Mutter hatte ihr Kleid geflickt, wo Glutasche von Sedilis Zigärrchen ein Loch hineingesengt hatte (der riesigen blauhäutigen Mutter standen Garne aus Därmen und eine ziselierte, silberne Nähnadel zur Verfügung), und sie zog das Kleid an. Der Wind blies uns die Kleidung um den Körper. Ich dachte mir, wir zögen heute auf Jagd aus, denn wir benötigten etwas für unseren Bratenspieß und Fraß für die Räuber ringsum; letztere lauerten in einiger Entfernung, die Schweife am Erdboden, starr vor Haß, wenn wir zu ihnen hinüberschauten, bewegten sie die Köpfe von Seite zu Seite, um unseren Blicken auszuweichen, ihre Augen glichen großen, gelben Kugeln, die sich erneut uns zudrehten, sobald wir uns wieder miteinander befaßten: Was war los mit uns, daß wir ihnen heute kein Futter vorwarfen?

Ich merkte, daß wir uns von neuem nach Norden wandten, noch weiter nordwärts in diese weite, einsame Landschaft vordrangen, in deren Ferne man sah, wie Stürme, die man nicht hören konnte, gewaltige Massen Gestein von Bergkuppen stürzten.

Aber ich war froh, nicht zurückbleiben zu müssen, ebensowenig wie Mutter, nicht den ganzen Tag lang mit meiner blauhäutigen Großmutter und dem Äffchen am abgekühlten Herd lungern zu müssen. Es muß wohl so gewesen sein, daß der Feldherr Cija mitnehmen wollte, und daß Cija darauf beharrt hatte, mich mitnehmen zu dürfen.

»Je weiter man in den Norden zieht«, sagte der Bruder, der mich vor sich in den tiefen, mit einem Kübel zu vergleichenden Sattel hob (ich vermute, man unterstellte, daß Mutter ihre Hände zum Lenken ihres ›Pferds‹ brauchte), »um so tiefer sind die Gräber.«

»Sie reichen sehr tief in die Erde«, fügte ein anderer Bruder hinzu. »Sie sind rundherum mit Bäumen bewachsen.«

»Sie bilden Frostmulden«, ergänzte Zerd in gewohnter Weise die Äußerungen seiner Brüder, deren Angewohnheit, Anmerkungen zu machen, weniger den Zweck hatte, sich wechselseitig über Sachverhalte aufzuklären, als den Sinn, gemeinsam eine Art von Sprechgedicht aufzusagen. Ich war mir den gefrorenen Inhalt jener abgelegenen Gräber lebhaft vorzustellen imstande. Wie waren die Begrabenen und die Erbauer ihrer Gräber eigentlich so weit in den Norden gekommen? Wer trat zu Schlachten an, wo es keine Städte gab?

Nach der Abschweifung über die Besonderheiten der noch nördlicheren Hügelgräber war der Bruder, der diesbezüglich das Wort ergriffen hatte, wieder freundlicher zu mir; zuvor war er recht schroff gewesen, weil ich vor unserem Grab eine Schildkröte gefunden hatte, die auf dem Rücken lag, die sich nach meinem Verständnis also in einer buchstäblich unglücklichen Lage befand, und ich hatte sie umgedreht. Während sie mit der Geschwindigkeit jemandes fortlief, der nur noch ein oder zwei Jahre vor sich hat, erspähte dieser Bruder ihre Hinterbeine, gerade als sie in ein Erdloch entschwand, und er hatte rings um selbiges Loch gebuddelt, mit einem Messer, den Händen und zu guter Letzt gar mit den Zähnen, jedoch ohne Erfolg, und danach hatte er eine Miene geschnitten, als wäre er drauf und dran, mich zu schlagen. Wütend erläuterte er mir, die Schildkröte sei sein ›Speisevorrat‹ gewesen; solange sie hilflos auf dem Rücken lag, wäre sie frisch geblieben, bis er sich dazu entschlossen hätte, sie zu töten und zu verzehren.

Heute allerdings glaube ich, weil er jener Bruder war, der mich auf sein Reittier nahm, daß er ein gewisses Interesse an Kindern hegte, wenn er soviel Aufmerksamkeit für mich erübrigte, sich über mich zu ärgern.

»Wir werden den Weg zur großen Landstraße reiten«, sagte einer der Brüder.

»Denn dort ...«, sagte ein anderer Bruder.

»Dort gibt's immer Wild und Beute«, vollendete der nächste Bruder.

Bei der Erwähnung von ›Beute‹ wirkte Mutter beunruhigt (doch sie bewahrte Zurückhaltung). Sollte etwa eine Karawane ausgeraubt werden? Zerd bemerkte Mutters Besorgnis nicht. Er hatte selbst eine Meinungsverschiedenheit mit seinen Brüdern. Sie hofften, er werde sein Gift anwenden, seine Fähigkeit, aus dem Hautbeutel in seinem Mund Gift zu verspritzen. Sein Bescheid lautete jedoch, daß er sich weigerte, am heutigen Tag so etwas zu tun, sogar wenn sich daraus ergeben sollte, daß am Abend kein Mahl da war, um das wir uns zusammensetzen konnten; mein Gefühl ist, der Grund war, daß er etwas so Häßliches vor ›Menschenwesen‹ – vor Mutter und mir – nicht verrichten mochte.

Weshalb er diese Fähigkeit besaß, seine Brüder dagegen nicht, ist auch ein lebenskundliches Rätsel, das ich als wichtig erachte, und daher ebenso eine Frage der Weisheitsliebe. Denn ich bin gleichfalls in gewissem beziehungsweise mancherlei Hinblick – als der Schlag von Mischling, der ich bin – vollkommener als meine verschiedenen Vorfahren. Die Vermengung ihrer Arten hat ein Mischlingskind mit einem bestimmten Reichtum an Begabungen und Kräften gezeugt, ähnlich wie das Veredeln eines Baums, wie Vater es empfohlen hatte, ergiebiger und vollere Früchte hervorbrachte.

Wir ritten in eine Gegend, die aussah, als wäre die Kruste der Erde abgetragen worden. Dort mußten wir ständig Sumpflöcher umrunden; der Untergrund wirkte fest, aber da und dort warf er Blasen. Die Brüder zügelten ihre Reittiere stets nicht ganz früh genug, hetzten sie mit Geheul und Gejohle am Rande des Schlicks entlang, als spotteten sie seiner, machten aber gleichzeitig mit ihm gemeinsam einen zweifelhaften Ulk. »Darin wird viel geboren«, spöttelte ein Bruder in aufschlußreicher Weise. »Die Geschöpfe dort unten atmen keine Luft wie wir, trotzdem atmen sie im Schlamm. Sie erzeugen Sumpfgas.«

»Das Gas steigt und brodelt aus den Tiefen des Sumpfs herauf.«

»Wenn's aufsteigt, blubbert's in Blasen empor, es platzt an die Oberfläche des Sumpfs und nimmt zur Beute, was da gerade ist, alte Pferdeknochen, 'n junges Häschen oder 'n Krieger, der seines Wegs wandelt, in großen Blasen und Strudeln wird's gefangen und in die Finsternis hinabgezogen.«

»Aber der Sumpf schickt auch seine Geschöpfe nach oben. Wenn das Gas einen Krieger in des Schlicks Tiefe gezerrt hat, wird sein Same benutzt, um einen Sumpf-bankert zu zeugen, und dieser Bankert wird an die Oberfläche geschickt, auf daß er die Luft der Welt atme.«

»Und der Bankert ist ungemein *seltsam!*« schrien die Brüder wie aus einem Mund, traten ihren ›Pferden‹ die Sporen in die Flanken und galoppierten vorwärts.

Ich hatte beobachtet, daß Mutter sichtlich zusammen-fuhr, als die Brüder am Schluß ihrer Darlegung anlang-ten – »Und der Bankert ...« – unwillkürlich war sie von der Furcht erfüllt gewesen, sie könnten rufen: ›... rich-tet Unheil an.‹ Das nämlich war der Sinngehalt dessen, was ihr Smahil im Getreidespeicher der Abtreiberin einzureden versucht hatte. Ihm war es darauf ange-kommen, ihr klarzumachen, daß er und sie Bankerte seien, weil sie beide ihres gemeinsamen Vaters verderb-tes, übles Blut in die Welt hinaustrügen. In Wahrheit je-doch war allein Smahil ein Bankert. Seine Mutter war immerhin eine Hexe gewesen. Aber ›Bankert‹ war ein Wort, ein Begriff, von dem Mutter sich bis ins Mark schrecken ließ. Jedes ihrer Kinder war ja ein Mischling.

Ihre blauhäutige, stumm gewordene Tochter, ihr Affenkind, das für sie einen Frieden und eine Reinheit verkörperte, welche es ihr in Wirklichkeit niemals schenken konnte; und das schönste ihrer Kinder (nehme ich jedenfalls an), der blasse, aschblonde Sohn mit den violetten Augen, das Ergebnis einer inzüchtigen Blutvermischung, ein Kind, das ihr Bruder Smahil gezeugt hatte. Ihr Leib war wie eine Waise gewesen, die sie durch die gesamte bekannte Welt mittrug, in Hütten, Katen, Mauern und sogar unter der Erde verbarg, unter Hügeln, aber niemals zu behüten vermochte.

Doch die Brüder sprachen über die Sumpfbankerte, als würden sie sie kennen, wären sie ihnen schon des öfteren begegnet, vielleicht gar, um mit ihnen am einen oder anderen Tag die Zeit zu vertreiben, und sie machten sich über sie lustig; sonst hatte es damit nichts auf sich.

»Wer sind diese Sumpfmenschen?« erkundigte Mutter sich bei Zerd.

Er hob die Brauen. »Natürlich sind sie bloß Erfindung.«

»Wie gelingt's dir, nicht an sie zu glauben, auch wenn sie nichts als Erfindung sind?« erwiderte Mutter nach einem Moment des Überlegens, gelehnt in den eisigen Wind. »Du bist selbst jemand, an dessen Dasein man kaum glauben kann.« Selbstverständlich meinte sie, er sei eine sagenumwobene Gestalt, beinahe eine regelrechte, aber noch lebende Sagengestalt. Er jedoch wähnte offensichtlich, sie wolle damit zum Ausdruck bringen, er sei ein Ungeheuer mit Giftbeuteln in den Kiefern, und fast zuckte er zusammen, ähnlich wie sie bei dem Wort ›Bankert‹ zusammengefahren war, und doch wandte er nicht den Blick von ihr.

Mittlerweile rauschte der Fluß an uns vorüber. Er brauste und schäumte, tief schwirrten Vögel darüber hinweg, pickten an den Baumstämmen, die in der Strömung schaukelten, aneinanderstießen. Ich sah, daß diese Stämme ausgehöhlt waren, und darin befanden sich ... »Menschen!« schrie Mutter. »Dort in dem Baumstamm liegt jemand. Können wir nicht ins Wasser waten und ihn retten?«

»Tote, Tote«, riefen die Brüder. Anscheinend wollten sie damit klarstellen, daß der Fluß auf seine Weise ebenfalls ein Grab war, die ausgehöhlten Stämme Särge waren, in denen die Flußanwohner (das Volk des Heiligen?) ihre Verstorbenen zum letzten Schlaf betteten, für ein letztes, wildes Fortgerissenwerden.

»Jeder Flußanwohner liegt in seinem eigenen Baum, wenn er tot ist«, erläuterte ein Bruder. »Dieser Baum wird bei seiner Geburt gepflanzt, um später für ihn den Totenbaum abzugeben.«

»Eine schwimmende Festtafel für die Vögel«, merkte ein anderer Bruder beifällig an.

»Und für die Raubtiere, die zu ihnen hinausschwimmen können«, sagte wieder ein anderer der Brüder, während wir am Schauplatz dieses malerischen Geschehens vorbeiritten, mit all seinem Sonnengleißen, Schimmern des Wassers, der Gischt, alles ländlich, nahezu bäuerlich beschaulich, und den ›schwimmenden Festtafeln‹ für die Vögel.

Und auf einmal schleuderten die Brüder ihre Speere, so daß die Spitzen blitzten, in ein dicht verwuchertes Gestrüpp, in dem sie ein pelziges Vieh sich hatten aufrichten sehen. »Was ist's?« fragte Mutter, derweil wir uns vor einem Schlupfloch ins Dickicht sammelten. »Was jagen wir?«

»Einen Bären«, antwortete Zerd.

»Bär«, bestätigte einer seiner Brüder, und ein anderer Bruder bekräftigte die Auskunft nochmals.

Mutter ritt ein Stück weit zurück und streckte die Arme nach mir aus. Der Bruder, auf dessen Reittier ich saß, reichte mich ihr erfreut hinüber. »Danke«, sagte er höflich. Er glaubte, sie hätte begriffen, daß er ohne ein lästiges Anhängsel wie mich leichter jagen konnte.

Mutter hielt mich vor sich fest, sie atmete tief. »Hierzulande müssen die Bären ganz gräßlich sein«, meinte sie.

Tatsächlich war die Körpergröße des aufgerichteten Tiers, das ich flüchtig irgendwo drüben im Gesträuch erspäht hatte, allem Anschein nach außergewöhnlich. Mutter wartete auf Hinweise Zerds, wie wir uns verhalten sollten. »Folge uns nicht!« sagte er zu ihr. »Warte hier am Fluß auf uns!«

Dann verschwand er mit seinen Brüdern zwischen den Bäumen.

DRITTER
TEIL

ERSTES KAPITEL

Die melancholische
östliche Ebene

Als sich unter uns der Erdboden auftat, dachten wir beide – das weiß ich – sofort an die Beherrscher der Sümpfe, denen man nachsagte, daß sie Fremde in ihre Schlickgruben hinabzerrten. Aber es war ein Schacht, der aus sehr glattem Marmor bestand, den wir hinunterrutschten. Staken wir erst einmal unten, dachten wir noch während des Hinabrutschens, würden wir voraussichtlich keine Möglichkeit haben, um ins Freie zurückzuklettern und zu -kriechen; die Schräge hatte eine zu glatte Fläche.

»Ja, um hier zu weilen, muß man ein Freund sein«, sagte im Dunkeln eine Stimme. »Wenn man erst einmal da ist, hängt man vom Wohlwollen jener ab, die hier wohnen.«

»Wo wohnen?« fragte Mutter in die Finsternis. Sie drückte mich an sich, ich hörte ihr Herz mir ins Ohr hämmern.

»Ihr seid unter Salzfalt«, antwortete die Stimme. »Unter den Schlachtfeldern und unserem Fluß.«

»Seid ihr Flußanwohner?« fragte Mutter, sobald sie die Wendung ›und unserem Fluß‹ vernahm. Etwas schob sich leise aus dem Düstern, an das unsere Augen sich gerade erst zu gewöhnen begannen, auf uns zu. Doch nicht dieses Etwas konnte zu uns gesprochen haben. Es waren die Leibeswindungen einer gewaltigen Schlange, die vor uns ihren schlanken Körper emporreckte, eine Schlange mit Augen, die uns gut sahen. Ein langes, zermürbendes Schweigen ergab sich, das Mutter schließlich brach, indem sie sich an mich wandte. »Seka, versuche den Schacht hinaufzuklimmen. Ich bleibe darunter stehen. Stell deine Füße, wenn's möglich ist, auf meine Schultern.« Auf Mutters Worte tat die Schlange nichts, sie schwankte nur vor uns in der Dunkelheit von einer zur anderen Seite, und auch die Stimme meldete sich nicht mehr. Aber ich war den Schacht hinaufzuklettern außerstande. Der Marmor war zu glatt. Ebensowenig konnte ich in der Höhe allzu viel Helligkeit erkennen. Offenbar befand die Öffnung sich recht hoch über uns, und vielleicht verlief der schräge Schacht leicht angewinkelt.

Ich ließ mich wieder zu Mutter hinabrutschen. Die Schlange schwankte hin und her. Sie rollte sich auf ihren schon vorhandenen Windungen ein; irgendwann kroch sie, lang und dick, ins Dunkel davon, ihr einem Kegel vergleichbarer Kopf glitt über den Boden, ehe sie ihn halb erhob; irgendwann kehrte sie zurück.

»Wir sind müde«, sagte Mutter in die Dunkelheit. »Wegen deines Geschöpfs können wir uns nicht niedersetzen. Wir werden uns in den Schacht lehnen, durch den du uns heruntergeholt hast.« Wir nahmen an, die Stimme würde nicht antworten, daß der- oder dasjenige, das sich dahinter verbarg, inzwischen fort sei. Doch sie gab Antwort.

»Schlaft!«

Daraufhin wurde Schlaf zum letzten, das wir uns gönnen mochten. Während die Stille sich hinzog, versuchten wir, uns daran zu erinnern, wie die Stimme geklungen hatte. »Sie klang gezischelt«, sagte Mutter einmal, aber der Grund für diese Vermutung war wohl, daß wir beide an sprechende Schlangen dachten, und außerdem war sie müde. Wir dösten, unsere Rücken schief an den eisigen, harten Marmor des Schachts gelehnt, und als wir aus dem Dahindämmern aufschraken, hatten wir das Gefühl, hier gar nicht zu sein; wir waren schon an den merkwürdigsten Örtlichkeiten gewesen, still mußten wir uns verhalten, aber wir konnten unmöglich hier sein. Trotzdem waren wir hier, wo das auch sein mochte.

»Ist dir nicht wie in jenem Stollen zumute, Seka«, flüsterte Mutter besorgt, aber liebevoll, »in dem wir festsaßen, ehe unsere Zeit in der Mühle anbrach? Aber diesmal sind wir nicht so schlimm dran wie damals. Zerd und seine Brüder werden bald kommen. Sie werden uns suchen, sie werden rufen, und wir können ihnen antworten.« (Sie konnte antworten!) Doch droben war es unterdessen dunkel geworden, nicht länger Tag, und obwohl wir mit höchster Aufmerksamkeit lauschten, vernahmen wir keine Rufe. Mutters Erwähnung unseres Aufenthaltes in der Mühle hatte in mir Zittern ausgelöst, ein solches Maß an Zorn und Haß hervorgebracht, wie es jemals wieder zu empfinden ich mir streng verboten habe, weil es nicht geschehen darf. Das Leben in der Mühle war ärger gewesen als jene Zeit, während der wir in dem erbärmlichen Loch im Nordwall gewohnt hatten; es war schlimmer als alles gewesen. Ich dachte an den kaltherzigen Quar, an die frisch ausgeschlüpften, noch halb benommenen Küken, die er lebendig zuhauf in den Abfallkübel gekippt, an des Müllers Nachbarn, der einen Mundvoll zerkauter Blätter auf sie gespien hatte, »Kroppzeug«, hatte er sie verächtlich geschimpft; dachte an den Hund, den Quar an einem Hinterlauf hochgehoben und die Stiege hinabgeworfen hatte, weil er dessen überdrüssig geworden war, ihn in der Kammer liegen zu haben; ans Gemüseweib, das begierig danach schrie, daß man seinen Liebhaber Fischkopf umbringe, obschon es genau wußte, er hatte mit mir nichts anderes getan, als an Tagen mit blauem Himmel mit mir in kleinen Booten aufs Meer auszufahren; ich erinnerte mich daran, wie Quar Mutter zu einem Schmaus ins Grüne mitgenommen, es jedoch nicht bedauerte, als es regnete, um dann dennoch den Ausflug zu genießen, sondern jedesmal, wenn ihr ein Regenschwall ins Gesicht wehte, gehässig zu ihr gesagt hatte: »Das müßte dir doch gefallen, du bist ja so romantisch.« An das alles entsann ich mich, als Mutter beteuerte, uns stünde keine zweite Zeit wie in jener Mühle bevor. Mir fiel wieder ein, wie die Müllerin, übel versengt und angekohlt, »Der Brunnen ist's schuld!« kreischte, »Der Brunnen hat Schuld!«; wie Quar, die Faust wie Eisen, nachdem ich ihm einen Zettel geschrieben und darauf mit ›Meister Quar‹ angeredet hatte, schmierig zu mir sagte: »Ich bin jetzt dein Väterchen.«

Es bestürzte Cija beträchtlich, als ich zu weinen anfing. Ich vermochte mich nicht an das letzte Mal, als ich geweint hatte, zu erinnern. In der Mühle hatte ich nie geweint. Auch in Quars abscheulichem Haus hatte ich nicht geweint; ich habe es als gleichsam in Abscheulichkeit getränkt in Erinnerung, nicht wegen der betrogenen, ermordeten Reisenden, deren Überreste wir später entdeckten, sondern wegen der zur Närrin erniedrigten Cija und ihrer greulichen Vermählung.

Schwer legte ich mich – schwer wie die Nacht vor einem Fenster liegt – an Mutter und schluchzte auf ihren kleinen Busen, die letzte, liebe Stätte der Sicherheit, allzu klein, sie maß in der gesamten Welt nur ein paar Handbreit. Ich war völlig zerrüttet; es schien, als müßten die Schluchzer, die mich schüttelten, woher auch immer sie heraufbrechen mochten, mir die Lungen zerreißen.

Ich konnte nicht recht begreifen, wieso Mutter plötzlich davon abließ, mich zu tätscheln, anscheinend statt dessen mich anstarrte, während sie mich von sich schob; zuweilen sah ich durch den Schleier vor meinen Augen ein Lächeln auf ihrem Gesicht. Ich schluchzte noch etliche Male, schluchzte meinen Widerwillen gegen die Zeit in der Mühle hinaus; dann fragte ich mich, ob womöglich Vater und seine Brüder eingetroffen seien, oder ob Mutter unversehens endlich doch verrückt und meine Feindin geworden sein könnte. »Seka, hör nicht zu weinen auf«, sagte sie. »Hör das Weinen nicht auf! Weine getrost weiter. Aber während du weinst, hör mir genau zu, ich bitte dich! *Dein Weinen klingt ganz gewöhnlich.* Fällt dir nicht auf, wie's klingt?« Wie es klingt? Ich lauschte auf mich selbst. Statt der Keuch-, Japs- und Würgelaute, die ich meines Wissens unter dem Einfluß starker Gemütsbelastungen stets hervorzustoßen pflegte, gab ich Töne von mir wie andere Menschen. Meine Laute klangen sonderbar natürlich. Mutter nahm mein Gesicht zwischen ihre Hände, die Tränen rannen ihr über die Finger. »Hör mir gut zu, Seka«, sagte sie, »aber laß nicht das Weinen, mein Liebling. Sag einmal ›ich‹, während du weinst, aber ohne zuvor nochmals Atem zu schöpfen.« Ich tat wie geheißen, und der Selbstlaut klang wundervoll klar. »Nun sag ›o‹«, forderte Mutter mich im selben Tonfall wie vorher auf, aber offensichtlich schrecklich aufgeregt. Danach wiederholte ich einen kurzen Satz mit vielen Selbstlauten. Bei den Umlauten krächzte ich noch erheblich, sie beeinträchtigten mir fast die Atmung. Mutter schnitt eine wieder trübselige Miene, Furcht blickte ihr aus den Augen, obwohl sie es zu verhehlen trachtete; droben glitzerte kalter Sternenschein, wir wurden uns von neuem des beschränkten Raums bewußt, der Enge, in der wir gefangensaßen, und sie sorgte sich, mich zu sehr gedrängt, das Wunder verdorben zu haben. »Sag ›Ich bin Seka‹«, verlangte sie.

Und dann drückte sie mich, während sie selbst zu weinen begann, an sich, als ich mit einer Stimme, die ich als Kinderstimme erkannte (wenngleich ich in meinem Kopf nie wie ein Kind gesprochen hatte), den Satz sagte.

Meine eigene Stimme zu vernehmen, war überaus absonderlich. Es war, als hätte sich ein Dritter zu uns gesellt. Ich übte mich im Gebrauch meiner Stimme (bis Mutter mir riet, sie zu schonen, sie versicherte mir, ich müsse sie schonen, ich würde sie nun nicht wieder verlieren, doch ich wußte, insgeheim befürchtete sie das Gegenteil), aber es war ein wenig unheimlich, ein kleines Mädchen im Dunkeln mit Mutter reden zu hören. Doch wir fühlten uns überhaupt nicht mehr einsam.

Ich bekam auf den Armen eine Gänsehaut, als ich eine vierte Stimme hörte, keineswegs jedoch jene, die uns mitgeteilt hatte, wir befänden uns unterm Fluß und seitdem schwieg. Diese wunderbare Stimme war mir bekannt; sie zu vernehmen, war ein solches Wunder wie die Wiederkehr meiner Stimme. »Juzd«, rief ich. Er konnte nicht ahnen, wer es war, die ihn hier unten mit so klarer Kinderstimme rief, wiewohl nicht allzu sicher, was das mir ganz und gar ungewohnte, so harsche ›z‹ anbetraf.

Im schwachen Sternenschein sah Mutter mich nahezu belustigt an. »Juzd? Seka, träumst du, mein Schätzchen? Juzd!«

Durch den Schacht kam eine menschliche Gestalt zielstrebig zu uns herabgeklettert. Mutter und ich traten zurück, verhielten uns ungemein behutsam, weil wir an die Schlange dachten; die Gestalt war schmal, ein Mann, er erreichte uns. Er war Smahil. »Hinauf mit euch beiden!« sagte er in betont sachlichem Tonfall. »Cija, nimm dein Kind in die Arme, und ich werde mit euch nach oben steigen! Wir wollen alle auf einmal hier hinaus.« Er zupfte am Seil. Juzd, der als erster Mutters Stimme unter der Erde gehört hatte, zog uns an die Oberfläche.

Aus dem Düstern erschien erneut die bleiche Schlange. Sie bewegte sich von Seite zu Seite, den Kopf erhoben, betrachtete uns. Smahil stieß ein Keuchen aus und zupfte noch einmal am Seil, damit Juzd sich spute, sobald er das Riesentier erblickte; dagegen blieben Mutter und ich seltsamerweise unerschrocken. Die Riesenschlange hatte sich erst wieder eingefunden, als wir bereits so gut wie fort waren; sie beobachtete, wie wir uns entfernten, ähnlich wie sie uns bei unserer unfreiwilligen Ankunft ›begrüßt‹ hatte.

Nachdem wir eine Strecke weit gehumpelt waren – allerdings nicht so weit, hofften wir, daß es uns entgehen konnte, falls Zerd wieder aufkreuzte –, setzten wir uns ermattet unter einen Baum. Smahil gab uns aus seiner Feldflasche zu trinken, bat um Nachsicht dafür, daß der Trank auf dem Rücken seines Reittiers (was für eines er auch meinen mochte) so warm geworden war. Wir sahen die Kräuselungen des vom Sternenlicht beleuchteten Schaums die schnelle Strömung des Flusses entlangsausen, auf dem nach wie vor, gleichfalls fahl erhellt, die Totenfracht schwamm, und besprachen die Lage. (Ein- oder zweimal sprach sogar die Seka-Stimme. Jedesmal wenn die Seka-Stimme etwas sagte, lächelte Juzd freudig und streichelte mir übers Haar.)

Cija erklärte, bezüglich der Frage, in welcher Richtung man zum Hügelgrab gelange, zu unsicher zu sein, um eine unmißverständliche Auskunft erteilen zu können. Sie wolle an dieser Stelle bleiben, auch wenn Juzd und Smahil ihren Weg fortzusetzen gedächten. Sie ging davon aus, daß Zerd früher oder später eintreffen würde, wahrscheinlich früher; sie dachte, er sei bereits nach uns auf der Suche, wir hätten ihn nur nicht gehört, aber daß er wiederkommen würde, um diese Gegend noch einmal abzusuchen.

»Aber wenn er nun nach Nordfest zurückgeritten ist?« meinte Juzd. »Irgendwann wird er dorthin zurückkehren müssen, meine Liebe.«

»Er wird seine Brüder auf die Suche schicken«, entgegnete Mutter.

Da brach ein Unwetter los. Es gewitterte buchstäblich von einem zum anderen Augenblick. Ich glaube, das Gewitter war eine Folge der Stürme, die überm mittleren Atlantis zu toben begonnen hatten, deren Ausläufer aufs Festland übergriffen.

Ein Kugelblitz schwebte heran, sank am Stamm des

Baums abwärts, unter dem wir saßen. Der Baum fing Feuer, und wir flüchteten. Der Blitz behielt seine Kugelgestalt – er war in der Tat genau so eine Lichtkugel, wie einmal eine vor meinem Bett geschimmert und mich ausgelacht hatte –, erheitert über den brennenden Baum und unsere Flucht. Er kostete seine Heiterkeit aus, dann verflüchtigte er sich mit einem Mal.

»Da ist ja endlich die Landstraße«, sagte Smahil. Ich schaute umher. Es gab nichts als Wildnis zu sehen, lauter Gras, das im Wind rauschte, erhellt vom Sternenschein und den Blitzen. Ich senkte meinen Blick. Ein schmaler, an den Rändern unregelmäßiger, ausgetretener Pfad verlief einigermaßen gerade durchs Gras, kaum breiter als ein durch vielfachen Gänsemarsch geschaffener Trampelpfad. Ich entsann mich, daß Fischkopf stets seinen eigenen Spuren gefolgt war, als hätte er sogar in der Wildnis keine Neigung, zu offenbaren, daß er mehr als einmal den gleichen Weg beschritt; da es sich nicht vermeiden ließ, sein erstmaliges Beschreiten zu enthüllen, sorgte er auf diese Weise zumindest dafür, daß seine Spuren sonst nichts verrieten.

Noch regnete es nicht. Bevor er einsetzte, drang ein zischliges Knistern aus der Erde. »Die Termiten«, erläuterte Juzd mit einer gewissen Huld für das winzige Getier, »reiben in ihren unterirdischen Bauten die Hinterleiber an den Wänden der Gänge, um einander vor dem Nahen einer Gefahr zu warnen ... In diesem Fall vor einem Unwetter, das von See heranzieht.«

»Wie weit ist's bis zum Meer?« fragte Mutter sofort.

»Es liegt hinter jenen Hügeln«, antwortete Juzd ohne Zögern.

»Wir müssen hier warten«, entschied Mutter, »bis Zerd oder seine Brüder kommen. Sie haben meine Jüngste in ihrem Hügelgrab.«

»Was heißt das, ›hier‹?« entgegnete Juzd, ähnlich wie Mutter die Erde gefragt hatte, die Stimme in der Erde. Denn wir befanden uns nirgends. Wir standen auf der

Landstraße. Aber wo auf der Landstraße? Und wo lag die Landstraße?

»Ihr kennt den Rückweg nach Nordfest«, sagte Mutter zu Juzd, »denn Ihr und Smahil habt dort ja offenbar erneut aufs prächtigste sämtlichen Schlössern und Riegeln getrotzt und seid so in diese Gegend gelangt. Ihr müßt an dem Hügelgrab vorbeigekommen sein.«

»Nein, meine Liebe. Wir waren nicht auf der Suche nach Euch. Wir sind auf dem Weg zum Meer.«

»Ihr wollt heim nach Atlantis, Juzd? Und Ihr nehmt meinen Bruder mit?«

»Euer Bruder ist mit mir geflohen. Er ist von Eurem Gemahl mit mir zusammen eingekerkert worden. Lediglich um Eurer willen habe ich dagegen Bedenken gehabt, daß Euer Bruder uns begleitet. Euer Bruder ist Euch ein Blutegel.«

Smahil lächelte. Unbefangen stand er bei uns.

»Ihr kennt den Weg nach Nordfest«, beharrte Mutter. »Ihr kommt geradewegs von dort.«

Hagel begann herabzurauschen. Er knickte Zweige, sie brachen ab, fielen uns auf die Köpfe; die Hagelkörner, groß wie Schafsküttel, schlugen sie von den Bäumen.

Juzd hatte keinesfalls vor, Mutter zurück nach Nordfest zu bringen. Er gab keine Antwort auf ihre Äußerungen, und der (ihm gegenüber irgendwie fügsame, weil für ihn zeitlich günstige) Hagel scheuchte uns, so hatte es den Anschein, Schritt um Schritt, jeder mühsam auf dem aufgeweichten Untergrund, weiter über die Hügel.

Wir suchten unter einem Baum nach dem anderen Schutz, so wie es sich als erforderlich erwies. Indem jeder Baum bald in einen Zustand geriet, in dem er uns kaum länger Schutz bot, wankten wir zum nächsten Baum, der ihn noch in einigem Umfang gewährte, behielten unterdessen stets dieselbe Richtung unter Beobachtung, in der Nordfest liegen oder nicht liegen mochte. Ich beobachtete ohnehin aus Gewohnheit immer alles sehr aufmerksam, ich glaube, ein derartiges Verhalten gewöhnt man sich als Stumme an; und ich bewahrte Schweigen, ebenso aus Gewohnheit, nehme ich an, denn ich war ja lange Zeit des Sprechens unfähig gewesen, und außerdem vertraute ich Juzd.

Allmählich ließ der Hagel nach. Wir standen auf dem Rücken einer Anhöhe und sahen vor uns die gewaltigen, trüben Fluten der See sich erstrecken, aufgewühlt vom Herabprasseln der Hagelkörner. »O nein«, rief Mutter wie im Schmerz.

Ich glaube, Juzd schlug vor, an Ort und Stelle, an einem geschützten Fleckchen, zu übernachten, da wir alle entweder müde oder verirrt seien, um abzuwarten, wie die Welt am Morgen aussähe. Wenn ich mich recht entsinne, sagte er ›Morgen ist auch noch ein Tag‹ oder so etwas. »Wir haben nichts zu essen für dich, Kleine mit Stimme«, meinte Juzd zu mir, als wir im Stechginster saßen.

»Ich mag gar nichts essen«, antwortete meine liebliche Seka-Stimme, sprach langsam, in ihrer noch zaghaften Art. »Es ist schon länger her, daß ich zuletzt gegessen habe.«

Juzd forschte in meiner Miene. »Du entwickelst dich«, sagte er. »Wir alle wandeln uns in irgendeiner Weise. Wir bereiten uns auf irgend etwas vor.« Wo wir kauerten, glomm unter dem glänzenden Blattwerk ein goldgelber Helligkeitskreis, als hätten wir an unserem stillen Zufluchtsort unter den Bäumen eine Lampe entzündet. Juzd gab nun ein wenig von dem Sonnenlicht ab, das er während des Tages gesammelt und gespeichert hatte. Smahil und Cija redeten miteinander, er nicht minder vorsichtig als sie; nach dem langen, langwierigen Marsch mit Juzd durch die Wildnis wirkte er abgespannt und sehr gereizt. Sie unterhielten sich über die Flucht der beiden Männer – bewerkstelligt dank der bemerkenswerten Meisterschaft Juzds über Schlösser, wie wir sie ihn schon mehrmals hatten ausüben sehen – und die Verhältnisse in der Hauptstadt des Nordreichs. Am Nachthimmel blinkte der Algol. »Alle zweieinhalb Tage verblaßt dieser Stern von der einen zur nächsttieferen Leuchtstärke«, sagte Juzd. Mutter schauderte zusammen. Juzd sah ihr sofort an, daß sie weder von ihm, noch von Smahil in den Arm genommen und gewärmt zu werden wünschte; nach der langen, größtenteils durchwachten Gefangenschaft unter der Erde war sie ganz einfach ausgekühlt bis in die Knochen. »Wir müssen ein Feuer anzünden, mein Freund«, sagte Juzd zu Smahil. Smahil wartete ab, um zu sehen, was es zu tun galt, wie ein Pferd, dem man die Zügel übers Maul gehängt hat. ›Fügsam‹ war das Wort, das mir heute in bezug auf Dinge und Menschen, mit denen sich Juzd abgab, immer wieder in den Sinn kam.

Juzd ließ Mutter, an die Baumrinde gelehnt, sich ausruhen, während wir anderen abgebrochene, abgefallene Zweige und Äste sammelten. »Aber sie sind naß«, sagte Smahil recht umgänglich zu Juzd und in den Wind.

»Schichtet sie auf«, empfahl Juzd, und wir taten es. Wassertropfen rannen über die körnigen Borke der Äste. Juzd streckte seine Hand über sie aus, berührte sie nicht, hielt sie nur dicht über sie, verzog ein wenig das Gesicht, als er auf sie einwirkte. Der Glanz seiner schlanken, nackten Handfläche (an allen entblößten Stellen seiner Haut war sein verhaltenes inneres Leuchten stets deutlich zu bemerken) flackerte kurz, ward wieder gleichmäßig, und im selben Augenblick flammte der Holzstapel auf, eine Blume aus Flämmchen erblühte, plötzlich brannte sämtliches Reisig, die Wassertropfen zischten im Feuer, als die Flammen höher emporloderten. Wir setzten uns um Juzds Feuer, nicht anders, als Menschen sich um irgendein beliebiges Lagerfeuer hocken mochten, und starrten hinein; es war ein munteres Feuerchen, es war warm, schützte uns vor der feuchten Dunkelheit, machte das Tosen der See weniger vernehmlich, und Mutter schlang die Arme um die Knie, erweckte den Eindruck, sich nun behaglicher zu fühlen, entspannter zu sein.

Jedes Reisig, jeder Zweig, überlegte ich, ist eine Erinnerung an Äste im Sturm, an Gezweig im Hagel, oder Laub im Frost, an Regen, Sternenschimmer, Sonnenschein und Lebewesen. Die Äste knackten zum Zeichen ihres grünlichen Mißfallens in der Glut, jedes Zweiglein knisterte seine eigene Geschichte.

»Juzd, erzähl mir eine Geschichte«, bat meine Stimme, nachdem ich es ihr befohlen hatte; noch stolperte sie über den rauhen Laut in seinem Namen, der unmöglich wiederholbar zu sein schien.

»Solltest nicht erst *du*, meine Kleine, die nun sprechen kann, mir eine Geschichte erzählen?« schlug Juzd vor.

»Heute morgen konnte ich nicht sprechen«, begann ich ... mehr fiel mir jedoch nicht ein.

Juzd wartete, dann lachte er. »Und das ist die schönste Geschichte, die ein Mensch je vernommen hat«, sagte er. »Meine Ohren frohlocken, weil sie sie gehört haben. Was für eine Geschichte soll nun ich dir erzählen?« Juzd beugte sich näher ans Feuer, hob die Hände an die Flammen, und während sie ihn wärmten, lohten sie ihm wie in heißer Freundschaft entgegen. »Es waren einmal drei Brüder, die wanderten in die Welt hinaus, um ihr Glück zu suchen. Der älteste Bruder trug Kleider im Rot der Erde, und er arbeitete sieben Jahre lang, um sich ein Tal, das er begehrte, zu verdienen. Er baute darin ein steinernes Haus, und er gedachte, das Land zu bestellen, auf daß es reiche Ernte gäbe. Doch als er ein Mädchen schändete – du weißt, was Schändung ist, Seka? –, das er in jenem Tal in einem Teich baden sah, zürnte ihm des Tals Eigner und sprach zu ihm: ›Indem du alles mit deiner Gier verdirbst, vermagst du kein Heim zu schaffen.‹ So war der Bruder denn gescheitert: Er durfte das Tal nicht haben. Der zweite Bruder trug

Gelb, die Farbe der Freude und Hoffnung, und als er das Tal betrat, sah er die fetten Rinder und üppigen Reben, und ihr Anblick bewog ihn, während er des Weges ging, ein wenig zu singen. Da erblickte er ein Mädchen, und weil etwas in dessen Lachen, dessen Mienenspiel an sein Herz rührte, hielt er um des Mädchens Hand an. ›Du mußt sieben Jahre lang um sie werben‹, sagte der Eigner des Tals, der Vater des Mädchens. Sieben Jahre der Sehnsucht, des Verlangens und Schmachtens bedeuteten dem Bruder nichts anderes als schieres Entzücken, das war genau das, was er sich immer gewünscht hatte, und endlich ward ihm das Mädchen wie ein Wirklichkeit gewordener Traum zur Vermählung zugeführt. ›Aber du mußt sehr freundlich zu ihr sein‹, sagte des Mädchens Vater. Dem Bruder gefiel nichts besser als der Gedanke, freundlich zu dem Mädchen zu sein, und versprach es voller Begeisterung. ›Der Grund ist‹, sagte der Vater, ›daß sie heute morgen, am Morgen ihrer Vermählung, ein Mann in Rot geschändet hat.‹ Der Bruder geriet außer sich vor Kummer. Welch ein Unheil! Wie konnte das Schicksal ihm ein solches Unglück zumuten? Er lief fort, in die Hügel, schwang sich auf ein Einhorn, das er dort grasen sah, in der Absicht, in ein anderes Tal zu reiten, wo seiner mehr Glück harren möchte, doch das Einhorn warf ihn ab, schleifte ihn mit, und weder vermochte er es zu bändigen, noch wollte es ihm gelingen, sich aus den Strähnen der Mähne, an der er so grausam mitgezerrt ward, zu entwirren. Der dritte Bruder, der Blau trug, so wie du, Seka – die Farbe des Geistes und der Erkenntnis –, beschritt just zu dieser Zeit die Richtung zum Tal. Er sah, wie scheußlich das Einhorn und sein Bruder einer des anderen Pein waren, darum setzte er ihnen sieben Jahre lang nach, und diese sieben Jahre waren die ärgsten, die je einer der Brüder erlebt hatte.«

»Schlimmer als für den Bruder, den das Einhorn mitschleifte?«

»Dieser Bruder brauchte lediglich tatenlos zu bleiben und sich jeden Stoß, den ihm der Untergrund versetzte, als Unglück und Laune des Schicksals vorzustellen. Dagegen mußte der Bruder in Blau sich unentwegt sputen, das Einhorn bändigen und endlich seinen Bruder befreien. Sein Bruder flehte kläglich um Erlösung, darum warf er ihn hinab zum Bach. Dann bestieg er das weiße Einhorn, welches das Haupt vor ihm neigte, und sie ritten fort, zu hohen Auen.«

Ich schaute ins Lagerfeuer. »Sind die Brüder denn niemals Freunde?« fragte ich ziemlich traurig. Damit meinte ich, daß ich die Geschichte schon einmal gehört und gehofft hatte, sie würde diesmal erfreulicher ablaufen, ein besseres Ende nehmen.

»Doch«, antwortete Juzd. »Sie sind untereinander keineswegs unverträglich. Einer benötigt den andern, aber allzu häufig sind Bruder Erde und Bruder Hoffnung gänzlich zügellos. Bruder Hoffnung kann so rücksichtslos sein wie Bruder Erde, und nur zu oft muß der Bruder in Blau sich ganz allein aufs härteste anstrengen und ins Zeug legen.«

»Werden Vaters blaue Brüder kommen und uns finden?«

»Das bezweifle ich«, gab Juzd zur Antwort, hielt Umschau.

»Haben alle Familien einen Bruder in Blau?«

»Deine Sippe hat eine blaue Tochter, stimmt's? Tragen das Affenkind und dein Vater, der Feldherr, nicht rot? Und deine Mutter und dein Onkel Smahil nicht jeweils ein Gelb? Und du, Seka, glaubst du nicht auch, daß du ganz Geist und Erkenntnis bist, eine kleine Beobachterin, eine gelassene kleine Betrachterin?« Indem er sich zuvor verneigte, um Nachsicht zu erbitten, entfernte sich Smahil für eine Weile von uns, stapfte durch den schwächer gewordenen, in Nieseln übergegangenen Regen in die Nacht, zu dem felsigen Tümpel, in den er seine Feldflasche zum Kühlen gestellt hatte, und eine

Zeitlang blieb er außer Sicht. »Seid Ihr einigermaßen zufrieden, meine Liebe?« wandte Juzd sich an Mutter, auf deren Gesichtszügen sein Feuer unruhige Glanzlichter erzeugte, rötlich wie Blutergüsse.

»Sekas Stimme macht mich glücklich«, antwortete Mutter. »Zerd ist fort«, sprach sie ins Gewisper des Regens. »Er hat mich nicht finden können. Er weilt nun bei Sedili, nicht wahr, Juzd?«

»Ja«, bestätigte Juzd nach kurzem Schweigen, wahrscheinlich einem Zaudern des Weitblicks.

»Ist Smahil schlecht?« fragte Mutter.

»Nein.«

»Ihr habt behauptet, er sei für mich so etwas wie ein Blutsauger.«

»Er ist keine gute Seele«, lautete Juzds Antwort.

»Keine gute Seele ... anders als Eure goldenen Atlantiden es *sind*?« Anscheinend versuchte Mutter in diesem Moment, sich untadelig ehrenhafte Leutchen auszumalen.

»Ja, sie sind gut«, sagte Juzd, »aber es mangelt ihnen an Vielseitigkeit, sie entbehren der Festigkeit und Stärke, um Stürmen widerstehen zu können. Das goldene Volk der Atlantiden ist jung. Es kann noch nicht auf die Jahrhunderte des Daseins als böse Seelen zurückblicken, im Gegensatz zu den meisten von uns, die wir im Leben unsere Umwege und Schleichpfade beschreiten müssen, ehe wir dazu imstande sind, uns den Rückweg zum Guten zu erkämpfen, zu erzwingen, klüger geworden dank der zwischenzeitlich gemachten Erfahrungen, gestärkt um die Kraft des Widersachers – bereichert um das Wissen, wie der Widersacher besiegt werden kann, denn er ist eins mit uns geworden, ist unentflechtbar verschlungen mit unseren Eingeweiden, und doch bezwungen.« Ferner erklärte er, der »Widersacher«, den er erwähnte, sei nicht böse. »Das Böse«, erläuterte er, »geht in dieser kleinen, im wesentlichen abgeschlossenen Welt, dieser Brutstätte, diesem Kinderhort, fürwahr kaum jemals um. Eher steckt das Böse in einem Krankheitskeim, der gegen die natürlichen Regeln unseres Kinderhorts verstößt, als in Haß, Rachsucht oder Grausamkeit, die nur entstelltes Gutsein, verzerrte Liebe und Eigenliebe sind, die wir noch nicht zu meistern gelernt haben, die's sind, die unseren Bruder in Gelb mitschleifen.« Er blickte auf, als Smahil zurück in des Lagerfeuers Lichtschein trat. »Seht an«, sagte Juzd, »Euer Bruder Smahil hat den Wein nun im Tümpel hinlänglich gekühlt.«

Smahil ließ die Feldflasche durch die Runde kreisen, und wir tranken alle; auch ich durfte etwas Wein trinken. Er war kalt genug, um innerlich zu wärmen.

»Also werden wir zur Küste weiterziehen und von dort nach Atlantis übersetzen?« fragte Smahil. »Oder hat meine Schwester abermals etwas anderes im Sinn? Was will sie? Verrat's uns, Cija! Wir haben's noch nie gewußt.«

»Was ich bekomme«, begann Mutter ihre Darlegung, »ist zumeist ein kleiner Teil dessen, was ich tatsächlich wünsche ... Eigentlich muß ich sagen, daß das, was ich erhalte, stets nicht ganz das richtige ist. Ich glaube, was ich will, wie's auch beschaffen sein mag, ist sehr wichtig ... ein eigenes Heim, in dem ich mich meinen Aufgaben widmen, Seka glücklich machen und ihren Angelegenheiten nachgehen lassen kann. Kein verfallenes Kastell, das versteckt an einem schauerlich einsamen Küstenstreifen steht, man kann doch nicht erwarten, daß ich mit so etwas zufrieden bin, ich wäre eine Rabenmutter, fände ich mich mit dergleichen ab. Vielleicht könnte der Palast meiner Mutter uns ein Heim sein, doch war er nie in irgendeiner Hinsicht mein Wohnsitz, die Denkweise meiner Mutter ist mir immer fremd gewesen, mag sein, ich sollte sie hinnehmen, aber sie ist zu unberechenbar und folglich zu gefährlich. Seka und ich würden niemals Ruhe und Frieden finden, wenn der Mensch, der in unserem Umkreis die Macht besitzt, jederzeit kommen und uns ohne Warnung da- oder dorthin schicken oder uns für diese oder jene Zwecke gebrauchen kann, ohne uns eine Begründung zu nennen. Und aus demselben Grund ist auch das Zusammenleben mit Zerd nicht das rechte. Ob er oder meine Mutter – die Nähe beider läuft unweigerlich hinaus auf zuviel eigennützig mißbrauchte Macht.«

»In Eurem letzten Leben«, sagte Juzd, »habt Ihr oft dagesessen und über Euren *damaligen* Gatten geklagt, den Gemahl Eures letzten Lebens. Euer *Einer* war er, Euer wahrhaftiger Seelengefährte, Euer wahrer Bruder, er ist für Euch und Ihr seid für ihn geschaffen gewesen.« (Da verschluckte Smahil sich beim Trinken fast, er riß über der Feldflasche die Augen auf.) »Ihr wart so unzufrieden, gerade weil er dermaßen liebevoll und freundlich war, zu langweilig für den Geschmack eines lebensgierigen jungen Weibs. Darum habt Ihr zu Eurer kleinen Gottheit gebetet, sie möge Euch erhören – denn allein durch stete Gunst, so hat's den Anschein, konnte sie Euch schließlich gewähren, was Ihr wirklich braucht, nachdem sie Euch zuerst gegeben hatte, was Ihr zu brauchen *gewähnt* habt, damit Ihr dessen überdrüssig zu werden vermochtet –, und nun hat sie Euch einen Gemahl zugeteilt, den zu besitzen fast eine Unmöglichkeit ist.«

»*Fast* unmöglich, sagst du«, meinte Cija nach einem Weilchen ernsten Schweigens.

»Ja«, betonte Juzd, »denn der Drache, wie jede andere Seele, kennt Bedürfnisse. Er weiß selbst nichts von ihnen. Aber es ist nicht ausgeschlossen, daß Ihr der richtige Mensch seid, um sie ihm zu zeigen. Aus jedem Fehl kann Gutes gedeihen. Nichts ist jemals völlig mißraten, wiewohl es einen beschwerlicheren, längeren, steileren Weg bedeuten mag als jenes, was sich auf den ersten Blick verlockend anbietet.«

»Ich erachte diesen Aufschließer aller Schlösser als unerträglich selbstgefällig, Cija«, sagte Smahil, stand auf und strebte hinaus in den Regen, schlenderte davon, um sich außer Hörweite der Unterhaltung zu begeben und sich die Füße zu vertreten.

»Selbstzufriedenheit ist in den Augen des Zuschauers«, sagte seine Schwester ihm mit ruhiger Stimme hinterdrein, und ich sank in Schlummer.

Als ich erwachte, fragte Mutter Juzd, warum er, da doch irgendwo ihr »Einer« ihrer harre »wie ein *wahrer Bruder*«, falls sie »den rechten Weg« wählte, ihr blutschänderisches Verhältnis zu Smahil mißbillige. Juzd sprach über einen »Mahlstrom sich paarender Leiber«, in dem alle drei »Ichs« eines jeden – das rote, das gelbe und das blaue Ich – in die übergeordneten Bereiche der Mächte des Schicksals einwirken könnten, so daß – zum Beispiel – jemand wie Nal plötzlich in selbigen Mahlstrom gezogen und seine Empfängnis möglich würde. Dazu fiel mir ein, wie Fischkopf gesagt hatte, ein schlauer Schmarotzer füge seinem Wirt nie Schaden zu. Demnach war Smahil, befand ich ungnädig, ein *unfähiger* Schmarotzer.

Smahil war noch fort. Ich merkte, daß ich nun gern etwas gegessen hätte. Ich lenkte meinen trüben Blick über den Rand der Helligkeit unseres Lagerfeuers hinaus. In der Dunkelheit sah ich Augen funkeln. Raubtiere, nur von Juzds Feuer ferngehalten? Ob Smahil ungeschoren geblieben war? Mit einem Mal vergegenwärtigte ich mir etwas Herrliches, ganz Wunderbares, und der Gedanke daran durchströmte mich mit innerer Wärme und inwendigem Glanz wie von Gold. In meiner Vorstellung erprobte ich meine Kehle. Sobald Smahil oder sonst jemand in Bedrängnis geriet, und ich wußte Bescheid, dann vermochte *ich, Seka,* um Hilfe zu rufen. Ich empfand lebhaften Stolz und tiefe Liebe zu aller Welt.

Bald konnte ich die Gestalten der Wesen ringsum erkennen, von denen ich zunächst lediglich die Augen erspäht hatte. Ein Umriß war reichlich groß, größer als wir es im Sitzen waren, rund um den Schädel ziemlich zottig, und seine Augen glommen wie Lämpchen. Mehrere mir nähere Umrisse, deren kleine Äuglein das Flackern der Flammen widerspiegelten, waren sehr klein, ihre Augen schienen dicht überm mit Stechginster bewachsenen Erdboden zu schweben. Ich betrachtete das mir am nächsten befindliche Tier genauer; es war ein Stachelschwein. Es wandte seinen Blick von Juzd, dessen Stimme all das Getier gleichsam hingerissen lauschte – oder wie gebannt, vielleicht wie verzaubert –, und schaute mich an. Es trottete davon, und als es wiederkehrte, geradewegs in den Feuerschein kam, bis vor meine Füße, strotzte sein Stachelkleid von Obst und Beeren – es hatte sich auf der Erde in herabgefallenen Früchten gewälzt, um sich in eine lebendige, laufende Speisetafel zu verwandeln. Ich zog ihm von den Stacheln, was es mir anbot, aß davon, fühlte mich wohl, sann darüber nach, wie anscheinend alles gemäß der Kinderreime gedieh, die mir meine Betreuerinnen aufzusagen pflegten.

»Aus genau diesem Grund hegte das Uralte Atlantis so reges Interesse an Eurem Sohn Nal«, setzte Juzd unbefangen und sehr herzlich auseinander. »Vor langen Zeitaltern schon war geweissagt worden, daß er zur rechten Zeit kommen werde, um Kaiser zu sein. Das Uralte Atlantis – nicht die goldenen, jugendlichen Menschen, die Atlantis' Küsten bewohnen – hat oft erwogen, einen geeigneten, besonders ›herausragenden Mann‹ hervorzubringen, doch um der erwünschte Kaiser zu werden, durfte er nicht vorsätzlich gezeugt werden.«

»Smahil und ich wußten, was wir taten.«

»Aber Ihr habt beileibe nicht an ein Kind oder das Uralte Atlantis gedacht.«

»Lebt mein Sohn Nal noch?« erkundigte sich Mutter, nachdem sie ganz tief Atem geholt hatte.

»Ja.«

Ich trat neben Mutters Knie und gab ihr ein paar Beeren. Sie nahm sie, ohne sie anzusehen. »Mein Sohn ist in Atlantis' Hauptstadt mit seinem *Namen* benannt worden«, sagte Mutter. »Aber das kann keine sonderliche Wirkung haben ... er ist lediglich meinem göttlichen Vetter geweiht worden, dem kleinen Gott meiner Sippe.«

»Der Name Eures göttlichen Verwandten ist der Stolz aller Welten«, antwortete Juzd, »und vor allem in dieser Welt wird er immer mehr als Gott des *persönlichen Vertrauens* gelten.«

»Ich habe einen Heiligen gekannt«, erzählte Mutter, »er hatte einen ziemlich tüchtigen Gott. Nachdem dieser Heilige eines alten Zwists und Haders entsagt hatte, erblickte er eine übersinnliche Herrlichkeit, ein Strahlen, ein ›Gesicht des Lichts der Flüsse‹.«

»Und danach verfiel er übertriebener Frömmigkeit?« erriet Juzd, davon offenbar reichlich angeödet. »Würden die Menschen nur begreifen, daß es keineswegs etwas Außerordentliches ist, in einen Zustand zu gelangen, in dem man das Ewige Licht wahrnimmt oder zu ihm eine ständige Verbindung unterhält, wenngleich man's für gewöhnlich nicht vermag, solange unser so betriebsames rotes Ich die Oberhand hat.«

Sowohl Juzd wie auch Mutter waren inzwischen müde. Die Sterne verblaßten. Mutter bettete meinen Kopf in ihren Schoß. Wir schliefen alle rings um Juzds Feuer.

Ich wachte auf, während silbrig-graue Helligkeit in die Luft sickerte, hörte Mutter sich regen, Juzd sich erheben. Mutter stöhnte und raunte irgend etwas vor sich hin. Wir nahmen den scheinbar endlosen Weg von neuem auf. Er glich einem Rad, überlegte ich bekümmert, das über mich hinwegrollen mußte, nachdem es erst einmal in Bewegung war. Mittlerweile hatte ich verstanden, wieso wir noch immer keine Spur vom Blutschänder Smahil sahen. Es war eine Sache, diese Tat zu begehen, die man Blutschande hieß, allerdings eine andere, darüber in aller Ausführlichkeit reden zu hören.

»*Wer seid Ihr,* Juzd?«

»Ich wandere umher, meine Liebe.«

»Warum sind der Heilige und ich eine Zeitlang zusammen gewandelt?«

»Eure Natur neigt zum Hinnehmen oder Ausweichen. Mein Eindruck ist, daß Ihr lernt, meine Liebe, den Dingen ins Gesicht, ins Auge zu sehen, um auf diese Weise furchtlos und letzten Endes losgelöst zu werden. Und Euer allzu frommer Freund, der vermutlich jemand mit zu verkrampfter, zu heftiger Natur, zu sehr der Sklave seines gelben Ichs ist, hat – so denke ich – durch *dieselben Ereignisse* lernen sollen, eben jene Art von Freiheit zu erringen, Losgelöstheit, nur auf anderem Weg, der Lockerung seines Gemüts durch die Einsicht, daß alle Menschen ein Traumbild von Vollkommenheit kennen und die meisten sich in der einen oder anderen Beziehung ihre Rechtschaffenheit bewahren.«

Der Regen, bemerkte ich, hatte aufgehört. Schließlich vernahm ich aus der Fahlheit des Morgens ein Rascheln. Die Termiten kamen ins Freie, um die Verwüstungen zu beheben, die Regen, Hagel und Blitze an ihren Bauten angerichtet hatten.

»In meinem Leben in dieser Welt«, sagte Cija, als schmolle sie ganz arg, »werde ich nur herumgestoßen.«

»Wenn Ihr das nächste Mal in einer anderen Welt lebt«, erwiderte Juzd, »wird alles, was an Geschehnissen Euch an diese Welt erinnert, Euch mit Wehmut erfüllen. Sobald es unerreichbar, unwiederbringlich ist, werdet Ihr Euch an all das hier wie an etwas Liebreizendes erinnern, schmerzlich sehnsüchtig entsinnen.«

»Nein, das werde ich nicht«, widersprach Cija halblaut. »Alles was ich will, ist eine gute, verläßliche, vernünftig beschaffene Welt, in der alles gefestigt, zuverlässig und zahm ist, so wie ein Gemahl mittleren Alters.

Hier ist alles trostlos *und* unvorhersehbar ... Mir fallen keine zwei greulicheren Umstände für jemandes Lebensweg ein.«

Juzd hatte für sie Verständnis; Lachen klang in seiner Stimme mit, während er leise antwortete. »In manchen Welten«, räumte er ein, »gleicht das Leben einer Woge. Es stürmt auf Euch ein, oder es wird Euch entgegengeschleudert. An den meisten Tagen erwacht man aus einem Traum, der gewöhnlicherweise Gesichte umfaßt, und vor dem Morgenmahl widmet man seine Aufmerksamkeit den Eigenarten der Dämmerung – wo alle Morgendämmerungen ein *Inbegriff* der Dämmerung sind, solche Morgendämmerungen, von denen die Menschen in dieser Welt träumen, wenn sie in einer Kerkerzelle sitzen und das Wort ›Morgendämmerung‹ vernehmen. Keine ›wirklichen‹ Dämmerungen in Raum und Zeit unserer hiesigen Welt sind so wirklich wie jene Inbegriffe der Morgendämmerung. Täglich erlebt man in jenen anderen Welten in der Frühe eine große und eine kleine Überraschung. Speist man des Morgens Austern, mag sich in einer eine Perle finden. Noch vor dem Mittagsmahl wird man mit einem hehren Auftrag ins Hochland gesandt, und dort sind die Almen geradeso ein Inbegriff der Alm, wie die Morgendämmerungen Inbegriffe der Dämmerung sind. Oder es ist so, daß die Blautöne so einer Welt in Euren Augen wie Gesang sind, die Grüntöne sind wiederum etwas gänzlich anderes, und die Rottöne verhalten sich zu den Grüntönen wie ein Posaunenstoß zu abendlichem Geflüster ...«

»Und was ist der Sinn *dieser* Art von mühseliger, langweiliger Welt, in der sogar Abenteuer sich mit aller Aufregung, allem Kitzel und Drang eines Reisküchleins entfalten?« fragte Cija.

»Nun«, antwortete Juzd, »in dieser Art von langweiliger Welt können wir unsere Gier nach Sinneseindrücken abstreifen. Mag sein, wir grollen für einige Zeit, vielleicht gar während mehrerer Leben, weil wir nicht das besondere, das schnelle, farbenprächtige Leben genießen dürfen, zu dem wir uns ›berechtigt‹ fühlen. Es kann sein, daß wir uns in heuchlerische Abwandlungen unserer Gier ergeben. Wir mögen ein, zwei Leben verträumen, sie uns verderben oder uns für ihre Dauer betäuben. Aber endlich werden wir damit beginnen müssen, unser Ich zu nutzen – immerhin ist's allzeit da und wartet nur darauf, genutzt zu werden –, und dann machen wir damit den Anfang, das Wesen der Verhältnisse, die wir da und dort *vorfinden*, zu unseren Gunsten zu beeinflussen. Dann fangen wir unsere Kräfte und Fähigkeiten schließlich zu verwenden an, wahrhaft zu entscheiden und auszusuchen, diesen oder jenen Weg zu wählen, und zwar in heiter-gelassener Zurückhaltung. Dann nähern wir uns zuletzt unserem Erwachsensein, erlangen dazu die Voraussetzungen, in die Welten der Erhabenheit, des Reichtums, der Farbigkeit und Geschwindheit mit vollem Recht einzugehen, nicht als willenlos verschlagene Kinder.«

Inzwischen war es hell. Grauer Sprühnebel zog übers Land. Mit dem Morgengrauen war schwacher Wind aufgekommen, er wehte, so rasch es eben seine Schwächlichkeit zuließ, von Atlantis' Hauptstadt her über die See und landeinwärts in die Ebene, kündete mit Gewisper, Geflüster den Kummer des neuen Tages an.

Zu Juzds Füßen lag ein großer Löwe ausgestreckt. Seine Mähne, fast völlig ausgebleicht – bis auf einen gewissen Farbton von Wärme –, fiel über Juzd von Schmutz verkrustete Stiefel. Juzd lachte, diesmal lauter, und der Löwe öffnete seine großen Augen – bernsteingelb waren sie, glaube ich –, blinzelte in Juzds Gesicht. Juzd setzte sich zurecht, brachte aus seinem Wams Brot und Käse zum Vorschein, reichte davon meiner dankbaren kleinen Mutter und mir; mit einer Hand strich er besänftigend über die Rinde des Baums, den er störte, indem er ungebeten auf dessen Wurzeln hockte, teilte seinen Anteil an Brot und Käse mit einem Löwen.

Der Himmel war von milchigem Blau. Die Schatten der senkrechten Stämme benachbarter Bäume fielen wie Reifen von Fässern um die bräunlichen Stämme der Föhren, unter denen wir unseren Lagerplatz hatten. Man konnte nachgerade mitansehen, wie Juzd das Sonnenlicht anzog, ansaugte; in seiner unmittelbaren Nähe leuchtete der Sonnenschein stärker, goldener. Irgendwie nahm er ihn auf, sammelte ihn in seinem Körper.

Mutter verzichtete auf nachdrücklicheres Bemühen, mich von dem Löwen fernzuhalten. Sie sah, wie äußerst achtungsvoll das Tier mit unserem ›Wanderer‹ das Morgenmahl verzehrte.

»Sind wir einigermaßen zufrieden?« fragte sie auf einmal genau wie am Vorabend Juzd es gefragt hatte, aber mit deutlichen, erheblichen Unterschieden in den Gedankengängen, die ihrer Fragestellung zugrundelagen, den Mund voll, und sie blickte übers Meer aus, das sich unaufhörlich kräuselte, als zöge es sich zusammen.

Juzd lächelte. »Seht Ihr irgendeinen Sinn in Zufriedenheit?«

»Ihr meint, trotz der Trostlosigkeit dieser Welt?« entgegnete die Frau, zwischen der und ihrer Tochter, einer Tochter, mit taufrischer Stimme, ein Löwe beim Morgenmahl lag. »Ich glaube«, sagte sie, »Zufriedenheit kann als Anreiz dienen, wenn man ansonsten zu schwach ist, um sich andersartige Angenehmlichkeiten zu verschaffen.«

»Wo ist Smahil?« fragte ich.

Beim Klang meiner klaren, kindlichen, noch unvertrauten Stimme wandten Mutter und Juzd den Kopf. »Schaut, dort liegen seine Kleider!« Cija zeigte auf den Strand. »Er muß zum Schwimmen gegangen sein.« Als wir hinsahen, kroch ein langer, bläßlicher Wurm aus Smahils Kleidern. Cija erschauderte und drehte sich um.

Aus anderer Richtung, am Strand entlang, führte Smahil Soldaten auf uns zu. Im immer helleren Sonnenschein glänzte sein Waffenrock. Er hatte lediglich seine Haube, den Umhang und die leere Feldflasche in den Sand geworfen. Der Waffenrock strotzte und funkelte nur so von Abzeichen und Goldkordeln. Jeder Soldat, der zum selben Heer wie er zählte – ja möglicherweise sogar jeder Angehörige fremder Heere –, mußte ganz einfach von ihm beeindruckt sein und es als Auszeichnung empfinden, ihm irgendeinen sandigen Küstenstreifen entlangfolgen zu dürfen.

ZWEITES KAPITEL

Der geheimnisvoll schwingende Penis

Der Haufen – besser gesagt, das abgerissene Häuflein –, das Smahil auf uns zuführte, bestand aus Männern Sedilis, und eigentlich fehlte ihnen nichts, bloß hatte man sie vor längerer Frist zum Bewachen des Ufers an die Küste geschickt, dann jedoch vergessen und zurückgelassen. Es freute sie, sich endlich auch ein wenig nützlich machen zu können. Da waren nämlich nun wir, eine Handvoll Leute, gegen die sie Sedilis Strand schützen konnten. An den Kragen der Soldaten klebte Salz, und sie brachten ihren stärksten Helfer mit – ein junges Mastodon, ein entfremdet aussehendes Rüsseltier mit trägen Kulleraugen, vorsichtshalber abgesägten Stoßzähnen, hie und da dünnen Haarbüscheln auf der lokker-weiten, faltigen Dickhäuterhaut sowie großen Scheuklappen und etlichen ihm angelegten Zügeln und Trensen.

»Was sollen wir tun?« fragte Mutter beunruhigt.

Juzds Löwe war aufgestanden und bellte eine Warnung – oder knurrte ein Bellen, einen dunklen, gegrollten, scharfen Blafflaut, der allerdings aus so tiefer Kehle drang, daß er nachhallte, das Meer ihn zurückzuwerfen schien. Er reckte sich vorwärts, schnupperte nach dem Geruch des Mastodons, das sich näherte; noch einmal brummte seine Löwenstimme.

Das Mastodon, das Scheuklappen trug und zudem mit dem Wind einherstapfte, hatte auf einmal die bestürzende Einsicht, daß diese salzverkrusteten Männer es auf einen leibhaftigen Löwen zuführten. Es überlegte sich neu, was sich hier eigentlich abspielte: Dies war kein geruhsamer Ausflug an den Strand. Das Mastodon

– es ward mit jedem Moment größer, den es näherkam –
reckte seinen Rüssel in die Höhe (O welch geschwelltes,
schwartiges Übermaß an Herrlichkeit!) und griff an.

Juzd, Mutter und ich rannten den hellen Strand hinab
und in den willkommenen Schatten einer Klippe, die
vorm Ufer aufragte. »Die rästelhafte Schwimmende Insel!« schrie Mutter, während wir durch das ungemein
blaue Wasser einer steinigen Mulde platschten; das
Wasser, das uns ins Gesicht spritzte, schmeckte leicht
nach Salz, es war so warm und blau, daß wir unsere
Lippen ableckten; dann liefen wir ins schaumgekrönte
Tosen der Brandung und schließlich den bewachsenen,
in Blaurot, Grün, Rosa, Lila gesprenkelten, im Sonnenschein silbrig gleißenden Abhang der Klippe hinauf.
Juzd half Mutter beim Klettern. Ich folgte so behend,
wie jemandes kleine Tochter – mit einer Zunge im
Mund, die sich gegen die Zähne pressen läßt – es eben
kann. Nur für meine Ohren gab ich ein gedämpftes, ge-
dehntes Murren von mir, bei buckligen Erdhöckern, die
überwunden werden mußten, stieß ich ein »Also wirklich!« aus, bloß um der Freude am Murren und Klagen
willen, die ich früher allein bei anderen Menschen zu
beobachten vermocht hatte.

Smahil erkannte, was geschah. Er riß die Augen auf,
dann verkniff er sie. Er stürmte durch die Flut, und als
die Insel ›ablegte‹, erhaschte Smahil ihre gefleckten
Wurzeln und zog sich hoch, erklomm die Klippe Hand
über Hand. Ein Schwall weißer Gischt schoß bis in unsere Höhe herauf. Der Löwe, das Mastodon, die Soldaten blieben am Strand zurück, wurden stetig kleiner,
das Ufer verwandelte sich zusehends in einen schmalen
Streifen. »Ach, mein Äfflein«, sagte Mutter zur Küste
des Erdteils, von dem wir uns entfernten.

Die Insel schwamm sehr schnell. Wir hatten Salz in
den Augenhöhlen. Wenn ich zum Meer hinabspähte,
sah ich in den Wellentälern Schaum sich kräuseln. Die
See war lebhaft: Wellen wie Saphir, Wogen wie Ame-

thyst, tiefe smaragdgrüne Senken, Strömungen schimmerten wie Opal, dort die Rücken von Delphinen, schmal und geschmeidig wie Klingen. Der Morgen gewann an Eindrucksfülle.

Mein Onkel lag mit dem Gesicht am Untergrund, atmete angestrengt ins weiche, mit Kraut durchsetzte Gras. Endlich wälzte er sich herum, blinzelte in die Sonne, die Hände im Nacken, und zu Cija auf.

Die hagere, junge Frau saß mit kerzengeradem Rücken da, ihr Haar wehte, und auch ihr Kleid, inzwischen nur noch ein gelber, leinener Fetzen, flatterte gleichfalls im Sonnenschein wie ein Banner. Ihre linke Hand streichelte mich, doch der Blick ihrer Augen, auf rauchige Weise von Verträumtheit verschleiert, ruhte auf jenem Ufer, das schon nichts mehr für uns war als Vergangenheit. »Wird die Insel uns nach Atlantis befördern, Juzd?« wünschte sie zu erfahren. »Seka wurde in Atlantis geboren«, fügte sie hinzu, als könne sie damit, was Atlantis betraf, das Heimatgefühl erhöhen.

Smahil warf Juzd einen bösartigen Blick zu. »Ohne Zweifel werden wir hingelangen, wohin dieser dein blondgelockter Liebling und Wohltäter uns hinzubringen beabsichtigt. Es ist meiner Aufmerksamkeit nicht entgangen, daß es mir gestattet worden ist, mich zu euch auf dieses Ungetüm zu gesellen. Hättet ihr mich loswerden wollen, wäre ich in einer dieser Senken ersoffen.«

Daraufhin sah Mutter Smahil an, und es war ein zutiefst trauriger Blick, den sie ihm schenkte. Ich ahnte, daß sie hier draußen, in Salz und Seeluft, mit Juzd an ihrer Seite in Sicherheit, so daß sie weder sich selbst noch Smahil zu fürchten brauchte, irgendwo in den Tonlagen seiner Stimme, in seiner Wortwahl, schwungvoll jünglingshaft, als hätte sie noch etwas zu bedeuten, in den Anlagen seiner Seele, wie es ihm umgekehrt seit jeher erging, ihre eigenen Anlagen wiedererkannte.

»Wir schwimmen nach Atlantis«, sagte ich unsicher.

Mutter schwieg eine Zeitlang. »Meine Bestimmung, meine Wege, haben mich immer an denselben Ort gebracht«, sagte sie schließlich, und obschon sie mit klarer Stimme sprach, drückte ihr Tonfall doch (jedenfalls hatte ich diese Empfindung) einen gewissen Trotz aus.

»Seid Ihr nicht an verschiedenen Bestimmungsorten gewesen?« widersprach Juzd nachsichtig. »Ihr habt die Wärme von Herdstellen genossen, Unabhängigkeit und Großmut kennengelernt, und ja, Ihr habt Beisammensein mit Eurem Gemahl gepflegt.«

»Meinem Gemahl?« wiederholte Cija, saß plötzlich reglos da. »Mit Zerd?«

»Er ist Euch noch immer erreichbar«, sagte Juzd ganz leise und freundlich.

Ich kann ihn erreichen, sann ich, sollte uns je tatsächlich daran gelegen sein, ihn zu erreichen. Aber weshalb hätten wir jetzt darauf Wert legen sollen?

Große, weiße Vögel kreisten hoch und tief über den gewellten, schaumbekränzten Fluten; die Unterseiten ihrer Schwingen waren von zartem Blau, ähnlich wie die Handgelenke eines blutarmen Mädchens an den Innenseiten, weil sich an ihnen das Blau der aufgewühlten Wellen spiegelte.

Heftiger Wind trieb die Wellen südwärts, wehte auch die Sonne vom Himmel. Bald war die goldene Färbung des Tages aus der Luft gewichen, obwohl sie noch lau war und feucht, noch weiße Vögel über uns Kreise zogen und schrien. »Ich habe all meine Träume verloren, Seka, außer dir«, sagte Mutter, drückte mich an sich und hüllte mich in Fetzen ihres Kleids.

»Seka ist Euer einziger Traum«, berichtigte Juzd sie, ohne gefühlvoll zu werden. »Die anderen sind stets nur Schatten gewesen.«

»Schatten, Juzd? Mein liebreizendes Knäblein, mein Urwaldkind?«

»Oder Götzen ... so wie die Müllerin, von der Ihr mir erzählt habt, den Müller zu einem Götzen erhoben hatte, den sie nie ungnädig stimmen durfte ... überwiegend aus Eitelkeit, denn sie selbst war für sich der einzige, wahre Gott, den sie nie mißgelaunt erleben wollte.«

»Ich habe hinsichtlich meiner Kinder keine Eitelkeit verspürt, Juzd.«

»Eitelkeit ist nur eine Eigenheit der Schatten. Namen haben die Schatten viele, dennoch ist keiner von ihnen Wirklichkeit.«

»Also kann ein Traum Wahrheit sein? Ihr habt Seka meinen Traum genannt.«

»Seka ist Euer alleiniger Traum. Und wenn Ihr den Traum zu Ende geträumt, all seine Ebenen kennengelernt habt, dann werdet Ihr so wirklich sein wie Seka. Und sie wird ebenso wirklich wie Ihr sein. Schon hat sie eine Stimme.«

Die Insel durchpflügte die Wellen, bisweilen neigte sie eine Klippe wie einen Bug tiefer in die salzigen Fluten der See.

»Werde ich immer bei Mutter sein?« erkundigte ich mich später mit meiner Stimme schüchtern bei Juzd.

»Deine Mutter wird nicht mehr allein sein«, lautete seine Antwort, »bis sie geboren wird.« Er forschte in meinem Blick. Er mißverstand ihn nie. »Nein, nicht ›bis zu ihrem nächsten Leben‹. Sie ist noch nicht sie selbst geworden, und diese ›Leben‹ gleichen eher einem Schlafwandeln in der Vorhölle. Geradeso wie unsere sämtlichen ›Leben‹ in diesen grobstofflichen Welten hauptsächlich damit verbracht werden, der Geburt unseres Selbst zu harren.«

In mittlerer Entfernung sah ich wiederholte Male einen gewaltigen Strahl aus dem Meer schießen, einer folgte unmittelbar dem anderen, insgesamt zweiunddreißigmal.

Smahil lugte über den Rand der Klippe, während die Insel ununterbrochen weiterschwamm, und erblickte allem Anschein nach drunten im Brodeln des Meeres etwas Verblüffendes, oder es war etwas, das fast zuviel

Erfüllung verhieß. Mit einem unterdrückten Ausruf schrak er zurück, setzte hastig eine nichtssagende Miene auf, doch da hatte ich bereits auch hinabgeguckt und das Gesicht im Wasser gesehen, das im selben Augenblick verschwand, als er vom Rand der Klippe zurückwich. Ein Spiegelbild auf wildbewegter See, überlegte ich, das ist fürwahr etwas ganz Besonderes. Es hatte Smahil wahrlich sehr geähnelt, als wäre es eine innere Ausgabe Smahils gewesen, wie eines jener Spiegelbilder, die oft der inwendige Sukkubus des Betrachters zu sein scheinen und ihn zu sich hereinziehen. Aus diesem Grund ist es gefährlich, sich zu lange im Spiegel anzuschauen.

Die Sonne sank, als ob sie verblute.

Mir fiel auf, daß ich den ganzen Tag hindurch nichts gegessen hatte. Trotzdem spürte ich keinen Hunger. Ich glaube, das gleiche galt für Mutter. Es schien, als genüge uns der Geruch nach Salz und der Honigduft des Heidekrauts.

In der Nacht erwachte ich und sah eine zweite Schwimmende Insel vorübertreiben, erhellt von Strudeln unterseeischen Leuchtens, und auf der Insel einen Menschen oder ein anderes Geschöpf aufrecht dastehen und herüberschauen. Mir kam der Gedanke, ›Lenkt die Insel in den Wind!‹ oder etwas Ähnliches hinüberzuschreien, irgendwelche Weisungen, die Insel beizudrehen oder auf unseren Kurs zu bringen, oder sonst irgendwie zu verhindern, daß unsere Inseln derart achtlos aneinander vorbeischwammen, die andere Insel wieder außer Sicht geriet. Die See glitzerte vom Sternenschein.

Ich beugte mich über den Rand unserer Insel. Der Hang war steil, der Wirrwarr aus durchsichtigen, glasartigen Wurzeln, die rings um die Ufer schwammen, ließen sich nur schwer von Polypen und Anemonenwesen unterscheiden; dort unten bewegte sich dauernd irgend etwas, aber es mochten lediglich all die vielen durchscheinenden, in ständigem Wallen begriffenen, Schlangen nicht unähnlichen Pflanzenstrünke sein.

Etwas klomm den Hang herauf. Ich sah silbrig-goldene, blasse Hände, deren Finger glommen, ich glaube, erleuchtet aus dem Innern der sehr zarten, gallerthaften Knöchelchen, so daß man die Gelenke erkennen konnte. Ich setzte mich auf, schaute mich nach den Schlafenden um, die hinter mir im Gras ruhten. Smahil, Mutter, zwischen ihnen Juzd in seinem Umhang, am Untergrund verstreute Schläfer; ein Stück von Juzds Umhang bedeckte Mutters rechte Seite, um sie während der Nacht zu wärmen. Ich vermochte zu sprechen. Ich war sie zu warnen, ihnen mitzuteilen imstande, daß etwas aus dem Meer auf unsere Insel gestiegen kam. Aber ich wollte diese Fremdlinge aus den Meeresfluten genauer sehen.

Zwei Lebewesen kletterten aus der See auf die Insel. Ein Mann, ein Weib. Plötzlich erwachte Juzd, stand würdevoll auf, musterte das Paar, er in seinen Umhang gehüllt, der Wanderer, der Mensch; jene beiden nackt, sie glänzten von Nässe, Meerwasser rann an ihren Gliedmaßen hinab, in denen es schimmerte, buchstäblich leuchtete; sie maßen einander, das Paar pulsierte in lebhaftem Licht, Juzd in ruhiger Helligkeit. Mutter, verfangen in den weichen, warmen Falten seines Umhangs, erhob sich, sobald er sich aufrichtete, anfangs mit geschlossenen Augen, aber sie schlug sie langsam auf, blickte erstaunt drein. Der männliche Fremde – seine Augen konnte ich nicht sehen, vermutlich waren sie ein unauflöslicher Bestandteil der allgemeinen Eindringlichkeit seines (im Dunkel der Nacht) nahezu unerträglich lichten Angesichts – bemerkte Cija. Er trat auf sie zu, streckte die Hand aus.

Mit einer anmutigen Geste, als wäre sie auf dieser Insel in ihrem eigenen Reich Gastgeberin und begrüße ohne Vorurteile einen Tieferstehenden, machte Cija sofort Anstalten, seine fremdartige Hand zu ergreifen.

Juzd verhinderte es. Mit dem um sie gewundenen Zipfel seines Umhangs hielt er sie zurück, deutete geradewegs auf das Geschlechtsteil des Fremdlings. Dieses wippte mal versteift aufwärts, mal sank es wieder zusammen, anscheinend lechzte dieser Stößel nach Cija wie ein dicker Wurm. Erleuchtete Adern bebten darin. Offensichtlich erfüllte ihn eine Art von eigenständiger, unabhängiger Gier, er lebte, war unberechenbar.

Inzwischen war auch Smahil aufgestanden, er starrte die dem Meer entstiegenen Menschenwesen an.

Aus irgendeiner Ursache konnte ich die Augen des Meerweibs besser als die des Meermanns sehen. Ihr Leuchtblick galt Smahil. Was wollte sie von ihm? Sie wünschte von ihm, was der Mann von Mutter wollte.

Das Weib war insgesamt weniger schwierig zu betrachten. Es wirkte sichtbarer. Ich sage ausdrücklich, daß es nur sichtbarer *wirkte* – es leuchtete schwächer, war vielleicht nicht so geheimnisvoll, zum Teil konnte man es anschauen, ohne das Gefühl zu haben, der Blick müsse für immer in ihm versinken. Ich beobachtete, daß Smahil des Meerweibs Schulter anstierte. Ein Mal war zu sehen, wo die Schulter sich zur Brust wölbte, ein bleigraues, fast glanzloses Mal, eine Stelle toten Fleischs, während die ganze andere Erscheinung lebte, eine gewöhnliche, weltliche Brandnarbe, eine Ausnahme am ansonsten durchsichtig-leuchtenden Körper. Ein Stachelrochen oder ein elektrischer Aal, dachte ich mir, mußte das Meerweib versengt haben. Und wie ich so über dessen Fleisch nachsann, befiel mich auf einmal Sehnsucht nach Fischkopf. Er hätte uns zu erklären verstanden, woher die Wunde stammte.

»Du bist verbrannt ... da.« Smahil trat vor und berührte des Meerweibs Brustbein. Als seine Finger es anfaßten, konnte man sehen, wie der Leib des Weibes unter seiner Berührung zu wallen begann; oder jedenfalls schien man es sehen zu können.

Das Weib öffnete den Mund. »Sssssss ...«, machte es,

stieß einen an- und abschwellenden, unbestimmbaren Laut hervor. Es betrachtete Smahil mit einem Blick voll der Bewunderung.

»Ist's Euer Wunsch, daß diese zwei sich entfernen?« wandte Mutter sich unbehaglich an Juzd. Immer wieder schaute sie voller Bestürzung des Meermanns Geschlechtsteil an, das sich in regelmäßigen Abständen aufrichtete und ein saugendes Geräusch zu machen schien, als schmachte es danach, in irgend etwas Zähne zu schlagen. Vielleicht hatte es sogar tatsächlich Zähne.

Der Meermann näherte sich Cija stetig mehr, während sie sich mit der Frage in bezug auf ihn und seine Mitbesucherin an Juzd wandte. Er lächelte ein Lächeln geballter Verlockung. Ich beruhigte mich. Es war abzusehen, daß alles harmlos verlief. Wenn es etwas gab, dem Mutter mit ihrer vorsichtigen und gefühlsbeherrschten Natur mißtraute, wenn es etwas gab, mit dem man bei ihr nichts erlangte, dann handelte es sich dabei um Schmeichelei. Das gemeinste, grausamste Ungeheuer mochte bei ihr zu etwas kommen, solange es keine verlockenden Eigenschaften besaß.

Auch Juzd lächelte, und die Insel begann auf dem Meer zu schwanken, als wanke sie unterm Andrang neuer Flut. Ich sah, Juzds Lächeln war traurig. »Wir haben Atlantis erreicht«, sagte Juzd.

Erstaunt sah Mutter ihn an; Smahil dagegen achtete nicht darauf. »Wir befinden uns doch erst seit Stunden auf See«, rief Mutter Juzd zu.

»Seit einem Tag«, erinnerte er sie, »und einer Nacht. Jene erreichen Atlantis leicht, die bereits in Atlantis gewesen sind. Ihr seid schon hier gewesen, und nun seid Ihr erneut da. Ich habe Atlantis oft verlassen, und nun bin ich wieder hier.«

»Und Seka?« rief Mutter.

»Seka ist, wie Ihr erwähnt habt, in Atlantis geboren«, sagte Juzd. »Natürlich gehört Seka nach Atlantis.«

»Und ... Smahil?«

Als er seinen Namen hörte, drehte er sich um und warf Mutter einen bösen Blick zu. Ich dachte: Bestimmt ist er auch schon in Atlantis gewesen. »Das ist deine letzte Gelegenheit«, schrie er Mutter an. »Das ist das letzte Mal, daß ich dir drohe, Cija. Willst du nicht auf die Art und Weise mir gehören, wie ich's wünsche, dann hast du nun mich und unser Blutsband vollends verloren.«

»Wie wünschst du's denn, Smahil?« fragte Mutter ihn. »Wie sollte ich dir gehören, Smahil? Mit jedem Atemzug, den ich nehme, jedem Nieser ...?«

Sie hätte ihm jetzt den Rücken zugekehrt und sich entfernt, weil es ihr im Augenblick an Worten fehlte, aber er schnob verächtlich und hielt sie zurück.

Da brach das Morgengrauen an, weißlich wie feige Lügen. Voraus leuchtete ein Strand. Das erste Morgenlicht erzeugte ein Funkeln auf dem kristallenen Gestein des Strands. Ein Stoß durchfuhr die Insel; sie war auf Felsen gestrandet.

Fest nahm Juzd meine Hand, schickte sich an, mich von der Insel zu geleiten. An der landwärtigen Seite war ihr Ufer weniger steil, es glich einem Landungssteg aus Erde, Wurzeln und Heidekraut, der in die See ragte. Cija folgte uns, raffte ihr zerlumptes Kleid. Dann aber wandte sie sich nach Smahil um. Er war, wie er es ihr ›angedroht‹ hatte, bei dem Meerweib geblieben. Er stützte sich auf es, während es mit ihm den Abhang der Insel hinabstrebte, ihn mitzog, immerzu mit sich zog. »Smahil!« schrie Cija wild und in scharfem Ton.

Das Meerweib drehte den Kopf und betrachtete Cija. Des Meerweibs Miene war so grausig wie Cijas Gesicht. Einen Moment lang hätten diese drei wahrlich Geschwister sein können – sogar Drillinge –, der blasse Bruder und die zwei Cijas. Als sich das Meerweib bewegte, konnte man die Abdrücke sehen, welche die Brustwarzen bereits auf Smahils Haut hinterlassen hatten, als hätten sie sich an ihm festgesaugt. Doch Smahils

Blick ruhte in grimmigem ›Triumph‹ auf Cija. Er ›sagte‹:
›Ich habe dich gewarnt.‹

Der Meermann sprang uns voraus. Anscheinend
sank die Insel. Sie senkte sich hinab in die See, so wie
das Meerweib Smahil mit sich hinunterzog. Im Morgenlicht, das stets heller ward, glitzerte der Meermann auf
recht interessante Weise. Eindringlich ergriff er Cijas
Hand, blickte ihr verliebt ins Gesicht. Juzd tat nichts dagegen, beobachtete Cija jedoch wachsam. Cija fiel auf
die Knie. Sie und ich, wir beugten uns über den grasbewachsenen Rand des Ufers, die See schwoll uns entgegen, und wir vermochten das Grunzen, Heulen und
Bellen der Fische unter Wasser zu hören. Mit heftiger
Gebärde befreite Cija ihre Hand aus dem Griff des
Meermanns. Der Meermann, der schon Wasser trat, in
den Wellen schwamm, war wohl davon überzeugt gewesen, gewonnen zu haben; nun stieß er eine Wolke
tiefschwarzer Flüssigkeit aus und verschwand mit einer
wütenden Geste in plötzlich verfinsterten, unter dem
immer kräftigeren Sonnenschein stark verdüsterten
Fluten. Zusammen mit Smahils ›Triumph‹ versank die
Insel.

Wir wateten an die Küste. Während wir die kristallenen Felsen erklommen, behangen mit Seetang, an dem
wir Halt fanden, wurde Mutter auf einmal das Kleid
vom Leib gerissen. Fast schrie ich auf – ich glaube, nur
aufgrund langer Gewohnheit blieb ich still –, weil ich
dachte, das hätte der Meermann getan. Aber es war nur
ein Delphin, der sie mit seinem Grinsemaul entkleidet
hatte. Halb tauchte er auf, gleißte silbern in der Morgen-
sonne, schleppte Mutters goldenen Fetzen ein Stück
weit mit, ließ ihn dann fahren, und die Brandung
brachte ihn ihr zurück, geschmückt mit Schaum, glasigen Blasen und Tang.

Auf den Kristallklippen richtete Mutter sich auf, sie
stand wieder auf Atlantis' Erde; die Morgenfrühe leuchtete ihr mit ihrer Helligkeit, im Wind flatterten die Zipfel

ihres zerfransten, goldgelben Gewands. Wie konnte diese Frau, nachdem sie erst vor kurzem soviel Schmerz erduldet hatte, dermaßen lebendig, so licht, ja wie konnte sie so sehr wie das Meerweib aussehen? Offensichtlich hatte Cija, nach all jenem Auf und Nieder, das sie durchstehen mußte, zumindest in einer Hinsicht eine Art von Meisterschaft errungen – für sie bedeutete Schmerz ganz einfach nur eines von all dem vielfältigen, was einem Körper geschehen mochte, der ›Puppe‹, nicht anders als Hitze, Kälte oder gewürzter Käse, die keine geistigen, *nicht einmal gefühlsmäßige* Spuren hinterließen.

Zuhauf lagen Schildkröten wie riesige gutartige Geschwüre am Strand.

Die Morgendämmerung beeindruckte mich ungeheuer tief. Die Spitzen kristallener Felsen zitterten und schillerten. Starke Schwingungen gingen von Atlantis aus, wie von Eisen, das durch die Sonne erwärmt wird.

Wir entfernten uns von der Küste, zogen landeinwärts. Trotz des bereits gefallenen Herbstlaubs war die Luft hier wärmer als auf dem Erdteil, den wir verlassen hatten. »Sogar Zerd gibt zu«, sagte Cija zu Juzd, als wir eine Zeitlang unterwegs waren und die Umgebung betrachtet hatten, »daß Atlantis lebt. Wenn hier eine Ebene rauh aussieht, dann ist's, weil sie rauh ist. Wenn ein Wäldchen üppig und saftig aussieht, so ist's, weil seine Pflanzen und Tiere bis ins Mark von Saft und Kraft strotzen.«

Wir waren noch immer Teil der Wirklichkeit. Hunger und Durst begannen uns mittlerweile ernste Schwierigkeiten zu machen; doch beides ward gestillt, als ein wunderschönes Tier, ein langes Schlangengeschöpf mit Watschelbeinen, Schlitzaugen und zahlreichen Eutern, gleichzeitig mit uns eine Lichtung betrat, Juzd es mit behutsam erhobener Hand aufhielt. Einer nach dem anderen knieten wir an den schwabbligen Eutern nieder. Beim Trinken hingen einem drahtige, goldrote

Haare ins Gesicht. Die Milch schmeckte sahnig. Ich weiß, daß Cija sich einmal dadurch gedemütigt fühlte, daß eine Äffin sie fütterte. Heute nährte Atlantis uns mit Großmut, hieß uns herzlich an seinem Busen willkommen.

Kurz darauf stürmte plötzlich ein gewaltiges Vieh aus einem Dickicht, dem wir uns anscheinend zu weit genähert hatten, auf uns los, aber uns blieb genug Zeit, uns auf Juzds Geheiß zu ducken, uns zusammengerollt dem Ungetüm entgegenzuwerfen und zwischen den Hinterbeinen wieder unter seinem Bauch hervorzuwälzen. Das Tier donnerte im Trab davon, hielt wahrscheinlich weiter nach uns Ausschau.

Diese zwei Vorkommnisse waren so etwas wie unsere Begrüßung in Atlantis, und es überraschte uns nicht, als wir bald darauf vielfaches Galoppieren vernahmen. Schließlich erspähten wir die Reiter über uns auf einem Hügel.

Sie waren Freunde Juzds. Sie freuten sich über das Wiedersehen mit ihm und staunten. Der Frau, die allzu wenig goldgelbes Linnen am Leibe trug, und ihrer Tochter begegneten sie sehr höflich. Falls sie sofort errieten, wer Cija war – und ich vermute, daß sie es taten –, dann nicht, weil Juzd ihnen irgendeinen Hinweis gegeben hätte. Er stellte uns lediglich als seine Reisebegleiterinnen vor.

Die Hauptbenutzerin des Streitwagens, auf dem ich mitfahren durfte, war ein Mädchen, ein paar Jahre älter als ich, mit dicken Zöpfen voller hineingeflochtener Blumen. Das Mädchen hielt die Zügel, klatschte sie den vor den Wagen gespannten Maultieren gegen die Hälse. Die andere Benutzerin dieses Gefährts war eine kleine, weiße Schlange. Sie lag eingerollt in einem Korb auf einem Kissen, reckte gelegentlich den Kopf heraus, wenn wir über einen Erdbuckel holperten. Mutter fuhr auf einem Streitwagen, den ein altes Weib lenkte. Juzd nahm selbst die Zügel eines weiteren Wagens, nachdem er mit der Frau, von der das Fahrzeug zuvor gelenkt worden war, geredet hatte. Ich vermutete, daß wir uns auf den Weg zu einem Lager begaben, von dem aus die Männer ins Feld gezogen waren.

Ich war nicht bloß aufgeregt; ich war nachgerade außer mir vor Erregung auf dieser Fahrt durchs goldverfärbte Land. Das Mädchen war das erste Kind, mit dem ich mich zu unterhalten vermochte. Aber der Lärm der Maultierhufe und der Räder und der Fahrtwind erwiesen sich als unübertönbar; wir konnten kein Wort miteinander wechseln. Nachdem Juzd mir vom Wagen geholfen hatte, kam das Mädchen mit einer in Weide gefaßten Schüssel ans Lagerfeuer. »Möchtest du Suppe?« fragte es mich schlicht. Dergleichen war es also, was Mädchen in Wirklichkeit besprachen! Überwältigt sagte ich ja und machte es mir am Feuer behaglich. Ich aß Suppe, sah zu, wie die Flammen höher aufflackerten, und bemerkte, daß die ›Maultiere‹ am Kopf Hörner und mit samtenen Fell bedeckte, mit deutlich erkennbaren Adern durchästelte Geschlechtsteile hatten, folglich der Mittelpunkt all der einfallsreichen atlantidischen Geschichten sein mußten: reinrassige, heißblütige Einhörner.

Ich sah Mutters Gesicht. Inmitten der Dunkelheit war es licht. In Atlantis war sie voll der Lebendigkeit, und doch schwelte unter ihrer Zufriedenheit eine Sehnsucht. Das war das erste Mal, daß ich mich dazu entschloß, Zerd zu rufen. Ich saß beim Lodern des Lagerfeuers und dachte ganz bewußt, ganz angestrengt: Zerd, komm! Komm zu ihr! Sie braucht dich. Sie will dich. Wir wollen dich bei uns haben. Komm!

Gleichsam aufeinander abgestimmte, einem Singen ähnliche, aber irgendwie auch eintönige Laute durchklangen die Luft. Ich dachte, sie stammten von Drachen aus Schilfrohr, die man überm Lager hatte in die Höhe steigen lassen, um die eigene Anwesenheit kundzutun, so weit man die Töne, einem Gemisch von Flöten und

Glöckchen gleich, hören konnte, vielleicht um Fremde abzuschrecken. Erst am nächsten Abend fand ich heraus, daß da oben *Menschen* flogen, keine Drachen.

Die Gespräche drehten sich um den erbitterten Grimm des Uralten Atlantis und richteten sich wider eine mögliche Ankunft Zerds. Das Gerede, befand ich, zeichnete sich durch zuviel Bitterkeit aus. Selbst hier im Herzen der Welt hatten Gefühle die Oberhand gewonnen. Die inneren Kräfte des Uralten Atlantis waren ins Gären geraten, sie brodelten, wallten. Im Lager gab es einen Pfeifer, der allerlei Kunststückchen zu zeigen verstand, die Juzd zum Lächeln bewogen, zum Beispiel war er dazu imstande, indem er mittels Geisteskraft darauf einwirkte, Wasser schneller als gewöhnlich kochen zu lassen. Der Pfeifer sagte zu Cija etwas darüber, »dort im Innern« seien »noch die unangetastete Reinheit der uralten Überlieferung, Euer Sohn und die Alten ...«

Ein Schweigen folgte. »*Mein* Sohn?« fragte dann Mutter mit einer Stimme, die für sie sehr fest und trotzdem sehr unsicher klang. »Nal?« vergewisserte sie sich, als der Pfeifer nickte.

»Er ist, was er sein sollte, nämlich dem Uralten Atlantis zugehörig«, sagte Juzd, bevor Verstörung Cija befallen, Verzweiflung sie packen konnte. »Seht ihn nicht so sehr als *Euren* Sohn an.« Aber er hatte nun endlich mit ihr zu sprechen begonnen. »Nal und Smahil«, fügte er hinzu, »verkörpern Leidenschaft und Zerstörung.«

»Weil ich Smahil gewährt habe ...«

»Ihr habt ihn erhört.«

»Obwohl ich vermählt war. Ach, Juzd, mein Freund, aber ich war einsam.«

»Ihr seid einsam gewesen, weil Ihr wünschtet, ›geliebt‹ zu werden.«

»Es war nicht mein Wunsch, ungeliebt zu sein«, antwortete Mutter stolz.

»Was Zerd angeht, seid Ihr nicht ungeliebt gewesen. Sogar in jener Zeit hättet Ihr noch alles zu ändern ver-

mocht, doch Ihr habt Smahil erhört ... Nals Zeugung
ermöglicht ... und nun verursacht Ihr Atlantis' Untergang.« Cija vollführte eine Bewegung, halb in seine
Richtung, halb schrak sie zurück. »Aber's ist keineswegs Eure Schuld«, ergänzte Juzd. »Atlantis' Untergang
wäre ohnehin gekommen. Nur hättet Ihr nicht darin
verwickelt werden zu brauchen. Ihr wärt glücklich und
zufrieden gewesen, statt lediglich übers Glücklichsein
und Zufriedensein zu reden.«

Ein Weilchen lang schwieg Cija. »Ich will Zerd«, sagte
sie schließlich ruhig. »Ich gedenke ihn zu lieben, wie er
ist, als Zerd. Wie kann ich ihn jetzt noch finden?«

»Sobald Ihr Eure Mär vergessen habt. In dem Augenblick, da Ihr Eure Selbsttäuschung verwerft.«

»Und die soll woraus bestehen?«

»Eurem ›Ich‹.«

Cija schnitt eine finstere Miene; über uns läuteten
wohlklingend die ›Drachen‹. »Mein Ich darf ich nicht
verlieren, Juzd.«

»Ihr müßt Euch Eures ›Ichs‹ entledigen, Cija, Eures
Gespenstes. Erst dann werdet Ihr ein heiles Ganzes
sein. Dann könnt Ihr zu leben beginnen, und von jener
Stunde an wird auch Zerd zu leben anfangen. Das
Hemmnis – und es ist ein überaus ernstes Hindernis –
heißt Vermessenheit.«

»Das ist ein Ärgernis«, entgegnete Cija in wie ehernem Tonfall, »das Zerd anhaftet.«

»Nein. Er ist Krieger. Eines Tages wird er gegen mehr
als Menschen im Kampf stehen. Laßt ihn lernen! Laßt
ihn sein Handwerk erlernen!«

»Aber Zerd ist voller Eigenliebe. Er steht über anderen Menschen. Er lenkt ihre Geschicke.«

»Er ist ein Führer. Noch ist er jung, aber schon ein
Führer. Ihr seid's, die an Anmaßung krankt, wie's uns
allen ergeht, bevor wir erstarken und unser wahres Ich
erringen, indem wir alle Selbstüberschätzung abstreifen. Entsagt Eurer ›Redlichkeit‹. Widmet Euch dem,

was bereits vor Euch liegt, Euch halb darum anfleht, halb Liebe, erst halb bereit ist.«

»Werde ich mit Zerd wiedervereint sein?«

»Erinnert Ihr Euch daran, wie Ihr, als Ihr noch blutjung wart und ich Euch zum erstenmal traf, zu mir sagtet, seit dem Verlassen Eures Turms, dem Ende Eures Eingesperrtseins, hättet Ihr das Gefühl, Euer Selbst werde sich enthüllen, nicht indem Eure Erfahrungen wüchsen, sondern indem Ihr Mängel und Unkenntnis *ablegen* würdet? Euch auf Euer wahres Ich zurechtschrumpfen? Entsinnt Ihr Euch daran, wie Ihr nach Eurer Wanderung durch die Ebenen sagtet, Ihr stündet erneut vor der Schwierigkeit, daß Euch die eigene unzulängliche Persönlichkeit immer wieder in den Weg geriete? Jeder Mensch wird von seinem Gespenst verfolgt, bis es ihm gelingt, sich seiner zu entledigen und frei zu sein.«

Cija und ich schliefen in gegenseitiger Umarmung. Die Luft war frisch und kühl, rings ums Feuer, das die ganze Nacht hindurch brannte, war es jedoch nicht unbehaglich.

Ich träumte von den Trichtern riesiger Strudel in der See. Mir träumte, ich sei ein Mann und kämpfe mit dem Meermann; der Kampf, so ›sagten‹ wir, ginge um das Meerweib aber in Wahrheit stritten wir uns um unsere Rechte. Während des Ringens stürzten wir in ein Becken, das einem großen Kasten mit sehr hohen Seiten glich, gefüllt mit Wasser. Unablässig rangen wir, wälzten uns umeinander. Erst sehr viel später merkten wir, daß wir durch die Eingeweide, durch unsere eigenen Innereien, einer an den anderen gefesselt waren. Jeder hatten wir vermeint, der eine klammere sich an den anderen, so daß wir nicht aufhören könnten zu ringen. Doch wir waren schon seit langem tot, wie wir uns so umeinanderwälzten, fortgesetzt gegeneinander rangen, verbunden durch unsere gemeinsame Verwesung. Ich erwachte in bleischwerer Bedrückung und voll des Grausens. Aber eine Stimme sprach: *Sein Zustand ist nicht deiner.* Da erkannte ich mit Erleichterung, ich war in meinem Traum nicht ich gewesen. Vielmehr war ich Smahil gewesen, der Traum hatte mir gezeigt, wie Smahil sein einzig mögliches Heil gefunden hatte, nämlich zusammen mit seinem Spiegelbild zu vergehen. Endlich hatte Smahil doch seine Ruhe. Der weiblichste aller Schlünde hatte ihn aufgenommen. Denn das Meerweib hatte ihn geradewegs in die Tiefe des Meers mitgerissen. Dort lag für jemanden wie Smahil, der stets so ruhelos gewesen war, daß er einem Plagegeist gleichkam, die einzige denkbare Ruhestätte. .Während des Umherziehens hatte er Cija unaufhörlich gedrängt: ›Schau nur, schau!‹ Nie hatte er *geteilt;* immer nur ausgesaugt. Er hatte sich nur an anderen Wesen festsaugen können, um sogar die Art und Weise, wie sie das aufnahmen, was sie erblickten, zu seinem Besitz zu machen. ›Was ich nicht alles für dich getan habe‹, hatte er dauernd dahergeredet. ›Was du nicht alles für Zerd getan hast.‹ Er war Cijas gräßliche Zwillingsseele gewesen – ihr Gespenst. Ohne Smahil vermochte Cija schließlich ihrerseits Frieden zu finden und sich endgültig Zerd zuzuwenden, der schöpferischen Seele Zerds. Freilich, Mutter hatte stets davon gesprochen, sie müsse »ihr Verlangen nach Zerd aufgeben«, weil er – wie sie sich ausdrückte – »nicht reinen Herzens« sei. Nun jedoch – diese Einsicht kam mir plötzlich – war Cija an einem Punkt in ihrem Leben angelangt, da sie geben und nehmen konnte, ohne daß sie Gegenleistungen als erforderlich empfand. Und so war Smahil in seinem eigenen Gespenst aufgegangen, Smahil hatte sein Aussaugen so kraß überentwickelt, daß er letztendlich nur noch selbst aufgesaugt werden konnte. Als er sich (geschlechtlich) mit dem Meerweib vereinte, geschah es mit dem Gefühl, sich in einen Sumpf zu wagen, ins Moor, in von schwachen, fernen Lichtern umblinkten Schlick, in üppige Weichheit, in sanftes Versinken. Ich konnte es noch fühlen.

Wir erhoben uns und erhielten die restliche Suppe des gestrigen Abends, inzwischen eingedickt, zum Morgenmahl. Die gestreiften Pferde Atlantis' waren in der morgendlichen Frühe umhergetänzelt, hatten sich spielerische Kämpfe geliefert; mit Anbruch des Tages verschwanden sie in Dickichten.

Ich hatte nicht den Eindruck, mein Ruf sei von Vater vernommen worden. Vielleicht war er aufgrund seines Zweifels und Argwohns ihn zu empfangen außerstande geblieben. Ich lag im Gras, im Morgenlicht, verspürte dabei jene Empfindung, die den meisten Menschen vertraut ist, dieses ›Weitwerden‹, ›Ausdehnen‹, als wüchse man in jedem Gelenk, jedem Glied, begleitet von einem ›Flimmern‹, vielleicht ›Verschwimmen‹ der eigenen Umrisse, wie es auftritt, wenn man unmittelbar davor steht, den feststofflichen Körper zu verlassen. Ich besann mich auf mich selbst, ehe ich fort-, zu Zerd entschweben konnte. Ich kehrte sicher in meinen Körper zurück und aß Suppe.

Das Mädchen, das ein paar Jahre älter war als ich, flocht sich das Haar zu Zöpfen, nahm mit einem Lächeln die Blumen entgegen, die ich ihm brachte, damit es sie hineinflechte. Die Bäume des Wäldchens verständigten sich untereinander, unterhielten sich wie unmißverständlich vernunftbegabte Wesen (*Wischaaa-wiffa*), und ich entdeckte ein Kristallei, das auf die Erde gefallen sein mußte. Ganz behutsam und sachte hob ich es auf und legte es in ein Nest auf einem goldleuchtenden Zweig. Ich war mir sicher, daß mich aus dem trüben Pulsen im Innern des Eis ein unschuldiges Auge starr ansah.

»Atlantis ist ein Land der Wunder«, sagte ich.

»Atlantis ist vergiftet.« Das Mädchen wiederholte, was es zuvor gehört hatte. »Tausende von Jahren haben die Bäume gebraucht, um zu wachsen. Nun zerhaut man sie, um aus ihnen Zahnstocher zu fertigen, und die Atlantiden freuen sich.«

»Nein, ihr seid nicht froh.«

»Wir sind keine Atlantiden. Wir sind das Uralte Atlantis. Diese törichten goldenen Menschen an der Küste, das sind die Atlantiden, das Volk, das sich deinem bösen Vater so freudig unterwirft. Wir sind rein. Ehe wir uns jemals unterwerfen, werden wir lieber sterben.« Sterben oder Zerstören, in dieser Wahl sahen sie eine Stärke.

»Selbst die Einhörner in den Wäldern überfallen nun Jungfern«, sagte später ein Weib des Lagers.

Juzd lachte. »Endlich«, antwortete er. »Nach all den Jahren, in denen Einhörner von Jungfern geschunden worden sind! Mag sein, die Dinge kommen allmählich ins rechte Lot.«

In der Nähe des Lagers paarten sich Schnecken. Sie paarten sich neun Stunden lang ohne Unterbrechung. Die widerwilligen Weibchen konnten sich dem nicht entziehen, weil die Männchen Sporne aufwiesen, mit denen sie sich an ihnen festzuhaken vermochten. »Früher hätten sie's nie so dicht bei einem Lager getan«, bemerkte dazu dasselbe Weib. Diesmal lachte Juzd nicht, er lachte nicht über die schamlosen Schnecken.

Das Mädchen und ich streiften durchs Gestrüpp, die Hände voller Nüsse, um sie am Feuer zu rösten. Die Gehölze boten nicht den bei Tage gewohnten Anblick, sondern ein gänzlich anderes Bild. Sie waren nicht so schattig-dunkel wie ansonsten. Staunenswerte bläuliche Lichtlein in verschiedenen Graden der Helligkeit schwebten, trieben umher. Ich erkannte: Sie waren *Leben*. Sie tanzten. Aber sie bewahrten Verbindung zu den Bäumen. Sie entfernten sich von ihnen an einer Art von Schweif, kehrten wie an einem Band zu ihnen zurück. Die Geister der Bäume waren es, die da tanzten.

Wir eilten aus dem Glanz der Baum-Lichter und liefen durch einen Tümpel, der schillerte wie ein Dutzend Pfauenräder. Wir warfen die Nüsse ins Feuer, so daß sie in den Flammen platzten.

In einem riesenhaften, zerfallenen Tempel wurde ›etwas‹ gezüchtet. Wo unaufhörlich kühl das Licht nie erlöschender Lampen brannte, züchtete man winzige Drachen. Jeder hätte auf einer Nadelspitze tanzen können. Drachen wider den Drachen.

»Das alles, das geht zuweit«, sagte Juzd. »Ihr züchtet einen Abklatsch des Lebens. Was Ihr züchtet, nennt man Erreger. Das ist Lästerung, es ist ein verwerfliches Nachäffen, Nachbilden des Kleinlebens im menschlichen Körper, auf das diese Erreger sich stürzen werden, um es zu vernichten.«

»Es geschieht auf Befehl des Kaisers«, gab man ihm hochmütig zur Antwort.

»Wie tut der Kaiser im Landesinnern euch seinen Willen kund?«

»Er schickt uns Botschaften durch die Yulven.« Also die Wölfe.

»Was sind's für Laute, die wir von droben hören?«

»Sie stammen von fliegenden Menschen.«

»Sie fliegen«, ergänzte jemand, »um Erreger zur Küste zu befördern. Es handelt sich um wandernde Zellen ... Zellen, die sich in anderen Körpern festsetzen.«

Juzd heftete seinen Blick, im Gesicht einen Ausdruck absoluter Entschlossenheit, auf Mutter. »Dem müssen wir Einhalt gebieten, Cija. Die einzige Möglichkeit ist, vom Kaiser zu verlangen, daß er ihm ein Ende bereitet.«

»Der Kaiser von Atlantis liebt mich nicht im geringsten«, sagte ich.

»Ich meine den wahren Kaiser. Nal.«

Man hätte schwören können, daß niemand im Lager irgend etwas Außergewöhnliches hörte. Am Abend zogen alle sich von neuem die Decken über den Kopf und schliefen in ihrem köstlichen Atlantis, das sie mit einem solchen Maß an Vernichtungskraft zu ›besitzen‹, zu ›behalten‹ gedachten, daß es für sie keinen Gedanken an Unterwerfung geben konnte.

Unter den Sternen, die so groß über Atlantis schienen, setzte Cija sich auf, betastete unruhig das Schlangen-Halsband an ihrer Kehle. »Laßt sehen!« sagte Juzd. Immer meinte er, was er sagte. Cija zeigte ihm das Schlangen-Halsband, aber was er zu sehen wünschte, waren ihre Karten, die kühlen Karten, die sie unter ihren Lumpen in einem ledernen Behältnis mittrug. »Das sind Karten von Atlantis' Inland«, sagte Juzd.

Er hegte starkes Interesse an ihren kühlen Karten. Er nahm sie und betrachtete sie eingehend. »Behaltet sie, mein Freund«, sagte Mutter. »Ich will sie nicht mehr zurückhaben. Sie flößen mir Besorgnis ein.«

»Sie werden uns allen Sorgen bereiten.« Juzd schloß, wie er da saß, die Augen.

»Wie hätte der Goldene Knabe im Nordfester-Laboratorium solches Wissen zu schätzen gewußt«, sagte ich zu Juzd, als wir uns schließlich unterwegs befanden, nachdem Juzd entschieden hatte, was wir tun und wohin wir unterm Klingen und Läuten der ›Drachen‹ gehen mußten.

»Ist jener Edelknabe denn schon so weit auf seinem Lebensweg vorangeschritten«, fragte Mutter, während wir die unregelmäßigen Umrisse der Tempelruine zwischen die Sterne aufragen sahen, »daß ihm ein dermaßen großartiger Geist zu eigen ist?«

Und während Juzd antwortete, überlegte ich erneut, welche gründlich durchgreifende Gabe an vergangener Demut Mutter dies gehörig verdorbene Leben erwirkt haben mochte. Meine arme, kleine Mutter hatte nämlich die blindlings-verderbte Uneinsichtigkeit, zu wähnen, es sei die denkbar größte Schmeichelei, wenn jemand dazu imstande war, sie zu begehren; das hielt sie für besser, als beispielsweise Vertrauen zu genießen. *Ihr* konnte ja ohnehin jeder trauen. In ihrer Jugend war sie unter der Bedingung, in Vater Begierde nach ihr zu wecken, aus ihrem Käfig gelassen worden. Das war damals schwierig erschienen (er ist gierig, aber er ist seine Gier in einer Art und Weise zu beherrschen, zu lenken fähig, die den meisten Menschen fremd ist). So war es dahin gekommen, daß in Mutter stets ein Gefühl ehrfürchtigen Staunens entstand, sobald irgend jemand in ihr erkannte, was sie selbst in sich sah. Ihre Geringschätzung nahezu aller Menschen (all der zahllosen, lauten Geschöpfe, denen sie auf ihren Reisen begegnet war, die das Leben beklagten und behaupten, vom Leben ›zerbrochen‹ zu werden, sich trotzdem nicht so wie sie gegen die Widrigkeiten stemmten, die weniger ertrugen als sie, die weder so genau wie sie zu beobachten verstanden noch sich so schnell wie sie wiederaufrafften), ihre Verachtung für sie, war etwas Gewohnheitsmäßiges, ähnlich wie die Selbstbeherrschung des Feldherrn. Doch wenn sie jemanden traf, der würdiger als die Mehrheit wirkte, der an ihr diese dauerhaften Tugenden bemerkte, welche die Mehrzahl der Menschen, die ihren Weg kreuzten, übersahen oder mißbrauchten, dann begann sie in einer überstürzten Anwandlung verwunderter Dankbarkeit denjenigen zu ›vergöttern‹, erwiderte sein Lob, als wäre alles lediglich Sache eines höflichen Gedankenaustauschs der Seelen. Und dadurch warf sie sich solchen Menschen viel zu rasch, viel zu freudig in die Arme; sie entwickelte im Umgang mit ihnen ein Verhaltensmuster der Höflichkeit und des Sanftmuts, das sie in ihre Macht gab.

Derartig war der Alptraum mit Quar abgelaufen, der Alptraum meines Lebens, denn sie hatte gehandelt, und ich hatte alles nur mitanzusehen vermocht.

Die Kinder der Mühle hatten ›Wünschen‹ zu spielen gepflegt: »Wünsch mir Reichtum, wünsch mir Heldentum ... Wünsch dir Brot und wünsch dir'n Tod ...« Alles durcheinander.

Ich hatte unter den wirren Fellen gelegen und mir eine Mutter gewünscht, die genauso war wie Mutter, aber mit der Ausnahme, daß sie soviel Rückgrat besaß, zu den Leuten, zu denen Mutter ja sagte, NEIN zu sagen.

Ich vermute, sie hat getan was sie konnte. Ihr Quar jedoch hatte mein Leben verdüstert wie Ruß, wie Schmutz, wie Schande.

Mir war, als wäre er auch in jener Zeit unseres Daseins vor den widerlichen Monaten, die wir bei ihm verbrachten, schon gegenwärtig gewesen; als ob er, ehe wir ihm begegneten, bei ihm wohnten, eine Gewißheit gewesen wäre, die in unserer Zukunft auf uns wartete. Ich fühlte noch jetzt eine erst geringfügige Erholung von seiner Wirklichkeit. Auf meine Weise hätte ich durchaus mit ihm fertigwerden können; selbst ohne Stimme gibt es immer genug Möglichkeiten, um NEIN zu sagen. Mutters Mitwirkung jedoch, ihr Bündnis mit ihm, war etwas, mit dem ich nicht fertigzuwerden vermocht hatte, es war mir unmöglich geblieben, ohne meinen Stolz auf sie ablegen zu müssen. Mir hatte Quar nichts getan; ausschließlich andere Menschen hatte er vernichtet, Fremde, die Leute in seinem *Bett.* Mich hatte Quar nicht übermäßig gequält, anders als es manchen Mädchen, wie ich wußte, durch den Mann der Mutter ergeht. Aber sie hatte ihm erlaubt, ihr wehzutun. Das machte in meinem Leben das Dunkle aus.

In der Ruine war es kalt. Allerdings nicht so finster wie im Wald. Die Ruine hatte vor uns emporgeragt, wie es sich mit Ruinen in Wäldern meistens verhält. Nach allen Seiten strahlte Kälte von ihr aus. Während des Tages mußten die Vögel im Umkreis der Ruine in der Kälte zu ›baden‹ und zu ›planschen‹ imstande sein; für uns dagegen war es, als wateten wir durch eisiges Wasser. Im Dunkeln lauerten die Hälften gewaltig großer, steinerner Gesichter, alle ohne Ohren. Irgendwo hinter Säulen und Durchgängen glomm kühles Licht. »Die Kühlheit und diese Schwingungen ... sie ähneln den Eigenheiten Eurer Karten«, sagte Juzd zu Mutter.

»Ich war immer mißtrauisch, was die Karten betrifft«, antwortete Mutter. »Was verraten sie Euch über Euer Atlantis, Fremder mit den grauen Augen?«

»Sie enthüllen, wo die alten Deiche liegen, Cija – die alten, vergessenen, überwachsenen oder überbauten Deiche. Sie verraten mir, wo der Spund ist.«

»Ihr habt doch nicht vor«, meinte Mutter arglos, »Atlantis den Stöpsel herauszuziehen?«

Plötzlich erlosch das Licht. Hatte die Lampe nicht ewig brennen sollen? Hatte sie nicht bereits tausend Jahre lang gebrannt, so wie es bei Tempellichtern üblich ist? Ein gräßlicher Moment völliger Dunkelheit folgte.

»Bleibt ruhig!« sagte Juzd gelassen. »Bleibt still! Nun tastet nach links. So standen wir vorher nebeneinander.«

»Seka, rühr dich nicht!« bat Mutter mich in einem Tonfall ›ermutigender Gefaßtheit‹, der bezeugte, daß sie kurz vorm Durchdrehen stand.

»Ich vermag Euch nicht zu ertasten, Cija«, sagte Juzd. »Ich glaube, es ist am besten, wir verhalten uns völlig still. Nur Schritte trennen uns voneinander, oder zumindest müßte es so sein. Unsere Stimmen sind einander nah. Dennoch finden wir uns nicht.«

»Verhindert irgend etwas dies?« fragte Cija.

»Es hat den Anschein«, sagte Juzd, und erstmals klang seine Stimme gedämpft. »Cija, bleibt ruhig! Seka, halt still! Wir müssen abwarten.«

Wir warteten alle, vermutete ich, doch ich hatte nicht die geringste Vorstellung, wo Mutter war, was sie tat. Wahrscheinlich nahmen wir beide an, daß Juzd seine Kräfte sammelte.

Eine seltsame Hoffnung regte sich in mir, ganz schwach, gleichsam ein Keim der Hoffnung inmitten schwärzester Finsternis. Man ging offen gegen uns vor. Das stand in klarem Gegensatz zu den Erfahrungen unseres bisherigen Lebens (wie ich durch Mutters Tagebuchaufzeichnungen genau weiß), in dem man schon dies und jenes mit uns angestellt hatte, aber so, wie es anscheinend unter Menschen Gewohnheit ist, nämlich in der Weise von Ränken, mittels der Verknüpfung von

Ursache und Wirkung, oft vergleichbar mit den Stücken eines oder gar mehrerer Zusammenlegspiele, erkennbar erst im Rückblick, wenn man sie geordnet hatte, oder wie man einen Weg erst kennt, nachdem man ihn beschritten hat, und der Ablauf war stets von unseren eigenen Handlungen, vom jeweiligen eigenen Maß an Groll, Not, Vorsicht, Feigheit, Dickköpfigkeit, vom Voranschreiten oder Zurückweichen abhängig gewesen. Nun betrug man sich auf einmal anders. Allem Anschein nach griff man uns unverhohlen an. Und doch, als wir das letzte Mal von allem abgeschnitten gewesen waren, ganz und gar abgesondert, aller Aussichten, Möglichkeiten und vielleicht auch Zusammenhänge enthoben, da hatte sich etwas Unglaubliches ereignet – ich hatte meine Stimme wiedergefunden.

Ich fühlte nach der kostbaren Münze unter meiner Leibschärpe. Es wunderte mich, daß sie sich nicht längst in mein Fleisch gedrückt hatte. Ich warf sie in die Dunkelheit, erwartete sie aufprallen zu hören, aus dem Klang hören zu können, ob sie weitab oder nah aufschlug, ob auf Stein oder etwas anderem. Doch jedes Geräusch blieb aus.

Ein Luftzug wehte. Mittlerweile war es erheblich später, ich hatte lange Zeit weder Mutters noch Juzds Stimme vernommen, also bewegte ich mich mit dem Luftzug vorwärts, als wäre er eine Einladung. Er war der einzige *Vorgang* ringsum, von dem ich nicht den Eindruck hatte, daß irgend jemand ihn hervorrief, beeinflußte oder lenkte, daß er nichts gegen mich Gerichtetes sei. Aus einem ähnlichen Zustand sonderbarer innerer Spannung, wie ich ihn jetzt erlebte, war meine Stimme wiedergeboren worden.

»Cija. Mutter. Juzd.« Noch einmal rief ich laut, doch erleichterte es mich regelrecht, keine Antwort zu erhalten. Nun stand es mir frei, dem Luftzug zu folgen.

Er brachte mich zu einer Anzahl steinerner Blöcke, jedoch stolperte ich nicht, weil ich aufgrund eines Gefühls dicht davor verharrte. Ich legte meine Hände auf die Steinklötze. Anscheinend stiegen sie mit einiger Regelmäßigkeit übereinander an: Stufen.

Ich setzte meinen Fuß auf eine große Stufe. Ich mußte mein Knie ziemlich hoch heben, um den anderen Fuß auf die nächste große Stufe stellen zu können. Schon nach kurzem wurde das Ersteigen der Treppe für mich zu einer schweren körperlichen Belastung. Doch die körperliche Belastung wirkte sich auf geistiger Ebene als Entspannung aus; ich brauchte über nichts nachzudenken, allein erklomm ich im Dunkeln Stufen; ohne diese Nützlichkeit der Mühsal des Körpers wäre so ein Treppensteigen eine Marter gewesen.

Unterwegs merkte ich, daß jede Stufe eine starke Schrägung aufwies. Ich konnte mich nicht auf einer von ihnen ausruhen; andernfalls wäre ich abgerutscht und die Treppe hinabgefallen. Nachdem ich einmal angefangen hatte, mußte ich sie bis zum Ende hinaufsteigen.

Ich weiß nicht, wie lange ich klomm, mir fehlt jedes Gefühl dafür, wie lange ich brauchte, weder körperliche noch geistige Eindrücke lieferten mir irgendeinen Hinweis auf die Dauer meines Treppensteigens. Doch mit Sicherheit kann es nicht so lange gedauert haben, wie es ›in Wirklichkeit‹ gewährt hätte, um die nachgerade unendliche Höhe zu erreichen, in der ich mich schließlich befand, als ich mit meinen ›wirklichen‹ Augen sah, wohin ich gelangt war; und es geschah ›nach‹ dieser unbestimmbaren Spanne von ›Zeit‹, daß ich hinter mir ein Gleiten bemerkte, ein Schleifen, das mir nachfolgte.

Ich blickte mich um – ein törichtes, sinnloses Tun. Ich vermochte nichts zu erkennen. Noch immer zog der Luftzug mich aufwärts, fast wie ein Strick, an dem jemand mich hinaufzog. Ich verspürte keine Regung regelrechten Grauens wegen des Etwas *hinter* mir – in der Tiefe, in die ich mich, wenn ich wollte, ein klein wenig rückwärtsbeugen konnte –, hatte aber deutlich das Empfinden, daß es fremdartig sein mußte. Ich glaube, die Wahrnehmung der Fremdartigkeit lief auf wahres Grauen hinaus. Was da auch hinter mir war, was immer mir nachstieg, dabei Umsicht walten ließ (wenn ich langsamer stieg, verlangsamte es nämlich ebenfalls), es war nichts, das *irgend etwas mit mir zu schaffen hatte*. Trotzdem folgte es mir. Das war das Grausige daran, die Verfolgung. Und ich spürte, das Ding hinter mir war nichts, dem ich je in der ›gewöhnlichen‹ Welt begegnet wäre, dem ich anderswo nie begegnen würde, begegnen konnte.

Schließlich zeigte sich über mir schwaches Flimmern. Ich sah Sterne. Sie leuchteten sehr klar. Vielleicht wirkten sie nah. Unverzüglich schaute ich mich nochmals um. Und in der Tat erblickte ich hinter mir ein Etwas, das in seiner ganzen Länge über die Stufen kroch, ein großes, stumpfes Maul, das mir nachstellte. Ich sah keine Augen, obwohl ich sofort dachte, es sei durchaus eine Art von Gesicht, in das ich schaute, und in dieser Hinsicht ähnelte jenes Etwas, glaube ich, dem Meermann auf der Schwimmenden Insel, dessen Augen ebensowenig zu sehen gewesen waren, ohne daß deshalb nur im mindesten ein Eindruck der Gesichtslosigkeit entstanden wäre, im Gegenteil, zuviel hatte sich darin widergespiegelt, war darin sichtbar gewesen, als daß man Einzelheiten wie Augen zu unterscheiden vermocht hätte.

Von da an fand die Verfolgung ohne alle Heimlichkeit statt. Als dem Etwas auffiel, daß ich es bemerkt hatte, daß ich es nun sehen konnte (ich war dazu imstande, das recht träge geistige ›Klick‹ zu spüren, mit dem es sich dessen bewußt wurde, daß es jetzt für mich erkennbar war), es mir nicht länger verborgen blieb, wie es bleiben zu können es wegen seiner fremdartigen Sinne und seines fremdartigen Verständnis meiner Sinneswahrnehmung es möglicherweise angenommen hatte, da beschleunigte es mit einem Mal seine Geschwindigkeit, setzte mir mit ungeheurer Kraft in einem schrecklich eifrigen, schaukligen Aufwärtskrabbeln rascher nach. Nacht umgab uns. Mehr umgab uns nicht. Ich glaube, zuvor hatten wir uns zwischen Mauern aufgehalten (zwar hatte ich, wenn ich beide Arme nach den Seiten ausstreckte, rechts oder links irgend etwas zu erfühlen versuchte, nichts berührt, aber damals war meine Armspanne noch gering gewesen) ... inzwischen jedoch waren wir fast wieder unterm freien Himmel. Wir näherten uns etwas ähnlichem wie einer Hochfläche oder Tafelfläche, irgendeiner ebenen Fläche in gewaltiger Höhe, die sich über uns erstreckte. Ich wußte, dort würde ich wieder auf *meiner* Ebene der ›Wirklichkeit‹ sein. Die luftige Höhe droben war meine Freundin. Falls ich sie erreichte, befand ich mich auf vertrautem Boden. Anders hingegen jenes Ding; ihm war es verwehrt, denselben Boden zu ›betreten‹. Auf den Stufen waren wir im Niemandsland. Also beeilte ich mich. Die körperliche Mühe, die ich aufwenden mußte, um meine Knie zu heben, steigerte sich zur Pein, die meinen Leib durchfuhr wie Schläge, wie Folter, aber sie beförderte mich *hinauf*, sie trieb mich mit jedem fürchterlichen, anstrengenden, den Körper auslaugenden Ersteigen einer Stufe, begleitet vom Hämmern meines Herzens, wie mühselig es jedesmal auch sein mochte, nach oben, und jedes so mühsame Ersteigen ging in ein Emporschweben über, so daß ich zwei oder sogar drei der hohen Stufen gleichzeitig erklomm, ehe ich mich von neuem einer schrecklichen Kraftanstrengung unterziehen mußte. Das Ding dagegen verfügte nicht über die Fähigkeit – trotz seiner Behendheit, seines eifrigen, flinken Krabbelns, seines Rasselns und Klirrens der Hast (als wäre es eine Klapperschlange), trotz seiner Stärke und Tüchtigkeit –, es mir und meinen Sprüngen gleichzutun, meinem Schweben. Denn es litt keinen Schmerz.

Endlich befand sich die ebene Fläche unmittelbar über mir, vor mir. Ein Schritt noch, oder anderthalb Schritte, und ich würde sie erreicht haben. Ich blickte mich um.

Das Etwas blieb zurück. Es blieb in unserem Wettlauf nach oben immer weiter zurück. Mein Schmerz war ihm überlegen, besiegte es. Ich gab das Äußerste. Ich spürte, wie dem Etwas der ›Atem‹ – oder was immer Derartiges es benötigte – ausging.

Neben mir entsprang der letzten Stufe ein Brunnen, einer riesigen Stufe, die mir bis über den Kopf ragte; so etwas jedoch bedeutete für mich nicht länger ein Hindernis. Derzeit dachte ich, dem Brunnen entströme Wasser. Heute aber, erst im Rückblick, bin ich der Überzeugung, es handelte sich in Wahrheit um Licht. Immerhin war ich zu beurteilen fähig, wie sehr es Leben spendete, wie rein es war, wie kraftvoll. Ich hatte genug Zeit, um einiges davon in meinen aneinandergehaltenen Händen aufzufangen und den Mund hineinzutauchen. Heute glaube ich zu wissen, was ich damals trank – fürwahr so köstlich war es, daß es einfach pures Licht gewesen sein muß. Infolge einer inneren Eingebung, wohl weil ich gewonnen hatte, davongekommen und in Sicherheit war, wieder jemand frei von Drangsal und Furcht, anders als zuvor auf der Treppe (deren Stufen ich anfangs als weniger riesig empfunden hatte), spritzte ich eine Handvoll Wasser hinab auf das Etwas. Ich wußte, daß ich dessen aus Anstrengung erhitzte Schuppen dadurch kühlen konnte. Ich dachte, sein Verlangen, mich zu ergreifen, wäre nun erloschen, so daß ich ihm in seiner Erschöpfung ein wenig Linderung gewähren dürfte. *Es kann nie falsch gehandelt sein*, ging es mir durch den Kopf, *jemandes Unwohlsein zu lindern.*

Da erkannte ich in neuer, entsetzlicher Einsicht (entsetzlich vor allem, weil zusammen mit Verweiflung *Scham* mich packte, erfüllte – ja, ich war bis in die Haarwurzeln voll des Schams), daß ich mich durch meine lächerlich anmaßende, *herablassende* Handlung unverzüglich erneut in die Macht jenes Geschöpfs begeben hatte. Es schluckte, richtete sich auf, es wuchs, als schwölle es, irgendwie hielt es das Licht im Griff, und das Licht floß mir keineswegs aus den Fingern, vielmehr zerrte es mich zu dem Wesen hinunter, auf das ich es zuvor gegossen hatte – und ich schnellte zu ihm hinab, blieb an ihm hängen, ihm ausgeliefert durch mein eigenes, gefühlvolles Verhalten.

Das Geschöpf war von Anfang an als feindselig zu erkennen gewesen. Wie kam ich dazu, mich ihm durch einen Augenblick selbstzufriedenen ›Mitleids‹ preiszugeben – das gar kein Mitleid war (weil das Wesen böse war und zudem nicht das geringste mit mir zu tun hatte), sondern nichts als vollauf widerwärtige Gefühlsduselei?

Ich schlug mit den Händen. Wäre es innerhalb der wenigen Augenblicke möglich gewesen, die das Band, das ich zwischen mir und dem dicht vor mir siegesgewiß aufgesperrten, gefräßigen Rachen des Wesens geschaffen hatte, ich hätte mir, um mich zu befreien, die Hände abgebissen.

Mit einem Mal besann ich mich auf meine Stimme, die ich noch nie so dringlich nötig wie jetzt gehabt, die ich zur Verfügung hatte. »Zu Hilfe!« schrie ich mit einer Stimmgewalt, daß mir davon nahezu das Herz zersprang.

Das Licht, durch das ich an jenes Geschöpf gefesselt worden war, das mir für meine redlichen Anstrengungen gebotene, von mir mißverstandene und mißbrauchte Licht, nun wich es von mir und dem Wesen. Es schwankte, dies Geschöpf, wie es über mich aufragte, sein Schatten mich als stinkige Bedrängnis umarmte, und schrak zurück. Es löste sich von mir, als werde es ausgelöscht, steil stürzte es und war schon im nächsten Moment nicht mehr zu sehen.

Ich stellte fest, daß ich vor der letzten großen Stufe der Länge nach hingefallen war, ausgestreckt auf dem schrägen Stein lag, so wuchtig hatte das Schwere der bloßen Körpernähe jenes Geschöpfs mich niedergedrückt.

Während ich dort auf dem Stein ruhte, zitterte ich lange, vermochte mich nicht zu rühren. Schließlich besprengten mich sanft Tröpfchen von Licht, sie beträuften mich wie in heiterer Herzlichkeit. Ich raffte mich auf und hielt Umschau. Noch stand ich nicht oben auf der freien Fläche, aber fürs erste hegte ich gar nicht den Wunsch, sie aufzusuchen. Sie mußte sehr hoch über allem sein, was sich drunten auf der Erde ereignete.

Als dann riesenhaft die Sonne aufging, sah ich, daß ich mich tatsächlich weit oberhalb der Welt befand; unten der Wald ähnelte einer von Scridols Landkarten. Was für einen Vorteil die Ausschau von diesem kolossalen Turm für einen Kartenzeichner bedeutet hätte! Dieser Turm nämlich, so himmelhoch, daß er selbst aus großer Ferne einem eisernen Stab glich, war es, den ich damals in jener Nacht, wie es den Anschein hat, erstiegen habe, obwohl ich mir schwerlich vorzustellen vermag, daß es wirklich geschehen ist – erstens hätte ich dafür ein Jahr gebraucht, allein und auf meinen Kindesbeinen die Tausende von Stufen im Innern des Kolossal-Turms, der sich hoch über Atlantis' Inland erhebt, zu erklettern, und zweitens war der Ebene Turm weder vom Lager unserer Gastgeber, noch vom Wald aus irgendwo in Sicht gewesen. Ich hatte meine Füße in einer Tempelruine auf Stufen gesetzt, in einem Niemandsland von Treppe hatte ich ein Abenteuer durchgestanden, und am Ende der Treppe war ich auf die Spitze des Kolossal-Turms gelangt.

Mutter hatte mir erzählt, einmal hätte ich den Kolossal-Turm von fern gesehen, während ich als kleines Kind in Atlantis weilte. Ich wußte, für sie versinnbildlichte er Atlantis' geheimnisvolles Inneres. Nun hatte ich das Empfinden, als wüßte nicht einmal das Uralte Atlantis etwas über den Turm, nichts über die Macht, die das Gleichgewicht auslotete und aufrechterhielt, das ihm seine Gratwanderung gestattete.

Ich beobachtete das rosarote Heraufdämmern des

Morgens. So wie es just mir bei meiner Flucht ergangen war, erkannte ich unterdessen mit einem Schaudern, obgleich ich mich inzwischen in Sicherheit befand, erging es Cija in der Welt. Sie hatte Quar nachgegeben, weil sie wähnte, ihr Großmut, ihre Großartigkeit seien ein hinlänglicher Grund, um es sich zu leisten, ihn in ihrem Umkreis zu dulden, ihr höheres Licht auf ihn zu werfen, und auf diese Weise war sie zu seiner Gefangenen geworden. Jenes Ding in der Nacht, mochte es nun der böse Geist jenes Kultes, dessen Betreiben das Uralte Atlantis in dem Tempel geduldet hatte, oder eine aus Mutters und meiner Seele geborene Versuchung gewesen sein, fast hätte es mich gefaßt, weil ich es an Aufrichtigkeit hatte mangeln lassen. Ich hatte vorgetäuscht, ich könnte es mir erlauben, zu ›geben‹, während es mir lediglich offenstand, zu entweichen.

Ich vernahm die Geräusche der ›Weidenrohr‹-Drachen, sie kamen in der Ferne am morgendlichen Himmel in Sicht, erwiesen sich als fliegende Menschen mit auf die Rücken gegurteten Scheiben, deren jede ein wohlklingendes Pfeifen von sich gab, erzeugt durch das Ablassen der darin eingeschlossenen, flüchtigen Gase (ergänzt um etliche andere), die in dem Maß und der Stärke ausgestoßen wurden, wie es vonnöten war, um sowohl die Scheibe wie auch ihren Benutzer durch die Lüfte zu befördern.

Meine Bekannte, das Mädchen mit den dicken Zöpfen und hineingeflochtenen Blumen, hatte mir im Wald erklärt, jeder echte Atlantide würde mit ihm eigentümlichen Tönen geboren, seinen ›Tonlage-Schwingungen‹, wie sie es nannte, und diese Töne würden den Fliegern in ihre Fluggeräte eingearbeitet, also die Flugscheiben.

Atlantiden kommen noch immer mit der Kenntnis ihrer ›Tonlage-Schwingungen‹ zur Welt, zerstreut über die gesamte Erde, wie sie inzwischen sind, dessen bin ich mir sicher, aber sie werden ihr Wissen bald verlieren; wie sollten die verstreuten Siedlungen in ihrer wilderen, schlichteren, weltlicheren Umgebung die Pflege all dessen, was einst ihre hohe Kultur ausgemacht hat, gewährleisten können?

Ich richtete mich auf. Ich spähte an den rosaroten Himmel, betrachtete die hurtigen, entfernten Gestalten der Flieger, die – wie Juzd erwähnt hatte – Krankheitserreger zur Küste brachten. Soviel stand fest: Ich mußte nicht länger auf dieser kahlen, verlassenen Spitze des Turms verbleiben. Er hatte mir nichts mehr zu bieten. Oder er hatte mir, das mochte sicherlich sein, vieles mehr zu bieten – vielleicht alles und jedes –, aber nicht jetzt. Gegenwärtig bestand er aus nichts als leblosem Stein. Ich vermochte ohnehin zu fliegen, auch ohne Flugscheibe. Also hob ich meine Schultern und warf sie in den hellen Morgen. Ich konnte ohne Flugscheibe fliegen, weil ich keine Flugscheibe besaß, aber fliegen mußte. So erhob ich mich denn in die goldenen Lüfte und flog.

Ich flog auf die Abhänge eines Berges zu, der höher, immer höher emporragte, je weiter ich mich ihm näherte, währenddessen aus der Fülle, der Tiefe seines großen Herzens sang. Singen hören konnte man den Berg nicht. Was man inmitten der Luft spürte, weil es sie durchwallte, sich als lebhaftes Kribbeln bemerkbar machte, war der erhabene Herzschlag des Bergs, waren seine starken, majestätischen ›Schwingungen‹. Drunten sah ich Mutter, ganz Gelb und Elfenbein, zierlich-winzig, des Bergs schwellende, langgedehnte Flanke ersteigen.

DRITTES KAPITEL

Zerfall

Durch die Tonleiter der Luftschichten schwang ich mich
hinab. Mutter schaute auf, ihr Haar, üppig wie Honig,
im Wind, reckte mir ihre Arme entgegen. Ich fiel hinein,
unverändert klein im Vergleich zu ihr, noch an ihre
mütterlich-große Mutterbrust drückbar. »Seka«, sagte
sie, »Seka . . .«

»Wir sind von Juzd getrennt worden«, stellte ich fest.

»Er hat seine eigene Nacht erlebt.« Auf diese Weise
sagte sie: *Ich weiß, daß jeder von uns seine eigene Nacht erlebt hat.* »Du hast wie eine Libelle ausgesehen, Seka. Du
hast geschillert, bist so stark und sicher durch den Sonnenschein geschwebt.«

»Was geht vor, Mutter?«

»Ich habe keine Ahnung, Seka. So ist Atlantis eben.
Atlantis ist lebendig, und wir sind hier im Inland, wo's
noch lebendiger ist. Das alles mag ganz einfach Atlantis
sein. Aber ich spüre, daß es damit mehr auf sich hat,
etwas bevorsteht. Ein Aufbersten. Ein Zerreißen und
Durchbrechen.«

»Was sollen wir tun? Werden wir zugrundegehen?«

»Wir können uns nur an das halten, was Juzd uns
empfohlen hat, nämlich unser Heil zu suchen.«

Wir überquerten einen Felskamm, der einer rauhen
Verzierung des Bergs glich, eine Ansammlung, hoher,
kegelähnlicher Kristallfelsen, deren Bewuchs aus Moos
und winzigen Flechten bläuliche und silbrige Schatten
über die glasige Starre im Innern des Gesteins breiteten.

Urplötzlich schwang im Gesang des Bergs ein düsterer Ton mit. Vor uns erstreckte sich, ganz dunkle Matten und widerstandsfähiges Kraut, ein wie dunkles
Nachhallen abgestufter, schroffer Hang.

Darauf gelangten wir nur in mühsamem Gestolper voran, und der Berg, glaube ich, bemerkte die Unregelmäßigkeit in unserem Auftreten, und gleichsam zur Antwort brachte er eigenen Mißklang hervor; aus dem Nichts fuhr ein Wind durchs dunkle, harsche Gras, es wehte, schlug uns entgegen, peitschte uns. Schließlich gerieten wir an den Rand einer nahezu senkrechten Felswand, an welcher der unheilvolle Wind dumpf entlangfegte, Harfenklängen gleiche Tonfolgen begann, sie verklingen ließ und etwas anderes daherzubrausen anfing. Wir wären den Steilhang hinabgeklommen, so gut wir es gekonnt hätten (auch wenn ich nach wie vor zum Fliegen imstande gewesen wäre, mochte ich diese Möglichkeit nicht nutzen, solange Mutter klettern mußte), hätte sich nicht auf einmal eine Anzahl kleiner, hellgrüner Schlangen, die sich am Rand des steilen Abhangs zu unseren Füßen tummelten, zu Schleifen und Schlingen zusammengeflochten. »Sie verbinden sich für uns zu einem Klettergeflecht«, rief Mutter, die in die Tiefe lugte. »Setz deinen Fuß in so eine Schlinge, Seka, und wir werden in Sicherheit gelangen, ich schwör's dir!« Jene Tiere, die uns bereits als Fußsteig gedient hatten, schlängelten sich an uns vorbei abwärts und hingen sich ans untere Ende des Geflechts, so daß wir den Abstieg ohne Unterbrechung bewältigen konnten. »Es zeigt sich, daß man nicht vorschnell urteilen soll«, sagte Mutter. »Dies Ereignis mag gar ein Ergebnis davon sein«, fügte sie hinzu, »daß in der vergangenen Nacht eine große Schlange eins mit mir geworden ist. Nun bin ich mit Schlangen vertraut, und offenbar, wie greulich's zunächst war, zu meinem Vorteil.«

»War das im Tempel dein Traum, Mutter?« erkundigte ich mich in der Hoffnung, sie mißverstanden zu haben.

»Kein Traum war's, sondern eine Erscheinung«, antwortete Mutter. »Eine Erscheinung kann man nicht verkennen. Man mag einen Traum als Erscheinung mißdeuten, aber nie eine Erscheinung als Traum. Das hat Juzd mir erklärt. Ich bin verfolgt worden, es zog, saugte mich gleichsam einen Schacht hinauf, und ich ward verfolgt ... von einem Etwas, das sich zum Schluß, obwohl ich mich bis zum äußersten wehrte, über mich legte und *in mir verschwand*.« Sie muß meine Miene des Entsetzens bemerkt haben. »Es war schrecklich, ja doch, bis es soweit war, empfand ich alles als grausig«, ergänzte sie sanft, »aber dann, als ich nachgab, weil ich keine Wahl besaß, denn gegen etwas, das bereits halb in dich eingedrungen ist, vermag man sich nicht länger zu wehren ...« – Ach, dachte ich, das kann man nicht? –, »war's gar nicht mehr so schlimm.« So erläuterte mir Mutter. »Und sobald ich mich gefügt hatte, merkte ich, daß die Fremdartigkeit jenes Schlangenwesens wich, es sich in mein Innenleben schmiegte, als wäre es immer in mir vorhanden gewesen. Es war in mich *zurückgekehrt*.«

Jeder von uns hat sein Gespenst, sann ich, seinen Blutsauger – seinen Vampir (im Lager hatte ich von diesen Geschöpfen reden hören, die fremdes Blut saugen). Smahil war Cijas Vampir gewesen – gleichzeitig jedoch ist sie ihr eigener Vampir.

Wir betraten am Berg einen flachen, goldenen Hang, auf dem in größeren Abständen als umfangreiche, niedrige Gesträuche rosa Kletterrosen wuchsen. Der Berg, der naturgemäß wußte, wie schwer seine Mißtöne es uns gemacht hatten, tat nun sein Bestes, um maßvoll und leise zu singen, während wir seinen wärmeren, entschieden weniger steilen Abhang hinabwanderten. Bei seinem ›Verzicht‹ auf ›übertriebene‹ Zuwendung allerdings versagte er, blieb dazu außerstande – verständlich bei einem Berg, denke ich mir –, uns etwas in besonderem Maß zu erleichtern.

Den Gesang des Bergs unterbrach wildes Klagen, das Heulen von Wölfen. Bisweilen ballten sich große, düstere Wolken, wälzten sich über den Himmel, schwanden aber nicht gänzlich.

Ich sah ein Mädchen in einem schönen Gewand über die Wiese auf uns zukommen, Bänder im Haar, die wehten, flatterten. Ich dachte, was es in den Händen hielt, sei ein ganz gewöhnlicher, wiewohl sehr hübscher Blumenstrauß, doch während es sich näherte, zog Mutter mich in verkrampftem Schweigen beiseite, dem Mädchen aus dem Weg, und ich sah, wie der ›Blumenstrauß‹ ihm Schatten ins Gesicht warf, es sich dabei in Wahrheit um eine Kerze handelte. Ein Licht im Ausbruch des Unwetters, schritt es an uns vorüber, verbreitete eine solche Stimmung von Heiterkeit wie der Blitz, der gleich darauf hinter uns, nur um des lustigen Versengens willen, in einen Baum schlug und ihn verbrannte.

Wieder heulten die Wölfe. Sie bewegten sich schnell, doch wir erkannten, daß das Tal und ein Fluß uns von ihnen trennte.

Von Zeit zu Zeit fielen kurze Regenschauer. Der Regen erzeugte ein Prasseln. In Atlantis schien der Gesichtskreis sich rascher zu verändern als auf dem Festland; es schien, als ändere sich die Aussicht fortwährend vom einen zum folgenden Augenblick. Hohe Bäume wirkten viel, viel höher; man mußte sich schier den Hals verrenken, wollte man zu ihren Wipfeln aufblicken. Die Nässe war erheblich *feuchter*, der Regen glich fast Öl, ohne die geringste Spur von Verschmutzung aufzuweisen; er erinnerte mich ans Wollfett der Schafwolle, an die lieblichen Hände jener Schäferin, die in der Nachbarschaft der Mühle die Schafherde hütete.

Ich bemerkte, daß Mutters Aufmerksamkeit nur einem galt; sie achtete auf nichts anderes als die Wölfe. Obschon zwischen ihnen und uns ein Tal und ein Fluß lagen, konnten wir die Wölfe deutlich erkennen. Sie bildeten ein in die Länge gezogenes, graues Rudel, schnürten und sprangen dahin, die Nasen mal am Erdboden, mal in der Luft, um im Wind zu schnuppern, vielleicht um unseren Geruch aufzufangen. Diese Wölfe waren von riesigem Wuchs, sie trugen ihre Nasen beinahe so hoch wie Pferde. Gelegentlich konnte man unter den geschwinden, zerklüfteten Wolkenbergen des Gewitters ihre Augen wie entfernte, helle Edelsteine glitzern sehen.

Mutter und ich befanden uns noch meistenteils im Sonnenschein, im warmen, aber wechselhaften Licht einer Sonne, die an der Flanke des Bergs entlang- und ins Flußtal hinabzusausen schien, um dort in wie zähflüssigen Schichten zu verharren, sich scheinbar anzuhäufen, zu zögern.

Andere Gestalten begleiteten das Rudel, manchmal auf allen vieren, bisweilen erhoben sie sich auf Hinterbeinen, wie es Käfer tun, in den Wind. Bei anderen Malen wäre ich zu beschwören bereit gewesen, daß sie aufrechte Haltung einnahmen – doch waren sie Menschen oder nur menschenähnlich? Sie sahen neben den Wölfen zu klein aus, als daß man hätte sicher sein können. Erneut fiel mir Mutters eindringliches Interesse auf, die Ausschließlichkeit der Beachtung, der Blicke, die sie dem Rudel und dessen Begleitung schenkte.

Was wußte ich von Wölfen? Nur was Ael und seine Räuber halblaut über sie erzählt hatten; in der Sprache der Räuber bedeutete ›Wolf‹ viel, allem Anschein nach ungefähr das gleiche wie ›Mensch‹, weil der Wolf, wie der Räuber ihn kannte, für ihn nachgerade das gleiche war wie ein Mensch. Seit Tausenden von Jahren standen Räuber im unmittelbaren Wettstreit um Fleisch, um Schwein, Kalb und Schaf; der Wolf war ihnen gleichrangiger, ebenbürtiger Feind, und er spielte in ihrer Vorstellungskraft eine große Rolle. Daher weiß ich, daß Rudelführer und stärkstes Weibchen sich immer nur miteinander paaren. Die anderen Tiere des Rudels versuchen sich ebenfalls mit ihnen zu paaren, doch das Paar, das die Vorherrschaft ausübt, weist sie ab. Offenbar entsteht das vorherrschende Paar aus fortgesetzter

Inzucht. Stets ist es eng verwandt. Man könnte sogar von Schwester und Bruder reden.

War das der Grund, weshalb Mutter, deren Bruder ihr gleichfalls allzu nahe gekommen war, durch den wechselhaften Sonnenschein und das Unwetter hinüber zu dem entfernten Rudel starrte, das dort seines Weges zog? Nein, es war, weil drüben, indem ihm das Haar nachwehte wie ein Schneesturm, unter mit Pfauenfedern geschmückten Wolfsfellen nackt, mal aufrecht, mal geduckt, mein älterer Bruder Nal mitlief, Mutters und ihres übermäßig sippschaftstreu gesonnenen Bruders Kind.

Als ich Nal in der Gemeinschaft der Wölfe erblickte, drang ein gewaltiges Heulen der Begrüßung bis zu den Gipfeln empor, und Nal und die Wölfe hoben die Köpfe, sie lauschten, versuchten es einzuordnen. Natürlich kam es nicht aus meiner *Kehle*, dennoch hallte es von sämtlichen Höhen wider. Ich bezweifle, daß Mutter es hörte.

Ich rief mit Einsatz des gesamten Hirns, aller geistigen Kraft: *Nal!* – und augenblicklich, fast noch ehe ich meinen gedanklichen Ruf beendete (so geschwind ist der Gedanke!), antwortete er: *Seka!* Er erkannte uns. Er entsann sich meiner! Das überraschte mich, obwohl es mich keineswegs überraschte, daß ich mich an ihn erinnerte. Die Gestalt in Wolfsfellen blieb stehen, überschattete sein fernes, winziges Gesicht mit der Hand und spähte in die Sonne, suchte mit den Augen den flachen, goldbronzen erhellten Hang ab, den wir hinabstrebten.

»Ist er's, Seka?« murmelte Mutter mit zitternden Lippen.

»Wir wissen, daß er's ist.«

Die Erde begann zu beben. Vom Himmel hagelte es gewundene Fasern von Glas (heute glaube ich, in Wirklichkeit waren sie von glasigem Gestein), heiß und irgendwie klebrig-zäh, wenngleich anscheinend die

Haut, sobald sie sie berührten, abstieß, und sie schimmerten.

Drüben kam Nal ein Stück weit in unsere Richtung, dann schwang er sich auf den größten Wolf. Dieser Wolf war ein Tier mit furchtbar breitem Brustkorb und einer rötlichen Krause im Hals- und Brustfell. Während er mit langen, wie gierigen Sätzen auf uns zulief, wurde Nals wilde Miene deutlicher sichtbar – ein undurchschaubares Gesicht, ein aus nichts außer dem wesentlichen zusammengesetztes Gesicht mit tief gespaltenem Kinn, zu kleinem Unterkiefer, so hohen und vorstehenden Wangenknochen, daß sich fast ringartige Glanzlichter auf ihnen zeigten, einer kurzen, zierlichen Nase, die hätte verstümmelt sein können, sowie länglichen, geneigten, mit dunklen Rändern unterlegten Augen. Beide saßen sie schräg, beide schauten träge und doch unbeschreiblich verwegen drein, aber eines war beträchtlich schmaler und schräger, und im Vergleich zu diesem Auge hatte das andere einen nahezu vornehmen, edlen Blick. Durchs feuchte Gras lief der Wolf auf uns zu. Nal sprang ab, sobald er das Flußufer erreichte. Er rief etwas herüber.

»Was hat er gesagt?« fragte Mutter schmerzlich. Neue Böen hatten Nals Worte mit sich gerissen.

Nal tat einen Sprung in den Fluß. Er hatte ihn zum Teil durchquert, da brodelte der Fluß selbst empor, als wolle er sich in die Luft werfen. Hohe Fontänen schossen aus plötzlich in unsichtbaren Klippen geborstene Rissen und Spalten, Strudel begannen zu kreisen, heftige Strömungen wallten, offenkundig gewaltig starke Soge entstanden.

Aus dem Fluß rannte eine Frau auf uns zu. Sie drehte sich um, beobachtete das Tosen der Wasser. Sie kam uns ziemlich nah. Am ehesten glich sie einer Märchengestalt. Ihr unbedecktes Schamhaar bestand aus Getreideähren, und auch aus ihren Achselhöhlen sproß etwas, von dem ich geschworen hätte, es seien Ähren.

Was ihr Haar betraf, ihr Haupthaar, so fiel es ihr wie ein üppiges Flechtwerk auf die Schultern, ganz aus ineinander verwundenen Lilien und Ranken; jedenfalls wirkte es so, bis ich zwischen diesem Dickicht, welches es fast völlig verbarg, verhüllte, das eigentliche Haar erblickte und sah, es war ein ständiger, dichter, prächtiger Wasserfall aus des Flusses Fluten, der in Tropfen ihrer Stirn *entsprang*, die Tropfen glitzerten und rieselten abwärts, verschwanden dann mitten in der Luft, entschwanden anscheinend in eine andere Welt.

»Wo ist der Kaiser?« fragte Cija die Frau unvermittelt genug, um sie aus ihrer wie ehrfürchtigen Betrachtung zu schrecken. Aber die Märchenfrau starrte nur weiter ihre in Aufruhr geratene Heimstätte an. Ein anderes Geschöpf jedoch, das von einer flachen Anhöhe seitlich unseres Standorts angelaufen kam, eine Art von ›Mensch‹, dessen langer, beweglicher, gebogener Schwanz ihm fast bis in den Nacken reichte, verharrte nahbei und musterte uns, der Schweif sank abwärts und ihm zwischen die Beine, wippte dort ein, zwei Augenblicke lang – wie aus Nachdenklichkeit – gegen die mit Ringellöckchen verzierten Hoden. Mutter fand wenig Gefallen an diesem Geschöpf, sie wich unwillkürlich zurück, aber aus Geistesgegenwart nur kaum merklich, um es nicht zu kränken oder zu erzürnen.

»Der Kaiser?« wiederholte es in klarem Ton, obzwar man den Eindruck gewann, ihm sei unsere Sprache fremd. »Der Kaiser ist nun *unten*.«

Das klang nur allzu wahrscheinlich: Unten im aufgewühlten Fluß, aus dem sich jetzt reihenweise Klippen erhoben. Doch wir waren in Atlantis ... »Welche *Orte* sind *unten?*« fragte ich das Geschöpf.

»Wir dürfen nunmehr nur noch an das Oben denken«, gab es zur Antwort.

Aus dem ursprünglichen Flußbett hatte sich ein Bach abgezweigt, strömte hangaufwärts auf uns zu. Unter der Düsternis des Unwetters wölbte sich ein weißer Regenbogen über der Abzweigung – ein Albino-Regenbogen. Etwas watete durch den Bach in unsere Richtung, ein Jemand, der eine Fackel oder etwas Ähnliches schwang, auf zwei Beinen zügig ausschritt. Juzd war es, der einen von Phosphor leuchtenden Tintenfisch in die Höhe hielt, den er sich im Fluß erhascht haben mußte, um seinen Weg zu erhellen.

»Was geschieht, Juzd?« riefen wir, als er uns erreichte, sich mit uns auf dem unverkennbar warmen Erdboden niederließ; wir konnten hier genausogut bleiben wie weiterziehen, wir kannten keinen besonderen Ort, den wir hätten aufsuchen können. Und während größere Tiere (und Märchenwesen) die Flucht ergriffen, krauchte das kleinere Getier tatsächlich in seine Nester und Bauten auf oder in der Erde, denn da war es behaglich warm.

»Die Alten haben in ihrem Wahnwitz *fürwahr* im eigenen Land die Krankheitserreger ausgesetzt, um Zerd zu trotzen«, sagte Juzd.

»Zerd wird's nie erfahren«, meinte Mutter.

»Hast du den Stöpsel gezogen, Juzd?«

Juzd hatte das einzige getan, was noch hatte getan werden können, auf jeden Fall nach seiner Überzeugung. Und wenn der Anschein bestanden hatte, daß es das einzige war, wenn so ein Anschein aufzukommen vermochte, dann war es jemandem wie Juzd, der frei war von jeder Falschheit, auch erlaubt, dies einzig Mögliche zu tun.

»Die Deiche sind zerfallen. Dadurch sind Springquellen, unterirdische Flutungen und Beben verursacht worden. Der ganze Inselerdteil fällt auseinander, sein Gefüge ist zerbrochen.«

»Ich habe meinem Land den Untergang gebracht«, sagte Cija mit leiser Stimme. »Durch meine Liebe, so wie's mir geweissagt worden ist. Denn Atlantis ist meine wahre Heimat, und nun geht's unter.« Den letzten Satz sprach sie beinahe mit einem Anklang von Befriedigung aus, weil sie nun endlich ersah, wie fein säuberlich zum Schluß alle Saat aufging.

»Ja, denn Eure Liebe hat dem Uralten Atlantis Nal und das irrwitzige Anschwellen der Besitzgier beschert, infolge der man sich zu dem Ehrgeiz verstieg, die entartete Homunkulus-Zelle, die abartige Blutsauger-Zelle, die Schmarotzer-Zelle zu züchten, die fortan für immer in der Welt umgehen wird.«

»Trotz Atlantis' Untergang?«

»Die Folgen werden nicht so grauenvoll sein, als wenn Atlantis erhalten bliebe und seine Krankheitserreger wissentlich ausbreiten könnte.«

»Aber wenn Atlantis nicht länger besteht, wo auf der Welt wird's dann noch ein so *lebendiges* Land geben?«

Im vom Sturm durchtobten Sonnenschein lächelte Juzd. »Atlantis war zu lebendig für diese Welt. Die meisten Seelen in dieser Welt sind noch Kinder, sie benötigen Brot und Milch, keinen Nektar. Sie lernen gerade erst, mit ihren Händen zu fühlen und das Gefühlte zu verstehen. Es müßte ihnen schaden, wollte man ihnen den Umgang mit dem wesentlichen zu früh aufzwingen.«

Heitere Kugelblitze spielten ihre lustigen Spiele der Zerstörung. Der singende Berg, als gefiele er sich darin, zu mißachten, daß er geschaffen war aus Fels und Gestein, dröhnte ein dermaßen ungeheures Donnern in die Luft, daß man es fast hören konnte.

Der Abhang, auf dem wir verschnauften, schob sich unter uns aufwärts, während die gesamte übrige Flanke des Bergs in Trümmer zerbarst und ins Tal rutschte, hob uns hoch, nach oben, immer höher, hinauf zu Schnee und Adlern. Drunten galoppierten glänzende, gestreifte Pferde in äußerster Aufregung durch eine aus den Fugen geratene Ebene, deren landschaftliche Beschaffenheit sich dauernd veränderte, wo der Untergrund sich aufbäumte, schroff in Schollen zerspellte. Zwischen finsteren, übereinander aufgetürmten Wolken hindurch sahen wir, wie die Pferde ihre Mähnen schüttelten, mit den Hufen ausschlugen, nicht anders, als hätte sie Verzückung befallen. »Sie werden in die Spalten stürzen, wenn die Erde so unter ihnen klafft!«

»Gehören Erdbeben, Erdrutsch und Flucht, Untergang nicht stets zusammen?« entgegnete Juzd.

Erschütterungen grollten aus einem wie verdichteten Bereich des Himmels, und dort entsprang ihm ein Dutzend freigebürtiger Engel, das darin herangewachsen war, es schaute mit geschwinden Pfeilen vergleichbaren Blicken aus Augen ohne Lider rundum, erhielt erstmals Ausblick in eine Welt, die es nie hätte sehen sollen, sah gleichzeitig diesen Rest ihres uralten, vergeistigten Herzens das letzte Mal. Natürlich, fast war es Winter, beinahe die Zeit, in der, wie es den Anschein hat, die meisten Engel geboren werden, denn Engel, so nehme ich an, werden im allgemeinen als schnelle, goldene, feurige, scharfäugige Schützen geboren.

Blitze lachten in vielfach gegabelten Garben. Solch ein Getöse! Gerade wie an einem ganz durchschnittlichen Abend auf dem scharlachroten Planeten. Und mit diesem Tosen und Toben ward all die innewohnende Weiblichkeit unserer Welt mitsamt all ihrer Hinnahme, Empfänglichkeit, ihren regelmäßigen, vorausschaubaren, wohlabgestimmten Gezeiten, Jahreszeiten, ihren schlichten, festen, ruhigen, trägen, stillen, so weiblichen Erdmassen so gut wie auf den Kopf gestellt. Die Winde, Unwetter, Sandstürme, Vulkanausbrüche, Krankheitserreger, Gedankengänge, der Geist und die Überlegungen, die Lehre von den Atomen, die ganze Denkweise der Männlichkeit kamen über die Welt, das Wehen und Stürmen schlug mir mit dem gleichen männlichen, unbeschreibbaren Geschmack von Salz und Melone ins Gesicht, in Nase und Mund, wie Aels spritzender Samen. Ich spürte ihn geradeso wie damals an meinen Händen. Für den Anbruch eines neuen Zeitalters, einer Zeit der Unregelmäßigkeit und Wirrnis, ward die weibliche Natur unserer stofflichen Welt von oben nach unten gekehrt.

Das ist die Darstellung, wie mir Juzd sagt, die inzwischen alle Welt kennt.

Atlantis hat sich in nichts als Naturkraft und Atome, Elektrizität und Chaos aufgelöst, und seine Bestandteile sind über die restliche Erde verweht und verteilt worden.

»Was ist geschehen?« rief ein Atlantide aus jenem Lager, in dem wir kürzlich (zwei Nächte zuvor?) übernachtet hatten, während er den in Bewegung geratenen Berg erklomm, voller Entsetzen heraufkletterte, indessen Atlantis' aus Erbitterung begangene Tat mit dem Zweck, Zerd mitsamt seiner Weltlichkeit und seinem Kriegertum fernzuhalten, ein schaurig-schönes Ende nahm. »Was ist geschehen?«

»Nicht mehr«, sagte Juzd, »als daß sich erneut erweist, man kann den Lauf der Welt niemals *gänzlich* zum Schlechten wenden.«

Abgründige Klüfte barsten auf, und wir vermochten der Erde glutroten Rachen zu schauen.

»Zerd ist ganz einfach ein gewöhnlicher Eroberer, der seinem Handwerk nachgeht«, sagte Mutter ausdruckslos. »Diese panikartige Furcht um die Heimat, ein Gemisch aus Tollheit und Edelmut, ist angesichts seiner durch und durch nüchtern, sachlich vollzogenen Unterwerfung Atlantis' recht verständlich. Ich selbst habe jahrelang an etwas Ähnlichem gelitten. Aber Zerd ... Zerd kämpft und siegt gegenwärtig gänzlich andernorts in einem anderen Krieg, um ihn zu gewinnen.«

Und da begriff ich zu guter Letzt, daß es nun wirklich Zerd zu rufen galt. Ich rief Vater, diesmal ohne gefühlsmäßige Beteiligung, jedoch völlig mühelos und wirksam, da es jetzt endlich wahrhaft an der Zeit war, ihn zu rufen. Mein Geist tastete in die Ferne, die Weite, um ihn zu erreichen, denn nun mußte er kommen.

Ich vermute, daß er genau in diesem Moment, als

hätte er bereits einen meinem Ruf vorausgeeilten Widerhall desselben vernommen, im Binnenhafen Atlantis' vor Anker ging.

Als wir in der Nähe den Kolossal-Turm schwanken – falls man bei einem Gebäude von solcher Bauart und Höhe überhaupt von Nähe reden durfte –, mitten in der Zertrümmerung und dem Emporschießen der Springquellen absinken sahen, da hatten wir den Eindruck, daß wir uns auf unserer riesigen Scholle vom Berg entfernten und auf die Wassermassen der See zubewegten.

Aus den Tiefen der Meere waren durch die Beben Ungetüme von ungeheuerlichen Ausmaßen aufgescheucht worden, halb lebender Schleim, halb tierisches Leben, und man konnte sie zwischen verschiedenerlei aufgepeitscht-zerwühltem Dunkel, wiewohl das ungewohnte Licht der Oberfläche, für sie wohl unerträglich hell, sich quälend in die Augen stechen mußte, auf den ruhelosen Wogen schwimmen, schaukeln.

Schwerelos schwebten schillernde Dünste übers Land. Die große, erblühte, beeindruckende Herrlichkeit Atlantis' zerstörte sich selbst, anstatt sich zu unterwerfen (Zerd *oder* den Alten); es trieb auseinander, sank, verdunstete. Zu Atlantis' schrankenlosem Staunen fiel Atlantis vollständiger Vernichtung anheim.

Auch dies Erstaunen konnte man spüren, man vermochte zu fühlen, wie es ringsum aus der Welt wich, weil jene so Erstaunten in der Überzahl sich nicht länger in ihr, unter uns weilten; ein Weilchen lang war es noch spürbar, als wehe es rastlos mal hier-, mal dahin, ähnlich einem Nachklang des Vergnügens der verspielten Blitze.

»Hat Nal seine Seele verloren?« fragte Cija.

»Nein. Keine *Seele* geht jemals *verloren* ...« Juzd stützte sie am Arm, hielt mir eine Hand hin. Wir stiegen an der Seite des inzwischen reglosen Bergs hinauf, von dessen zerborstenen Hängen Dampf aufquoll, kehrten den Leichen, die wir auf den Felsen liegen sahen, zwischen denen die Fluten sich mit widerlichem, silbrigem Schäumen verliefen, den Rücken zu.

»Warum mußte es zu Atlantis' Untergang kommen?« fragte Mutter, als vermöchte sie noch immer nicht an den makellosen Regenbogen zu glauben, der jetzt über den kläglichen Überresten des einst so ausgedehnten Inselerdteils glomm.

»Atlantis war an Selbstsucht erkrankt«, sagte Juzd, suchte nach einer Höhle, damit wir uns darin von unserer Erschöpfung erholen könnten. »Es hat sich mit Gott gleichgestellt. Es war dem Wahn verfallen, vermessene Magie, Ausgeburten von Fieberträumen ähnlich, sei gerechtfertigt, solange nur es *selbst* überlebte ... und dabei vergaß es, warum es so hoch gestanden hatte, nämlich dank seiner höheren Einbezogenheit in den ursprünglichen Plan Gottes.«

Irgendwelche Wesen – ich glaube jedenfalls, es waren Wesen, sie ließen sich schlecht erkennen – fanden sich zu vielfachen Reihen fächerartiger Kreise zusammen, deren jeder in grellem Licht schimmerte.

Der Inselerdteil sank nicht sofort auf den Meeresgrund. Seine Bruchstücke würden abkühlen, sich erhärten, dampfen, erneut zerkrachen, sich weiter spalten, er sollte erst vollends im Verlauf der Jahre zerbrechen, für deren Dauer er noch Tag um Tag in Finsternis liegen sollte.

Nach dem Abklingen des ersten Unheils umspülten Fluten emporgeschwollenen Wassers die Leichen. Wie eine Wunde stapfte ein Mann in einem roten Umhang durch die Überschwemmung.

Im Eingang der Höhle, die Juzd gerade für uns ausfindig gemacht hatte, erhob sich Mutter, straffte ihre müden Schultern, verharrte still. Ich spähte hinunter, sah den beschnittenen Zipfel des Umhangs (ich weiß nicht, weshalb das die Einzelheit war, die ich am deutlichsten, am schärfsten wahrnahm), und schon rannte ich den Hang hinab, schrie Vater wirres Zeug zu.

Er schaute mich mit ungläubiger Miene an, als sähe er mich soeben von den Toten wiederkehren, er riß mich von den Füßen und voller Schwung in seine Arme. »Tochter? Kind! Wo ist sie, sie, wo ist sie?« In diesem Moment, glaube ich, liebte ich ihn. »Was hat sich in Atlantis zugetragen?« wollte er erfahren, während ich ihn den Hang hinaufführte.

Aber er zählte zu jenen Menschen, denen ich nicht zu erklären vermochte, was sich in Atlantis ereignet hatte, warum es kein Atlantis mehr gab. »Es hat ein großes Erdbeben gegeben«, antwortete ich und brachte ihn zur Höhle.

Cija und Zerd, umflattert von Gelb und Rot, starrten einander an, während sich weithin, zwischen Schlamm und Regenbogen, Dämpfe kräuselten. Ihre Hände fanden sich in einer hochgewirbelten Falte des Umhangs, für einen Augenblick umwehte, umschlang er sie beide. Gehüllt in den roten Umhang seiner Feldzüge, im Geruch nach Blut, Rauch und langen Nächten im Sattel, der darin haftete, faßte Zerd Cija an den Schultern; er blickte ihr in den Mund, in die Augen, in alles, was ihn an ihr verblüffte, verhielt so einen Moment lang, ehe er bedächtig ihre Lider, ihr Gesicht mit den Fingern zu betasten begann; sobald er ihren Mund berührte, zog dieser Mund ihn unwiderstehlich an, er schien eingesaugt zu werden, hineinzufallen; von neuem wirbelte der Umhang, umfing die beiden zweifach.

Drinnen in der kleinen Höhle hüpfte der Boden, Dunst wallte hervor. Als Zerd eintrat, neigte er in Juzds Richtung den Kopf. Zerd war Juzd nicht begegnet, seit er ihn in Atlantis eingekerkert gehabt hatte; das muß, schätze ich, ungefähr um die Zeit von meines Bruders Geburt gewesen sein.

»Habt Ihr dies Feuerwerk ausgelöst?« fragte Zerd ihn ohne Umschweife. Ich kann mir bis heute nicht vorstellen, was ihm einen so offensichtlich schwerwiegenden Verdacht eingab.

»Ja, Herr, ich war's«, lautete Juzds Antwort, »und geradeso seid Ihr's gewesen.«

Auf dem Absatz seines weiten, weichen Stiefels drehte Zerd sich um. »Und meine Kleine«, sagte er, nahm sich der Dinge in der Rangordnung ihrer Wichtigkeit an. »Wie kommt's, daß sie zu mir gesprochen hat?«

»Ich habe zu dir gesprochen«, erteilte ich ihm selber Antwort, »weil ich wieder eine Stimme habe.«

Der Feldherr kniete sich neben mir auf den Höhlenboden. »Wirst du deine Stimme behalten?« erkundigte er sich gespannt. Als ich bejahte, meinte er, dann wäre es Zeitvergeudung gewesen, mich das Schreiben zu lehren. »Überrascht es dich, mich zu sehen?« fragte er Cija vorwurfsvoll.

Sie erwiderte – in einer Verwirrung, die wahrlich weit über Verdutztheit oder bloßes Erfreutsein hinausging –, sie sei in der Tat außerordentlich überrascht. »Du bist mit deiner Flotte gelandet, als das Ende begann?« fragte sie.

Zerds dunkler Mund zuckte. »Dies ist ein Anfang«, entgegnete er. »Ich sehe kein Ende. Ja, ich bin mit einem Teil meiner Flotte gelandet.« Während Juzd, ohne viel Worte zu machen, unter Zuhilfenahme der vielen Glut, die im Freien noch schwelte, in der Höhle ein Lagerfeuer entzündete, erzählte der Feldherr ...

»Wie du Nordfest genommen hast!« sagte Mutter, als beglückwünsche sie irgendeinen beliebigen Krieger.

»Nein«, widersprach Zerd, nahm von dem sonderbaren Fleisch entgegen, das Juzd für uns briet. »Ich habe Nordfest nicht genommen.«

Schweigen folgte. Farben wehten wild an uns vorüber. »Du hast die Stadt erobert«, sagte schließlich Mutter. »Du hast sie besiegt.«

»Wir haben sie nicht besetzt«, berichtete Zerd, als wäre ein solches Folgeverhalten für jedermann leicht begreiflich. »Der Großteil meines Heers ist außerhalb der Mauern geblieben. Ich habe mich nicht in Nordfest zum Herrscher ausrufen lassen. Natürlich habe ich mich mit Quantumex verständigt.« Über dies Treffen mit seinem einstigen König sprach er mit besonderem Interesse.

»Du hast Nordfest Quantumex überlassen?« vergewisserte Cija sich ungläubig.

»Um unsere Reitvögel für den Fall zu stärken, daß Quantumex zu neuen Feindseligkeiten verleitet werden sollte, haben wir ihnen Rum eingeflößt«, erläuterte Zerd. »Doch unsere bedeutsamste Maßnahme bestand darin, feierlich jeglicher Ansprüche auf Nordfest und das Nordreich zu entsagen. Wir hatten gesiegt. Das war genug.«

Ich fragte mich, ob Zerd überhaupt daran geglaubt hatte, daß sich Nordfest endlich in seiner Gewalt befand. Hatte er dort auf der Anhöhe vorm berüchtigten Nordwall mit unruhigen Augen gestanden, schon einen anderen Feind, eine neue Herausforderung, bereits die nächste Schlacht gesucht, nach allem getrachtet, nur nicht nach der letztendlichen Langweiligkeit des Sieges? Wie hätte Zerd mit der Königswürde (mitsamt all ihrer Stubenhockerei und Verwaltungstätigkeit) fertigwerden sollen, den Anforderungen der Kultur, außerhalb der er immer gestanden, die ihn stets ausgeschlossen hatte, aber deren Teil er jederzeit gewesen war, allzeit geblieben? »Ich bin Eroberer«, sagte Zerd, nagte im roten Feuerschein an einem Knochen, die Stiefel an die Flammen gestreckt, während Atlantis' Schlamm verkrustete, »kein Herrscher.«

»Quantumex waltet jetzt als dein Regent in Nordfest?«

»Ich würde sagen, als Regent deiner Mutter«, erwiderte Zerd und schob sein Schwert beiseite. »Ich habe Nordfest deiner Mutter unterstellt.«

Daran hatte Mutter wirklich großen Gefallen. Nach einem kurzen Moment der Bestürzung und schieren Belustigung fing sie inmitten des trostlosen Untergangs zu lachen an.

Im Laufe der Nacht sahen wir es nicht, konnten das Geschehen nicht beobachten, doch am folgenden Morgen, als wir aus der Höhle schauten, die uns Unterschlupf geboten hatte, stellten wir fest, daß der Inselerdteil mittlerweile überwiegend Wasser bedeckte. Ebenen und Gruben vielfarbigen Schlicks, Tümpel voll Geblüm und Seetang, bewachsene Inselchen voller üppigem, glänzendem Grün, zwischen denen sich große Seeschlangen einherwanden, waren übriggeblieben, um jahrzehntelang immer langsamer in die Meerestiefen zu sinken.

»Und deine Gemahlin?« fragte Cija, näher ans Lagerfeuer gerückt, zu guter Letzt.

»Auch Sedili«, antwortete Zerd mit einer Stimme, die weniger ergründlich klang als früher, »habe ich zum Geschenk gemacht. Ich habe sie in Quantumex' Hand gegeben, auf daß er mit ihr nach seinem Gutdünken verfahre.« Diesmal lachte Cija nicht. Ähnlich wie Zerd Nordfest nicht gewollt oder nichts damit anzufangen gewußt hatte, mochte sie jenem Weib im prachtvollen Waffenrock, für das eine Schlacht stets eine geeignete Umgebung abgegeben hatte, um ihre Reitkünste vorzuführen und ihr Haar wehen zu lassen, für das (wie ich selbst erlebt hatte) eine Schlacht vornehmlich eine unterhaltsame Gelegenheit gewesen war, dem Feldherrn zu zeigen, wie die ihren sie bewunderten, ihr zujubelten und sogar unter den ärgsten Umständen getreu nachfolgten, ein solches Ende nicht gönnen oder nicht daran glauben. Das alles war für den Feldherrn zuviel gewesen. Er hatte gegähnt. Alle nutzlosen, lästigen Bindungen hatte er abgestreift. Was sollte nun Cija, die für ihn gar keinen Nutzen hatte, ihm bieten können? »Dein Kind befindet sich in der Obhut meiner Brüder in den Salztälern«, sagte Zerd zu Cija, ohne den Blick von ihr zu wenden. »Das gleiche gilt für deine Tagebücher.«

Am Feuer, das auf dem schlickigen Höhlenboden brannte, färbte ein liebliches Rosa wie auf einem sehr fein mit Zucker bestreuten Kuchen Mutters Gesicht. »Ach, es sind keine Tagebücher, bloß Aufzeichnungen«, sagte sie. »Ist die Kleine wohlauf?« Und sie stellte Fragen nach dem Befinden des Äffleins, über das Zerd, während Juzd und ich aufmerksam lauschten, auf herzliche Weise Aufschluß erteilte. Da ahnte ich natürlich noch nichts, im Gegensatz zu Juzd, von der seltsamen seelischen Verschmelzung, die sich bereits zwischen dem bislang seelenlosen Äffchen und der ums Haar verlorenen Seele Nals vollzog. »Ich habe die Tagebücher gelesen«, sagte Zerd, und Mutter verstummte darauf. Das mit Kraut aller Art genährte Lagerfeuer knisterte.

Daraufhin überlegte ich, daß dieser Mann für Mutter doch recht gut geeignet sei. Ein Mann, der die Tagebücher einer Frau gelesen hat und sie nach wie vor begehrt, mußte schlichtweg, meinte ich, für sie der richtige Mann sein. Erst Jahre später fiel mir auf, in diesem Fall war der Mann des Lesens weitgehend unkundig gewesen.

Cija blieb sehr schweigsam. Ich glaube, daß ihr nicht einmal das Herz hämmerte. Innerhalb weniger Augenblicke versuchte sie sich der während etlicher Jahre gebrauchter Umstandswörter und Eigenschaftswörter zu entsinnen. »Was habe ich über dich geschrieben?« fragte sie nach einer Weile.

»Du hast geschrieben«, antwortete Zerd verwundert, »daß ich dies und jenes getan habe.«

»Aber *wie* hab ich's geschrieben?« fragte Cija in gleich starker Verwunderung.

»Sehr gut«, versicherte Zerd lebhaft. Er legte seine schuppige Hand auf Mutters Arm. Mit einem Ausdruck stummer Fragestellung blickte er sie so eindringlich an, wie Zerd allein es jemals kann. Wenn der Feldherr so dreinschaut, daß ich es als eindringlich bezeichne, dann bedeutet das nicht, daß er besonders ausdrucksvoll dreinblickt; es heißt lediglich, daß er bei dieser Gelegenheit einmal ganz er selbst ist.

Ich bemerkte, daß Juzd sich in den Hintergrund der Höhle zurückgezogen hatte, möglicherweise weniger aus Rücksichtnahme, als aus Langeweile. Er saß mit überkreuzten Beinen da, dermaßen entspannt, daß er nicht länger außerhalb seiner selbst bei uns, sondern in seinem Innern mit sich allein weilte. Also dachte ich: Was kann ich machen, das interessanter ist, als hier mit den Erwachsenen herumzuhocken? Ich schlenderte hinaus in den glitzernden Schlamm. Ein Schwarm junger Drosseln schwebte am Himmel, zog gleichsam feierlich Kreise, piepste leise, schwirrte hin und her, ab und zu sausten Tiere hernieder, um Köstlichkeiten zu erbeuten, die Atlantis' Ende zum Vorschein gebracht hatte: fette, ob der Behandlung entrüstete Würmer, reizbare dicke Käfer mit schillernden Panzern. Gemeinsam mit den Drosseln flog ein winziger, geschuppter Drache, der erste und letzte, den ich je erblickt habe, keine Flugechse, vielmehr ein kleiner Flugdrache mit langem, spitzem Maul, ledrigen Schwingen und einem Kamm auf dem Schädel; er flatterte und gaukelte zusammen mit den Drosseln durch die Lüfte, als wären sie seine Brüder und Schwestern. Und als ich seine starren, rauchig-rötlichen Augen sah, erkannte ich meinen kleinen Freund aus jenem Ei, dem Kristallei, das ich mitsamt Inhalt in ein Nest gesteckt hatte; offenbar war es ein Drosselnest gewesen, aber trotzdem waren die Jungtiere nach dem Ausschlüpfen in der Nestgemeinschaft aufgewachsen, und allem Anschein nach hegte der Drache die Überzeugung, eine Drossel zu sein.

Zerd kam ins Freie, gesellte sich zu mir. Er hob mich auf seine Arme, legte den roten Umhang um mich. »Seka«, sagte er, und für mich klang es, als sei er mit meinem Namen und seiner selbstsicheren Art, ihn auszusprechen, sehr zufrieden. Einmal hatte ich mich gefragt, ob er ihn sich überhaupt merken würde. Vielleicht hatte er es sich auch gefragt.

Aus dem Schlamm richtete sich eine große Schlange auf, näherte sich uns, den Schädel in der Höhe unserer Gesichter, ein riesiges Vieh, die geballte, gewundene Kraft des Leibes rundum glitschig. Zerd hielt mich auf einem Arm, hatte daher nur eine Hand frei, und ich erwartete, abgeworfen zu werden, so daß Vater beide Hände gebrauchen könnte. Doch er reckte nur mit steifem Nacken den Kopf an meinem Gesicht vorbei vorwärts und spie der angriffslustig aufgerichteten Schlange mitten in den weit aufgesperrten Schlund. Die zinnoberrote Zunge erstarrte, die bis dahin unablässig gezüngelt hatte, dann kräuselte sie sich, als verwelke sie, plötzlich wuchsen bläßliche Pusteln am Maul und Gaumen der Schlange, sie wich zurück, offensichtlich unter Schmerzen, sank zusammen, machte nicht länger Anstalten zum Angreifen.

»Wo werden wir wohnen?« fragte ich.

»Wo immer ich sie finden kann«, sagte Zerd.

»Du hast sie.«

»Ich habe sie, aber ich habe sie nicht gefunden«, erwiderte Zerd versonnen, strich sich in einer Geste der Nachdenklichkeit seitwärts übers Kinn.

Ich mißbilligte diese Redensarten, denn sie flößten mir den Schauder schlimmer Vorahnungen ein, erregten mir zudem den Eindruck leidenschaftlichen Eifers, wie er mir fremd ist. Und tatsächlich hat sie uns unterdessen verlassen, sie ist ihrem Einen begegnet, doch ist er nicht gekommen, bevor sie, Zerd und ich so lange zusammengelebt hatten, daß ich aufwachsen konnte; und mittlerweile bin ich alt genug, um mich dafür zu entscheiden, bei Zerd zu bleiben, statt mit ihr und ihrem wahren, wundervollen Liebsten zu gehen, dem wir endlich über den Weg gelaufen sind. Wäre Cija nicht mit ihrer wahren Liebe gegangen – sehr wohl rechtens, sobald es soweit war –, hätte ihr Einer allein durchs Leben schreiten müssen, wie es nun Zerds Los ist. Vielleicht wird Zerd nicht völlig allein sein. Ich bin froh, wenn ich bei Zerd bin, während er Mutter immer wieder aufs neue sucht. Ich bin darüber froh, mit Zerd zusammen zu sein, wie es ihn damals – seinen Worten zufolge – froh stimmte, mit mir wiedervereint zu sein. »Du bist mein größtes Erlebnis«, sagte er zu mir, derweil er mich durch die sanften Farbtöne des Schlamms und Schlicks zurück zur Höhle trug, dem zeitweiligen Wohnsitz unserer Familie. »Du bist in meinem Dasein *das* Erlebnis. Werde ich von dir lernen?« Er drückte mich an sich, und als wir Cija vor den Höhleneingang treten und nach uns Ausschau halten sahen, watete er in seinen weichen Stiefeln rascher auf sie zu. »Du warst das Erleben deiner Mutter. Sie tat, was sie tun mußte . . . du hast es durchlebt.« Er musterte mich, seine Augen hinter den verengten Lidern warteten, lauerten leicht spöttisch, wollte herausfinden, ob ich, ob das Kind verstand, was er da redete. »Nun komm mit mir, du Geschöpfchen ohne Mitleid oder Gewissen, aber voller Mitgefühl und Stolz, komm nun mit mir! Denn es ist möglich, daß ich einer Seele bedurfte.« Das sagte der Feldherr.

Während Juzd den beiden beim Herrichten einer Schlafstatt aus verschiedenerlei Gras, durch die Einwirkung vulkanischer Gewalten, bei Atlantis' Vernichtung entfesselt, erwärmt und im Duft verstärkt, behilflich war, trafen nach und nach Zerds Männer ein. Eine Handvoll Räuber, die auf Jagd gewesen waren, kamen den Hang heraufgewatet, hatten sich an Ranken zwei feiste, gefleckte Wildschweine, denen die Schweißdrüsen bereits ausgeschält worden waren, damit das Fleisch nicht nach Wildschwein riechen sollte, über die Schulter geworfen. Sie strebten auf Zerd zu, der mich noch auf dem Arm hielt, er und die Räuber, einer nach dem anderen, schwangen einander herum. »Hai, hai«, johlten die Räuber. »Waren wir bisher törichte Mädchen, oder finden wir hier einen fürwahr vortrefflichen

Kochtopf, ein Land, wo man das Fleisch nicht braten muß, sondern's bloß auf 'n Stein zu legen braucht?«

Ein Räuber zog mich sachte am Ohr, um mich anläßlich des Wiedersehens zu begrüßen. Dann wandten sie sich alle Cija zu und verneigten sich vor ihr. Die Räuber und der Schlamm waren für einige Zeit unsere neue Heimat, unser neues Reich.

HEYNE FANTASY

*Romane
und Erzählungen
internationaler
Fantasy-Autoren
im Heyne-
Taschenbuch.*

06/4317 - DM 7,80

06/4318 - DM 7,80

06/4333 - DM 5,80

06/4334 - DM 5,80

06/4326 - DM 9,80

06/4357 - DM 6,80

06/4297 - DM 7,80

06/4298 - DM 7,80